JN331264

紫陽会編著

新井白石『陶情詩集』の研究

汲古書院

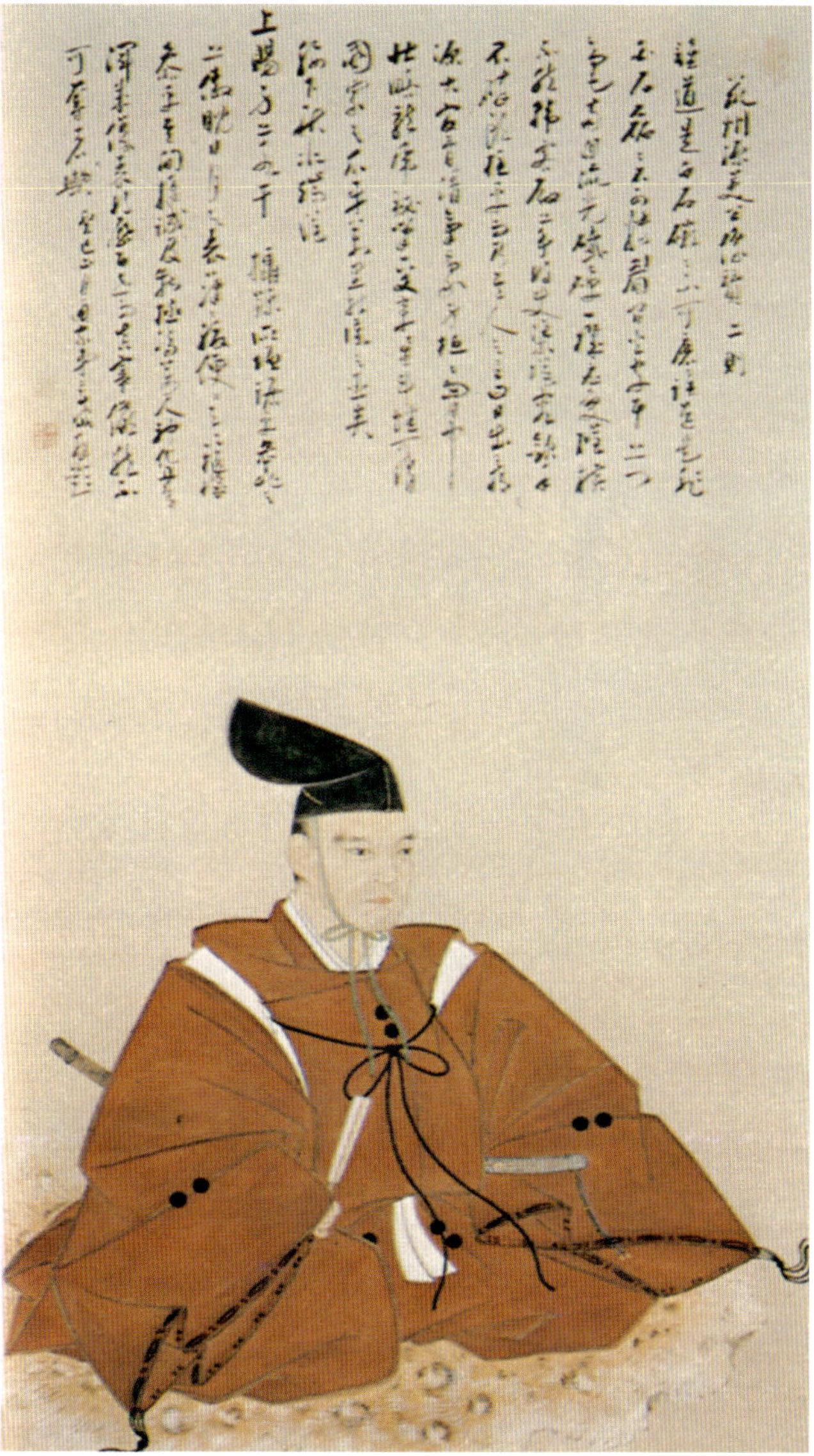

新井白石肖像（新井家蔵）

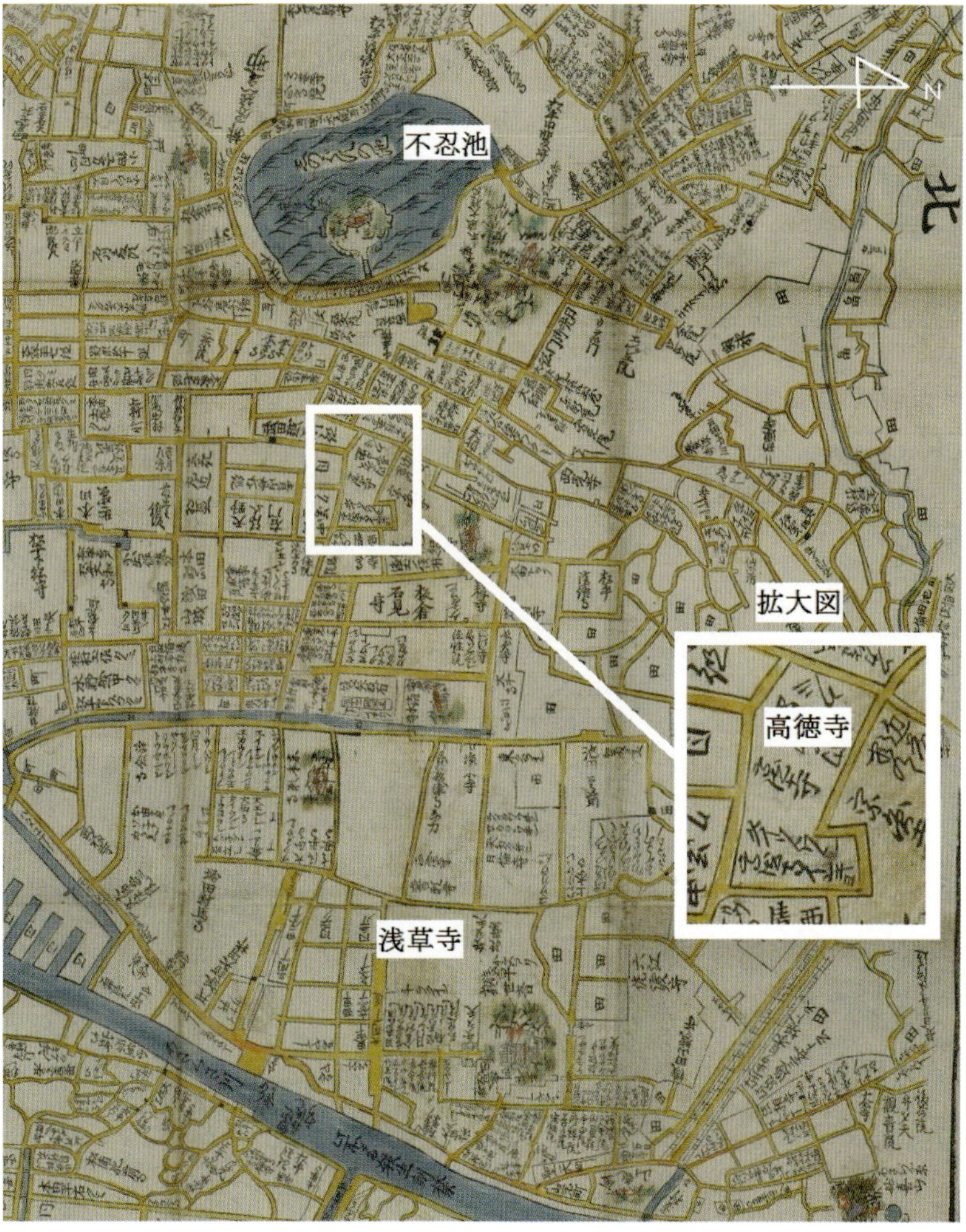

新井白石が生涯に二度寄寓した高徳寺（現在は中野区高田に移転）。一度目は延宝五年（1677 白石21歳）より数年に及んだ。詳しくは年譜参照。（「新板江戸大絵図」延宝四年（1676）表紙屋市郎兵衛　早稲田大学図書館蔵）

序

石川忠久

平成十五（二〇〇三）年春ごろ、昔、東大や慶應の大学院で教えた市川桃子（明海大学教授）や詹満江（杏林大学教授）らの諸君が、新たに勉強会をやりたい、と申し出てきた。メンバーには古川末喜（佐賀大学教授）や三上英司（山形大学教授）の地方組の他、土谷彰男、大村和人、松浦史子、高芝麻子、遠藤星希らの〝博士論文準備中〟の若手も加わって、当初は、メンバーの多くが「中唐文学会」に所属していたことから、柳宗元の詩を読んだ。

そのうち、私の持論（本文附記参照）に沿って、日本の漢詩を読むことになり、新井白石の『陶情詩集』を取り上げた。読書会の名も、白石の雅号の一つを採って「紫陽会」とした。

実は私は、嘗て吉川幸次郎氏の「新井白石逸事」（雑誌「新潮」に連載、後に『鳳鳥不至』――昭和四十六〈一九七一〉年・新潮社刊――に収録）を読んで白石に関心を抱いていた。その後、白石研究家宮崎道生氏（元国学院大学教授・故人）のご教示を得、海内の孤本『陶情詩集』が白石のご子孫新井太氏宅に蔵されていることを知り、ご好意により写真撮影することができた。この間の経緯や、調査の成果などは、本書巻末の「論考」篇の拙論を参照して頂きたい。

『陶情詩集』は、これに注解を施して公刊する心積りのもと、石塚英樹君（二松学舎大学院修了・付属図書館勤務）を煩わしての下訳は、すでに出来たところであった。

平成二十（二〇〇八）年、代表詹満江として文部科学省の科学研究費を試みに申請したところ、幸い採択され、三ヶ年の研究助成金を受けることができた。

読書会は、そこで三ヶ年で訳解を完結すべく、研究体制を整え、分担を決め、調査や共同討議などの計画のもとに進行することになった。メンバーは最終的には、市川、詹、三上、高芝、遠藤と、後から参加した森岡ゆかり、大戸温子の七人に固定、石塚は紙上参加、として進めた。

完結に際して出版助成金を申請、これも採択され、平成二十三年度末に目出度く公刊される運びとなったのである。

このたびの共同研究作業には、二つの大きな意義があると思う。一つは、コンピューターの駆使による詩語の来源の徹底的調査。その成果は各自の報告を見て頂きたい。副産物として、日本人の漢詩文学習の為の基本書『唐詩選』『聯珠詩格』『古文真宝』のデータベースを作成したことも大きい。

もう一つは、これが最も意義深いのだが、中国古典文学研究に携わる中堅、少壮が、本格的に「日本漢詩」に取り組んだ、ということである。

折から、わが国最大の中国学研究の学会である「日本中国学会」でも、日本漢詩文、漢文教育の分野を新たに設け、研究活動を促進していくこととなった。このたびの試みが、この方面の活動のより大きな展開への起爆剤となることができたら、喜びこれに過ぐるものはない。

終わりに、面倒な事務処理をしてくださった杏林大学事務局、出版の労を執って下さった汲古書院に、厚く感謝の意を表する次第である。

附記

蛇足ながら、日本漢詩に就いての私の持論として、要約した文があるので、述べさせて頂きたい。大修館書店、平成十五（二〇〇三）年刊『日本人の漢詩——風雅の過去へ——』の序文を節録したものである。

——日本人の漢詩とは、何だろう。むろん、日本人が作った漢詩（中国の古典詩）という意味だが、それはいったいどういうものか。

実は、これは世界にも例のないたいへんなものなのである。しかし、そのことを理解している人は多くないようだ。

ここに判り易いたとえをしてみよう。

……今日、英語の達者な人は多いが、英語で詩を作る人はいるかどうか。作る人がいたとして、その詩に日本人独自の風趣が漂うようなものができるか。……

答えはノーであろう。ところが、漢詩においては日本人はそれをやってのけたのである。ことに、江戸の後期から明治へかけての作品は素晴らしい。

そもそもの初め、日本人は荒海を越えて中国へ渡り、その先進文明を懸命に吸収し、己の血肉と化した。

当然中国語を学び、中国人の先生から直《じか》に教えを受けたはずだ。しかし、漢字を我が物とするや、漢字を元にして仮名を発明し、漢字にやまと言葉の読み（訓）をつけ、漢文の原文に記号を施すことによって語順を変えて読む方法——訓読法を発明したのである。

これによって、遣唐使が廃止になるころ（九世紀末）には、もはや中国人に学ばずとも漢文（中国の古典）が読めるようになり、自由に漢文を書き、漢詩を作ることもできるようになった。

学力が十分でなく、技倆が整わないうちは、いわゆる「和臭（習）」がまつわったが、五山を経て江戸に到ると、徳川文治主義の体制の下、漢文の素養は庶民にまで浸透し、その結果として上層は最高の昂《たかま》りに達した。裾野が広がれば山は高くなる理である。

もともと日本と中国は、風土も異り、民族性も同じくないのだから、生み出される詩歌も当然味わいが違うはずだ。技倆が十分に発揮された時、それは自然に表れ出て、〝日本人独特の漢詩〟がここに誕生した。江戸の漢詩文はこのように特異な成就を遂げたのだが、明治へ入って世界的なナショナリズムの風潮の中に、日本の正統文学としての扱いを受けなくなったのは遺憾である。江戸文学と言えば、近松や西鶴が正統であるとして、江戸の知識人たちのエネルギーの大半が注がれた漢詩文は、文学史の片隅に追いやられた。

その上、戦後は漢文が〝時代遅れ〟として蔑《ないがし》ろにされ、漢文訓読の素養が失われたため、国文学者は日本漢文を扱えなくなった。一方、中国文学者は中国の古典ではない日本漢文を扱うのは筋違い、ということで、結局、今日、日本人の漢詩文は〝継子《ままこ》〟扱いになっているのである。

亜流であり、猿真似に過ぎないなら、捨ててもよかろう。だが、くどいようだが、日本の漢文、とりわけ漢詩は世界に例のない特質を持つ、優れたものなのであるから、これは是非とも正当に評価して、その伝統を継承しなければならない。「漢文訓読法」についても同様、日本の誇るべき貴い文化遺産である。決して等閑《なおざり》にすべきではない。――

新井白石『陶情詩集』の研究　目次

第二部　論考篇

『聯珠詩格』（Word）
『古文真宝』前集（Word）
『唐詩選』（Word）
『円機活法』詩学（PDF）

凡　例

〔訳注篇〕

一、『陶情詩集』全一百首すべてに、平仄と韻の符号、【書き下し】【詩形・押韻】【訳】【語釈・用例】を施した。また必要に応じて、【背景】【補説】を付した。

一、漢字は、原文（用例の年代・作者名・書名・巻数を含む）には正字（旧字体）を、その他には新字（常用漢字）を用いた。

一、『陶情詩集』原文の異体字・踊り字は正字に改めた。元の字は影印で見ることができる。

一、平仄と韻の符号は、各句の二字目・四字目・六字目の右に、平声は○で、仄声は●で示し、韻字には◎を付した。

一、【書き下し】は、振り仮名も含めて現代仮名づかいを用いた。

一、【詩形・押韻】は、詩形の種類と韻字を列挙し、韻の種類は平水韻に拠って示した。失粘など、正格でない場合は、注記を加えた。

一、【訳】は逐語訳を心がけたが、必要に応じて、ことばを補った。

一、【語釈・用例】は、一句ごとに施すことを原則とし、場合によっては二句まとめて施した。語釈は、意味が明らかな場合は省略した。用例は、年代・作者名・詩題・詩句・収載書名・巻数の順で示した。

一、【語釈・用例】に引用した用例の収載書は、引用文献一覧に年代・撰者名等の書誌を記し、【語釈・用例】欄には書名と引用詩句の載る巻数のみを示した。

一、【語釈・用例】に挙げる詩句の作者の年代は、王朝名とした。但し、「五代」「江戸」など、一部王朝名ではない記載もある。

一、【語釈・用例】に挙げる詩句が著名な選集などに収録されている場合に、（　）に入れて収載書名を追加した。全ての収載書名を載せてはいない。追加した収載書に見える詩句の字の異同等は記さない。但し、記載される作者が異なる場合のみ、収載書名・巻数の後に年代・作者名を記した。

〔論考篇〕

一、漢字は、原則として、原文（用例の年代・作者名・書名・巻数を含む）には正字（旧字体）を、その他には新字（常用漢字）を用いた。

一、書き下しは、振り仮名も含めて現代仮名づかいを用いた。

新井白石『陶情詩集』の研究

第一部　訳注篇――『陶情詩集』全百首

〇〇一　士峰

忽見●未知○嶽
杳然○如望●雲◎
倚天○千仞●立
抜地●八州○分◎
晴雪●粉堪○畫
長烟○篆作●文◎
有時○仙客●到
笙鶴●月中○聞◎

士峰

忽ち見《あらわ》れて　未だ岳《がく》なるを知らず
杳然《ようぜん》として　雲を望むが如し
天に倚《よ》りて　千仞《せんじん》立ち
地を抜きて　八州分かる
晴雪　粉《ふん》は画《えが》くに堪え
長烟　篆《てん》は文《ぶん》を作《な》す
時有りてか　仙客《せんかく》到り
笙鶴《しょうかく》　月中に聞く

【詩形・押韻】
五言律詩（雲・分・文・聞）上平声十二文

寛延元年（1748）第十回の通信使が本町二丁目を通る様子と推定され、正面の通りの先に富士山が見える。（但し、山王祭・神田祭の唐人行列という説あり。）

朝鮮人来朝図　羽川藤永筆　神戸市立博物館蔵

（成瀬不二雄著『富士山の絵画史』中央公論美術出版より）

【訳】

富士山

ふいに目の前に現れ、それが山であることに初めは気づかなかった。
はるか彼方にそびえ立ち、雲を望むかのようだ。
天に向かって千仞の高さ、
大地より抜きん出て日本全土を二分する。
陽《ひ》を受けた雪の白さは、絵に描くのにふさわしい美しさ、
長くたなびく噴煙は、篆書で書いた文字のよう。
時には仙人がやって来るらしい。
仙鶴の鳴き声が月夜に聞こえてくる。

【語釈・用例】

士峰：富士山のこと。

忽見未知嶽

未知：まだ知らない。

宋・王鎬「望嶽」詩「未知眞是嶽、只見半爲雲」『宋詩紀事』巻四十九（『圓機活法』巻四地理門「山」項）

杳然如望雲

杳然‥遥かに遠いさま。
晉・陶潛「讀山海經」詩八首其五「逍遙蕪皐上、杳然望扶木」『陶淵明集』巻四
唐・李白「答山中人」詩「桃花流水杳然去、別有天地非人間」『聯珠詩格』巻三（『詩人玉屑』巻二）
唐・施肩吾「宿四明山」詩「黎洲老人命余宿、杳然高頂浮雲平。下視不知幾千仞、欲曉不曉天雞聲」『萬首唐人絶句』巻三十四
明・陳第「南嶽舟中」詩「何處爲南嶽、雲開望杳然」『明詩綜』巻五十四
＊施肩吾や陳第の作のごとく、遥か彼方に山が聳え立つさまを「杳然」と表現した例もある。
望雲‥雲を望み見る。
唐・王維「遊悟眞寺」詩「望雲思聖主、披霧憶群賢」『王右丞集箋注』巻十二
唐・韋應物「郊居言志」詩「負暄衡門下、望雲歸遠山」『韋蘇州集』巻八
『十八史略』巻一「帝堯陶唐氏、帝嚳子也。其仁如天、其知如神。就之如日、望之如雲」陳殷注「如雲、言如雲之覆渥。人咸仰望之、若百穀之仰膏雨也」（『史記』巻一「五帝本紀」にも同じ話が見える）
＊主君を仰ぎ慕う、或いは望郷の念など、寓意が込められている用法が多い。ここでも富士山に対する畏敬の念を込めて用いていると思われる。
倚天千仞立
倚天‥天によりかかる。極めて高いことの形容。
唐・王翰「賦得明星玉女壇送廉察尉華陰」詩「洪河之南曰秦鎮、發地削成五千仞。三峰離地皆倚天、唯獨中峰特修

峻」『全唐詩』巻百五十六
唐・韓愈「酬司門盧四兄雲夫院長望秋作」詩「終南曉望蹋龍尾、倚天更覺青巉巉」『五百家注昌黎文集』巻五
千仞：一仞の千倍。極めて高いことを表す。一仞の長さは、八尺説、七尺説、五尺六寸説、四尺説など、古来諸説分かれていてはっきりしない。
晉・左思「詠史」詩八首其五「振衣千仞岡、濯足萬里流」『文選』巻二十一（『詩人玉屑』巻十二）
宋・楊時「遣興」詩「嵩華千仞立、不碍天地寬」『兩宋名賢小集』巻九十七

拔地八州分
拔地：地上に高く抜きん出る。
唐・吳融「韻赴闕次留獻荆南成相公三十韻」詩「拔地孤峰秀、當天一鶚雄」『唐英歌詩』巻上
宋・陸游「過靈石三峯」詩「拔地青蒼五千仞、勞渠蟠屈小詩中」『劍南詩稾』巻十
八州：大八洲。日本全土（本州・四国・九州・淡路・壱岐・対馬・隠岐・佐渡）をいうか。次項、頼山陽の例は白石の用例を襲うもののようである。
江戸・頼山陽「炊煙起」詩「八州縷縷百萬煙、簇擁皇統長接天」『日本樂府』

晴雪粉堪畫
晴雪：空が晴れた後に解け残っている積雪。
唐・錢起「和王員外晴雪早朝」詩「紫微晴雪帶恩光、繞仗偏隨鴛鷺行」『唐詩選』巻五

宋・賀鑄「游金陵雨花臺」詩「回認城郭游、春華爛晴雪。長烟動江隩、微雲泊山脅」『慶湖遺老詩集』巻三
宋・陳與義「山中」詩「白水春波天澹澹、蒼峰晴雪錦離離」『瀛奎律髓』巻二十三
堪畫：絵に描くのにふさわしい。思わず絵に描きたくなるほど素晴らしい景であることを言う。
唐・白居易「重寄荔枝與楊使君時聞楊使君欲種植故有落句之戲」詩「香連翠葉眞堪畫、紅透青籠實可憐」『白氏長慶集』巻十八
唐・杜牧「洛陽長句」詩「橋横落照虹堪畫、樹鎖千門鳥自還」『瀛奎律髓』巻四
江戸・伊藤東涯「伊吹殘雪」詩「溪山映帶總堪畫、最是晴峰殘雪時」『紹述先生文集』巻二十九
＊「粉」の字義については、後句の「篆作文」との対の関係から見て、「白い」という意味に、顔料「胡粉」の意味を兼ねたものと解する。「（富士山の雪は）白く胡粉で描くのにふさわしい美しさ」となる。

長烟篆作文

長烟：長くたなびく煙。富士山の噴火の煙のこと。宝永四年（一七〇七）の地震による大噴火まで、富士山は煙を吐いていた。白石はこののち甲府で富士山大噴火に遭っている。
唐・杜甫「湘江宴餞裴二端公赴道州」詩「白團爲我破、華燭蟠長煙」『杜詩詳註』巻二十二
＊中国では活火山がほとんど見られないためか、噴煙を表現する詩語はないようである。
篆：書体の名（篆書）であるが、ここでは篆字のような形をしているさまを言う。篆字のようにうねうねと曲がりながら立ち昇る香の煙を「篆煙」と呼ぶのが、似たような用法として挙げられる。
唐・戴叔倫「宮詞」詩「塵暗玉堦綦跡斷、香飄金屋篆煙清」『石倉歴代詩選』巻六十五

宋・朱淑眞「春怨」詩「花影重重疊綺窗、篆煙飛上枕屏香」『聯珠詩格』巻七
宋・黄裳「謝惠香餅」詩二首其二「朱餅靑烟篆古文、聊資清致聚還分」『演山集』巻十一
明・藍仁「次雲松訪復舋宿萬年宮」詩「講罷先天烟篆冷、夢回斜月玉笙聞」『藍山集』巻三

有時仙客到
仙客：仙人のこと。
梁・蕭若靜「石橋」詩「已數逢仙客、兼曾度獵人」『藝文類聚』巻九
元・張天英「石菖蒲爲子庭作」詩「今夜九疑仙客到、滿衣風露濕玄珠」『草堂雅集』巻三
江戸・石川丈山「富士山」詩「仙客來遊雲外巓、神龍棲老洞中淵。雪如紈素煙如柄、白扇倒懸東海天」『覆醤集』巻一

笙鶴月中聞
笙鶴：仙人が乗るという仙鶴の鳴き声のこと。
唐・宋之問「緱山廟」詩「王子賓仙去、飄颻笙鶴飛」『唐詩品彙』巻五十七
唐・劉禹錫「酬令狐見寄」詩「群玉山頭住四年、每聞笙鶴看諸仙」『萬首唐人絶句』巻六
元・張師魯「登麻姑山」詩「仙山碧玉梯、千仞凌紫氛。笙鶴杳何在、披懷觀八垠」『宛陵群英集』巻一
元・黄鎭成「樵陽雜詠」詩二首其二「羽客丹成去此臺、猶聞笙鶴夜歸來。幾回欲問臺邊月、晴雪梅花冷自開」『石倉歷代詩選』巻二百七十一

【補説】

石川丈山の自撰漢詩集『覆醤集《ふしょうしゅう》』の巻頭を飾る詩は、有名な「富士山」であるが、新井白石の自撰『陶情詩集』の巻頭を飾る一篇も、富士山を主題とした、この「士峰」である。白石は、のちに対馬国の儒生である西山順泰（本姓、阿比留《あびる》）の仲介によって朝鮮通信使に『陶情詩集』を読んでもらい、評を乞うている。「士峰」詩を巻頭に置いたのは、詩集をひもといた通信使に対し、日本を代表する名山を強調することによって、日本の漢詩人白石の存在を印象づけようとしたのであろう。

富士山に神仙のすむ仙山というイメージがついてまわったことは、古い文献中にしばしば確認できる。例えば、平安時代の都良香「富士山記」（『本朝文粋』巻十二）には、「富士山在駿河国。峰如削成直聳属天。（略）観其霊基所盤連、亘数千里間。（中略）蓋神仙之所遊萃也」とあり、神仙郷として富士山がとらえられている。こうした富士山のイメージは中国にも伝わっており、後周・義楚『義楚六帖』には、「日本国、亦名倭国。（略）東北千余里、有山。名富士、亦名蓬莱。其山峻、三面是海。一朶上聳、頂有火煙。日中上有諸宝流下、夜即却上。常聞音楽」と見え、東海の仙山として有名な蓬萊山と重ね合わされている。なお、富士山が神仙郷としてのイメージを獲得していく過程については、竹谷靭負著『富士山の精神史』（青山社　一九九八）に詳しく分析されている。

（遠藤　星希）

〇〇二　登總州望陀縣治東山故城

総州望陀県治の東山故城に登る

昔時○汗馬●勞◎
故老●說英○豪◎
荒堞●逢金○鏃
空壕○出寶●刀◎
天陰○山鬼●泣
月白●嶺猿○號◎
龍虎●氣猶○壯
風雲○千仞●高◎

昔時《せきじ》　汗馬《かんば》の労
故老　英豪《えいごう》を説く
荒堞《こうちょう》　金鏃《きんぞく》に逢い
空壕《くうごう》　宝刀を出だす
天陰《かげ》りて　山鬼泣き
月白くして　嶺猿《れいえん》号《さけ》ぶ
龍虎　気　猶お壮んにして
風雲　千仞《せんじん》高し

【詩形・押韻】
五言律詩（勞・豪・刀・號・高）下平声四豪

【訳】

上総の国 望陀県治の東山故城に登る

その昔、ここで汗馬の労をとったのだと、
故老が当時の英雄や豪傑の話を語ってくれた。
荒れた城壁には矢尻が落ちていることがあり、
から堀からは美しい刀が出てくることがある。
空が曇ったときには山鬼（もののけ）の泣き声が聞こえ、
月が白く輝くときには山猿の叫ぶ声が聞こえる。
当時の意気は未だ壮んに立ち上がり、
風雲に乗って千仞の高さにまで巻き揚がる。

【背景】

白石が藩主土屋利直に随行して久留里で過ごした延宝二年（一六七四）、十八歳の秋から冬にかけての作品か。土屋利直は、八月から十二月まで国元に戻ることを毎年繰り返していた。『折たく柴の記』の記述によれば、白石は十七歳の十一月から漢詩を作り始めている。創作を始めてから約一年たった時期の作品と推測される。また、延宝二年の十一月から十二月にかけて、久留里藩では、若侍たちの言い争いを発端にして、親類縁者を巻き込んだ内紛が発生しており、白石自身も藩主の勘気を蒙り謹慎の身であったのにもかかわらず、鎖帷子を着込んで参加しようとしている。

本詩で詠われる戦国の遺風は、絵空事ではなかったようだ。

【語釈・用例】

登總州望陀縣治東山古城

總州望陀：上総国望陀郡、現在の木更津市、君津市、長南町一帯を指す。戦国時代初期、千葉氏の内部抗争に乗じ、甲斐武田が進入して支配を固めた。以降、武田・里見・北条と戦国の世を経、江戸へ入って土屋氏・酒井氏・黒田氏と支配者が交代し、明治を迎える。新井白石は土屋氏二代目当主・民部少輔・利直に仕えるが、利直逝去後の内紛に連座して仕官禁錮の上、追放された。

東山：現在の君津市久留里の「城山」と呼ばれる急峻な丘陵の北西部分を指すと思われる。この場所は久留里の市街地から見ると東側に位置するため、古くは「東山」と呼ばれていたのではないか。丘陵は急峻であるが、久留里の町並みを一望するのには絶好の場所である。

＊坂井昭著『新井白石と久留里を逍遥』（早美舎　二〇〇八）・『久留里城ガイドぶっく』（久留里城址資料館発行）・君津市教育委員会久留里城址調査団『久留里城址発掘調査報告書』（君津市教育委員会　一九七九）を参考にした。

古城：旧久留里城を指す。武田氏が戦国時代中期に上総一帯を支配したときに築いた城は、里見氏が上総を支配する時期に廃された。里見氏はこの城の尾根続き南方五百メートルの地に久留里城を築き、房総全域の支配の本城とした。北条氏と里見氏の三次にわたる戦いは、この久留里城をめぐって繰り広げられた。江戸時代に入ってから土屋氏がこの地を治めたが、久留里城を整備することはなく、山の下の三の丸跡に陣屋を構えた。『折たく柴の記』の自注には「戸部の屋形は、むかし里見の義堯入道の住みし、久留里の城の下なる郭にありし也。その城のあとは高き山なり」と記している。詩中で「古城」と記されるのは「むかし里見の義堯入道の住みし、久留里の城」であり、ここには今も土塁や空壕などの遺構が残っている。『折たく柴の記』に記される「高き山」とは、すなわち本詩がいう「東山」である。

昔時汗馬勞

汗馬勞：馬に汗をかかせて戦場を往来すること、また戦功をいう。

『史記』巻五十三「蕭相國世家」「今蕭何未嘗有汗馬之勞、徒持文墨議論」

故老說英豪

故老：老いて事に明らかな人。また、古老。旧臣。

漢・班固「西都賦」「若臣者、徒觀迹於舊墟、聞之乎故老、十分未得其一端、故不能徧擧也」『文選』巻一

唐・杜甫「洛陽」詩「故老仍流涕、龍髯幸再攀」『杜詩詳註』巻十七

元・陳方「元宵留無錫有感」詩「曾聞故老說前朝、今在殊方度此宵。月殿不催春賜酒、風檐空憶夜吹簫」『草堂雅集』巻三

英豪：すぐれてえらい人。すぐれた人物。英雄。豪傑。

劉宋・范泰「經漢高廟」詩「嘯吒英豪萃、指揮五岳分」『藝文類聚』巻三十八

唐・李白「金陵歌送別范宣」詩「金陵昔時何壯哉、席卷英豪天下來」『李太白全集』巻六

荒堞逢金鏃

荒堞：荒れはてた城のかき。

唐・李百藥「秋晩登古城」詩「頽墉寒雀集、荒堞晩烏驚」『錦繡萬花谷』後集卷二十五
唐・劉商「姑蘇懷古送秀才下第歸江南」詩「可憐荒堞晩冥濛、麋鹿呦呦達遺址」『文苑英華』卷二百八十五
金鏃：金属のやじり。
唐・皮日休「館娃宮懷古」詩「豔骨已成蘭麝土、宮牆依舊壓層崖。弩臺雨壞逢金鏃、香徑泥銷露玉釵」『三體詩』卷四（『唐詩鼓吹』卷五）

空壕出寶刀

空壕：からぼり。城下、または城の周囲のほり。空濠。
唐・許渾「故洛城」詩「鴉噪暮雲歸古堞，雁迷寒雨下空壕」『三體詩』卷三（『錦繡萬花谷』後集卷二十五、『唐詩鼓吹』卷一、『文苑英華』卷三百九）
元・陳深「姑蘇臺晩眺分韻得高字」詩「青山擁危楯、白水環空壕。美哉此山谿、慘憺悲雄豪」『寧極齋稿』（『元詩選』初集卷十一）
元・盛彪「題高尙書夜山圖」詩「錢塘城中吳山高、右背湖水前江濤。江南江北山周遭、隱若廢堞縁空壕」『趙氏鐵網珊瑚』卷十三（『清河書畫舫』卷十一下、『御選宋金元明四朝詩』「御選元詩」卷二十六）
寶刀：宝として珍重する刀。
唐・高適「送李侍御赴安西」詩「離魂莫惆悵、看取寶刀雄」『高常侍集』卷八

天陰山鬼泣

天陰：天がくもる。
唐・杜甫「兵馬行」詩「君不見青海頭、古來白骨無人收。新鬼煩冤舊鬼哭、天陰雨溼聲啾啾」『杜詩詳註』巻二
山鬼：山中の怪物。山の精。もののけ。
唐・常建「弔王將軍墓」詩「今與山鬼鄰、殘兵哭遼水」『河嶽英靈集』巻上（『文苑英華』巻三百三）
明・李東陽「題袁檢事松壑圖」詩「陰風蕭蕭山鬼泣、水底長蛟作人立」『石倉歷代詩選』巻三百九十六

月白嶺猿號
月白：月が白くかがやく。
嶺猿：峰に棲む猿。
唐・呂渭「經湛長史草堂」詩「木落古山空、猿啼秋月白」『全唐詩』巻三百七
宋・董嗣杲撰／明・陳贇和韻「玉岑詩和韻」詩「登臨忽聽嶺猿號、嵐靄霏霏濕翠袍」『西湖百詠』巻下

龍虎氣猶壯
龍虎氣：天子の気、または、天子たるべき兆し。本詩では、いにしえの勇壮なもののふ、の意で用いたと思われる。
唐・杜甫「喜聞盜賊蕃寇總退口號」詩五首其一「北極轉愁龍虎氣、西戎休縱犬羊羣」『萬首唐人絕句』巻一
元・余闕「先天觀」詩「仙客鍊金地、蒼山深幾重。至今龍虎氣、猶在琵琶峯」『石倉歷代詩選』巻二百五十九
明・劉基「望江亭」詩「白塔盡銷龍虎氣、荒城空鎖鳳凰山。興亡莫問前朝事、江水東流去不還」『誠意伯文章』巻十

風雲千仞高

風雲：龍虎が風雲に遭って勢を得て昇天する。

千仞高：〇〇一「士峰」詩の語釈参照。

久留里城天守閣跡（手前）と現在の天守閣
（高芝麻子撮影）

（三上　英司）

〇〇三　和松節夜遊松菴之韻

松節の夜松菴に遊ぶの韻に和す

上方○秋氣●早　　上方　秋気早く
木落●見人○寰◎　　木落ちて　人寰《じんかん》を見る
風壑●猿聲○急　　風壑《ふうがく》　猿声急に
月林○鶴影●閑◎　　月林　鶴影閑なり
岫雲○生砌●下　　岫雲《しゅううん》　砌下《せいか》に生じ
星漢●掛檐○閒◎　　星漢　檐間《えんかん》に掛く
清磬●送歸○騎　　清磬《せいけい》　帰騎を送り
寥寥○出曉●山◎　　寥寥《りょうりょう》　暁山より出づ

【詩形・押韻】
五言律詩（寰・閑・閒・山）上平声十五刪

【訳】

松節の「夜松菴に遊ぶ」詩に和して作る

山の上の寺では秋の訪れが早く、
すっかり葉が落ちてしまった木立の間から人里が見える。
風が吹く谷からは猿の鳴き声がはげしく聞こえ、
月に照らされた林の中にはのどかに羽を休める鶴の姿が見える。
山の洞から湧き出る雲が階下に漂い、
天の川は軒端に掛かる。
清らかな磬《けい》の音が帰って行く馬を送り、
澄んだ音色が夜明けの山に響いてくる。

【背景】

「松節」という人物については未詳。〇〇四「松菴即事」詩に詠まれる「松菴」の庵主である松節、及び〇四二・〇四三「愛松節雪詩其能用韻和之二首」、〇五三「寄暑衣於松節処士」の松節と同一人物と思われる。

【語釈・用例】

上方秋氣早

上方：僧の住む場所、寺院。

唐・劉長卿「宿北禪寺蘭若」詩「上方鳴夕磬、林下一僧還」『劉隨州集』巻一
唐・劉長卿「登思禪寺上方題修竹茂松」詩「上方幽且暮、臺殿隱蒙籠」『劉隨州集』巻二
秋氣…あきの気。「秋気早」秋の気配が早く感じられることを表す。
宋・梅堯臣「秋雨」詩「雨後秋氣早、涼歸室廬淸」『宛陵集』巻一
宋・陸游「秋分後頓凄冷有感」詩「今年秋氣早　木落不待黄」『劍南詩稾』巻六十八

木落見人寰
人寰…人の住むところ。人境。
劉宋・鮑照「舞鶴」賦「去帝鄉之岑寂、歸人寰之喧卑」李善注「春秋穀梁傳尹更始曰、天子以千里爲寰。（略）寰、猶畿也」『文選』巻十四
唐・劉禹錫「題集賢閣」詩「長聽餘風送天樂、時登高閣望人寰」『全唐詩』巻三百六十
唐・白居易「長恨歌」詩「回頭下望人寰處、不見長安見塵霧」『古文眞寶』前集巻八
明・孫緒「雲深圖」詩「俯首見人寰、塵氣自來去」『沙溪集』巻十七

風壑猿聲急
風壑…風の生じる谷。
宋・黄庭堅「次以道韻寄范子夷子默」詩「蟬嫣世有人、風壑嘯兩虎」『山谷集』巻三
明・余靖「靈泉山中」詩五首其五「人閒斤斧亂、風壑夜聲哀」『石倉歷代詩選』巻百三十二下

猿聲：猿の鳴く声。
晉・陶潛「丙辰歳八月中於下潠田舍穫」詩「鬱鬱荒山裏、猿聲閑且哀」『陶淵明集』巻三
唐・劉長卿「入桂渚此砂牛石穴」詩「楓林月出猿聲苦、桂渚天寒桂花吐」『劉隨州集』巻十
元・善住「送無照入杭」詩「飛來峯頂猿聲急、合磵橋邊月色微」『谷響集』巻二
明・孫承恩「登燕臺」詩「日落猿聲急、風高雁影斜」『文簡集』巻十七

月林鶴影閑

月林：月の照らす林。
唐・杜甫「遊龍門奉先寺」詩「陰壑生虚籟、月林散清影」『杜詩詳註』巻一
明・沈希周「次韻鶴亭芝瑞」詩「雙飛唳月林間鶴、九疊蟠雲石上芝」『東江家藏集』巻十三
鶴影：鶴のかげ。鶴のすがた。
唐・李群玉「遊玉芝觀」詩「木落寒郊迥、煙開疊嶂明。片雲盤鶴影、孤磬雜松聲」『全唐詩』巻五百六十九
唐・元稹「與楊十二巨源盧十九經濟同遊大安亭各賦二物合爲五韻探得松石」詩「月臨棲鶴影、雲抱老人峯」『元氏長慶集』巻十四

岫雲生砌下

岫雲：山の穴から起こる雲。
晉・陶潛「歸去來兮辭」「觀雲無心而出岫、鳥倦飛而知還」『陶淵明集』巻五

梁・庾丹「秋閨有望」詩「耿耿横天漢、飄飄出岫雲。月斜樹倒影、風至水迴文」『玉臺新詠』巻五
唐・杜甫「雨」詩二首其二「落落出岫雲、渾渾倚天石。日假何道行、雨含長江白」『杜詩詳註』巻十五
元・方回「秋晩雜書」詩「上有出岫雲、下有見底江」『御選宋金元明四朝詩』「御選元詩」巻十二

砌：石段。上がり段。
陳・徐陵「山齋」詩「砌水何年溜、簷桐幾度春」『石倉歴代詩選』巻十
唐・方干「書法華寺上方禪壁」詩「砌下松巓有鶴棲、孤猿亦在鶴邊啼。臥聞雷雨歸巖早、坐見星辰去地低」『石倉歴代詩選』巻九十七

星漢掛檐間

檐間：軒のすきま。
唐・白居易「友人夜訪」詩「檐間清風簟、松下明月杯」『白氏長慶集』巻六
明・葛一龍「寒園」詩「日出茅簷間、雲生泥壁上」『御選宋金元明四朝詩』「御選明詩」巻三十四

清磬送歸騎

清磬：清らかな磬石のひびき。ここでの「清磬」は、澄みわたる山寺の鐘の音をいうものであろう。
梁・簡文帝（蕭綱）「上之回」「笳聲駭胡騎、清磬響山戎」『樂府詩集』巻十六
唐・李嘉祐「奉陪韋潤州遊鶴林寺」詩「松竹閒僧老、雲煙晩日和。寒塘歸路轉、清磬隔微波」『石倉歴代詩選』巻五十二

唐・耿湋「遊鍾山紫芝観」詩「繫舟仙宅下、清磬落春風。雨數芝田長、雲開石路重」『石倉歴代詩選』巻五十三
元・胡助「古寺垂虹」詩「空山出清磬、蕭寺隱林端」『純白齋類稿』巻十三

歸騎

梁・簡文帝（蕭綱）「從頓蹔還城」詩「征艫艤湯塹、歸騎息金隍」『玉臺新詠』巻七
唐・李端「宴伊東岸」詩「晴洲無遠近、一樹一潭春。芳草留歸騎、朱櫻擲舞人」『全唐詩』巻二百八十五
金・李俊民「遊碧落」詩「抵暮出山門、溪風送歸騎」『莊靖集』巻一
明・劉崧「陪陳尹飲江上雨過夜歸明日賦此」詩「月轉城東門、蕭蕭送歸騎」『石倉歴代詩選』巻二百八十八

寥寥出曉山

寥寥：さびしく静かなさま。ここではからりと澄み切った静けさというイメージで用いられる。
漢・秦嘉「贈婦」詩「寂寂獨居、寥寥空室。」『玉臺新詠』巻九
晉・支遁「詠懷」詩五首其三「苕苕重岫深、寥寥石室朗。中有尋化士、外身解世網」『廣弘明集』巻三十
劉宋・謝靈運「遊嶺門山」詩「海岸常寥寥、空館盈清思。協以上冬月、晨遊肆所喜」『漢魏六朝百三家集』巻六十六
梁・江淹「謝僕射混遊覽」詩「凄凄節序高、寥寥心悟永。」『文選』巻三十一
唐・宋之問「宿清遠峽山寺」詩「説法初聞鳥、看心欲定猿。寥寥隔塵市、何異武陵源」『全唐詩』巻五十二
唐・祖詠「蘇氏別業」詩「屋覆經冬雪、庭昏未夕陰。寥寥人境外、閒坐聽春禽」『石倉歴代詩選』巻四十二

曉山：明け方の山。
唐・盧象「追涼歴下古城西北隅此地有清泉喬木」詩「漁父偏相狎、堯年不可逃。蟬鳴秋雨霽、雲白曉山高」『石倉歴

代詩選』巻三十七
元・黄鎮成「題三磵鄭氏耕隠所」詩「遶舎流春水　當門出曉山」『秋聲集』巻三

（大戸　温子）

〇〇四　松菴卽事

風飄清磬翠微巓
路入藤蘿去不前
瘦杖自撐明月到
老禪時對白雲眠
脫毬肥栗落山徑
聯臂渇猿窺澗泉
一鉢還無香積飯
小瓢寫水碾茶煎

松菴即事

風は清磬《せいけい》を飄す　翠微の巓《いただ》き
路は藤蘿に入りて　去《ゆ》きて前《すす》まず
瘦杖　自《みず》から明月を撐《つ》きて到り
老禅　時に白雲に対して眠る
毬《いが》を脱して　肥栗《ひりつ》は山径に落ち
臂《ひじ》を聯《つら》ねて　渇猿《かつえん》は澗泉を窺《うかが》う
一鉢《いっぱつ》　還《ま》た無し　香積《こうしゃく》の飯
小瓢　水を写《そそ》いで　茶を碾《ひ》きて煎《に》る

【詩形・押韻】
七言律詩（巓・前・眠・泉・煎）下平声一先

【訳】

松菴にて

風が清らかな磬《けい》の音を運ぶ緑深い山の頂きで、
山路はいつしか藤蔓《ふじづる》の茂みに入り行き悩む。
明月が差しのぼり、細い杖で月の光を突きつつ尋ねてゆくが、
老僧はちょうど白雲の前で眠っておられるらしく、出ていらっしゃらない。
毬《いが》からこぼれたまるまるとした栗が山の小道に散らばり、
喉が渇いたのであろう、猿たちが手を繋ぎぶら下がって谷川をのぞいている。
食べ物はないかと覗いてみても鉢の中には布施米もない。
小さなふくべに水を汲み茶を碾いて煮て飲むこととしよう。

【語釈・用例】

風飄清磬翠微巓

磬‥上からつるして打ち鳴らす石。日本では奈良時代以降、仏事の際に用いた。

風飄清磬‥これに似た句としては、宋・惠崇「曉風飄磬遠」句と宋・魏野「微風飄磬韻」句が有名である。『詩話總龜』巻四十四「僧惠崇云、『曉風飄磬遠、暮雪入廊深』之句、華實相副、顧非佳句邪」

＊惠崇は北宋初の人。「曉風飄磬遠、暮雪入廊深」の句は、『詩人玉屑』巻二十、『漁隱叢話』前集巻五十七、『類說』巻五十七にも見える。

宋・魏野「懷寄披雲峯誠上人」詩「院高窮木盛、野極靜無言。險路通巖頂、香泉出石根。微風飄磬韻、幽鳥啄苔痕。常記相留夜、秋堂共聽猿」『瀛奎律髓』巻四十七（『石倉歴代詩選』巻百三十七）

翠微：山。また、山の頂上から少し下った八合目あたりをいう。六朝詩から多くの用例が見られる。

梁・何遜「仰贈從兄興寧寘南」詩「遠江飄素沫、高山鬱翠微」『古詩紀』巻九十三

元・袁桷「葛仙翁移居圖」詩「翁媼相攜入翠微、轉頭猶有可憐兒」『錦繡段』

翠微巓：山の頂き。

五代・蜀太后徐氏「靑城山丈人觀」詩「儀仗影空寥廓外、金絲聲揭翠微巓」『五代詩話』巻八

明・于愼行「南曹諸友邀遊祖師堂」詩「融公棲隱處、遙在翠微巓」『穀城山館詩集』巻七

路入藤蘿去不前

藤蘿：藤の蔓。また、一般につる性の草。

唐・崔顥「遊天竺寺」詩「靑翠滿寒山、藤蘿覆冬沼」『全唐詩』巻百三十

宋・楊億「留題南源院」詩「路入藤蘿十里餘、松窗瀟洒竹房虛」『武夷新集』巻一（『兩宋名賢小集』巻一、『全閩詩話』巻二）

去不前：行き悩む。歩みが進まない。

唐・黃滔「塞下」詩「匹馬蕭蕭去不前、平蕪千里見窮邊」『黃御史集』巻三

瘦杖自撐明月到

痩杖：用例は極めて少ない。「痩笻」の語が多い。

元・楊載「高沙朱山甫挽詩」詩「痩杖穿雲登峻嶺、小舟乘月泛清溪」『楊仲宏集』巻七

清・査愼行「自題廬山紀遊集後」詩「獨移痩杖扣石鏡、雙眼快對晴空拭」『敬業堂詩集』巻十五

撐月：月をつく。夜間の舟行で、水上の月に棹を差す、という時に使われ、また梅の枝越しに月を見て、枝が月を突くようだ、という描写にも使われる。

唐・李質「得日觀東房」詩「古木疑撐月、危峯欲墮江」『三體詩』巻五（『唐詩紀事』巻六十六、『漁隱叢話』前集巻五十七、『全唐詩』巻五百六十三）

宋・華岳「郊飲」詩「歸舟不用撐明月、只倩西風借晩潮」『翠微南征錄』巻六（『兩宋名賢小集』巻二百四十七、『錦繡萬花谷』後集巻二十六）

老禪時對白雲眠

老禪：老いた禅師。金・明代に多く見える語。

金・劉從益「三弟手植瓢材且有詩予亦戲作」詩「試問老禪藤繳去、何如游子杖挑來」『中州集』巻六

對白雲眠：白雲に向かって眠る。

唐・宋之問「下桂江龍目灘」詩「暝投蒼梧郡、愁枕白雲眠」『文苑英華』巻二百九十（『石倉歷代詩選』巻二十四、『唐詩鏡』巻五、『粵西詩載』巻二十）

元・宋無「寄眠雲處士」詩「却攜瓊笈轉、歸枕白雲眠」『翠寒集』（『兩宋名賢小集』巻三百七十六、『元詩選』初集巻三十六）＊宋無は宋人に数えられることもある。

脱毬肥栗落山徑

栗落・・栗が落ちる。

唐・貫休「思匡山賈匡」詩「石膏黏木屐、崖栗落冰池」『唐僧弘秀集』巻六（『唐詩紀事』巻七十五、『衆妙集』、『石倉歴代詩選』巻百八）＊貫休の別集『禪月集』巻八は「崖蜜落冰池」とする。『全唐詩』巻八百二十九は「崖蜜落冰池」として「蜜」に「一作栗」と注記する。

宋・王珪「遊山寺」詩「寒日征驂懶復回、經宵仍喜駐巖隈。徑盤幽迹遙知鹿、林透淸香定有梅。曉影痩猿窺澗溜、夜聲肥栗託爐灰。我心非動我非靜、白足禪僧無妄猜」『瀛奎律髓』巻四十七（『華陽集』巻二）

聯臂渇猿窺澗泉

聯臂・・猿が腕を並べる。猿が並んでいる様子。次に挙げる用例の内、蘇轍の詩句に発想が似ている。

宋・曾幾「放猿」詩「孤猿鎖檻歳年深、放出城南百丈林。緑水任從聯臂飲、青山不用斷腸吟」『兩宋名賢小集』巻一百九十　＊『全唐詩』巻七百六十八に曾麻幾の作として載る。『全唐詩作者小伝補正』（陶敏著・遼海出版社二〇一〇）に、五代の曾庶幾の作、という考証がある。

宋・蘇轍「次韻張恕春暮」詩「老猿好飲常連臂、野馬依人自絡頭」『瀛奎律髓』巻十（『欒城集』巻八、『石倉歴代詩選』巻百五十一）

＊ここに挙げた、蘇轍の詩を収めている詩文集のうち、『石倉歴代詩選』のみが「連臂」を「聯臂」とする。ここから、白石が『石倉歴代詩選』またはその系統の本を見ていたことが推測される。

渇猿・・喉が渇いた猿。

宋・陳傅良「次徳脩仙巖韻」詩「病樵弛擔渇猿喜、雖未作霖良已奇」『止齋集』巻二（『石倉歴代詩選』巻百九十三）
宋・王曼之「西窗」詩「西窗枕寒池、池邊老松樹。渇猿下偷泉、見影忽驚去」『天地間集』不分巻（『御選宋金元明四朝詩』「御選元詩」巻六十三）

澗泉‥谷の泉。谷間から流れ出る小川。

唐・戴叔倫「暉上人獨坐亭」詩「蕭條心境外、兀坐獨參禪。蘿月明盤石、松風落澗泉」『全唐詩』巻二百七十三

一鉢還無香積飯

一鉢‥ひと鉢。僧侶の質素な食器を言う。「一鉢」は唐代から多く見られる語。特に明・王世貞に二十六例あるのが目を引く。
唐・戴叔倫「草堂一上人」詩「一公持一鉢、相復度遙岑」『全唐詩』巻二百七十四 ＊『臨川文集』巻二十六にも見える。
唐・齊己「送僧歸日本」詩「日東來向日西遊、一鉢閒尋徧九州」『白蓮集』巻十（『石倉歴代詩選』巻百九）
明・王世貞「團雲徑」詩「截置一鉢中、與作山僧飯」『弇州四部稿』續稿巻二十一

香積飯‥香積は衆香世界の仏名。転じて、寺院の厨房。「香積之飯」は香積如来の食物。飯香《はんこう》が普《あまね》く香って三千大千世界に及んだという。
唐・王維「胡居士臥病遺米因贈」詩「既飽香積飯、不醉聲聞酒」『王右丞集箋注』巻三
唐・陸龜蒙「奉和襲美開元寺佛鉢」詩「空王初受逞神功、四鉢須臾現一重。持次想添香積飯、覆時應帶步羅鐘」『甫里集』巻九

唐・呉融「山僧」詩「石臼山頭有一僧、朝無香積夜無燈。」『唐英歌詩』巻中（『石倉歴代詩選』巻八十五、宋・劉克荘編『後村詩話』巻十二）

明・胡奎「鐵盔」詩「不遊舎衞城、不盛香積飯」『斗南老人集』巻六

小瓢寫水碾茶煎

瓢・ひょうたん。酒を入れる器のイメージと、顔淵に由来する清貧、あるいは君子のイメージがある。『全唐詩』に「小瓢」語は一例のみである。

魏・應瑗「雜詩」「簞瓢恆日在、無用相呵喝」『古詩紀』巻二十七

唐・賈島「寄喬侍郎」詩「近日營家計、繩懸一小瓢」『全唐詩』巻五百七十三

明・胡奎「瓢巖歌送人之金華」詩「大瓢小瓢相與傾、大瓢一飲累千觴」『斗南老人集』巻四

寫水・・水をそそぐ。瀉水。この語は用例に乏しい。

劉宋・鮑照「行道難」「瀉水置平地、各自東西南北流」『樂府詩集』巻七十

碾茶・・茶をひいて粉末とし、煮たり、湯を注いだりして飲む。この語は宋詩に多く見え、黄庭堅、陸游などが多く使う。

唐・白居易「酬夢得秋夕不寐見寄」詩「病聞和藥氣、渴聽碾茶聲」『白氏長慶集』巻二十六（『文苑英華』巻二百四十五）

（市川　桃子）

○○五　稲村崎

稲村崎

〔題下注〕在相州、元弘名將源義貞、起勤王之兵、討東賊。賊於江磧要害處、作大船連舫、以拒之。義貞解佩刀投水中、默禱江神。久之、倏忽潮水盡涸、東徙數里、徑入鎌倉。平氏九代之威烈於是乎亡。（相州《そうしゅう》に在りて、元弘《げんこう》の名将源義貞《よしさだ》、勤王《きんおう》の兵を起こし、東賊を討つ。賊江磧《こうせき》要害の処において、大船連舫《れんぼう》を作《な》し、以て之を拒《ふせ》ぐ。義貞、佩刀《はいとう》を解きて水中に投じ、黙して江神《こうしん》に禱《いの》る。之《これ》を久しくすれば、倏忽《しゅくこつ》として潮水尽《ことごと》く涸れ、東のかた徙《うつ》ること数里にして、径《ただ》ちに鎌倉に入る。平氏九代の威烈は是《ここ》に於《お》いて亡ぶ）

金鼓振天從北藩
驚沙濺血日光昏
寶刀沈水神龍化
碧海揚塵汗馬奔
九代衣冠餘戰骨
千年星月照寃魂
滿江巨艦眞閑事

金鼓　天を振《ふる》いて　北藩従《よ》りす
驚沙　濺血《せんけつ》　日光昏し
宝刀　水に沈みて　神龍化し
碧海　塵を揚げて　汗馬奔る
九代　衣冠　戦骨を余《あま》し
千年　星月　寃魂《えんこん》を照らす
満江の巨艦　真《まこと》に閑事なり

依舊寒潮落遠邨

旧に依りて　寒潮　遠邨《えんそん》に落つ

【詩形・押韻】

七言律詩（藩・昏・奔・魂・邨）上平声十三元韻

【訳】

稲村崎

〔題下注〕相模の国で、元弘年間の名将源義貞が勤王の兵を起こし、東国の賊を討った。賊は河原の要害に大きな船を造り並べて抗戦した。義貞は自分の刀を解き、水の中に投げ入れて、川の神に祈念した。しばらくすると、突如、潮が引き、義貞の軍勢は東の方向に数里移動し、直接鎌倉に突入した。平氏九代の威光は、ここに滅んだ。

北藩からやってきた軍の鐘や太鼓が天に響いて激戦となり、
砂が舞い飛び、血しぶきが降り、日光さえ暗く翳る。
新田義貞が宝刀を海に沈めて戦勝を祈願すると、刀は神龍と化し、
青海原に砂塵を舞い上げて軍馬が奔る。
北条氏九代の華々しき家柄は戦死者の骨を残すだけで、
それから千年、星や月が無念の死を遂げた魂を照らすこととなった。

浦を埋めた大船は全く役にも立たず、またその名残もないが、
今も昔のままに、寒々しい潮が浜辺の村遠く引いてゆく。

【語釈・用例】

＊〔題下注〕は、唐・房玄齢『晉書』巻四十二「王濬傳」に拠る句が多い。この点については後出、【補説一】を参照のこと。

相州：相模の国をさす。

元弘：第九十六代、後醍醐天皇の年号。（一三三一—三四）

源義貞：源中将《げんちゅうじょう》、新田義貞。

江戸・廣瀬旭荘「詠史」詩「堂堂源中將、應愧小楠公」『梅墩詩鈔』第三編

勤王：王事に勤める、帝王の業を助けること。

要害：地勢険阻で、守るに便に、攻めるに難い所。また、その地の存亡の全局に関する場所。

『晉書』巻四十二「王濬傳」「吳人於江險磧要害之處、竝以鐵鎖横截之、又作鐵錐長丈餘、暗置江中、以逆距船」

連舫：連なった舫《もやい》船。

『晉書』巻四十二「王濬傳」「武帝謀伐吳、詔濬修舟艦。濬乃作大船連舫、方百二十歩、受二千餘人」

佩刀：腰に帯びる刀。

江神：河の神。

『晉書』巻四十二「王濬傳」「又畫鷁首怪獸於船首、以懼江神」

『宋史』巻四百二十六「循吏列傳所載張逸傳」「縣東南有松柏灘、夏秋暴張多覆舟、逸禱江神。不踰月、灘爲徙五里、時人異之」

倏忽：はやく。たちまち。にわかに。すみやか。転じて、僅かの時間。極めて短い時間。

潮水：うしお。しお。海水。

隋・煬帝「春江花月夜」詩「流波將月去、潮水帶星來」『樂府詩集』巻四十七

威烈：威光の盛んな様。非常な威力。

金鼓振天從北藩

金鼓：軍中に用いる鐘と鼓。

漢・司馬相如「上林賦」「族居遞奏、金鼓迭起」『文選』巻八

漢・陳琳「爲袁紹檄豫州」「金鼓響振、（呂）布衆奔沮」『文選』巻四十四

金鼓振天：鉦と太鼓が天を振るわせ動かす。転じて、激戦の様子。

『三國志』巻三十六「黄忠」「金鼓振天、歡聲動谷」（『册府元龜』巻三百九十四、『通志』巻百十八上「列傳」第三十一上）

唐・杜甫「秋興」詩八首其五「直北關山金鼓振、征西車馬羽書遲」『瀛奎律髓』巻三十二

『金佗稡編』巻八「行實編年　五」「紹興十年庚申歲年三十八」條「金人叛盟（略）金鼓振天、城堞爲搖」

北藩：新田氏は、群馬県新田郡を本拠とする源姓の武士で、白石の遠祖。義貞の決起の際には、上野・下野・常陸・上総・武蔵の武士以外に「天狗山伏の触廻り」によって越後の五千騎も参加、この越後勢は稲村崎攻防戦を含む全戦闘で新田軍の中核となる。「北藩」とは具体的に北国街道（北陸道）沿いの勢力を指すのであろうが、訳では「北方の藩

屛」とした。

驚沙濺血日光昏

驚沙：驚砂と同じ。風に吹かれて舞い飛ぶ砂。

劉宋・鮑照「蕪城賦」「孤蓬自振、驚砂坐飛」『文選』巻十一

宋・蘇軾「茘支歎」詩「宮中美人一破顔、驚塵濺血流千載」『石倉歴代詩選』巻百五十（『施注蘇詩』巻三十六）

濺血：血しぶきが降り注ぐこと。

唐・王翰「飲馬長城窟行」詩「壯士揮戈回白日、單于濺血染朱輪」『唐文粹』巻十二（『樂府詩集』巻三十八、『石倉歴代詩選』巻三十）

明・楊庶「歌風臺」詩「被酒徑澤隆準公、巨蛇濺血汚劒鋒」『石倉歴代詩選』巻四百三十二

日光昏：日の光が暗い。

「若在宮宅、城營之內、戰陣之所、風勢異常、揚沙走石、日光昏濁、則必占之」『唐開元卜經』巻九十一

寶刀沈水神龍化：宝刀が水中で龍に化す逸話は、『晋書』・『拾遺記』などに載る。

『晉書』巻三十六「張華傳」「（前略）華大喜、卽補煥爲豐城令。煥到縣、掘獄屋基、入地四丈餘、得一石函、光氣非常、中有雙劍、竝刻題、一曰龍泉、一曰太阿。其夕、斗牛間氣不復見焉。煥以南昌西山北巖下土以拭劍、光芒豔發。大盆盛水、置劍其上、視之者精芒炫目。遣使送一劍幷土與華、留一自佩。（略）華誅、失劍所在。煥卒、子華爲州從事、持劍行經延平津、劍忽於腰間躍出墮水。使人沒水取之、不見劍、但見兩龍各長數丈、蟠縈有文章、沒者懼而反。

須臾光彩照水、波浪驚沸、於是失劍（後略）」（晉・王嘉『拾遺記』卷十、宋・鄭樵『通志』卷百二十一、『蒙求』「雷煥送劒呂虔佩刀」）
唐・陳子昂「感遇詩三十八首」詩其六「吾觀龍變化、乃知至陽精」『唐文粹』卷十八（『唐音』卷二、『唐詩品彙』卷三）

碧海揚塵汗馬奔

碧海：青海原、滄海。
梁・劉緩「遊仙」詩「稅駕倚扶桑、逍遙望九州。（略）寄音青鳥翼、謝爾碧海流」『文苑英華』卷二百二十五
揚塵：塵をあげる。ほこりをたてる。
『神仙傳』卷七「麻姑」「麻姑自說云、接侍以來、已見東海三爲桑田矣、向到蓬萊、水又淺于往者、會時略半也、豈將復還爲陵陸乎、（王）方平笑曰、聖人皆言、海中復揚塵也」
晉・陸機「日出東南隅行」詩「方駕揚清塵、濯足洛水瀾」『文選』卷二十八
唐・寒山「詩三百三首」詩其五十五「今日揚塵處、昔時爲大海」『古今禪藻集』卷二（『寒山詩集』）
明・王立道「壽嵇川南母」詩「方平遙向麻姑語、碧海揚塵今幾迴」『具茨集』「詩集」卷五
汗馬奔：馬に汗をかかせて駆使し骨を折る、または、そのようにして戦功を建てることを指す。
梁・沈約「日出東南隅行」詩「寶劍垂玉貝、汗馬飾金鞍」『樂府詩集』卷二十八
明・程敏政「慶宣和行仕座臥卷」詩「三邊玉帳擁、雕戈汗馬奔」『篁墩文集』卷八十七

九代衣冠餘戰骨

九代衣冠：北条家の家柄が、北条時政、義時、泰時、時氏、経時、時頼、時宗、貞時、高時と九代続いたことを指す。

宋・王銍「送謝景思假太常少卿奉祀溫州太廟先至三衢省覲」詩「九代衣冠漢原廟、百年禮樂魯諸生」『兩宋名賢小集』巻百八十七（『雪溪集』巻三）

宋・郭祥正「題金陵白鷺亭呈府公安中尙書」詩二首其一「六代衣冠歸寂寞、一番羅綺自華鮮」『青山集』巻二十三

戰骨：戦場に斃れた人の死骸。戦死者の骨。

唐・杜甫「東樓」詩「但添新戰骨、不返舊征魂」『石倉歷代詩選』巻四十五（『杜詩詳註』巻七）

清・王士禎「天馬山雨行」詩「兩炬殘更裏、亂山高復低。疾風吹白雨、折坂下青泥。詰屈穿牛角、縱橫印虎蹄。廿年餘戰骨、何處聽荒雞」『精華錄』巻七

千年星月照冤魂

星月：星と月

唐・賈島「送劉式洛中覲省」詩「同宿別離恨、共看星月迴」『長江集』巻六

照〜魂

唐・孟郊「楚怨」詩「秋入楚江水、獨照汨羅魂」『唐詩紀事』巻三十五（『孟東野詩集』巻一）

唐・溫庭筠「春江花月夜」詩「千里涵空照水魂、萬枝破鼻團香雪」『樂府詩集』巻四十七（『溫飛卿詩集箋注』巻二）

冤魂：無実の罪で死んだ人の魂。畳韻語。

晉・劉琨「答盧諶」詩「二族偕覆、三孽竝根。長慙舊孤、永負冤魂」『文選』巻二十五

唐・杜甫「去秋行」詩「戰場冤魂每夜哭、空令野營猛士悲」『文苑英華』巻三百三十一（『杜詩詳註』巻十一）

滿江巨艦眞閑事

滿江：河一面、の意。

『晉書』巻四十二「王濬傳」「（孫）皓聞（王）濬軍旌旗器甲、屬天滿江、威勢甚盛、莫不破膽」

巨艦：大きな戦船。大きい軍艦。

晉・左思「吳都賦」「弘舸連舳、巨檻接艫」『文選』巻五

明・朱純「赤壁圖」詩「赤壁當年苦戰爭、曹公横槊賦詩成。横江巨艦俄灰燼、留得孤篷載月明」『石倉歴代詩選』巻三百七十七

閑事：何事もなく、静かなこと、また無用の事業。

唐・皮日休「館娃宮懷古」詩「豔骨已成蘭麝土、宮牆依舊壓層崖。弩臺雨壞逢金鏃、香徑泥銷露玉釵。硯沼只留溪鳥浴、屧廊空信野花埋。姑蘇麋鹿眞閑事、須爲當時一愴懷」『三體詩』巻四（『唐詩鼓吹』巻五）

依舊寒潮落遠邨

依舊：昔のまま。

唐・劉禹錫「西塞山懷古」詩「人世幾回傷往事、山形依舊枕江（一作寒）流」『三體詩』巻三（『文苑英華』巻三百八、『唐詩鼓吹』巻二）

寒潮落：引き潮の流れが寒々しく見える様子。

梁・簡文帝（蕭綱）「蒙豫懺悔」詩「早煙藏石磴、寒潮浸水門」『藝文類聚』巻七十六

唐・劉長卿「送張十八歸桐廬」詩「歸人乘野艇、帶月過江村。正落寒潮水、相隨夜到門」『萬首唐人絶句』巻六（『唐

音』巻六）
唐・呉融「西陵夜居」詩「寒潮落遠汀、暝色入柴扃」『三體詩』巻五（『瀛奎律髓』巻十五、『石倉歴代詩選』巻八十五）
元・呉景奎「登臺州巾山」詩「天低古塔叅雲闕、江送寒潮落海門」『葯房樵唱』巻一

遠邨：遠方にある村。
梁・元帝（蕭繹）「出江陵縣還」詩「遠村雲裏出、遥船天際歸」『藝文類聚』巻二十八
明・黄相「題清隠巻」詩「曲澗通前浦、孤峯落遠邨」『石倉歴代詩選』巻四百五十

【補説二】

白石「稲村崎」詩に見える史書由来の語について　（大村和人　記）

『晋書』、『三国志』、『資治通鑑』によって詩語の調査を行った。

［題下注］

江磧要害處：『晋書』巻四十二「王濬傳」「呉人於江険磧要害之處、竝以鐵鎖横截之、又作鐵錐長丈餘、暗置江中、以逆距船」（『資治通鑑』巻八十一「晋紀三・世祖武皇帝・中」にもほぼ同じ表現が見られる。）

大船連舫：『晋書』巻四十二「王濬傳」「武帝謀伐呉、詔濬修舟艦。濬乃作大船連舫、方百二十歩、受二千餘人」（『資治通鑑』巻七十九「晋紀一・世祖武皇帝・上之上」にも該当する記述は見られるが、「大船連舫」という語は見られない。）

江神：『晋書』巻四十二「王濬傳」「又畫鷁首怪獸於船首、以懼江神」（『資治通鑑』に対応する記述無し。）

［本文］

金鼓振天：『三国志』巻三十六蜀書「關張馬黄趙傳」「金鼓振天、歡聲動谷」（『資治通鑑』巻六十八「漢紀六十・孝献皇帝・

癸」に該当する記述が見られるが、「金鼓振天」という表現は見られない。）

寶刀沈水神龍化：『晉書』巻三十六「張華傳」「初、吳之未滅也、斗牛之間常有紫氣、道術者皆以吳方強盛、未可圖也。惟華以爲不然。及吳平之後、紫氣愈明。華聞豫章人雷煥妙達緯象、乃要煥宿、屛人曰、『可共尋天文、知將來吉凶』因登樓仰觀。煥曰『僕察之久矣、惟斗牛之間頗有異氣』華曰『是何祥也』煥曰『寶劍之精、上徹於天耳』華曰『君言得之。吾少時有相者言、吾年出六十、位登三事、當得寶劍佩之。斯言豈效與』因問曰『在何郡？』煥曰『在豫章豐城』華曰『欲屈君爲宰、密共尋之、可乎』煥許之。華大喜、即補煥爲豐城令。煥到縣、掘獄屋基、入地四丈餘、得一石函、光氣非常、中有雙劍、竝刻題、一曰龍泉、一曰太阿。其夕、斗牛間氣不復見焉。煥以南昌西山北巖下土以拭劍、光芒豔發。大盆盛水、置劍其上、視之者精芒炫目。遣使送一劍幷土與華、留一自佩。或謂煥曰『得兩送一、張公豈可欺乎』煥曰『本朝將亂、張公當受其禍。此劍當繫徐君墓樹耳。靈異之物、終當化去、不永爲人服也』華得劍、寶愛之、常置坐側。華以南昌土不如華陰赤土、報煥曰『詳觀劍文、乃干將也、莫邪何復不至。雖然、天生神物、終當合耳』因以華陰土一斤致煥。煥更以拭劍、倍益精明。華誅、失劍所在。煥卒、子華爲州從事、持劍行經延平津、劍忽於腰間躍出墮水。使人沒水取之、不見劍、但見兩龍各長數丈、蟠縈有文章、沒者懼而反。須臾光彩照水、波浪驚沸、於是失劍。華歎曰『先君化去之言、張公終合之論、此其驗乎』」（『拾遺記』巻十、『通志』巻百二十一、『蒙求』「雷煥送劒呂虔佩刀」）

滿江：『晉書』巻四十二「王濬伝」「（孫）皓聞（王）濬軍旌旗器甲、屬天滿江、威勢甚盛、莫不破膽」（『資治通鑑』巻八十一「晋紀三・世祖武皇帝・中」の該当箇所には異なる表現が多いが、「滿江」という語は見られる。）

＊『三国志』『晉書』および『資治通鑑』の日本における普及について

日本の現存資料の中で、『三国志』『晉書』の書名が見え、早い時期に属するものは、延暦十六（西暦七九七）年成立の『続日本紀』である。称徳天皇の神護景雲三（七六九）年十月十日の記事によれば、当時太宰府には学問を志す者が多かったにも関わらず、府の書庫には五経のみ所蔵され、中国の三史（『史記』『漢書』『後漢書』）が無かったので朝廷に請求した結果、朝廷は三史の他に『三国志』『晋書』をそれぞれ一部ずつ下賜した、という。

平安時代になると、中国の正史は貴族たちにも読まれるようになった。『三国志』『晋書』両書とも、平安時代の寛平年間（八八九―八九八年）に藤原佐世が編纂した『日本国見在書目録』に記録されているし、平安貴族の読書録には、三史の他に『三国志』や『晋書』の名も見える。

その後、十三世紀ころに『資治通鑑』が、十五世紀ころに『十八史略』が伝来して流行すると、日本における『後漢書』以降の正史の地位は相対的に下がった。しかし、新井白石とほぼ同時代に活躍した荻生徂徠と志村楨幹が国訓を施した『晋書』が現存しており、『資治通鑑』『十八史略』伝来後に『晋書』が全く読まれなくなったというわけではない。先に挙げた語句の中にも、『資治通鑑』には無いが、『晋書』に見える表現が幾つかある。

参考書

宇治谷孟語訳『続日本紀』下巻（講談社学術文庫、一九九五）
『宮内庁書陵部所蔵室生寺本・日本国見在書目録』（名著刊行会、一九九八）
長澤規矩也編『和刻本正史・晋書』（汲古書院、一九七一）
王勇・大庭修編『中日文化交流史大系九・典籍巻』（大修館書店・浙江人民出版社、一九九六）
蔡毅編訳『中国伝統文化在日本』（中華書局、二〇〇二）竺沙雅章「中国史学在日本」

【補説二】

「春江花月夜」について　　（高芝麻子　記）

「稲村崎」詩には楽府の「春江花月夜」詩と重なり合う詩句や言い回しが多く見られる。

隋・煬帝「春江花月夜」詩「流波將月去、潮水帶星來」『樂府詩集』巻四十七
唐・張若虚「春江花月夜」詩「不知乘月幾人歸、落月搖情滿江樹」『樂府詩集』巻四十七
唐・溫庭筠「春江花月夜」詩「千里涵空照水魂、萬枝破鼻團香雪」『樂府詩集』巻四十七
唐・溫庭筠「堂堂」詩「錢塘岸上春如織、淼淼寒潮帶晴色」『樂府詩集』巻四十七

『旧唐書』巻二十九に「春江花月夜、玉樹後庭花、堂堂、竝陳後主所作（後略）」とあるように、「春江花月夜」は陳・後主を濫觴とする楽府であるとされる。現存する最古の作品は隋・煬帝のものであり陳・後主の作品は残らないが、『楽府詩集』巻四十七にも『旧唐書』を引き、「春江花月夜」は陳・後主より始まるとの説を採り、また「春江花月夜」に続けて「玉樹後庭花」「堂堂」を載せる。「玉樹後庭花」は「亡国の音」と呼ばれる。宋・鄭樵『通志』巻四十九は「春江花月夜」や「堂堂」など八曲について「不幾於亡乎」と評しているが、これは正声が亡んだに等しいことをいうと同時に、「亡国の音」を連想させる言い回しである。陳・後主と隋・煬帝という亡国を思わせる君主が関わった「春江花月夜」「玉樹後庭花」「堂堂」の三作品は、「亡国」のイメージを深く持った楽府群であったのではないか。そうであればこそ、白石は北条九代の滅びを謳う「稲村崎」で、「春江花月夜」を踏まえた言い回しを行ったのではないか。

しかし、四庫全書を見ると、「春江花月夜」「玉樹後庭花」「堂堂」を一連のものとして扱っている書籍は管見の限り『楽府詩集』だけである。ここに、白石が『楽府詩集』を見ていた可能性を指摘しておきたい。

（三上　英司）

〇〇六　新竹

尺五龍孫頭角森
白雲長護碧千尋
夜窗彷彿聽風雨
好爲君王作旱霖

新竹

尺五《せきご》の龍孫　頭角森たり
白雲　長《とこし》えに護る　碧千尋《へきせんじん》
夜窓　彷彿たり　風雨を聴くに
好し　君王の為に旱霖《かんりん》を作《な》せ

【詩形・押韻】

七言絶句（森・尋・霖）下平声十二侵

【訳】

若竹

天にとどくほどの若竹はすっくと頭角を伸ばしている。
白雲が長く見守るもとでこの竹は千尋もの高さまで伸び、青々と聳えた。
夜、窓辺の葉ずれの音は風雨を聞くかと思われる。

さあ、君王のために日照りを癒す恵みの雨を降らせよ。

【語釈・用例】

新竹：すでに唐代から詩題になっている。

唐・王維「沈十四拾遺新竹生讀經處、同諸公作」詩『王右丞箋注』巻十一（『文苑英華』巻三百二十五、『石倉歴代詩選』巻三十五）

唐・白居易「題小橋前新竹招客」詩『白氏長慶集』巻八

江戸・松永尺五「新竹添綠得處字」詩『尺五堂恭儉先生全集』巻二

尺五龍孫頭角森

尺五：一尺五寸の略。天からいくらも離れていない高所を表す用例が多い。

宋・胡宿「公子」詩「去天尺五城南路、此去青雲別有梯」『瀛奎律髓』巻四十六

宋・蘇軾「予少年頗知種松、手植數萬株、皆中梁柱矣。都梁山中見杜輿秀才求學其法、戲贈」二首詩其一「露宿泥行草棘中、十年春雨養髯龍。如今尺五城南杜、欲問東坡學種松」『施註蘇詩』巻三十二

龍孫：筍の異名。『筍譜』に「俗聞呼筍為龍孫。若然者、龍未聞化竹、竹化為龍。豈宜言龍孫。今詳理、実竹為龍、龍且不生筍、故嘉言巧論、呼為龍孫耳」とある。唐以前は馬を表現する用例（唐・曹寅「病馬」四首其二「不剪焦毛鬛半翻、何人別是古龍孫）しかなく、竹や筍を表すのは宋以降のことである。

宋・李新「笋竹」詩「稍倩南風開鵲尾、數煩夜雨送龍孫」『跨鼇集』巻七（『圓機活法』巻二十二竹木門「新竹」項「稍借

南風開鵲尾、數煩夜雨送龍孫」）
宋・陳舜兪「竹雲洞」詩「長干龍老長龍孫、竹裏陰陰鎖晝雲」『都官集』巻十三
明・蕭顯「種竹」詩「簇簇龍孫長、翛翛鳳吹聞」『石倉歴代詩選』巻四百二十

頭角：筍の頭角としての用例は宋以降から見られる。
宋・張九成「食苦笋」詩「吾鄉苦笋佳、出處惟石屋。玉肌膩新酥、黃衣緣深綠。林深恐人知、頭角互伸縮」『橫浦集』巻一（『石倉歴代詩選』巻百九十七）
元・淸珙「師子林卽景」詩六首其一「萬竿綠玉繞禪房、頭角森森筍穉長」『御選宋金元明四朝詩』「御選元詩」初集巻六十八
明・陳烓「與竹爲二陳進士廼尊題」詩「昨夜春雷聳頭角、龍孫無數出東垣」『石倉歴代詩選』巻四百四十一

森：そばだつさま。この詩では新竹が高く聳えるさまを表す。
唐・白居易「裴侍中晉公以集賢林亭卽事詩二十六韻見贈、猥徵和、才拙詞繁、廣爲五百言以伸酬獻」詩「竹森翠琅玕、水深洞琉璃」『白氏長慶集』巻二十九
唐・李商隱「江村題壁」詩「沙岸竹森森、維舟聽越禽」『瀛奎律髓』巻二十三
宋・王安石「華嚴院此君亭」詩「一徑森然四座涼、殘陰餘韻興何長」『瀛奎律髓』巻二十五

白雲長護碧千尋

白雲：竹とともに詠じられる例は少ない。
劉宋・謝靈運「過始寧墅」詩「白雲抱幽石、綠篠媚淸漣」『文選』巻二十六

元・虞集「題暖翠亭」詩「老去惟思卧白雲、一亭新竹喜初聞」『石倉歴代詩選』巻二百三十八

長護…雲がとこしえに護る例を挙げる。

元・貢奎「慈湖磯」詩「今古江流推不去、溼雲長護最高岑」『御選宋金元明四朝詩』「御選元詩」初集巻二十二

明・邵寶「聞呉甯菴轉南京學士」詩二首其二「風雲長護宣麻署、日月遙臨視草臺」『容春堂集』前集巻六

碧千尋…一尋は八尺。八千尺。極めて高いこと。また、極めて広いこと。この詩では新竹が高く伸びるさま。

宋・朱熹「登山有作次敬夫韻」詩「晩峯雲散碧千尋、落日衝飈霜氣深」『晦菴集』巻五

明・呉儼「壽秦汝厲父」詩「當門喬木碧千尋、一巻先天萬古心」『呉文肅摘稿』巻二

千尋

宋・蘇軾「答文與可」詩「世間那有千尋竹、月落庭空影許長」『聯珠詩格』巻十八（『施註蘇詩』巻十四）

夜窗彷彿聽風雨

夜窗

唐・孟浩然「歸終南山」詩「永懷愁不寐、松月夜窗虚」『瀛奎律髓』巻二十三（『唐音』巻四、『唐詩品彙』巻六十、『石倉歴代詩選』巻三十七）

宋・陳襄「金華山人幽居」詩「雨苔春徑綠、風竹夜窗寒」『石倉歴代詩選』巻百四十八

彷彿…似る。さながら〜のようである。双声語。

北魏・韓延之「率爾成詠」詩「昔日謝安石、求爲淮海人。彷彿新亭岸、猶言洛水濱」『石倉歴代詩選』巻十二

唐・竇常「香山館聽子規」詩「雲埋老樹空山裏、彷彿千聲一度飛」『三體詩』巻一（『萬首唐人絶句』巻三十四）

聽風雨

宋・蘇軾「初別子由」詩「秋眠我東閣、夜聽風雨聲」『施註蘇詩』巻十三（『坡門酬唱集』巻六）

元・呂誠「聞雨」詩「身外浮雲唯一榻、臥聽風雨海東來」『來鶴亭集』巻三

好爲君王作旱霖

好：よし。さあ。肯定を表す助辞。

唐・韓愈「左遷至藍關示姪孫湘」詩「知汝遠來應有意、好收吾骨瘴江邊」『瀛奎律髓』巻四十三（『五百家注昌黎文集』巻十、『石倉歴代詩選』巻五十七）

唐・白居易「新栽梅」詩「莫怕長洲桃李妬、今年好爲使君開」『萬首唐人絶句』巻十四（『白氏長慶集』巻二十四）

君王：君主。国王。

唐・白居易「長恨歌」詩「天生麗質難自棄、一朝選在君王側」『古文眞寶』前集巻八

唐・李商隱「涉洛川」詩「宓妃漫結無窮恨、不爲君王殺灌均」『萬首唐人絶句』巻四十

唐・張祜「太眞香囊子」詩「誰爲君王重解得、一生遺恨繫心腸」『萬首唐人絶句』巻四十三

宋・黄庭堅「次雨絲雲鶴」詩二首其一「願染朝霞成五色、爲君王補坐朝衣」『瀛奎律髓』巻二十七

旱霖：ひでりと長雨。また、ひでりを癒す雨。人民を苦しみから救うたとえ。元以降の詩に見える。

元・耶律鑄「拜書尊大人領省甕山原塋域寢園之壁」詩「太平與亂俱無象、先覺分明儘有閑。閒氣欲常遊帝所、旱霖終不沃人寰」『雙溪醉隱集』巻六

明・朱誠泳「仙嶺朝雲」詩「山倚叢祠入望深、嵐光侵曉落微陰。等閒飛起從龍去、應與商家作旱霖」『小鳴稿』巻七

＊竹は龍孫といわれるので、雨を連想させる。それゆえ、この詩に雨を降らす存在として詠じられたのであろう。

（詹　満江）

○○七　夏雨晴

雨餘○殘照●好
散歩●到昏○鴉◎
龍過●腥江○樹
虹懸○明晩●沙◎
風雲○行玉●馬
晴電●掣金○蛇◎
病骨●清如○拭
微涼○生藕●花◎

夏雨晴る

雨余　残照好《よ》く
散歩して昏鴉《こんあ》に到る
龍過ぎて江樹　腥《なまぐさ》く
虹懸りて晩沙明るし
風雲　玉馬行き
晴電　金蛇掣《ひ》く
病骨　清きこと拭《ぬぐ》うが如く
微涼　藕花《ぐうか》に生ず

【詩形・押韻】
五言律詩（鴉・沙・蛇・花）下平声六麻

【訳】

夏の雨が晴れて

雨上がりに夕陽が好ましくて、
漫ろ歩くうちに日暮となった。
龍が雨をもたらして過ぎ、川沿いの木々は腥《なまぐさ》く、
虹がかかり、夕暮れの岸辺の砂を照らす。
風に吹かれた雲は玉馬となって天翔け、
晴れた空の稲妻は金蛇となって閃く。
病んだこの身は拭われたように清々しい。
蓮の花にかすかな涼が生じた。

【語釈・用例】

雨餘殘照好

雨餘：雨上がり。

唐・李嶠「奉敎追赴九成宮途中口號」詩「雨餘林氣靜、日下山光夕」『全唐詩』巻五十七

金・趙秉文「會靈觀卽事」詩二首其一「靈宮初雨餘、散策步幽徑」『滏水集』巻四

殘照：夕日の光。

唐・杜牧「寄遠」詩『欲寄相思千里月、溪邊殘照雨霏霏』『樊川文集』巻四

明・張寧「秋暮有懐楊煕春」詩「經秋古樹留殘照、臨水荒城見暮鴉」『方洲集』巻十九

散歩到昏鴉

散歩：散策。

唐・白居易「犬鳶」詩「晩來天氣好、散歩中門前」『白氏長慶集』巻二十

昏鴉：日暮れに飛ぶ鴉。宋代以降は日暮れそのものを指すこともある。なお『円機活法』巻二天文門「夏晩」項には「帰鴉」の語が見える。

唐・杜甫「野望」詩「獨鶴歸何晩、昏鴉已滿林」『杜詩詳註』巻八（『圓機活法』韻學巻七下平六麻「鴉」項「昏鴉已霜林」）

宋・黄庭堅「寄耿令幾父過新堂邑作迺幾父舊治之地」詩「我聞耆舊語、歎息至昏鴉」『山谷集』外集巻二

＊「散歩」は『全唐詩』には七例しか見えず、うち五例が白居易。また「昏鴉」も『全唐詩』には杜甫詩に三例あるのみ。なお、『円機活法』韻学巻七下平六麻「鴉」項に挙げられた「昏鴉」句は、杜甫句二例のみ。

龍過腥江樹

龍腥：雨が上がり、湿度が高くなって生じる空気の腥さ。宋代以降に多い表現。

唐・貫休「賀雨上王使君」詩二首其一「一片丹心合萬靈、應時甘雨帶龍腥」『禪月集』巻二十四

宋・梅堯臣「新霽望岐笠山」詩「斷虹迎日盡、飛雨帶龍腥」『宋詩鈔』巻四

明・羅洪先「登天池絶頂用龍溪見懷韻」詩二首其一「鳥去林逾靜、龍過雨尚腥」『念菴文集』巻二十

江樹：川岸の木々。

齊・謝朓「之宣城郡出新林浦向板橋」詩「天際識歸舟、雲中辨江樹」『文選』巻二十七

虹懸明晩沙

虹懸：虹がかかる。

唐・李賀「北中寒」詩「爭瀯海水飛凌喧、山瀑無聲玉虹懸」『昌谷集』巻四

明・周敍「江山遠趣圖」詩「飛流百丈晴虹懸、危梁倒影丹崖巓」『石倉歴代詩選』巻三百五十四

＊「虹懸」は唐詩に一例見えるが、宋詩には用例はない。明詩にはいくらか見えることから、明代以降の詩の影響を受けたか、あるいは「虹がかかる」との日本語を意識した可能性がある。

晩沙：夕暮れ時の砂地。

宋・黄庭堅「和李才甫先輩快閣」詩五首其一「山寒江冷丹楓落、爭渡行人簇晩沙」『山谷集』外集巻七（『圓機活法』韻學巻七下平六麻「沙」項「爭渡行人立晩沙」）

風雲行玉馬　晴電掣金蛇

宋・王令「舟次」詩「風力引雲行玉馬、水光流月動金蛇」『廣陵集』巻十四（『圓機活法』巻一天文門「雲」項　宋・王安石）

玉馬：玉で作ったような美しい馬。

魏・曹植「大魏篇」詩「玉馬充乘輿、芝蓋樹九華」『樂府詩集』巻五十三

晴電：晴天に走る稲光。

唐・呉融「和集賢相公西溪侍宴觀競渡」詩「晝花鋪廣宴、晴電閃飛橈」『唐英歌詩』巻上

元・姚燧「謝馬希聲甃香鼎」詩「毎愁射日動精采、倒景過目晴電掣」『牧庵集』巻三十三

金蛇…金色の蛇。『円機活法』韻学巻七下平六麻「蛇」項に見える。

作者不詳「光影掣金蛇」『圓機活法』韻學巻七下平六麻「蛇」項

宋・蘇軾「望海樓晩景五絕」詩五首其二「雨過潮平江海碧、電光時掣紫金蛇」『施注蘇詩』巻五

宋・陸游「南樓遇大風雨」詩「千羣鐵馬雲屯野、百尺金蛇電掣空」『劍南詩稾』巻十七

元・趙孟頫「天冠山題詠」詩二十八首其十三「雷公巖」「飛電掣金蛇、其誰敢余侮」『松雪齋集』巻五

明・萬民英「戊子己丑霹靂火」「電掣金蛇之勢、雲驅鐵馬之奔」『三命通會』巻一

＊「玉馬」は飛ぶ雲、「金蛇」は稲妻の比喩。

病骨清如拭

病骨…病気の体。

宋・韓琦「題朝元閣」詩「南巓更就丹霞挹、頓覺厖然病骨清」『瀛奎律髓』巻三

宋・陸游「九月一日未明起坐」詩「病骨清羸八十餘、空齋凄冷五更初」『劍南詩稾』巻六十八

微涼生藕花

微涼…かすかな涼しさ。

魏・曹植「贈白馬王彪」詩「秋風發微涼、寒蟬鳴我側」『文選』巻二十四

唐・柳公権「夏日聯句」詩「薫風自南來、殿閣生微涼」『萬首唐人絕句』卷二十二

唐・白居易「小池」詩二首其一「映林餘景沒、近水微涼生」『白氏長慶集』卷七

藕花：蓮の花。

唐・白居易「西湖留別」詩「綠藤陰下鋪歌席、紅藕花中泊妓船」『白氏長慶集』卷二十三

唐・李賀「塘上行」詩「藕花涼露濕、花缺藕根澀」『樂府詩集』卷三十五

（高芝　麻子）

〇〇八　題尼寺壁

尼寺の壁に題す

空門托跡世緣微
閑却舊閨金縷衣
雲雨無情蘭沼上
紫鴛交翅背人飛

空門　跡を托して　世縁微《び》なり
閑却す　旧閨　金縷の衣を
雲雨　無情なり　蘭沼の上《ほとり》
紫鴛　翅を交《まじ》え　人に背《そむ》きて飛ぶ

【詩形・押韻】
七言絶句（微・衣・飛）上平声五微

【訳】
　尼寺の壁に書き記す
仏門に帰依して今後の身を御仏にゆだね、俗世間からは縁遠くなったし、昔暮らした部屋も金の糸で刺繍した贅沢な衣裳も忘れ果てた。それなのに男女の恋情とは無情なものだ。蘭の沼のあたりでは、紫の番《つが》いのおしどりが翅を合わせ、人の気持も知らぬげに仲良く飛んでいく。

【背景】

白石十九歳のとき、父が辞職して浅草報恩寺に寄寓し、白石自身も二十一歳のときに土屋家を追放されているので、父と同居していたかどうかはわからないものの、そのころより浅草に近い所に住んでいた可能性はある。当時、浅草には新吉原があり、遊女が出家した尼寺もその付近にあったかもしれないが、具体的なことはわからない。あるいは題詠か。

【語釈・用例】

題尼寺壁：もと乳母だった尼を寺に訪ね、会えないので、寺の壁に字を書き付け、その後、その乳母だった尼の気持を悟って、壁に書き付けた字を塗りこめて消した王令公という人の話がある。管見のかぎりでは、詩題としての例は見出せない。

作者不詳「題尼寺壁」「楊凝式滑稽精舎老尼、卽王令公家乳母。公至苦不爲禮、乃書壁云、暇日遊老比丘院。延待甚厚。尼甚感之。後悟老比丘之言、立圬鏝之」『圓機活法』巻九釋老門「尼姑」項（『類說』巻十二、『古今事文類聚』前集巻三十五、『古今合璧事類備要』前集巻四十九）

題壁：壁に詩文などを書きつけること。六朝より例がある。

晉・馬岌「題宋纖石壁」詩『古詩紀』巻四十六

梁・蕭綸「入茅山尋桓清遠題壁」詩『古詩紀』巻八十一

尼寺：尼寺それ自体は、東晋に起源をもつというが、唐以前の詩にはほとんど見えない（「僧史略曰、東晋何充始捨宅安尼、此蓋尼寺之起也」『事物紀原』真壇浄社部・尼寺）。

唐・王建「貽小尼師」詩『瀛奎律髓』巻四十七

元・陳陽盈「北山尼寺」詩『御選宋金元明四朝詩』「御選元詩」三集巻八

明・朱妙端「題明因尼寺陳後主所建」詩『檇李詩繋』巻三十五

＊女道士の居に題した詩としては、唐・秦系（『瀛奎律髓』巻四十八）、唐・馬戴（『全唐詩』巻五百五十六）の「題女道士居」詩がある。およそ中国の詩人は、女道士とはよく交流したが、尼僧との交流は少なかったようである。それゆえ、尼寺や尼僧を詠じた詩は少ない。詩題は『円機活法』から得たかもしれない。

空門托跡世縁微

空門：仏教語。仏教をいう。空法を究竟の門となすという意（「涅槃城有三門、所謂空・無相・無作」『智度論』巻二十）。

唐・王維「歎白髪」詩「一生幾許傷心事、不向空門何處銷」『唐詩品彙』唐詩拾遺巻四（『王右丞集箋注』巻十四）

唐・白居易「晩歳」詩「惹愁諳世網、因苦頼空門」『瀛奎律髓』巻六（『白氏長慶集』巻二十）

唐・呉融「還俗尼　本歌妓」詩「柳眉梅額倩粧新、笑脱袈裟得舊身。三峡却爲行雨客、九天曾是散花人。空門付與悠悠夢、寶帳迎迴暗暗春。寄語江南除老客、一生長短託清塵」『瀛奎律髓』巻四十七

托跡：託跡。託分。自分の行く末を託す。

晉・陸機「漢高祖功臣頌」「託跡黄老、辭世卻粒」『文選』巻四十七

唐・齊己「荊門寄沈彬」詩「道有靜君堪託跡、詩無賢子擬傳誰」『白蓮集』巻八

世縁：世の中のゆかりのこと。俗縁。塵縁。
唐・錢起「過桐栢山」詩「投策謝歸途、世縁從此遣」『唐詩品彙』卷十三
唐・白居易「遊悟眞寺山下別張殷衡」詩「世縁未了住不得、孤負靑山心共知」『萬首唐人絶句』卷十一（『白氏長慶集』卷十四）

閑却舊閨金縷衣

舊閨：以前暮らした部屋。女性の部屋としての例は四庫全書に一つのみ。
宋・強至「晉陽郡君輓詞」詩「淡月臨新兆、淸風在舊閨」『祠部集』卷五

閑却舊

明・程敏政「有感次高夏官克明韻」詩二首其一「年來閑却舊巖局、僮僕應嫌鵲未靈」『篁墩文集』卷七十五
明・程銈「題詩巖」詩「幾泛煙波倚棹歌、沙頭閒却舊漁簑」『石倉歷代詩選』卷四百七十七

金縷衣：金色の糸で刺繡した衣裳。また、曲調の名。金縷曲ともいう。
梁・劉孝威「擬古應教」詩「靑鋪綠瑣琉璃扉、瓊筵玉笥金縷衣」『玉臺新詠』卷九
唐・杜牧「杜秋娘」詩「秋持玉斝醉、與唱金縷衣」『唐文粹』卷十四下（『唐詩紀事』卷五十六）
唐・李錡「勸少年」詩「勸君莫惜金縷衣、勸君須惜少年時。有花堪折直須折、莫待無花空折枝」『萬首唐人絶句』卷五十五（『才調集』卷一「雜調」無名氏、『石倉歷代詩選』卷百十三　唐・杜秋娘）
元・郭鈺「寄阮弘濟兼簡楊亨衢少府」詩「紅袖醉歌金縷曲、牙旂歸導玉花驄」『靜思集』卷七

雲雨無情蘭沼上

雲雨：神女の美称。転じて、男女の交情。双声語。

戰國・宋玉「高唐賦」「妾在巫山之陽、高丘之岨、旦爲朝雲、暮爲行雨、朝朝暮暮、陽臺之下」注「善曰、朝雲行雨、神女之美也、良曰、朝行雲、暮行雨、皆神女自稱」『文選』巻十九

唐・李白「清平調辭」詩「一枝紅豔露凝香、雲雨巫山枉斷腸」『聯珠詩格』巻三（『樂府詩集』巻八十、『萬首唐人絶句』巻五十九、『唐詩品彙』巻四十七、『李太白文集』巻四、『唐詩選』巻七）

唐・李群玉「贈人」詩「曾留宋玉舊衣裳、惹得巫山夢裏香。雲雨無情難管領、任他別嫁楚襄王」『萬首唐人絶句』巻二十七

蘭沼

唐・太宗（李世民）「秋日」詩二首其一「爽氣澄蘭沼、秋風動桂林」『瀛奎律髓』巻十二

明・黎民表「題玉屏墨莊」詩「蘭沼碧沈沈、微風生樹林」『瑤石山人稿』巻五

紫鴛交翅背人飛

紫鴛

唐・李白「古風」詩五十九首其十五「七十紫鴛鴦、雙雙戲庭幽」『李太白文集』巻一

元・劉詵「七夕」詩二首其二「牽牛紫鴛衣、織女白玉容」『桂隱詩集』巻一

明・劉基「拔蒲」詩「嫌殺紫鴛鴦、雙戲蒲葉下」『誠意伯文集』巻一

交翅：四庫全書には用例が見えない。また『古文眞寶』前集・『聯珠詩格』にも見えない。

背人：私かに。秘密に。人目を避ける。また、人に関わりなく。
唐・杜甫「歸鴈」詩二首其一「雙雙瞻客上、一一背人飛」『杜詩詳註』巻二十三
明・王恭「采蓮曲」詩二首其二「忽見郎船過江去、一雙鸂鶒背人飛」『閩中十子詩』巻十九

【補説】

白石には他に「和祇生七家雪戯倣其体」詩七首その三に「倡家」と題する詩（『白石先生余稿』巻一所収）もあり、妓女の艶冶なさまを詠じている。「祇生」とは祇園南海のことで、白石と南海が知り合ったのは、南海が木下順庵に入門した元禄二年（一六八九、白石三十三歳）以降のことらしいので、「題尼寺壁」詩のほうが早く作られたことになる。『円機活法』に見える話のように、もと乳母として仕えた主人が訪ねてさえ会うことを憚る尼僧ゆえ、この詩も実際に尼寺の壁に書き付けた詩ではなく、題詠の可能性が高いであろう。

前半は「空門」「世縁」など仏教を詠じる際によく使われる語を用いたり、「金縷衣」という着飾った妓女をイメージさせる語など、出家した妓女を常套的に表現している。しかし、後半は「蘭沼」「交翅」など、用例の少ない語の使用が目立つ。

（詹　満江）

〇〇九　梅影

冷蕊依依未肯開
清香暗被曉寒催
嫦娥頼有致魂術
故隔窗紗將影來

梅影

冷蕊《れいずい》　依依として未だ肯《あ》えて開かず
清香　暗《ひそ》かに暁寒に催《もよお》さる
嫦娥　頼《さいわ》いに魂を致すの術有りて
故《ことさら》に窓紗を隔て影を将《も》ち来《きた》る

【詩形・押韻】

七言絶句（開・催・來）上平声十灰

【訳】

梅の影

冷やかなつぼみは、なまめかしく枝に付いていながらまだ開こうとはしない。
美しい香りを早く放てと、朝の寒さにそれとなく促されている。
嫦娥は魂を呼び寄せる術を知っているおかげで、

こうして窓のうすぎぬごしに、梅の影をもたらしてくれるのだ。

【語釈・用例】

冷蕊依依未肯開

冷蕊：冷たい冬に咲く梅の花。ここではその蕾《つぼみ》を指す。

唐・杜甫「舎弟観赴藍田取妻子到江陵喜寄」詩三首其二「巡簷索共梅花笑、冷蕊疏枝半不禁」『杜詩詳註』巻二十一、（『瀛奎律髓』巻二十、ただしこの二句のみ）

宋・葉適「送謝希孟」詩「驛梅催凍蕊、柁雨送春聲」『水心集』巻七

周南峰（時代不詳）「梅」詩「玲瓏冷蕊冰霜底、的皪寒梢水石間」『聯珠詩格』巻十一

依依：あでやかなさま。

『詩經』「小雅・采薇」詩「昔我往矣、楊柳依依」

唐・賈至「對酒曲」詩「梅發柳依依、黃鸝歷亂飛」『唐詩品彙』巻六十三

宋・蘇軾「湖上夜歸」詩「尙記梨花村、依依聞暗香」『施註蘇詩』巻六

未肯開：まだ開こうとはしない。

唐・李商隱「小園獨酌」詩「柳帶誰能結、花房未肯開。（略）年年春不定、虚信歳前梅」『李義山詩集』巻中

宋・楊萬里「雪夜尋梅」詩「横枝憮悴涴晴埃、端令羞面不肯開」『誠齋集』巻八

宋・楊萬里「歳之二日欲遊翟園因寒風而止」詩「歳前問尋翟園梅、不知作麼不肯開」『誠齋集』巻十二

＊「肯」字によって梅の花は擬人化され、意志をもつ存在であるかのごとく描かれている（ここに引いた楊万里の詩二

首において、それは一層顕著である）。それにより、第二句の「暁寒に催さる」という表現が一層生きてくる。

清香暗被暁寒催

清香：清らかな香り。

宋・韓琥「探梅」詩「檢點山前梅蕊痕、花雖未放已銷魂。（略）清香一噴紅梢滿、却月凌風未易論」『瀛奎律髓』巻二十

宋・張道洽「梅花」詩二十首其十五「些些蕊裏藏風韻、箇箇枝頭帶月魂。常挹清香來燕坐、可教落片點空樽」『瀛奎律髓』巻二十

被暁寒催：明け方の寒さに急《せ》かされる。

宋・尤袤「梅花」詩二首其一「也知春到先舒蕊、又被寒欺不放花」『瀛奎律髓』巻二十

宋・陸游「樊江觀梅」詩「半灘流水浸殘月、一夜清霜催曉寒」『瀛奎律髓』巻二十

嫦娥賴有致魂術

嫦娥：伝説中の月の女神。もと羿の妻であったが、不老不死の薬を盗んで月に出奔した。月の代称ともなる。

宋・張耒「梅花」詩「月娥服馭無非素、玉女精神不尙粧。洛岸苦寒相見晩、曉來魂夢到江鄉」『瀛奎律髓』巻二十

元・謝宗可「雪中梅」詩「香護嫦娥眠玉洞、影隨姑射下珠宮」『石倉歴代詩選』巻二百三十七上

致魂：魂を招き寄せる。

唐・白居易「長恨歌」詩「臨卭道士鴻都客、能以精神致魂魄」『古文眞寶』前集巻八

故隔窗紗將影來

窗紗‥窓の薄絹。カーテンの類。

宋・陳與義「梅」詩「愛歌纖影上窗紗、無限輕香夜遶家」『簡齋集』卷十五

宋・蔡正孫「梅邊酌月」詩「娟娟霜月浸窗紗、一樹寒梅影半斜」『聯珠詩格』卷三

明・葉元玉「雜興」詩「最是可人清絶處、一枝梅影上窗紗」『石倉歴代詩選』卷四百二十一

明・張鳳翔「詠梅」詩「夜深和月印窗紗、宛是孤山處士家」『石倉歴代詩選』卷四百七十一

將影‥影をともなう。ここの「影」は「月影」と「梅影」どちらも兼ねている。

宋・張道洽「梅花」詩二十首其一「不肯面隨春冷暖、只將影共月行藏」『瀛奎律髓』卷二十

元・貢性之「墨梅」詩「多情明月能將影、來伴西窗客臥遲」『南湖集』卷下

＊「月光に照らされて窓のカーテンに梅の影が浮かび上がる」というイメージは、宋代以降の詠梅詩にしばしば現れる。これまでに挙げた例以外でも、

明・王冕「梅花」詩「昨夜天空明月白、一枝疏影隔窗看」『竹齋集』續集

周南峰（時代不詳）「梅影」詩「紙窗窗上月徘徊、印得窗前弄影梅。何似開窗放明月、和香和影一時來」『聯珠詩格』卷四

などが代表的である。この点からも、青年期の白石が宋以降の詩を積極的に学んだ形跡を見ることができるだろう。

【補説】

この詩の三句目には「嫦娥頼有致魂術」とあるが、ただ嫦娥に魂を招く術があるという記載は文献上に確認できな

い。恐らく、梅の香がしばしば「返魂香」に擬えられることからの聯想であろう。「返魂香」とは、死者の魂を呼び寄せることができるというお香で、『海内十洲記』や『漢武内伝』などに記載が見える。漢の武帝が寵愛していた李夫人の魂を招き寄せる際、方士が用いたのもこれである。梅の香と返魂香が結びつけられるようになるのも宋代以降であり、ここからも若年期の白石が宋風を学んだ跡が見てとれる。なお、白石はもう一首「梅影」と題する七絶を遺しており（『白石余稿』巻二）、そこにも「羅幌乍飄疏影動、微風吹作返魂香」とあって、梅香と返魂香とが結びつけられている。

（遠藤　星希）

〇一〇　窗前紅梅已蓓蕾

窓前の紅梅　已《すで》に蓓蕾《はいらい》あり

曾是風神林下秀　曾《かつ》て是れ風神　林下の秀
且將醉態巧禁寒　且《しばら》く酔態を将《もっ》て巧みに寒に禁《た》う
雪鐫肌骨清先冷　雪は肌骨を鐫《え》りて　清くして先ず冷やかなり
雲染衣裳濕未乾　雲は衣裳を染めて　湿《うるお》いて未だ乾かず
珠滴香酣薫御酒　珠滴《したた》り　香酣《かおりたけなわ》にして御酒薫じ
蠟封紅綻出仙丹　蠟封じ　紅《くれない》綻《ほころ》びて　仙丹出《い》づ
窗前疏影渾依舊　窓前の疏影は　渾《すべ》て旧に依る
長伴月明帶咲看　長《つね》に月明を伴いて　咲《え》みを帯びて看る

【詩形・押韻】
七言律詩（寒・乾・丹　看）上平声十四寒

※第八句は孤平。

【訳】

　窓の前の紅梅がすでに蕾《つぼみ》をつけている
この紅梅は以前からその気韻が林の中でも特に優れていて、
しかも酒に酔ったような姿態で巧みに寒さに堪えている。
雪がその肌や骨を彫刻して、清らかに、まして冷たく、
雲がその衣裳を染めて、しっとりと湿って乾くことはない。
真珠のごとき雫が滴って香り高く、酒のごとき芳しさ、
蠟で封じられたような蕾《つぼみ》は赤味を帯びてほころび、仙人の丹薬が現れ出たかのようだ。
窓の前のまばらな梅の影は今もなお昔のままで、
いつも月明かりとともに微笑みながら眺めるのだ。

【語釈・用例】

曾是風神林下秀：この句は次に引く『円機活法』の句をほぼそのまま用いている。
　作者不詳「元是風神林下秀、不應肯抹市娟紅」『圓機活法』巻二十百花門「紅梅」項
風神：気韻。風格。
『晉書』巻三十五「裴楷傳」「楷風神高邁、容儀俊爽、博渉群書、特精理義、時人謂之玉人」

林下：林の中。奥深くて静かな場所をいい、そこから転じて退隠の地をも指す。
『世說新語』「賢媛」「謝遏絕重其姉、張玄常稱其妹、欲以敵之、有濟尼者、竝遊張謝二家、人問其優劣、答曰、王夫人神情散朗、故有林下風氣、顧家婦、淸心玉映、自是閨房之秀」
宋・曾幾「瓶中梅」詩「神情蕭散林下氣、玉雪淸映閨中姿。陶泓毛穎果安用、疏影寫出無聲詩」『瀛奎律髓』巻二十
宋・葉茵「竹夫人」詩「風神林下秀、寵數夢中新」『江湖小集』巻二十四

且將醉態巧禁寒
醉態：酒に酔って赤くはてった様子。紅梅なのでかく言う。また、第五句「薫御酒」の伏線の役割をも果たしている。似たような表現が『円機活法』で複数確認できる。
宋・程俱「春風日浩蕩、醉色回氷肌」『圓機活法』巻二十百花門「紅梅」項
＊『北山集』巻五では、宋・程俱「過紅梅閣一首」詩とする。
禁寒：寒さをこらえる。
明・陳鈞「疏花待月圖爲王宗式題」詩「南枝向暖先漏春、北枝禁寒猶待月。月光未出花未開、月與梅花暗相結」『石倉歷代詩選』巻四百四十四
明・劉泰「吳山看雪呈郁士端」詩「誰倚東風吹短笛、梅花初放不禁寒」『石倉歷代詩選』巻四百八十七

雪鏤肌骨淸先冷
肌骨：骨身。ここでは梅の幹と枝をいう。

宋・曾幾「福帥張淵道茘子」詩「玉爲肌骨涼無汗、雲作衣裳皺不開」『瀛奎律髓』巻二十七
明・周述「和靖觀梅圖」詩「西湖昨夜天雨雪、雪中獨有梅花發。（略）展圖更覺肌骨淸、彷彿如從湖上行」『石倉歷代詩選』巻三百五十二

＊梅の枝は、その形状からしばしば「玉骨」と呼ばれる。
『雲仙雜記』巻二「袁豐居宅後、有六株梅。（略）歎曰、烟姿玉骨、世外佳人、但恨無傾城笑耳」

宋・趙蕃「痩梅」詩「君看霜皮藏玉骨、肯如朱粉鬬塗糊」『淳熙稿』巻十七

雲染衣裳濕未乾・梅はしばしば美しい女性に擬えられる。ここでは、梅の枝についたつぼみを女性の衣裳に見立てている。
唐・李白「淸平調詞」詩三首其一「雲想衣裳花想容、春風拂檻露華濃」『唐詩選』巻七
宋・崔鶠「雪」詩「仙子衣裳雲不染、天人顏色玉無瑕」『瀛奎律髓』巻二十一
宋・王安石「玉骨怕寒酣御酒、氷肌怯冷餌仙丹。月烘絳臉香尤吐、露洗紅粧濕未乾」『圓機活法』巻二十百花門「紅梅」項

＊『円機活法』からここに引いた王安石の詩は、原行の別集（『王荊公詩注』・『臨川文集』）のみならず、総集・類書等いずれにも見えない逸詩である。白石が『円機活法』を参照しながら作詩をしていた一証となろう。

珠滴香酣薫御酒

御酒・・天子の飲む酒。上等な酒。紅梅のつぼみが放つ香りについていう。先に引いた王安石の詩を参照。

作者不詳「粉額洗粧沓不盡、玉顔添暈酒初熏」『圓機活法』巻二十百花門「紅梅」項

蠟封紅綻出仙丹

蠟封：紅いつぼみを、赤い蠟で封がされているさまに例えている。
宋・林逋「梅花」詩「蕊訝粉綃裁太碎、蔕疑紅蠟綴初乾」『瀛奎律髓』巻二十
元・馮子振、明本「木開梅」詩「緘春蓓蕾冷含烟、絳蠟封香信暗傳」『梅花百詠』
紅綻：紅のつぼみがほころぶさま。
唐・杜甫「陪鄭廣文遊何將軍山林」詩「綠垂風折筍、紅綻雨肥梅」『瀛奎律髓』巻十一
明・陳繹「桃根接梅」詩「未見東風著小桃、先看蓓蕾綻紅椒」『石倉歴代詩選』巻三百四十三
明・周致堯「題紅梅」詩「紅綻南枝玉、芳姿綽約新」『石倉歴代詩選』巻三百四十三
仙丹：仙人の服用する丹薬。
元・雅琥「紅梅」詩「宿酒破寒薰玉骨、仙丹偸暖返氷魂」『石倉歴代詩選』巻二百三十七上

窗前疏影渾依舊

疏影：梅のまばらな影。
宋・林逋「山園小梅」詩「疏影横斜水清淺、暗香浮動月黄昏」『瀛奎律髓』巻二十
宋・晁補之「次韻李秬梅花」詩「常恨清溪照疏影、横斜還許落金杯」『瀛奎律髓』巻二十
依舊：以前と変わりないさま。右の林逋の詩を意識した表現。

宋・陳與義「和張矩臣水墨梅五絶」詩其三「相逢京洛渾依舊、惟恨緇塵染素衣」『簡齋集』巻十三

長伴月明帶咲看

帶咲：笑い顔で。

唐・李白「清平調詞」詩三首其三「名花傾國兩相歡、常得君王帶笑看」『唐詩選』巻七

（遠藤　星希）

〇一一　江行

沙鷗不起水粼粼
漁笛風飄紅蓼濱
萬古高天秋色老
夕陽長送渡江人

江行

沙鷗《さおう》は起《た》たず　水粼粼《りんりん》
漁笛は風に飄《ひるがえ》る　紅蓼《こうりよう》の浜
万古　高天　秋色老《お》い
夕陽　長《とこし》えに送る　渡江《とこう》の人

【詩形・押韻】
七言絶句（粼・濱・人）上平声十一真

【訳】
川をゆく
浜辺のかもめは飛び立たず、水は穏やかに透き通り、
漁師の笛は風に乗り、紅のタデの花咲く岸辺に響きわたる。
悠久の昔より変わらぬ高い空に秋の色が深まってゆき、

夕陽は川をゆく人をいつまでも見送っている。

【語釈・用例】

江行‥水上をすすんでゆく。

＊「行」を楽府題に付せられる辞で「うた」の意とする説もあるが（一海知義・池澤一郎両氏）、『陶情詩集』には楽府題によった詩が他に一首も見えないことでもあり、ここではとらない。

沙鷗不起水粼粼

沙鷗‥浜辺にいるかもめ。

唐・杜甫「旅夜書懐」詩「飄飄何所似、天地一沙鷗」『唐詩選』巻三

唐・左偃「江上晩泊」詩「寒雲淡淡天無際、片帆落處沙鷗起」『萬首唐人絶句』巻七十三

宋・楊時「過蘭溪」詩「風帆斜颭漾晴漪、驚起沙鷗掠水飛」『聯珠詩格』巻六

粼粼‥水の流れが澄み切っているさま。「鱗鱗」と表記されることもある。

『詩經』「唐風・揚之水」詩「揚之水、白石粼粼」毛傳「粼粼、清澈也」

宋・陳師道「湖上」詩「林喧鳥啄啄、風過水鱗鱗」『瀛奎律髓』巻三十四

元・銭摳「芳塵春跡」詩「殘月淡籠烟漠漠、竝鴛交臥水粼粼」『石倉歴代詩選』巻二百七十九

漁笛風飄紅蓼濱

漁笛‥漁師の吹く笛の音。魚笛に同じ。

唐・杜牧「登九峰樓」詩「牛歌魚笛山月上、鷺渚鶖梁溪日斜」『樊川外集』

明・李裕「臨水」詩「忽聞漁笛聲、况見沙鷗眠」『石倉歴代詩選』巻三百八十八

風飄‥音が風に乗って運ばれてゆく。

唐・杜甫「吹笛」詩「風飄律呂相和切、月傍關山幾處明」『瀛奎律髓』巻十二（『唐詩選』巻五）

唐・白居易「長恨歌」詩「驪宮高處入青雲、仙樂風飄處處聞」『古文眞寶』前集巻八

紅蓼‥紅のタデの花。穂状の花をつけたタデは秋の風物としてしばしば詩にうたわれる。

唐・鄭谷「雁」詩「八月悲風九月霜、蓼花紅澹葦條黄」『雲臺編』巻中、（『圓機活法』巻十九百花門「蓼花」項）

唐・王貞白「江上吟曉」詩「曉露滿紅蓼、輕波颺白鷗」『全唐詩』巻八百八十五

宋・宋祁「紅蓼」詩「花穂迎秋結晩紅、園林清淡更西風」『景文集』巻二十四

宋・陸游「蓼花」詩「老作漁翁猶喜事、數枝紅蓼醉清秋」『劒南詩稾』巻十六（『圓機活法』巻十九百花門「蓼花」項）

萬古高天秋色老

秋色‥秋の気配。

唐・虞世南「奉和詠日午」詩「高天淨秋色、長漢轉曦車」『唐詩紀事』巻四

唐・李白「秋登宣城謝脁北樓」詩「人烟寒橘柚、秋色老梧桐」『瀛奎律髓』巻一（『唐詩選』巻三）

唐・雍陶「韋處士郊居」詩「門外晩晴秋色老、萬條寒玉一溪烟」『三體詩』巻二

唐・杜牧「秋晩江上遣懐」詩「蟬吟秋色樹、鴉噪夕陽沙」『樊川別集』
宋・余靖「山舘」詩「樹藏秋色老、禽帶夕陽歸」『武溪集』巻一

夕陽長送渡江人
夕陽長送：夕陽がいつまでも見送るように照らす。
唐・杜牧「漢江」詩「溶溶漾漾白鷗飛、綠淨春深好染衣。南去北來人自老、夕陽長送釣船歸」『三體詩』巻一
明・鄭鵬「青雲樓」詩「宿霧每將城鎖斷、夕陽長送鳥飛回」『石倉歷代詩選』巻三

（遠藤　星希）

○一二　暮過江上

長汀飲馬渡風烟
瀲灔澄江片月懸
欸乃一聲人不見
水禽飛起鏡中天

暮《くれ》に江上を過ぐ
長汀　馬に飲《みずか》い　風烟を渡る
瀲灔《れんえん》たる澄江　片月懸《か》かる
欸乃一声《あいだいいっせい》　人見えず
水禽《すいきん》　飛び起《た》つ　鏡中の天

【詩形・押韻】
七言絶句（烟・懸・天）下平声一先

【訳】
　夕べに川べりを過ぎる
長く続くみぎわで馬に水を与え、風にたなびく夕もやの中を行く。
豊かに波打つ澄んだ川面に弓張り月がかかっている。
舟歌が一節《ひとふし》聞こえたが人の姿は見えない。

水鳥が鏡の中の（水面に映る）空に向かって舞い立ってゆく。

【語釈・用例】

長汀飲馬渡風烟

長汀…長く続いている渚。汀は水際の平地。

劉宋・謝靈運「白石巖下徑行田」詩「千頃帶遠堤、萬里瀉長汀」『古詩紀』巻五十七

風烟…風にたなびくもや。

梁・呉均「與朱元思書」「風煙俱淨、天山共色」『藝文類聚』巻七

唐・王勃「別人」詩「江上風煙積、山幽雲霧多」『萬首唐人絶句』巻八

宋・朱熹「武夷棹歌」詩「八曲風煙勢欲開　鼓樓岩下水縈迴」『聯珠詩格』巻五

瀲灔澄江片月懸

瀲灔…水があふれ揺らめくさま。また、日月に照らされて輝くさま。畳韻語。

唐・杜牧「題齊安城樓」詩「嗚軋江樓角一聲、微陽瀲灔落寒汀」『三體詩』巻二

宋・蘇軾「西湖」詩「水光瀲灔晴偏好、山色朦朧雨亦奇」『聯珠詩格』巻二

澄江…澄んだ川の水。

齊・謝朓「晩登三山還望京邑」詩「餘霞散成綺、澄江靜如練」『文選』巻二十七

＊江戸時代、隅田川は「澄江」とも呼ばれていた。ここでは白石の江戸の仮寓先に近い隅田川を指していると思わ

れる。
江戸・荻生徂徠「東都四時樂」詩四首其四「澄江風雪夜霏霏、一葉雙槳舟似飛」『徂徠集』巻七
片月：弓張り月。片割れ月。
陳・徐陵「雜詩」詩四首其一「片月窺花簟、輕寒入帔巾」『玉臺新詠』巻八
宋・陸游「漁父」詩二首其二「片月又生紅蓼岸、孤舟常占白鷗波」『劒南詩稾』巻六十三

欸乃一聲人不見
欸乃：舟の櫓を漕ぐときに出す掛け声。また、そこから転じて舟歌を指す。畳韻語。
唐・元結「欸乃曲」詩「停橈靜聽曲中意、好是雲山韶濩音」『聯珠詩格』巻十三
唐・柳宗元「漁翁」詩「烟消日出不見人、欸乃一聲山水綠」『古文眞寶』前集巻四（『詩人玉屑』巻十）

水禽飛起鏡中天
水禽：水鳥。
唐・趙嘏「西江晩泊」詩「戍鼓一聲帆影盡、水禽飛起夕陽中」『聯珠詩格』巻十一
鏡中天：水鏡に映った空。
宋・胡仔「題苕溪漁隱圖」詩「鷗鳥近人渾不畏、一雙飛下鏡中天」『詩人玉屑』巻十
明・嚴嵩「南京吏部後圃池亭」詩「一泓長湛鏡中天、欄檻憑高得月先」『石倉歴代詩選』巻四百八十一

（遠藤　星希）

○一三　観潮

浪蹴天門捲海雲
銀山堆裏曉光分
抃呑鷗鷺一千頃
震動貔貅百萬軍

潮を観る
浪《なみ》は天門を蹴りて　海雲を捲き
銀山　堆裏《たいり》　暁光分かつ
抃呑《へいどん》す　鷗鷺《おうろ》　一千頃《けい》
震動す　貔貅《ひきゅう》　百万の軍

【詩形・押韻】
七言絶句（雲・分・軍）上平声十二文

【訳】
潮を見る
波は天の果てに届くほどに高く、海上の雲を絡め取るかのごとく、
銀色の山のように積み上がり、朝の光を切り裂くかのよう。
その潮は、カモメとサギの広い水辺を覆いつくし、

猛獣のごとき百万の軍となって激しく揺れ動く。

【語釈・用例】

浪蹴天門捲海雲

浪蹴天門：波が天上の門を蹴り上げる。波濤の高きをいう。

唐・李白「横江詞」六首其四「海神來過惡風迴、浪打天門石壁開」『李太白文集』巻六（『圓機活法』巻四地理門「海潮」項には「浪折天門石壁開。海神來過惡風迴」として引く）

唐・杜甫「江漲」詩「大聲吹地轉、高浪蹴天浮」『杜詩詳註』巻十（『圓機活法』巻四地理門「海潮」項）

唐・杜甫「秋日夔府詠懷奉寄鄭監李賓客一百韻」詩「拂雲霾楚氣、朝海蹴吳天」『杜詩詳註』巻十九（『圓機活法』巻四地理門「海潮」項には「海潮蹴吳天」として一句のみ引く）

銀山堆裏曉光分

銀山堆裏：銀色の山のごとき波が積み上がる。

宋・米芾「詠潮」詩「天排雲陣千家吼、地擁銀山萬馬奔」『寶晉英光集』巻四（『圓機活法』巻四地理門「海潮」項には「天排雪陣千雷響、地捲銀山萬里奔」として引く）

宋・蘇軾「送劉寺丞赴餘姚」詩「明朝開鎖放觀潮、豪氣正與潮爭怒。銀山動地君不看、獨愛淸幽生雪霧」『施註蘇詩』巻十六

宋・蘇軾「望海樓晚景五絕」詩其一「海上濤頭一線來、樓前指顧雪成堆。從今潮上君須上、更看銀山二十回」『施註

蘇詩』巻五（『圓機活法』巻四地理門「海潮」項）

曉光分・・明け方の光が切り裂かれ、二分される。

宋・趙抃「次韻前人蓬萊閣卽事」詩「蓬萊窗外曉光分、夢覺初驚杜宇魂。（略）濛濛宿靄開湖面、隱隱更潮過海門」『淸獻集』巻四

幷呑鷗鷺一千頃

千頃・・頃は土地の広さの単位で、一頃は百畝（百八十二アール）。千頃は極めて広いことをいう。

宋・陳襄「送別探得南字」詩「鷺濤千頃雪、鷲嶺萬堆藍」『古靈集』巻二十三

震動貔貅百萬軍

貔貅・・猛獣の名。虎や熊に似ているという。また、それに比すべき勇猛な軍隊をも指す。

宋・范仲淹「和運使舍人觀潮」詩二首其一「勢雄驅島嶼、聲怒戰貔貅」『范文正集』巻四（『圓機活法』巻四地理門「海潮」項）

宋・吳龍翰「題國直先伯祖海潮賦後」詩「銀山突兀滄海頭、夜半鼓噪萬貔貅」『古梅遺稿』巻三

宋・許棐「明妃曲」詩「漢宮眉斧息邊塵、功厭貔貅百萬人」『錦繡段』

元・周權「紀信嘆」詩「貔貅百萬紛如雪、戈矛盡染英雄血」『南湖集』巻上

元・潘純「錢唐懷古」詩「海門寒日淡無輝、偃月堂深玉漏稀。萬竈貔貅江上老、兩宮環珮月中歸」『石倉歷代詩選』巻二百七十九

百萬軍：百万の軍隊。ここでは押し寄せる潮を例えた。

唐・趙嘏「一千里色中秋月、十萬軍聲半夜潮」『唐詩紀事』巻五十六（『圓機活法』巻四地理門「海潮」項）＊詩題不詳の残句。

作者不詳「浪湧千層雪、聲雄十萬軍」『圓機活法』巻四地理門「海潮」項

【補説】

中国で「觀潮」といえば、通常は毎年旧暦の八月中旬頃にピークを迎える銭塘江の潮の逆流を観賞することを指す。「観潮」を主題とする詩の大部分は銭塘江の潮を詠んだものであり、白石も当然その様子をイメージした上で、この「観潮」詩を作ったのであろう。この詩の直前の作（〇一二「暮過江上」）が隅田川を詠んだものであることから、この潮も隅田川河口部の潮を銭塘江に擬えて詠んだ可能性は十分あると思われる。なお、この詩には全篇にわたって『円機活法』巻四地理門「海潮」項に引かれる詩句の発想・用語がちりばめられており、『円機活法』を座右に置いて参照しながら作られたさまが見てとれる。

（遠藤　星希）

○一四　暮過野村

望斷暮山烟靄中
高林無處不秋風
水南水北看松火
知有村童撮草蟲

暮に野村を過ぐ
望断す　暮山　烟靄《えんあい》の中
高林　処として　秋風ならざるは無し
水南　水北　松火を看《み》る
知る　村童の草虫を撮《と》る有るを

【詩形・押韻】
七言絶句（中・風・蟲）上平声一東

【訳】
夕暮れに郊外の村を通って
夕暮れ時の山は見渡すかぎりもやの中に霞んでおり、
高い木々の林はどこも秋風に満ちている。
川の南にも北にも松明のあかりが見えて、

村の子供たちが虫を採っていることがわかる。

【語釈・用例】

暮過野村

唐・賈島「暮過山村」詩『瀛奎律髓』巻二十九

望斷暮山烟靄中

望斷：見渡すかぎり。「断」は強め。

唐・岑參「胡笳歌送顏眞卿使赴河隴」詩「涼秋八月蕭關道、北風吹斷天山草」『唐詩選』巻二

江戸・木下順庵「山路聞鵑」詩「魂消楚雲暮、望斷蜀門春」『錦里文集』巻一

江戸・河野鐵兜「芳野懷古」詩「山禽叫斷夜寥寥、無限春風恨未消。露臥延元陵下月、滿身花影夢南朝」『皇朝分類名家絶句』巻二

烟靄：もやとかすみ。

江戸・菅茶山「梔子灣」詩「荒山何處舊行宮、島寺沙村烟靄中」『黄葉夕陽村舎詩』巻五

高林無處不秋風

無處不：あまねく存在していることを表すときに用いられる言い回し。

唐・韓翃「寒食」詩「春城無處不飛花、寒食東風御柳斜」『唐詩選』巻七

作者不詳「無地不春風」『圓機活法』韻學巻一上平一東「風」項
宋・陸游「枯菊」詩「積雪嚴霜轉眼空、春回無處不春風」『劒南詩稾』巻六十一
江戸・服部南郭「閨怨」詩「丹鳳城頭別恨長、愁看無處不秋光」『南郭先生文集初編』巻五

水南水北看松火
水南水北：川の南と北。ここでは川のあたりのあちこちという意味。詩歌の用例では「○南○北」に関しては杜甫の句が、「水南水北」に関しては白居易の句が初出のようである。
唐・杜甫「客至」詩「舎南舎北皆春水、但見羣鷗日日來」『杜詩詳註』巻九
唐・白居易「洛下雪中頻與劉李二賓客宴集因寄汴州李尙書」詩「水南水北雪紛紛、雪裏歡遊莫厭頻」『白氏長慶集』巻三十四
宋・曾肇「肇謹次元韻」詩「水南水北千竿竹、山後山前二月花」『瀛奎律髓』巻四十
江戸・伊藤東涯「絕句」詩「濟勝烏藤在、水南水北村」『紹述先生文集』巻二十七
松火：たいまつ。菅茶山は子供たちが蟹を捕らえようとする場面に松明を描いている。
明・藍智「九日病中」詩「山童夜靜分松火、道士天寒送藥苗」『藍澗集』巻四
江戸・菅茶山「藤江」詩「兒女爭尋蟹、松明作隊行」『黄葉詩遺稿』巻六

知有村童撮草蟲
撮：捕まえる。捉える。

草螽・虫。「草虫」ははたおり。一説にいなご。【補説】参照。また、『円機活法』韻学巻一上平一東「虫」項にも見える。

『詩經』「召南・草螽」詩「喓喓草螽、趯趯阜螽」毛傳「草螽、常羊也」集傳「草螽、蝗屬、奇音青色」

『埤雅』巻八「鶻」項「冬撮鳥之盈握者、夜以燠其爪掌、左右易之。旦卽縦之令去」

唐・王維「秋夜獨坐」詩「雨中山果落、燈下草螽鳴」『三體詩』巻六

宋・王禹偁「秋居幽興」詩三首其三「僧到烹秋菌、兒啼索草螽」『小畜集』巻九

＊動物を捕らえる意味で「撮」を用いる例は極めて珍しい。

【補説】

子供らが虫取り遊びをする詩は、管見の限り、中国、日本いずれにも見いだせない。また、秋の夜に松明を手に、農村のあちこちで多くの子供が虫を捕らえている様子であることから、ただ遊びとして虫取りに興じている詩であるとは考えがたい。この詩に描かれた虫取りは虫送りという行事ではないだろうか。虫送りはイナゴなどの害虫を追い払う行事であり、『日本農書全集』巻十五（農山漁村文化協会　二〇〇一）所収の江戸・大蔵永常『除蝗録』の「蝗をくりの説」に具体的な記録がある。

漢土にてハ炎火に投す又は蝗逐、蝗をとらふなどの事あり本邦に同じ。我國にてハいつの頃より始りしと云事詳らかならざれども、今諸州一統蟲送りとて黄昏より一村集て松明を燈し鐘太鼓をならし或は藁にて人形をこしらへ紙旗などをもち螺を吹き鯨波をあげ蝗逐と號し田の畦を巡り、その松明を引て田に遠き野邊或は河原に捨れバ付添來れる蝗悉く焼れて死す。按ずるに夜の蟲の人聲に羣れ燈に集り已れとやかれて死するにより、いつしか松

明を燈し鉦太鼓をならし田の畦を巡れバ其音に集り燈火に羣て焼る、故、蝗逐といへる事を始めしと見へたり。又空也上人の六齊念佛より出たりともいへり。

『除蝗録』は文政九年（一八二六）に刊行された書籍であり、白石よりかなり時代が下るが、松尾芭蕉の門人である森谷祐昌の句に「松明の火に一天暗し虫送」との句があることから、江戸初期には虫送りはすでに行われていたと考えられ、また祐昌句の「虫送」は秋の季語とされる。現在でも東金市東中、山武郡九十九里町、袖ヶ浦市野田や南房総市富浦町など千葉県内に広く虫送りの風習が残っており、白石のいた久留里藩でも行われていた可能性は高い。

なお、冒頭で虫送りの起源について、中国との関連を指摘しているが、それは『詩経』「小雅・大田」詩「其の螟螣、及び其の蟊賊を去り、我が田穉を害する無けん。田祖に神有り、秉りて炎火に畀《あた》えん」（去其螟螣、及其蟊賊、無害我田穉。田祖有神、秉畀炎火）の毛伝に「炎火、盛陽也」とあり、鄭箋に「螟螣の属は、盛陽の気の嬴すれば則ち之を生ず。明君の政を為せば、田祖の神は此の害を受けず、之を持ちて炎火に付与し、自ら消亡せしむ」（螟螣之属、盛陽気嬴則生之。明君為政、田祖之神不受此害、持之付与炎火、使自消亡）とあることを指すのだろう。すなわち、大蔵永常は虫送りについて、田畑の害虫を火に投げ込むとの『詩経』の句に拠り、中国にも同様の行事があると指摘しているのである。白石も『詩経』「小雅・大田」を当然読んでいたはずであり、大蔵永常と同様の発想から、漢詩に詠むに相応しい題材として、虫送りという行事を描いたのかもしれない。

（高芝　麻子）

○一五　關二野居

松門○霜色●老
故識●有家風◎
窮則●人斯○濫
庶乎○公屢●空◎
秋風○收紫●栗
春雨●剪青○韭
高掛●壁間○麈
農談○日野●翁◎

関二の野居

松門　霜色　老い
故《もと》より識《し》る　家風有るを
窮すれば則ち人は斯《ここ》に濫《みだ》るるも
庶《ちか》からんか　公の屢《しばしば》空しきに
秋風に紫栗《しりつ》を収め
春雨に青韭《せいきゅう》を剪《き》る
高く掛《か》く　壁間の麈《しゅ》
農談日びに野翁とす

【詩形・押韻】

五言律詩（風・空・翁）上平声一東

＊ただし「風」が第二句と第五句に重複し、第五句は冒韻。
＊ただし「韭」は上声二十五有の韻であり、上平声一東の「葱」の誤りか。「青韭」の語釈参照。

【訳】

関二の野居

松の木のある門構えは霜の色もゆかしく、
もともと家風があるのだと分かる。
人は困窮すれば乱れるものだけれども、
あなたは顔回のようにいつも貧しいけれど乱れない。
秋風の季節に栗を収穫し、
春雨の季節に韭（葱）を採る。
壁には高く玄談の払子を掛けてあり、
今では日々田舎親父と農作業を語り合っている。

【背景】

関二とは、久留里藩で白石の父と共に反藩主派の中心人物だった関某のことか。『折たく柴の記』巻上参照。

【語釈・用例】

野居：野に住む。あるいはその住まい。

唐・張籍「過賈島野居」詩『瀛奎律髓』巻二十三

松門霜色老

松門：松の木が傍らに植えられている門。

劉宋・謝靈運「入彭蠡湖口」詩「攀崖照石鏡、牽葉入松門」『文選』巻二十六

唐・王勃「遊梵宇三覺寺」詩「蘿幌栖禪影、松門聽梵音」『瀛奎律髓』巻四十七

唐・李白「尋山僧不遇作」詩「石徑入丹壑、松門閉青苔。（略）窺窗見白拂、挂壁生塵埃」『李太白詩集』巻二十三

霜色：霜の色。

唐・周賀「贈神遘上人」詩「道情淡薄閑愁盡、霜色何因入鬢根」『瀛奎律髓』巻四十七

宋・余靖「山館」詩「樹藏秋色老、禽帶夕陽歸」『武溪集』巻一

＊「霜色老」との表現は他に類例を見ない。「霜色老」は秋から冬への移り変わりを描くとともに、松と霜に象徴される関二の崇高な人柄のゆかしさを表現しているものであろう。

故識有家風

家風：その家に伝わる習わしや風格。『円機活法』韻学巻四上平一東「風」項にも見える。

宋・王安石「和棲霞寂照庵僧雲渺」詩「無心爲佛事、有客問家風」『臨川文集』巻十五

宋・呂本中「寄壁公道友」詩「破箬笠前江萬里、無人曾識此家風」『瀛奎律髓』巻四十七
江戸・室鳩巣「戯和藤井象水題長民子僑居」詩「洛西高士有家風、何事英材慕七雄」『室鳩巣先生文集』巻七

窮則人斯濫

窮・斯濫…『論語』「衛霊公」を典故とする語。器量の小さい者は困窮すると自棄になって乱れる。

『論語』「衛靈公」「子曰、君子固窮、小人窮斯濫矣」何晏集解「濫、溢也。君子固亦有窮時、但不如小人窮則濫溢爲非」

晉・陶潛「有會而作」詩「斯濫豈攸志、固窮夙所歸」『陶淵明集』巻三

庶乎公屢空

庶乎・屢空…『論語』「先進」を典故とする語。顔回はしばしば困窮していたが泰然としていて、理想のあり方に近かった。

『論語』「先進」「回也其庶乎、屢空」

宋・王安國「和魏道輔雨中見示」詩「更酬珠玉思談笑、裏飯何須厭屢空」『瀛奎律髓』巻十七
＊頷聯は『論語』に典故を取り、困窮するとすぐに乱れる小人と、泰然としていた顔回とを対比して、関二を顔回に比し、君子であるとして称えている。

秋風收紫栗
紫栗：紫色の栗。特定の栗の種類を指す語ではないと思われる。
宋・張耒「偶書」詩三首其一「黄橙紫栗收如積、青錢買酒不堪惜」『張耒集』巻十六
宋・陸游「初寒獨居戲作」詩「開殻得紫栗、帶葉摘黄柑」『瀛奎律髓』巻十三
元・李繼本「壁閒雜畫」詩「茆簷夜火促寒機、古甸秋風收晩栗」『一山文集』巻一

春雨剪青韭
唐・杜甫「贈衛八處士」詩「夜雨翦春韭、新炊閒黄粱」『古文眞寶』前集巻三
宋・蘇軾「立春日小集呈李端叔」詩「辛盤得青韭、臘酒是黄柑」『施注蘇詩』巻三十四
宋・文天祥「和韻送逸軒劉民章」詩「春裏看花須款款、雨中剪韭且陶陶」『文山先生文集』巻一
江戸・木下順庵「新綠勝花」詩「萬紫千紅如閒色、青葱滿苑位東方」『錦里文集』巻四
＊頸聯は季節ごとの風雨「秋風」「春雨」、収穫を表す「収」「剪」、彩り鮮やかな植物「紫栗」「青韭」によって整えられた対句であり、第五句は元・李継本、第六句は杜甫を踏まえている。ただし「韭」は上声二十五有の韻であり、上平声一東とは通韻しない。石川忠久「新井白石『陶情詩集』について」（『二松学舎大学紀要』十号　一九九六年　本書所収）はこの文字は「葱」（上平声東韻）であるべきところを、杜甫の影響で書き誤った可能性を指摘している。

高掛壁閒塵
宋・鄒浩「寄樓謙中」詩「塵尾挂壁閒、琴書自朝暮」『道鄉集』巻一

宋・陸游「秋晩」詩「團扇麈埃高挂壁、短檠書史亂成堆」『劍南詩稾』巻四十

農談日野翁

唐・蕭穎士「山莊月夜作」詩「更愜野人意、農談朝竟昏」『蕭茂挺文集』

元・宇文公諒「送復見心住定水」詩「沃洲有約尋支遁、還許清談共野翁」『石倉歴代詩選』巻二百八十

＊尾聯は関二が麈尾を手に、玄談をたしなむような高尚な人柄であることを暗に述べつつ、現在は近隣の農夫たちと農業談義に忙しい姿を描く。

（高芝　麻子）

〇一六　冬日

寒威○侵敗●絮
臘味●醱新○醅◎
溪淺●鷺頻○下
林疏○鹿恰●來◎
神清○時夢●雪
詩瘦●半唫○梅◎
霜夜●月光○好
山猿○獨自●哀◎

冬日

寒威　敗絮《はいじょ》を侵《おか》し
臘味《ろうみ》　新醅《しんばい》を醱《かも》す
渓浅くして　鷺は頻《しき》りに下り
林疏にして　鹿は恰《あたか》も来《きた》る
神清く　時に雪を夢み
詩瘦せて　半ばは梅を唫《ぎん》ず
霜夜に月光好し
山猿　独り自《みず》から哀しむ

【詩形・押韻】
五言律詩（醅・來・梅・哀）上平声十灰

【訳】

冬の日

厳しい寒さがふるわたに染みいるころ、

十二月の味覚たる新しい酒を醸す。

谷川は浅くなったので鷺がたびたび舞い降りて来、

林の木々はまばらとなって折しも鹿の姿を見かける。

心が澄み切って、時折雪の降る世界を夢見る。

詩に俗気がないので、半ばは梅を吟じている。

霜の降りる寒い夜に月の光が美しい、

山の猿は独り哀しげに啼いている。

【語釈・用例】

寒威侵敗絮

寒威：厳しい寒さ。

宋・徐鉉「和明上人除夜見寄」詩「夜色開庭燎、寒威入硯冰」『騎省集』巻三

敗絮：古い綿。ここでは古い綿入れの着物。

唐・裴説「冬日」詩「糲食擁敗絮、苦吟吟過冬」『瀛奎律髓』巻十三

宋・陳師道「早起」詩「寒氣挾霜侵敗絮、賓鴻將子度微明」『瀛奎律髓』巻十四

作者不詳「冷逼重衾無暖氣、凍侵短褐益寒威」『圓機活法』巻一天文門「冬風」項

臘味醱新醅

唐・杜甫「正月三日歸溪上有作簡院内諸公」詩「蟻浮猶臘味、鷗泛已春聲」『瀛奎律髓』巻二十三

臘味：冬に釀した酒。臘とは十二月のこと。

新醅：新しく釀した酒。

唐・白居易「問劉十九」詩「綠螘新醅酒、紅泥小火爐」『白氏長慶集』巻十七

宋・王安石「題友人郊居水軒」詩「槎頭收晩釣、荷葉卷新醅」『臨川文集』巻十五（『圓機活法』韻學上平聲十灰「醅」項「荷葉捲新醅」）

江戸・室鳩巣「夏四月同石愼微及甥昌言詣白山下劍村廟祠遇雨投人家留飲聞岡島仲通亦嘗遊此因賦言懷示二生兼寄仲通於東武一百韻」詩『新醅儀狄酒、臘味歩兵廚』『鳩巣文集』巻六

溪淺鷺頻下　林疏鹿恰來

宋・陸游「舍北搖落景物殊佳偶作」詩五首其五「草徑人稀到、柴扉手自開。林疏鴉小泊、溪淺鷺頻來。簷角除瓜蔓、牆隅斸芋魁。東隣膰肉至、一笑擧新醅」『瀛奎律髓』巻十三

＊白石詩の頷聯は、右の陸游詩の頷聯に依ったものであると考えられる。

神清時夢雪

神清‥心が澄んで清らかなこと。
梁・任昉「爲蕭揚州薦士表」「神清氣茂、允迪中和」『文選』巻三十八
宋・李彌遜「獨宿昭亭山寺」詩「龍牙七尺玉壺冰、炯炯神清夢不成」『筠谿集』巻十三
宋・張九成「十一月忽見雪片居此七年未嘗見也」詩「寒色遽如許、神清瘦不禁」『横浦集』巻一
夢雪‥雪の降る夢を見る。
宋・蘇軾「夢雪」詩『施注蘇詩』蘇詩續補遺巻上
＊「雪を夢む」は、蘇軾詩に見えるが、用例は決して多くない。また、江戸時代には白石以外に「雪を夢む」との句を作った詩人は管見の限り見いだせない。

詩痩半唫梅
詩痩‥詩に俗気がなく、すっきりと清らかであること。あるいは苦吟して痩せること。
唐・杜甫「暮登四安寺鐘樓寄裴十廸」詩「知君苦思緣詩瘦、太向交游萬事慵」『瀛奎律髓』巻二十一
宋・李龏「早梅」詩「瘦成唐杜甫、高抵漢袁安」『瀛奎律髓』巻二十（『圓機活法』巻二十百花門「早梅」項「瘦同唐杜甫、高抵漢袁安」）
明・黄淳耀「諸同人攜榼來就吾家賀余擧子戲成雜言一章」詩「君不見潯陽五柳翁、又不見杜陵詩瘦客」『陶菴全集』巻十二
＊梅は「痩」の字で称えられることが多く、また杜甫も詩によって痩せた詩人というイメージがある。この両者を合わせ、梅が杜甫のように痩せていると歌ったのが宋・李龏「早梅」である。白石はこの流れを汲み、自身を杜甫

になぞらえているのであろう。

霜夜月光好

霜夜：霜の降る夜。

劉宋・顏延之「宋文皇帝元皇后哀策文」「霜夜流唱、曉月升魄」『文選』巻五十八

宋・蘇軾「次韻王震」詩「清篇帶月來霜夜、妙語先春發病顏」『施注蘇詩』巻二十四

宋・張耒「晩泊襄邑」詩「月暗風林靜、斗垂霜夜清」『瀛奎律髓』巻二十九

山猿獨自哀

唐・白居易「琵琶行」詩「其閒旦暮聞何物、杜鵑啼血猿哀鳴」『古文眞寶』前集巻九

（高芝　麻子）

○一七　客路

客路●歳云○暮
歸心○日夜●催◎
峰回○群壑●轉
地盡●大江○開◎
遠樹●疑人○立
怒潮○如馬●來◎
卻恐●有佳○句
村村○故訪●梅◎

客路

客路　歳は云《ここ》に暮れ
帰心　日夜催す
峰回《めぐ》り　群壑《ぐんがく》転じ
地尽き　大江開く
遠樹　人の立つかと疑い
怒潮　馬の来《きた》るが如し
却って恐る　佳句有りて
村村に　故《ことさら》に梅を訪《おとな》うを

【詩形・押韻】

五言律詩（催・開・來・梅）上平声十灰

【訳】

旅路

旅路に年の瀬を迎え、
望郷の思いは朝に夕にいや増して行く。
山道をうねうね行けば山々は形を変えて見え、
行く手に地が尽きたかと思えば大江が広がっている。
遠くの木立は人が立っているかのよう、
寄せ来る波は馬が疾駆するかのよう。
いい詩句ができるので、
村ごとにわざわざ梅を尋ねて旅程が進まないことが心配だ。

【背景】

久留里を離れ、陸路浅草に向かうときの詩か。延宝五年（一六七七）二月に新井家は久留里藩を追放されており、延宝四年十二月末は西暦一六七七年一月上旬、延宝五年閏十二月末は一六七八年一月下旬にあたる。

【語釈・用例】

客路歳云暮
客路：旅路。ここでは詩人が旅の途中にあること。

歳云暮：年が今にも暮れようとしている。
無名氏「古詩十九首」詩其十七「凜凜歳云暮、螻蛄夕鳴悲」『文選』巻二十九

歸心日夜催

歸心：歸りたいという気持ち。
唐・賈島「度桑乾」詩「客舎幷州已十霜、歸心日夜憶咸陽」『唐詩選』巻七
宋・恵洪「次韻彦周見寄」詩二首其二「歸思啼禽日夜催、寶書臨罷意徘徊」『石門文字禪』巻十二
＊都を離れ并州で十年もの月日を過ごしたという状況が「歸心」を日夜生ぜしめるとする唐・賈島の句に近い。

峰回群壑轉

峰回：山道を曲がりくねって進む。
唐・王維「韋給事山居」詩「大壑隨階轉、群山入戸登」『瀛奎律髓』巻二十三
宋・歐陽脩「醉翁亭記」「峰回路轉、有亭翼然臨於泉上者、醉翁亭也」『古文觀止』巻十
宋・蘇軾「題西林壁」詩「橫看成嶺側成峰、遠近高低各不同」『施注蘇詩』巻二十一
宋・眞山民「朱溪澗」詩「路轉峰回又一村、天寒大半掩柴門」『眞山民集』
江戸・祇園南海「宿鹿背山下」詩「昨夜雨篷沿海烟、峰回路轉上青」『南海先生文集』巻四
＊祇園南海と同様、宋・欧陽脩「醉翁亭記」を踏まえているのであろう。

地盡大江開
地盡：大地が尽きる。ここでは山間部の久留里から海辺の木更津に出て、視界が急に開けた驚きを言うのであろう。
大江：大きな川。ただし、ここでは川ではなく江戸湾を指すか。
唐・李白「望天門山」詩「天門中斷楚江開、碧水東流至北廻」『唐詩選』巻七
江戸・平野金華「仲秋對月簡張子嶽」詩「漢河如水大江開、江上風煙陳迹哀」『金華稿刪』巻二
江戸・高野蘭亭「墨水覽古」詩「此地猶餘懷土涙、大江千里向西流」『蘭亭先生詩集』巻五

遠樹疑人立
唐・李嘉祐「自蘇臺至望亭驛人家盡空」詩「遠樹依依如送客、平田渺渺獨傷春」『瀛奎律髓』巻三十二
元・陳孚「吳宮子夜歌」詩「歙歌一聲驚怒濤、海鯨夾陛如人立」『陳剛中詩集』巻一
明・潘希曾「九溪道中」詩二首其一「禿樹疑人立、荒禽作恠啼」『竹澗集』巻一

怒潮如馬來
作者不明「則珠紛紛跳亂雹、怒潮隱隱轉晴雷」『圓機活法』巻四地理門「觀漲」項
作者不明「怒聲陶磕千雷震、駭浪奔馳萬馬飛」『圓機活法』巻四地理門「觀漲」項
江戸・平野金華「大猪川」詩「怒濤若奔馬、直入蜃樓中」『金華稿刪』巻三
＊激しい波を「怒潮」と表現し、あるいは奔走する馬に例える用例は、「観漲」（主に銭塘江で満潮時に川の水が逆流する現象を見ること）などの、河川の潮の描写に見えている。〇一三参照。

卻恐有佳句　村村故訪梅

＊尾聯は失粘。

卻恐：あべこべに恐れる。本来ならばいい詩句ができることは喜ばしいことであるが、これから行く村々に梅が咲いているだろうから、良い詩が出来そうで、そのため急がねばならない旅路の妨げになることを恐れて、「却」としたのである。

作者不明「待客騎驢過橋去、不因覓句便尋梅」『圓機活法』巻二十百花門「探梅」項

唐・韓愈「山寒好訪梅」『圓機活法』韻學巻四上平十灰「梅」項　＊逸句か。

（高芝　麻子）

○一八　客夜

雪檐○寒不●堪◎
獨夜●對江○潭◎
雞唱●辨晨○曉
梅花○占北●南◎
行廚○蒸紫●栗
野老●饋黄○柑◎
此去●途多○少
命奴○委曲●諳◎

客夜

雪檐《せつえん》　寒さ堪えず
独夜　江潭《こうたん》に対す
鶏唱に晨暁を弁じ
梅花に北南を占《うらな》う
行厨《こうちゅう》に紫栗を蒸し
野老は黄柑《こうかん》を饋《おく》る
此《ここ》を去ること途は多少ぞ
奴《ど》に命じて委曲に諳《そら》んぜしむ

【詩形・押韻】
五言律詩（堪・潭・南・柑・諳）下平声十三覃

【訳】

旅の夜

雪の積もった軒先、寒さは厳しく、
一人で過ごす夜、深い川に向き合う。
鶏の啼き声に朝の訪れを知り、
雪が積もっていても梅の花の咲き方で北か南かがわかる。
弁当の代わりに紫栗を蒸して持って行き、
田舎の老爺に黄柑をもらう。
これからどれくらい行くのかを訊ね、
召使いに命じて道程をつぶさに覚えさせる。

【背景】

○一七「客路」と同じ旅路での作品か。

【語釈・用例】

雪檐寒不堪

雪檐：雪の積もった軒。

宋・遵式「贈智倫弟」詩「煮茗敲冰柱、看經就雪簷」『瀛奎律髓』巻四十七不堪：耐え難い。
唐・白居易「苦熱」詩「不堪逢苦熱、猶賴是閑人」『瀛奎律髓』巻十一
＊『円機活法』韻学巻十下平十三覃「堪」項には、作者不詳「春帰愁不堪」など句末に「不堪」を用いる用例が五例見える。

獨夜對江潭
獨夜：一人で過ごす夜。
漢・王粲「七哀」詩二首其二「獨夜不能寐、攝衣起撫琴」『文選』巻二十三
唐・杜甫「旅夜書懷」詩「細草微風岸、危墻獨夜舟」『唐詩選』巻三
江潭：かわべ。川の深いところ。
『楚辭』「漁父」詩「屈原既放、遊于江潭」（『圓機活法』韻學巻十下平十三覃「潭」項「放於江潭」）
唐・郎士元「送盍少府新除江南尉」詩「聞君作尉向江潭、吳越風煙到自諳」『瀛奎律髓』巻四

雞唱辨晨曉
雞唱：鶏の鳴き声。
唐・溫庭筠「商山早行」詩「雞聲茅店月、人迹板橋霜」『瀛奎律髓』巻十四（『三體詩』巻五）
宋・王禹偁「中秋月」詩「不禁雞唱曉、輕別下天涯」『瀛奎律髓』巻二十二
辨：明らかにする。知る。

唐・杜甫「秦州雜詩」詩二十首其十七「邊秋陰易夕、不復辨晨光。簷雨亂淋幔、山雲低度墻」『杜詩詳註』巻七

梅花占北南

占：うらなう。判断する。

唐・孟浩然「田家元日」詩「田家占氣候、共説此年豐」『孟浩然集』巻一

江戸・松永尺五「中秋不見月聞雷」詩二首其二「誰知天上藏氷鏡、只有人間占雨晴」『尺五堂恭儉先生全集』巻二

北南：北と南。南北に同じだが、「南」で韻を踏むため「北南」とした。

唐・觀梅女仙「題壁」詩「南枝多暖北枝寒、一種春風有兩般」『全唐詩』巻八百一（『圓機活法』巻二十百花門「梅花」項）

平安・慶滋保胤「東岸西岸之柳遲速不同、南枝北枝之梅開落已異」『和漢朗詠集』巻上

＊南の枝と北の枝で梅の花の開き方が異なると描く詩は多い。

行廚蒸紫栗　野老饋黃柑

行廚：旅人が携帯する食べ物。弁当。

唐・杜甫「嚴公仲夏枉駕草堂兼攜酒饌」詩「竹裡行廚洗玉盤、河邊立馬簇金鞍」『杜詩詳註』巻十一

紫栗：紫色の栗。栗の褐色を美しく「紫栗」と表現したもの。

宋・張耒「偶書」詩「黃橙紫栗收如積、青錢買酒不堪惜」『張耒集』巻十六

宋・陸游「初寒獨居戲作」詩「開殼得紫栗、帶葉摘黃柑」『瀛奎律髓』巻十三

野老：田舎の老人。ここでは旅の途中で出会った老翁を言う。
　唐・王維「積雨輞川莊作」詩「野老與人爭席罷、海鷗何事更相疑」『三體詩』巻四
饋：与える。
　明・王韋「新嘉驛遇顧九和」詩「下馬郵亭若有期、南還北去各淒其。殷勤野老來相饋、邂逅壺漿坐不辭」『石倉歴代詩選』巻四百七十四
黄柑：黄色く熟した蜜柑。『円機活法』韻学巻十下平十三覃「柑」項には作者未詳「龍陽千樹種黄柑」など「黄柑」の用例が三つ見える。

此去途多少
途：目的地までの道のり。道。
明・蘇伯衡「送蔡思賢參政使蜀」詩「河隴從茲兵不搆、轘轅此去路相通」『蘇平仲集』巻十五
＊自問のようにもとれるが、次の句とのつながりから、六句目に見える「野老」に問いかけたものとした。

命奴委曲諳
奴：召し使い。
委曲諳：つぶさに覚える。『円機活法』韻学巻十下平十三覃「諳」項に見える。
宋・王安石「送江寧彭給事赴闕」詩「一尊客語從容盡、千里人情委曲諳」『臨川文集』巻二十五
宋・李復「自吳嶽歸」詩「疇昔經行慣、重來委曲諳」『潏水集』巻十三

【補説】

詩は夜明け前の寒さに始まり、鶏の声によって朝を迎え、宿で用意させた蒸し栗を弁当代わりに持って出発したのであろう。道中でみかんをくれた老翁に、浅草まではあとどれほどかかるのか尋ね、その道のりを召し使いに仔細に記憶させている。詩題は「客夜」であるが、頷聯以降は夜が明けた情景。

（高芝　麻子）

〇一九　雪

夢騎白鳳度銀津
邂逅姮娥宮裏人
滿目清光不堪冷
覺來瓊樹萬花春

雪

夢に白鳳に騎《の》りて　銀津を度《わた》り
邂逅《かいこう》す　姮娥《こうが》　宮裏の人
満目の清光　冷やかなるに堪えず
覚め来《きた》れば　瓊樹《けいじゅ》　万花の春

【詩形・押韻】
七言絶句（津・人・春）上平声十一真
＊第三句六字目は挟み平。

【訳】
雪
夢の中で白い鳳にまたがり、銀河の渡し場から渡って行くと、
月宮にすむという姮娥にめぐり会った。

見渡すかぎりの清らかな光の冷たさに耐えきれず、
目を覚ますと、玉のように美しい樹には無数の雪の花が春のように咲いていた。

【語釈・用例】

夢騎白鳳度銀津

夢騎白鳳：夢の中で白鳳にまたがり月世界に遊ぶというのは、以下に示すように、楊万里の詩に見える。雪と木犀の違いはあるが、作品全体の構成は似通っている。白石はこの詩の影響を受けていると思われる。

宋・楊萬里「凝露堂木犀」詩二首其二「夢騎白鳳上青空、徑度銀河入月宮。身在廣寒香世界、覺來簾外木犀風」『錦繡段』（『誠齋集』巻十、『宋藝圃集』巻十四）

白鳳：白い鳳凰。仙界のイメージを持つ。

宋・晏殊「閑思北海銀宮畔、誰駕丹山白鳳凰」『圓機活法』巻二天文門「雪」項

宋・蘇軾「鵞毛垂馬駿、自怪騎白鳳」『圓機活法』巻二天文門「雪」項（『施註蘇詩』巻十一「除夜大雪留濰州、元日早晴遂行中途雪復作」詩）

明・劉泰「題雪竹」詩「雪霽湘川絶點埃、冷枝寒葉脆難開。舜妃昨夜遊何處、騎得翩翩白鳳回」『石倉歴代詩選』巻四百八十七

銀津：銀色の渡し場。天の川を渡るための渡し場。畳韻語。用例は少ない。

唐・盧照鄰「樂府雜詩序」「碧甃銅池俯銀津、而横衆壑離宮」『盧昇之集』巻六

邂逅姮娥宮裏人

邂逅：期せずして会う。

漢・張衡「同聲歌」詩「邂逅承際會、偶得充後房」『玉臺新詠』巻一

姮娥：月の異名。もと羿の妻の名。羿が西王母から得た不死の薬を盗んで飲み、月中に奔り、月の精になった女性の名。

『淮南子』「覽冥訓」「羿請不死之藥于西王母、姮娥竊之、奔月宮」高誘注「恆娥、羿妻、羿請不死之藥於西王母、未及服之、姮娥盜食之、得仙、奔入月中、爲月精」

明・周旋「題周萬戶子性扇面月桂」詩「我昔夢遊崑崙峯、雲梯咫尺依晴空。綠煙掃盡六合淨、身輕八翼飛蟾宮。蟾宮境界一何異、璚樓瑤閣相鈎籠。就中丹桂花正發、淸光奪目飄香風。姮娥一見謂仙客、當時許折枝頭紅。翩翩見舞羽衣曲、鈞天彷彿聞三終。久之但覺毛骨凜、逼人寒氣如冬隆。覺來明月滿窗戶、一天靈籟鳴山松」『石倉歷代詩選』巻三百八十三

宮裏人：固有名詞の後に続く例が多い。

唐・李白「長門怨」詩二首其二「夜懸明鏡靑天上、獨照長門宮裡人」『李太白文集』巻二十三

唐・李白「蘇臺覽古」詩「只今唯有西江月、曾照吳王宮裏人」『李太白文集』巻十九（『唐詩品彙』巻三十七　唐・衞萬）

滿目淸光不堪冷

滿目：見渡す限り。

唐・杜甫「八月十五夜月」詩「滿目飛明鏡、歸心折大刀」『瀛奎律髓』巻二十二（『杜詩詳註』巻二十）

清光：月の光を指すことが多い。

唐・白居易「八月十五夜禁中寓直寄元四稹」詩「銀臺金闕靜沉沉、此夜相思在禁林。三五夜中新月色、二千里外故人心。渚宮東面烟波冷、浴殿西頭鐘漏深。猶恐清光不同見、江陵地濕足秋陰」『瀛奎律髓』巻二十二（『文苑英華』巻百五十一、『白氏長慶集』巻十四）

覺來瓊樹萬花春

覺來：目を覚ますと。

宋・陳與義「睡起」詩「熟睡覺來何所欠、菜根香軟飯流匙」『瀛奎律髓』巻二十六

元・雅琥「紙帳」詩「璽甕有天春不老、瑤臺無夜雪生香。覺來虛白神光發、睡去清閒好夢長」『石倉歷代詩選』巻二百十七上

瓊樹：玉のように美しい樹。白梅や雪の積もった樹を詠じる例が多い。

劉宋・謝惠連「雪賦」「庭列瑤階、林挺瓊樹」『文選』巻十三（『圓機活法』巻二天文門「雪」項）

隋・王衡「玩雪」詩「璧臺如始構、瓊樹似新栽」『石倉歷代詩選』巻十一

唐・徐彥伯「遊禁苑幸臨渭亭遇雪應制」詩「瓊樹留宸矚、璇花入睿詞」『石倉歷代詩選』巻二十六

宋・楊萬里「梅花下小飲」詩「爲擕竹葉澆瓊樹、旋折氷葩浸玉杯」『瀛奎律髓』巻二十

萬花：普通はさまざまな花をいうが、この詩では無数の雪の花。雪が樹に降り積もった様子を花に見立てた。

元・王冕「梅花」詩「馬跡山前大樹梅、千花萬花如雪開」『石倉歷代詩選』巻二百七十八

明・程本立「題梨花錦鳩圖」詩「萬花深處語黃鸝、花底能無挾彈兒。自在兩鳩春寂寂、一枝晴雪立多時」『石倉歷代

詩選』巻三百二十一下

（詹　満江）

○二○　秋桂和月〔題下注〕得天字

秋桂　月に和す　天の字を得たり

廣寒宮裏蕊珠仙
曾是香魂降九天
莫道人間會相見
一輪邂逅舊因緣

広寒宮裏　蕊珠《ずいじゅ》の仙
曾て是れ香魂　九天より降る
道《い》う莫れ　人間《じんかん》会《かなら》ず相見《あいまみ》えんと
一輪　邂逅《かいこう》　旧因縁

【詩形・押韻】
七言絶句（仙・天・縁）下平声一先
＊第三句六字目は挟み平。
＊探韻して得た「天」の属する韻を踏んでいる。

【訳】
秋の木犀が月に会う
〔題下注〕天の字を得た

広寒宮に住む花蕊や珠玉のように美しい仙女、
その香しい魂は、かつて九重の天から降臨されて木犀となったのだ。
「人の世で必ずお会いしましょう」などと言わなくともよい。
一輪の月に今宵お会いできたのは、古くからの因縁によるのだから。

【語釈・用例】
秋桂和月：管見のかぎりでは、詩題としての用例は見出せない。
秋桂：秋の木犀。
　南齊・孔稚珪「北山移文」「秋桂遺風、春蘿罷月」『文選』巻四十三
梁・柳惲「起夜來」詩「颯颯秋桂響、非君起夜來」『玉臺新詠』巻五
唐・杜甫「夔府書懷四十韻」詩「賞月延秋桂、傾陽逐露葵」『杜詩詳註』巻十六
和月：月と会う。月といっしょに。
宋・杜常「華清宮」詩「一別家山十六程、曉來和月到華清」『三體詩』巻一
宋・張道洽「梅花」詩一十首其十四「纔有梅花便不塵、和霜和月爲精神」『瀛奎律髓』巻二十
宋・眞山民「李脩伯山居」詩「苔衣和月卧、山雨雜泉聽」『石倉歷代詩選』巻百九十
得天字：韻字を書いた札を引いて、「天」の字の札を得た。複数の詩人が集まって詩を作り合うときに用いる韻字の決め方を「探韻」と言う。
唐・杜甫「夏日楊長寧宅送崔侍御常正字入京、探韻得深字」詩『瀛奎律髓』巻二十四（『文苑英華』巻二百六十九、『杜

詩詳註』巻二十一）

廣寒宮裏蕊珠仙

廣寒宮：月中の宮殿の名。

『錦繡萬花谷』後集巻一「廣寒清虚之府、申天師作術與唐明皇遊月宮、見天府榜曰、廣寒清虚之府、少前見素娥十餘人皓衣乘白鸞舞于桂樹下」

宋・鄭獬「雪中梅」詩「素娥已自稱佳麗、更作廣寒宮裏人」『瀛奎律髓』巻二十

宋・陸游「北枝梅開已日久一株獨不著花立春日忽放一枝」詩「廣寒宮裡長生藥、醫得氷魂雪魄回」『錦繡段』

宋・楊萬里「木犀呈張功甫」詩「塵世何曾識桂林、花仙夜月廣寒深」『瀛奎律髓』巻二十七

宋・祝穆「遊廣寒宮」「開元中明皇與申天師道士游都客、中秋夜月遊、月中過一大門、在玉光中見一大宮府、榜曰廣寒清虚之府」『古今事文類聚』前集巻十一

蕊珠：花の蘂と珠玉。また、仙界の宮殿の名。

『雲笈七籤』巻十一「上清紫霞虚皇前太上大道玉晨君、閒居蕊珠、作七言」

唐・李白「訪道安陵、遇盖還爲予造眞籙、臨別留贈」詩「學道北海仙、傳書蘂珠宮」『李太白文集』巻八

作者不詳「金粟如來身已化、蕊珠仙子骨猶香」『圓機活法』巻十九百花門「月中桂花」項

曾是香魂降九天

香魂：花の精。美人の魂。

唐・沈佺期「天官崔侍郎夫人盧氏挽歌」詩「偕老言何謬、香魂事果違」『文苑英華』巻三百十
唐・李商隱「和人題眞娘墓」詩「一自香魂招不得、秖應江上獨嬋娟」『石倉歷代詩選』巻七十四
宋・曾鞏「虞美人草」詩「香魂夜逐劒光飛、靑血化爲原上草」『古文眞寶』前集巻五（『宋藝圃集』巻十二　宋・許彦國、『宋元詩會』巻六十　宋・魏夫人）
宋・吳龍翰「張麗華墓」詩「金井轆轤春夢殘、香魂飛不到長安。君王爲虜妾爲土、夜月分爲兩地寒」『石倉歷代詩選』巻二百十八

九天…天の最も高いところ。
唐・李白「廬山瀑布」詩「飛流直下三千尺、疑是銀河落九天」『聯珠詩格』巻九（『文苑英華』巻百六十四、『萬首唐人絶句』巻二、『唐詩品彙』巻四十七、『李太白文集』巻巻十八）
唐・吳融「還俗尼」詩「三峽却爲行雨客、九天曾是散花人」『瀛奎律髓』巻四十七
唐・劉禹錫「巫山女神廟」詩「星河好夜聞淸佩、雲雨歸時帶異香。何事神仙九天上、人閒來就楚襄王」『瀛奎律髓』巻二十八

莫道人閒會相見
人閒…人の世。俗世間。
『韓非子』巻六「解老」「聾則不能知雷霆之害、狂則不能免人閒法令之禍」
唐・杜甫「月」詩「天上秋期近、人閒月影淸」『瀛奎律髓』巻二十二（『文苑英華』巻百五十一、『唐詩品彙』巻六十二、『杜詩詳註』巻五）

唐・崔顥「七夕」詩「仙裙玉佩空自知、天上人間不相見」『石倉歴代詩選』巻三十九

宋・張耒「七夕歌」詩「人間一葉梧桐飄、蓐收行秋回斗杓。（略）吾言織女君莫嘆、天地無窮會相見。猶勝姮娥不嫁人、夜夜孤眠廣寒殿」『古文眞寶』前集巻八

明・王廷相「明月篇」詩「嫦娥織女同時伴、天上人間願相見」『石倉歴代詩選』巻四百七十三

會相見

唐・李白「清平調」詩三首其一「若非羣玉山頭見、會向瑤臺月下逢」『樂府詩集』巻八十（『萬首唐人絶句』巻五十九、『唐詩品彙』巻四十七、『李太白文集』巻四、『石倉歴代詩選』巻四十四下、『唐詩選』巻七）

唐・白居易「長恨歌」詩「但願心似金鈿堅、天上人間會相見」『古文眞寶』前集巻八

一輪邂逅舊因縁

一輪：「輪」は丸いものを数える助数詞。ひとつの月。

唐・張薦「月中桂」詩「影高羣木外、香滿一輪中」『詩人玉屑』巻三

邂逅：出会う。めぐり会う。

『詩經』「鄭風・野有蔓草」詩「野有蔓草、零露漙兮。有美一人、清揚婉兮。邂逅相遇、適我願兮」毛傳「邂逅、不期面會」

舊因縁：古い縁。昔からの因縁。

宋・蘇軾「杜甫・題省中院壁詩評語」「經卷藥爐新活計、舞衫歌扇舊因縁」『瀛奎律髓』巻二十五（『施註蘇詩』巻三十五）

【補説】

「桂」すなわち木犀と月との関わりについて、『酉陽雑俎』巻一「天咫」（『円機活法』巻一天文門「月桂」項）に、

月桂高五百丈、下有一人、常斫之、樹創隨合。人姓吳、名剛、西河人、學仙有過、謫令伐樹。

月桂高さ五百丈、下に一人有り、常に之を斫るも、樹創随いて合す。人姓は呉、名は剛、西河の人、仙を学びて過ち有り、謫せられて樹を伐らしめらる。

月の木犀は高さが五百丈あり、その下に人がいて、いつもこの樹を伐っているが、樹の傷は伐るそばから元にもどってしまう。その人の姓は呉、名は剛、西河の出身で、仙術を学んでいたが罪を犯し、月に流されて樹を伐らされているのだ。

と見え、また、『封氏聞見記』巻七「月桂子」（『円機活法』巻十九百花門「月中桂花」項）には、

垂拱四年三月、桂子降于台州臨海縣界、十餘日乃止。

垂拱四年三月、桂子台州臨海県界に降り、十余日にして乃ち止む。

垂拱四年の三月に、木犀の実が台州臨海県の県境に降ったが、十日あまり経って降りやんだ。

と見える。

これらの話を踏まえて、白石は月と木犀が出会うのは古い因縁だと詠じたのであろう。また、承句に「九天より降る」と詠じたのは、地上の木犀の樹がもとは空から降った実から育ったということからの発想であろう。

（詹　満江）

○二一　和山元立訪予庭前紅梅韻

　　山元立の予が庭前の紅梅を訪ぬの韻に和す

紅愁粉痩似傷春
悶倚東風未啓唇
皐雉明朝何處是
試將一箭對佳人

紅は愁え　粉は痩せ　春を傷《いた》むに似たり
悶えて東風に倚《よ》るも　未だ唇を啓《ひら》かず
皐雉《こうち》　明朝　何れの処か是《こ》れなる
試みに一箭を将《もっ》て佳人に対せん

【詩形・押韻】
七言絶句（春・唇・人）上平声十一真

【訳】
　山元立の「新井氏の庭前の紅梅を訪ねた」という詩の韻に和す
紅の唇は愁いを含み、おしろいの顔は痩せて、春のもの思いに耽っているようだ。
悶えながら、その身を春風にゆだねるが、その唇はまだ開かない。
沢辺の雉は、明日の朝にはどこにいるだろう。

一本の矢で雉を射落として、美人に会ってみようか。

【背景】

山元立とは対馬藩士阿比留順泰（後、西山順泰に改める）のこと。延宝五年（一六七七）、白石は、木下順庵に師事するために江戸に出てきた阿比留と知り合った。白石二十一歳、阿比留二十八歳のときのことである。以来、阿比留が三十二歳で亡くなるまで、二人の親交は続いた。この詩は二人の交際の一端を知るよすがとなるもの。阿比留が白石の住まいを訪ね、庭の紅梅を詠じた作に白石が唱和した詩である。

【語釈・用例】

紅愁粉痩似傷春

紅愁粉痩：紅を塗った唇は愁い、おしろいをはたいた顔は痩せている。紅梅の蕾を美女の唇に喩えた。

唐・李賀「黄頭郎」詩「南浦芙蓉影、愁紅獨自垂」『樂府詩集』巻九十五

宋・蔡正孫「梅」詩「粉痩瓊寒照眼新、千林春意喜津津」『聯珠詩格』巻五

宋・王君玉「寄元獻」詩「館娃宮北舊精神、粉痩瓊寒露蕋新」『瀛奎律髓』巻二十宋・梅堯臣「紅梅」詩評

明・于謙「採蓮曲」詩「秋風浩蕩吹碧波、綠怨紅愁將奈何」『石倉歴代詩選』巻三百六十八

傷春：春をいたむ。春にものを思う。

『楚辭』「招魂」「湛湛江水兮上有楓、目極千里兮傷春心」

唐・戴叔倫「贈殷亮」詩「日日河邊見水流、傷春未已復悲秋」『三體詩』巻一

宋・楊億「梨」詩「繁花如雪早傷春、千樹封侯未是貧」『瀛奎律髓』卷二十七

悶倚東風未啓唇

倚東風

唐・許渾「金谷園桃花」詩「涙光停曉露、愁態倚春風」『才調集』卷七

宋・曾鞏「錢塘上元夜祥符寺陪咨臣郎中丈燕席」詩「玉人春困倚東風、紅雲燈火浮蒼海」『瀛奎律髓』卷十六

明・謝矩「題推篷圖」詩「扁舟曾記酌西湖、笑倚東風醉莫扶。酒醒不知天已暮、梅花枝上月輪孤」『石倉歷代詩選』卷三百六十一

啓唇

宋・梅堯臣「紅梅」詩「學粧如小女、聚笑發丹唇」『瀛奎律髓』卷二十

皐雉明朝何處是

皐雉：沢のキジ。補説参照。

晉・潘岳「射雉賦」「昔賈氏之如皐、始解顏於一箭」『文選』卷九

何處是

唐・崔顥「黃鶴樓」詩「日暮鄉關何處是、煙波江上使人愁」『唐詩選』卷五

宋・李處權「送二十兄還鎭江」詩「世亂身危何處是、二年孤負北窻涼」『瀛奎律髓』卷二十

試将一箭對佳人

一箭　晉・潘岳「射雉賦」「昔賈氏之如皐、始解顔於一箭」『文選』巻九

唐・杜甫「哀江頭」詩「翻身向天仰射雲、一箭正墜雙飛翼」『古文眞寶』前集巻五（『杜詩詳註』巻四、『石倉歴代詩選』巻四十五、『唐詩選』巻二）

【補説】

紅梅の花を美人に喩えて詠じた詩である。これは、『春秋左氏伝』「昭公二十八年」（紀元前五一四）に「昔賈大夫悪。娶妻而美、三年不言不笑。御以如皐、射雉獲之、其妻始笑而言」（昔賈大夫悪《みにく》し。妻を娶りて美しく、三年言わず笑わず。御して以て皐に如き、雉を射て之を獲れば、其の妻始めて笑いて言う）と見える話に拠っている。潘岳の「射雉賦」は、この話を踏まえて「昔賈氏皐に如き、始めて一箭に解顔す」と詠じたのである。白石の詩は、昔の賈大夫のように、雉でも仕留めてみせれば、紅梅の蕾も美人が笑うように咲いてくれるだろうと詠じている。

（詹　満江）

○二二　紅梅二首（其一）

一種●春風○氣自●殊◎
星冠○月佩●爛珊○瑚◎
今來○若正●花王○號
南面●稱孤○應赤●符◎

紅梅二首（其の一）

一種の春風　気は自《おの》ずから殊《こと》なり
星冠　月佩《げっぱい》　珊瑚爛《らん》たり
今来　若《も》し花王の号を正さば
南面して孤と称し赤符に応ぜん

【詩形・押韻】

七言絶句（殊・瑚・符）上平声七虞

【訳】

紅梅二首　その一

その春風が運んできた気は自然と違っている。
紅梅は、星の冠に月の佩び玉をつけ、珊瑚が輝くようだ。
これより以後、もし花王の号を正したならば、この紅梅は南面して帝を称し、赤徳の瑞祥に応じるだろう。

【語釈・用例】

一種春風氣自殊

一種春風：ある種の春風。特に梅の花を咲かせる春風を指す例が多い。

唐・劉元載妻「詠早梅」詩「南枝向暖北枝寒、一種春風有兩般」『圓機活法』巻二十百花門「梅花」項（『石倉歴代詩選』巻百十三）

宋・王安石「與微之同賦梅花得香字」詩三首其三「嬋娟一種如冰雪、依倚春風笑野棠」『瀛奎律髓』巻二十

宋・陸游「梅花絶句」詩「紅梅過後到緗梅、一種春風不並開。造物無心還有意、引教日日放翁來」『劍南詩稾』巻五十

星冠月佩爛珊瑚

星冠：星のように光る冠。道士の冠をいう。この詩では紅梅の美しさの喩。

唐・戴叔倫「漢宮人入道」詩「蕭蕭白髪出宮門、羽服星冠道意存」『石倉歴代詩選』巻六十五

宋・白玉蟾「題潛庵」詩「已把功名等風絮、鶴氅星冠懶成趣」『石倉歴代詩選』巻二百二十四

宋・黄希旦「謝人惠星冠」詩「曉簪乍覺星攢頂、夜戴偏宜月滿壇」『石倉歴代詩選』巻二百二十五

月佩：月のように光る佩び玉。やはり紅梅の美しさの喩。

明・李德「梅花曲」詩「軒后登天時、騎龍乘紫雲。三千宮貌附龍鱗。瑤瑺月佩荷絲裏、夜入羅浮醉仙子。酒樓明月

神貝水、夢闌霜冷蛾眉死」『石倉歴代詩選』巻三百四

爛：あざやか。あきらか。

『詩經』「鄭風・女曰雞鳴」詩「明星有爛」

『楚辞』「九歌・雲中君」「爛昭昭兮未央」王逸注「爛、光貌」

珊瑚：サンゴ。樹木の美しさの喩。

陳・江總「芳樹」詩「朝霞映日殊未妍、珊瑚照水定非鮮」『古詩紀』巻百十四（『石倉歴代詩選』巻十）

唐・盧照鄰「行路難」詩「珊瑚葉上鴛鴦鳥、鳳凰巣裏雛鵷兒」『樂府詩集』巻七十（『石倉歴代詩選』巻十九）

今來若正花王號

花王：花の王。牡丹を指す。

宋・歐陽脩「花釋名」「錢思公嘗曰、人謂牡丹花王、今姚黄眞可爲王、而魏花乃后也」『洛陽牡丹記』

宋・高荷「芍藥」詩「勃興連穀雨、閏位次花王」『瀛奎律髓』巻四十二宋・高荷「答山谷先生」詩評

宋・蔡正孫「梅」詩「春到江南第一枝、瓊璫瑤珮列參差。雖然未正花王號、衆卉終當北面之」『聯珠詩格』巻六

南面稱孤應赤符

南面：南に向かう。君主は南面し、臣下は北面する。君主を表す。

『易經』「説卦」「聖人南面而聽天下、向明而治」

『春秋左氏傳』「襄公二十六年」「鄭於是不敢南面」

『論語』「雍也」「子曰、雍也可使南面」朱注「南面者、人君聴治之位」

稱孤‥君主が自らを謙遜して「孤」という。

『荘子』「盗跖」「凡人有此一徳者、足以南面稱孤矣」

『呂氏春秋』「士容」「南面稱寡、而不以侈大」高誘注「南面君位也、孤寡、謙稱也」

漢・司馬遷「報任少卿書」「彭越張敖、南面稱孤、繫獄抵罪」『文選』巻四十一

赤符‥赤い符讖。漢の王朝を表す赤色の未来記。漢は火の徳であり、火の色は赤い。漢が興るしるしのこと。この詩では、紅梅の花の色から連想した表現である。

『後漢書』巻一「光武帝紀上」「光武先在長安時、同舍生彊華自關中奉赤伏符曰、劉秀發兵捕不道、四夷雲集龍鬭野、四七之際火爲主」

唐・劉希夷「謁漢世祖廟」詩「運開朱旗後、道合赤符先」『文苑英華』巻三百二十（『唐詩品彙』巻一）

【補説】

紅梅の美しさは牡丹を淩ぐほどだと詠じる。「花王」の称号は従来、牡丹に冠せられているが、それを今選び直せば、この紅梅こそがふさわしいという。この発想は、『聯珠詩格』巻六「用雖然字格」に載せる蔡正孫の「梅」の詩に、「雖然未正花王号、衆卉終当北面之（未だ花王の号を正さざると雖然《いえど》も、衆卉　終に当に之に北面すべし）」とあるのを踏まえるであろう。蔡正孫の詩は、「まだ花王の号を正していないが、多くの花がしまいには梅に北面するはずだ」と詠ずる。白石は「花王の号を正すとすれば」と逆に詠じている。蔡正孫の詩は四庫全書には見えないので、白石は『聯珠詩格』によって作ったと見てよかろう。

（詹　満江）

○二三　紅梅二首（其二）

非是高陽爲酒徒
横斜風骨自清癯
直須揀箇眞儒比
雲谷老人其姓朱

紅梅二首（其の二）

是れ高陽に酒徒為《た》るに非ず
横斜せる風骨　自《おの》ずから清癯《せいく》
直《ただ》ちに須らく箇《こ》の真儒を揀《えら》びて比すべし
雲谷老人　其の姓は朱

【詩形・押韻】

七言絶句（徒・癯・朱）上平声七虞

＊第三句一字欠。「揀」を補った。

【訳】

紅梅二首　その二

この紅梅は「吾は儒人に非ず」と言い放った高陽の酒呑みなどではない。

横に斜めに伸びた枝の風姿は、自然と清らかに痩せている。

これこそは本当の儒者に喩えるのがよろしかろう。
姓が朱の雲谷老人こそがそれだ。

【語釈・用例】

非是高陽爲酒徒

高陽酒徒・酈食其《れきいき》のこと。「高陽」（河南省）は酈食其の出身地。漢の高祖に会ったときに、酈食其が自らを「私は高陽の酒呑みであって、儒人ではない」と言ったことを踏まえた表現。

『史記』巻九十七「酈生陸賈列傳」「初沛公引兵過陳留、酈生踵軍門上謁曰、高陽賤民酈食其、竊聞沛公暴露、將兵助楚、誅不義、敬勞從者。願得望見、口畫天下便事。使者入通、沛公方洗問使者曰、何如人也。使者對曰、狀貌類大儒、衣儒衣冠側注。沛公曰、爲我謝之、言我方以天下爲事、未暇見儒人也。使者出謝曰、沛公敬謝先生、方以天下爲事、未暇見儒人也。酈生瞋目按劍叱使者曰、走復入言沛公、吾高陽酒徒也、非儒人也」

唐・李白「梁父吟」詩「又不見高陽酒徒起草中、長揖山東隆準公」『樂府詩集』巻四十一（『唐詩品彙』巻二十六、『李太白文集』巻二、『石倉歴代詩選』巻四十四上）

唐・高適「田家春望」詩「可嘆無知己、高陽一酒徒」『萬首唐人絶句』巻七（『唐詩品彙』巻四十、『古今詩刪』巻二十、『唐詩選』巻六）

唐・羅隱「曲江有感」詩「高陽酒徒半凋落、終南山色空崔嵬」『瀛奎律髓』巻三

横斜風骨自清癯
横斜：横に斜めに。梅の枝の伸びるさまをいう。
　宋・林逋「山園小梅」詩二首其一「疏影横斜水清淺、暗香浮動月黄昏」『瀛奎律髓』巻二十
風骨：すがた。ようす。この詩では梅の枝ぶりのこと。
　宋・張道洽「梅花」詩十六首其五「肌膚姑射白、風骨伯夷淸」『瀛奎律髓』巻二十
淸癯：高潔で痩せている。梅を詠じるのによく使われる表現。
　宋・張道洽「梅花」詩二十首其四「凍蘤無多樹更孤、一溪霜月照淸癯」『瀛奎律髓』巻二十
　宋・陸游「梅花」詩「冷淡合教閒處着、淸癯難遣俗人看」『瀛奎律髓』巻二十（『劒南詩稾』巻三）
　元・謝宗可「問梅」詩「香影爲誰甘寂寞、精神何獨占淸癯」『石倉歴代詩選』巻二百三十七上

直須揀箇眞儒比
眞儒：本当の儒者。俗儒の反対。
　明・羅泰「雲谷春耕」詩「幽棲雲谷叟、千載紫陽翁。耕隱名猶在、眞儒世所宗」『石倉歴代詩選』巻三百五十六

雲谷老人其姓朱
雲谷：宋・朱熹の号。

【補説】

梅の花の紅さを、高陽の酒呑みと言った酈食其の顔の紅さではなく、真の儒者である朱熹の朱の色だと詠じる。儒学を重んじた白石らしい表現である。その発想は、『聯珠詩格』巻一に載せる劉克荘の「梅」と題する詩に、

喚做孤來又不孤　喚びて孤と做し来るも又孤ならず
道他癯後幾曾癯　他を癯と道いて後　幾たびか曾て癯せたる
直須揀箇詩人比　直ちに須らく箇の詩人を揀びて比すべし
慶曆郎官字聖俞　慶暦の郎官　字は聖俞

とあることから得ているだろう。劉克荘は梅堯臣の姓が「梅」であることにことよせて、孤高で痩せた梅のイメージに相違して、梅堯臣には徳があるゆえ必ず隣りがあり、かつ、その詩は豊饒であると褒めている。この劉克荘の詩は四庫全書には見えない。白石は『聯珠詩格』を参考にしてこの詩を作ったといえよう。

この詩の第三句の欠字は、劉克荘の「梅」の詩からの影響を考えて、「揀」であると推測し、補った。詳しくは論考篇第四章『聯珠詩格』の項参照。

（詹　満江）

〇二四　鷺

長汀○沙日●暖
引歩●曝霜○翎◎
巖際●雲逾○白
岸頭○草更●青◎
魚藏○淺水●濁
風過●故林○腥◎
對此●出塵○物
賞心○欲忘●形◎

鷺

長汀　沙日《さじつ》　暖かく
歩を引きて　霜翎《そうれい》を曝《さら》す
巖際《がんさい》　雲　逾《いよ》いよ白く
岸頭　草　更に青し
魚　蔵《かく》れて　浅水濁り
風　過ぎて　故林　腥《なまぐさ》し
此《これ》に対して　塵物を出で
賞心　形を忘れんと欲す

【詩形・押韻】
五言律詩（翎・青・腥・形）下平声九青

【訳】
鷺《さぎ》
長くつづく渚の砂は日に照らされて暖かく、
その上を歩いて鷺は白い羽をかわかしている。
山の峰のあたりでは雲がますます白く見え、
岸のほとりでは草がいっそう青く見える。
浅瀬が濁っているのは魚がもぐっているから。
古巣の林に生き物の気配がするのは風が吹き過ぎたから。
この情景に向かって、俗世間から抜け出て、
景色を愛でるこの心によって、自然のままでいようと思う。

【語釈・用例】
長汀沙日暖：首聯は次の句の影響を受けている。
宋・惠崇「池上鷺分韻得明字」詩「暴翎沙日暖、引歩島風清」『詩人玉屑』巻七
長汀：ながく續いた水際。
劉宋・謝靈運「白石岩下徑行田」詩「千頃帯遠堤、萬里瀉長汀」『古詩紀』巻五十七
唐・孟貫「春江送人」詩「春江多去情、相去枕長汀。（略）雨餘莎草緑、雲散岸峯青」『石倉歴代詩選』巻九十五
沙日：砂を照らす日の光。次に挙げる王安石の作品には、青と白、暖かな天と砂に吹かれる日、また故林、と、本作

品と重なる語が多く見られる。
唐・張祜「送楊秀才往夔州」詩「鳥影沉沙日、猿聲隔樹煙」『唐百家詩選』巻十五
唐・李群玉「沅江漁者」詩「倚棹汀洲沙日晩、江鮮野菜桃花飯」『李群玉詩集』後集巻四
宋・王安石「欲歸」詩「水漾靑天暖、沙吹白日陰。（略）綠稍還幽草、紅應動故林」『瀛奎律髓』巻十
日暖：日の光が暖かい。日が暖かく照るときには、生き物が動き出す気配がある。
唐・杜甫「和賈至舍人早朝大明宮」詩「旌旗日暖龍蛇動、宮殿風微燕雀高」『瀛奎律髓』巻二

引步曝霜翎
引步：この語は杖をついて歩くときによく用いられる。この句は杖を引く様子によって鷺の歩く様を表現したものであろう。
唐・王周「早春西園」詩「引步攜筇竹、西園小逕通。雪欹梅蔕綠、春入杏梢紅」『石倉歷代詩選』巻九十一
霜翎：白い羽。鶴の羽の形容が多い。李中の句は鷺に使われている例である。
唐・李遠「失鶴」詩「來時白雪翎猶短、去日丹砂頂漸深」『瀛奎律髓』巻二十七
唐・劉禹錫「鶴嘆」詩二首其二「丹頂宜承日、霜翎不染泥」『劉賓客文集』外集巻一
唐・李中「放鷺鷥」詩「池塘多謝久淹留、長得霜翎放自由」『石倉歷代詩選』巻九十二
巖際雲逾白：この句に近い語を持つ句の例は少ない。発想としては次の詩句に似る。
劉宋・謝靈運「入彭蠡湖口」詩「春晩綠野秀、巖高白雲屯」『古詩鏡』巻十三

逾白：背景の色によって雲や鳥の白さが際立つ。
唐・杜甫「絶句」詩「江碧鳥逾白、山青花欲然」『唐詩選』巻六

魚藏淺水濁
淺水：川や淵の浅いところ。
唐・項斯「華頂道者」詩「養龍於淺水、寄鶴在高枝」『瀛奎律髓』巻四十八
唐・司空曙「江村卽事」詩「縱然一夜風吹去、只在蘆花淺水邊」『三體詩』巻二

風過故林腥
故林：もといた林。ふるさとの林。鳥がふるさとの林を懐かしむ、という状況は、しばしば旅人の望郷の念と重ねて表現される。
魏・王粲「七哀詩」「山崗有餘暎、巖阿增重陰。狐狸馳赴穴、飛鳥翔故林」『文選』巻二十三
晉・王讚「雜詩」「人情懷舊鄉、客鳥思故林」『文選』巻二十九
劉宋・謝靈運「晚出西射堂」詩「羈雌戀舊侶、迷鳥懷故林。含情尙勞愛、如何離賞心」『文選』巻二十二
林腥：林が腥《なまぐさ》いのは鳥がいるため、また鳥の巣があるためである。陳師道の用例は、鳥が棲む林と風が吹きすぎる水の対比が本詩と似た雰囲気を持つ。
宋・徐照「題江心寺」詩「鴉宿腥林徑、龍歸損塔輪」『瀛奎律髓』巻四十七
宋・梅堯臣「送鮮于祕丞通判黔州」詩「巇風來虎嘯、江雨過龍腥」『瀛奎律髓』巻四

宋・陳師道「湖上」詩「林喧鳥啄啄、風過水鱗鱗」『瀛奎律髓』巻三十四

對此出塵物

塵物：けがれたもの。また、俗世間。

劉宋・謝靈運「述祖德詩」「遺情捨塵物、貞觀丘壑美」『文選』巻十九

賞心欲忘形

賞心：自然の風景を愛する心。また、心が楽しむこと。

劉宋・謝靈運「擬魏太子鄴中詩集序」「天下良辰、美景、賞心、樂事、四者難幷」『文選』巻三十

劉宋・謝靈運「遊南亭詩」詩「我志誰與亮、賞心惟良知」『文選』巻二十二

忘形：肉体を忘れる。次の二例のように、物我の境を超脱する境地と、非常な楽しみによって我を忘れること、の二つの用例が見られる。本作品では両方の意味を含むと考えた。

『莊子』「讓王」「故養志者忘形、養形者忘利、致道者忘心矣」

漢・蔡邕「琴賦」「於是歌人恍惚以失曲、舞者亂節以忘形」『歴代賦彙逸句』巻一

【補説】

この作品は、用例の項に劉宋・謝霊運の作品の用例が多いところからもわかるように、謝霊運の詩か、或いは謝霊運の詩風を継ぐ作品に倣って作られたと考えられる。

最初の二句は、北宋・恵崇「暴翎沙日暖、引歩島風清」句に拠っていることは明らかである。この作品は、『詩人玉屑』のほか『事実類苑』『宋芸圃集』『古今禅藻集』『詩林広記』など多数の選集に載る。

次の用例は、本作品と言葉が多く重なっている作品の例である。

宋・曾鞏「送陳世脩」詩「沙渚鴻飛入楚雲、遠林樵爨宿煙昏。（略）歸路賞心應駐節、客亭離思暫開樽。」『石倉歴代詩選』巻百四十四

宋・戴昺「春日偕兄弟侍屏翁遊晉原分得外字因集句而成」詩「春雨晴亦佳、適與賞心會。初日照高林、幽泥化輕壒。歩屧隨春風、始覺天宇大。牽懷到空山、逍遙白雲外。青松夾路生、童童狀車蓋。淸川帶華薄、陰壑生虚籟。性達形迹忘、傲然脱冠帶。薄暮方來歸、月光搖淺瀨。」『石倉歴代詩選』巻二百五

（市川　桃子）

〇二五　病馬

轂轂●古龍○媒◎
年來○驕氣●摧◎
百金○如買●骨
千里●豈無○材◎
舊埒●草還○綠
寒山○雪作●堆◎
獘帷○恩尚●在
未必●嘆𡰝○尵●

病馬

轂轂《こくそく》たり　古の龍媒
年来　驕気　摧《くだ》かる
百金　如《も》し骨を買えば
千里　豈に材無からんや
旧埒《きゅうらち》　草は緑に還り
寒山　雪は堆《たい》を作《な》す
獘帷《へいい》　恩　尚お在り
未だ必ずしも𡰝尵《かいたい》を嘆かず

【詩形・押韻】
五言律詩（媒・摧・材・堆・尵）上平声十灰

【訳】

病馬

年老いた名馬はとぼとぼと歩き、
このところ驕り高ぶる気持ちはすっかり萎《な》えてしまった。
この馬の死後に百金を積んでその骨を買いとれば、
一日に千里走る素質を持った馬がきっと手に入るであろう。
暖かくなってきて古びた馬場には再び緑の草が戻ってきたが、
寒い山の上にはまだ雪が積もっている。
破れたとばりで葬ってもらえるだけの恩愛はなおも受けている。
だから病み疲れていることを嘆くことはないよ。

【語釈・用例】

觳觳古龍媒

觳觳：死を前にして恐れおののくさま。「觳觫《こくそく》」に同じ。
『孟子』「梁恵王」「吾何愛一牛、卽不忍其觳觫、若無罪而就死地、故以羊易之」
唐・柳宗元「放鷓鴣詞」「齊王不忍觳觫牛、簡子亦放邯鄲鳩」『柳河東集』巻四十三
龍媒：龍の出現のなかだちをするという空想上の天馬。また、天馬のような駿馬。
『漢書』巻二十二「郊祀歌十九章之十　天馬」「天馬徠龍之媒、游閶闔観玉臺」應劭曰「言天馬者、乃神龍之類。今

天馬已來、此龍必至之效也」

唐・杜甫「沙苑行」詩「龍媒昔是渥洼生、汗血今稱獻於此」『杜詩詳註』巻三

年來驕氣摧

年來：ここ数年来。次の用例は、以前からの持病、という意味。

宋・洪邁「王龜齡王嘉叟木蘊之同過小園用郡圃植花韻」詩「老去醉鄉爲日月、年來痼疾在煙霞」『瀛奎律髓』巻八

驕氣：おごり高ぶる気持ら。また馬が奮い立つ様。

唐・曹唐「病馬五首呈鄭校書章三吳十五先輩」詩其三「霜侵病骨無驕氣、土蝕驄花見臥痕」『全唐詩』巻六百四十

明・陳政「牧馬圖」詩「草細泉香野色新、五花驕氣散春雲」『石倉歴代詩選』巻三百八十

氣摧：気力が潰《つい》える。次の作品は、龍のような能力を持つ馬の気力がくじかれている例で、発想が似ている。

宋・劉子翬「明皇九馬圖」詩「六閑豢養固恩厚、横氣摧折常鳴悲。丹青倘不逢妙手、萬世豈識眞龍姿」『石倉歴代詩選』巻百八十一

百金如買骨：この句は、次に挙げる『戦国策』に載る話によって、この病馬がすぐれた骨格を持っていることを言う。その昔、ある国の君主が千金を出して千里を走る馬を買おうとしたが、三年たっても手に入れられなかった。ある者が、死んだ千里の馬の骨を五百金で買ってきて言った。死んだ馬の骨を五百金で買うのなら、生きた馬はどれほどの値いで買うのだろうかと期待して、天下の人々は必ず王のもとに良馬を売りにくる、と。果たして、まもなく三頭の千里の馬を買うことが出来た。

『戰國策』燕策「郭隗先生曰、臣聞、古之君人、有以千金求千里馬者、三年不能得、涓人請求之、三月、得千里馬、馬已死、買其骨五百金、曰、死馬且買之五百金、況生馬乎、天下必以王爲能市馬、馬今至矣。不久果然買得三匹千里馬」

次に挙げる二例の詩は、「買骨」「龍媒」の語を含む。『戦国策』にある買骨のエピソードには、「千里馬」とあるが「龍媒」の語はない。白石のこの句は『戦国策』に直接拠っているというよりは、次の二例のような詩句を参考にしたと考えた方が自然である。

明・唐文鳳「題何養素馬圖」詩「夜飛霹靂電光紫、良駒已產眞龍媒。（中略）求賢求駿同一理、千金買骨逢奇才」『石倉歷代詩選』巻三百二十七

明・林廷玉「塞上曲」詩「千金買馬骨、龍媒歲三臨」『石倉歷代詩選』巻四百二十三

寒山雪作堆

雪作堆：雪が高く積もる。次の二例は該句と同じ言葉を使う。ただし花の比喩である。

元・天如「送鄉僧昱曉林」詩「海雨吹花雪作堆、那時敲我竹門開」『石倉歷代詩選』巻二百七十七

元・馮海粟「照水梅」詩「玉樹臨流雪作堆、寒光疏影共徘徊」『石倉歷代詩選』巻二百七十八

弊帷恩尚在

敝帷：やぶれたとばりを棄てずにおいて、馬が死んだときに包むという、『礼記』にある次の故事に拠る。

『禮記』「壇弓下」「仲尼之畜狗死、使子貢埋之、曰、吾聞之也、敝帷不棄、爲埋馬也。敝蓋不棄、爲埋狗也。丘也貧、

無蓋。於其封也、亦予之席、毋使其首陷焉」

敝帷恩：破れたとばりで包んでくれる、主人の恩。馬の体を古いとばりで包んで葬るというところから、次の例のように、飼い主による終生の恩を表すものとして描かれる。

明・李夢陽「古意」詩「內廄飛龍馬、君王賜玉鞭。（中略）如蒙敝帷顧、萬里爲君前」『石倉歷代詩選』卷四百四十八

明・顧璘「見道上老馬」詩「願取敝帷終惠養、敢希枯骨動君顏」『石倉歷代詩選』卷四百五十三

未必嘆虺𬯎

虺𬯎：病み疲れる。馬によく使われる言葉。畳韻語。

北宋・蘇軾「上淸辭」詩「歷玉階兮帝迎勞、君良苦兮馬虺頹」『東坡詩集註』卷三十二

明・孫承恩「千龍寨」詩「晨發千龍寨、虺隤馬行遲」『文簡集』卷十三

清・魏偁「君馬黃」詩「臣馬臨險艱、艱哉巖棘路。石磴夷可陟、力未虺頹、奈何致行」『甬上耆舊詩』卷六

【補説】

「病馬」を詩題とする題詠の作品は、唐代では杜甫、元稹、曹唐、杜荀鶴にある。

首聯は次の曹唐の句を参考にした可能性がある。

唐・曹唐「病馬」詩五首其一「墮月兔毛乾觳觫、失雲龍骨瘦查牙」『全唐詩』卷六百四十

唐・曹唐「病馬」詩五首其三「霜侵病骨無驕氣、土蝕驄花見臥痕」『全唐詩』卷六百四十

この曹唐の作品は、『唐詩鼓吹』巻四に詩題を「病馬呈鄭校書三首」として、唐・曹鄴『曹祠部集』の附録に詩題を「病馬呈鄭校書」として、『才調集』巻四に詩題を「病馬五首呈鄭校書章三呉十五先輩」として、『文苑英華』巻三百三十に詩題を「病馬五首」として載る。『唐才子伝』巻六には、この作品が人口に膾炙したとある。なお、『円機活法』巻二十四走獣門にも「病馬」の項があり、唐・曹唐の詩として「風吹病骨無驕気、蚤蝕葱花見臥痕」と見える。

（市川　桃子）

○二六　春日小園雑賦

數畝春畦管物華
唯將風月卽爲家
淺碧飽嘗新釀酒
輕黄初試小團茶
花勻香膩淡生暈
草信金鈎斜發芽
安得思如摩詰手
寫成畫軸向人誇

春日小園雑賦
数畝《すうほ》の春畦《しゅんけい》　物華《ぶっか》を管《つかさど》り
唯《た》だ風月を将《もっ》て　即ち家と為すのみ
浅碧　嘗《な》めるに飽く　新醸酒
軽黄　初めて試む　小団茶
花は香膩《こうじ》を匀《にお》わせて　淡く暈《かさ》を生じ
草は金鈎に信《まか》せて　斜めに芽を発す
安くにか　思いの摩詰《まきつ》の如き手を得て
画軸に写し成し　人に向かいて誇らんや

【詩形・押韻】
七言律詩（華・家・茶・芽・誇）下平声六麻

【訳】

春の日に小園にて思いを述べる
ひろさ数畝の春の菜園で景物の輝きをひとりじめにし、
この風と月こそをわが家とする。
醸したばかりの浅い碧色の酒を飽きるほど飲んだあと、
淡黄色の団茶をようやく試してみる。
花はなめらかな香りを漂わせほのかに紅《あか》い色がさし、
草は金の鈎《かぎ》のようで斜めに芽を伸ばす。
どうにかして絵心ゆたかな王維のような才能を手にし、
この景色を絵巻物に描き出して人に誇ってみたいものだ。

【語釈・用例】

春日小園雜賦：宋の陸游に同題の詩がある。内容は異なる。
宋・陸游「春日小園雜賦」詩「久矣雲霄鎩羽翰、小園聊得賦春寒。風生鴨綠文如織、露染猩紅色未乾。不向山丘歎零落、且從兒女話團欒。人言麥信春來好、湯餅今年慮已寬」『瀛奎律髓』巻十

數畆春畦管物華
數畝：畝は田畑の面積の単位。畦はうね。ここでは菜園のこと。「数畝春畦」の語は王禹偁の次の句に想を得たか。

宋・王禹偁「笋」詩「數畝春畦獨歩尋、迸犀抽錦矗森森。田文死去賓朋散、放擲三千玳瑁簪」『聯珠詩格』巻二

＊『錦繡段』にも李誠之（時代不詳）の「松」という詩題でこの作品が載っている。

元・劉躍「園樂爲國賓先生賦」詩「數畝荒園郎爲樂、瓜畦新雨長更鉏」『石倉歴代詩選』巻二百七十二

物華：光景。自然の景物。

梁・王筠「望夕霽」詩「物華方入賞、跂予心期會」『文苑英華』巻百五十五

宋・陳與義「題東家壁」詩「羣公天上分時棟、間客江邊管物華」『簡齋集』巻十二

元・成廷珪「和李克約東皋雜興」詩「一春開遍雨中花、幾向東園管物華。老去始知身是客、愁來空擬醉爲家」『石倉歴代詩選』巻二百四十七

唯將風月郎爲家：この句の発想は杜甫の次の詩句に似る。杜甫の句は後世の詩人に影響を与えている。

唐・杜甫「春歸」「此身醒復醉、乘興郎爲家」『杜詩詳註』巻十一（『唐詩選』巻四、『古今詩刪』巻十九）

明・邊貢「倫上人院晩坐次白湖韻」詩「梵筵青瑣佩、香竈碧山茶。（略）詩人類迂僻、乘興郎爲家」『石倉歴代詩選』巻四百五十四

淺碧飽嘗新釀酒：頷聯は次の詩句を下敷きにすると思われる。

宋・陸游「睡起至園中」詩「淺碧細傾家釀酒、小紅初試手栽花」『瀛奎律髓』巻十

輕黄初試小團茶

輕黄：淡い黄色。

宋・朱熹「宋文示及紅梅蠟梅借韻兩詩復和呈以發一笑」詩「質瑩輕黄外、芳勝淺絳中」『瀛奎律髓』巻二十

團茶：練り固めて丸い餅のような形にした茶。宋代に作られたという。江戸時代には茶葉を湯に浸して茶にして飲むのが普通で、団茶は珍しいものであったようだ。李清照の句に拠れば、苦みのあるものか。

宋・陸游「茶之品、莫貴於龍鳳、謂之團茶、凡八餅重一斤」『歸田錄』巻下

宋・秦觀「次韻謝李安上惠茶」詩「寒槖遽收諸品玉、午甌初試一團花」『石倉歴代詩選』巻百五十三

宋・李清照「鷓鴣天」詞「酒闌更喜團茶苦、夢斷偏宜瑞腦香」『樂府雅詞』巻下

李潤甫（時代不詳）「僧舍晚歸」詩「纔燒香篆點團茶、春酒留連又一家」『錦繡段』

花匀香膩淡生暈

香膩：女性の肌がなめらかで良い香りがする様子を形容する語。ここではそのような花の香り。

唐・韋莊「傷灼灼」詩「桃臉曼長横綠水、玉肌香膩透紅紗」『才調集』巻三十六

暈：光や色の周囲が淡くかすんでいる様。

唐・韓愈「宿龍宮灘」詩「夢覺燈生暈、宵殘雨送涼」『五百家注昌黎文集』巻九

宋・蘇軾「墨花」詩「花心起墨暈、春色散毫端」『施註蘇詩』巻二十三

安得思如摩詰手　寫成畫軸向人誇：この聯は杜甫の次の聯による。杜甫の句は王禹偁等の句にも影響している。

唐・杜甫「江上値水如海勢聊短述」詩「焉得思如陶謝手、令渠述作與同游」『瀛奎律髓』巻二十六

宋・周必大「上巳訪楊廷秀賞牡丹於御書扁榜之齋其東圃僅一畝爲街者九名曰三三徑」詩「却慚下客非摩詰、無畫無詩只謾誇」『瀛奎律髓』巻八

宋・王禹偁「霽後望山中春雪」詩「世間那得王摩詰、醉展霜縑把筆描」『石倉歴代詩選』巻百二十五

明・大圭「遊脣獄」詩「茲行安得王摩詰、爲掃蓮花社客圖」『石倉歴代詩選』巻三百六十六

【補説】

『円機活法』巻十八書画門「画花」の項目に「暈花」の項があり、先に挙げた蘇軾「花心起墨暈」の句がある。「倒暈疏花」の項には「信手」とある。また、江戸の着物の模様に「花暈（はなぼかし）」がある。頸聯は情景描写であるが、また花の画法にも通じるのであろうか。

（市川　桃子）

○二七　小齋卽事

小齋○新破●一封○苔◎
不厭●野翁○攜酒●來◎
挾冊●兎園○聊自得●
畫圖○麟閣●本非○材◎
定巣○梁燕●銜泥○過
釀蜜●山蜂○抱蕊●回◎
卻有●散人○功業在●
繞欄○終日●數花○開◎

小斎即事

小斎　新たに破る　一封の苔
厭わず　野翁　酒を携えて来《きた》るを
冊を挟む兎園　聊か自得するも
図を画く麟閣　本《もと》より　材に非ず
巣を定むる梁燕は　泥を銜《くわ》えて過ぎ
蜜を醸す山蜂は　蕊《しべ》を抱きて回《かえ》る
却って散人功業の在る有り
欄を繞りて　終日　花の開くを数う

【詩形・押韻】
七言律詩（苔・來・材・回・開）上平声十灰

【訳】

我が部屋にて

部屋の前を埋め尽くす苔を新たに踏み破って、
田舎の友が時に酒を抱えてやってくるのもよい。
梁園の孝王のように書物を持って楽しくやってはいるが、
もとより麒麟閣に肖像を描かれるような器ではない。
巣の場所を定めた梁《はり》の燕は、泥を銜えて飛んでゆき、
蜜づくりにいそしむ山の蜂は花のしべを抱えて帰ってゆく。
役立たずの私にも花を育てる手柄があったりする。
欄干をめぐって一日中、咲いている花の数をかぞえている。

【語釈・用例】

小齋新破一封苔

小齋：小さなへや。自分の部屋。

唐・白居易「臥小齋」詩「散歩長廊下、臥退小齋中」『白氏長慶集』巻十一

破一封苔：一面に埋め尽くしている苔を踏み破る。

趙竹居（時代不詳）「松下」詩「踏破蒼苔一逕封、身如野鶴倚喬松」『聯珠詩格』巻四

唐・李中「贈海上観音院文依上人」詩「虚窗從燕入、壞屐任苔封」『全唐詩』巻七百四十八

唐・呉武陵「小松　貢院樓北新栽」詩「已曾經草沒、終不任苔封」『唐詩紀事』巻四十三（『唐詩品彙』巻八十）
宋・王安石「鍾山西庵白蓮亭」詩「山亭新破一方苔、白帝留花滿四隈」『瀛奎律髓』巻三十五
宋・戴復古「見山梅」詩「踏破溪邊一徑苔、好山好竹少人來」『石屏詩集』巻六（『聯珠詩格』巻十七）

不厭野翁攜酒來
宋・歐陽脩「夷陵歲暮書事呈元珍表臣歐陽修」詩「荊楚先賢多勝迹、不辞攜酒問隣翁」『瀛奎律髓』巻四
元・劉永之「和楊伯謙韻」詩「相期同結屋、不厭野人來」『御選宋金元明四朝詩』「御選元詩」巻四十二
明・王廷陳「頗嗔冠蓋訪、不厭野人過」『夢澤集』巻六

挾冊兎園聊自得
兎園：梁の孝王が築いた園の名。河南省商丘県の東。一名、梁園、また修竹園ともいう。漢の枚乗に「梁王兎園賦」がある。
兎園冊：『兎園冊府』三十巻のこと。唐の蔣王李惲が杜嗣先に編集させた。経書や歴史書から引用した文に注釈を施したもの。一説に、唐の虞世南が著した本だとも言われる。（『困学紀聞』巻十四）
五代に民間で流行し、村の塾のテキストとして使われたと言われる。のちに広く通俗的な書物を言う。また、自分の著書を謙遜した言い方としても用いられる。
『五代史』巻五十五「劉岳傳」「兎園冊者、鄉校俚儒、敎田夫牧子之所誦也」

畫圖麟閣本非材

唐・高適「塞下曲」詩「畫圖麒麟閣、入朝明光宮」『文苑英華』巻百九十七

麟閣‥麒麟閣。前漢の武帝が麒麟を獲た時に築いたと言われる楼閣。宣帝の時になって、霍光・蘇武等十一人の功臣の像を画いて楼閣の上に掲げた。

『前漢書』巻五十四「蘇武傳」「甘露三年、單于始入朝。上思股肱之美、乃圖畫其人於麒麟閣、法其形貌、署其官爵姓名。唯霍光不名、曰大司馬大將軍博陸侯姓霍氏、次曰衞將軍富平侯張安世、次曰車騎將軍龍頟侯韓增、次曰後將軍營平侯趙充國、次曰丞相高平侯魏相、次曰丞相博陽侯丙吉、次曰御史大夫建平侯杜延年、次曰宗正陽城侯劉德、次曰少府梁丘賀、次曰太子太傅蕭望之、次曰典屬國蘇武。皆有功德、知名當世、是以表而揚之、云云、凡十一人」張晏注「武帝獲麒麟時作此閣、圖畫其象於閣、遂以爲名」

唐・白居易「不如來飮酒」詩四首其二「何曾畫麟閣、祇是老轅門」『瀛奎律髓』巻十九

定巣梁燕銜泥過　釀蜜山蜂抱蕊回‥同じような発想の作品は多いが、次に挙げる用例の内、唐・李郢の詩句のイメージが近い。

唐・劉禹錫「浪淘沙詞」「銜泥燕子爭歸舍、獨自狂夫不憶家」『唐詩選』巻七

唐・李郢「春日題山家」詩「燕靜銜泥起、蜂喧抱藥回」『瀛奎律髓』巻十

唐・杜甫「乘雨入行軍六弟宅」詩「水花分塹弱、巣燕得泥忙」『瀛奎律髓』巻十七

唐・杜甫「卽事」詩「黃鶯過水翻迴去、燕子銜泥濕不妨」『瀛奎律髓』巻十七

散人功業在

散人：やくにたたない人。世の用をなさない人。無用の人物。また自分のことを言う謙称。

唐・陸龜蒙「江湖散人歌」序「散人者、散誕之人也。心散、意散、形散、神散、既無羈限」『全唐詩』巻六百二十一

功業：てがら。いさお。

陳一齋（時代不詳）「隱者」詩「莫言隱者無功業、早晩山中管白雲」『聯珠詩格』巻五

繞欄終日數花開

唐・白居易「新栽竹」詩「有時公事暇、盡日遶欄行」『白氏長慶集』巻九

唐・薛維翰「春女怨」詩「白玉堂前一樹梅、今朝忽見數花開」『石倉歴代詩選』巻四十三

【補説】

薛維翰の用例は「いくつかの花が開いた」の意であるが、第八句の上の四字「繞欄終日」の表現から、「花の開くを数えた」と解するのが妥当であろう。

（市川　桃子）

〇二八　和山秀才和菅廟卽事之韻

山秀才の菅廟即事に和すの韻に和す

元是菅家勝白樣
元是れ　菅家　白様に勝る

遙知聲價售雞林
遥かに知る　声価　雞林に售《う》らるるを

〔自注〕延喜帝、題菅氏三代集、御製尾句云、更有菅家勝白樣、從是抛却匣塵深。蓋謂善讀其家集、則白氏文集應可抛却也。（延喜帝、菅氏三代集に題して御製尾句に云う、「更に菅家の白様《はくよう》に勝る有り、是れより匣塵《こうじん》の深きに抛却せん」と。蓋し、其の家集を善く読めば、則ち白氏文集は応に抛却すべし、と謂うなり）

兩朝袞綉補天手
両朝の袞綉《こんしゅう》は　天を補うの手

〔自注〕寛平延喜（寛平と延喜）

三代文章擲地音
三代の文章は　地に擲《なげう》つの音

憂國精誠雷霆動
国を憂うる精誠に　雷霆　動き

摩空冤氣雪霜深
空を摩するの冤気に　雪霜　深し

匣塵御句翻爲讖
匣塵《こうじん》の御句　翻《かえ》って讖と為《な》り

都府●咏成○不直●金◎　都府の咏《えい》成るも　金に直《あたい》せず

〔自注〕公有謫居都府之詠。（公に謫居都府の詠有り）

【詩形・押韻】七言律詩（林・音・深・金）下平声十二侵

【訳】

山秀才の「菅廟即事に和す」詩の韻に和して

菅原氏の詩文はもとより白居易より優れている。

白居易の名声は遠く及んで朝鮮にまで鳴り響いたという。

〔自注〕醍醐天皇が菅原氏三代の文集に題した御製詩の末句に「更に菅家には白楽天に勝るものがある。これより白氏文集はうち捨てられて箱の塵に深く埋もれるだろう」という。思うに、菅原氏の家集をよく読めば、白氏文集などは投げ捨ててもかまわない、ということを言っている。

宇多天皇と醍醐天皇の二代の王朝で天皇を補佐する右大臣をつとめ天下の政治を助けた。

〔自注〕寛平年間（八八九―九八）と延喜年間（九〇一―二二）

菅原氏三代の詩文は　地に投げうてば金石の響きがするほど素晴らしい。

国を憂える道真公の誠心に雷がとどろき、

天に届くほどの恨みでその髪は雪や霜のように白くなった。

醍醐天皇の御句はかえって不吉な予言となったようだ。

道真公が大宰府で都府の咏を詠《よ》んでも、賞めそやされることはなかった。

〔自注〕道真公には、左遷されて大宰府にいるときの作品「都府の咏」がある。

【語釈・用例】

和山秀才和菅廟卽事之韻

山秀才：阿比留。〇二一「和山元立訪予庭前紅梅韻」詩注参照。

菅廟：菅原道真の廟。

遙知聲價售雞林：次の句と同じ。

明・蔣主孝「病起感懷」詩「功名逃鳳闕、聲價售雞林」『石倉歴代詩選』巻四百八十八

售雞林：朝鮮にまで評判が立つ。以下に引く『新唐書』「白居易伝」に、白居易の作品が朝鮮でも売られていた、という記載がある。この記載は『円機活法』巻十一「詩」項「鶏林售」、『佩文韻府』巻八十一之三「鶏林価」欄にそれぞれ引用されている。

『新唐書』巻百十九「白居易傳」「白居易工詩下偶俗好、當時士人爭傳、雞林行賈、售其國相、率篇易一金、其僞者、相輒能辯之」

唐・白居易「鶏林賈售、其相國率易一金」『圓機活法』巻十一「詩」項「鶏林售」（『佩文韻府』巻八十一之三「鶏林價」）

明・童軒「次沈行父見贈」詩「鶏林有價時爭售、狗監無人世詎知」『石倉歴代詩選』巻三百六十九

明・丘濬「送陳緝熙修撰使高麗」詩「詔頒龍闕恩初下、詩到雞林價倍高」『石倉歴代詩選』巻三百八十七

延喜帝題菅氏三代集御製尾句云、更有菅家勝白様、従是抛却匣塵深。蓋謂善讀其家集則白氏文集應可抛却也。

三代集：道真の『菅家文草』、祖父清公の『菅家集』、父是善の『菅相公集』を指す。

兩朝袞綉補天手

補天：欠けた天を補修する。女媧が石を錬って天を補ったという伝説による。ここから、政治を補佐する意味として使われる。

『淮南子』巻六「覽冥訓」「女媧錬石五色石、以補蒼天」高誘注「女媧帝佐虙戯治者也、三皇時天不足西北、故補之」

唐・李泌「禁中送任山人」詩「補天留彩石、縮地入青山」『唐詩紀事』巻四十八

袞綉：袞衣繡裳。巻龍の絵がある上衣と花紋の刺繡のある下裳。古代の帝王と上公の礼服であった。

宋・沈作哲『寓簡』巻八「袞衣繡裳、世俗以爲榮、吾不與易也」

三代文章擲地音

擲地音：「擲地金声」は文章が優美なことの形容。地に投げると、金石で作った楽器のように美しい音が聞こえる。次の典故による。孫綽が『天台賦』を作ったとき、その美しい作品を地に投げると金石で作った楽器のような音がしそうであった。

『世説新語』「文學」「孫興公作『天台賦』成、以示范榮期云、卿試擲地、要作金石聲。范曰、恐子之金石非宮商中聲。」

然每至佳句、輒云、應是我輩語」
唐・羊士諤「都城蕭員外寄海棠花」詩「擲地好辭凌綵筆、浣花春水膩魚箋」『三體詩』巻四

憂國精誠雷霆動：菅原道真は天神としてまつられ、雷神として畏れられた。補説二参照。

精誠：純粋でまじりけのない心。
唐・楊炯「和劉長史荅十九兄」詩「揚名不顧身、精誠動天地」『盈川集』巻二
唐・高適「李雲南征蠻詩」詩「精誠動白日、憤薄連蒼穹」『高常侍集』巻八
唐・白居易「長恨歌」詩「臨邛道士鴻都客、能以精誠致魂魄」『白氏長慶集』巻十二
宋・劉攽「熙州行」詩「精誠動天天不隔、鑿空借籌皆碩畫」『石倉歴代詩選』巻百三十九

雷霆：雷鳴の音。かみなり。いかずち。菅原道真は死んで雷神となった、という伝承がある。補説二参照。
『易』繫辭上「鼓之以雷霆、潤之以風雨」
唐・杜甫「送樊二十三侍御赴漢中判官」詩「冰雪淨聰明、雷霆走精鋭」『杜詩詳註』巻五
明・李夢陽「功德寺」詩「萬乘雷霆動、千巖滅流光」『石倉歴代詩選』巻四百四十七（『古今詩刪』巻二十三）

摩空冤氣雪霜深

雪霜：雪と霜。そこから艱難辛苦をいう。また、白髪の形容。菅原道真は左遷されて博多に着いた時、一夜にして白髪になったという伝承がある。【補説三】参照。
『禮記』「月令」「孟冬行秋令、則雪霜不時、小兵時起、土地侵削」

宋・楊長孺「題湖州畫像」詩「面有憂民色、天知報國心。三年風月少、兩鬢雪霜深」『宋詩紀事』巻六十二
室町・景徐周麟「一夜白髪天神」詩「紅梅殿北雪逾白、六百年前一夜心」『翰林葫蘆集』巻四（『五山文学全集』（上村観光編　思文閣出版　一九九二）巻四所収）

摩空：空高く揚がること。
唐・李賀「高軒過」詩「元精耿耿貫當中、殿前作賦聲摩空」『昌谷集』巻四
明・練子寧「駿馬歌」詩「摩空猛氣猶騰驤、出世卽論周與唐」『石倉歴代詩選』巻三百十六

匣塵御句翻爲讖

匣塵：箱の塵。
唐・白居易「九日醉吟」詩「劍匣塵埃滿、籠禽日月長」『白氏長慶集』巻十七

讖：吉凶を予言する文字。
唐・杜甫「行次昭陵」詩「讖歸龍鳳質、威定虎狼都」『杜詩詳註』巻五
宋・蕭服之「梁武帝」詩「捨身一語終成讖、捨到臺城贖不歸」『錦繡段』

都府咏成不直金

都府：唐代、節度使のことをいう。地方の軍事・財政・民事を統括する役所の意味。ここでは大宰府を中国風に都府と呼んでいる。大宰府は今の福岡県太宰府市に置かれていた。四王寺山の南麓に都府楼の礎石が発掘されている。

不直金：金に値《あたい》しない。高い評価を得られない。

唐・于濆「辛苦吟」詩「一笑不直金、自然家國肥」『唐詩紀事』巻六十一

【補説一】

都府の咏と呼ばれるのは次の作品である。

不出門　　　　菅原道真

門を出でず

一從謫落就柴荊　一たび謫落して　柴荊《さいけい》に就《つ》きてより
萬死兢兢跼蹐情　万死　兢《きよう》兢《きよう》たり　跼蹐《きよくせき》の情
都府樓纔看瓦色　都府楼は　纔《わず》かに瓦色《がしよく》を看《み》
觀音寺只聽鐘聲　観音寺は只《た》だ鐘声を聴く
中懷好逐孤雲去　中懐は　孤雲を好《よ》く逐《お》いて去り
外物相逢滿月迎　外物は　満月に相逢いて迎う
此地雖身無檢繫　此の地　身に検繋《けんけい》無しと雖も
何爲寸歩出門行　何《なん》為《す》れぞ　寸歩も門を出でて行かん

【補説二】

菅原道真と雷

藤原時平の陰謀によって大臣の地位を追われ、大宰府へ左遷された道真は失意のうちに没した。彼の死後、疫病が

はやり、日照りが続き、また醍醐天皇の皇子が相次いで病死した。さらには清涼殿が落雷を受け多くの死傷者が出た（清涼殿落雷事件）。これらが道真の祟りだと恐れた朝廷は、道真の罪を赦すと共に贈位を行った。

清涼殿落雷の事件から道真の怨霊は雷神と結びつけられた。元々京都の北野の地には火雷天神という地主神が祀られており、朝廷はここに北野天満宮を建立して道真の祟りを鎮めようとした。

【補説三】

一夜白髪天神伝説

菅原道真が一夜で白髪になったという伝説があった。『山州名跡志』巻十一（元禄十五年序、『大日本地誌大系』所収）の「綱敷天満宮」（現在の行政区画では京都市下京区に位置する）の項に、次のように記される。

　案ずるに、綱敷とは菅相公筑紫に遷りたまふ時、博多に於て船より上り玉へるに、御座無ふして船の綱を敷きて御座となす。此時、一夜に於て白髪と成玉へり。世人其御相好を圖して綱敷像とも、一夜白髪の御影とも云ふ也。其神像を安置する故なる歟。縁起不詳。

この伝説は、『北野天神縁起』には記されていない。

綱を敷き、白髪となった道真の図像としては、「東帯天神像」（大阪・佐太天満宮蔵、伝・雪村、十六世紀）がある。無造作に置かれた綱の上に座り、肩をいからせ歯をくいしばり全身に憤怒をみなぎらせている。また、「東帯天神像」（奈良・薬師寺蔵　鑑貞、十六世紀）の立ち姿で雲に乗る道真は、怒りの形相を示し、髪は白い（図録『天神さまの美術』東京国立博物館他編　NHK発行　二〇〇一）。

小田幸子「天神の能」（『芸能史研究』第七三号　一九八一）によれば、次の村庵霊彦（一四〇三〜八八）の詩が、一夜白髪天神を漢詩に詠じた最も古い例だという。

室町・希世霊彦「北野天神畫像」詩「奮激多憂俄白髪、寃讎可訴只蒼天。松生北野梅西府、兩地雖遙風月連」『村庵藁』巻中

（市川　桃子）

束帯天神像　鑑貞筆　奈良・薬師寺

〇二九　塚上花

萇弘血色枝頭碧
望帝涙痕花上紅
一片斷魂招不得
卻將生意寄春風

塚上の花
萇弘《ちょうこう》の血色　枝頭の碧《みどり》
望帝《ぼうてい》の涙痕　花上の紅《くれない》
一片の断魂《だんこん》　招き得ず
却って生意《せいい》を将《も》って春風に寄す

【詩形・押韻】
七言絶句（紅・風）上平声一東

【訳】
墓所の花
萇弘の血の色は枝先の碧になり、
望帝の涙の痕は花上の紅になった。
無念の魂は呼び寄せようとも戻らない、

むしろ花となって生き生きと春風に身を寄せている。

【語釈・用例】

萇弘血色枝頭碧

萇弘：周の人。敬王の時の大夫。萇叔。晋の范中行氏の難に与かり、殺さる。詩の三年後、その血が碧玉になったと伝えられている。

『華陽國志』巻十二「萇弘之血變成碧珠」

宋・梅堯臣「種碧映山紅於新墳」詩「年年杜鵑啼、口滴枝上赤。今同萇弘血、三歳化爲碧」『宛陵集』巻四十一

血色：血の色。

唐・白居易「琵琶行」詩「鈿頭銀篦擊節碎、血色羅裙翻酒汚」『古文眞寶』前集巻九

宋・洪覺範「鞦韆」詩「揚血色裙拖地斷、送玉容人上天花」『瀛奎律髓』巻二十七

枝頭：枝先。

宋・張道洽「梅花」詩二十首其十五「箇箇枝頭帶月魂、常挹清香來燕坐」『瀛奎律髓』巻二十

望帝涙痕花上紅

望帝：戦国末の蜀王、杜宇を指す。望帝と号する。死後、蜀では二月に鳴く子規を杜宇の魂の化身とし、これを望帝・杜宇と呼んだという。子規（杜鵑・不如帰）の異名。

『爾雅翼』巻十四「望帝者盖蜀王。望帝婬其相妻、慙亡去、化爲此鳥。蜀人聞其鳴、皆起曰望帝」

唐・李商隱「錦瑟」詩「莊生曉夢迷蝴蝶、望帝春心託杜鵑」『瀛奎律髓』巻二十七（『唐詩品彙』巻八十八、『唐音』巻五）
宋・梅堯臣「送李殿丞通判蜀州賦海棠」詩「望帝烏聲空有血、相如人恨不同時」『瀛奎律髓』巻二十七
宋・文天祥「和中齋韻」詩「俛眉北去明妃涙、啼血南飛望帝魂」『石倉歷代詩選』巻二百十三
明・瞿佑「殘蝶」詩「望帝精靈枝上血、韓憑魂魄墓前沙」『石倉歷代詩選』巻三百六十二

涙痕：涙の痕。
唐・李白「怨情」詩「但見涙痕濕、不知心恨誰」『萬首唐人絶句』巻一
唐・白居易「何處難忘酒」詩「何處難忘酒、逐臣歸故園。赦書逢驛騎、賀客出都門。半面瘴煙色、滿衫鄉涙痕。此時無一盞、何處可招魂」『瀛奎律髓』巻十九

花上紅：花の紅の色そのものを指す。
唐・溫庭筠「錦城曲」詩「江風吹巧剪霞綃、花上千枝杜鵑血。（略）怨魄未歸芳草死、江頭學種相思子」『石倉歷代詩選』巻七十七

一片斷魂招不得
斷魂：無念の思いを抱えた魂。
元・貫雲石「桃花巖」詩「明月滿山招斷魂、春風何處求顏色」『石倉歷代詩選』巻二百四十一
招不得：招き返そうとするが戻らない。
唐・杜甫「散愁」詩二首其一「老魂招不得、歸路恐長迷」『杜詩詳註』巻九
唐・李賀「致酒行」詩「我有迷魂招不得、雄雞一聲天下白」『昌谷集』巻二

唐・李商隱「和人題眞娘墓」詩「一自香魂招不得、秖應江上獨嬋娟」『石倉歴代詩選』巻七十四

卻將生意寄春風

卻將：むしろかえって〜。

唐・韋莊「下第題青龍寺僧房」詩「酒薄恨濃消不得、却將惆悵問支郎」『石倉歴代詩選』巻百二

生意：生命の生き生きとした様子。

『世說新語』「黜免」「大司馬府廳前有一老槐。甚扶疏、殷因月朔與衆在廳視槐。良久嘆曰、槐樹婆娑、無復生意」

宋・王安石「雨過偶書」詩「地望歲功還物外、天將生意與人間」『臨川文集』巻二十

寄春風：春風に託して。

宋・王鎡「避亂柯巖綠坡諸公以詩見寄」詩「花前多少恨、無語寄春風」『石倉歴代詩選』巻二百二十二

（三上　英司）

○三○　高先生挽詩

高先生挽詩

〔題下注〕寛永丁丑年、官兵討西州妖賊。先生奮身、従軍于此歿。有閥閲之功也焉。（寛永丁丑の年、官兵《かんぺい》西州の妖賊を討つ。先生奮身し、従軍して此に歿す。閥閲《ばつえつ》の功《いさお》有るなり。）

矍鑠●古遺○老　　矍鑠《かくしゃく》たり　古の遺老《いろう》
天何○不假●年◎　　天　何ぞ年を仮さざる
寶戈○曾挽●日　　宝戈《ほうか》　曾《かつ》て日を挽《ひ》くも
白璧●忽沈○淵◎　　白璧　忽《たちま》ち淵に沈む
金石●有功○施　　金石　功《いさお》の施す有るも
箕裘○無子●傳◎　　箕裘《ききゅう》　子の伝うる無し
哀歌○城北●路　　城北の路に哀歌すれば
薤露●滴寒○烟◎　　薤露《かいろ》　寒烟《かんえん》に滴《したた》る

【詩形・押韻】

五言律詩（年・淵・傳・烟）下平声一先韻

【訳】

高先生を悼む詩

〔題下注〕寛永丁丑の年（寛永十四年・一六三七）、官軍が西国の邪悪な賊を討伐した。先生は奮い立って従軍し、この戦いに亡くなった。世に広く知らしめるべき戦功を残されている。

戦国の風を遺《のこ》す矍鑠とした老臣に、
なぜ天はもっと寿命を与えてくださらなかったのか。
宝戈を手に戦って形勢を逆転するほどであったのに、
白璧がたちまち淵に沈むように先生は命を落とされた。
金石に銘すべき功績を残されたのに、
その業績を受け継ぐ子孫はいない。
街の北の路でこの哀しみを歌えば、
韮の葉の上におく儚い露が冷たい靄の中に滴り落ちる。

【語釈・用例】

高先生挽詩

高先生：寛永丁丑・十四年（一六三七）に起こった島原の乱討伐に参加し、戦死したことが詩からわかる。「先生」と称されていることから儒者ではないかとも思われるが、事績については未詳。

挽詩：死者を哀悼する詩。

寛永丁丑年、官兵討西州妖賊。先生奮身、従軍于此歿。有閥閲之功也焉。

寛永丁丑年：寛永十四年（一六三七）。三代将軍、徳川家光の治世。

官兵：寛永十四年に派遣された第一次征討軍を指す。御書院番頭であった三河深溝藩主・板倉重昌を上使として九州諸藩を率いさせた。数度の攻撃を退けられた後、十五年一月一日（旧暦）に総攻撃をかけたが、板倉重昌の戦死により敗退を余儀なくされている。詩の内容から考えるに「高先生」の戦死も、おそらくこの時の戦いであろうと推測される。

妖賊：あやしい賊。怪賊。島原の乱を起こした反乱軍を指す。蜂起した軍は、江戸幕府ができてから次々と取りつぶされた九州諸藩の浪人、過酷な年貢の取り立てに苦しむ百姓、島原半島・天草諸島のキリシタンたちの連合体であったが、江戸幕府はこれをキリシタンによる反乱として征討の軍を向けたので、このように表現する。

『後漢書』巻六「順冲質帝紀」「三月、揚州六郡妖賊章河等、寇四十九縣、殺傷長吏」

閥閲之功：世に広く知らせるべき功績。「閥閲」は、唐以降、爵位・功績ある家の門に建てるようになった柱。左側を「閥」、右側を「閲」という。

『新唐書』巻百十九「武李賈白傳」「初帝愛萬壽公主、欲下嫁士人。時鄭顥擢進士第、有閥閲」

矍鑠古遺老

矍鑠：勇健のさま。壮健のさま。

『後漢書』巻五十四「馬援傳」「帝笑曰、矍鑠哉是翁也」

遺老：本来、生きのこっている老人、先帝の旧臣、亡国の旧臣等の意味であるが、ここでは詩全体の内容を勘案して、戦国時代の遺風を伝える老臣、の意で訳した。

宋・楊億「明皇」詩三首其一「河朔叛臣驚舞馬、渭橋遺老識眞龍」『瀛奎律髓』巻三

天何不假年

宋・徐照「李夫人」詩「妾生未久身入泉、上天何不與妾年」『石倉歴代詩選』巻百九十四

宋・陳師道「和和叟梅花」詩「鼎實自期終有待、天眞不假更勻粧」『瀛奎律髓』巻二十

假年：寿命を与える。長生きさせる。

宋・范成大「翰林學士何公輓詞」詩「地近行知政、天高不假年」『石湖詩集』巻十

寶戈曾挽日

挽日：太陽の位置を動かすこと。転じて、形勢を逆転すること。困難を排除して事態を好転させる魯の陽公の「撝戈反日（戈を揮って太陽を呼び戻す）」の故事に基づく。

『淮南子』「覽冥訓」「（武王）曰、余任天下、誰敢害吾意者。於是風濟而波罷。魯陽公與韓搆難、戰酣日暮、援戈而撝之、日爲之反三舍」

元・方回「恠夢」詩十首其三「管窺天謂小、繩挽日難留」『桐江續集』巻二十七

白璧忽沈淵

白璧沈：命を落とすこと。

唐・李白「哭晁卿衡」詩「日本晁卿辭帝都、征帆一片遶蓬壺。明月不歸沉碧海、白雲愁色滿蒼梧」『萬首唐人絕句』巻二

明・邵寶「大忠祠」詩「一言竟免靑衣辱、萬古終悲白璧沉」『石倉歷代詩選』巻四百二十七　＊大忠祠は宋の文天祥・陸秀夫・張世傑の三忠臣を祀った祠。

金石有功施：金石に銘して残すべき功績がある、の意。

漢・陸賈「至德」「建金石之功、終傳不絕之世」『新語』巻下

唐・元結「大唐中興頌序」「歌頌大業、刻之金石」『文章規範』巻六

箕裘無子傳

箕裘：父祖の業を受けつぐこと。『礼記』「学記」の「良冶之子、必学為裘、良弓之子、必学為箕」に基づく成語で、良い鍛冶の子は、父が堅い金鉄を鎔して破れた鍋釜を補繕するのを観て、軟かな獣皮を補綴して裘を作ることを学び、良い弓師の子は、父が堅い幹角を矯めて弓を造るのを観て、軟かな柳条を曲げて箕を作ることを学ぶということから転じた。

宋・劉克荘「哭葉孝錫教授」詩「箕裘無子繼、書畫落人多」『後村集』巻一
宋・魏慶之「贈寫神傳生」詩「耳孫不作箕裘夢、却把丹青畫別人」『聯珠詩格』巻八

哀歌城北路

哀歌：悲しみを歌う。悲しげに歌う。
唐・杜甫「暮春題瀼西新賃草屋」詩「哀歌時自短、醉舞爲誰醒」『瀛奎律髓』巻二十三
宋・蘇軾「次韻劉景文見寄」詩「莫因老驥思千里、醉後哀歌缺唾壺」『瀛奎律髓』巻四十二
明・顧璘「昭君寫眞圖引」詩「明珠萬里沈胡沙、哀歌一曲留琵琶」『石倉歷代詩選』巻四百五十三
城北路：街の北側の路。
唐・張籍「北邙行」詩「洛陽北門北邙道、喪車轔轔入秋草」『張司業集』巻二
明・劉績「送周明德應詔之京師」詩「把酒送君城北路、曉日鴉啼烏柏樹。一聲歌罷淚滿巾、僮僕催人上塘去」『石倉歷代詩選』巻三百三十八

薤露滴寒烟

薤露：人の命のはかなさを、韮の葉の上に置く露に託す表現。古の挽歌である楽府・相和歌辞の名にもなっている。
無名氏「薤露」詩「薤上露何易晞、露晞明朝還復落、人死一去何時歸」『樂府詩集』巻二十七
晉・陸機「挽歌」詩三首其一「中闈且勿讙、聽我薤露詩」『文選』巻二十八
唐・張籍「北邙行」詩（前項の句に続き）「車前齊昭薤露歌、高墳新起日峩峩」『張司業集』巻二

寒烟：冷たい煙霧。さびしい霞。

唐・呉融「秋色」詩「曾従建業城邊路、蔓草寒煙鎖六朝」『三體詩』巻二（『石倉歴代詩選』巻八十五）

金・元好問「湘夫人詠」詩「秋風秋月沅江渡、波上寒煙引輕素。九疑山高猿夜啼、竹枝無語墮殘露」『石倉歴代詩選』巻二百三十一

（三上　英司）

○三一　藤氏小園

城北小園十丈寛
水紋珍簟碧琅玕
主人池上無多景
唯有清風竹數竿

藤氏の小園

城北の小園　十丈の寛
水紋の珍簟《ちんてん》　碧琅玕《へきろうかん》
主人の池上　多景無く
唯だ有り　清風　竹数竿《すうかん》

【詩形・押韻】

七言絶句（寛・玕・竿）上平声十四寒

＊第一句は孤平。

【訳】

藤氏の小園

街北の、小さな園《その》は広さ十丈、
水面《みなも》の彩《あや》は碧《みどり》の玉のたかむしろ。

藤氏の池のほとりはさっぱりとして、
清らかな風に揺れる竹が数本ばかり。

【語釈・用例】

藤氏小園

藤氏：未詳。ただし、友人である河村通顕《みちあき》の父親、河村瑞賢所有の庭である可能性もある。河村氏は藤原氏の出自と称しており、また白石が河村氏の蔵書で学んだことや瑞賢の娘との結婚話があったことなどが、『折たく柴の記』に記されている。〇五〇詩などからも明らかなように、河村通顕と白石はともに学び、詩のやりとりも重ねていた。本詩が両者の交友の中から生まれた可能性もある。

小園：小さい花園。小圃。

宋・銭惟演「秋日小園」詩「碧簟涼生白袷衣、庾園秋晩得幽期」『瀛奎律髓』巻十二（『石倉歴代詩選』巻百二十七）

城北小園十丈寛

城北：城の北側。ここでは街の北側の意。

宋・呂祖謙「與同館遊張氏園分韻得日字」詩「駕言城北園、滞思頓消釋。方池環脩篁、廣陌衞行栗」『石倉歴代詩選』巻百七十九上

十丈寛：十丈四方ほどの広さ。

宋・姜特立「和陸郎中放翁」詩「午庭風雨撼高槐、一洗城頭十丈埃」『瀛奎律髓』巻四十二

宋・何應龍「小園」詩「池占方方十丈寬、已栽花木四時看。客來莫笑生涯薄、窻外新添竹數竿」『聯珠詩格』巻十六（『兩宋名賢小集』巻二百八十九、『江湖小集』巻二十五）

水紋珍簟碧琅玕

水紋珍簟：水紋がたかむしろのように見えること。ここでは、緑の竹が映った波紋の描写。

唐・李益「寫情」詩「水紋珍簟思悠悠、千里佳期一夕休」『三體詩』巻二（『石倉歴代詩選』巻五十五）

元・濟雅穆爾丹「遊定水寺寄杜堯臣」詩「水紋藤簟竹方牀、山閣重陰雨後涼」『石倉歴代詩選』巻二百八十

碧琅玕：青々とした玉石。また美しい竹の異名。ここでは、水に映った竹の青々とした美しさを玉石のようであると表現している。

唐・杜甫「鄭駙馬宅宴洞中」詩「主家陰洞細煙霧、留客夏簟清琅玕」『圓機活法』巻十五「簟」

唐・賈島「竹」詩「籬外清陰接藥欄、曉風交戛碧琅玕」『圓機活法』巻十五「簟」

主人池上無多景

無多景：植木などが少なく、こざっぱりした様子を示す。

宋・郭祥正「金陵」詩「洗盡靑春初變晴、曉光微散淡烟横。謝家池上無多景、只有黄鸝一兩聲」『青山集』巻二十七

元・劉因「宋理宗南樓風月横披」詩二首其一「南樓烟月無多景、緩歩微吟奈爾何」『石倉歴代詩選』巻二百三十三

唯有清風竹數竿

清風：清らかな風。清飆。

唐・白居易「苦熱」詩「眼前無長物、牕下有清風」『瀛奎律髓』巻十一

明・陳亮「題畫竹」詩「莫言無地種琅玕、自有清風滿圖畫」『石倉歴代詩選』巻二百九十九

竹數竿：数本の竹。第一句に引いた宋・何応龍「小園」詩参照。

（三上　英司）

〇三二　小亭

殘紅○經雨●盡
登戶●遠山○青◎
晴窗○來濕●燕
淨几●撥乾○螢◎
護竹●數抽○筍
移松○期有●苓◎
日長○無一●事
睡起●採茶○經◎

小亭

殘紅《ざんこう》　雨を経て尽き
戸に登れば遠山青し
晴窓　湿燕《しつえん》来《きた》りて
浄几《じょうき》　乾蛍《かんけい》を撥《はら》う
竹を護りて筍《しゅん》を抽《ひ》くを数え
松を移して苓《れい》有るを期す
日長くして一事無し
睡起して茶経を把《と》る

【詩形・押韻】
五言律詩・拗体（青・螢・苓・經）下平声九青　失粘

【訳】

小亭

わずかに残っていた紅の花は雨にあたって散り果て、
戸口に立てば遠くの山々は青々と見える。
晴れた窓にはまだ羽を濡らした燕が飛び交い、
埃のない清らかな机の上から乾いた蛍の死骸を払いのける。
竹林の手入れのために筍を何本あるかと数えながら引き抜いたり、
松を植え替えて茯苓《ぶくりょう》がないかと探してみたり。
日は長く、一日中何事もなく、
午睡から起きて『茶経』を手にとる。

【語釈・用例】

殘紅經雨盡

殘紅：散り残りの赤い花。

唐・王建「宮詞」「樹頭樹底覓殘紅、一片西飛一片東」『三體詩』巻二

宋・梅堯臣「留題希深美檜亭」詩「衆綠經新雨、殘紅墮夕煙」『石倉歷代詩選』巻百四十一

宋・賀鑄「清燕堂」詩「雀聲嘖嘖燕飛飛、在得殘紅一兩枝。睡思乍來還乍去、日長披巻下簾時」『石倉歷代詩選』巻百四十九

經雨：雨に降られて、の意。

唐・劉滄「江城晩望」詩「青山經雨菊花盡、白鳥下灘蘆葉疏」『石倉歴代詩選』巻九十二

宋・田錫「言懷」詩「遠山蒼翠滿西樓、亶甲遺風古相州。春晩落花經雨盡、夜來寒水繞堂流」『咸平集』巻十六

登戸遠山青

登戸：戸口に立つ、の意か。先行する用例が見当らない。類似する用語に「当戸」（戸口の真向う）がある。

宋・司馬光「居洛初夏作」詩「四月清和雨乍晴、南山當戸轉分明。更無柳絮因風起、惟有葵花向日傾」『詩林廣記』後集巻十

遠山青：遠くに見える山の青々とした様子。

宋・戴復古「姪孫亦龍作亭於小山之上余以野亭名之得」詩二首其二「舍外有餘池、登臨作此亭。心如喬木古、眼共遠山青」『石倉歴代詩選』巻二百五

晴窗來濕燕

濕燕：雨上りでまだ羽の濡れている燕、の意。

宋・梅堯臣「宣州雜詩」詩二十首其十七「背隴雰牛去、銜蟲濕燕歸。高山發瀑水、夜漲入吾扉」『宛陵集』巻四十二

明・文徵明「雨中雜沭」詩「暗梁棲濕燕、高壁上蝸牛」『石倉歴代詩選』巻四百九十四

淨几撥乾螢

乾螢：蛍の死骸。
唐・杜甫「題鄭十八著作文」詩「窮巷悄然車馬絶、案頭乾死讀書螢」『杜甫詳註』巻六
宋・洪适「得景嚴弟書」詩「有書將遠意、何處話新愁。莫爲癡兒事、乾螢滿案頭」『盤洲文集』巻三

護竹數抽笋
護竹：竹林の手入れをすること。
宋・葉適「送劉晉卿」詩「少年壯志思絶塵、只今作計常後人。明堂巨棟吾何有、護竹養花甘隱淪」『水心集』巻八
抽笋：筍を引き抜くこと。
元・陳旅「清漳黄氏北墅」詩「雨暖蘭抽笋、霜晴樹落柑」『石倉歴代詩選』巻二百四十三

移松期有苓
唐・貫休「山中」詩十首其八「撥霞掃雪和雲母、掘石移松得茯苓」『石倉歴代詩選』巻百八
苓：茯苓《ぶくりょう》のこと。まつほど。木の根に生える菌類。薬草として珍重される。
唐・戴叔倫「贈鶴林上人」詩「日日澗邊尋茯苓、岩扉長掩鳳山靑」『石倉歴代詩選』巻六十五
元・黄鎭成「謝家山」詩「松根有茯苓、竹本易成竿」『石倉歴代詩選』巻二百七十一

日長無一事：日は長く一日中何事もない、の意。
唐・韋應物「月夜會徐十一草堂」詩「空齋無一事、岸幘故人期」『瀛奎律髓』巻八

宋・陳筑「春晴」詩「瞥然飛過誰家燕、驀地吹來甚處花。深院日長無箇事、一瓶春水自煎茶」『聯珠詩格』巻七
宋・楊适「求硯」詩「尖頭奴有五兄弟、十八公生四客卿。過我書齋無一事、似應終日待陶泓」『聯珠詩格』巻八
宋・汪藻「北窗」詩「睡起無一事、怡然盼庭柯」『石倉歴代詩選』巻百七十三
宋・姜特立「竹翠」詩「竹翠涼虚寢、爐薫養道情。日長無一事、燕坐有餘清」『梅山續藁』巻十四

睡起採茶經
睡起…眠りから覚める。
唐・成文幹「煎茶」詩「嶽寺春深睡起時、虎跑泉畔思遲遲」『石倉歴代詩選』巻百二十三
採茶經…『茶経』を手に取る。『陶情詩集』自筆本では「採」字に作るが、「『茶経』を手に取る」という内容から考えれば、「把」の誤りか。『茶経』は、唐・陸羽の撰。古来、茶の事を記した書物の中で最も権威のあるものとされる。茶の源・具・造・器・煮・飲・事・出・略・図の十類に分けて述べてある。

【補説】
前半、平仄の粘法が守られていない。一方、対句は整っており、律詩を創作している意識は強かったと思われる。

（三上　英司）

○三三　又

句裏江山眼界賖
好將風月足生涯
犬兼童子爲三口
燕與病夫成一家
翻石草階逢暗筍
下瓶苔井得飛花
年來粗識閑中趣
不是東陵學植瓜

又

句裏《くり》の江山　眼界賖《はる》かなり
好《よ》し　風月を将《もっ》て生涯足らん
犬と童子と　三口《さんこう》と為《な》り
燕と病夫と一家を成す
石を草階《そうかい》に翻《ひるが》えせば暗筍《あんしゅん》に逢い
瓶《つるべ》を苔井《たいせい》に下ろせば飛花《ひか》を得《う》
年来　粗《ほ》ぼ識る　閑中《かんちゅう》の趣《おもむ》き
是《こ》れ東陵《とうりょう》に瓜《うり》を植うるを学ぶにあらず

【詩形・押韻】
七言律詩（涯・家・花・瓜）下平声六麻

【訳】

（小亭）又

詩の中に描かれているような山河がどこまでも広がる、
風月を友として生涯を送るのもまた良いことだ。
犬と下男があわせて三人、
燕と病の私で一家族。
草が茂る登り段で石を裏返せば土中の筍を見つけるし、
苔むした井戸につるべを下すと舞い込んだ花びらも汲める。
ここ数年で閑居の趣をほぼ理解したが、
決して東陵公が官を退いて瓜を植えた生き方に学ぶわけではない。

【語釈・用例】

句裏江山眼界賖

句裏江山：詩中の山河。

宋・陳師道「次韻夏日」詩「句裏江山隨指顧、舌端幽眇致張皇」『瀛奎律髓』巻十一

眼界賖：見渡す限り広がる様子をいう。

金・王寂「泛舟用王子告節副韻」詩二首其一「忘機鷗鳥心情好、信美江山眼界寛」『拙軒集』巻二

明・陳崇德「夏日登甯州南樓」詩「煙樹蒼茫眼界賖、樓頭踏徧日西斜」『石倉歷代詩選』巻四百十一

好將風月足生涯

風月：〇二六詩参照。

足生涯：生涯を満足して送ること。

唐・杜甫「江畔獨步尋花七絶句」詩其三「報荅春光知有處、應須美酒送生涯」『萬首唐人絶句』巻一

宋・陸游「贈道流」詩「煙雲深處作生涯、回首人間歳月賒」『瀛奎律髓』巻四十八

明・鄭汝美「暮泊金沙」詩「溪頭邀月新栽竹、隴背開雲舊種瓜。試問居民何所事、漁樵耕鑿足生涯」『石倉歴代詩選』巻四百六十六

犬兼童子爲三口

兼：「与」と同じ。

爲三口：「口」は、人を数える単位。この時期、白石は下男とともに浅草にある高徳寺に寄寓していた。

唐・白居易「解蘇州自喜」詩「身兼妻子都三口、鶴與琴書共一船」『瀛奎律髓』巻六

宋・陸游「題菴壁」詩「身并猿鶴爲三口、家託烟波作四鄰」『瀛奎律髓』巻二十三

翻石草階逢暗筍

逢暗筍：まだ土の上に出ていない筍を見つける。

宋・唐庚「雜詠」詩「翻泥逢暗筍、汲井得飛梅」『瀛奎律髓』巻十二（『石倉歴代詩選』巻百五十六）

おそらく白石はこの唐庚の作品を踏まえたのであろう。「湿った土を返すとこれから地上に出ようとする筍が見つ

かり、井戸からは舞い込んでいた花びらを水と一緒に汲む」という表現は、本詩頸聯と軌を完全に一にしている。

下瓶苔井得飛花

下瓶苔井：苔の生えた井戸に釣瓶を下ろすと、の意。前句と同じく唐庚の「雜詠」詩を踏まえて作ったと思われる。「井戸からは舞い込んでいた花びらを水と一緒に汲む」という表現は、本詩と内容が一致している。

得飛花：井戸に飛び込んだ花びらも一緒に汲む、の意。「逢暗笋」の項参照。

年來粗識閑中趣

年來：ここ数年、の意。

唐・戴叔倫「越溪村居」詩「年來橈客寄禪扉、多話貧居在翠微」『文苑英華』巻百六十六

宋・唐庚「聞鄭二對吏五羊」詩「舊友年來略散亡、新收鄭子亦遑遑。歳云暮矣無雙雁、我所思兮在五羊」『石倉歴代詩選』巻百五十六

宋・蘇軾「是日宿水陸寺寄北山清順僧」詩二首其一「年來漸識幽居味、思與高人對榻論」『施注蘇詩』巻五

粗識：おおよそ理解した、の意。

宋・蘇軾「六月二十日夜渡海」詩「空餘魯叟乘桴意、粗識軒轅奏樂聲」『瀛奎律髓』巻四十三

不是東陵學植瓜

東陵：秦の東陵侯召平。

植瓜：秦が破れたのち、東陵公召平が庶民となって長安城東の青門で瓜を育てた故事に基づく。世を避けて暮らすとの喩え。

『史記』巻五十三「蕭相國世家」「召平者、故秦東陵侯、秦破、爲布衣、貧、種瓜於長安城東、瓜美、故世俗謂之東陵瓜、從召平以爲名也」

唐・杜甫「曲江陪鄭八丈南史飲」詩「丈人才力猶強健、豈傍青門學種瓜」『瀛奎律髓』巻十

唐・許渾「灞東司馬郊園」詩「楚翁秦塞住、昔事李輕車。白社貧思橘、青門老種瓜」『三體詩』巻六

宋・陸游「上章納祿恩畀外祠遂以五月東歸」詩二首其二「皇家養老非忘汝、不必青門學種瓜」『瀛奎律髓』巻六

（三上　英司）

○三四　病中書懐

春來患肺獨憑床
靜裏飽暗書味長
竹影搖金檐日轉
松花飄粉午風香
輕陰林外聽鳩婦
困思枕頭夢蟻王
賴有茶功醒病骨
車聲煎作遶羊腸

病中懐《おも》いを書す

春来　肺を患い　独り床に憑《よ》る
静裏　飽くまで暗《そら》んじて　書味長し
竹影　金を揺らして檐日《えんじつ》転じ
松花《しょうか》　粉を飄《ひるがえ》して午風香る
軽陰　林外に鳩婦《きゅうふ》を聴き
困思　枕頭に蟻王《ぎおう》を夢む
頼《さいわい》に　茶功の病骨を醒ます有り
車声　煎じて羊腸を遶《めぐ》るを作《な》す

【詩形・押韻】
七言律詩（床・長・香・王・腸）下平声十陽

【訳】

病気の間に思いを書く

春になってからずっと肺を患い、ひとり床に臥している。

静かな中でたっぷり書を読むと味わいは尽きない。

部屋の縁側にうつる竹の影が、金色の光と戯れ揺れながら角度を変えてゆく。

松は花粉を漂わせ、昼の風が芳しい。

日が陰り薄くなってきた木陰の林のむこうから、雌鳩の鳴く声が聞こえる。

眠気が襲って、枕元で蟻王の夢を見た。

さいわいお茶には、病気の身をすっきりと目覚めさせる効果がある。

茶を煎じる湯が湧いてきて車が道を行くような音を出し、その音はまるで、車が次第に羊腸の道にさしかかってゆくように大きくなってゆく。


【語釈・用例】

春來患肺獨憑床　靜裡飽暗書味長

宋・陳師道「病中」詩六首其六「靜裏秋光到、閒中晝自長」『瀛奎律髓』巻四十四

宋・張道洽「梅花」詩二十首其三「冷冷《ママ》澗水石橋傍、春正濃時風味長」『瀛奎律髓』巻二十

暗：諳に通じる。諳んじること。

書味：読書の味わい。

宋・陸游「客散茶甘留古本、睡餘書味在胸中」『劍南詩稾』巻八十三
宋・林景熙「答陳景賢」詩「髮根朝鏡覺、書味夜燈知。夢斷潮生枕、愁新雁入詩」『石倉歴代詩選』巻二百二十一

竹影搖金檐日轉

唐・太宗（李世民）「儀鸞殿早秋」詩「松陰背日轉、竹影避風移」『石倉歴代詩選』巻十四
宋・周紫芝「次韻姑谿興國寺晩眺」詩「禪房花木有殘紅、此地還因曲徑通。竹影看搖金瑣碎、風鈴解語玉丁東」『太倉稊米集』巻四（『兩宋名賢小集』巻百七十三）
竹影：竹の影。
唐・郎士元「蓋少府新除江南尉問風俗」詩「客路尋常隨竹影、人家大抵傍山嵐」『瀛奎律髓』巻四
唐・李中「訪龍光智謙上人」詩「竹影搖禪榻、茶烟上毳袍」『石倉歴代詩選』巻九十二
檐日轉：軒に映る影が、太陽の動きと共に動いていく様を表す。
元・許有壬「和友人寓居雜詩」詩三首其二「野風香列帳、簷日轉迴廊」『至正集』巻十三

松花飄粉午風香

松花：四～六月に咲く松の花。「花穗」とも言う。
唐・姚合「採松花」詩「擬服松花無處學、嵩陽道士忽相教」『三體詩』巻一
宋・劉克莊「臨溪寺」詩「一徑松花颭紫苔、東風落盡佛前梅」『聯珠詩格』巻十八
趙竹居（時代不詳）「松下」詩「吟髭撚斷不知去、滿面松花落晩風」『聯珠詩格』巻四

松花飄粉：松の花が花粉を飛ばす様子。
宋・陳襄「古靈山試茶歌」詩「乳源淺淺交寒石、松花墮粉愁無色」『石倉歴代詩選』巻百四十八（『兩宋名賢小集』巻八十三）
元・陳鎰「次韻吳學錄春日山中雜興七首之五」詩「睡起書齋日正中、松花飄粉滿房櫳」『午溪集』巻十

輕陰林外聽鳩婦
輕陰：陽が弱まり、影が薄くなってきた様子。
唐・王維「書事」詩「輕陰閣小雨、深院晝慵開」『王右丞集箋注』巻十五
鳩婦：雌のハト。
宋・歐陽脩「鳴鳩」詩「天將陰、鳴鳩逐婦鳴中林、鳩婦怒啼無好音」『文忠集』巻七
宋・陸游「數日暄妍頗有春意予閑居無日不出游戲作」詩「村路雨晴鳩婦喜、射場草綠雉媒嬌」『劍南詩稾』巻九
宋・朱松「久雨短句呈夢得」詩「身閒書有味、吏傲俗不親。（略）愁陰入病骨、鳩婦聲亦嗔」『石倉歴代詩選』巻百八十（『江湖小集』巻二、『兩宋名賢小集』巻百五十七）

困思枕頭夢蟻王
困思：ねむけ。
宋・范成大「立秋後二日泛舟越來溪」詩三絶其三「飯後茶前困思生、水寛風穩信篙撐」『石湖詩集』巻三
宋・洪适「欲雨」詩「去室憐鳩婦、封閭看蟻王」『盤洲文集』巻一

蟻王…三国時代呉の国に董昭之という男がいた。舟で錢塘江を渡る時一匹の蟻を助けると、その夜、夢に蟻王と名乗る者が現れ礼を述べた。後、董昭之が冤罪で獄につながれた際再び蟻王が夢に現れ董昭之を助けた。（『捜神記』巻二十、『太平廣記』巻四百七十三「烏衣人」）

賴有茶功醒病骨　車聲前作遶羊腸

宋・蘇軾「汲江煎茶」詩「雪乳已翻煎處脚、松風忽作瀉時聲」『瀛奎律髓』巻十八

茶功…茶の効能。補説参照。

宋・楊萬里「過揚子江」詩「攜瓶自汲江心水、要試煎茶第一功」『瀛奎律髓』巻一

羊腸…曲がりくねった道の比喩。補注参照。

宋・黄庭堅「新喩道中寄元明用觴字韻」詩「喚客煎茶山店遠、看人秧稻午風凉。但知家裏倶無恙、不用書來細作行。一百八盤攜手上、至今猶夢遶羊腸」『山谷集』巻十一（『石倉歴代詩選』巻百五十二）

【補説】

宋・黄庭堅『山谷集』巻三「以小団龍及半挺贈無咎并詩用前韻為戯」詩「曲几団蒲聽煮湯、煎成車声繞羊腸」に、「茶を煮るボコボコという音が曲がりくねった道を行く車の音に似ている」との表現があり、発想が近似する。険しい道に車がさしかかり、車音が次第に大きくなる様を、茶が煮えて音が大きくなってゆく様に重ねる。

（大戸　温子）

○三五　丹午

角黍●粉團○五彩●絲◎
亦隨○舊俗●弔○湘纍◎
病來○偏得●艾人○便
留作●四花○千壯●醫◎

丹午

角黍《かくしょ》　粉団　五彩の糸
亦た旧俗に随いて湘累《しょうるい》を弔う
病来　偏えに艾人《がいじん》の便を得
留めて四花《しか》千壮の医と作さん

【詩形・押韻】

七言絶句（絲・纍・醫）上平声四支

※第一句は孤平。

＊欠字。三句目は「病來偏○艾人便」と表記されている。文末に小文字で記されている「得」の字を○部分に補い解釈した。

【訳】

端午の節句

ちまき、だんご、そして五色の糸、
昔からの習慣に習い、湘の汨羅に入水して罪無くして死んだ屈原を弔う。
病気になって以来、身代わりになるという艾人形のご利益をことさらに頼みにしてきた。
肺のつぼに千回お灸をすえる薬としよう。

【語釈・用例】

角黍粉團五彩絲：角黍はちまき、粉團はだんご、五彩絲は五色の糸を表す。『円機活法』巻三時令門「端午」項（五九葉）の事実に「祭屈原」「射粉團角黍」、大意に「角黍」「五絲」と見える。また「祭屈原」の中に「五綵絲」という語が用いられる。角黍、粉團、五彩絲は共に端午の節句の際に祭られる物。なお、「端午」を「丹午」とする例は、管見の限り他に見られない。

宋・范成大「重午」詩「佩符從楚俗、角黍薦湘纍」『瀛奎律髓』巻十六

宋・李之儀「端午」詩「綵絲百縷紉爲佩、艾葉千窠結作人。散誕何妨兒女戲、漂流不覺歲時新。清歌尙記書裙帶、舊恨安能弔放臣。角黍粉團矜節物、一樽聊與寄逡巡」『姑溪居士』後集巻八

明・黄省曾「五日追憶往歳客途」詩「異國雖開角黍杯、香樓競折菖蒲草。五色絲盤續命文、千金寶飾女如雲」『石倉歴代詩選』巻五百

五彩絲：五色の糸。病を避けるまじないの意味があったようだ。『荆楚歳時記』に「以五綵絲繫臂、名曰辟兵。令人不病瘟、又有條達等織」とある。

宋・謝薖「端午卽事」詩「懶檢三閭傳、爭纒五綵絲」『竹友集』巻五（『兩宋名賢小集』巻三十二）

宋・李龏「端午日」詩「高門高掛艾天師、玉臂還纒五彩絲」『江湖後集』巻二十

亦隨舊俗弔湘纍

舊俗：古くからの習慣。

明・陸深「端陽」詩「千年渾舊俗、地接楚江城」『石倉歴代詩選』巻四百八十

湘纍：無実の罪で死んだ屈原をいう。「纍」は、罪なくして死ぬこと。湘は湘江の汨羅を指す。

宋・歐陽脩「送友人南下」詩「如弔湘纍搴杜若、秋江斜日駐蘭橈」『石倉歴代詩選』巻百四十

元・馬祖常「端午效六朝體」詩「采絲擷霧縷、紗縠含風漪。（略）江心鑄龍鏡、好用照湘纍」『石倉歴代詩選』巻二百四十二

病來偏得艾人便

病來：病になってからずっと。

明・殷雲霄「臥病縣齋」詩「驅役猶堪松竹林、病來偏動故園心」『石倉歴代詩選』巻四百八十四

艾人：端午の節句に作るよもぎの人形。門戸の上に懸けて毒気を祓う。『荊楚歳時記』に「五月五日、四民竝蹋百草、云云、採艾以爲人、懸門戸上、以禳毒氣」とある。

宋・陸游「夏日」二首其二「陂塘漫漫行秧馬、門巷陰陰掛艾人」『瀛奎律髓』巻十一

留作四花千壯醫

四花千壯醫：「四花」というツボに千回お灸をすえること。『折りたく柴の記』一七一二年の項に「四花に灸する事万壯に余りぬれど」ある。「壯」は一回お灸をすえること。

宋・范成大「重午」詩「已孤菖綠十分勸、却要艾黃千壯醫。蜜粽氷團爲誰好、丹符綵索聊自欺。小兒造物亦難料、藥裹有時生網絲」『瀛奎律髓』巻十六

四花：肺に効くツボ。

唐・靈徹「送鑒供奉歸蜀寧親」詩「雙樹欲辭金錫冷、四花猶向玉階飛」『石倉歷代詩選』巻百六

千壯：千回お灸をすえること。前項「四花千壮医」参照。

（大戸　温子）

○三六　八月十二夜

中秋○連夜●隔
萬里●豫期○晴◎
只欠●三分○魄
幸容○半壁●明◎
輪邊○猶未●妥
影裏●本倶○清◎
此處●催人○老
憑欄○莫盡●情◎

八月十二夜

中秋　連夜　隔つるも
万里　豫《あらかじ》め晴るるを期す
只《ただ》三分の魄《はく》を欠き
幸いに半壁の明を容《い》る
輪辺　猶お未だ妥《やす》からざるも
影裏　本《もと》　倶に清し
此の処　人の老いるを催す
欄に憑りて　情を尽くす莫かれ

【詩形・押韻】
五言律詩（晴・明・清・情）下平声八庚

【訳】

八月十二夜

中秋までにはあと三日。
万里かなたまで一面に晴れ渡ってほしい。
いまの月は三分ばかり欠けてはいるが、
幸い半壁の玉のような美しさを持っている。
輪郭はまだ完全な円ではないが、
月影は、もともと十分に清らかなのだ。
このときこそ人を老いさせるもの。
欄干に寄りかかって、心ゆくまで観てはいけない。

【語釈・用例】

八月十二夜：紙月

中秋連夜隔：中秋まであと数日あること。

唐・宋之問「觀妓」詩「歌舞須連夜、神仙莫放歸」『全唐詩』巻五十三

宋・蘇軾「和黃龍清老」詩三首其一「萬山不隔中秋月、一雁能傳寄遠書」『施註蘇詩』續補遺巻下

萬里豫期晴

豫期

唐・張說「蜀道後期」詩「客心争日月、來往預期程」『唐詩選』巻六

只欠三分魄

欠三分魄：一分は満月から一日かけること。十五日まであと三日なので「欠三分」という。

宋・謝逸「八月十六日夜玩月南湖用老杜韻」詩「月減一分魄、風生萬壑秋」『溪堂集』巻四

宋・葉茵「次呉菊潭八月十四夜韻」詩「來夕九秋半、月同心迹清。已知千里共、秖欠一分明」『江湖小集』巻四十一

（『圓機活法』巻一天文門「十四夜月」項に「已知千里共、猶訝一分缺」という句が見える。）

宋・楊萬里「中秋後一夕登清心閣」「如何一日隔、便減半分圓」『誠齋集』巻六（『圓機活法』巻一天文門「十六夜月」項）

幸容半壁明

容：受容の意。うちに含み入れる。

唐・劉長卿「餘干夜宴奉餞韋蘇州使君除婺州」詩「幸容棲托分、猶戀舊棠陰」『瀛奎律髓』巻八

明・嚴嵩「答用修見贈」詩「幸容竽跡濫、莫遣膠盟寒」『石倉歴代詩選』巻四百八十一

半壁明：半円形の玉、転じて欠けている月を指す。

北周・王褒「詠月贈人」詩「上弦如半璧、初魄似蛾眉」『石倉歴代詩選』巻十二

宋・楊萬里「中秋前一夕翫月」詩「纔升半璧許、已復一輪高」『石倉歴代詩選』巻百七十九上

影裏本倶清
明・周倫「鄧尉山房」詩「鏡中水月倶清寂、象外烟雲乍有無」『石倉歴代詩選』巻四百六十四

此處催人老…「月を見ると人が老いる」というのは見かけない表現である。
唐・劉長卿「疲兵篇」詩「漢月何曾照客心、胡笳只解催人老」『石倉歴代詩選』巻四十八
唐・杜甫「和裴廸發蜀州東亭送客逢早梅相憶見寄」詩「江邊一樹垂垂發、朝夕催人自白頭」『瀛奎律髓』巻二十

憑欄莫盡情
唐・杜牧「題宣州開元寺」詩「溪聲入僧夢、月色暉粉堵。閲景無旦夕、憑欄有今古」『石倉歴代詩選』巻七十五
唐・劉兼「晩樓寓懐」詩「薄暮疏林宿鳥還、倚樓垂袂復憑欄。月沉江底珠輪淨、雲鎖峯頭玉葉寒」『石倉歴代詩選』巻九十一
宋・黄庭堅「詠雪奉呈廣平公」詩「政使盡情寒至骨、不妨桃李用年華」『瀛奎律髓』巻二十一

（大戸　温子）

〇三七 中秋

三秋○今始●半
千里●共期○晴◎
明月●常時○好
此霄○特地●清◎
飛螢○陰處●見
宿羽●夢中○驚◎
更作●隔年○別
那堪○向曉●傾◎

中秋

三秋　今始めて半ば
千里　共に晴るるを期す
明月　常時好けれど
此の霄　特地《ことさら》に清し
飛蛍　陰処に見《あら》われ
宿羽　夢中に驚く
更に作す　隔年の別れ
那ぞ堪えん　暁に向かいて傾くに

【詩形・押韻】
五言律詩（晴・清・驚・傾）下平声八庚

【訳】

中秋

今は秋三ヶ月のようやく半ば、
千里かなたまでも晴れることを期待していた。
明るい満月はいつ見ても良いものだが、
今宵は特に清らかだ。
月明かりの中を飛ぶ蛍は、暗がりに入って初めてその姿が見え、
ねぐらの鳥は月の明るさにはっとして夢から覚める。
また一年の別れとなる。
どうして、夜明けに沈んでゆく月を見送るのに堪えられようか。

【語釈・用例】

三秋今始半
三秋：旧暦の七月、八月、九月、秋の三ヶ月を指す。
唐・王維「奉和聖製重陽節上壽應制」詩「四海方無事、三秋大有年」『瀛奎律髓』巻十六
唐・駱賓王「晩泊河曲」詩「三秋倦行役、千里泛歸潮」『石倉歴代詩選』巻二十

千里共期晴

千里共：千里共にす。千里の遠くまでも共に見る。

宋・范仲淹「八月十四夜月」詩「已知千里共、猶訝一分虧。來夕如澄霽、清風不負期」『范文正集』巻三（『圓機活法』巻一天文門「十四夜月」項）

宋・葉茵「次中秋不見月韻」詩「握手相期千里共、擧頭無奈片雲何」『兩宋名賢小集』巻二百九十三（『江湖小集』巻三十八）

宋・葉茵「次呉菊潭八月十四夜韻」詩「來夕九秋半、月同心迹清。已知千里共、秖欠一分明」『江湖小集』巻四十一

明月常時好

唐・孟郊「憶周秀才素上人時聞各在一方」詩「浮雲自高閒、明月常空淨」『石倉歴代詩選』巻五十八

元・戴良「中秋無酒」詩「皎皎明月光、照我城南樓。常時猶足賞、矧乃當素秋」『石倉歴代詩選』巻二百六十九

飛螢陰處見：暗がりでこそ、より蛍の光が際立って見えることを表現する。

唐・杜甫「倦夜」詩「暗飛螢自照、水宿鳥相呼」『瀛奎律髓』巻十五

宋・陳師道「十五夜月」詩「飛螢元失照、重露已沾衣」『石倉歴代詩選』巻百六十一

宿羽夢中驚：月の光の明るさに眠っている鳥がはっと眼を覚ますことを表す。

宿羽：ねぐらで眠る鳥。

明・謝士元「仙洞春遊和韻」詩「曉鐘驚宿羽、春澗起潛龍」『石倉歴代詩選』巻三百九十

更作隔年別
隔年：年月をへだてること。
唐・許渾「鶴林寺中秋夜翫月」詩「莫辭達曙殷勤望、一墮西崖又隔年」『石倉歴代詩選』卷七十六
宋・王禹偁「中秋月」詩「莫辭終夜看、動是隔年期。冷濕流螢草、光凝睡鶴枝」『瀛奎律髓』卷二十二（『石倉歴代詩選』卷百二十五）
宋・朱松「辛亥中秋不見月」詩「今夕九秋半、心期負隔年」『石倉歴代詩選』卷百八十

那堪向曉傾
唐・杜審言「七夕侍宴應制」詩「那堪盡此夜、復往弄殘機」『瀛奎律髓』卷十六
唐・劉長卿「送靈澈上人還越中」詩「那堪別後長相憶、雲木蒼蒼但閉關」『瀛奎律髓』卷四十七

（大戸　温子）

○三八　九日答友人問詩

九日《きゅうじつ》友人の詩を問うに答う

風雨滿城秋色深
黄花吹老百年心
傍人要問吟詩事
識取紫巖潘大臨

風雨　城に満ちて　秋色《しゅうしょく》深し
黄花　吹き老ゆ　百年の心
傍人《ぼうじん》　問わんとす　吟詩の事
識取《しきしゅ》せよ　紫巌《しがん》　潘大臨

【詩形・押韻】
七言絶句（深・心・臨）下平声十二侵

【訳】
　重陽の日に友人が詩を問うたのに答えて
町中が風雨にぬれて秋の気配が深まった。
黄色い菊の花が風に吹かれて老いる、そのさまは百年の一生を過ごす私の心のようだ。
かたわらの人が私に詩のことを尋ねるが、

あの紫巌先生潘大臨のように折角の興が敗れた私の心を察してくれたまえ。

【語釈・用例】

九日答友人問詩

九日：九月九日の重陽の節句。友人や家族と一緒に高所に登って宴を張り、菊花を浮かべた酒を飲む風習があった。

問詩：新しい詩ができたかどうかを尋ねる。

風雨満城秋色深

風雨満城：町中に風雨が満ちること。九月九日の重陽の節句が近づいたことを意味する。＊参照。

宋・謝逸「亡友潘邠老有滿城風雨近重陽之句今去重陽四日而風雨大作遂用邠老之句廣爲三絶句」詩其一「滿城風雨近重陽、無奈黄花惱意香」『溪堂集』巻五

宋・韓琥「風雨中誦潘邠老詩」詩「滿城風雨近重陽、獨上吳山看大江」『瀛奎律髓』巻十二

宋・朱熹「九日登天湖以菊花須插滿頭歸分韻賦詩得歸字」詩「去歲瀟湘重九時、滿城風雨客思歸」『瀛奎律髓』巻十六

＊「滿城風雨」と重陽の節句とを関連づけた以上の用例は、『詩人玉屑』巻十に見える次の故事を踏まえる。「謝無逸問潘大臨、近曾作詩否。潘云、秋来日日是詩思。昨日捉筆、得滿城風雨近重陽之句。忽催租人至、令人意敗。輒以此一句奉寄（謝無逸が潘大臨に新作が出来たかどうか尋ねたところ、潘の答えに〈秋になって毎日詩を考えていたが、昨日筆をとって「満城風雨近重陽」という句を得た。そこへ租税取り立ての役人が慌ただしくやってきたの

で、折角の興がそがれてしまった。そこでこの一句のみを君にお送りいたす〉と)」。白石の詩も上述した潘大臨の典故を踏まえている。

秋色深：秋の気配が強まる。

宋・寇準「秋懷」詩「輕雲不動日微陰、高樹無風秋色深」『忠愍集』巻中

宋・張耒「次韻和王彥昭九日湖園會飲」詩「天地客行遠、山河秋色深」『石倉歷代詩選』巻百五十四

黄花吹老百年心

黄花：菊の花。

宋・范成大「重陽九經堂作」詩「青嶂捲簾三面月、黄花吹鬢幾絲風」『石湖詩集』巻二十一

宋・危元吉「對菊」詩「等閑應被西風笑、老卻黄花未有詩」『聯珠詩格』巻七、(『臞軒集』巻十六　宋・王邁)

吹老：風に吹かれて老いる。吹きつけて年老いさせる。また、季節が深まって吹く。

唐・唐溫如「過洞庭」詩「西風吹老洞庭波、一夜湘君白髮多」『錦繡段』

宋・蔡正孫「贈陸君是」詩「觸目關河萬里秋、西風吹老黑貂裘」『聯珠詩格』巻九

宋・胡銓「和和靖八梅」詩「欲危疏朶風吹老、太瘦長條雨颭低」『瀛奎律髓』巻二十

元・呂誠「秋江晚霽圖」詩「一帶寒沙秋水白、荻花吹老鯉魚風」『來鶴亭集』巻二

明・張邦奇「欲訪景文親執不果」詩「一榻午樓清夢醒、春風吹老杜鵑花」『石倉歷代詩選』巻四百七十九

＊「吹老」は宋代に入ると用例が増える。

百年心：百年の一生を過ごす心。

唐・杜甫「春日江邨」詩「乾坤萬里眼、時序百年心」『瀛奎律髓』巻十
宋・鄭斗煥「陪秋山相公遊大滌洞天一庵夜宿感夢」詩「松石已安通夕寐、江湖空老百年心」『宋詩紀事』巻八十

傍人要問吟詩事

傍人：かたわらにいる人。ここでは、詩題にいう「友人」を指す。
唐・崔顥「孟門行」詩「成陰結實君自取、若問傍人那得知」『唐詩選』巻二
潘湖隱（時代不詳）「孤山喚渡」詩「旁人問我詩成未、思在斷橋煙柳邊」『聯珠詩格』巻三
要問：尋ねようとする。
唐・張籍「不食姑」詩「要問西王母、仙中第幾人」『瀛奎律髓』巻四十八

識取紫巖潘大臨

識取：認識する。弁別する。
宋・陸游「寄二子」詩「識取乃翁行履處、一生任運笑人謀」『瀛奎律髓』巻四十一
宋・慈受禪師「擬寒山詩」詩「識取心中印、休磨鏡上痕」『石倉歴代詩選』巻二百二十七
紫巖：宋代の文人潘牥（字は庭堅）の号。『聯珠詩格』に詩四首を収める。
潘大臨：宋代の文人。字は邠老。号は柯山。蘇軾や黄庭堅・張耒と交遊があった。先述した「滿城風雨近重陽」のエピソードで知られる。
＊『聯珠詩格』は「潘紫巌」の詩を四首収めるが、この人物は潘牥（紫巌は号）であって、潘大臨とは別人である。

白石が『聯珠詩格』を読んで、「潘紫巌」と「潘大臨」とを混同した可能性がある。

（遠藤　星希）

〇三九　十日菊

節去蝶愁秋正衰
曉庭猶有傲霜枝
千年遺愛陶彭澤
應擬元嘉以後詩

十日の菊
節《せつ》去り蝶愁え　秋は正《まさ》に衰《おとろ》うに
暁庭　猶《な》お霜に傲《おご》るの枝有り
千年の遺愛　陶彭沢《とうほうたく》
応《まさ》に元嘉《げんか》以後の詩に擬《ぎ》すべし

【詩形・押韻】
七言絶句（衰・枝・詩）上平声四支

【訳】
重陽後の菊
節日が過ぎ去り、蝶が愁えて、秋はいま暮れてゆこうとしているのに、明け方の庭にはまだ菊が凛として残っている。
陶淵明が菊を愛したことは千年後の人々にまで伝わっているが、

十日の菊はまさしく元嘉以降の詩になぞらえるべきだ。

【語釈・用例】

十日：重陽節（旧暦九月九日）の一日後、すなわち九月十日をいう。『歳時広記』巻三十五に引く『歳時雑記』によると、都の人々は重陽節の一日後にも再度集まって宴会を催すことが多く、これを「小重陽」と呼んだという。唐・李白「九月十日卽事」詩「菊花何太苦、遭此兩重陽」『李太白文集』巻十七

節去蝶愁秋正衰：この句は鄭谷「十日菊」詩の第一句を踏まえている。唐・鄭谷「十日菊」詩「節去蜂愁蝶不知、曉庭還繞折殘枝。自緣今日人心別、未必秋香一夜衰」『三體詩』巻一（『聯珠詩格』巻六、『圓機活法』巻二十百花門「十日菊」項）

節去：節日が過ぎ去る。

宋・宋祁「十日宴江瀆亭」詩「節去歡猶在、賓來賞更延」『瀛奎律髓』巻八

蝶愁：蝶が愁え悲しむ。

作者不詳「卻因昨日酒爲惱、未必今朝蝶也愁」『圓機活法』巻二十百花門「十日菊」項

曉庭猶有傲霜枝

傲霜：冷たい霜にも屈しない菊の形容。

宋・蘇軾「贈劉景文」詩「荷盡已無擎雨蓋、菊殘猶有傲霜枝」『聯珠詩格』巻一

宋・宋伯仁「答林巡簡恵詩」詩「淵明籬下菊、誰伴傲霜枝」『西塍集』
明・王鈍「彭澤憶古」詩「歳寒籬下菊、猶有傲霜顔」『石倉歴代詩選』巻三百八
明・楊守阯「王儀賓第賞菊」詩「王晉卿家菊滿籬、我來猶見傲霜枝」『石倉歴代詩選』巻四百二十八

千年遺愛陶彭澤

遺愛…後世に遺された恩愛、愛《め》でる心。
明・黄澤「歸田歌」詩「百年遺愛被草木、一生豪氣輕王侯」『石倉歴代詩選』巻三百五十七
明・黄仲昭「袁州道中」詩二首其一「聞説昌黎遺愛在、千年尸祝有嚴祠」『未軒文集』巻十
陶彭澤…東晋から劉宋にかけての詩人陶潜（三六五―四二七）のこと。かつて彭沢の令になったことがあるので、かく呼ばれる。靖節と諡《おくりな》された。菊をこよなく愛したことで知られる。
唐・白居易「題潯陽樓」詩「常愛陶彭澤、文思何高玄」『白氏長慶集』巻七
宋・嚴羽「寄郭招甫時在潯陽」詩「百年酒興陶彭澤、四海詩名孟浩然」『滄浪集』巻二
明・李堅「咏白蓮」詩七首其六「千年高士陶彭澤、曾向廬山結社緣」『石倉歴代詩選』巻四百六十二

應擬元嘉以後詩

元嘉…南朝宋の文帝（劉義隆）の年号（四二四―四五三）。

宋・文天祥「重陽」詩「世事濛濛醉不知、南山秋意滿東籬。黄華何故無顔色、應爲元嘉以後詩」『錦繡段』
＊元嘉は宋初の年号で、陶潜（元嘉四年没）の最晩年に当たる。結句の意は、晋朝が亡び、自身も年老いたが、なお

節操を守って詩を作った彼《か》の陶潜にもなぞらうべきだ、と。なお、起句「節去」の「節」は、或いは陶靖節の晋朝に対する「節」と重ねているのかもしれない。

（遠藤　星希）

〇四〇　水墨梅

素紈幻出隴頭春
一笏印香能降神
樹穴金環君記未
氷肌雪骨是前身

水墨の梅

素紈《そがん》　幻出す　隴頭《ろうとう》の春
一笏《いっこつ》の印香《いんこう》　能《よ》く神《しん》を降《くだ》す
樹穴《じゅけつ》の金環　君記《きみき》すや未《いま》だしや
氷肌雪骨《ひょうきせっこつ》　是《こ》れ前身

【詩形・押韻】

七言絶句（春・神・身）上平声十一真

【訳】

水墨の梅

白いキャンバスの布地にぼんやりと浮かび上がる隴山の春、
一本の名墨で梅の精魂を招き降ろすことができるのだ。
前世で木のうろに金環を隠したことを君は覚えているだろうか。

氷雪の肌骨をもった藐姑射の仙人こそが君の前世なのだ。

【語釈・用例】

素紈幻出隴頭春

素紈：白い絹。書画のキャンバス生地に用いられる。

晉・成公綏「隷書體」「爾乃動纖指、擧弱腕、握素紈、染玄翰」『初學記』巻二十一

幻出：幻のごとくぼんやりと現れ出る。

宋・楊萬里「醉後撚梅花近壁以燈照之宛然如墨梅」詩「老子年來畫入神、鑿空幻出墨梅春」『誠齋集』巻七

壁師（時代不詳）「墨梅」「花光墨三昧、幻出小梅枝」『聲畫集』巻五（『圓機活法』巻十八書畫門「畫梅」項）

隴頭春：隴山に訪れた春。隴頭は山の名で隴山のこと。今の陝西省隴県にある。劉宋の陸凱が、江南地方の梅の枝を「一枝の春」と称して、長安（隴頭の地方）にいる友人の范曄に駅使に託して贈り届け、併せて詩を寄せた故事を踏まえる。

劉宋・陸凱「寄范曄梅花」詩「折梅逢驛使、寄與隴頭人。江南無所有、聊贈一枝春」『圓機活法』巻二十百花門「梅花」項

劉宋・盛弘之『荊州記』「陸凱與范曄相善、自江南寄梅一枝、詣長安與曄、併贈詩曰、折梅逢驛使、寄與隴頭人。江南無所有、聊贈一枝春」

宋・善權「送墨梅與王性之」詩「千里持來煩驛使、暗香不減隴頭時」『聲畫集』巻五（『圓機活法』巻十八書畫門「畫梅」項）

権撰中（時代不詳）「幻出隴頭春、疏枝綴氷紈」『圓機活法』巻十八書畫門「畫梅」項

一笏印香能降神

笏：墨を数える助数詞。

宋・陸游「李黄門邦直在眞定、嘗寄先左丞以陳贍墨四十笏」『老學庵筆記』巻二

顔潛庵（時代不詳）「半圭黑玉收龍劑、一笏烏金貯豹囊」『圓機活法』巻十六器用門「墨」項

印香：宋の詩人で書家としても有名な黄庭堅が持っていたという名墨の名。印香子。

宋・黄庭堅「謝劉景文惠浩所作廷珪墨」詩「廷珪妙法出蘇家、麝煤添澤紋烏靴。柳枝瘦龍印香子、十襲一日三摩挲」

『圓機活法』巻十六器用門「墨」項

＊黄庭堅の別集では、詩題を「謝景文恵浩然所作廷珪墨」とし、本文も「廷珪贋墨出蘇家、麝煤添沢紋烏靴。柳枝瘦龍印香字、十襲一日三摩挲」となっていて『円機活法』の引文と異同が見られる。

『山堂肆考』巻二百三十四「黄山谷名墨曰印香子」

樹穴金環君記未：『晋書』巻三十四「羊祜伝」に見える次のエピソードを踏まえる。羊祜は五歳の時、遊び道具の金の腕輪を乳母に取ってこさせようとしたが、「そんな物は今まで持っていなかったでしょう」と乳母に言われると、自分で隣家の李氏の東の垣根に行き、そこの桑の樹のうろの中からその腕輪を探し当てた。李家の主人がそのさまを目にして驚き、「それは私の亡き息子が失くしたものだ。どうして持ち去るのだ」と言うと、乳母は事情を詳しく述べたので、李氏は大いに悲しんだ。当時の人々はこのことを不思議に思い、羊祜は李氏の息子の生まれ変わりだと言い合っ

たという。同じ話は、『捜神記』巻十五にも載せられ、また『蒙求』にも「羊祜識環」として引かれている。

唐・元稹「贈嚴童子」詩「解拈玉葉排新句、認得金環識舊身」『元氏長慶集』巻十九

元・何中「題墨梅」詩「逃禪老人招不得、樹穴探環今是邪」『知非堂稿』巻五

＊「君」とは水墨で描かれた梅を指す。第三・四句は、墨梅を擬人化して話しかけているのである。「羊祜識環」の典故は、ここではそれほど深い意味で用いられているのではなく、言うこころは「前世のことを覚えているかい」という問いかけである。

氷肌雪骨是前身：この句は、『錦繡段』に収める次の李益の詩句とほぼ一致する。

唐・李益「青梅」詩「勘破收香藏白處、氷肌玉骨是前身」『錦繡段』

氷肌：氷のように清らかで白い肌。次の『荘子』に基づく藐姑射の神人を形容する語。梅の比喩として用いられる。

『莊子』「逍遙游」「藐姑射之山、有神人居焉、肌膚若冰雪、淖約若處子」

宋・蔡正孫「梅」詩「冰肌玉骨不知寒、深掩柴荊鶴夢殘」『聯珠詩格』巻十九

元・王冕「紅梅」詩「羅浮仙子醉春風、玉骨氷肌暈淺紅」『竹齋集』續集

明・何景明「古峰畫梅歌」詩「霜魂月魄獨俜停、玉骨氷肌自枯槁」『大復集』巻十二

前身：前世。

宋・王承可「墨梅」詩「前身姑射冰相似、今代潘妃玉不如」『聲畫集』巻五

宋・陳與義「墨梅」詩「意足不求顏色似　前身相馬九方皐」『聯珠詩格』巻二十

宋・陸游「梅花」詩四首其四「前身姑射疑君是、問道端須順下風」『瀛奎律髓』巻二十

明・莊昶「雪蓬爲盛行之作」詩「雪蓬老人瘦且清、前身想只梅花精。墨梅一寫幾千萬、鷄林交阯知其名」『定山集』巻一

（遠藤　星希）

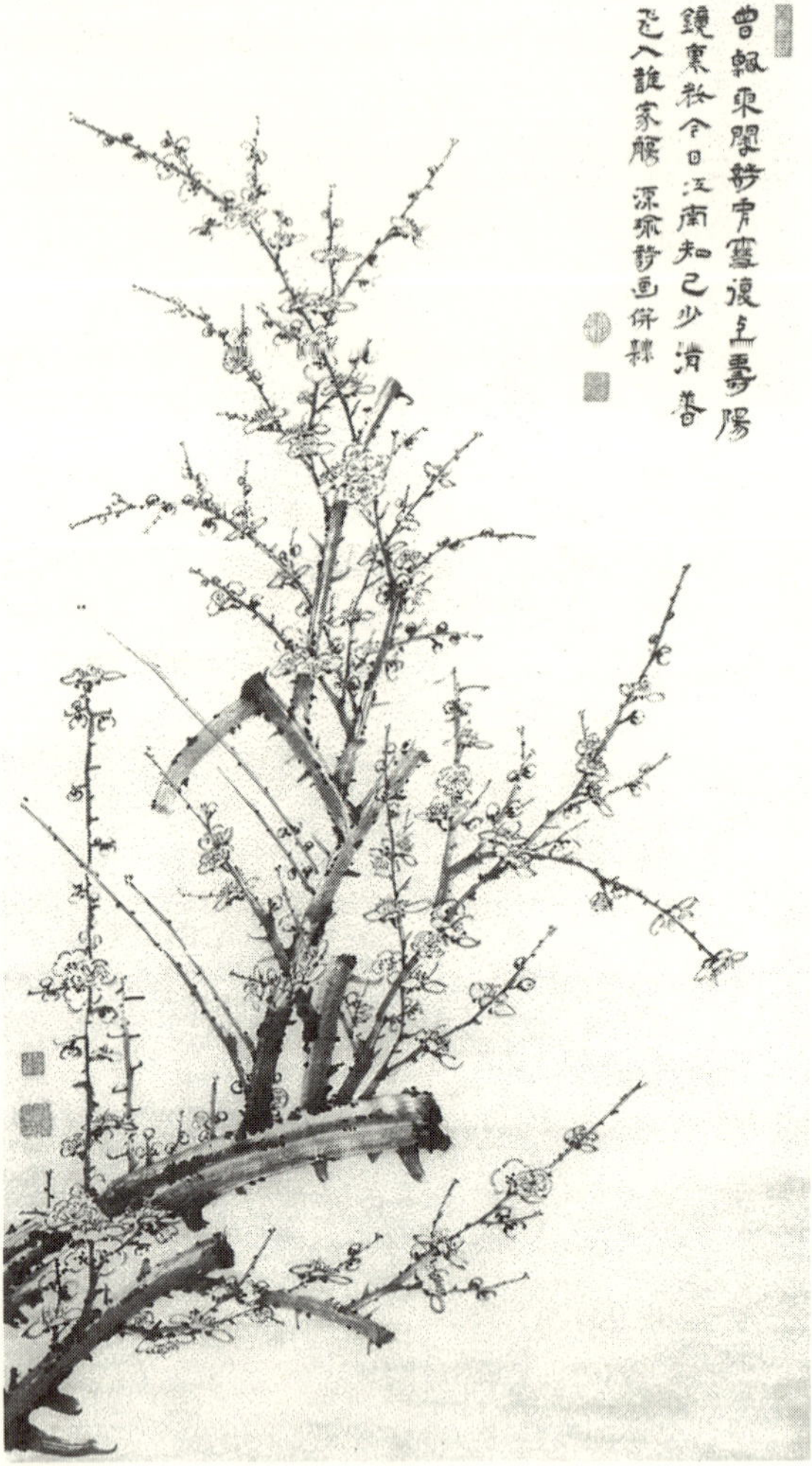

祇園南海　墨梅図（個人蔵）

（『祇園南海とその時代』和歌山市立博物館展示目録より）

○四一　尋梅

一雙蠟屐印溪山
風底尋香去復還
絶代高標群卉上
驚人清氣數花間
前生自有神仙骨
到死寧爲兒女顏
箇是識梅端的處
雪晴千壑月彎彎

梅を尋ぬ
一双の蠟屐《ろうげき》　渓山に印《いん》す
風底　香《かおり》を尋ね　去りて復《ま》た還る
絶代の高標　群卉《ぐんき》の上
人を驚かす清気　数花の間
前生　自《おの》ずから有らん　神仙の骨
死に到るまで　寧《むし》ろ児女の顔を為《な》す
箇《こ》れは是《こ》れ　梅を識るに端的《たんてき》の処
雪は晴る　千壑　月彎彎《わんわん》

【詩形・押韻】
七言律詩（山・還・間・顏・彎）上平声十五刪

【訳】
梅を尋ねて
一足のろうを塗ったはきもので渓谷に踏み込んでゆく。
風に吹かれながら花を探して行ったり来たり。
絶世の高嶺の花は他の花々の上に君臨し、
人を驚かす清らかな香りはたった数輪の花の間から漂ってくる。
前世には神仙の風骨があったことだろう。
死に至るまで、むしろつやつやとあどけない顔のままだ。
これこそ梅の素晴らしさを知るのにもってこいの状況、
雪がやんで多くの谷谷を三日月が照らす、まさにこのときである。

【語釈・用例】

一雙蠟屐印溪山
蠟屐：ろうを塗って光沢をつけた木のげた。野山に分け入るときに履くもの。ろうを塗るのは、泥や水をはじくためである。

『世說新語』「雅量」「阮遙集好屐。（略）或有詣阮、見自吹火蠟屐、因歎曰、未知一生當著幾量屐」

宋・文彦博「歩芳園」詩「依韻謝運使陳虞部生日惠雙鶴靈壽杖」詩四首其四「仙郎曲借扶持力、使助登山蠟屐行」

『潞公文集』巻六

元・王逢「避地梁鴻山六言」詩四首其二「三百銅錢斗酒、一雙蠟屐千山」『梧溪集』卷二
元・沈右「叔方先生過詠歸亭」詩二首其一「八尺駝尼分紫錦、一雙蠟屐破蒼苔」『元詩選』二集卷二十四
印溪山：渓谷に足跡をつける。「渓山」は山あいの谷。
宋・吳可「探梅」詩「噴月淸香猶吝惜、印溪疏影恣橫斜」『藏海居士集』卷下
宋・林子長「訪陳蓮湖」詩「幾回屐齒印蒼苔、惹得空山猿鶴猜」『聯珠詩格』卷十
明・丘瓊山「不辭屐齒印蒼苔、爲訪逋仙幾日來」『圓機活法』卷二十百花門「探梅」項
高柘山（時代不詳）「梅下」詩「屐齒霜泥印曉痕、慇懃來訪臘前春」『聯珠詩格』卷八

風底尋香去復還
風底：風の中で。「底」は中のこと。
宋・宋伯仁「寄題臨江王實齋司戶百花洲」詩「香浮紅樹春應早、雪壓寒梅月想留。我有煙波魚具了、一絲風底願維舟」『石倉歷代詩選』卷百九十八
尋香：香りを放つ花を探すこと。
唐・元稹「遣春」詩三首其三「柳堤遙認馬、梅徑誤尋香」『元氏長慶集』卷十四
宋・陸游「送梅」詩「何時小雪山陰路、處處尋香繫釣舟」『劒南詩稾』卷九
宋・胡銓「和和靖八梅」詩八首其三「暗裏尋香自不迷、照空焉用夜燃臍」『瀛奎律髓』卷二十
去復還：行ったり来たりする。
梁・沈約「和竟陵王遊仙詩」詩二首其二「靑鳥去復還、高唐雲不歇」『藝文類聚』卷七十八

宋・蔡正孫「訪梅」詩「東風最是多情處、引得騷翁去又來」『聯珠詩格』巻九
宋・楊蟠「甘露上方」詩「滄江萬景對朱欄、白鳥群飛去復還」『瀛奎律髓』巻一

絕代高標群卉上
絕代：絶世と同じ。世に並ぶものの無いこと。唐の第二代皇帝太宗の名「世民」を忌諱して唐代以後「絶代」の語が一般化した。
宋・陸游「射的山觀梅」詩「照溪盡洗驕春意、倚竹眞成絕代人」『瀛奎律髓』巻二十
高標：衆より高く抜きん出ているさま。
宋・陸游「十二月初一日得梅一枝絕奇戲作長句今年於是四賦此花矣」詩「高標已壓萬花群、尙恐驕春習氣存」『瀛奎律髓』巻二十
元・馮海粟「二月梅」詩「高標久占百花魁、春半方開恨太遲」『石倉歷代詩選』巻二百七十八
宋・方士繇「墨梅」詩「玉質亭亭立歲寒、高標摹寫固應難」『聯珠詩格』巻七
群卉：多くの花々。
宋・梅堯臣「梅花」詩「已先群卉得春色、不與杏花爲比紅」『瀛奎律髓』巻二十
元・朱德潤「陪于思庸訓導登道山亭觀梅」詩「孤標已出群卉上、故遣雪意迷晴暾」『元詩選』初集巻四十六

驚人清氣數花間
清氣：清らかな香り。

元・王冕「梅花」詩六首其一「清氣逼人禁不得、玉簫吹上大樓船」『元詩選』二集巻十八

＊三の丸尚蔵館に収蔵されている王冕の「墨梅図」に、この詩は画讃として認《したた》められている。織田信秀から名古屋の万松寺に寄進されたとされる。

明・戴浩「題風烟雪月梅」詩「莫道我家無好處、一簾清氣滿闌干」『石倉歴代詩選』巻三百三十四

數花：数輪の花。

唐・薛維翰「春女怨」詩「白玉堂前一樹梅、今朝忽見數花開」『唐詩紀事』巻二十

宋・韓琥「梅花」詩二首其二「老氣卻因高樹得、清姿不待數花新」『瀛奎律髓』巻二十

前生自有神仙骨

前生：前世に同じ。

宋・張道洽「梅花」詩二十首其三「描來月地前生瘦、吹落風簷到死香」『瀛奎律髓』巻二十

神仙骨：神仙の風骨。

宋・張道洽「梅花」詩十六首其十六「不是神仙骨、何緣氷玉姿」『瀛奎律髓』巻二十

明・李東陽「亨父以梅花扇寄其門人索賦一首」詩「微雲點綴不盈掬、風格自與群葩殊。翰林老吏神仙骨、揮毫兩袖清香發」『懷麓堂集』巻七

到死寧爲兒女顏

到死：死に至る。ここでは梅の香りが尽きて枯れることをいう。前句「前生」の用例に引く張道洽の「梅花」詩を参

照。

宋・戴復古「感寓」詩三首其三「菊花香到死、不肯就飄零」『石屛詩集』巻四

兒女顏：子供のようなあどけない顔。

宋・歐陽脩「刑部看竹效孟郊體」詩「花妍兒女姿、零落一何速」『文忠集』巻六

箇是識梅端的處

箇是：これは〜である。「此是」に同じ。

唐・東方虬「春雪」詩「不知園裏樹、若箇是眞梅」『唐詩紀事』巻七

周南峰（時代不詳）「松梅」詩「老枝擎雪梢横月、箇是吟翁得意時」『聯珠詩格』巻十六

識梅：梅の素晴らしさを知る。

宋・陸夢發「見梅雜興」詩「人間誰是識梅眞、弃實求花後世心」『瀛奎律髓』巻二十

明・文嘉「贈徐中洲」詩「無人識梅福、長嘯空悠悠」『石倉歷代詩選』巻四百九十九

端的處：もってこいのところ。

宋・戴復古「寄尋梅」詩「此是尋梅端的處、折來須付與詩家」『瀛奎律髓』巻二十

雪晴千壑月彎彎

雪晴：雪がやむ。

宋・趙師秀「寄趙昌父」詩「憶就江樓別、雪晴江月圓」『瀛奎律髓』巻四十二

元・王冕「素梅」詩四十八首其三十九「雪晴月白孤山下、幾度淸香拄杖看」『竹齋集』續集
宋・鄭芝秀「早梅」詩「杖藜行盡幾崔嵬、處處尋梅未見梅。昨夜雪晴山有月、就中描得一枝來」『聯珠詩格』卷五

彎彎：弓なりに彎曲している様子。
宋・陳亞「懷舊隱」詩「秋閤詩情天淡淡、夕溪漁思月彎彎」『瀛奎律髓』卷二十三

（遠藤　星希）

○四二　愛松節雪詩其能用韻和之二首（其一）

松節の雪の詩の其の能く韻を用うるを愛《め》で之に和す二首（其の一）

薄暮江城寒意酣
訪梅韻士想僧藍
須臾天上降滕六
邂逅人間見葛三
雲屋氣嚴頻酌蟻
風窗聲密靜聽蠶
也知玉局坡仙老
白戰一場續汝南

薄暮《はくぼ》江城　寒意　酣《たけなわ》なり
梅を訪《と》いし韻士　僧藍《そうらん》を想う
須臾《しゅゆ》にして　天上より　滕六《とうろく》降《くだ》り
邂逅《かいこう》にして　人間《じんかん》に　葛三《かっさん》に見《まみ》ゆ
雲屋《うんおく》　気は厳しく　頻りに蟻《あり》を酌《く》み
風窓《ふうそう》　声は密にして　静かに蚕を聴く
也《また》知る　玉局　坡仙《はせん》の老
白戦《はくせん》一場　汝南《じょなん》に続くを

【詩形・押韻】
七言律詩（酣・藍・三・蠶・南）下平声十三覃

＊第八句は孤平。

【訳】

松節の雪の詩が険韻を巧みに使っているのに感心し、これに唱和す　二首（その一）

日が暮れると江戸の町では冷え込みがひときわ厳しくなり、
梅を探していた風流の士も暖かい僧坊に帰りたくなる。
まもなく天上界から滕六が降りてきて雪を降らしはじめ、
思いがけなくも人間界にて仙人の葛三にお会いするほどの大雪となった。
雲につつまれた建物は厳しい寒さで、人は醸したての酒をしきりと口に運び、
風の吹きこむ窓にあたる雪の音はひそやかで、蚕が桑を食《は》むような音に静かに耳をすます。
玉局観提挙であった蘇軾が、
雪の縁語を使わぬ戦いに挑み、汝南の欧陽公の後を継ごうとした気持ちがよく分かった。

【語釈・用例】

愛松節雪詩其能用韻和之

松節：未詳。【補説】を参照。

能用韻：踏むのが難しい険韻を巧みに用いること。

宋・王安石「讀眉山集愛其雪詩能用韻復次韻一首」詩「靚粧嚴飾曜金鴉、比興難同漫百車」『瀛奎律髓』卷二十一

＊王安石の言う「眉山の集」は、眉州眉山出身の蘇軾（一〇三六―一一〇一）の別集のこと。王安石（一〇二一―一〇八六）と蘇軾との年齢差から考えるに、「愛其雪詩能用韻」という言い方が、一般に年長者から年少者に向けられるべきものであると想像できる。

薄暮江城寒意酣

薄暮：夕暮れどき。

唐・杜甫「對雪」詩「亂雲低薄暮、急雪舞回風」『瀛奎律髓』巻二十一

宋・方岳「梅花」詩「薄暮詩成天又雪、與梅併作十分春」『聯珠詩格』巻二

江城：本來は長江沿いの街を指すが、ここでは江戸の街のこと。江戸時代の漢詩では、しばしば「江城」で江戸を指す。当時白石は浅草の寺に寄寓していたので、隅田川沿いの町を指す可能性もあるが、今はとらない。

江戸・石川丈山「代某人追和朝鮮國信使東溟所寄詩」詩二首其一「遠望北客報書倍、憑有江城春雁歸」『覆醬集』巻上

江戸・荻生徂徠「新歳偶作」詩「江城初日照芙蓉、西望函關白雪重」『徂徠集』巻五

寒意：寒気。

唐・張鼎「江南遇雨」詩「江天寒意少、冬月雨仍飛」『國秀集』巻上

明・張邦奇「晩渡湘潭陸行宿道國寺」詩「臨涯雪屋明湘水、薄暮風帆映楚天。老竹叢中寒意劇、亂巖通處月華穿」『石倉歴代詩選』巻四百七十九

訪梅韻士想僧藍
訪梅：梅を探して歩く。
宋・蔡正孫「訪梅」詩「誰把柴門傍竹開、隔墻斜倚一枝梅。東風最是多情處、引得騷翁去又來」『聯珠詩格』巻九
宋・劉克莊「雪」詩「也欲訪梅湖畔去、黃塵滿袖欲盟鷗」『石倉歷代詩選』巻百九十一
韻士：風流の士。
宋・張道洽「梅花」詩二十首其五「韻士不隨今世態、仙姝猶作古時粧」『瀛奎律髓』巻二十
僧藍：お寺の伽藍。ここでは僧坊を指す。
宋・李益謙「景伯正字招東郊觀梅晚集茶院秀遠堂擧之舍弟有詩景伯和章見箭同賦」詩二首其二「青春垂地風頭惡、寒色侵肌雪意酣。路轉溪橋回馬足、行穿松逕得僧藍」『天台續集』別編巻二
＊当時白石が浅草の寺に寄寓していたことを考えると、「梅を訪いし韻士」は白石自身を指すと思われる。ただ、自身のことを「韻士」と呼ぶのはやや不自然なので、詩題にいう「松節」（とすれば、松節も寺に寄寓していたことになる）のことを指すとも考えられる。

須臾天上降滕六
須臾：短い少しの時間を指す。まもなく。畳韻語。
宋・劉迎「連日雪惡用聚星堂雪詩韻」詩「山河大地同一如、變化須臾亦奇絕」『石倉歷代詩選』巻二百十五
滕六：雪の神の名。『円機活法』巻二天文門「雪」項に引く「幽怪録」（唐・牛僧儒撰の『玄怪録』のこと。北宋の聖祖趙玄朗の諱を避けて幽字に作ったもの）に次のような話を載せる。唐の時代、晋州の刺史となった蕭至忠は猟をしようとして

いた。ある木こりがたまたま目にしたのであるが、獣たちは冥土からの使者に哀訴して助けてもらおうとしていた。使者は「もし滕六に雪を降らせ、巽二に風を起こさせれば、蕭刺史は外出しないだろう」と言っていたが、翌日未明、果たして吹雪が起こり、蕭刺史は一日外出しなかったという。『太平広記』巻四百四十一に引く「玄怪録」に同じ話が詳しく載っている。

宋・范成大「正月六日風雪大作」詩「滕六無端巽二癡、翻天作悪破春遲」『石湖詩集』巻二十五

明・謝矩「次胡雲屋南湖韻」詩「滕六呈祥散作花、梵王宮殿玉爲家」『石倉歴代詩選』巻三百六十一

明・謝復「雪中」詩「滕六驅前鋒、廻風恣淸狂」『石倉歴代詩選』巻四百八十九

邂逅人間見葛三

邂逅：偶然にも。たまたま。ここでは「須臾」と対になっているので、副詞ととる。

宋・米芾「揚州作」詩「春風何索寞、帶雪入揚州。（略）邂逅逢孫楚、酣歌慰滯留」『寶晉英光集』巻四

宋・楊時「送丁季深」詩「邂逅與君逢臘雪、飄零獨我過春風」『龜山集』巻四十一

葛三：仙人の名。晉の葛洪の第三子といわれる。『太平広記』巻三十九「崔希真」（出「原化記」）に次のような話が見える。大暦の初め、崔希真は家の門前で雪を避けていた老人を招き入れ、酒を振舞った。老人はその礼に懐中から丸薬を取り出して崔に与え、更に絵を数幅贈った。後に崔がその絵をもって茅山の李涵光天師に尋ねたところ、この絵を描いたのは葛洪の第三子だと教えられたという。

宋・洪邁「雪」詩「天上長留滕六住、人中會有葛三來」『困學紀聞』巻十八

雲屋氣嚴頻酌蟻

雲屋：雲の中に入るほどの高い建物。

宋・王安國「送文淵使君郎中赴當塗」詩「談閒威愛連雲屋、事外懽娛付水齋」『瀛奎律髓』巻二十四

作者不詳「雲屋無寒夢、油燈有細香」『圓機活法』巻二天文門「雪」項

氣嚴：寒気が厳しい。

唐・韓愈「喜雪獻裴尚書」詩「氣嚴當酒煖、洒急聽窗知」『瀛奎律髓』巻二十一

作者不詳「氣嚴和月冷、片□逐風斜」『圓機活法』巻二天文門「雪」項

蟻：酒の表面に浮かぶ泡の比喩。転じて酒そのものを指す。

唐・賈彥璋「蘇著作山池」詩「酌蟻開春甕、觀魚憑海槎」『文苑英華』巻百六十五

宋・蘇軾「憶飲」詩「綠蟻頻斟不厭多、帕羅輕軟襯金荷」『聯珠詩格』巻十一（『宋詩紀事』巻三十五では宋・李元膺の作とし、詩句を「綠蟻頻催未厭多、帊羅香輭襯金荷」に作る）

風窗聲密靜聽蠶

風窗：風の吹きつける窓。

唐・王維「冬夜寓直麟閣」詩「廣廷憐雪淨、深屋喜爐溫。月幌花虛馥、風窗竹暗喧」『王右丞集箋注』巻十五

宋・錢惟演「苦熱」詩「雪嶺卻思隨博望、風窗猶欲傲羲皇」『瀛奎律髓』巻十一

靜聽蠶：蚕が桑を食むような音に耳をすます。窓に吹きつけられる雪の音の形容。

宋・蘇軾「試向靜中閒側耳、隔窗撩亂撲春蟲」『圓機活法』巻二天文門「雪聲」項　＊逸詩か。

宋・劉子翬「蕭然時作打窗聲、靜聽冷然淸睡思。槐花撲簌墮空堦、食葉春蠶幾千字」『圓機活法』卷二天文門「雪聲」項

作者不詳「洒窗蠶食葉、入竹蟹行沙」『圓機活法』卷二天文門「雪聲」項　＊逸詩か。

明・朱誠泳「聽雪」詩「吳蠶食葉漸無迹、江蟹行沙碎有聲」『小鳴稿』卷五

也知玉局坡仙老

玉局：宋の蘇軾を指す。かつて玉局観提挙の官にあったのでかくいう。

宋・劉子翬「龍眼」詩「左思賦詠名初出、玉局揄揚論豈頗」『瀛奎律髓』卷二十七

宋・陸游「眞珠園雨中作」詩「坐誦空濛句、予懷玉局仙」『劍南詩稾』卷十七

坡仙：蘇軾（号は東坡）の別称。

元・張之翰「題航海圖」詩「靑山一髮是中原、想像坡仙舊題處」『西巖集』卷四

成肯堂（時代不詳）「西湖坡仙祠」詩「先生誤把西湖比、雨色晴光那似他」『聯珠詩格』卷十六

白戰一場續汝南

白戰：素手で戦う。ある物をテーマにして詩を作るとき、その物に縁のある語を使うのを禁じて詩作をすること。欧陽修がかつて潁州の太守であったとき、宴会の場で雪の詩を詠じるのに玉、月、梨、梅、絮、鶴、鵝、銀、舞、白等の字を禁じたという話が、蘇軾の「聚星堂雪詩」の序文に見える。蘇軾はそれに倣って「聚星堂雪詩」を詠み、以後詩作の一スタイルとして後世の詩人に受け継がれていく。

宋・蘇軾「聚星堂雪引」「元祐六年十一月一日、禱雨張龍公、得小雪、與客會飲聚星堂、忽憶歐陽文忠公作守時、雪中約客賦詩、禁體物語、於艱難中特出奇麗、爾來四十餘年、莫有繼者、僕以老門生繼公後、雖不足追配先生、而賓客之美、殆不減當時、公之二子、又適在郡、故輙擧前令、各賦一篇」『施註蘇詩』巻三十一（『圓機活法』巻二天文門「雪」項、『詩人玉屑』巻九）

宋・蘇軾「聚星堂雪」詩「汝南先賢有故事、醉翁詩話誰續說。當時號令君聽取、白戰不許持寸鐵」『施註蘇詩』巻三十一（『圓機活法』巻二天文門「雪」項、『詩人玉屑』巻九）

宋・胡銓「追和東坡雪詩」詩三首其二「當時號令君聽取、白戰無須帯歩義」『瀛奎律髓』巻二十一

明・王翰「雪禁體」詩「擬學歐公吟白戰、挑燈癡坐惱詩膓」『梁園寓稿』巻六

一場：一回。「場」は戦闘回数を数える量詞。

唐・劉禹錫「送王司馬之陜州」詩「両京大道多遊客、毎遇詞人戰一場」『劉賓客文集』巻二十八

汝南：潁州の漢代における呼び名。欧陽修はこの地の太守をしていたときに、「白戦」の詩を作った。

【補説】

詩題にいう松節がどのような人物なのかは未詳であるが、詩題の語釈で説明したように、「愛松節雪詩其能用韻」という語調から、白石よりは年少者であると考えられる。白石が和した元の詩は残っていないので分明ではないが、第二句の「韻士」が松節を指すとすれば、やはり松節も白石と同じく、浅草の寺に寄寓していた人物である可能性も生まれるであろう。この松節は『陶情詩集』の中では今回の二首連作のほかに、〇〇三「和松節夜遊松菴之韻」、〇五三「寄暑衣於松節処士」にも登場し、また〇六四「和松秀才弔病」の松秀才、〇六五―〇六七「和松氏韻自述三章以呈」

の松氏も恐らく同一人物を指すと思われる。なお、本作は結句で述べられているように、いわゆる「白戦」で詠まれており、雪の縁語は一切用いられていない。

（遠藤　星希）

○四三　愛松節雪詩其能用韻和之二首（其二）

松節の雪の詩の其の能く韻を用うるを愛で之に和す二首（其の二）

雪晴○江上●晩寒○酣◎　雪晴れて　江上　晩寒《ばんかん》　酣《たけなわ》なり
萬境●沈沈○天蔚●藍◎　万境　沈沈として　天は蔚藍《うつらん》たり
清比●靈泉○於第●一　清らかなること　霊泉の第一に於けるに比し
明如○微月●出初○三◎　明らかなること　微月の初三に出づるが如し
短簑○人遠●渾疑○鶴　短簑《たんさ》の人は遠くして　渾《すべ》て鶴かと疑い
壞衲●僧眠○全類●蠶◎　壊衲《かいのう》の僧は眠り　全く蚕に類す
蹈碎●瓊瑤○聊問●訊　瓊瑤《けいよう》を蹈《ふ》み砕きて聊か問訊せん
暖回○梅底●數枝○南◎　暖は梅底数枝の南に回るかと

【詩形・押韻】
七言律詩（酣・藍・三・蠶・南）下平声十三覃

【訳】
松節の雪の詩が険韻を巧みに使っているのに感心し、これに唱和す二首（その二）
雪があがり、川沿いでは夕暮れどきの寒さがひときわ厳しさを増し、
天も地も目に入るもの全てが静かに夜更けて行き、空は濃い藍色。
雪は天下第一の霊妙な泉のように清く、
ちょうど三日月のようにほの明るい。
遠くにいるたけの短いみのを着た人は、まるで鶴がいるのではと思わせ、
破れ衣を着ている僧侶はじっと動かずまるで蚕そっくりだ。
美玉のごとき雪を踏みしだいて、ひとまず訊ねてみよう、
梅の南向きの数本の枝にまでもう春の暖かさは帰ってきているかいと。

【語釈・用例】
雪晴江上晩寒酣
江上：川のほとり。川のあたり。
元・丁復「題王元章梅」詩「風致山陰頻夢夜、雪晴江上又逢春」『檜亭集』巻八
酣：さかりであること。ここでは寒さが厳しいこと。
＊「寒」が「酣」であるとの表現に類するものとして『円機活法』韻学巻十下平十三覃「酣」項には「風和雨意酣」や「霜風力正酣」など、自然現象が「酣」であるとの句が引かれている。ともに作者不詳。

萬境沈沈天蔚藍

萬境：すべての場所。視界一面。

沈沈：静まり返るさま。

唐・白居易「八月十五日夜禁中獨直對月憶元九」詩「銀臺金闕夕沈沈、獨宿相思在翰林」『白氏長慶集』巻十四

宋・蘇軾「夜雪」詩「石泉凍合竹無風、夜色沈沈萬境空」『聯珠詩格』巻二（『圓機活法』巻二天文門「雪聲」項）

宋・恵洪「江天暮雪」詩「萬境沈沈天籟息、溪翁忍凍獨垂綸」『石門文字禪』巻十五

宋・趙師秀「冷泉夜坐」詩「衆境碧沈沈、前峰月正臨」『瀛奎律髓』巻十五

蔚藍：深い藍色。空を描くときに多く用いられる。

唐・杜甫「冬到金華山觀因得故拾遺陳公學堂遺跡」詩「上有蔚藍天、垂光抱瓊臺」『杜詩詳註』巻十一

清比靈泉於第一　明如微月出初三

微月：光の弱い月。

初三：月の三日め。

唐・白居易「暮江吟」詩「可憐九月初三夜、露似眞珠月似弓」『白氏長慶集』巻十九

宋・趙庚夫「題曾文清公詩集」詩「清於月出初三夜、澹似湯烹第一泉」『詩人玉屑』巻十九

＊頷聯は宋・趙庚夫「讀曾文清公集」詩に拠っている。なお、曾文清および茶山とは陸游の師匠の曾幾を指す。

短簑人遠渾疑鶴
短簑：丈の短いみの。
宋・陳師道「雪意」詩「浦遠渾無鶴、林疏只有松」『瀛奎律髓』巻二十一
＊みのに雪が積もって真っ白になっているので、遠くに立つ人の姿を鶴と見誤ったとする。

壞衲僧眠全類蠶
壞衲：破れた僧衣。
唐・文益「觀木平和尙」詩「壞衲線非蠶、助歌聲有鳥」『石倉歷代詩選』巻百七
全類：全くそっくりである。
唐・王涯「望禁門松雪」詩「葉鋪全類玉、柯偃乍疑龍」『全唐詩』巻三百四十六
宋・曾幾「十二月六日大雪」詩「松鬘垂身全類我、竹頭搶地最憐渠」『瀛奎律髓』巻二十一
＊蚕は眠る虫であるため、じっと動かない僧侶と重ねあわせている。

踏碎瓊瑤聊問訊
踏碎瓊瑤：「瓊瑤」は美しい玉、ここでは雪の比喩。「踏碎」は踏んで砕くこと。
唐・韓愈「雪中酬王舍人」詩「今朝蹋作瓊瑤迹、爲有詩從鳳沼來」『聯珠詩格』巻十九
宋・樓鑰「環林踏雪」詩「可是忍寒詩更切、故求野路踏瓊瑤」『瀛奎律髓』巻二十一
作者不詳「踏破瓊瑤沽酒客、衝開花絮採樵人」『圓機活法』巻五地理門「雪逕」項

問訊：問う。尋ねる。
唐・杜甫「送孔巣父謝病歸遊江東兼呈李白」詩「南尋禹穴見李白、道甫問訊今何如」『唐詩選』巻二
宋・張正齋「尋梅」詩「呼僮更踏前村雪、問訊南枝開未開」『聯珠詩格』巻十九
宋・張栻「與弟姪飲梅花下分得香字」詩「提攜一樽酒、問訊滿園芳」『瀛奎律髓』巻二十

暖回梅底數枝南
暖回：暖かさが至る。
宋・張道洽「梅花」詩二十首其二「暖回窮谷春常早、影落寒溪水也香」『瀛奎律髓』巻二十
梅底：梅の木の下。あるいは梅の木の下側の枝。
宋・朱熹「次韻雪後書事」詩「掃開折竹仍三徑、認得殘梅祇數枝」『瀛奎律髓』巻二十一
宋・楊萬里「跋蕭彥毓梅坡詩集」詩「坡底詩人梅底醉、花爲句子蘂爲章」『誠齋集』巻三十六
數枝南
唐・觀梅女仙「題壁」詩「南枝多暖北枝寒、一種春風有兩般」『全唐詩』巻八百一（『圓機活法』巻二十百花門「梅花」項）

（高芝　麻子）

○四四　秋雨

秋天○如洗●暑
將雨●送殘○暉◎
出岫●夢雲○去
迎風○舞石●飛◎
潤從○橋上●入
涼向●樹閒○歸◎
卻得●堪愁○處
荒村○催擣●衣◎

秋雨

秋天　暑を洗うが如く
雨を将《も》って　残暉《ざんき》を送る
岫《しゅう》を出でて　夢雲去り
風を迎えて　舞石飛ぶ
潤いは橋上より入りて
涼しさは樹間に向かいて帰る
却って得たり　愁いに堪うる処を
荒村　擣衣《とうい》を催す

【詩形・押韻】
五言律詩（暉・飛・歸・衣）上平声五微

【訳】

秋の雨

秋の空は暑さを洗い流すかのように、
通り雨が降ったあと、夕日が沈む。
山の岩窟から美しい雲が流れて行き、
風が吹いてきて小石が舞うように飛ぶ。
雨の潤いは橋の上からやってきて、
涼しさは林に戻って行く。
この爽やかな時にふと愁いを感じる。
寂しい村からは砧《きぬた》の音が聞こえてきた。

【語釈・用例】

秋天如洗暑

如洗暑：雨が暑熱を洗い流す。

宋・陳造「謝袁起巖使君借貢院居」詩「久晴忽一雨、爲洗暑氣煩」『江湖長翁集』巻三

宋・張侃「閒意」詩「秋來纔幾日、得雨洗暑氣」『張氏拙軒集』巻一

將雨送殘暉
送殘暉：沈みゆく夕日を送る。
唐・許渾「陪宣城大夫崔公汎後池兼北樓讌」詩二首其二「雲外軒窗通早景、風前簫鼓送殘暉」『丁卯集』巻上
宋・王安石「暮春」詩「北山吹雨送殘春、南澗朝來綠映人」『臨川文集』巻三十
宋・孫覿「重陽前數日微暑小雨遂涼」詩「小雨送殘暑、新涼入郊墟」『鴻慶居士集』巻五
宋・鄭毅夫「田家」詩「雲意不知殘照好、卻將微雨送黃昏」『錦繡段』
明・沈周「二月三十日雨中」詩「此雨送殘月、陰雲隱有雷」『石田詩選』巻一

出岫夢雲去
岫：山にある岩穴。雲は山から生じると考えられていた。
晉・陶潛「歸去來辭」「雲無心以出岫、鳥倦飛而知還」『文選』巻四十五（『宋書』巻九十三「陶潛傳」）
夢雲：宋玉「高唐賦」に見える天女を連想させる語だが、ここでは雲の美称。
唐・杜牧「潤州」詩二首其二「城高鐵瓮橫强弩、柳暗朱樓多夢雲」『全唐詩』巻五百二十二（『圓機活法』巻四城市門「山城」項）
元・盧亙「和春詩」詩「夢雲何處燕瑤席、舞雪誰家裁苧衣」『石倉歷代詩選』巻二百四十二
＊夕立をもたらす雲が山から湧き起こり、移動するさまを描く。

迎風舞石飛

迎風：風を迎え入れる。風に吹かれる。

唐・薛逢「送衢州崔員外」詩「風茅向暖抽書帶、露竹迎風舞釣絲」『石倉歴代詩選』巻九十四

舞石：石の名か。以下の杜甫に見えるが、『瀛奎律髓』巻十七に引く王洙の注に「湘川記、零陵有石燕、雨過飛如燕子」とある。また、『円機活法』巻一天文門「雨」項に「石燕」の記事があり、「湘州記、零陵山有石燕、遇風雨即飛、止還為石」と見える。

唐・杜甫「雨不絶」詩「舞石旋應將乳子、行雲莫自濕僊衣」『瀛奎律髓』巻十七

『水經注』巻三十八「湘水」「東南流逕石燕山東、其山有石、紺而狀燕、因以名山。其石或大或小、若母子焉。及其雷風相薄、則石燕群飛、頡頏如眞燕矣。羅君章云、今燕不必復飛也」

＊通り雨とともに訪れた風の激しさを、石が飛びそうなほどだとする。「舞石」は第三句の「夢雲」と同様、典故を踏まえつつ現実の石を描いている。

潤從橋上入　涼向樹間歸

潤：潤い。湿った空気。

唐・孟浩然「和張丞相春朝對雪」詩「潤從河漢下、花逼豔陽開」『瀛奎律髓』巻二十一

＊通り雨が橋を通り、林の方へと移動して行くさまを描いている。

卻得堪愁處　荒村催擣衣

卻：通り雨によって暑熱が退けられ、涼しさを得たことが、かえって秋の愁いの耐えがたさを感じることとなった。

擣衣：砧で衣を打って秋冬の着物の支度をする。

唐・李白「子夜呉歌」詩四首其三「長安一片月、萬戸擣衣聲」『李太白文集』巻六（『古文眞寶』前集巻一、『唐詩選』巻二）

元・吾丘衍「十二月樂辭幷閏月」詩十三首其七「七月」「月如雪草根、蟲聲催擣衣」『竹素山房詩集』巻一

（高芝　麻子）

○四五　雨後出遊

城外●一犂○雨
遠虹○報晩●晴◎
雲消○青嶂●立
石走●碧潭○鳴◎
郊野●蓬麻○亂
陂塘○鷗鷺●清◎
岸巾○人獨●自
熟思●入歸○耕◎

雨後に出遊す
城外　一犂《いちり》の雨
遠虹　晩晴を報ず
雲消え　青嶂《せいしょう》立ち
石走り　碧潭《へきたん》鳴る
郊野　蓬麻《ほうま》乱れ
陂塘《ひとう》　鷗鷺《おうろ》清し
岸巾《がんきん》　人　独り自《みず》からす
熟思　帰耕に入る

【詩形・押韻】
五言律詩（晴・鳴・清・耕）下平声八庚

【訳】

雨上がりに郊外に遊ぶ

郊外に、春の耕作に良い雨がひとしきり降っていたが、
遠い空に虹が架かり今夜は晴れだと知らせている。
雲が消えて青い峰々がくっきりと聳え、
石が流れて碧い淵が音を立てている。
野には雑草が雨に打たれて乱れ、
水辺には鷗《かもめ》や鷺《さぎ》が清らかな姿を見せる。
頭巾をあみだにかぶった男がただひとり、
田舎に帰ろうかとつらつら思いを巡らす。

【語釈・用例】

城外一犂雨

城外：郊外。町外れ。

一犂雨：ひとしきりの雨。土が柔らかくなり、犁で容易に耕せるようになるくらいの雨。『円機活法』巻一天文門「喜雨」と「春雨」の両項目に「一犂」の語が見える。

宋・蘇舜欽「田家詞」詩「山邉夜半一犂雨、田父高歌待收穫」『石倉歴代詩選』巻百三十九

宋・黄庭堅「戯和答禽語」詩「南村北村雨一犂、新婦餉姑翁哺兒」『山谷詩集注』巻一

宋・馮辰「雨後」詩「東風花外錦鳩啼、喚起西山雨一犂」『中州集』巻八（『圓機活法』巻一天文門「春雨」項）
作者不詳「慶雲三日瑞、穀雨一犂金」『圓機活法』巻一天文門「喜雨」項

遠虹報晩晴
遠虹：遠くにかかる虹。
宋・舒岳祥「夏日山居好」詩十首其六「細雨明歸鷺、斜陽飲遠虹」『閬風集』巻四
報晩晴：夕暮に晴れると知らせる。
宋・周紫芝「次韻黄文若春日山行過秦徳久」詩六首其三「階前春草喚愁生、屋上鳴鳩報晩晴」『太倉稊米集』巻二十一
明・倪岳「京師十景圖」詩十首其五「玉泉垂虹」「飛空疑欲成朝雨、漾日從教報晩晴」『青溪漫稿』巻七
＊「遠虹」は宋と明詩に一例ずつ見えるのみ。

雲消青嶂立
青嶂：そそり立つ青い山。
梁・沈約「鍾山詩應西陽王教」詩「鬱律構丹巘、崚嶒起青嶂」『文選』巻二十二
宋・劉克荘「仙遊縣」詩「烟收綠野連青嶂、樹闕朱橋映碧潭」『後村先生大全集』巻三
元・清珙「山居」詩「雲消曉嶂聞寒瀑、葉落秋林見遠山」『福源石屋珙禪師語録』巻下（現行の『福源石屋珙禅師語録』では「雪消」に作っている。清・銭徳蒼『解人頤』「曠懐集」には「石屋禅師山居」詩として「山居」詩を載せ、「雲消」に作る。

『解人頤』は章ごとに「〇〇集」と題するアンソロジーで「陶情集」という章もある）
江戸・中井竹山「十四夜子貞佳招海門泛船」詩「雲消遠嶂分蒼樹、潮張中洲沒綠葭」『奠陰集』巻二
＊第三句は、江戸・中井竹山にも類似の句が見える。竹山も白石同様、元・清珙の句を踏まえているのかもしれない。

石走碧潭鳴
石走：石が転がってゆく。流れてゆく。
唐・杜甫「柟樹爲風雨所拔歎」詩「東南飄風動地至、江翻石走流雲氣」『杜詩詳註』巻十
鳴：石が転がって音を立てる。
唐・李涉「山中五無奈何」詩「無奈澗水何、喧喧夜鳴石」『全唐詩』巻八百八十三（『圓機活法』巻四地理門「澗」項「澗詩喧喧夜鳴石」）

郊野蓬麻亂
蓬麻亂：蓬や麻が風で乱れる。
宋・呂本中「雨後至城外」詩「日日思歸未就歸、只今行露已沾衣。江郁過雨蓬麻亂、野水連天鸛鶴飛」『瀛奎律髓』巻十七
＊この詩の後半は、呂本中の作品を念頭に置いて構成されたのではないだろうか。

陂塘鷗鷺清

陂塘：水辺。

魏・何晏「景福殿賦」「蒼龍覲於陂塘、龜書出於河源」『文選』巻十一

唐・杜甫「陪諸貴公子丈八溝攜妓納涼晩際遇雨」詩二首其二「歸路翻蕭颯、陂塘五月秋」『杜詩詳註』巻三

岸巾人獨自

岸巾：「岸幘」に同じだが、平仄の都合で「岸巾」としたもの。頭巾をあみだにかぶる。寛いだ様子。

宋・呂祖謙「題劉氏綠映亭」詩二首其一「開窗小放前溪入、澄綠光中獨岸巾」『東萊呂太史集』巻一

獨自：ただひとり。独立独歩でありつつ、世間から孤立している意識がある。

唐・白居易「曲江獨行招張十八」詩「偶遊身獨自、相憶意如何」『白氏長慶集』巻十九

宋・左緯「許少伊被召迢送至白沙不及」詩「水邊人獨自、沙上月黄昏」『詩人玉屑』巻十九

宋・張炎「臨江仙」詞「青山人獨自、早不侶漁樵」『山中白雲詞』巻六

熟思入歸耕

思入：思いが到る。

唐・戴叔倫「送道虔上人遊方」詩「律儀通外學、詩思入禪關」『文苑英華』巻二百二十一（『唐詩品彙』巻七十）

歸耕：故郷に帰って農作業に従事する。ここでは城外の農村の様子を見て、故郷の農村を思い出し、帰ろうかと思いをめぐらせている。

唐・朱慶餘「送石協律歸吳」詩「僧牕夢繞憶歸耕、水涉應多半月程。幕府罷來無藥價、紗巾戴去有山情」『石倉歷代詩選』卷六十九

宋・徐淵子「自笑」詩「客路三千身半百、對人猶自說歸耕」『錦繡段』

（高芝　麻子）

○四六　夜晴

宿雨●帯龍○臊◎
雷聲○氣尙●豪◎
斷雲○如潑●墨
殘電●似揮○刀◎
螢濕●就簷○照
蛩寒○依砌●號◎
夜深○群動●息
缺月●四更○高◎

夜晴る

宿雨　龍臊《りゅうそう》を帯び
雷声　気は尚お豪たり
断雲　墨を潑《そそ》ぐが如く
残電　刀を揮《ふる》うに似たり
蛍湿《うるお》い　簷《のき》に就《つ》きて照り
蛩《こおろぎ》寒く　砌《みぎり》に依りて号《さけ》ぶ
夜深くして　群動息《や》み
缺月《けつげつ》　四更に高し

【詩形・押韻】
五言律詩（臊・豪・刀・號・高）下平声四豪

【訳】

夜に晴れる

昨夜からの雨は龍の気味を帯び、
雷の音は勇壮に響く。
ちぎれ雲は筆に任せて墨をふりかけたよう、
残《のこ》んの稲妻は刀のひらめきに似る。
濡れた蛍は軒に止まって光り、
凍《こご》えたこおろぎは階《きざはし》で鳴く。
夜が更けてすべてが寝静まる頃、
欠けた月が深夜の空に高くかかっている、

【語釈・用例】

宿雨帯龍臊

龍臊：生臭く湿度の高い空気のこと。「龍腥」に同じ。
宋・梅堯臣「新霽望岵笠山」詩「斷虹迎日盡、飛雨帯龍腥」『瀛奎律髓』巻十七
宋・劉子翬「分韻賦古松得青字」詩「曾映月明留鶴宿、近因雷霹帯龍腥」『瀛奎律髓』巻二十七
＊「龍腥」とすべきを押韻の都合で「龍臊」とした。「龍臊」は管見の限り用例を見いだせない。

雷聲氣尙豪
唐・戴叔倫「喜雨」詩「雷聲殷遙空、雲氣布層陰」『戴叔倫集』巻上

斷雲如潑墨
斷雲：ちぎれ雲。
唐・杜甫「雨」詩四首其一「微雨不滑道、斷雲疏復行」『瀛奎律髓』巻十七
潑墨：水墨画の画法の一つ。雨を描くときにしばしば用いられる。
宋・陸游「雪中」詩二首其二「暮雲如潑墨、春雪不成花」『瀛奎律髓』巻二十一
宋・鄧肅「大雨」詩「夜夜陰雲如潑墨、雨勢欲挽銀河竭」『栟櫚集』巻四

殘電似揮刀
殘電：名残の稲妻。
宋・宋庠「暑雨初霽」詩「層雲氣潤猶蒸礎、殘電光微不應雷」『元憲集』巻十二
宋・陳與義「雨晴」詩「牆頭語鵲衣猶濕、樓外殘雷氣未平」『瀛奎律髓』巻十七
宋・黃庭堅「吏部蘇尙書右選胡侍郎皆和鄙句次韻道謝」詩「淸如接筧通春溜、快似揮刀斫怒雷」『山谷集』外集巻七
＊「殘電」の用例は少ない。

螢濕就簷照
螢濕：雨に濡れた蛍。
唐・喩亮「寺居秋日對雨有懷」詩「鴿寒棲樹定、螢濕在窗微」『瀛奎律髓』巻十七
宋・曾幾「雨」詩二首其二「魚寒拋餌去、鴉濕就簷棲」『瀛奎律髓』巻十七
元・魏初「題趙明叔未央瓦硯」詩「凄凄古月土花碧、溜雨秋簷照螢濕」『青崖集』巻一
＊「雨」詩二首其二は『茶山集』巻四、『両宋名賢小集』巻百九十には曾幾の作として見えるが、『剣南詩稿』巻七十九には陸游の作として見える。

蛩寒依砌號
蛩：こおろぎ。
宋・陳普「擬古」詩八首其三「秋夜永如年、四壁號寒蛩」『選鐫石堂先生遺集』巻二
砌：戸外の階段。
齊・謝朓「直中書省」詩「紅藥當階飜、蒼苔依砌上」『文選』巻三十
明・程銈「次王撫軍座送客」詩「荒砌寒蛩亂、高樹鳴蟬依」『石倉歴代詩選』巻四百七十七
平安・藤原後生「秋懐」詩「悲倍夜蛩鳴砌夕、涙催黄葉落庭晨」『本朝詩英』巻四

夜深群動息
群動：いきもの。

晉・陶潛「雜詩」詩二首其二「日入群動息、歸鳥趨林鳴」『文選』巻三十
唐・王維「春夜竹亭贈錢少府歸藍田」詩「夜靜群動息、時聞隔林犬」『王右丞詩箋注』巻二
唐・王維「秋夜獨坐懷内弟崔興宗」詩「夜靜群動息、蟪蛄聲悠悠」『王右丞詩箋注』巻二
宋・戴復古「夢中亦役役」詩「半夜群動息、五更百夢殘」『石屛詩集』巻一

缺月四更高

四更：深夜。夜を五つに分けた四つめの時間帯。
唐・杜甫「月」詩「四更山吐月、殘夜水明樓」『瀛奎律髓』巻二十二

（高芝　麻子）

○四七　驟雨

驟雨●洗纖○塵
山谿○出白●石◎
飛來○百道●泉
微寒○滿四●澤◎

驟雨

驟雨　纖塵を洗い
山谿《さんけい》　白石出づ
飛来す　百道の泉
微寒　四沢《したく》に満つ

【詩形・押韻】
五言絶句（石・澤）入声十一陌

【訳】
にわか雨
にわか雨に空中の塵が拭われ、
山の小道が洗われて白い石が頭を出した。
百筋もの流れとなって飛ぶように流れ、

うすら寒さが四方の沢に満ちる。

【語釈・用例】

驟雨洗纖塵

驟雨：急な雨。にわか雨。

宋・唐庚「驟雨」詩「黑雲驚小市、白雨沸秋江」『瀛奎律髓』巻十七

纖塵：細かな塵。

唐・張若虛「春江花月夜」詩「江天一色無纖塵、皎皎空中孤月輪」『唐詩選』巻二

唐・岑參「暮秋山行」詩「蒼旻霽涼雨、石路無飛塵」『岑嘉州詩集』巻一（『圓機活法』巻十三遊眺門「山行」）

山蹊出白石

山蹊：山道。

唐・王維「山中」詩「荊谿白石出、天寒紅葉稀。山路元無雨、空翠濕人衣」『王右丞詩箋注』巻十五外編（『圓機活法』巻三時令門「秋暮」項）

飛來百道泉

百道泉：百筋の流れ。たくさんの流れ。「泉」は湧き水、流れのこと。

唐・沈佺期「奉和春初幸太平公主南莊應制」詩「雲間樹色千花滿、竹裏泉聲百道飛」『沈佺期集』巻四

宋・李昴英「蒲澗和東坡韻」詩「四時冰柱濕風前、絶頂飛來一派泉」『文溪集』巻十六
宋・蘇軾「書王定國所藏烟江疊圖王晉卿畫」詩「但見兩崖蒼蒼暗絶谷、中有百道飛來泉」『古文眞寶』前集巻六

微寒滿四澤

四澤：あちこちの沢。
微寒：かすかな寒さ。
唐・杜甫「遣悶戯呈路十九曹長」詩「江浦雷聲喧昨夜、春城雨色動微寒」『杜詩詳註』巻十八
晉・陶潛「四時」詩「春水滿四澤、夏雲多奇峰」『古文眞寶』前集巻一（『圓機活法』巻一天文門「雲」項）
唐・王勃「贈李十四」詩「亂竹開三徑、飛花滿四鄰」『石倉歴代詩選』巻十七
宋・蘇軾「游桓山會者十人以春水滿四澤夏雲多奇峯爲韻得澤字」詩『施註蘇詩』巻十六
＊「四時」詩は陶潛ではなく顧愷之作ともされるが、『古文真宝』前集巻一と『円機活法』巻一天文門「雲」項には陶潛作として見える。

（高芝　麻子）

○四八　暮歸〔題下注〕六言

暮れに帰る　六言

江村○月上●将晩●
沙路●雪明○獨歸◎
句好●堪驚○宿鷺●
梅開○半傍●漁磯◎

江村に月上り　将に晩《く》れんとす
沙路　雪のごとく明らかにして　独り帰る
句好くして　宿鷺を驚かすに堪え
梅開きて　半ば漁磯に傍《そ》う

【詩形・押韻】

六言絶句（歸・磯）上平声五微

＊第二句は孤平。

【訳】

夕暮れに帰る　〔題下注〕六言

川辺の村に月が上り、日はまさに暮れようとしている。

砂地の路は雪のように明るく、ひとり帰る。
道すがら作る詩句はねぐらの鷺を驚かすほど良い出来で、
梅の花は釣り人のいる岩場に半ば沿うように咲いている。

【語釈・用例】
暮歸
　唐・杜甫「暮歸」詩『瀛奎律髓』巻十五、二十五（『杜詩詳註』巻二十二、『石倉歴代詩選』巻四十三）
六言：一句が六字の詩。六言詩。漢の谷永、孔融、魏の文帝（曹丕）、嵇康、晋の陸機が作っている。唐では、王維、張説、劉長卿、皇甫冉等が作った。前半、後半とも対句仕立てにするのは、唐の王維の創めた体である。『陶情詩集』にはこの一首のみ。
　唐・白居易、宋・孔傳「詩五」「六言、谷永始作」『白孔六帖』巻八十六

江村月上將晩
江村
　唐・杜甫「十七夜對月」詩「秋月仍圓夜、江村獨老身」『瀛奎律髓』巻二十二（『唐詩品彙』巻六十二、『杜詩詳註』巻二十）
　唐・司空曙「江村卽事」詩「罷釣歸來不繫船、江村月落正堪眠」『三體詩』巻二（『聯珠詩格』巻十三）
　宋・方岳「漁父詞」「沽酒歸來雪滿船、一簑撐傍斷磯邊。誰家庭院無梅看、不似江村欲暮天」『聯珠詩格』巻十二

将晩
唐・杜甫「江亭」詩「寂寂春将晩、欣欣物自私」『瀛奎律髓』巻二十三（『唐詩品彙』巻六十二、『杜詩詳註』巻十）
宋・惠崇「訪楊雲卿淮上別墅」詩「不愁歸路晩、明月上前汀」『瀛奎律髓』巻四十七

沙路雪明獨歸
沙路：川辺の砂地を言うのであろう。
宋・王安石「發館陶」詩「春風馬上夢、沙路月中行」『石倉歴代詩選』巻百四十二
宋・楊萬里「明發南屛」詩「新晴在在野花香、過雨迢迢沙路長」『瀛奎律髓』巻三
明・趙周臣「暮歸」詩「行過斷橋沙路黑、忽從電影得前村」『錦繡段』
雪明：砂地が雪のように明るいということであろう。
唐・駱賓王「冬日過故人任處士書齋」詩「雪明書帳冷、氷靜墨池寒」『文苑英華』巻三百十七（『駱丞集』巻一）
作者不詳「似雪」『圓機活法』巻四地理門「沙」項
作者不詳「夜月霜華冷、秋風雪浪翻」『圓機活法』巻四地理門「沙」項
獨歸
唐・杜甫「奉濟驛重送嚴公」詩「江村獨歸處、寂寞養残生」『瀛奎律髓』巻二十四（『杜詩詳註』巻十一）

句好堪驚宿鷺
句好：作る詩句が佳いこと。

宋・蘇軾「再用韻」詩「漁簑句好眞堪畫、柳絮才高不道鹽」（評語に「漁簑句好、鄭谷漁簑、道韞柳絮、賴此增光而世無異論」云々とある）『瀛奎律髓』巻二十一（『施註蘇詩』巻九）

宋・呂本中「追和東坡雪詩」詩「授簡才慳慙賦客、披簑句好憶漁家」『石倉歷代詩選』巻百七十九

宋・惠洪「次韻彥周見寄」詩二首其一「句好空驚碧雲合、韻高疑在白鷗前」『石倉歷代詩選』巻二百二十六

宿鷺：巣に眠る鷺。

唐・杜甫「草堂卽事」詩「寒魚依密藻、宿鷺起圓沙」『瀛奎律髓』巻二十三（『九家集注杜詩』巻二十二）

宋・陸游「明日再遊又賦」詩「得詩偶長吟、宿鷺爲驚起」『劍南詩稾』巻十

梅開半傍漁磯

漁磯：魚のとれる磯。この詩では釣り人のいる磯のこと。

宋・張詠「答傅霖」詩「當年失脚下漁磯、苦戀淸朝未得歸」『聯珠詩格』巻六（『圓機活法』巻四地理門「漁磯」項）

（詹　満江）

○四九　卽事

清曉風稜入夢寒
覺來檐外雪漫漫
梅梢春意幾分在
掛起南窗子細看

即事

清暁　風　稜として　夢に入りて寒し
覚め来《きた》れば　檐外　雪漫漫たり
梅梢　春意　幾分《いくぶん》か在る
南窓を掛け起こして子細に看る

【詩形・押韻】
七言絶句（寒・漫・看）上平声十四寒

【訳】
スケッチ

清らかな明け方、風がひんやりと夢にまで入って来て寒く、
目覚めると軒の外には雪が一面に積もっていた。
梅の梢にはどれほど春の兆しがあるだろう。

南の窓を押し上げて念入りに眺める。

【語釈・用例】

卽事：その場のことを詩に詠じる。

清曉

清曉風稜入夢寒

唐・杜甫「奉酬李都督表丈早春作」詩「力疾坐清曉、采詩悲早春」『瀛奎律髓』卷十（『杜詩詳註』卷九）

宋・張耒「偶折梅數枝、置案上盎中、芬然遂開」詩「將何伴高潔、清曉誦黄庭」『瀛奎律髓』卷二十

元・明本「和（浸梅）」詩「清曉呼童換新汲、只愁凍合玉壺春」『梅花百詠』

風稜：この詩では、隙間風が冷え冷えと吹き込むこと。

明・林廷選「神泉小舟中懷湖廣亞衆長汀鍾舜臣、寄以嘲之」詩「盡歛風稜宿煙水、長舒憤懣眺江山」『石倉歷代詩選』卷四百二十二

入夢：夢の中にまで入ってくる。夢の中まで入ってきて眠りから起こされる。

唐・白居易「長恨歌」詩「悠悠生死別經年、魂魄不曾來入夢」『古文眞寶』前集卷八

元・王冕「梅花」詩「昨夜朔風吹倒人、梅花枝上十分春。老夫高臥石窗下、贏得清香入夢頻」『石倉歷代詩選』卷二百七十八

明・薛瑄「宿水村」詩「連天海氣當窗白、一枕江風入夢寒」『石倉歷代詩選』卷三百六十七

覺來檐外雪漫漫

覺來

唐・李白「春日醉起言志」詩「覺來盼庭前、一鳥花間鳴」『古文眞寶』前集卷二（『唐文粹』卷十六上、『文章正宗』卷二十二下、『唐詩品彙』卷六、『李太白文集』卷二十）

唐・盧仝「有所思」詩「夢中醉臥巫山雲、覺來淚滴湘江水」『古文眞寶』前集卷七

元・謝宗可「紙帳」詩「淸懸四壁剡溪霜、高臥梅花月半床。璽甕有天春不老、瑤臺無夜雪生香。覺來虛白神光發、睡去淸閒好夢長。一枕總無塵土氣、何妨留我白雲鄉」『石倉歷代詩選』卷二百三十七上

檐外：「簷外」に同じ。屋外。

唐・包佶「答竇拾遺臥病見寄」詩「送客屢聞簷外鵲、消愁已辨酒中蛇」『三體詩』卷四（『瀛奎律髓』卷四十四）

明・薛瑄「戲題紅白二梅花落」詩「簷外雙梅樹、庭前昨夜風。（略）雨重臙脂濕、泥香瑞雪融」『石倉歷代詩選』卷三百六十七

雪漫漫：雪が盛んに降る。また、雪が一面に積もる。この詩では後者であろう。

唐・劉長卿「奉使鄂渚」詩「客路向南何處是、蘆花十里雪漫漫」『萬首唐人絶句』卷六

宋・賀鑄「高郵舟中對雪」詩「三楚浮程波淼淼、五陵歸夢雪漫漫」『石倉歷代詩選』卷百四十九（『兩宋名賢小集』卷百二十二）

梅梢春意幾分在

梅梢

宋・戴益「探春」詩「歸來試把梅梢看、春在枝頭已十分」『聯珠詩格』巻八

宋・陳師道「湖上」詩「湖上難爲別、梅梢已着春」『瀛奎律髓』巻三十四

宋・楊萬里「至日後十日雪中觀梅」詩「世間除卻梅梢雪、便是氷霜也帶埃」『瀛奎律髓』巻二十

春意：春の気配。春のきざし。

唐・杜甫「江梅」詩「梅蘂臘前破、梅花年後多。絕知春意早、最奈客愁何。雪樹元同色、江風亦自波。故園不可見、巫岫鬱嵯峨」『瀛奎律髓』巻二十（『杜詩詳註』巻十八）

宋・王安國「繚垣」詩「檜作寒聲風過夜、梅含春意雪殘時」『瀛奎律髓』巻十三（『石倉歷代詩選』巻百四十三、『兩宋名賢小集』巻六十一）

幾分：「分」は百分の一尺。「幾分」はごくわずかな長さ。わずかなこと。

元・謝宗可「雪中梅」詩「氷蟾光照南枝夜、翠羽聲凄曉樹風。天上人間渾一色、幾分春色有無中」『石倉歷代詩選』巻二百三十七上

元・王冕「梅花」詩「羅浮山下雪三尺、白玉堂前春幾分」『石倉歷代詩選』巻二百七十八

掛起南窗子細看

掛起南窗：南の窓の蔀戸を上へ押し上げる。春の兆しは南から現れる。

唐・白居易「村雪夜坐」詩「南窗背燈坐、風霰闇紛紛」『萬首唐人絕句』巻三（『白氏長慶集』巻六、『石倉歷代詩選』巻六十二）

宋・王庭珪「郭仲質南牕」詩「先生獨坐紗帷裏、掛起南牕月滿溪」『盧溪文集』卷二十三
宋・白玉蟾「梅窗」詩「南窗屋數楹、一點梅花生。枝上雪粧瘦、墻頭風入淸」『石倉歷代詩選』卷二百二十四

子細：仔細。こまかく。
唐・杜甫「九日藍田崔氏莊」詩「明年此會知誰健、醉把茱萸子細看」『瀛奎律髓』卷十六（『杜詩詳註』卷六、『石倉歷代詩選』卷四十五）
宋・林逋「梅花」詩二首其二「等閒題詠誰爲媿、子細相看似有情」『瀛奎律髓』卷二十

（詹　満江）

〇五〇　和杜鵑枝

杜《と》鵑《けん》枝《し》に和す

戊午之秋、予友河範浴于有馬郡之日、寓于一舘。舘前有箇長松樹、老幹侵霜、黛色參天。旁出一枝、屈曲輪囷、斜斜下望、庭上飄然。眞塵外之一物也。主曰、毎春夏之交、杜鵑啼於此枝上、無復移他枝。於是範及同游寄之題之、相與品評、名曰杜鵑枝。亦是僑居之勝概也云。（戊午の秋、予が友河範有馬郡に浴するの日、一舘に寓す。舘前に（一）箇《こ》の長松樹有り、老幹霜を侵《しの》ぎ、黛色天に參ず。旁らより一枝出で、屈曲輪囷《りんきん》として、斜斜下望し、庭上に飄然たり。真に塵外の一物なり。主曰く、毎春夏の交、杜鵑《とけん》此の枝上に啼き、復た他枝に移ること無し。是に於いて範及び同游之に寄せて之に題し、相与に品評し、名づけて杜鵑枝と曰う。亦た是れ僑居の勝概なりと云う）

何憶●秦王○封爵●時◎
詩家○清賞●品題○奇◎
杜鵑○不到●秋光○老
山月●依然○在舊●枝◎

何ぞ憶《おも》わん　秦王　封爵《ほうしゃく》の時
詩家　清賞し　品題して奇とせんとは
杜鵑《とけん》　到らず　秋光老い
山月　依然として旧枝に在り

【詩形・押韻】

七言絶句（時・奇・枝）上平声四支

【訳】

杜鵑枝に唱和する

戊午の秋、私の友人の河範が有馬郡の温泉に行った日、ある旅館に泊まった。旅館の前に一本の高い松の樹があり、その古い幹は霜にも負けず、黒々と天高くそびえていた。そのわきから出た一本の枝は、くねくねと曲がり、斜めに下を見下ろし、庭に飄々と伸びている。実に世俗を超越した風情の枝であった。旅館の主が言うには、毎年の春から夏にかけて、杜鵑《ほととぎす》がその枝に飛んで来て啼き、他の枝に移ることはないとのこと。そこで、範と同道の友人たちが、その枝について詩を詠じ、互いに品評し合い、杜鵑枝と名付けた。これもまた旅先での景勝であったとのこと。

秦の始皇帝が風雨に遭って雨宿りした松の樹を五大夫に封じたとき、
後世、詩人たちがまた松の樹を観賞し、詩を詠じて珍しがるとは想像しただろうか。
杜鵑《ほととぎす》はもう来なくなり、秋は更け、
山にかかる月が依然として古い松の枝ごしに見えるばかりだ。

【背景】

友人である河範（河村瑞賢の次男・通顕《みちあき》と思われる）が摂津・有馬温泉を訪れた際に作った「杜鵑枝」詩を帰着後に示され、これに和した作品。

戊午之秋

すなわち延宝六年（一六七八・白石数え二十二歳）の秋。この年の五月九日、白石の母の容態が急に悪化、十日（九日とも記される）に、歿する。享年六十三。友人らが有馬温泉にでかけた秋、白石は母の喪中であった。

また、この年の前後に、士分を捨てて他の道に進むべしとの勧め（ある富商の婿養子、医業への転身、河村瑞軒の娘との結婚による学資の調達）が連続して舞い込むも、全て断る。『折たく柴の記』によれば、この年以前に白石は、河村瑞軒の子と学友になっている。

河範

河村瑞賢の次男である通顕か。「河村君（通賢）墓碑銘並序」（鎌倉市山ノ内・建長寺旧金剛院跡に現存）の記述によれば、河村瑞賢には政朝（伝十郎）、通顕、義篤の男子があり、長男の政朝は通顕が十五歳の時になくなっている。後に通顕は、家督を継ぐ。

このあと〇五一「中秋夜陪江氏賞月于河範亭上」詩・〇五二「送河範入仕」詩でも「河範」が登場するが、〇五二「送河範入仕」詩は、内容的に「河範」の出仕に際して作られた送別詩である。一方、通顕は、数え十七歳の時に大和郡山の本多中務大輔政長に仕えるが八年後の二十五歳で辞し、二十七歳の時に肥後の細川家に、三十三歳で筑前の黒田氏に仕えている。「河範」が河村通顕であるとするならば、白石が本詩自注で「予友河範」と述べているように同年代の人物であることが自然であるので、細川氏に仕えるために肥後へ出立する送別の宴で作られたと考えるのが穏当であろう。

つまり、白石が河村家に親しく出入りするようになったのは、河村通顕が二十五歳、白石が二十歳、延宝四年（一六七六）以降、恐らくは同五年、阿比留と親交を結んだ頃からだと思われる。

有馬郡

摂津国（現兵庫県神戸市北区）にある有馬温泉。古来名湯として知られる。能因本『枕草子』一一七段には「湯はななくりの湯（榊原温泉）有馬の湯　玉造の湯」とあり、前田本『枕草子』一一七段には「いで湯は　ななくりの湯　有馬の湯　那須の湯　つかまの湯　ともの湯」とある。また江戸寛政年間に出されたと思われる「諸国温泉効能鑑」（神戸市立博物館蔵）には、西の最高位（大関）として有馬温泉が挙げられている。ちなみに東の大関は草津の湯。

【語釈・用例】

杜鵑・・鳥の名。別名は子規、不如帰、時鳥。ほととぎす。中国では、蜀王杜宇の魂が化してこの鳥になったという。

『華陽國志』巻三「蜀志」「後有王曰杜宇、教民務農、一號杜主、時朱提有梁氏女利遊江源、宇悦之、納以爲妃。移治郫邑、或治瞿上。七國稱王、杜宇稱帝、號曰望帝、更名蒲卑、自以功德高、諸王乃以褒斜爲前門、熊耳靈關爲後戸、玉壘峨眉爲城郭、江潛綿洛爲池澤、以汶山爲畜牧、南中爲園苑。會有水灾、其相開明決玉壘山、以除水害。帝遂委以政事、法堯舜禪授之義、遂禪位於開明帝、升西山隱焉。時適二月、子鵑鳥鳴、故蜀人悲子鵑鳥鳴也。巴亦化其敎、而力農務、迄今、巴蜀民農時、先祀杜主君」

杜鵑枝

唐・崔塗「春夕旅懷」詩「蝴蝶夢中家萬里、杜鵑枝上月三更」『三體詩』巻四

宋・徐經孫「丙戌年新春偶成」詩「暗想泉溪上、杜鵑啼故枝」『石倉歴代詩選』巻二百十一
明・魏觀「送陳秀才憲」詩「夜月繞殘烏鵲樹、春山啼老杜鵑枝」『石倉歴代詩選』巻二百八十四
戊午之秋：つちのえうまの年の秋。延宝六年（一六七八）の秋。
　有箇長松樹
唐・顧況「山中」詩「野人自愛山中宿、況是葛洪丹井西。庭前有箇長松樹、夜半子規來上啼」『三體詩』巻一
侵霜：霜を淩ぐ。霜に負けず。
　黛色參天
唐・杜甫「古柏行」詩「孔明廟前有老柏、柯如青銅根如石。霜皮溜雨四十圍、黛色參天二千尺」『唐詩品彙』巻二十八（『杜詩詳註』巻十五、『石倉歴代詩選』巻巻四十五）
輪囷：まがったさま。
下望：下をながめる。
　戰國・宋玉「高唐賦」「登巉巖而下望兮、臨大阺之稸水」『文選』巻十九
飄然：私欲なく、捉えどころのないさま。
塵外：世俗の外。俗世間から隔たっていること。
僑居：仮住まい。旅先の宿り。
勝概：景勝。佳い景色。

何憶秦王封爵時
秦王：秦の始皇帝。
唐・徐寅「大夫松」詩「五樹旌封許歲寒、挽柯攀葉也無端。爭如澗底淩霜節、不受秦王號此官」『徐正字詩賦』巻二
封爵：爵位を授ける。この詩では、秦の始皇帝が泰山に登って封禅し、下山する際に風雨に遭い、五本の松の樹の下に雨宿りしたとき、それらの松を大夫に封じた故事を踏まえる。
『史記』巻六「秦始皇本紀」「始皇東行郡縣、上鄒嶧山、立石與魯諸儒生議、刻石頌秦德。議封禪望祭山川之事。乃遂上泰山、立石封祠祀、下、風雨暴至、休於樹下、因封其樹、爲五大夫」
唐・李正封「貢院樓北新栽小松」詩「爲梁資大廈、封爵恥嬴秦」『石倉歷代詩選』巻百十七

詩家清賞品題奇
詩家
唐・楊巨源「城東早春」詩「詩家清景在新春、柳纔黃半未勻」『萬首唐人絶句』巻八
唐・雍陶「崔少府池鷺」詩「林塘得爾須增價、況與詩家物色宜」『三體詩』巻四（『瀛奎律髓』巻二十七）
明・楊旦「遊靈巖寺」詩「怪狀奇形留勝跡、都將清景付詩家」『石倉歷代詩選』巻四百五十一
清賞：清らかな風趣を観賞する。
宋・余靖「落花」詩「清賞又成經歲別、卻歌團扇寄迴腸」『瀛奎律髓』巻二十七
明・沈瀚「沈士蘭作凝霞閣圖」詩「更有高齋得清賞、品題奇石興無窮」『珊瑚網』巻四十二（『式古堂書畫彙考』巻五十九）

品題：品評する。批評して詩に詠じる。

宋・韓琥「梅花」詩「今年全未作梅詩、與向花前浪品題」『瀛奎律髓』巻二十

杜鵑不到秋光老

秋光老：秋の風光が更ける。晩秋になる。

宋・陸游「客中作」詩「江天雨霽秋光老、野氣川雲淨如埽」『劒南詩稾』巻六十三

宋・陳鑒之「秋晩」詩「痩盡芙蓉菊又殘、客游懷抱更登山。秋光老矣歸何處、只在愁人雙鬢間」『兩宋名賢小集』巻三百三十一

山月依然在舊枝

山月

宋・王安石「次韻平甫金山會宿寄親友」詩「山月入松金破碎、江風吹水雪崩騰」『瀛奎律髓』巻一（『臨川文集』巻二十二）

依然在：もとのままある。

唐・韓翃「送齊山人」詩「舊事仙人白兎公、棹頭歸去又乘風。柴門流水依然在、一路寒山萬木中」『三體詩』巻一

唐・曹唐「劉阮再到天台不復見諸仙子」詩「桃花流水依然在、不見當時勸酒人」『瀛奎律髓』巻四十八

舊枝：もとの枝。

唐・杜甫「鸚鵡」詩「鸚鵡含愁思、聰明憶別離。翠衿渾短盡、紅嘴漫多知。未有開籠日、空殘宿舊枝。世人憐復損、

何用羽毛奇」『杜詩詳註』巻十七

（詹　満江）

○五一　中秋夜陪江氏賞月于河範亭上

中秋の夜 江氏に陪して月を河範の亭上に賞す

暮烟捲盡太空淨
遙看滄溟漾玉毬
江光忽化瓊瑤窟
耿耿銀津星彩幽
山頭妖魅寒膽落
水底老蚌清淚浮
宿禽驚夢頻移樹
風撼綠篠戛鳴球
滿城綺管連雲起
報得亭上十分秋
杯中桂影照吟骨

暮烟　捲き尽くして　太空　浄《きよ》し
遥かに看る　滄溟に玉毬《ぎよくきゆう》漾《ただよ》うを
江光　忽ち化す　瓊瑤の窟
耿耿たる銀津　星彩幽なり
山頭の妖魅　寒胆落ち
水底の老蚌《ろうぼう》　清涙浮かぶ
宿禽　夢を驚かして頻りに樹を移り
風は緑篠《りよくしよう》を撼《ゆる》がして鳴球を戛《う》つ
満城の綺管　雲に連なりて起こり
報い得たり　亭上　十分の秋
杯中の桂影　吟骨を照らし

氣吐白虹衝斗牛
青天爲艫地爲舳
四海九州同一舟
三人雖對萬人醉
不羨仲宣獨登樓
少陵千載謫仙遠
恨無好詩倒峡流
采石月下知何處
復駕長鯨從神遊

気は白虹《はくこう》を吐いて　斗牛を衝く
青天　艫《ろ》と為り　地　舳《じく》と為り
四海　九州　同一の舟
三人　万人の酔うに対すると雖も
羨まず　仲宣　独り楼に登るを
少陵　千載　謫仙遠く
恨む　好詩の峡流を倒《さかし》まにする無きを
采石　月下　知んぬ何れの処ぞ
復た長鯨に駕して神遊に従わん

【詩形・押韻】
七言古詩（毬・幽・浮・球・秋・牛・舟・樓・流・遊）下平声十一尤

【訳】

中秋の夜 江氏にお供し、河範の東屋《あずまや》で月見をして

夕暮れの靄は簾を捲き上げたように消えて、大空は澄み渡り、
大海原に玉の毬がただようような丸い月を見はるかす。
川面の光に東屋《あずまや》はたちまち玉の洞窟に変わり、
明るく光る銀河の星影はかすむ。
山上の妖魔は月を見て胆を冷やすほど驚き恐れ、
水底の年を経た真珠貝は清らかな涙を浮かべる。
巣に眠る鳥はあまりに明るいので夢から醒めて樹を移り、
颪は緑の篠を揺らして磬を鳴らしたような音をたてる。
町中の月見の宴の美しい笛の音が雲まで届いて響きわたり、
東屋《あずまや》の上のたけなわとなった秋に報いているようだ。
杯の中の月影は詩人の心を照らし、
気は白い虹を吐いて北斗星と牽牛星を射し貫く。
青い夜空は艫となり、地上は舳となり、
四方の海と九つの州は一つの舟。
我々三人はこの名月のもとで万人が酔うのと同じだけれども、
かの王粲が独りで楼に登ったのを羨んだりはしない。

杜少陵は千年も昔、謫仙人の李白は遠く離れてしまった。
峡谷の川の流れが逆になるほどの好い詩が無いことが恨めしい。
李白が月明かりの下、酔ったという采石磯はどこだろうか、
我々も李白のように大きな鯨に乗って仙界に遊ぼう。

【背景】

江氏

未詳。

「陪江氏」とあることから、江氏は目上の人物だと思われるが、この時期に白石及び河村瑞賢・通顕と交流のあった人物は見つからなかった。

河範亭

斎藤月岑の『武江年表』によると、河村瑞賢は、明暦の大火で消失した霊巌島（今の新川）の地を幕府から賜り、自らが万治三年（一六六〇）に開削した新川沿い、一の橋の北詰に屋敷を構えていたという。当時、この一帯は数多くの酒問屋が軒を連ね河岸に酒蔵が建ち並んでいた。河村瑞賢宅の表門はいまの永代通りに、裏門はかって中央区新川一丁目七番・九番付近を流れていた新川に面し、日本橋川の河岸には土蔵四棟があったという。

【語釈・用例】

暮烟捲盡太空淨

捲盡：簾などを巻き上げる。この詩では、夕暮れの靄が晴れること。

唐・王勃「滕王閣」詩「畫棟朝飛南浦雲、朱簾暮捲西山雨」『唐詩選』巻二（『唐音』巻一、『唐詩品彙』巻二十五）

宋・韋驤「初睡」詩「凍雲卷盡月華清、寒氣稜稜夜轉生」『錢塘集』巻二

宋・張耒「東皐行」詩「秋雲捲盡秋天清、東皐蕭條雞犬聲」『石倉歷代詩選』巻百五十四

太空

宋・楊萬里「過揚子江」詩「祗有清霜凍太空、更無半點荻花風」『瀛奎律髓』巻一

遙看滄溟漾玉毬

滄溟

唐・楊衡「送孔周南之海謁王尙書」詩「望雲生碧落、看日下滄溟」『石倉歷代詩選』巻六十四

宋・馬子才「邀月亭」詩「滄溟東角邀姮娥、氷輪碾上青琉璃」『古文眞寶』前集巻七

玉毬：玉でできたまり。月の喩にした例は管見のかぎり見出せないが、まりを月に喩える例がある。

元・胡助「玉繡毬」詩二首其一「刻玉爲花似月圓、晴空一樹雪團團。飛來蛺蝶無尋處、絕稱豪家碧玉欄」其二「碎璧妝成月斧脩、日光瑩潔最風流。縞裙練帨誇穠李、不見東皇萬玉毬」『純白齋類稿』巻十七

江光忽化瓊瑤窟

江光

唐・杜甫「玉臺觀」詩二首其二「江光隱見黿鼉窟、石勢參差烏鵲橋」『唐詩品彙』巻八十四（『杜詩詳註』巻十三）

瓊瑤窟：「瓊瑤」は美しい玉のこと。玉でできた洞窟。

宋・馬子才「邀月亭」詩「天風洒掃浮雲沒、千岩萬壑瓊瑤窟」『古文眞寶』前集巻七

明・陶安「三湖」詩「何當結屋瓊瑤窟、買取臨隄二頃田」『石倉歷代詩選』巻二百八十一

耿耿銀津星彩幽

耿耿：明るいさま。

唐・白居易「長恨歌」詩「遲遲鐘鼓初長夜、耿耿星河欲曙天」『古文眞寶』前集巻八

宋・歐陽澈「七夕後一日寄陳巨濟」詩「高樓昨夜西風轉、耿耿銀河雲葉卷」『石倉歷代詩選』巻百七十二

宋・呂定「夜宿甓社湖」詩「湖光如鏡迥無山、耿耿銀河路可攀」『石倉歷代詩選』巻二百二十

銀津：この詩では銀河すなわち天の川のこと。畳韻語。白石は〇一九「雪」にもこの語を使っているが、用例は少ない。

星彩：星の輝き。

隋・慧淨「和盧贊府遊紀國道場」詩「日光通漢室、星彩晦周朝」『石倉歷代詩選』巻十一

唐・盧綸「閏月七夕」詩「涼風吹玉露、河漢憶幽期。星彩光仍隱、雲容掩復離」『石倉歷代詩選』巻五十二

唐・杜荀鶴「旅懷」詩「月華星彩坐來收、嶽色江聲暗結愁」『三體詩』巻一

山頭妖魅寒膽落

山頭：山頂。

唐・徐凝「長慶春」詩「山頭水色薄籠烟、遠客新愁長慶年」『三體詩』巻一

唐・張喬「送許棠」詩「夜火山頭寺、春江樹杪船」『三體詩』巻六

妖魅：妖怪の類。鏡を恐れるという。

『西京雜記』巻一「宣帝被收繫郡邸獄、臂上猶帶史良娣合采婉轉絲繩、繫身毒國體鏡一枚、大如八銖錢。舊傳、此鏡照見妖魅、得佩之者爲天神所福。故宣帝從危獲濟。及即大位、毎持此鏡、感咽移辰、常以琥珀笥盛之、緘以戚里織成錦。一曰斜文錦。帝崩不知所在」

唐・司空圖「月下留丹竈」詩「瑤函眞跡在、妖魅敢揚威」『司空表聖文集』巻三

寒膽：恐れること。「膽寒」ともいう。また、恐れで冷えた胆。

朱子詩「體鏡當年照膽寒、爾來埋沒太無端」『佩文韻府』巻十四之一　＊逸詩か。

膽落：胆をつぶす。はなはだ驚き恐れる。

宋・王庭珪「送胡邦衡之新州貶所」詩二首其二「當日姦諛皆膽落、平生忠義祇心知」『瀛奎律髓』巻四十三

水底老蚌清淚浮

水底

唐・李白「采蓮曲」詩「日照新妝水底明、風飄香袂空中擧」『古文眞寶』前集巻四（『文苑英華』巻二百八、『唐文粹』巻十三、『樂府詩集』巻五十、『唐詩品彙』巻二十六、『李太白文集』巻三）

唐・杜甫「飲中八僊歌」詩「知章騎馬似乘船、眼花落井水底眠」『古文眞寶』前集巻八（『唐詩品彙』巻二十八、『杜詩詳註』巻二、『唐詩選』巻二）

唐・宋之問「游禹穴迴出若耶」詩「水底零露白、山邊墜葉紅」『瀛奎律髓』巻三十四

宋・黄庭堅「大暑水閣聽晉卿家昭華吹笛」詩「蘄竹能吟水底龍、玉人應在月明中」『石倉歴代詩選』巻百五十二

老蚌：年を経たドブガイ。真珠を産することがある。

唐・劉禹錫「答樂天所寄詠懷且適其枯樹之歎」詩「驪龍含被探珠去、老蚌胚還應月生」『劉賓客文集』外集巻二

宋・蘇舜欽「永叔月石硯屏歌」詩「老蚌吸月月降胎、水犀望星星入角」『石倉歴代詩選』巻百三十九

清涙

唐・李賀「金銅仙人辭漢歌」詩「空將漢月出宮門、憶君清涙如鉛水」『石倉歴代詩選』巻七十一

宿禽驚夢頻移樹

宿禽：巣に眠る鳥。

唐・李紳「早發」詩「沙洲月落宿禽驚、潮起風微曉霧生」『石倉歴代詩選』巻六十八

宋・徐機「夏夜同靈暉有作奉寄趙二丈」詩「宿禽翻樹覺、幽磬渡溪聞」『瀛奎律髓』巻十一

驚夢：夢から目覚めさせる。

明・陳顥「睡起偶成」詩「晝長幽禽驚夢醒、起向松窗汲寒井」『石倉歴代詩選』巻三百四十一

頻移樹：頻繁に樹から樹へと飛び移る。

宋・道潛「夏日龍井書事」詩四首其二「風蟬故故頻移樹、山月時時自近人」『瀛奎律髓』巻四十七（『石倉歴代詩選』

巻二百三十）
明・林俊「遊小東山樂丘次韻」詩「鳥如避俗頻移樹、雲爲無心更出山」『石倉歴代詩選』巻四百十五

風撼綠篠戞鳴球
撼：ゆらす。そよがす。
綠篠：緑色の小さな竹。
劉宋・謝靈運「過始寧墅」詩「白雲抱幽石、綠篠媚淸漣」『文選』巻二十六
戞鳴球：「鳴球」すなわち良く鳴る磬を打つ。
宋・王之道「癸酉閏十一月朔旦、入夜雪復作靜言、歲歉斯人艱食、展轉不能寐、强沃一杯徑醉、因成此詩」詩「起看堂前柳、枯梢戞鳴球」『相山集』巻三

滿城綺管連雲起
滿城：町のいたるところ。
唐・杜甫「哀江頭」詩「黃昏胡騎塵滿城、欲往城南忘南北」『古文眞寶』前集巻五（『樂府詩集』巻九十一、『文章正宗』巻二十四、『唐詩品彙』巻二十八、『杜詩詳註』巻四、『唐詩選』巻二）
宋・韓琥「風雨中誦潘邠老詩」詩「滿城風雨近重陽、獨上吳山看大江」『瀛奎律髓』巻十二
綺管：美しい笛。美しい笛の音。この二字だけの熟語は用例が見当たらない。
唐・詹敦仁「余遷泉山城留侯招遊郡圃作此」詩「萬竈貔貅戈甲散、千家羅綺管弦鳴」『全唐詩』巻七百六十一

連雲起：雲に連なって聞こえてくる。

宋・嚴次山「塞下曲」詩「千枝羌笛連雲起、知是胡兒牧馬還」『聯珠詩格』卷十三

元・李孝光「懷薩使君」詩「無端畫角連雲起、鐵鑄梅花也斷魂」『五峰集』卷八

報得亭上十分秋

報得：恩返しできる。

唐・孟郊「遊子吟」詩「慈母手中線、遊子身上衣。臨行密密縫、意恐遲遲歸。難將寸艸心、報得三春暉」『古文眞寶』前集卷一

亭上

唐・張籍「送王梧州」詩「楚江亭上秋風起、看發蒼梧太守船」『萬首唐人絶句』卷二十三

宋・馬子才「邀月亭」詩「亭上十分綠醑酒、盤中一筋黃金雞」『古文眞寶』前集卷七

十分秋：十割の秋。秋たけなわ。

宋・徐僑「毅齋卽事」詩「十分秋色重陽近、一味新涼老者宜」『瀛奎律髓』卷十二

宋・尤袤「正月二十八日夜大雪辛丑」詩「昨夜忽飛三尺雪、今年須兆十分秋」『瀛奎律髓』卷二十一

明・呂淵「林亭翫月」詩「一片寒光淸厲影、十分秋色瑩無瑕」『石倉歷代詩選』卷三百二十八

杯中桂影照吟骨

杯中

宋・蘇軾「月下與客飲酒杏花下」詩「山城薄酒不堪飲、勸君且吸杯中月」『古文眞寶』前集巻五（『施註蘇詩』巻十六、『石倉歴代詩選』巻百五十）

宋・韓琦「辛亥重九會女正堂」詩「坐上半非前歲客、杯中無改舊花香」『瀛奎律髓』巻八

桂影：水や酒に映った月。

元・呉景奎「中秋對月」詩「此時令我憶去年、山中桂影浮觥船」『石倉歴代詩選』巻二百七十五

吟骨：詩を吟じる人。

宋・呉龍翰「呉越歸秋晩」詩「秋山吟骨瘦、霜葉醉顏紅」『石倉歴代詩選』巻二百十八

氣吐白虹衝斗牛

氣吐：詩人の意気が（虹を）吐き出す。意気盛んなことを表す。

宋・蘇軾「八月十五日看潮」詩「江神河伯兩醯鷄、海若東來氣吐霓」『施註蘇詩』巻七（『石倉歴代詩選』巻百五十）

宋・陸游「同何元立賞荷花懷鏡湖舊遊」詩「少壯欺酒氣吐虹、一笑未了千觴空」『劍南詩稾』巻五（『石倉歴代詩選』巻百七十五）

白虹：太陽や月のまわりの暈。

元・宋無「公莫舞」詩「劍光射日白虹吐、人發殺機天不與」『石倉歴代詩選』巻二百三十六

斗牛：二十八宿の中の斗宿と牛宿。

唐・韋莊「和李秀才郊墅早春吟興十韻」詩「不應雙劍氣、長在斗牛傍」『石倉歴代詩選』巻百二

宋・蘇軾「赤壁賦」「少焉、月出於東山之上、徘徊斗牛之間」『古文眞寶』後集巻一

宋・岳飛「題新淦蕭寺壁」詩「雄氣堂堂貫斗牛、誓將直節報君讐」『石倉歷代詩選』卷百七十一

元・王廓「小孤山」詩「江上青山一劔孤、氣虹夜貫斗牛墟」『石倉歷代詩選』卷二百七十九

衝斗牛：斗牛にぶつかる。斗牛を貫く。

宋・何夢桂「贈徐霞錦」詩「騰騰五采狎獵起、夜半精光衝斗牛」『御選宋金元明四朝詩』「御選宋詩」卷三十四

青天爲艫地爲舳：夜空を艫《へさき》とし、大地を舳《とも》とする。

宋・岳珂「浩歌行」詩「青天爲幕地爲席、醉裏聊作烏烏吟」『玉楮集』卷七（『圓機活法』卷十二人事門「醉」項「幕地爲席」）

四海九州同一舟

四海九州：中国を四方に取り巻く海と九つの州を合わせた中国全土。全世界。

唐・羅隱「中元甲子以辛丑駕幸蜀」詩「四海爲家雖未遠、九州多事竟難防」『瀛奎律髓』卷三十二

宋・戴復古「京口喜雨樓落成呈史固叔侍郎」詩「特將此酒喫爲霖、四海九州同一醉」『石屏詩集』卷一

同一舟

宋・蘇轍「雨中遊小雲居」詩「鄉黨二三子、結束同一舟」『欒城集』後集卷一

三人雖對萬人醉

三人

唐・李白「月下獨酌」詩「擧盃邀明月、對影成三人」『古文眞寶』前集巻二（『文苑英華』巻百九十五、『唐詩品彙』巻六、『李太白文集』巻二十）

萬人

宋・陸游「晩春感事」詩「蹴踘場邊萬人看、鞦韆旗下一春忙」『瀛奎律髓』巻十（『放翁詩選』別集）

不羨仲宣獨登樓

不羨…仲宣すなわち王粲が異境にあって一人で楼閣に登って「登楼賦」を作ったことを羨まないということ。白石らは三人で月見を楽しんでいて、世の人々と同じで平凡ではあるが孤独でない。また、王粲の「登楼賦」がいかに素晴らしい賦であろうと、白石が詠じる月見の詩もそれに負けない出来であるとの自負をも表現しているであろう。

唐・貫休「古意」詩六首其一「我有雙白璧、不羨趙虞卿」『石倉歴代詩選』巻百八

宋・謝薖「次韻無逸兄見示」詩「耕耘頼有陶潛婦、不羨孫郎對大喬」『石倉歴代詩選』巻百六十七

仲宣…三国魏の王粲の字。「登樓賦」を作った。

唐・杜甫「夜雨」詩「天寒出巫峽、醉別仲宣樓」『瀛奎律髓』巻十七（『杜詩詳註』巻十九）

宋・章冠之「寄荊南故人」詩「別後故人相念否、東風應倚仲宣樓」『瀛奎律髓』巻四十二

宋・眞德秀「漁浦晩秋旅懷」詩「是處山川卽吾土、仲宣何用怯登樓」『石倉歴代詩選』巻百九十

登樓

唐・杜甫「春日江邨」詩五首其五「群盜哀王粲、中年召賈生。登樓初有作、前席竟爲榮。宅入先賢傳、才高處士名。異時懷二子、春日復含情」『瀛奎律髓』巻十（『杜詩詳註』巻十四、『成都文類』巻三）

宋・陳與義「贈漳州守綦叔厚」詩「王粲登樓還感慨、紀瞻赴召欲逡巡」『瀛奎律髓』巻四十二

獨登樓

元・戴良「懷宋庸菴」詩「祖逖念時空擊楫、仲宣多難獨登樓」『石倉歴代詩選』巻二百六十九

少陵千載謫仙遠

少陵：杜甫の号。

唐・杜甫「哀江頭」詩「少陵（漢宣帝葬杜陵、許后葬南園、謂之小陵、後人呼爲少陵、杜甫家焉）野老呑聲哭、春日潛行曲江曲」『古文眞寶』前集巻五（『樂府詩集』巻九十一、『文章正宗』巻二十四、『唐詩品彙』巻二十八、『杜詩詳註』巻四、『唐詩選』巻二）

唐・韓愈「石鼓歌」詩「少陵無人謫仙死、才薄將奈石鼓何」『古文眞寶』前集巻八（『唐文粹』巻十七上、『唐詩品彙』巻三十五、『別本韓文考異』巻五）

千載：千年。「載」は年に同じ。

唐・崔顥「登黄鶴樓」詩「黄鶴一去不復返、白雲千載空悠悠」『古文眞寶』前集巻四（『唐詩選』巻五）

謫仙：天上から下界に流された仙人。李白をいう。

唐・杜甫「寄李白」詩「昔年有狂客、號爾謫仙人」『古文眞寶』前集巻三（『文苑英華』巻二百五十一、『唐詩品彙』巻七十五、『杜詩詳註』巻八）

宋・梅堯臣「采石月贈郭功甫」詩「采石月下訪謫仙、夜披錦袍坐釣船」『古文眞寶』前集巻五

恨無好詩倒峽流

恨無

明・程敏政「分得石人峯送徐中行貢士」詩「攬勝有人頻駐馬、恨無佳句抗塵容」『石倉歴代詩選』巻四百十四

恨無好詩

明・李夢陽「憶西南陂九日之泛」詩「頻來此地亦可惜、恨無好詩酬紫煙」『空同集』巻三十二

無好詩

明・張泰「折梅有感」詩「誰言句律春來細、開過梅花無好詩」『石倉歴代詩選』巻三百九十八

倒峽流：谷川の流れを逆流させる。

唐・杜甫「醉歌行」詩「詞源倒流三峽水、筆陣獨掃千人軍」『古文眞寶』前集巻九（『文苑英華』巻三百三十六、『唐詩品彙』巻二十八、『杜詩詳註』巻三）

作者不詳「文如傾河」「唐崔評王勃文章宏博非常人所及、盧照鄰楊盈川可以企之。不然盈川文如傾河、優於盧而不於減王」『圓機活法』巻十一文學門「文章　賦」項（『錦繡萬花谷』前集巻二十、『古今合璧事類備要』前集巻四十三）

作者不詳「百川傾李海、三峽倒詞源」『圓機活法』巻十一文學門「文章　賦」項

采石月下知何處

采石月下：昔、李白が遊んだ采石磯の月の下。

宋・梅堯臣「采石月贈郭功甫」詩「採石月下訪謫仙、夜披錦袍坐釣船」『古文眞寶』前集巻五

明・高啓「送袁憲史由湖廣調福建」詩「采石月下過、匡廬天際來」『大全集』巻六（『石倉歴代詩選』巻二百九十二）

知何處
唐・高適「人日寄杜二拾遺」詩「今年人日空相憶、明年人日知何處」『唐詩品彙』巻二十九（『文苑英華』巻百五十七、『唐詩選』巻二）

復駕長鯨從神遊

駕長鯨
宋・陸游「江上觀月」詩「詩成莫駕長鯨去、自是虛皇白玉京」『劍南詩稾』巻十
宋・馬子才「燕思亭」詩「李白騎鯨飛上天、江南風月閑多年」『古文眞寶』前集巻五
明・藍智「題林士衡所畫揭學士方壺歌圖幷寄葛原哲經歷」詩「謫仙何處駕長鯨、杜甫空歌拾瑤草」『藍澗集』巻二

神遊…心を自由にどこへでも遊ばせる。

唐・李白「大鵬賦」序「余昔於江陵見天台司馬子微、謂余有仙風道骨可與神遊八極之表」『文苑英華』巻百三十五（『唐文粹』巻七、『李太白文集』巻二十四）

（詹　満江）

○五二　送河範入仕

河範の仕に入るを送る

萬馬一空冀北群　　万馬一たび空し　冀《き》北《ほく》の群
飛騰直欲附青雲　　飛騰して　直《ただ》ちに青雲に附かんと欲す
草枯南澗蝟毛縮　　草は南澗《なんかん》に枯れて　蝟《い》毛《もう》縮み
水落東川燕尾分　　水は東川に落ちて　燕尾分かる
君有高談傾四座　　君に高談の四座を傾くる有るも
我無健筆掃千軍　　我に健筆の千軍を掃《はら》う無し
安辭祖帳滿樽酒　　安んぞ辞せん　祖帳《そちょう》　満樽の酒
慷慨離歌不忍聞　　慷慨の離歌　聞くに忍びず

【詩形・押韻】
七言律詩（群・雲・分・軍・聞）上平声十二文

【訳】

河範が仕官するために旅立つのを見送って
優秀な君がいなくなってしまうと冀北にはもう名馬がいなくなる。
君は天高く飛んで青雲に上るように任地に馳せ参じようとしている。
南の谷川の草は枯れて針鼠の毛がちぢんだよう、
東の川の水は減って燕の尾のように流れが分かれる。
君には周りの人がみな耳を傾けるほどの高い志の弁舌があるが、
私には千軍を一掃するほどの文才がない。
どうして送別の宴の樽いっぱいの酒を辞退できよう。
悲しくて別れの歌を聞いてはいられない。

【背景】

河範入仕
〇五〇「中秋夜陪江氏賞月于河範亭上」詩に述べたが、「河範」を河村通顕と考えるならば、彼は数え十七歳の時に大和郡山の本多中務大輔政長に仕えている。そして、この八年後の二十五歳で辞し、二十七歳の時に肥後の細川家に、三十三歳で筑前の黒田氏に仕えている。白石が〇五〇詩自注で「予友河範」と述べているように、通顕は白石と同年代の人物であると思われる。当時白石は、二十二歳であったのだから、通顕が細川氏に仕えるために肥後へ出立する送別の宴で作られたと考えるのが穏当であろう。

細川氏は、鎌倉時代から続く名流。肥後細川氏は、細川家の中では庶流の和泉上守護家出身の細川藤孝（幽斎）の家系。加藤清正の死後に加藤家が出羽庄内に改易され、そのあとに細川忠利が入封。五十四万石。延宝六年（一六七八）時の藩主は、細川綱利（一六四三―一七一四）である。肥後熊本藩は、寛文六年（一六六六）に綱利の弟である利重に三万五千石を分与して支藩である肥後新田藩を立藩させている。また、もう一つ肥後宇土藩という支藩もあり、それら支藩への召し抱えであった可能性もある。

【語釈・用例】

入仕：朝廷に入って官僚となる。この詩では大名の家臣となること。

萬馬一空冀北群

唐・韓愈「送溫處士赴河陽軍」序「伯樂一過冀北之野、而馬羣遂空。夫冀北馬多天下。伯樂雖善知馬、安能空其羣邪。解之者曰、吾所謂空、非無馬也、無良馬也。伯樂知馬、遇其良、輒取之、羣無留良焉。苟無良、雖謂無馬、不爲虚語矣。東都固士人夫之冀北也。恃才能深藏、而不市者、洛之北涯曰石生、其南涯曰溫生。大夫烏公以鈇鉞鎭河陽之三月、以石生爲才、以禮爲羅、羅而致之幕下、未數月也。以溫生爲才、於是以石生爲媒、以禮爲羅、又羅而致之幕下」『別本韓文考異』巻二十一

＊元和五年（八一〇）の冬、韓愈が河南令の時の作。東都留守であった鄭余慶が温処士に送別詩を贈る際にその送序として書かれた。仕官するために旅立つ人を見送る際、名馬と伯楽の典故を使って出立する人を評価する詩文を作る先例である。

萬馬：万もの馬。多くの馬。

唐・戎昱「涇州観元戎出師」詩「寒日征西將、蕭蕭萬馬叢」『瀛奎律髄』巻三十

宋・蘇軾「上元侍飲樓上三首呈同列」詩其三「老病行穿萬馬群、九衢人散月紛紛」『坡門酬唱集』巻十二（『施註蘇詩』巻三十二、『石倉歴代詩選』巻百五十）

一空：いっぺんにいなくなる。

宋・陳師道「病起」詩「災疾資千悟、冤親併一空」『瀛奎律髄』巻四十四

冀北：冀州の北。今の河北省。良馬を産する。この詩では、河範を良馬に喩えている。

宋・陸游「陳阜卿先生爲兩浙轉運司考試官時、秦丞相之孫以右文殿修撰來就試。直欲首選阜卿、得予文卷擢置第一。秦氏大怒、予明年既顯黜。先生亦幾陷危機、偶秦公薨遂已。予晩歳料理故書、得先生手帖。追感平昔作長句、以識其事、不知衰涕之集也」詩「冀北當年浩莫分、斯人一顧每空群」『瀛奎律髄』巻四十五（『劍南詩稾』巻四十）

宋・呂本中「用寄壁上人韻范元實趙才仲及從叔知止」詩「故人瓶錫各西東、吾道從來冀北空」『瀛奎律髄』巻四十七

明・唐泰「送王秀才偁之春官」詩「扶搖已縱圖南翮、腰裹仍空冀北群」『石倉歴代詩選』巻二百九十八

飛騰直欲附青雲

飛騰

『楚辭』「離騷」「吾令鳳鳥飛騰兮」

宋・張耒「上元思京輦舊游」詩三首其三「仕路飛騰輸俊捷、山城憔悴感功名」『瀛奎律髄』巻十六

元・黃溍「送馬伯忱敎授」詩「卓犖青雲彥、飛騰及妙年。書成天祿閣、座有廣文氈。九陌車塵外、千軍筆陣前。白

頭慚倚席、臨別思茫然」『石倉歴代詩選』巻二百六十八
明・藍智「送別趙子將」詩「青雲懷楚璧、秋水佩吳鈎。看爾飛騰志、周南豈滯留」『石倉歴代詩選』巻三百十一
直欲：まっすぐに～しようとする。
明・劉昭「贈人遠遊」詩「知君平生江湖散、意氣直欲凌雲漢」『石倉歴代詩選』巻三百五十三
青雲：青空に浮かぶ雲。高い志の喩。また、高位高官の喩。
唐・杜甫「醉歌行」詩「驊騮作駒已汗血、鷙鳥擧翮連青雲」『古文眞寶』前集巻九（『文苑英華』巻三百三十六、『唐詩品彙』巻二十八、『杜詩詳註』巻三）
唐・岑參「送王錄事赴虢州」詩「青雲仍未達、黑髪欲成絲」『三體詩』巻六

附青雲

宋・楊時「謝詹司業送酒」詩「云何附青雲、拜賜追前賢」『兩宋名賢小集』巻九十九
梁・荀濟「贈陰凉州」詩「各附青雲遠、詎假排虛力」『文苑英華』巻二百四十七
『史記』巻六十一「伯夷列傳」「閭巷之人、欲砥行立名者、非附青雲之士、惡能施于後世哉」

草枯南澗蛸毛縮

草枯

唐・王維「觀獵」詩「草枯鷹眼疾、雪盡馬蹄輕」『唐詩選』巻三（『唐音』巻四、『唐詩品彙』巻六十一）
宋・唐庚「雜詩」詩二首其一「手香柑熟後、髮脱草枯時」『瀛奎律髓』巻十二
明・黃省曾「陰山風高」詩「陰山風高馬毛縮、沙場草枯無苜蓿」『石倉歴代詩選』巻五百一

南澗：南の谷川。
『詩經』「召南・采蘋」詩「于以采蘋、南澗之濱。于以采藻、于彼行潦」
唐・崔塗「南澗耕叟」詩「年年南澗濱、力盡志猶存」『瀛奎律髓』巻二十三
唐・柳宗元「南磵中題」詩『詩人玉屑』巻十五（『石倉歷代詩選』巻五十七、『唐詩選』巻一）
蝟毛：ハリネズミの毛。多い喩。この詩では寒さで多くの草が枯れてしぼんでいるさまをいうのであろう。
劉宋・鮑照「出自薊北門行」詩「馬毛縮如蝟、角弓不可張」『文選』巻二十八（『樂府詩集』巻六十一）
宋・王十朋「送曹大夫赴行在所」詩「西北連年殺氣高、羣盜横行如蝟毛」『石倉歷代詩選』巻二百四

水落東川燕尾分
水落：水位が低くなること。
宋・蘇軾「後赤壁賦」「山高月小、水落石出」『古文眞寶』後集巻一
宋・陸游「冬晴閒歩東郊由故塘還舍」詩「水落枯萍黏蠏椴、雲開寒日上魚梁」『瀛奎律髓』巻十三（『劍南詩稾』巻二十六）
宋・黄公度「冬日道閒」詩「霜餘山骨露、水落澗毛枯」『石倉歷代詩選』巻百九十六
東川：東の川。
梁・沈約「古詩題」詩六首其五「辭北纓而南徂、浮東川而西顧」『玉臺新詠』巻九
唐・岑參「尋鞏縣南李處士別業」詩「先生近南郭、茅屋臨東川」『石倉歷代詩選』巻四十
燕尾：ツバメの尾。また、ツバメの尾のように先が分かれていること。

宋・文天祥「文山即事」詩「宇宙風煙濶、山林日月長。開灘通燕尾、伐石割羊腸」『石倉歴代詩選』巻二百十三
元・嚴士貞「中洲」詩「波紋輕漾魚鱗細、水勢中分燕尾開」『石倉歴代詩選』巻二百七十八
明・王鈍「至平泉」詩「村舍魚鱗次、山泉燕尾分」『石倉歴代詩選』巻三百八

君有高談傾四座
高談：志高く優れた話。
晉・陸機「擬古詩」詩十二首其二「四坐咸同志、羽觴不可算。高談一何綺、蔚若朝霞爛」『文選』巻三十
唐・杜甫「飲中八僊歌」詩「焦遂五斗方卓然、高談雄辨驚四筵」『古文眞寶』前集巻八（『唐詩品彙』巻二十八、『杜詩詳註』巻二、『唐詩選』巻二）
宋・歐陽脩「送鄆州李留後」詩「金釵墜鬢分行立、玉塵高談四座傾」『瀛奎律髓』巻二十四
四座：宴席にいる人すべて。
唐・皎然「雨」詩「片雨拂簷楹、煩襟四座清」『三體詩』詠物
宋・王安石「華嚴院此君亭」詩「一徑森然四座涼、殘陰餘韻興何長」『瀛奎律髓』巻三十五
明・黃哲「短歌行與藍山陳彥中」詩「高談雅論傾四座、自言曾到燕山遊」『石倉歴代詩選』巻三百三

我無健筆掃千軍
健筆：優れた文。文才。
唐・李中「送孫霽書記赴壽陽辟命」詩「王粲從軍畫、陳琳草檄名。知君提健筆、重振此嘉聲」『石倉歴代詩選』巻九

十二
宋・陸游「嚴州贈姜梅山」詩「彈壓風光須健筆、相期力斡萬鈞回」『瀛奎律髓』巻四十二（『放翁詩選』別集）
千軍：兵士千人の軍隊。大軍。
唐・杜甫「醉歌行」詩「詞源倒流三峽水、筆陣獨掃千人軍」『古文眞寶』前集巻九（『文苑英華』巻三百三十六、『唐詩品彙』巻二十八、『杜詩詳註』巻三）
宋・楊萬里「送族弟子西赴省」詩「筆陣千軍能獨掃、馬群萬古洗來空」『瀛奎律髓』巻二十四
作者不詳「筆鋒雄健千人敵、談論風流四座傾」『圓機活法』巻十一文學門「文章　賦」

安辭祖帳滿樽酒
祖帳：旅立つ人を祝するために道の神を祭る際に張る幕。送別の宴。
唐・杜審言「送崔融」詩「君王行出將、書記遠從征。祖帳連河闕、軍麾動洛城」『唐音』巻四（『唐詩品彙』巻五十七、『唐詩選』巻三）
唐・劉禹錫「送河南皇甫少尹赴絳州」詩「祖帳臨周道、前旌指晉城」『瀛奎律髓』巻二十四
滿樽酒
唐・杜甫「故祕書少監武功蘇公源明」「平生滿罇酒、斷此朋知展」『文苑英華』巻三百一（『文章正宗』巻二十三、『唐詩紀事』巻十九、『杜詩詳註』巻十六）
明・文嘉「陳氏園次韻再送子任」詩「杯色盈盈滿罇酒、歌聲嚦嚦隔花喉」『石倉歷代詩選』巻四百九十九

慷慨離歌不忍聞

慷慨：悲しみ歎く。双声語。

漢・蘇武「古詩」詩四首其二「絲竹厲淸聲、慷慨有餘哀。長歌正激烈、中心愴以摧」『文選』巻二十九

南齊・陸厥「臨江王節士歌」詩「白露輕羅紈、節士慷慨髮衝冠」『樂府詩集』巻八十四（『古詩紀』巻七十二）

唐・王維「送張判官赴河西」詩「慷慨倚長劍、高歌一送君」『文苑英華』巻二百九十九（『唐詩品彙』唐詩拾遺巻五、『王右丞集箋注』巻八）

離歌：別れの歌。

唐・李頎「送魏萬之京」詩「朝聞遊子唱離歌、昨夜微霜初渡河」『唐音』巻五（『文苑英華』巻二百七十　朱頎（時代不詳）、『唐詩品彙』巻八十三）

明・林枝「送王孟揚之京」詩「年來知己嘆飄零、誰唱離歌復忍聽」『石倉歷代詩選』巻三百一

不忍：耐えられない。

唐・張九齡「初發曲江溪中」詩「我猶不忍別、物亦有緣侵」『瀛奎律髓』巻二十九

宋・尤袤「別林景思」詩「論交却恨相逢晚、別袂眞成不忍分」『瀛奎律髓』巻二十四

明・曾烜「舟至辰陵磯與楚百戶等言別」詩「江到荆湘兩派分、客情無奈況離羣。（略）孤舟夜向巴陵泊、一曲商歌不忍聞」『石倉歷代詩選』巻三百七十八

（詹　満江）

○五三　寄暑衣於松節處士

暑衣を松節処士に寄す

青松○臨絶●谷
風氣●日稜○稜◎
香露●餘潤●澤
下生○百尺●藤◎
虺蔓●覆巣○鶴
虬枝○引長○繩◎
窈窕●洞房○女
附託●或堪○憑◎
纖纖○攀玉●筍
耿耿●夜剪●燈◎
刈濩●呈機○巧

青松　絶谷に臨み
風気　日に稜稜《りょうりょう》たり
香露　潤沢を余し
下に生ず　百尺《ひゃくせき》の藤
虺蔓《きまん》　巣鶴《そうかく》を覆い
虬枝《きゅうし》　長縄《ちょうじょう》を引く
窈窕《ようちょう》たる洞房の女
附託すれば或いは憑《よ》るに堪えん
繊繊として玉筍を攀《よ》じ
耿耿として夜　燈を剪《き》る
刈り濩《に》て　機巧を呈し

織成○一片●冰◎
輕光○不盈○掬
皎如○龍油○綾◎
當此●苦熱●時
高價●乃倍●增◎
茲物●雖薄●少
用舍●兩相○仍◎
凄涼○秋雨●後
莫忘●夏天○蒸◎

織り成す　一片の氷
軽光　掬《きく》に盈《み》たず
皎として龍油《りゅうゆ》の綾《あや》の如し
此の苦熱の時に当たり
高価　乃《すなわ》ち倍増す
茲《こ》の物　薄少なりと雖も
用舎　両《ふた》つながら相仍《あいよ》る
凄涼たる秋雨の後
夏天の蒸すを忘るる莫かれ

【詩形・押韻】
五言古詩（稜・藤・繩・憑・燈・冰・綾・增・仍・蒸）下平声十蒸

【訳】

夏の着物を松節処士に送る

青い松は深い谷に臨み、
そこは日々に気象の厳しいところであった。
松に置く香しい露は、その潤いを残し、
下に百尺の藤を生えさせた。
まむしのような蔓は鶴の巣を覆うごとく、
みずちのような枝は長い縄を引きずるようだ。
奥深い部屋のたおやかな乙女ならば、
この藤を織ることを頼めるかもしれない。
玉のたけのこのようなほっそりした手で藤蔓を引き寄せて取り、
夜なべして、あかあかとともる燈火の芯を切る。
藤の蔓を刈ったり煮たりして巧みに機《はた》を織って、
ひとひらの氷のような布を織り上げた。
軽やかに光るその布は、両手に満たないほど、
白く輝いて龍油の綾《あや》のようだ。
ちょうどいまこの酷暑のときに、
その貴重さは倍増する。

この着物は薄く小さいものだけれども、
外に着ても普段着にしてもどちらにも良い。
冷ややかな秋雨のあとも、
夏の蒸し暑さを忘れないでくれたまえ。

【背景】

松節処士

〇〇三「和松節夜遊松菴之韻」詩、〇〇四「松菴即事」詩に詠まれる「松菴」の庵主である松節、及び〇四二・〇四三「愛松節雪詩其能用韻和之　二首」の松節と同一人物と思われる。

久留里藩に在籍した十代後半から交際のある人物であることを考えれば、久留里藩に関係する人物であったろうと推測される。「折たく柴の記」巻上には「六歳の夏の比、上松といひし人の、すこしく文字などありしが（忠兵衛某といふ、駿河今川の家人上松が後にて連歌などをもこのみて、物よくかきし人なりき）七言絶句の詩一首をしへて、其意を解し聞せしに、やがて誦をなしければ、三首までをしへられしをば、人にも講じ聞かせたりき。（三伝市虎人皆従といふ詩と、朝鮮国七歳の児の、太閤の前にて作りしといふ詩と、自休蔵主とかいふ僧、江島にて作りし詩也き）」とあり、松の字が名字に付く上松という人物が登場する。

しかし同書では上松氏との交遊について、その後、全く記されていない点と、上松氏は白石よりだいぶ年長であるらしい点などを考えれば、恐らくはこの詩の松節処士とは別人である。

【語釈・用例】

寄暑衣於松節處士

處士：教養がありながら官に仕えない民間人。次に挙げるのは詩題に用いる例。

唐・杜甫「贈衛八處士」詩『古文眞寶』前集巻三

唐・王維「與盧員外象過崔處士興宗林亭」詩『唐詩選』巻七

青松臨絶谷

唐・岑參「與高適薛據同登慈恩寺浮圖」詩「青松夾馳道、宮觀何玲瓏」『唐詩選』巻一

唐・杜甫「早秋苦熱堆案相仍」詩「南望青松架短壑、安得赤脚踏層冰」『瀛奎律髓』巻二十五

元・黄鎮成「麻姑山」詩「絶谷寒聲淺、陰堂翠色交。搨書摩蘚石、炊黍拾煙梢。瀑落投龍洞、雲歸養鶴巢。未能招我隱、何用解人嘲」『石倉歴代詩選』巻二百七十一

風氣日稜稜

風氣：風と気。気候。

『尙書』「序言」「九州所有、土地所生、風氣所宜、皆聚此書也」

稜稜：寒気のきびしいようす。寒さが肌にしみるようす。

唐・白居易「浦中夜泊」詩「闇上江隄還獨立、水風霜氣夜稜稜」『石倉歴代詩選』巻六十一（『萬首唐人絶句』巻十二、『唐宋詩醇』巻二十三）

下生百尺藤

百尺藤

唐・盧肇「題清遠峽觀音院」詩二首其二「老猨嘯狖還欺客、來撼窻前百尺藤」『萬首唐人絶句』卷七十三

宋・李昴英「蒲澗滴水巖觀瀑」詩「與可人遊五四幷、快風吹面洗炎蒸。鹿廻夾道千章木、猿掛垂巖百尺藤。石室横琴清振玉、壺瓢酌水冷調冰。瀑簾雨後籠山澗、不許塵埃俗耳聽」『石倉歷代詩選』卷二百七（『兩宋名賢小集』卷二百四）

虺蔓覆巣鶴

虺蔓：へびのように伸びてまといつく蔓《つる》。

宋・宋祁「藤」詩「虺蔓相結蟠、虬梢互回屈。紛若未契繩、繁如已綸綍」『景文集』卷五

覆巣：巣をおおう。

唐・錢起「古藤」詩「引蔓出雲樹、垂綸覆巣鶴」『石倉歷代詩選』卷四十七

虬枝引長繩

虬枝：盤屈する木の枝。

宋・晁冲之「贈僧法一墨」詩「黄山之巓百尺松、虬枝偃蓋連羣峯」『石倉歷代詩選』卷百五十八

元・吳師道「廬山紀游贈黄伯庸」詩「入門雙劍色、夾道萬虬枝」『禮部集』卷二

明・何喬新「題松」詩「虬枝夭矯翠參天、雨榦霜皮老更堅」『石倉歷代詩選』卷三百八十五

窈窕洞房女

宋・歐陽脩「明妃曲和王介甫」詩「纖纖女手生洞房、學得琵琶不下堂」『古文眞寶』前集巻十

窈窕：美しく奥ゆかしい様。

『詩經』「周南・關雎」詩「關關雎鳩、在河之洲。窈窕淑女、君子好逑」

洞房：奥深い室。婦人の部屋。

梁・王僧孺「與司馬治書同聞鄰婦夜織」詩「洞房風已激、長廊月復淸」『石倉歴代詩選』巻八

唐・白居易「空閨怨」詩「寒山沈沈洞房靜、眞珠簾外梧桐影。秋霜欲下手先知、燈底裁縫剪刀冷」『石倉歴代詩選』巻六十一（『萬首唐人絶句』巻十三）

附託或堪憑

明・羅頎「香奩」詩「短蓬徒欲剪、浮苻不堪憑。舊織蒲萄錦、新裁芍藥綾。持針忘引線、縫就已炎蒸」『石倉歴代詩選』巻三百四十

纖纖攀玉筍

纖纖：ほっそりとしている様子。

無名氏「古詩十九首」詩其十「迢迢牽牛星、皎皎河漢女。纖纖擢素手、札札弄機杼」『文選』巻二十九（『石倉歴代詩選』巻一）

玉筍：美しい筍。美人の指の形容。

唐・張祜「聴箏」詩「十指纖纖玉筍紅、鴈行輕遏翠絃中」『萬首唐人絶句』巻四十三
元・楊鵬翼「鞦韆」詩「綵繩斜掣纖纖笋、畫板輕承步步蓮」『石倉歴代詩選』巻二百七十九

耿耿夜剪燈
唐・白居易「長恨歌」詩「遲遲鐘鼓初長夜、耿耿星河欲曙天」『古文眞寶』前集巻八
虞繼之（時代不詳）「青燈耿耿思悠悠、寶鴨香寒吐復收」『錦繡段』

刈濩呈機巧
刈濩・・刈り取ることと煮ること。
『詩經』「周南・葛覃」詩「葛之覃兮、施于中谷、維葉莫莫。是刈是濩、爲絺爲綌、服之無斁」
機巧・機織りのたくみな技。「機巧」は一般に「機心」や「精巧な機械」という意味で使われる。ここでは詩意から「洞房の女性が機織りのたくみな技を見せた」という意味に解釈した。

織成一片冰
織成・・織機で織って布を作る。
唐・鮑溶「采葛行」詩「葛絲茸茸春雪體、深澗擇泉清處洗。殷勤十指蠶吐絲、當窗嫋娜聲高機。織成一匹無一兩、供進天子五月衣」『石倉歴代詩選』巻百十七
宋・張耒「七夕歌」詩「河東美人天帝子、機杼年年勞玉指。織成雲霧紫綃衣、辛苦無歡容不理」『石倉歴代詩選』巻

四百九十三
一片冰
唐・王昌齢「芙蓉樓送辛漸」詩「寒雨連江夜入呉、平明送客楚山孤。洛陽親友如相問、一片冰心在玉壺」『唐詩選』巻七
宋・戴復古「白苧歌」詩「三滌手織、成一片冰」『詩人玉屑』巻十九

輕光不盈掬
輕光：軽やかな光。
唐・侯冽「金谷園懷古」詩「雨濕輕光軟、風搖翠影翻」『石倉歴代詩選』巻百二十二（『唐詩紀事』巻五十）
不盈掬：手ですくっても手のひらに満たないほどわずか。
唐・李白「潯陽紫極宮感秋作」詩「迴薄萬古心、攬之不盈掬」『李太白文集』巻二十一

皎如龍油綾
皎如
唐・李白「把酒問月」詩「皎如飛鏡臨丹闕、綠煙滅盡清輝發」『古文眞寶』前集巻五
龍油綾：綾絹の種類の名。
『太平廣記』巻四百八十「蠻夷一」「更女王國貢龍油綾魚油錦、文彩多異、入水不濡、云有龍油魚油也（出『杜陽雜編』）」

明・顧祿「廬山瀑布」詩「天女慇懃織得成、龍綃千尺脱機輕」『錦繡段』

當此苦熱時
苦熱：酷暑。
唐・白居易「苦熱」詩二首其一「頭痛汗盈巾、連宵復達晨。不堪逢苦熱、猶賴是閒人。朝客應煩倦、農夫更苦辛。始慚當此日、得作自由身」『瀛奎律髓』巻十一
唐・杜甫「早秋苦熱堆案相仍」詩「束帶發狂欲大叫、簿書何急來相仍。南望青松架短壑、安得赤脚踏層冰」『瀛奎律髓』巻二十五

用舍兩相仍
用舍：用捨に同じ。用いることと捨てること。又、用いられることと用いられないこと。ここでは、役職についている時とついていない時、という意味から、外着と普段着と訳した。
『後漢書』巻八十三「周燮等傳序」「然用舍之端、君子之所以存其誠也」
宋・劉敞「雜詩效玉川體」詩「澆淳不相襲、用舍何其繆」『石倉歴代詩選』巻百三十九（『兩宋名賢小集』巻五十四）

凄涼秋雨後
凄涼：冷やかで痛ましい様。
唐・白居易「早入皇城贈王留守僕射」詩「津橋殘月曉沈沈、風露凄涼禁暑深」『錦繡段』

【補説一】

寄暑衣

江戸時代の衣替えは、四回行われた。まず四月一日に袷《あわせ》（裏地つきの着物）に替え、五月五日からは帷子《かたびら》（裏地なしの着物）にする。そして九月一日には袷に戻し、九月九日からは表布と裏布の間に綿を入れた綿入れに替えた。旧暦四月一日の衣替えを「綿抜き」と呼んだり、「四月朔日」と書いて「わたぬき」と読ませたりするのはこのためである。本詩全体の内容から推測すれば、衣替えに合わせたのではなく、秋になってから「暑衣」を「松節処士」に贈ったのであろう。歴史群像編集部編『図解　江戸の暮らし辞典』（学研　二〇〇七）による。

【補説二】

藤蔓の織物

日本では、縄文時代から衣服の素材として藤の蔓が多用されていた。これは、藤蔓を打ち砕いて細い繊維にして織りあげるのである。藤布は、麻に比べると目が粗いのだが、強くしなやかであったと言われる。しかし、材料に対して一割程度しか糸がとれないこと、また加工途中での品質向上が困難であるため、製品の善し悪しは全て原料の藤蔓の善し悪しに左右されることなどから、後世には麻・木綿が多用され、江戸期になるとあまり用いられなくなっていた。本詩中に「高価乃倍増」という表現が見られるのは、このような事情によると思われる。遠藤元男他編『日本の名産辞典』（東洋経済新報社　一九七七）による。

（市川　桃子）

○五四　所見

香羅○如白●雪
出自●鴛鴦○機◎
裁爲○身上●飾
春瘦●減舊●圍◎
朝採●陌頭○桑
行雨●沾妾●衣◎
沾妾●衣尙●可
雨暗●郎不●歸◎

見る所

香羅　白雪の如し
出づること鴛鴦の機《はた》よりす
裁ちて身上の飾りと為すも
春瘦　旧囲を減ず
朝《あした》に採る　陌頭《はくとう》の桑
行雨　妾《しょう》が衣を沾《うるお》す
妾が衣を沾《うるお》すは尚お可なれども
雨　暗くして　郎　帰らず

【詩形・押韻】
五言古詩（機・圍・衣・歸）平声五微

【訳】

見るにつけて
香しい薄絹は白雪のよう、
鴛鴦の機《はた》で織りあげたもの。
裁って身を飾る着物としたのだけれど、
春に痩せて、帯も緩くなってしまった。
朝から道ばたの桑を採れば、
通り雨が私の衣を濡らす。
私の衣が濡れるのはかまわないが、
雨が暗く降り、夫が帰らないのが辛い。

【語釈・用例】

所見…見るところ。見たこと。属目の景色に触発された思い。
　唐・白居易「感所見」詩『白氏長慶集』巻三十七
　宋・葉紹翁「夜書所見」詩『兩宋名賢小集』巻二百六十
＊「所見」の詩題は主に宋代以降に、「書所見」の形で多く見られる。

香羅如白雪

漢・班婕妤「怨歌行」詩「新裂齊紈素、皎絜如霜雪。裁爲合歡扇、團團似明月」『文選』巻二十七（『玉題新詠』巻三、『古文眞寶』前集巻二）

香羅：綾絹の美稱。

唐・杜甫「端午日賜衣」詩「細葛含風軟、香羅疊雪輕」『瀛奎律髓』巻十六

宋・王氏「戲詠白羅繫髻」詩「香羅如雪縷新裁、惹住烏雲不放回」『宋詩紀事』巻八十七（『墨莊漫錄』巻五）＊後者には王安石の娘の作として収載される。

出自鴛鴦機

鴛鴦：鳥の名。おしどり。鴛は雄、鴦は雌。その仲がむつまじく見えるところから、仲の良い夫婦の象徴とされる。

漢・司馬相如「琴歌」詩二首其一「室邇人遐獨我腸、何緣交頸爲鴛鴦」『玉臺新詠』巻九

唐・宋之問「明河篇」詩「鴛鴦機上疏螢度、烏鵲橋邊一雁飛」『古文眞寶』巻五（『石倉歷代詩選』巻二十四）

自機：織機によってつくる。

梁・江淹「雜詩　班婕妤詠扇」詩「紈扇如團月、出自機中素」『文選』巻三十一（『古文眞寶』前集巻二、『石倉歷代詩選』巻七、『玉臺新詠』巻五）

裁爲身上飾

無名氏「古詩十九首」詩其十七「文綵雙鴛鴦、裁爲合歡被」『文選』巻二十九（『古文眞寶』前集巻一）

春瘦減舊圍

無名氏「古詩十九首」詩其一「相去日已遠、衣帯日已緩」『文選』巻二十九（『古文眞寶』前集巻三）

宋・鄧肅「題梅齋」詩「牕間疏影横春瘦、枕上冷香尋夢幽」『石倉歴代詩選』巻百七十

宋・沈遘「道中見新月寄內」詩「腰帯減舊圍、衣巾散餘香」『西溪集』巻三

朝採陌頭桑：漢楽府「陌上桑」による句。「陌上桑」では羅敷という美女が桑を摘む。

無名氏「陌上桑」「秦氏有好女、自名爲羅敷。羅敷喜蠶桑、采桑城南隅」『宋書』巻二十一　＊詩題を「豔歌羅敷行」また「日出東南隅行」ともいう。

行雨沾妾衣

行雨：通り雨。宋玉の次の賦から、仙女、美女の比喩とされる。

戦國・宋玉「高唐賦」序「玉曰、昔者先王嘗遊高唐、怠而晝寢、夢見一婦人、曰、妾巫山之女也、爲高唐之客。聞君遊高唐、願薦枕席。王因幸之。去而辭曰、妾在巫山之陽、高山之阻。旦爲朝雲、暮爲行雨。朝朝暮暮、陽臺之下」

李善注「朝雲行雨、神女之美也。因以行雨比喩美女」『文選』巻十九

唐・張祜「愛妾換馬」詩「綺閣香銷華廄空、忍將行雨換追風」『樂府詩集』巻七十三（『唐詩紀事』巻五十二）

沾妾衣尚可

晉・陶潛「歸園田居」詩六首其三「道狹草木長、夕露沾我衣。衣沾不足惜、但使願無違」『陶淵明集』巻二

唐・李白「獨漉篇」詩「獨漉水中泥、水濁不見月。不見月尚可、水深行人沒」『李太白文集』巻三（『石倉歴代詩選』巻四十四下）

雨暗郎不歸：「訳」にあるように、「雨が暗く降り、夫が帰らないのが辛い」という意味であるが、また上述のように、第六句にある「行雨」の語は美女との逢瀬という意味があるので、「美女に惑わされて我が夫が帰らぬことが気がかりだ」という意味もある。

また、第四句「旧囲を減ず」の理由として第八句「郎帰らず」を述べる、という構造になっている。

（市川　桃子）

○五五　和山氏題亡妻手自栽桃花韻

山氏の亡妻手もて自ら栽《う》うる桃花に題するの韻に和す

海山消息渺無津
留得蟠桃千載春
観裏有情前度客
門中不見去年人

海山の消息　渺として津《しん》無く
留《とど》め得たり　蟠桃　千載の春
観裏に情有り　前度の客
門中に見ず　去年の人

【詩形・押韻】
七言絶句（津・春・人）上平声十一真

【訳】
山氏の「亡き妻が自ら植えた桃の花に題す」詩の韻に和して作る
海や山のうつりかわりは果てしなくとらえどころもないが、
実を食べると長寿を得るという蟠桃は千年の春を留めて咲いている。
この屋敷に再びやって来た客は感慨しきりである。

家の中に去年共に花を鑑賞した人の姿はない。

【背景】

山氏は、当時親密に交際していた西山順泰（阿比留　留健甫）と思われる。順泰は「賀白石生女」詩（『停雲集』巻上）などを作っており、家族ぐるみの交際をしていた様子がうかがわれる。なお、順泰の詩にある白石の娘は貞享四年に生まれて夭逝した。名を静という。

第三句が基づく劉禹錫の故事によると、再びやって来た客は新井白石のことである。

【語釈・用例】

海山消息渺無津

無津：河を渡る渡し場がない。たどりつくための方法がない。

魏・曹植「當牆欲高行」詩「君門以九重、道遠河無津」『樂府詩集』巻六十一

明・謝鐸「次呉匏菴原博過西苑韻」詩「平歩分明是絕塵、十洲深處渺無津。」『石倉歴代詩選』巻三百九十五

留得蟠桃千載春

蟠桃：仙桃。

『論衡』巻二十二「訂鬼」引『山海經』「滄海之中、有度朔之山、上有大桃木、其蟠屈三千里」

『漢武帝內傳』「母曰、此桃、三千年一生實」

唐・崔護「題都城南荘」詩「去年今日此門中、人面桃花相映紅。人面不知何處去、桃花依舊笑春風」『石倉歴代詩選』巻百二十三
明・詹同「桃華馬圖」詩「千載蟠桃華正新、瑤池阿母宴青春」『錦繡段』

観裏有情前度客
前度客：一たび去って又重ねて來る者を「前度の劉郎」という。唐の劉禹錫が玄都観に二回遊んだ故事に拠る。劉禹錫が貞元二十一年に玄都観に遊んだときには桃の木は無かった。左遷されて十年後に都に戻って来たとき、ある道士が桃を植えたので、玄都観は紅《くれない》の霞に包まれているようだ、という話を聞いた。このときは見に行く機会がなかった。さらに左遷されて十四年、都に戻ってきたときに、ようやく再び玄都観を訪ねると、桃の木はすでに一本もなかった。そこで「前に来た劉禹錫が今また一人で来たが、桃を植えた道士はどこに行っただろうか」と詩に詠んだ。なお、劉禹錫の詩は、後漢の劉晨、阮肇が重ねて天台に到った故事を用いたものだという。【補説】参照。
唐・劉禹錫「再遊玄都観并引」「余貞元二十一年爲屯田員外郎時、此觀未有花。是歲出牧連州、尋貶朗州司馬。居十年、召至京師、人人皆言、有道士手植仙桃、滿觀如紅霞、遂有前篇以志一時之事。旋又出牧、今十有四年、復爲主客郎中。重遊玄都觀、蕩然無復一樹、唯兔葵燕麥動搖於春風耳。因再題二十八字、以俟後遊、時大和二年三月」詩「百畝庭中半是苔、桃花淨盡菜花開。種桃道士歸何處、前度劉郎今又獨來」『劉賓客文集』巻二十四
唐・劉禹錫「自朗州至京戲贈看花諸君」詩「紫陌紅塵拂面來、無人不道看花回。玄都觀裏桃千樹、盡是劉郎去後栽」『唐詩選』巻七
明・張寧「宿玄眞與故人敍舊」詩「可憐前度客、不見舊時人。」『方洲集』巻七

【補説】

後漢の劉晨、阮肇の話

『會稽三賦』巻上「漢永平十五年、剡縣有劉晨阮肇、入天台山、采藥。因遇女仙、半年還家、竝無相識。驗得七代孫。至太康年、失二人所在（漢の永平十五年、剡県に劉晨、阮肇という者がいて、薬草を採りに天台山に入った。そこで天女に出会い、半年を過ごして家に戻った。すると知り合いがいなくなっていた。尋ねていくと七代後の孫に当たる人に会うことができた。太康年間になってから、二人はまた行方がわからなくなった。）」（出　梁・呉均『續齊諧記』）　＊劉宋・劉義慶『幽明録』（『太平御覧』巻四十一「天台山」所収）により詳しい話が載る。

（市川　桃子）

○五六　春歩

觸處●春光○好
勝遊○引興●長◎
鷗群○江水●碧
草暖●野風○香◎
鶯語●韻深○樹
梅花○影小●塘◎
醉歌○行不●已
非是●接輿○狂◎

春に歩む

触《ふ》るる処　春光好し
勝遊　興を引くこと長し
鷗は群れて　江水碧《みどり》に
草は暖かく　野風香《かんば》し
鶯語《おうご》　深樹に韻《ひび》き
梅花　小塘《しょうとう》に影あり
酔歌し　行きて已《や》まざるは
是《こ》れ接輿《せつよ》の狂に非ず

【詩形・押韻】
五言律詩（長・香・塘・狂）下平声七陽

【訳】

春の散歩

到る所、春の景色はすばらしく、
気の向くままに遊んで楽しみは尽きない。
かもめは群れ集い川の水は碧く、
草むらは温かく野の風は芳しい。
鶯の声は鬱蒼と茂る林に響きわたり、
梅の花は小さな池に影を落としている。
酔いに任せて歌いながらどこまでも行くのは、
昔の接輿《せつよ》が世を避けて狂ったふりをしたのとは違うのだ。

【語釈・用例】

觸處春光好

觸處

唐・白居易「春盡日宴罷感事獨吟」詩「閒聽鶯語移時立、思逐楊花觸處飛」『瀛奎律髓』巻四十四

宋・丁謂「公舍春日」詩「綠楊垂線草鋪茵、觸處烟光舉眼新。一品也須妨白髮、千金莫惜買青春。鶯聲圓滑堪清耳、花豔鮮明欲照身。獨向此時爲俗吏、風流知是不如人」『瀛奎律髓』巻十

春光：春の日の光。

宋・徐集孫「北高峰」詩「閒處春光淡、逢僧共採蒿」『两宋名賢小集』巻三百

勝遊引興長

引興長：この語は杜甫に始まり、宋に引き継がれていく。

唐・杜甫「秋野」詩五首其三「禮樂攻吾短、山林引興長」『杜詩詳註』巻二十（『瀛奎律髓』巻十二、『石倉歴代詩選』巻四十五）

宋・朱熹「己未九日子服老弟及仲宣諸友載酒見過坐間居厚廟令弟出示佳句次韵爲謝幷呈諸同社」詩「餘年只恐逢辰少、吟罷君詩引興長」『石倉歴代詩選』巻百八十二

鷗群江水碧

江水碧：川の水が澄んでいてあおみどりに見える。

唐・李白「江行寄遠」詩「思君不可得、愁見江水碧」『石倉歴代詩選』巻四十四上（『唐宋詩醇』巻七）

唐・杜甫「絶句」詩二首其二「江碧鳥逾白、山靑花欲然」『唐詩選』巻六

唐・白居易「長恨歌」詩「蜀江水碧蜀山靑、聖主朝々暮暮情」『古文眞寶』前集巻八

草暖野風香

草暖：草原が暖かい。

唐・李群玉「南荘春晩」詩「草暖沙長去望舟、微茫烟浪向巴丘」『萬首唐人絶句』巻二十七（『石倉歴代詩選』巻九十八）

野風：大半が秋の用例。本作品のように春風に用いるものは極めて稀である。

唐・上官儀「入朝洛堤歩月」詩「鵲飛山月曙、蟬噪野風秋」『萬首唐人絶句』巻十三（『石倉歴代詩選』巻十六）

鶯語韻深樹

鶯語：鶯の鳴き声

晉・孫綽「蘭亭集」詩「鶯語吟脩竹、遊鱗戯瀾濤」『石倉歴代詩選』巻三

唐・姚合「賞春」詩「閒人祇是愛春光、迎得春來喜欲狂。（略）嬌鶯語足方離樹、戯蝶飛高始過墻」『石倉歴代詩選』巻七十

唐・段成式「宮柳」詩「凰輦不來春欲盡、空留鶯語到黄昏」『聯珠詩格』巻十七

深樹：葉がこんもりと茂っている木。

唐・白居易「郡中西園」詩「深樹足佳禽、旦暮鳴不已」『白氏長慶集』巻二十（『唐宋詩醇』巻二十四、『石倉歴代詩選』巻六十二）

宋・寇準「春日登樓懷歸」詩「荒村生斷靄、深樹語流鶯」『兩宋名賢小集』巻十一（『石倉歴代詩選』巻百二十四）

梅花影小塘

影：影を落とす。次の句は「影」を動詞に使う例である。

唐・杜甫「秋日夔府詠懷奉寄鄭監李賓客一百韻」詩「露菊班豐鎬、秋蔬影澗瀍」『杜詩詳註』巻十九

醉歌行不已

行不已

宋・蘇軾「梵天寺見僧守詮小詩淸遠可愛次韻」詩「幽人行未已、草露濕芒屨」『詩人玉屑』巻二十（『唐宋詩醇』巻三十三、『石倉歴代詩選』巻百五十）

非是接輿狂

唐・李端「宿薦福寺東池有懷故園因寄元校書」詩「從來叔夜嬾、非是接輿狂」『全唐詩』巻二百八十六

接輿：楚の隠士。狂人と偽って、出仕しなかった。転じて隠士を言う。

『論語』「微子」「楚狂接輿、歌而過孔子」邢昺疏「接輿、楚人、姓陸名通、字接輿也。昭王時、政令無常、乃被髮佯狂不仕、時人謂之楚狂也」

『楚辭』「九章」「接輿髡首兮、桑扈贏行」王逸注「接輿楚狂接輿也。髡剔也。首頭也。自刑體避世不仕也」

晉・袁彦伯「三國名臣序贊」「接輿以之行歌、魯連以之赴海」李善注「論語、楚狂接輿、歌而過」『文選』巻四十七

唐・王維「輞川閑居贈裴秀才迪」詩「渡頭餘落日、墟里上孤煙。復値接輿醉、狂歌五柳前」明・陸時雍『唐詩鏡』巻十（『石倉歴代詩選』巻三十五）

【補説一】

貞元元年（韓愈十八歳）以前の作と考えられている「芍薬歌」詩（『韓昌黎集』「外集」）の末尾二韻には「一樽春酒甘若飴、丈人此楽無人知。花前酔倒歌者誰、楚狂小子韓退之」とある。本作品の尾聯は、韓愈の作品と雰囲気が似ていな

がら、逆の意味にひねっている。

【補説二】

尾聯のニュアンスについて考えるに、「客観的に見ると接輿のようではあるが、アウトサイダーを気取っているわけではない」という気持と、「仕官禁固の時期であり、世に出たいのに出ることが出来ない」という憂鬱な気分との二つの思いが込められているのであろう。

（市川　桃子）

○五七　梅雨

積雨●鎖高○閣
千林○收熟●梅◎
聲疏○滴暗●廡
潤細●壓浮○埃◎
書簏●蒸魚○網
硯池○膠麝●煤◎
衣沾○時欲●曝
藥醭●或堪○煨◎
銅器●點蒼○蘚
畫墻○雜綠●苔◎
蛙生○炊竈●破

梅雨

積雨　高閣を鎖《とざ》し
千林　熟梅を収む
声疏《まばら》にして　暗廡《あんぶ》に滴り
潤い細《こま》やかにして　浮埃《ふあい》を圧す
書簏《しょろく》　魚網を蒸し
硯池《けんち》　麝煤《じゃばい》を膠《にかわ》す
衣沾《うるお》いて　時に曝《さら》さんと欲し
薬醭《ぼく》して　或いは煨《や》くに堪う
銅器に　蒼蘚《そうせん》　点じ
画墻《がしょう》に　緑苔　雑《まじ》う
蛙《かわず》は　炊竈《すいそう》の破るるに生じ

犬過●補垣○頽◎
枯樹●多垂○耳
叢筠○半出●胎◎
夜分○宜擁●被
冷氣●好銜○杯◎
客思●枕頭○起
詩情○天外●回◎
一晴○將不●日
雲壑●送輕○雷◎

犬は　補垣《ほえん》の頽《くず》るるを過ぐ
枯樹　多く耳を垂れ
叢筠《そういん》　半ば胎を出《い》だす
夜分　宜しく被《ひ》を擁すべし
冷気　杯を銜《ふく》むに好し
客思《かくし》　枕頭に起こり
詩情　天外に回《めぐ》る
一晴　将に日ならざらんとす
雲壑《うんがく》　軽雷を送る

【詩形・押韻】
五言排律（梅・埃・煤・煨・苔・頽・胎・杯・回・雷）十灰

【訳】

梅雨

降りつづく長雨は 高殿を降り籠め、
広い梅林には熟した実がなっている。
まばらな雨音が響いて暗い軒下にしずくをたらし、
細かい雨脚はあたりのほこりをしずめる。
本を入れたつづらには紙が蒸れていて、
硯のくぼみには墨がねばりついている。
衣が湿って時には日に曝《さら》したくなる。
薬にかびが生えて焙《ほう》じた方がよさそうだ。
銅の器は錆びて青い苔のような斑点がつき、
土塀の彩《いろど》りには苔の緑が混じっている。
壊れたかまどに蛙が住みつき、
崩れた垣根の継ぎ目を犬が通りぬける。
枯れ木には茸《きのこ》がたくさん垂れ下がり、
竹やぶには筍が頭を出している。
夜は布団をかぶるとちょうどよい。
雨の冷気は酒を飲むのによい。

横になると仮住まいの愁いが湧き、
詩興が空のかなたをかけめぐる。
晴れるのも、もう間もないことだろう。
雲のかかった谷間から小さな雷の音が聞こえてくる。

【語釈・用例】

積雨鎖高閣

積雨：長雨。

　唐・王維「輞川積雨」詩「積雨空林烟火遅、蒸藜炊黍餉東菑」『三體詩』巻四

千林收熟梅：「收梅」の語はふつう次の用例のように「梅雨が収まって晴れる」という意味で使われるが、この句は「林の中に熟した梅が収められている」という意味である。

　唐・歐陽詹「薛舎人使君觀察韓判官侍御許雨晴到所居既霽先呈卽事」詩「江皐昨夜雨收梅、寂寂衡門與釣臺」『全唐詩』巻三百四十九

聲疏滴暗廡

廡：渡り廊下。または部屋。「暗廡」の用例は補説一参照。

潤細壓浮埃

潤細…こまやかにうるおす。
唐・杜甫「春夜喜雨」詩「隨風潛入夜、潤物細無聲」『瀛奎律髓』卷十七
浮埃…空中にただよい、ものの表面を覆うほこり。
唐・薛能「折楊柳」詩十首其四「暖風晴日斷浮埃、廢路新條發釣臺」『萬首唐人絶句』卷四十八
明・費宏「聽雨」詩「潤氣侵書帙、浮埃滿硯池。」『石倉歷代詩選』卷四百三十
壓…圧す。おさめる。
唐・卓英英「錦城春望」詩「和風裝點錦城春、細雨如絲壓玉塵。讒把詩情訪奇景、豔花濃酒屬閒人」『萬首唐人絶句』卷六十八（『石倉歷代詩選』卷百十三）

書簏蒸魚網
書簏…書物をしまう竹の箱。
唐・李商隱「詠懷寄祕閣舊僚二十六韻」詩「自哂成書簏、終當呪酒巵」『李義山詩集』卷下
魚網…魚の網。紙の意味で使われる。
『後漢書』卷百八「宦者蔡倫傳」「倫造意用樹膚、麻頭及敝布、魚網以爲紙」
『文心雕龍』卷七「情采」「若乃綜述性靈、敷寫器象、鏤心鳥跡之中、織辭魚網之上、其爲彪炳、縟彩名矣」
宋・黃庭堅「戲和文潛謝穆父松扇」詩「猩毛束筆魚網紙、松柎織扇清相似」『石倉歷代詩選』卷百五十二

硯池膠麝煤

硯池：すずりにある墨を溜めるくぼみ。
唐・杜荀鶴「題弟姪書堂」詩「涼竹影搖書案上、野泉聲入硯池中」（『唐風集』巻二）
膠：くっつく。はりつく。動詞として使われている。
唐・王維「酬虞部蘇員外過藍田別業不見留之作」詩「漁舟膠凍浦、獵火燒寒原」『王右丞集箋注』巻七
麝煤：香りのよい墨。麝墨。
唐・韓偓「横塘」詞「蜀紙麝煤沾筆興、越甌犀液發茶香」『全唐詩』巻六百八十三
明・大圭「墨菊」詩「義熙嘉本久塵埃、誰剪幽香染麝煤」『石倉歴代詩選』巻三百六十六

藥醭或堪煨

醭：酒、醤油、酢などが古くなって表面に生じた白黴。またものの表面に浮き出た斑点。
宋・梅堯臣「梅雨」詩「濕菌生枯籬、潤氣醭素裳」『宛陵集』巻三十四（『宋詩鈔』巻九）
煨：熱い灰に埋めて焼く。埋み火でゆっくりあぶる。芋などを灰に埋めて焼くときなどに使われる語。
宋・王禹偁「武平寺留題」詩「最憶去年飛雪裏、煮茶煨栗夜深迴」『小畜集』巻七
元・方回「送孫君文還桐廬」詩二首其二「忽又趁潮上桐瀬、山中春笋正堪煨」『桐江續集』巻二十三

畫墻雜綠苔

唐・司空曙「經廢寶慶寺」詩「古砌碑横草、陰廊畫雜苔」『三體詩』巻五（『瀛奎律髓』巻四十七、『文苑英華』巻二百三

十五　唐・耿湋）

宋・簫德藻「立春」詩「半夜新春入管城、平明銅雀綠苔生」『錦繡段』

蛙生炊竈破

明・唐順之「代柬寄京中舊游」詩「雨後亂蛙生敝竈、秋深落葉伴閒居」『荆川集』卷二

犬過補垣頽

唐・吳融「廢宅」詩「風飄碧瓦雨摧垣、却有鄰人爲鎻門。幾樹好花閒白晝、滿庭芳草易黃昏。放魚池涸蛙爭聚、棲燕梁空雀自喧」『三體詩』卷三

宋・陳師道「和黃預久雨」詩「頽牆通犬豕、破柱出蛟螭。」『瀛奎律髓』卷十七

唐・竇牟「秋夕閒居對雨贈別盧坦」詩「燕燕辭巢蟬蛻枝、窮居積雨壞藩籬」『石倉歷代詩選』卷百十七

宋・梅堯臣「過開封古城」詩「荒城臨殘日、雞犬三四家。（中略）頽垣下多穴、所窟狐與蛇」『石倉歷代詩選』卷百四十一

宋・賀鑄「寄杜邯鄲」詩「窮巷猒多雨、頽垣藜藿生」『兩宋名賢小集』卷百二十一（『石倉歷代詩選』卷百四十九）

作者不詳「凍濕炊懸竈、翻床補壞垣」『圓機活法』卷一天文門「久雨」

枯樹多垂耳

垂耳・耳状に垂れ下がるもの。腐った木の上のきのこの類。または、栫猿麻《さるおがせ》のような地衣類。

唐・韓愈「城南聯句　百五十韻」詩「木腐或垂耳、草珠競駢睛」注「韓曰、言木腐栮生也。朝野僉載唐俚語云、秋雨甲子、木頭垂耳。孫曰、耳、木上芝菌也。其狀如耳、故名之」『五百家注昌黎文集』巻八

叢筠半出胎

叢筠：たけやぶ。群がり生えている竹。

唐・杜甫「湘夫人祠」詩「蒼梧恨不盡、染淚在叢筠」『杜詩詳註』巻二十二

胎：竹胎。筍《たけのこ》のこと。

唐・皮日休「夏景無事因懷章來二上人」詩二首其二「水花移得和魚子、山蕨收時帶竹胎」『唐詩鼓吹』巻五

＊植物に「出胎」という語を用いる例は少ない。次の句は穀類に用いる例。

宋・文珦「秋分前三日偶成」詩「顥氣凝爲露、嘉禾秀出胎」『潛山集』巻八

夜分宜擁被

夜分：夜半。よなか。汪広洋の句は雨の夜半の例。

劉宋・鮑照「還都道中」詩三首其二「夜分霜下凄、悲端出遙陸」『鮑明遠集』巻五

明・汪廣洋「夜分」詩「好雨滌煩暑、夜分渾是秋」『石倉歷代詩選』巻二百八十九

擁被：布団をかぶる。陳傅良の句は、布団の中で雨を聞き梅の実を思う句。

唐・白居易「和自勸」詩二首其二「就暖移盤簷下食、防寒擁被帷中宿」『白氏長慶集』巻二十二

宋・陳傅良「喜雨」詩「老農望外扶犂立、倦客愁邊擁被聽。（中略）冥冥直待黃梅熟、未要風池看約萍」『石倉歷代詩

選』巻百九十三

冷氣好銜杯

冷氣：冷たく冷ややかな空気。謝薖の句は、冷気を楽しむ例。

宋・謝薖「登同樂亭飲泉」詩「空亭何所有、冷氣宜三伏」『兩宋名賢小集』巻三十三（『石倉歴代詩選』巻百六十七）

銜杯：杯を含む。酒を楽しむ。

宋・楊億「次韻和盛博士雪霽之什」詩「此際何人能訪戴、剡溪清景好銜杯。」『兩宋名賢小集』巻二（『石倉歴代詩選』巻百二十七）

明・王守仁「泊舟大同山溪間諸生聞之有挾冊來尋者」詩「兼有清泉堪洗耳、更多脩竹好銜杯」『石倉歴代詩選』巻四百五十五

客思枕頭起

客思：旅先での思い。故郷を離れている者の心細い愁い。陳与義の句は、雨の中の客思の例。

劉宋・鮑照「擬行路難」詩十八首其十三「但恐羇死爲鬼客、客思寄滅生空精」『鮑明遠集』巻八

宋・陳與義「雨思」詩「寒聲日暮起、客思雨中深」『石倉歴代詩選』巻百六十四

詩情天外回：次の詩は、細雨が空気中の塵をしずめた、春の澄んだ景色の中で詩情をめぐらせる例。

唐・卓英英「錦城春望」詩「和風裝點錦城春、細雨如絲壓玉塵。謾把詩情訪奇景、豔花濃酒屬閒人」『石倉歴代詩選』

巻百十三（『萬首唐人絶句』巻六十八）

雲壑送輕雷

輕雷‥小さく鳴る雷。雷鳴は梅雨の終わりを告げる。

唐・李商隱「無題」詩四首其二「颯颯東風細雨來、芙蓉塘外有輕雷」『李義山詩集』巻上

宋・陸游「歸興」詩「輕雷轣轆斷梅初、殘籜縱横過筍餘」自注「鄕語謂、梅雨有雷爲斷梅。又謂、筍出林爲過筍」『劍南詩稾』巻六十七

【補説一】

次の詩は、発想、構成、用語に本作品と類似する部分が多い。

宋・曾幾「秋雨排悶十韻」詩「今夏久無雨、從秋却少晴。空濛迷遠望、蕭瑟送寒聲。衣潤香偏著、書蒸蠹欲生。壞檐聞瓦墮、漲水見堤平。溝溢池魚出、天低塞雁征。螢飛明暗廡、蛙鬧雜疏更。藥醆時須焙、舟閒任自横。未憂荒楚菊、直恐敗吳秔。夜永燈相守、愁深酒細傾。浮雲曾消散、鼓笛賽西成」『瀛奎律髓』巻十七

【補説二】

『円機活法』巻一天文門「久雨」の項には「竈生蛙」「千頭生耳」「垣頽」の語がある。

（市川　桃子）

○五八　郊行

野闊●殘山○斷
天長○積水●浮◎
麥黃○難得●犢
江碧●只知○鷗◎
林罅●出幽○寺
川廻○藏小●舟◎
晚來○何處●笛
數曲●起前○洲◎

郊行
野闊《ひろ》く　残山断え
天長くして　積水に浮かぶ
麦黄にして　犢《こうし》を得難く
江碧《みどり》にして　只《ただ》鷗を知るのみ
林罅《さ》けて　幽寺出《い》で
川廻りて　小舟を蔵す
晩来　何処《いずく》の笛ぞ
数曲　前洲《ぜんしゅう》に起こる

【詩形・押韻】
五言律詩（浮・鷗・舟・洲）下平声十八尤

【訳】

郊外を歩く

野原が広がり、山なみけ絶え、
空は遠く広がり、海に映え、どこまでも続いている。
麦畑は黄色く色づき、黄色い子牛は見つけにくく、
川は碧く、ただ白い鷗だけが見える。
歩くにつれて林の隙間から、奥にかくされていた寺があらわれて、
川の流れに従って曲ると、隠れていた小さな舟が見えた。
夕暮れどきに、どこから聞こえる笛の音か、
数曲が目前の中洲のあたりから聞こえてくる。

【背景】

延宝七年（一六七九・数え二十三歳）春の作と推定される。白石は延宝五年に仕官禁錮の処分を受ける。延宝七年の春は未だその処分が解かれていない時である。

【語釈・用例】

野闊殘山斷

野闊・・闊は広いこと。野が広大であるさま。

唐・杜甫「旅夜書懷」詩「細草微風岸、危檣獨夜舟。星垂平野濶、月湧大江流」『杜詩詳註』卷十四（『杜詩詳註』卷二十七にも收載。『唐詩選』卷三では「星隨平野濶」に作る）

宋・陳師道「和寇十一同遊城南阻雨還登寺山」詩「野潤膏新澤、樓明納晚晴」『瀛奎律髓』卷十七

＊「野闊」は「天長」と共に使われることが多い。

唐・沈佺期「遙同杜員外審言過嶺」「天長地闊嶺頭分、去國離家見白雲」『唐詩選』卷五

唐・白居易「長恨歌」詩「天長地久有時盡、此恨綿々無絶期」『古文眞寶』前集卷八

唐・孟浩然「宿建德江」「野曠天低樹、江淸月近人」『圓機活法』卷十三

殘山斷：山の連なりが途絶えること。

唐・杜甫「陪鄭廣文遊何將軍山林」詩「剩水滄江破、殘山碣石開」『瀛奎律髓』卷十一

唐・駱賓王「宿溫城望軍營」詩「白羽搖如月、青山斷若雲」『石倉歷代詩選』卷二十

宋・蘇軾「望海樓晚景五絶」詩其三「青山斷處塔層層、隔岸人家喚欲譍」『施注蘇詩』卷五

天長積水浮

天長：天の悠久なこと。「野闊」の項目參照。

積水：海をさす。

晉・左思「魏都賦」「篁篠懷風、蒲陶結陰。回淵漼、積水深」『文選』卷卷六

唐・王維「送祕書晁監還日本」「積水不可極、安知滄海東。九州何處遠、萬里若乘空」『唐詩選』卷四

唐・高適「陪竇侍御泛靈雲池」「江湖仍塞上、舟楫在軍中。舞換臨津樹、歌饒向晚風。夕陽連積水、邊色滿秋空」『唐

詩選』巻四
唐・皇甫冉「送李録事赴饒州」詩「積水長天隨逐客、荒城極浦足寒雲」『三體詩』巻四
宋・寇準「荊南秋望」詩「積水浮秋漢、微陽淡遠山」『石倉歴代詩選』巻百二十四

麥黄難得犢

麥黄：麴の一種。
唐・李頎「送陳章甫」詩「四月南風大麥黃、棗花未落桐陰長」『石倉歴代詩選』巻四十一
犢：こうし。詩の用例では「黃犢」という語で使われることが多く、黄色い子牛をさす。のどかな郊外の象徴として用いられる。
唐・張籍「猛虎行」詩「谷中近窟有山林、長向村家取黃犢」『石倉歴代詩選』巻五十九
宋・王安石「題舫子」詩「眠分黃犢草、坐占白鷗沙」『臨川文集』巻二十六
宋・陸游「作雪寒甚有賦」詩「公子皂貂方痛飲、農家黃犢正深耕」『瀛奎律髓』巻二十一

江碧只知鷗

唐・杜甫「絶句」詩二首其二「江碧鳥逾白、山青花欲然。今春看又過、何日是歸年」『九家集注杜詩』巻二十五
唐・李群玉「題王侍御宅」詩「門向滄江碧、岫開地多鷗」『石倉歴代詩選』巻九十八
鷗：『列子』「黃帝」に、日ごろ海辺で鷗と馴れ遊んでいた人が、ある日、鷗を捕まえようとして海辺へ行くと、鷗は舞い降りては来なかったという故事がある。

「海上之人有好漚鳥者、毎旦之海上、從漚鳥游。漚鳥之至者、百住而不止。其父曰『吾聞漚鳥皆從汝游、汝取來、吾玩之。』明日之海上、漚鳥舞而不下也。故曰至言去言、至爲無爲。齊智之所知、則淺矣」（『列子』「黃帝」）
唐・杜牧「漢江」詩「溶溶漾漾白鷗飛、綠淨春深好染衣。南去北來人自老、夕陽長送釣船歸」『三體詩』巻一
唐・王維「輞川積雨」詩「野老與人爭席罷、海鷗何事更相疑」『三體詩』巻四

林罅出幽寺
林罅：林のすきま。
宋・李覯「秋陰」詩「天落水中兼雁影、露啼林罅帶楓香」『宋詩鈔』巻四十四
金・元好問「赤石谷」詩「林罅陰崖霧杳冥、石根寒溜玉玎玲」『遺山集』巻九
明・張弼「雲山圖」詩「出林罅雞犬聲中、雜人籟鴨舌沙頭」『石倉歷代詩選』巻四百八

幽寺
唐・賈島「就可公宿」詩「十里尋幽寺、寒流數派分」『瀛奎律髓』巻四十七
唐・冷朝陽「宿柏巖寺」詩「幽寺在巖中、行惟一逕通」『石倉歷代詩選』巻六十三

川廻藏小舟
元・鮮于樞「建德溪行」詩「山截溪將斷、川廻路忽通」『石倉歷代詩選』巻二百三十五
明・王韡「桐廬舟中」詩「川廻幾訝船無路、林缺時看屋有窗」『石倉歷代詩選』巻二百八十三
藏舟：舟をかくす。ここでは、川の流れに従って曲がった時、今まで見えていなかった小舟を発見したことが表現さ

れている。

唐・楊續「安德山池宴集」詩「列峰凝宿霧、疏壑擬藏舟」『石倉歷代詩選』卷百十四

晚來何處笛

唐・李白「春夜洛城聞笛」詩「誰家玉笛暗飛聲、散入春風滿洛城」『唐詩選』卷七
唐・李益「夜上受降城聞笛」詩「不知何處吹蘆管、一夜征人盡望鄉」『唐詩選』卷七
唐・杜牧「街西長句」詩「一曲將軍何處笛、連雲芳樹日初斜」『石倉歷代詩選』卷七十五
明・陳壽「秋日武陵客舍寫懷」詩「晚來何處堪惆悵、斜日猿聲楓樹林」『石倉歷代詩選』卷四百

數曲起前洲

唐・潘緯「琴」詩「一曲起於古、幾人聽到今」『石倉歷代詩選』卷百二十

前洲…目前の川の中洲。

梁・劉孝綽「夕逗繁昌浦」詩「暮烟生遠渚、夕鳥赴前洲」『石倉歷代詩選』卷八
明・李夢陽「市汊夜泊」詩「坐吟風雁起、漁笛滿前洲」『石倉歷代詩選』卷四百四十八

（大戸　温子）

○五九　渓行

半篙淨緑吐新蒲
渓北渓南倩杖扶
白鳥眼明飛不去
似知此意在江湖

渓行
半篙《はんこう》の浄緑　新蒲を吐き
渓北渓南　杖を倩《か》りて扶《たす》けらる
白鳥　眼明らかにして飛び去らず
知るが似《ごと》し　此の意江湖に在るを

【詩形・押韻】
七言絶句（蒲・扶・湖）上平声十虞

【訳】
谷川を行く
舟竿半分ほどに育った清らかな緑の蒲は新芽を出し、
私は谷川の北へ南へと、杖に助けられて歩いていく。
白い鳥の目はくもりなく聡明で、そばから飛び立たない。

まるで私の心が江湖にあるのを知っているかのようだ。

【背景】

○五八と○五九詩は、モチーフ・テーマともに近似しており、同時の吟行における作とも考えられる。そうとすれば、この詩は延宝七年（一六七九・数え二十三歳）晩春・初夏にかけての作であろう。

【語釈・用例】

半篙淨綠吐新蒲

半篙：舟竿の半分、または舟竿の半分程の深さ、長さを表す。篙は舟竿。

宋・恵洪「懐李道夫」詩「半篙晩漲綠楊灣、接翅鷗歸霧雨殘」『石倉歴代詩選』巻二百二十六

宋・黄天谷「絶句」詩「半篙春水一蓑煙、抱月懐中枕斗眠」『聯珠詩格』巻六

虞仲奇（時代不詳）「宿西林」詩「昨夜池塘春雨過、半篙新綠浸鳴蛙」『聯珠詩格』巻五

淨綠：清らかな緑色。

劉宋・鮑照「雑詩」八首其二「春風澹蕩俠思多、天色淨綠氣妍和」『玉臺新詠』巻九

宋・陸游「梅花」詩四首其二「渡口耐寒窺淨綠、橋邉凝怨立昏黄」『瀛奎律髓』巻二十

宋・何耕「浮翠橋」詩「缺月鎛林凝淨綠、斷霞明水抹殘紅」『石倉歴代詩選』巻百三十二

新蒲：若葉の出た蒲。

劉宋・謝靈運「於南山往北山經湖中瞻眺」詩「初篁苞綠籜、新蒲含紫茸」『文選』巻二十二

唐・杜甫「哀江頭」詩「江頭宮殿鎖千門、細柳新蒲爲誰綠」『唐詩選』巻二（『古文眞寶』前集巻五）

溪北溪南倩杖扶
溪北溪南：谷川の北と南。
宋・趙蕃「咏梅」詩六首其六「溪北溪南路、山前山後居。興來隨杖屨、意到總林廬」『淳熙稿』巻七
宋・陸游「園中絶句」詩「溪北溪南飛白鷗、夕陽明處見漁舟」『劒南詩稾』巻十八
倩：助けをかりる。
唐・杜甫「九日藍田崔氏莊」詩「羞將短髮還吹帽、笑倩旁人爲正冠」『唐詩選』巻五
宋・鄭菊山「越上」「醉倚東風和月色、倩人扶上柳橋邊」『聯珠詩格』巻十五
唐・陸龜蒙「酒醒」「覺後不知新月上、滿身花影倩人扶」『聯珠詩格』巻十五
杖扶：郊行の詩で杖をついて歩く用例が多く見られる。
唐・來鵬「病起」詩「窗下展書難久讀、池邊扶杖欲閒吟」『三體詩』巻四
明・邵寶「聞李絅庵計」詩「逢人每日李蓉湖、晚興春來倩杖扶」『容春堂集』別集巻四
作者不詳「紅渠仙杖出、白鶴羽人來」『圓機活法』巻四地理門「溪」項

白鳥眼明飛不去
本詩では白鳥と表現されているが、企みのない人を見分ける能力があるとされるカモメであろう。○五八「鷗」の項参照。

唐・朱慶餘「復龐復言携酒望洞庭」詩「青蒲映水疏還密、白鳥翻空去復回」『石倉歴代詩選』巻六十九
宋・黄庭堅「達觀臺」詩「不知眼界闊多少、白鳥去盡青天回」『聯珠詩格』巻九
宋・楊蟠「甘露上方」詩「滄江萬景對朱欄、白鳥群飛去復還」『瀛奎律髓』巻一

似知此意在江湖

唐・方干「于秀才小池」詩「纔見規模試方寸、知君立意在滄溟」『石倉歴代詩選』巻九十七

江湖…朝廷に対して田舎をいう。隠士の住む所。

唐・李頎「崔五丈圖屛風賦得烏孫佩刀」詩「回頭瞪目時一看、使予心在江湖上」『唐詩選』巻二
唐・杜牧「鄭瓘協律」詩「自說江湖不歸事、阻風中酒過年年」『三體詩』巻二

（大戸　温子）

○六○　即事

獨手支頤憑小樓
江雲日落水悠悠
倏然蘋末西風起
吹入北鴻數點秋

即事

独手　頤《あご》を支えて小楼に憑《よ》る
江雲　日落ちて　水悠悠
倏《しゅく》然《ぜん》　蘋《ひん》末《まつ》に西風起こり
吹き入る　北鴻　数点の秋

【詩形・押韻】
七言絶句（樓・悠・秋）下平声十一尤
＊第四句は孤平。

【訳】
スケッチ
片手でほおづえをついて、小さな楼閣の欄干に寄りかかり、
江《かわ》の上で夕陽に染まる雲と、はるかに広がる水をながめていた。

すると急に浮き草の端から秋風が立ち、
数羽の雁とともに秋の気配を運んできた。

【背景】
延宝七年（一六七九）秋の作。

【語釈・用例】
唐・李端「奉祕書元丞杪秋憶終南舊居」詩「廢巷臨秋水、支頤向暮峰」『石倉歷代詩選』巻五十二
唐・韓愈「題秀禪師房」詩「暫拳一手支頤臥、還把漁竿下釣沙」『萬首唐人絶句』巻三
獨手支頤憑小樓
支頤‥頬杖をつく。

江雲日落水悠悠
唐・賈至「送友人使河源」詩「蕭條千里暮、日落黄雲秋。（略）河源望不見、旌旆去悠悠」『石倉歷代詩選』巻四十二
日落・風起‥日落と風起が共に使われる用例が見られる。夕暮れ時の風は詩に好んで詠われたようだ。
唐・袁朗・「賦得飮馬長城窟」詩「日落寒雲起、驚鴻被原隰」『石倉歷代詩選』巻百十四
宋・寇準・「追思柳惲汀洲之咏尚有遺妍因書一絶」詩「杳杳烟波隔千里、白蘋香散東風起。日落汀洲一望時、愁情不斷如春水」『石倉歷代詩選』巻百二十四（『兩宋名賢小集』巻十）

宋・楊甲「合江泛舟」詩「老我不奈醒、日落西風起」『石倉歴代詩選』巻百三十二下（『兩宋名賢小集』巻三百七十四）

悠悠：遠くはるかに続くさま。

唐・溫庭筠「題崔公池亭舊遊」詩「紅豔影多風嫋嫋、碧空雲斷水悠悠。簷前依舊青山色、盡日無人獨上樓」『石倉歴代詩選』巻七十七

宋・余靖「感舊」詩「醉吟曾共倚江樓、穠豔清香萬柄秋。蕩子醉歸時已暮、暮鴻驚散水悠悠」『石倉歴代詩選』巻百三十二下

倏然蘋末西風起

倏然：すばやいさま。たちまち。

唐・孟浩然「九日懷襄陽」詩「去國似如昨、倏然經杪秋。（略）誰采籬下菊、應閒池上樓」『石倉歴代詩選』巻三十七

蘋末西風起

蘋末：浮草の上、水草のあたりをさす。

戰國・宋玉「風賦」「夫風生於地、起於青蘋之末」李善注「蘋、水草也」『文選』巻十三

宋・王十朋「玄鳥至」詩五首其二「黃雲萬頃空、蘋末涼風起」『石倉歴代詩選』巻二百四

宋・唐庚「驟雨」詩「黑雲驚小市、白雨沸秋江。聲入家家樹、涼傳處處窗。亂流鳴决决、疊鼓鬧龐龐。蘋末清風起、斜陽覰海邦」『瀛奎律髓』巻十七

元・余闕「賦得春雁送司執中江西憲幕」詩「春風起蘋末、旅雁尙回翔」『石倉歴代詩選』巻二百五十九

吹入北鴻數點秋

數點：数羽の意。雁や鴉、鴻などに使われる。

宋・林景熙「紀夢」詩「江風吹夢到書樓、樓外新鴻數點秋。葛老巾山空落照、晉時帶水向東流」『石倉歴代詩選』巻二百二十一

宋・周惇頤「題春晩」詩「花落柴門掩夕暉、昏鴉數點傍林飛」『石倉歴代詩選』巻百三十八

宋・林逋「西湖孤山寺後舟中寫望」詩「汀鴻數點誰驚起、書破晴雲粉字乾」『石倉歴代詩選』巻百三十八

宋・戴昺「玉峯登眺得初字」詩「數點新來雁、高飛不羨渠」『石倉歴代詩選』巻二百五（『兩宋名賢小集』巻三百七十）

金・元好問「幷州聞雁」詩「八月幷州雁、清汾照旅群。一聲驚晩笛、數點入秋雲」『石倉歴代詩選』巻二百三十一

（大戸　温子）

○六一　梅

玉色偏蒙雪艶欺
暗香遙度許人知
多情堪恨臨風處
月冷水明欲落時

梅

玉色　偏《ひと》えに雪艶の欺くを蒙《こうむ》るも
暗香　遥かに度《わた》り　人の知るを許す
多情　恨むに堪う　風に臨む処
月冷やかに　水明らかに　落ちんと欲する時

【詩形・押韻】
七言絶句（欺・知・時）上平声四支
＊第四句は孤平。

【訳】
梅
白梅の姿はその美しい白さが雪の輝きのせいでよくわからないが、ひそかな香りが遥かに届いてきて、梅の花だと知られる。

多情な私は、香りを運んでくれるその風が吹くのを残念だと思う。なぜなら、月が冷たく照り水が明るく輝く中で、今にも花が散り落ちそうな時だから。

【背景】

延宝八年（一六八〇、数え二十四歳）の早春の作であろう。

【語釈・用例】

玉色偏蒙雪艶欺

鄭會（時代不詳）「夜半」詩「江梅欺雪樹槎牙、梅片飄零雪片斜。夜半和風到窗紙、不知是雪是梅花」『聯珠詩格』巻三

玉色‥潔白な色。容貌の美しいさま。本詩では梅花の形容として用いられる。

宋・張道洽「梅花」詩二十首其七「玉色獨鍾天地正、鐵心不受雪霜驚」『瀛奎律髓』巻二十

宋・晁冲之「梅」詩「素月清溪上、臨風不自勝。影寒垂積雪、枝薄帶春氷。香近行猶遠、人來折未曾。江山正蕭瑟、玉色照松藤」『石倉歴代詩選』巻百五十八

艶欺‥【補説】参照。

唐・陸龜蒙「白蓮」詩「素蘤多蒙別艶欺、此花眞合在瑤池。還應有恨無人覺、月曉風清欲墮時」『石倉歴代詩選』巻八十八

暗香遙度許人知

暗香：どこからともなくただよう花の香り。

唐・元稹「三月二十四日宿曾峰館夜對桐花寄樂天」詩「夜久春恨多、風清暗香薄」『石倉歴代詩選』巻六十二

宋・林逋「山園小梅」詩「疏影横斜水清淺、暗香浮動月黄昏」『瀛奎律髓』巻二十

宋・王安石「與微之同賦梅花得香字」詩三首其一「風亭把盞酬孤豔、雪徑迴輿認暗香」『瀛奎律髓』巻二十（『石倉歴代詩選』巻百四十二では題を「次韻微之卽席」として収載する）

宋・劉子翬「次韻張守梅詩」詩「草棘蕭蕭野岸隈、暗香消息已傳梅。雪欺籬落遙難認、暖入枝條併欲開」『瀛奎律髓』巻二十

多情堪恨臨風處

唐・雍陶「過南隣花園」詩「莫怪頻過有酒家、多情長是惜年華。春風堪賞還堪恨、纔見開花又落花」『石倉歴代詩選』巻七十九（『三體詩』巻一）

宋・吳可「小醉」詩「小醉初醒過竹村、數家殘雪擁籬根。風前有恨梅千點、溪上無人月一痕」『藏海居士集』巻下（『聯珠詩格』巻二、『詩人玉屑』巻三。『詩人玉屑』が引くのは後半二句のみ。また、『聯珠詩格』は、詩題を「雪後」とし、作者を譚知柔とする。）

多情：心に物の哀れなどを強く感じること。

唐・唐彦謙「韋曲」詩「欲寫愁腸愧不才、多情練漉已低摧。窮郊二月初離別、獨倚寒林齅野梅」『三體詩』巻一

唐・張侹「寄人」詩「酷憐風月爲多情、還到春時別恨生」『三體詩』巻一

臨風：風に向かう。
梁・江淹「從冠軍行律平王登廬山香爐峰」詩「藉蘭素多意、臨風默含情」『石倉歷代詩選』巻七（『古今詩刪』巻九）
唐・陳陶「臨風歎」詩「豫章花落不見歸、一望東風堪白首」『石倉歷代詩選』巻九十五（『兩宋名賢小集』巻三十五）
宋・王珪「梅花」詩「冷香疑到骨、瓊豔幾堪餐。半醉臨風拆、清吟拂曉觀」『石倉歷代詩選』巻百四十五
宋・晁冲之「梅」詩「素月清溪上、臨風不自勝。影寒垂積雪、枝薄帶春氷。香近行猶遠、人來折未曾。江山正蕭瑟、玉色照松藤」『石倉歷代詩選』巻百五十八

月冷水明欲落時
月冷
唐・林寛「聞雁」詩「上陽宮裏三千夢、月冷風清聞過時」『石倉歷代詩選』巻九十四（『萬首唐人絶句』巻三十五）
宋・李彌遜「暇日遊石門用前韻」詩「山氣得春濃勝酒、花光帶月冷過梅」『石倉歷代詩選』巻二百三（『兩宋名賢小集』巻百八十九）
元・鮮于樞「題許仁仲詩巻」詩「霜清月冷梅花瘦、獨對熏爐看欲疑」『石倉歷代詩選』巻二百八十九

【補説】

本詩作成にあたり白石が参考としたと思われる詩に、唐・陸亀蒙『石倉歷代詩選』巻八十八「白蓮」詩「素蘤多蒙別艷欺、此花真合在瑶池。還応有恨無人覚、月曉風清欲堕時」が挙げられる。本詩では白蓮を白梅に作り替えて詠んでいる。この詩の後半二句は、テキスト間での異同が大きい。大きく分けると以下の二種類に分類される。一方は「還

応有恨無人覚、月暁風清欲堕時」に作る。『石倉歴代詩選』・『甫里集』巻十一・『万首唐人絶句』巻四十六など。もう一方は「無情有恨何人見、月冷風清欲堕時」に作る。『野客叢書』巻二十二（後半二句のみを引用）・『詩話総亀』巻七（後半二句のみを引用）・『漁隠叢話』前集巻三十二（後半二句のみを引用）など。つまり、別集・総集では前者に作り全文を収録してあるのに対して、詩話に引かれるものは後者に作り、後半二句のみが引用されている。本詩の後半二句は後者系統のテキストに見られる「無情有恨何人見、月冷風清欲堕時」を踏まえたものであろう。しかし第一句では前者系統のテキストに見られる「素蘤多蒙別艶欺」を模倣している。『円機活法』巻二十「白蓮」項には、このどちらの句も掲載されている。白石が『円機活法』を参照していたことを思わせる。

（大戸　温子）

○六二　和釣月秀才韻以題其詩稿

釣月秀才の韻に和し以て其の詩稿に題す

莫論蓋亦未須傾
既見文章輸素誠
何日相陪麯道士
多時交接楮先生
芹泥上壘燕經始
花露入房蜂課程
知是名園好風景
盡將春色乞宗盟

論ずる莫かれ　蓋《がい》亦た未だ傾くを須《もち》いずと
既に見る　文章　素誠を輸《いた》すを
何れの日か　麯《きく》道士に相陪《あい》し
多時　楮《ちょ》先生に　交接せん
芹泥《きんでい》　塁《るい》に上る　燕の経始
花露　房に入る　蜂の課程
知る　是れ　名園の好風景
尽く春色を将って　宗盟を乞う

【詩形・押韻】

七言律詩（傾・誠・生・程・盟）下平声八庚

＊第七句は挟平格。

【訳】

釣月秀才の詩に和韻して、その詩稿に付けて詩を書く
いまだ親しくする必要はないなどとおっしゃらないでください、
あなたの文に真心が伝えられているのを見ていますから。
いつの日か酒を酌み交わし、
長く詩文の交わりをしましょう。
泥が庇に運ばれて、燕が巣を作り始めました。
花の露が蜜房に入って、蜂がさかんに仕事をしています。
これらは美しい庭園の良き光景です。
すべてこの春景色に乗じて、契りの宴をお願いできませんか。

【背景】

延宝八年（一六八〇・数え二十四歳）頃の作と思われる。

【語釈・用例】

莫論蓋亦未須傾

傾蓋：孔子が道でたまたま出逢った程子と、互いに車蓋を接近させて話をした故事がある。すぐに親しくなることをいう。

『孔子家語』巻二「遭程子於塗傾蓋而語。終日甚相親顧謂子路曰、取束帛以贈先生」

既見文章輸素誠

輸素誠：誠の心を致す。相手に対するまっすぐな心をささげること。

宋・范成大「上元紀呉中節物俳諧體三十二韻」詩「筳篿巫志怪、香火婢輸誠」『石湖詩集』巻二十三

唐・李白「淮陰書懷寄王宗成一首」詩「斗酒烹黄鷄、一飡感素誠。予爲楚壯士、不是魯諸生」『李太白文集』巻十一

何日相陪麯道士

麴道士：酒の異名。「楮先生」と共に用いられる例が見られる。

宋・陸游「初夏幽居」詩「缾竭重招麯道士、牀空新聘竹夫人」『瀛奎律髓』巻十一

宋・陸游「村居日飲酒」詩「孤寂惟尋麴道士、一寒仍賴楮先生」『劍南詩稾』巻二十一

宋・劉克莊「古人好對偶被放翁用盡」項「乞米帖借車詩、麴道士、楮先生」『後村詩話』巻二

多時交接楮先生

楮先生：紙の異名。紙は楮の皮で作られるため。「麴道士」の項参照。

唐・韓愈「毛潁傳」『及會稽、楮先生友善」『五百家注昌黎文集』巻三十六（『圓機活法』巻十六器物門「紙」項「穎與會

稽、楮先生友善、謂紙也」）

芹泥上壘燕經始

芹泥

唐・杜甫「徐歩」「芹泥隨燕觜、花蕊上蜂鬚」『全唐詩』巻二百二十六

宋・梅堯臣「送侯寺丞知鞏縣」詩「崖壁人畏崩、芹泥岸長固」『石倉歴代詩選』巻百四十一

壘：とりで。

經始：家屋を建てはじめる。本詩では燕が巣を作り始める様子を表現する。

『詩經』「大雅・靈臺」詩「經始靈臺、經之營之」

魏・何晏「景福殿賦」「鳩經始之黎民、輯農功之暇豫」『文選』巻十一

花露入房蜂課程

課程：割り当てられた仕事や勉強の程度。本詩は蜂が蜜を集めることを表現する。

唐・劉禹錫「春日閒坐」詩「堦蟻相逢如偶語、園蜂速去恐違程」『三體詩』巻四

金・元好問「贈休糧張練師」詩「中林宴坐人不知、野鹿啣花蜂課蜜」『石倉歴代詩選』巻二百三十一

知是名園好風景

知是：「是」以下の内容が分かることを表す。

無名氏「爲焦仲卿妻作」詩「悵然遙相望、知是故人來」『玉臺新詠』巻一
宋・蘇軾「荔枝歎」詩「顚坑仆谷相枕藉、知是荔枝龍眼來」『古文眞寶』前集巻六

好風景

唐・杜甫「江南逢李龜年」詩「正是江南好風景、落花時節又逢君」『全唐詩』巻二百三十二
宋・魏野「秋霽」詩『正是詩家好風景、懶隨前輩却悲愁」『瀛奎律髓』巻十二
宋・陸游「花時遍遊諸家園」詩「偏愛張園好風景、半天高柳臥溪花」『劍南詩槀』巻六

盡將春色乞宗盟

春色‥春の景色。

唐・杜甫「短歌行贈王郎司直」詩「欲向何門趿珠履、仲宣樓頭春色深」『唐詩選』巻二
唐・岑參「登古鄴城」詩「武帝宮中人去盡、年年春色爲誰來」『唐詩選』巻二

宗盟‥天子と諸侯との盟約。本詩では釣月秀才に敬意を表し「宗」の字を用いた。大袈裟にややおどけた調子。

魏・曹植「求通親親表」「傳曰周之宗盟、異姓爲後」『文選』巻三十七

（大戸　温子）

○六三　病起

病《やまい》より起《お》く

病起●春將○盡
不知○桃杏●開◎
覆棋○機事●動
說劍●壯心○回◎
微雨●燕爲○室
乍寒○竹未●胎◎
吾廬○雖地●僻
更有●歳華○來◎

病《やまい》より起《お》くれば　春将《まさ》に尽きんとし
知らず　桃杏《とうきょう》の開くを
棋を覆《くつがえ》せば　機事《きじ》動き
剣を説《と》けば　壮心回《かえ》る
微雨　燕　室を為《つく》り
乍寒《さかん》　竹　未だ胎《はら》まず
吾が廬　地僻《ちへき》なりと雖《いえど》も
更に歳華《さいか》の来《きた》る有り

【詩形・押韻】
五言律詩（開・回・胎・來）上平声十灰

【訳】

病気が癒えて

病気が良くなって起きたころには春は終わろうとしていて、
桃や杏が咲いたことも気がつかなかった。
棋譜を見ながら碁を打てば妙手が思い浮かび、
剣の道を語れば、元気な気持ちがわきおこってくる。
小雨が降るなか燕は巣作りに励み、
突然の寒さに竹林の筍《たけのこ》はまだ出てこない。
私の庵は辺鄙な地にあるけれど、
このようにまたも季節はめぐってきたのだ。

【背景】

延宝八年（一六八〇）の晩春に制作されたと思われる。「燕為室」は、燕の営巣を意味し、これは春の季語である。一方、「竹未胎」の表現は、筍がまだ出ないことを意味するが、「筍」は晩春から初夏にかけての季節の語である。なお延宝八年、五月八日には第四代将軍である徳川家綱が薨じ、七月十八日に綱吉が将軍職を継いでいる。

【語釈・用例】

病起春將盡

病起：病が癒えて良くなる。

宋・蘇舜欽「病起」詩「呉天搖落奈愁何、病起風前白髪多」『蘇學士集』巻七

不知桃杏開

不知：知らぬ間に。

宋・蘇軾「正月二十日往岐亭潘古郭三人送余於女王城東禪庄院」詩「十日春寒不出門、不知江柳已搖邨」『瀛奎律髓』巻十

宋・陸游「五月初病體覺愈輕偶書」詩「世事紛紛了不知、又逢乳燕麥秋時」『瀛奎律髓』巻四十四

桃杏：桃や杏の花。

唐・劉長卿「春過裴虬郊園」詩「郊原春欲暮、桃杏落紛紛」『劉隨州集』巻三

宋・呂炎「漁父」詩「攜魚換酒共一醉、隔岸人家桃杏開」『聯珠詩格』巻十五

元・薩都拉「同曹克明清明日登北固山次韻」詩「三月二日風日暖、千家萬家桃杏開」『元詩選』初集巻三十五

覆棋機事動

覆棋：『三国志』巻二十一「王粲伝」によると、王粲は記憶力が人並み外れており、ある時、人が囲碁を打っていると碁盤が崩れてしまったので、それを見た王粲はすぐに碁石を元通り配置し直した。碁を打っていた者は信じられなかったので、その碁盤に布をかけて別の碁盤で局面を再現させてみたところ、全く間違えることなく再現してみせたという（『円機活法』巻十六器用門「囲棋」項にも引かれる）。そこから、将棋や囲碁の手を再現することを「覆棋」と呼ぶ

ようになり、また将棋や囲碁を打つことを広く指すようにもなった。

唐・許渾「郊居春日有懷府中諸公竝柬王兵曹」詩「僧舍覆棋消白日、市樓賖酒過青春」『丁卯詩集』巻上

唐・秦韜玉「題刑部李郎中山亭」詩「笑吟山色同欹枕、閒背庭陰對覆棊」『瀛奎律髓』巻二十三

宋・陸游「閑趣」詩「溪邊喚客閑持釣、燈下留僧共覆棋」『劍南詩稾』巻三十四

機事・機を見て働く心。ここでは囲碁において様々な手を思い浮かべることをいう。

『莊子』「天地」「吾聞之吾師、有機械者必有機事、有機事者必有機心」

唐・柳宗元「柳州寄丈人周韶州」詩「丈人本自忘機事、爲想年來憔悴容」『瀛奎律髓』巻四

宋・黃庭堅「和答錢穆父咏猩猩毛筆」詩「愛酒醉魂在、能言機事疏」『瀛奎律髓』巻二十七

說劍壯心回

說劍・剣の道について語る。元は『莊子』の篇名。そこから転じ、武芸について論じることを広く指すようになる。

『莊子』「說劍」「寫趙文王好劍、莊子往說之、云、有天子劍、有諸侯劍、有庶人劍。勸文王好天子之劍」（『圓機活法』巻十六器用門「劍」項）

唐・高適「詶祕書弟兼寄幕下諸公」詩「說劍增慷慨、論交持始終」『高常侍集』巻七

宋・蘇軾「二公再和亦再荅之」詩「幸有縱橫舌、說劍起慵懦」『施註蘇詩』巻九

壯心・勇ましい心。

宋・蘇洵「九日和韓魏公」詩「佳節已從愁裏過、壯心偶傍醉中來」『瀛奎律髓』巻十六

宋・陸游「歳晩書懷」詩「夢移鄉國近、酒挽壯心回」『劍南詩稾』巻四

微雨燕爲室

微雨：小雨。

唐・韋應物「幽居」詩「微雨夜來過、不知春草生」『唐詩選』巻一

乍寒竹未胎

乍寒：急な寒さ。

宋・陸游「題書齋壁」詩「隨分琴書適性情、乍寒偏愛小窗明」『劒南詩稾』巻十五

明・王世貞「西宮怨」詩二首其二「點點蓮花漏未央、乍寒如水透羅裳」『弇州四部稿』巻四十七

＊「乍《たちま》ち寒くして」と読み、前の句を「微《すこ》しく雨ふりて」と読む説もあるが、王世貞「西宮怨」詩のごとく「乍寒」を明らかに名詞として用いている例があるので、ここでは「急な寒さ」として解釈しておく。

竹未胎：竹林にたけのこがまだ生えてこない。「竹胎」でたけのこを指すが、ここでは「胎」を動詞として用いている。

唐・皮日休「夏景無事因懷章來二上人」詩「水花移得和魚子、山蕨收時帶竹胎」『唐詩鼓吹』巻五

宋・葉維瞻「題西陽嶺」詩「杜鵑啼處花成血、燕子來時麥未胎」『聯珠詩格』巻十二

吾廬雖地僻

吾廬：わが庵。

晉・陶潛「讀山海經」詩「衆鳥欣有託、吾亦愛吾廬」『文選』巻三十

宋・呂本中「孟明田舍」詩「欲識淵明只公是、邇來吾亦愛吾廬」『瀛奎律髓』巻二十三

地僻：辺鄙な地にあること。「地偏」に同じ。

晉・陶潛「雜詩」詩二首其一「結廬在人境、而無車馬喧。問君何能爾、心遠地自偏」『文選』巻三十

唐・杜甫「賓至」詩「幽棲地僻經過少、老病人扶再拜難」『杜詩詳註』巻九（『瀛奎律髓』巻十六「幽棲地僻經過少、老病人扶再拜難」二句のみ）

宋・陸游「幽棲」詩『閒人了無事、地僻稱幽栖」『劍南詩槀』巻三十二

更有歲華來

歲華：季節。特に春をいうことが多い。

宋・王安石「染雲」詩「不是春風巧、何緣有歲華」『臨川文集』巻二十六

宋・嚴粲「晩春」詩「生平得意在煙霞、失脚黃塵負歲華」『聯珠詩格』巻十

（遠藤　星希）

○六四　和松秀才弔病

松秀才の病を弔するに和す

不才○時所●棄
寄信●問衰○容◎
身倦●多忘○事
愁窮○難覓●蹤◎
命途○於我●舛
情味●到君○濃◎
況此●得陳○檄
頭風○枕上●春◎

不才　時の棄《す》つる所
信を寄せ　衰容《すいよう》を問う
身は倦《う》みて　多く事を忘れ
愁いは窮まりて　蹤《あと》を覓《もと》め難《がた》し
命途《めいと》　我に於いて舛《そむ》くも
情味《じょうみ》　君に到りて濃《こま》やかなり
況《いわ》んや　此《ここ》に陳檄《ちんげき》を得《う》るをや
頭風《とうふう》　枕上《ちんじょう》に春《うすづ》くに

【詩形・押韻】
五言律詩（容・蹤・濃・春）上平声六冬

【訳】

松秀才が病気見舞いにくれた作品に唱和する

才能がないせいで時勢に見捨てられているときに、
君は手紙を寄こして病状を案じてくれた。
体がぐったりしているのでいろいろなことを忘れてしまったし、
心配事の果てに途方に暮れている。
人生の巡り合わせは　自分の思い通りにいかないが、
情誼といえば君は濃やかだね。
まして太祖の頭痛を癒したという陳琳の檄文のごとき手紙をいただいて感謝この上ない。
枕もとを杵で搗くような頭痛の時には特に。

【語釈・用例】

松秀才：未詳。白石と交流があり「松秀才」と呼ばれる可能性のある人物に松浦儀（儀左衛門、字禎卿、号霞沼）がいる。しかし友野瑍の『錦天山房詩話』（上冊）によれば、松浦は祇園南海と同年の生まれだという。南海は延宝四年（五年説もある）生まれであり、このときにはまだ数えで五歳である。早熟・奇才を対馬藩主に高く評価されて木下順庵門下に入った松浦儀であるが、この白石詩に詠われている人物と考えることには無理があろう。また、〇〇三「和松節夜遊松菴之韻」詩・〇〇四「松菴即事」詩・〇四二及び〇四三「愛松節雪詩其能用韻和之二首」詩・〇五三「寄暑衣於松節処士」詩に詠われる人物との関係も不明である。

弔病：病気や不幸を見舞う。
『荘子』「山木」「孔子圍於陳蔡之間、七日不火食、太公任往弔之」

不才時所棄

不才：才能がないこと、また才能がない人。転じて、自己の謙称。
唐・孟浩然「歸終南山」詩「不才明主棄、多病故人疏」『瀛奎律髄』巻二十三
唐・白居易「渭村退居寄禮部崔侍郎翰林錢舍人詩一百韻」詩「不才甘命舛、多幸遇時康」『白氏長慶集』巻十五
時棄：時勢から棄てられること、時流に合わないこと。
唐・陳子昂「感遇」詩「衆趨明所避、時棄道猶存」『石倉歴代詩選』巻二十二
明・李夢陽「廬山秋夕」詩「年徂身與衰、時棄世所哂」『石倉歴代詩選』巻四百四十七

寄信問衰容

寄信：手紙をよこす。
唐・張籍「和左司郎中秋居」詩五首其五「憑醫看蜀藥、寄信覓呉鞋」『瀛奎律髄』巻十二
宋・歐陽脩「初至夷陵答蘇子美見寄」詩「寄信無秋雁、思歸望斗杓」『石倉歴代詩選』巻百四十
衰容：病気や老齢で衰えた姿。
齊・謝朓「移病還園示親屬」詩「疲策倦人世、斂性就幽蓬。（略）折荷葺寒袂、開鏡眄衰容」『石倉歴代詩選』巻六
唐・章孝標「贈匡山道者」詩「嘗聞一粒功、足以返衰容。方寸如不達、此生安可逢。寄書時態盡、憶語道情濃。争

得攜巾屨、同歸鳥外峰」『石倉歴代詩選』巻九十二

身倦多忘事

身倦：ぐったりして力が入らない様子。

宋・馮山「和果倅趙袞良弼平江亭」詩「充城累身倦未出、無事門庭可羅雀」『兩宋名賢小集』巻七十五

明・方孝孺「發褒城過七盤嶺宿獨架橋閣上」詩「病身倦輾轉、酣寢絶疑愕」『石倉歴代詩選』巻三百十五

愁窮難覓蹤

覓蹤：道を求めること。

宋・王安石「又段氏園亭」詩「漫漫芙蕖難覓路、翛翛楊柳獨知門」『臨川文集』巻十七

命途於我舛

命途〜舛：運命がそむく。

唐・王勃「滕王閣詩」序「嗟乎時運不齊、命途多舛」『王子安集』巻五

情味到君濃

情味：情誼。相手に対する心遣い。

唐・杜甫「病後過王倚飲贈歌」詩「故人情味晩誰似、令我手脚輕欲旋」『杜詩詳註』巻四

宋・林尚仁「懷蒲一菴許紒嵒」詩「不到玉峯今兩載、故人情味近如何」『兩宋名賢小集』巻三百二十八

情〜濃

唐・章孝標「贈匡山道者」詩「嘗聞一粒功、足以返衰容。方寸如不達、此生安可逢。寄書時態盡、憶語道情濃。爭得攜巾屨、同歸鳥外峰」『石倉歷代詩選』巻九十二

況此得陳檄

陳檄：曹操が陳琳の檄文を読んで頭痛が快癒した故事に基づく。

『三國志』巻二十一「陳琳傳」裴松之注引『三國典略』「琳作諸書及檄、草成呈太祖。太祖先苦頭風、是日疾發、臥讀琳所作、翕然而起曰、此愈我病」

宋・范成大「謝範老問病」詩「帖有王書難治眩、文如陳檄不驅風」『石湖詩集』巻二十三

頭風枕上春

頭風：頭痛。

宋・陸游「頭風戲作」詩「只道有詩毆瘧鬼、誰知無檄愈頭風」『劍南詩稾』巻七十五

枕上春：激しい頭痛をいう表現であろう。「枕もとを杵で搗くような頭痛」と訳した。先行する用例、類似する表現が管見の及ぶ範囲では見つからなかった。

【補説】

本詩〇六四から〇六七まで四首、和韻詩として全て同じ韻字を用いている。

（三上　英司）

○六五　和松氏韻自述三章以呈（其一）

松氏の韻に和し、自ら述ぶ三章、以て呈す（其の一）

晩來○風氣●好
涼月●似秋○容◎
蟬樹●曳殘○響
鳥雲○失故●蹤◎
天機○唫處●漏
道味●靜中○濃◎
病枕●本無○夢
松濤○猶自●春◎

晩来《ばんらい》　風《ふう》気《き》好《よ》く
涼月《りょうげつ》　秋容《しゅうよう》に似たり
蟬樹《せんじゅ》　残響を曳《ひ》き
鳥雲《ちょううん》　故蹤《こしょう》を失《うしな》う
天機　唫《うた》う処に漏れ
道味　静中《せいちゅう》に濃《こま》やかなり
病枕《びょうちん》　本《もと》より夢無く
松濤《しょうとう》　猶お自《おの》ずから春《うすづ》く

【詩形・押韻】
五言律詩（容・蹤・濃・春）上平声二冬

【訳】

松氏より贈られた詩の韻に和して自らの思いを述べる三首を作ってお見せする（その一）

日が暮れてから風が心地よく、
涼やかな月は秋のたたずまいのようだ。
蟬のとまっている木々からは夏の名残の声が響き、
鳥は雲に入って其の姿は消えた。
吟詠するにつれて妙味があらわれ、
静寂の中に超俗の気配が色濃くなる。
病む枕辺に夢を見ることもなく、
松籟の響きがいつまでも聞こえることだ。

【語釈・用例】

松氏：○六四詩参照。

自述：自らの思いを述べること。多くの場合、詩題に用いられる。

唐・于鵠「山中自述」詩「三十無名客、空山獨臥秋。病多知藥性、年長信人愁。螢影竹窗下、松聲茅屋頭。近來心更靜、不夢世間遊」『石倉歴代詩選』巻六十五

晩來風氣好

晩來：日が暮れてから、の意。
唐・張繼「江上送客遊廬山」詩「晩來風信好、併發上江船」『石倉歴代詩選』巻六十三
唐・白居易「犬鳶」詩「晩來天氣好、散歩中門前」『白氏長慶集』巻三十
風氣：風が生み出す気配。
晉・陶潛「庚戌歳九月中於西田穫早稻」詩「山中饒霜露、風氣亦先寒」『石倉歴代詩選』巻四

涼月似秋容
涼月：涼しげな月。陰暦七月の月の異称でもあるが、ここでは冷ややかな光の月を表現している。
齊・謝眺「移病還園示親屬」詩「停琴佇涼月、滅燭聽歸鴻」『石倉歴代詩選』巻六
宋・朱熹「夜」詩「獨宿山房夜氣凊、一窗涼月共虚明」『石倉歴代詩選』巻百八十二
秋容：秋景色、秋のたたずまい。
唐・李白「夕霽杜陵登樓寄韋繇」詩「浮雲滅霽景、萬物各秋容。（略）蹈海寄遐想、還山迷舊蹤」『石倉歴代詩選』巻四十四上

蟬樹曳殘響
蟬樹：蟬がとまっている木々。
唐・孟貫「山齋早秋雨中」詩「雨灑吟蟬樹、雲藏嘯狖山」『石倉歴代詩選』巻九十五
曳殘響：ここでは、夏の名残の蟬が鳴いていることを指す。「殘響」「殘声」は、以下に挙げる例のように、通常、響

きだけが残っていることを指す。しかし、ここでは朱夏を過ぎ、白秋を目の前にして取り残されたかのように鳴く蟬に、白石が己の心象を託したと思われるので、このように訳した。また、「蟬の残響」と「涼月」との組み合わせは、例示した方干の詩に酷似している。

唐・方干「旅次洋州寓居郝氏園林」詩「擧目縱然非我有、思量似在故山時。鶴盤遠勢投孤嶼、蟬曳殘聲過別枝。涼月照窗攲枕倦、澄泉遶石泛觴遲。靑雲未得平行去、夢到江南身旅羈」『瀛奎律髓』巻二十九

鳥雲失故蹤

鳥雲：鳥が飛び込んだ雲、または鳥が雲に入る、の意。

唐・韓愈「徐泗豪三州節度使掌書記廳石記」「志同而氣合、魚川泳而鳥雲飛也」『五百家注昌黎文集』巻十三

宋・汪元量「幽州除夜醉歌」詩「晩管聲含蘭氣嬌、鳳釵拖頸鳥雲飄」『水雲集』巻一

故蹤：これまで歩んできた道。

魏・武帝「苦寒行」詩「迷惑失故路、薄暮無宿棲」『石倉歴代詩選』巻二

宋・呂愿中「題元巖」詩「白龍應已沖天去、巖竇巋然有故蹤」『兩宋名賢小集』巻百五十二

天機唫處漏

天機：造化の機密。天来の霊妙な味わい。

唐・李嶠「奉和七夕兩儀殿會宴應制」詩「帝縩昇銀閣、天機罷玉梭」『文苑英華』巻百七十三

宋・蘇軾「次韻定慧欽長老見寄」詩八首其三「從來性坦率、醉語漏天機」『施注蘇詩』巻三十六

唫處：詩を吟ずる声の中。
唐・皮日休「夏景沖澹偶然作」詩二首其二「無限世機吟處息、幾多身計釣前休」『全唐詩』巻六百十四

道味靜中濃
道味：世俗を超越した境地。
宋・范純仁「和象之石聲」詩「一鐫名姓將難朽、千載知君道味深。」『石倉歷代詩選』巻百三十一
靜中：静けさの中に、の意。
唐・張籍「宿廣德寺寄從舅」詩「閒臥逐涼處、遠愁生靜中」『石倉歷代詩選』巻五十九
唐・張祜「題萬道人禪房」詩「世事靜中去、道心塵外逢」『石倉歷代詩選』巻六十九

病枕本無夢
病枕：病床の枕元。
明・陳獻章「病疥可后山韻寫懷」詩「虛懷怯病枕、展轉心自語」『石倉歷代詩選』巻四百五
無夢：夢を見ないこと。
唐・李昌符「悶書」詩「病來難處早秋天、一徑無人樹有蟬。歸計未成書半卷、中宵無夢晝多眠」『萬首唐人絕句』巻七十四（『石倉歷代詩選』巻八十六）

松濤猶自春

松濤：松の葉音を濤に喩えていう表現。管見の及ぶ範囲では、唐代以前の韻文には使用例が見つからなかった。

　宋・劉子翬「入白水懐士特温其」詩「松濤浄可漱、嵐煙起如蒸」『屏山集』巻十四

濤舂：波の音が臼をついているかのように繰り返されること。

　唐・周繇「登甘露寺」詩「海濤舂砌檻、山雨灑窗燈」『石倉歴代詩選』巻百十七

　明・費宏「午睡覺回文一首」詩「明窗一枕午濤舂、適意閒來睡眼慵」『石倉歴代詩選』巻四百三十

（三上　英司）

○六六　和松氏韻自述三章以呈（其二）

和松氏の韻に和し、自ら述ぶ三章、以て呈す（其の二）

門外●辭過○客
病來○疏禮●容◎
苦吟○多作●祟
樂事●杳無○蹤◎
夜枕●鐘聲○晩
朝餐○粥味●濃◎
倚牀○愁不●語
坐到●夕陽○春◎

門外　過客《かかく》を辞し
病来　礼容に疏なり
苦吟　多く祟《たた》りを作し
楽事　杳《よう》として蹤《あと》無し
夜枕　鐘声晩《おそ》く
朝餐　粥味《しゅくみ》濃《こま》やかなり
牀に倚り　愁えて語らず
坐して夕陽の春《うすづ》くに到る

【詩形・押韻】
五言律詩（容・蹤・濃・春）上平声二冬

【訳】

松氏より贈られた詩の韻に和して自らの思いを述べる三首を作ってお見せする（その二）

門の外に来客を断り、
病んでこの方、お付き合いにも気を遣わなくなった。
苦吟をすれば体に障るし、
楽しいことは跡形もない。
夜の枕元に鐘の音が遅い時を告げ、
朝の食事は粥が味わい深い。
寝床にもたれ、気分が沈んで話もしないで、
いつのまにやら夕陽が沈む。

【語釈・用例】

門外辭過客

過客：来客。

梁・何遜「擬輕薄篇」詩「鳥飛過客盡、雀聚行龍匿」『何水部集』巻一

宋・黄公度「癸亥秋行縣夜寓下生院倦甚慨然有歸歟之興戲用壁閒韻以盟泉石」詩「林閒招提金碧開、門外過客誰能來」『石倉歴代詩選』巻百九十六

病來疏禮容
病來：病にかかって以来、の意。
宋・司馬光「和吳仲卿病中偶書呈諸同舍光時亦臥疾」詩「病來門不掃、秋草翳吾廬」『石倉歷代詩選』卷百三十二上
疏禮容：儀礼的な身の処し方に気を遣わなくなったこと。
唐・杜甫「奉贈嚴八閣老」詩「客禮容疏放、官曹可接聯」『杜詩詳注』卷五（『文苑英華』卷二百五十一）
明・陶安「聞除代者及召還之命」詩「故人存有幾、短髮病來疏」『石倉歷代詩選』卷二百八十一

苦吟多作祟
苦吟：苦心して詩作すること。
唐・方干「貽錢塘縣路明府」詩「志業不得力、至今猶苦吟」『瀛奎律髓』卷四十二
宋・王安石「陪友人中秋賞月」詩「苦吟應到曉、况復我思存」『瀛奎律髓』卷二十二
作祟：体に毒である。健康に害をなす。
宋・張栻「次韻德翁苦雨」詩「兀坐書窗詩作祟、寒蟲鳴咽伴愁吟」『瀛奎律髓』卷十七（『石倉歷代詩選』卷百八十九）
宋・陳師道「和黃預病起」詩「只信詩書端作祟、孰知糠籺亦能肥」『瀛奎律髓』卷四十四

樂事杳無蹤
杳無蹤：足跡がまったく見えないこと。
唐・寒山「寒山子雜詩」三十七首其二四「時人尋雲路、雲路杳無蹤」『石倉歷代詩選』卷百十一

夜枕鐘聲晩
鐘聲晩：遅い時を告げる鐘の音。
唐・劉長卿「送靈澈上人」詩「蒼蒼竹林寺、杳杳鐘聲晩」『石倉歴代詩選』巻四十八
唐・韓翃「題薦福寺衡岳禪師房」詩「晩送門人去、鐘聲杳靄間」『三體詩』巻五（『瀛奎律髓』巻四十七）

朝餐粥味濃
粥味濃：粥の味がおいしく感じられること。
宋・白玉蟾「天谷庵」詩「半天突出一奇峯、小小茅庵滋味濃」『石倉歴代詩選』巻二百二十四

倚牀愁不語
倚牀：寝床で半身を起こしている様子。
唐・王績「田家」詩『倚牀看婦織、登壠課兒鋤」『石倉歴代詩選』巻十六
愁不語：悲しい気持ちで黙していること。
唐・柳宗元「柳州寄丈人周韶州越」詩「絶孤城千萬峯、空齋不語坐高春」『瀛奎律髓』巻四（『石倉歴代詩選』巻五十七）
宋・曾鞏「虞美人草」詩「哀怨徘徊愁不語、恰如初聽楚歌時」『古文眞寶』前集巻五（『宋藝圃集』巻十二　宋・陳烈）
明・程敏政「不寐」詩「千載逍遙堂、獨臥愁不語」『石倉歴代詩選』巻四百十四

坐到夕陽春

坐到：いつのまにか〜になっていた、の意。
唐・戎昱荊「桂州臘夜」詩「坐到三更盡、歸仍萬里賒」『石倉歴代詩選』巻五十四
唐・白居易「後宮詞」二首其一「紅顔未老恩先斷、斜倚薫籠坐到明」『石倉歴代詩選』巻六十一
夕陽春：夕陽が沈むこと。
唐・薛能「游嘉州後溪」詩「山屐經過滿逕蹤、隔溪遙見夕陽舂」『萬首唐人絶句』巻四十八（『三體詩』巻二、『文苑英華』巻二百三十四）
宋・魏野「秋日登樓客次懷張覃進士」詩「明朝策蹇還無定、空凭危欄到夕陽」『石倉歴代詩選』巻百三十七
明・黄仲昭「下皐雜詠」詩七首其五「門巷翛然籬落矮、隔林遙見夕陽舂」『石倉歴代詩選』巻四百十二

【補説】
○六五詩と同様に次韻詩である。前詩が平起であったのに対して、本詩は仄起にしてある。

（三上　英司）

○六七　和松氏韻自述三章以呈（其三）

和松氏の韻に和し、自ら三章を述べ、以て呈す（其の三）

衡門○過客●少
不須○駟馬●容◎
病牀○詩有●債
故國●夢無○蹤◎
沙土●移花○瘦
筧流○烹茗●濃◎
非材○終一●愧
廩粟●月相○春◎

衡門《こうもん》　過客《かかく》少く
駟《し》馬《ば》の容《い》るるを須《もち》いず
病牀　詩に債《さい》有りて
故国　夢に蹤《あと》無し
沙土《さど》　花を移せば瘦せ
筧流《けんりゅう》　茗《ちゃ》を烹《に》れば濃《こま》やかなり
非材《ひざい》　終《つい》に一愧《いっき》
廩粟《りんぞく》　月《つきづき》相《あい》春《うすづ》くを

【詩形・押韻】
五言律詩（容・蹤・濃・春）上平声二冬

＊首聯は失粘（第一句の平仄が逆）。

【訳】

松氏より贈られた詩の韻に和して自らの思いを述べる三首を作ってお見せする（その三）

粗末な家には訪ねる客も少なく、
立派な馬車を入れる広さもない。
病の床では詩作も滞り、
故郷への道を夢で辿ることも無くなった。
砂混じりの土に植え替えたので花は貧相になるが、
筧《かけい》の水で茶を煮れば濃い味がする。
無能な私は恥じ入るばかり、
扶持米を毎月搗いて暮らしていることを。

【語釈・用例】

衡門過客少

衡門‥木を横たえて門とすること。粗末な門。

唐・錢起「秋夜同梁鍠文宴」詩「客到衡門下、杯香蕙草時」『三體詩』巻五（『石倉歴代詩選』巻五十四）

宋・張耒「臘日」詩二首其一「明光起草眞榮事、寂寂衡門我且閑」『瀛奎律髓』巻十六

不須駟馬容
駟馬：貴人の乗る立派な馬車。
唐・獨孤及「送別荊南張判官」詩「輜車駟馬徃從誰、夢浦蘭臺日更遲」『萬首唐人絶句』巻七
宋・曾鞏「郡樓」詩「黃金駟馬皆塵土、莫靳當歡酒百甌」『兩宋名賢小集』巻六十五
明・張鳳翔「送人省覲」詩「于公門閭容駟馬、王氏庭槐自拱把」『石倉歷代詩選』巻四百七十一

病牀詩有債
詩有債：酬答の詩がなかなか出来上がらないこと。ここでは、「松氏」への返礼の詩がなかなか出来上がらないことを指す。
唐・白居易「齋戒」詩「酒魔降伏終須盡、詩債塡還亦欲平」『白氏長慶集』巻三十五
宋・陳師道「夏日卽事」詩「花絮隨風盡、歡娯過眼空。窮多詩有債、愁極酒無功。家在斜陽下、人歸滿月中。肝腸渾欲破、魂夢更無窮」『瀛奎律髓』巻十一（『石倉歷代詩選』巻百六十一）

沙土移花瘦
沙土：砂まじりの土。
唐・杜甫「木皮嶺」詩「潤聚金碧氣、淸無沙土痕」『杜詩詳注』巻九
唐・曹唐「小遊僊詩九十八首」其四十四「恠得蓬萊山下水、半成沙土半成塵」『萬首唐人絶句』巻六十一
移花瘦：移植した花がやせ衰える様子。

唐・孫逖「詠樓前海石榴」詩「紫雲新苑移花處、不取霜裁近御筵」『石倉歴代詩選』巻三十一
宋・宋伯仁「春半」詩「柳眠鶯喚醒、花瘦雨添肥」『石倉歴代詩選』巻百九十八

筧流烹茗濃
筧流：筧を流れ落ちてきた水。
先行用例無し。類例は左記の通り。
宋・徐文卿「偶題」詩「修筧通泉甃、殘碑出野鉏」『瀛奎律髓』巻二十三
宋・陸游「杜門」詩「筧水晨澆藥、燈窗夜覆棋」『劍南詩稾』巻十三
烹茗：茶を煮ること。
唐・釋皎然「五言陪盧判官水堂夜宴」詩「愛君高野意、烹茗酌淪漣」『文苑英華』巻二百十五
茗濃
宋・吳拭「和再賦暑雪軒」詩「石鼎煮茶濃有味、金鍾注酒釃無聲」『成都文類』巻八

非材終一愧
非材：無能な人間。
唐・薛能「早春歸山中舊居」詩「歸田語不忘、樗散料非材」『石倉歴代詩選』巻八十五
一愧：「一」はこの場合、ひとえに、ただひたすら、の意。
明・劉玥「題王宗貫西園清隱」詩「笑他名利場中客、到此能無一愧顔」『石倉歴代詩選』巻四百四十三

稟粟月相春

稟粟：官給の米。

宋・劉弇「人日」詩「五秉如單費稟粟、一囊就盡持殨錢」『石倉歴代詩選』巻一六三

【補説】

〇六五・〇六六詩と同様に「松氏」の作に応ずる次韻詩。本詩は仄起式の律句を持つ。三首連作でそれぞれ仄起、平起、仄起となり、白石の工夫の跡がうかがわれる。頷聯に「故国夢無蹤」の句があることから、「松」氏は久留里藩縁の人物かとも思われる。また、尾聯の「稟粟月相春」からは、毎月扶持米を受け取っていることも読み取ることができよう。この詩が作られた時期、白石は仕官禁錮の処分を受け、久留里藩から離れているので、藩から捨て扶持のような支給がなされていたのであろうか。白石の両親に対しては、白石の義兄に当たり、相馬家に使えていた養子・郡司正信から仕送りがあったことが『折たく柴の記』には記されている。この義兄からの支援が、白石にもあったのであろうか。

（三上　英司）

○六八　病目

病目昏昏長靜居
塵埋渴硯筆相疏
書生習氣眞堪咲
半夜夢中讀漢書

目を病む

目を病み　昏昏として長く静居し
塵は渇硯《かつけん》を埋《うず》め　筆も相疏《あいそ》なり
書生の習気《しゅうき》　真《しん》に咲《わら》うに堪《た》えたり
半夜《はんや》　夢中に漢書《かんじょ》を読む

【詩形・押韻】
七言絶句（居・疏・書）上平声六冬

【訳】
目を病んで
目を病んで見えないままに長く静養していたので、
渇いた硯には塵が積もり、筆を持つことからもすっかり遠ざかっていた。
それでも書生の習性には本当に笑ってしまう、

夜半の夢の中で漢書を読んでいるのだから。

【背景】

白石は睡眠中に漢詩文や俳句・和歌などを夢見ることが多く、日記（『大日本古記録』所載『新井白石日記』）にはそれらの章句が多く記されている。

【語釈・用例】

病目昏々長静居

病目・目を病むこと。管見の及ぶ範囲では、唐以前の詩に使用例は見つからなかった。但し、唐・張籍に「患眼」（眼を患う）という詩がある。「三年患眼今年免、校與風光便隔生」『三體詩』巻一

宋・歐陽脩「學書」詩二首其二「病目故已昏、墨不分濃淡」『文忠集』巻五十四

宋・陸游「新年書感」詩「殘軀未死敢忘國、病眼欲盲猶愛書」『瀛奎律髓』巻十六

昏昏・暗くぼーっとして訳のわからない様子。

唐・杜甫「因許八奉寄江寧旻上人」詩「聞君話我爲官在、頭白昬昬只醉眠」『石倉歴代詩選』巻四十五

宋・陳與義「眼疾」詩「天公嗔我眼常白、故著昬昬阿堵中」『石倉歴代詩選』巻百六十四

静居・ひっそりと閑かに暮らすこと。

宋・黄庭堅「與黔倅張茂」詩「靜居門巷似烏衣、文采風流衆所歸」『石倉歴代詩選』巻百五十二

塵埋渴硯筆相疏

塵埋：塵が積もること。

唐・元稹「連昌宮」詞「塵埋粉壁舊花鈿、鳥啄風箏碎珠玉」『石倉歴代詩選』巻六十二

筆相疏：筆を持つことから遠ざかった、の意。

宋・趙蕃「謝李正之惠潘墨」詩「硯少磨研塵滿面、筆疏驅使腐生莓」『淳熙稿』巻十四

書生習氣眞堪咲：この句の表現は、類似する先行用例が多くある。特に蘇軾詩を念頭においていると思われる。

宋・陳景沂「水龍吟」詩「不柰書生習氣、對羣花領畧風味」『全芳備祖集』前集巻十三

宋・蘇軾「次韻劉景文見寄」詩「烈士家風安用此、書生習氣未能無」『瀛奎律髓』巻四十二

宋・蘇軾「(雪後書北臺壁)再用韻」詩「書生事業眞堪笑、忍凍孤吟筆退尖」『瀛奎律髓』巻二十一

宋・陸游「抄書」詩「書生習氣重、見書喜欲狂」『劒南詩稾』巻十二

書生：学問をする若者。学生。転じて、世務に通じない学者をいう。

唐・岑參「與獨孤漸道別長句兼呈嚴八侍御」詩「憐君白面一書生、讀書千巻未成名」『石倉歴代詩選』巻四十

習氣：習慣になってしまい身についてしまった気分や行動。唐以前の詩には使用例が見つからない。

宋・道潛「梅花寄汝陰蘇太守」詩「良辰易失空回首、習氣難忘尙有詩」『瀛奎律髓』巻二十

堪咲：本当に笑ってしまう、笑うしかない、の意。「咲」は「笑」の古字。「さく」と読み、花ひらくの意味で用いるのは国訓。

宋・羅從彥「顏樂齋」詩「自知寡與眞堪笑、賴有顏瓢一味長」『兩宋名賢小集』巻十二(『石倉歴代詩選』巻百七十八)

宋・葉適「衢州雜興」詩「堪笑腐儒何用此、只今飄轉楚江西」『石倉歴代詩選』巻二百九

半夜夢中讀漢書

夢中：夢の中で。

唐・王昌齢「李四倉曹宅夜飲」詩「欲問吳江別來意、青山明月夢中看」『石倉歴代詩選』巻三十七

宋・蘇軾「庚辰歳人日作」詩二首其一「老去仍栖隔海邨、夢中時見作詩孫」『瀛奎律髓』巻十六

讀漢書：前漢の正史である『漢書』を読む。補説参照。

宋・楊萬里「書齋夜坐」詩「棐几吹燈丈室虚、隔窗雨點響堦除。胡牀枕手昏昏著、臥聽兒童讀漢書」『誠齋集』巻八

宋・陸游「聞新雁有感」詩「才本無多老更疏、功名已負此心初。鏡湖夜半聞新雁、自起吹燈讀漢書」『劍南詩稾』巻七十八

明・陳烓「松下詠古」詩「有客坐松下、含笑讀漢書」『石倉歴代詩選』巻四百四十一

【補説】

士大夫と『漢書』

名文の誉れ高い『漢書』は、士大夫必読の書であり、幼い頃からこれに親しむことが求められた。多くの詩文中にその様子が描かれている。白石もその伝統に連なるものとして尾聯を作ったのであろう。宋代の詩に類似する着想が多く確認できる。

以下参考までに、「読漢書」の文章例と詩題の例の一部を列挙する。

唐・陳子昂「諫用刑書」「臣毎讀漢書至此、未嘗不爲戾太子流涕也」『陳拾遺集』巻九
唐・韓愈「張中丞傳後敍」「(張)巡長七尺餘、鬚髯若神。嘗見嵩讀漢書、謂嵩曰何爲久讀此。嵩曰未熟也。巡曰吾於書、讀不過三徧、終身不忘也。因誦嵩所讀書、盡卷不錯一字」『五百家注韓昌黎文集』巻十三
唐・白居易「讀漢書」詩「寄言爲國者、不得學天時。寄言爲臣者、可以鑒於斯（漢書を指す）」『白氏長慶集』巻一
宋・夏竦「補封狼居胥山銘」詩序「予嘗讀漢書、至武帝卽位之二十四載」『文莊集』巻二十五
宋・石介「代鄆州通判李屯田薦士建中表」「右臣、嘗讀漢書、毎遇災異、則詔三公郡國各擧賢良方正能直言極諫之士」『徂徠集』巻二十
宋・劉敞「夜讀漢書」詩「明燈一編書、往古千歳事。値歡輙孤笑、觸憤還累欷」『公是集』巻十二
宋・王安石「讀漢書」詩「京房劉向各稱忠、詔獄當時跡自窮」『臨川文集』巻三十
宋・蘇軾「元祐元年二月八日朝退獨在起居院讀漢書儒林傳感申公故事作小詩一絶」詩「寂寞申公謝客時、自言已見穆生幾。綰臧下吏明堂廢、又作龍鍾病免歸」『施註蘇詩』巻四十

（三上　英司）

〇六九　人日

客境●頻逢○節
更嫌○歳事●催◎
天年○慵裏●過
人日●雨中○來◎
多病●難禁○酒
餘寒○未放●梅◎
空煩○挑菜●手
新句●賦歸○哉◎

人日《じんじつ》
客境《かくきょう》　頻りに節《せつ》に逢い
更に歳事の催《もよお》すを嫌《きら》う
天年　慵裏《ようり》に過ぎ
人日　雨中に来《きた》る
多病　酒を禁《きん》じ難《がた》く
余《よ》寒《かん》　未《いま》だ梅放《ひら》かず
空しく菜《な》を挑《と》る手を煩《わずら》わせ
新句　帰哉《かえらんかな》を賦《ふ》す

【詩形・押韻】
五言律詩（催・來・梅・哉）上平声十灰

【訳】

人日《じんじつ》の節句

異郷で何度も節句を迎えて、
一層《いっそう》歳月にせきたてられるようで嫌になる。
天より授かった寿命は無為のまま過ぎてゆき、
人日の節句が雨の中にめぐってきた。
病気がちなのに酒をやめられない、
残寒のため梅もほころんでくれない。
気乗りしないまま七草《ななくさ》を摘む手を働かせて、
新年最初に作った詩句は「帰らんかな（帰哉）」だ。

【語釈・用例】

人日：旧暦一月七日の節句。『事物紀原』巻一に引く東方朔「占書」に、毎年正月一日から六日までは、その歳の動物の運勢を占い（一日は雞《とり》、二日は狗《いぬ》、三日は羊、四日は猪、五日は牛、六日は馬）七日は人の運勢を占ったとある。このことから一月七日を「人日」と呼んだ。また、『荊楚歳時記』によると、この日、七草で粥を作り、高いところに登って詩を賦す風習があったという（『円機活法』巻三節序門「人日」項）

唐・高適「人日寄杜二拾遺」詩「人日題詩寄草堂、遙憐故人思故郷」『古文眞寶』前集巻五（『唐詩選』巻二）

宋・唐庚「人日」詩「人日傷心極、天時觸目新」『瀛奎律髓』巻十六

客境頻逢節

客境：異郷。

唐・牟融「天台」詩「洞裏無塵通客境、人間有路入仙家」『全唐詩』巻四百六十七

明・夏良勝「寓彭城劉東岡僉憲見示為康民部徳充賦來鶴詩強予和之」詩「臘殘空有頌、客境欲無樓」『東洲初稿』巻十一

逢節：節日を迎える。

唐・王維「九日懐山東兄弟」詩「獨在異郷爲異客、毎逢佳節倍思親」『三體詩』巻二（『唐詩選』巻七）

更嫌歳事催

歳事：歳月。また、季節ごとの行事を指す。

唐・白居易「酬鄭侍御多雨春空過詩三十韻」詩「且當營歳事、寧暇惜年芳」『白氏長慶集』巻二十六

宋・歐陽脩「罷官後初還襄城敝居述懷十韻回寄洛中舊僚」詩「春桑鬱已綠、歳事催農夫」『文忠集』巻五十二

宋・戴復古「泉南」詩「客中歸未得、歳事漸相催」『石屏詩集』巻四

天年慵裏過

天年：天から与えられた寿命。

晉・謝道韞「登山」詩「逝將宅斯宇、可以盡天年」『藝文類聚』巻七

唐・柳宗元「行路難」詩三首其一「啾啾飲食滴與粒、生死亦足終天年」『柳河東集』巻四十三

慵裏：無為のまま。

唐・白居易「閒坐」詩「百年慵裏過、萬事醉中休」『瀛奎律髓』巻二十三

人日雨中來：雨の中、人日の節句がめぐってきた。

＊『円機活法』巻三節序門「人日」項に引かれる『荆楚歳時記』によると、人日はその歳の人間の運勢を占う日であり、その日が晴れていると運勢は良く、天気が悪いと運勢は悪いという。この日は雨ゆえ、今年の運勢は暗雲が立ち込めているという暗示であろう。

多病難禁酒

多病：病気がち。

唐・杜甫「登高」詩「萬里悲秋常作客、百年多病獨登臺」『唐詩選』巻五

金・趙秉文「和陽子元」詩二首其二「多病難忘酒、窮愁強著書」『滏水集』巻六

明・張寧「于景瞻宅賞牡丹花時已過感而有作呈諸公屬和」詩「賞因多病難勝酒、吟到無題別是詩」『方洲集』巻九

難禁酒：酒を禁じがたい。

唐・杜甫「登高」詩「艱難苦恨繁霜鬢、潦倒新停濁酒杯」『唐詩選』巻五

宋・蘇軾「新年」詩五首其四「萬戸不禁酒、三年眞識翁」『施註蘇詩』巻三十六

宋・周紫芝「春寒」詩「春愁已自難禁酒、病骨何由更耐寒」『太倉稊米集』巻二十三

宋・陳行履「病中聞歌有感」詩「伏枕已三月、清明節已過。（略）病久難禁酒、愁深懶聽歌」『兩宋名賢小集』巻三百

七十九

餘寒未放梅

餘寒：春を迎えてもなお残る寒さ。

唐・張起「春情」詩「畫閣餘寒在、新年舊燕歸。梅花猶帯雪、未得試春衣」『石倉歴代詩選』巻百二十三

宋・韓琥「澗東臨風飲梅花尚未全放一樹獨佳」詩「殘雪餘寒二月來、澗東猶是欲開梅」『瀛奎律髓』巻二十

明・劉基「早春遣懷」詩「正月餘寒未放春、漫空飛雪舞隨人」『誠意伯文集』巻五

明・文徵明「人日停雲館小集」詩「新年便覺景光遲、猶有餘寒宿敝帷」『甫田集』巻二

空煩挑菜手

空煩：空しく手を働かせる。

宋・蘇軾「章質夫送酒六壺書至而酒不達戯作小詩問之」詩「空煩左手持新蟹、漫遶東籬嗅落英」『瀛奎律髓』巻十九

挑菜：野菜を採る。ここでは春の七草を摘むこと。

唐・鄭谷「蜀中春日」詩「和暖又逢挑菜日、寂寥未是探花人」『雲臺編』巻下

宋・蘇軾「新年」詩五首其一「曉雨暗人日、春愁連上元。水生挑菜渚、煙濕落梅村」『施註蘇詩』巻三十六、（『圓機活法』巻三「人日」項）

宋・唐庚「人日」詩「挑菜年年俗、飛蓬處處身」『瀛奎律髓』巻十六

新句賦歸哉

新句：本来は新たに思いついた句という意味だが、ここでは新年最初に得た句のことをいう。

宋・王安石「和平甫招道光法師」詩「新句得公還有賴、古人詩字恥無僧」『瀛奎律髓』巻四十七

明・商輅「山水」詩二首其二「覺來披圖賦新句、瀟湘雲夢清氣浮」『石倉歴代詩選』巻三百七十九

賦歸哉：「帰らんかな」という句を得たこと。帰隠願望（俗世間を去って隠居したいという願望）を意味する。

晉・陶潛「歸去來兮辭」「歸去來兮、田園將蕪、胡不歸」『文選』巻四十五

唐・杜甫「醉時歌」詩「先生早賦歸去來、石田茅屋荒蒼苔」『古文眞寶』前集巻八

宋・蘇軾「出城送客不及步至溪上」詩二首其二「倦遊行老矣、舊隱賦歸哉」『施註蘇詩』巻九、（『圓機活法』巻十二人事門「懷歸」項）

宋・陳師道「次韻無斁偶作」詩「聖朝無棄物、與子賦歸哉」『瀛奎律髓』巻四十三

宋・蔡正孫「還自京庠」詩「百技蹣跚笑跛奚、書囊收拾賦歸兮」『聯珠詩格』巻十二

（遠藤　星希）

〇七〇　上巳

巳日傷心節物來
丁年作客歲時催
蘭亭墨本依然在
隱几臨模當一杯

上巳《じょうし》

巳日《しじつ》　傷心　節物来《きた》り
丁年《ていねん》　客《かく》と作《な》り　歳時催《もよお》す
蘭亭《らんてい》の墨本《ぼくほん》　依然として在《あ》り
几《き》に隠《よ》り　臨模《りんも》して一杯に当てん

【詩形・押韻】

七言絶句（來・催・杯）上平声十灰

【訳】

上巳の節句にて

上巳の日、節句の風物がやってきたが心は晴れない。
成人してより客寓の身となった私は、歳月に追い立てられている。
蘭亭の集いで書かれた書の拓本は今に伝えられている。

脇息に寄りかかり、それを臨書して酒一杯の代わりにしよう。

【語釈・用例】

上巳：旧暦三月上旬の巳の日。流水で体を洗い清め、禊をする風習があった。魏晋以後は三月三日に定まり、また流水に盃を浮かべて宴会をする風習も新たに生まれた。

巳日傷心節物來

巳日：上巳の節日。

唐・崔顥「上巳」詩「巳日帝城春、傾都祓禊晨」『石倉歴代詩選』巻三十九

節物：節句の風物。

唐・盧照鄰「長安古意」詩「節物風光不相待、桑田碧海須臾改」『唐詩選』巻二

宋・陸游「幽事」詩「老大常愁節物催、東皇又挽斗杓回」『劍南詩槀』巻六十九

宋・劉克莊「上巳」詩「櫻筍登盤節物新、一笻踏遍九州春」『瀛奎律髓』巻十六（『圓機活法』巻三節序門「上巳」項）

丁年作客歳時催

丁年：満二十歳。成人の歳を指し、また広く壮年期の称ともなる。

唐・盧照鄰「早渡分水嶺」詩「丁年遊蜀道、斑鬢向長安」『唐詩品彙』巻一

唐・溫庭筠「蘇武廟」詩「迴日樓臺非甲帳、去時冠劍是丁年」『瀛奎律髓』巻二十八

宋・王安石「丁年」詩「丁年結客盛游從、宛洛氈車處處逢」『瀛奎律髓』巻四十六

＊前半二句の句作りには、右の温庭筠の「蘇武廟」詩がヒントを与えているだろう。

作客…客寓の身となること。

唐・杜甫「登高」詩「萬里悲秋常作客、百年多病獨登臺」『瀛奎律髓』巻十六（『唐詩選』巻五）

明・丘濬「人日有懷」詩「七日逢人好、三年作客賒」『重編瓊臺藁』巻三

歳時…歳月。

唐・孟浩然「泝江至武昌」詩「家本洞湖上、歳時歸思催」『孟浩然集』巻三

明・何景明「三月三日」詩「蹉跎嘆物色、容易歳年催」『大復集』巻二十二（『圓機活法』巻三節序門「上巳」項）

蘭亭墨本依然在

蘭亭…浙江省紹興市の西南の蘭渚にあった亭《あずまや》。東晋の王羲之《おうぎし》が永和九年（三五三）の上巳節に、謝安・孫綽《そんしやく》らの名士・友人や一族の者四十一人を招いて、蘭亭で盛大な宴を開いた。その席上、曲水に觴《さかずき》を流し、觴が自分のところを通過するまでに詩を作り、できなければ罰杯《ばつぱい》三杯という風雅な遊びを行った。そのとき参会者によって賦された詩に王羲之が序を作り、自ら鼠鬚筆《そしゆひつ》で書きとめたものを「蘭亭帖《らんていじよう》」という。

唐・張又新「三月五日汎長沙東湖」詩「從今留勝會、誰看畫蘭亭」『三體詩』巻五

宋・趙蕃「上巳」詩「不見山陰蘭亭集、況乃長安麗人行」『瀛奎律髓』巻十六

墨本…碑文や法帖の拓本のこと。

宋・黄庭堅「題磨崖碑」詩「平生半世看墨本、摩挲石刻鬢如絲」『古文眞寶』前集巻五

元・姚文奐「題書扇圖」詩「蘭亭墨本摩挲盡、老我愁書咄咄空」『草堂雅集』巻十
依然：今も変わらず。
唐・韓翃「送齊山人」詩「柴門流水依然在、一路寒山萬木中」『三體詩』巻一
唐・韓偓「春陰獨酌寄同年李郎中」詩「酒酣狂興依然在、其奈千莖鬢雪何」『瀛奎律髓』巻二十九
宋・陸游「感昔」詩「燈前目力依然在、且盡山房萬卷書」『瀛奎律髓』巻四十五

隱几臨模當一杯
隱几：脇息にもたれかかる。
唐・杜甫「小寒食舟中作」詩「佳辰強飲食猶寒、隱几蕭條戴鶡冠」『瀛奎律髓』巻十六
臨模：書画を横において臨書し模写すること。
宋・張耒「次韻王仲至西池會飲」詩「遠比永和眞繼軌、臨模璽紙看他時」『瀛奎律髓』巻十六
明・費宏「題蜀江圖」詩「重來借我細臨模、畫史何人解盤薄」『石倉歷代詩選』巻四百三十
當一杯：酒一杯の代わりにする。
宋・戴復古「見山梅」詩「有梅花處惜無酒、三嗅清香當一杯」『聯珠詩格』巻十七

（遠藤　星希）

○七一　丹午偶題

本是秦關百二重
君王失脚入樊籠
忠肝只合虎狼肉
空葬湘江魚腹中

丹午偶題《たんごぐうだい》
本是《もとこ》れ　秦関《しんかん》　百二の重《ちょう》
君王《くんのう》　失脚して樊籠《はんろう》に入る
忠肝　只合《ただまさ》に虎狼《ころう》の肉なるべきに
空しく葬《ほうむ》らる　湘江　魚腹の中《うち》

【詩形・押韻】
七言絶句（重・籠・中）上平声一東・二冬通押

【訳】
端午の日にたまたま作る
もともと秦の関所は二人の兵で百の兵に対抗できるほど堅固で、
楚の王は屈原の諫言を受け入れないという失敗を犯して虜囚となってしまった。
忠義の魂を持った屈原は、凶暴な秦の餌食となってでも活躍すべきであったろうに、空しく湘水に身を投げ魚の腹に収まってしまった。

【背景】

江戸時代、端午の節句は重要な行事として扱われていた。「尚武」の行事として江戸幕府が大いに奨励したのである。江戸時代には五月五日を端午の節句とすることが定着していた。例えば、お目見え以上の幕臣は、みな登城することになっていた。また江戸市中でもいたるところに幟《のぼり》が立てられていたという。本来は、午《うま》の月の端《はじ》めの午《うま》の日、の意味であったのだが、「午」と「五」の音読みが同じなので、最初の「五」の日になったとも言う。

【語釈・用例】

丹午：旧暦五月五日の端午の節句のこと。「楚辞」の諸作品の作者として伝えられる屈原が汨羅江に身を投げた日とされ、粽《ちまき》を食べたり、競艇を楽しむなどの風俗があった。ただ、「端午」と表記するのが一般であり、「丹午」と表記された例は管見に入らない。『陶情詩集』作品番号〇三五にも「丹午」という詩題が見えるが、「端午」としなかった理由は未詳である。

偶題：たまたま題する。詩題によく使われ、たまたま興に乗って作られた詩であることを示す。

本是秦關百二重

秦關：秦の地の関所。

唐・司空圖「秦關」詩「虎狼秦國破、狐兔漢陵空」『萬首唐人絶句』巻十八

百二：二の兵でもって百の兵に匹敵するほど堅固であるさま。険阻な要害の地であることをいう。一説に、百の二倍のことをも言う。その場合は、百の兵でもって二百の兵に匹敵するほど堅固なさま。

『史記』巻八「高祖本紀」「秦、形勝之國。帶河山之險、縣隔千里、持戟百萬、秦得百二焉」裴駰集解「蘇林曰、得百中之二焉。秦地險固、二萬人足當諸侯百萬人也」

唐・駱賓王「帝京篇」詩「秦塞重關一百二、漢家離宮三十六」『唐詩選』巻二

唐・杜甫「諸將」詩五首其三「洛陽宮殿化爲烽、休道秦關百二重」『杜詩詳註』巻十六（『圓機活法』巻五橋道門「關隘」項）

宋・銭惟演「始皇」詩三首其三「天極周環百二都、六王鐘鐻接流蘇」『瀛奎律髓』巻三

明・蘇平「擬和太常韋主簿五郎寓目」詩「謾説秦關百二重、夕陽回首露臺空」『石倉歷代詩選』巻三百六十三

君王失脚入樊籠：楚の懐王（在位紀元前三二九年―紀元前二九九年）が失策を犯して秦の虜囚となったことを指す。秦は懐王に婚姻を結ぼうと持ちかけて秦に来るように申し入れた。屈原は秦は信用がならない、先年騙された事を忘れたのかと諌めたが懐王は親秦派の公子子蘭に勧められて秦に行き、秦に監禁されてしまう。

失脚：失策を犯し、地位を失うこと。

唐・白居易「東南行一百韻」詩「翻身落霄漢、失脚到泥塗」『白氏長慶集』巻十六

樊籠：鳥獣の籠。囚われて自由を束縛されていることの比喩。

晉・陶潛「歸田園居」詩「久在樊籠裏、復得反自然」『古文眞寶』前集巻三

唐・韋應物「憶灃上幽居」詩「一來當復去、猶此厭樊籠」『韋蘇州集』巻六

忠肝只合虎狼肉

忠肝：忠義の魂。ここでは屈原を指す。

『宋史』巻四百三十八「儒林傳」「帝御集英殿策士、召應麟覆考。考第既上、帝欲易第七卷置其首。應麟讀之、乃頓首曰、是卷古誼若龜鏡、忠肝如鐵石、臣敢爲得士賀。遂以第七卷爲首選。及唱名。乃文天祥也」

元・張憲「岳鄂王歌」詩「虎頭將軍面如鐵、義膽忠肝向誰說」『玉笥集』巻二

只合：本来〜すべきであった。

唐・薛能「遊嘉陵後溪」詩「當時諸葛成何事、只合終身作臥龍」『三體詩』巻二（『聯珠詩格』巻十三）

宋・林洪「釣臺」詩「早知閑脚無伸處、只合空山臥白雲」『聯珠詩格』巻十三

虎狼：虎や狼。残酷で無慈悲な者のたとえ。

『戰國策』「西周策」「今秦虎狼之國也、兼有呑周之意」

晉・潘岳「西征賦」「秦虎狼之彊國、趙侵弱之餘燼、超入險而高會杖命世之英藺」『文選』巻十

宋・劉筠「始皇」詩三首其二「屬車夜出迷雲雨、峻令朝行劇虎狼」『瀛奎律髓』巻三

空葬湘江魚腹中

湘江：川の名。広西壮族自治区に源を発し、湖南省に流れ入る。屈原が身を投げた汨羅江は湘江の一支流とみなされている。

作者不詳「回首湘江尤問處、是非千古竟何如」『圓機活法』巻三節序門「端午」項

魚腹：魚の腹。そこに葬られるとは、溺死したことをいう。

『楚辞』「漁父」「寧赴湘流、葬於江魚腹中」（『文選』巻三十三）
宋・馬子才「長淮謠」詩「湘江豈無水、魚腹忠魂埋」『古文眞寶』前集巻七
明・王燧「會飲賦得酒字」詩「屈原稱獨醒、空葬江魚口」『青城山人集』巻一
作者不詳「魚腹靈何在、龍舟曲謾喧」『圓機活法』巻三節序門「端午」項

（遠藤　星希）

○七二　讀秦記

霜刃一銷悉入秦
咸陽銅狄爲傳神
莫言天下渾無事
猶有江東學劒人

秦記を読む

霜刃《そうじん》　一《ひと》たび銷《と》けて　悉《ことごと》く秦に入《い》る
咸陽《かんよう》の銅狄《どうてき》　為《ため》に神《しん》を伝う
言う莫《な》かれ　天下　渾《すべ》て無事と
猶《な》お江東に剣を学ぶ人有《あ》り

【詩形・押韻】
七言絶句（秦・神・人）上平声十一真
※第一句は孤平。

【訳】
　秦本紀を読む
霜のように鋭利な剣がすっかり熔かされて全て秦の王朝に納められ、それらは咸陽で始皇帝のために真を伝える夷敵十二の銅像に作られた。

しかしこれで天下はすべて安泰と思ってはならない。
まだ江東で剣を学びつつ天下を狙う者がいる。

【背景】

○七二「読秦記」は、内容的に○七一詩とほぼ同時期の作ではないかと推測される。端午、尚武の節句に寄せて作られたのであろう。

【語釈・用例】

秦記…『史記』巻六「秦始皇本紀」を指す。
唐・元結「讀秦記」詩「桃源自有長生路、卻是秦皇不得知」『錦繡段』
宋・蕭澥「讀秦記」詩「凄涼六籍寒灰裏、宿得咸陽火一星」『錦繡段』
宋・張耒「讀秦紀」詩二首其一「誰知傳與癡兒子、祇得阿房似舊時」『柯山集』巻二十四
宋・林景熙「讀秦紀」詩「書外有書焚不盡、一編圯上漢功名」『霽山文集』巻二

霜刃一銷悉入秦

霜刃…霜のように白く輝く鋭利な刀剣。
唐・賈島「劒客」詩「十年磨一劒、霜刃未曾試」『古文眞寶』前集巻一
唐・裴次元「賦得亞父碎玉斗」詩「倏爾霜刃揮、颯然春氷碎」『石倉歴代詩選』巻百二十一

一銷：一か所に集めて熔かすこと。始皇帝が六国《りっこく》を併呑した後、天下の兵器を全て咸陽に集めて熔かし、十二の銅像等を鋳造した故事を踏まえる。

『史記』巻六「秦始皇本紀」「收天下兵、聚之咸陽、銷以爲鍾鐻、金人十二、重各千石、置廷宮中」

咸陽銅狄爲傳神

咸陽：秦の都。現在の陝西省西安市の北西。

唐・劉滄「咸陽懷古」詩「渭水故都秦二世、咸陽秋草漢諸陵」『瀛奎律髓』巻三（『三體詩』巻三）

銅狄：銅で鋳造した夷狄（西方異民族）の像。始皇帝の二十六年に夷狄の服装をした十二人の巨人が臨洮《りんとう》に現れた。その歳に始皇帝は六国を併呑したばかりであったので、この出来事を瑞祥として喜び、そこで天下の兵器を集めて熔かし、臨洮に現れた巨人に象《かたど》って十二の銅像を作ったという。事は『漢書』「五行志」に見える。

『漢書』巻二十七下之上「五行志下之上」「史記秦始皇二十六年、有大人長五丈、五履六尺、皆夷狄服、凡十二人、見於臨洮。（略）是歳始皇初竝六國、反喜以爲瑞、銷天下兵器、作金人十二以象之」

宋・陸游「題四仙像」詩四首其二「世上年光東逝波、咸陽銅狄幾摩挲」『劍南詩藁』巻二十六

傳神：真を伝える。神髄を写し出すこと。本物そっくりに像を造ること。

『世說新語』「巧藝」「顧長康畫人、或數年不點目精。人問其故、顧曰、四體妍蚩、本無關於妙處、傳神寫照、正在阿堵中」

唐・李群玉「規公業在淨名得甚深義僕近獲顧長康月宮眞影對戴安道所畫文殊走筆此篇以屈瞻禮」詩「生公吐辯眞無敵、顧氏傳神實有靈」『李群玉詩集』巻中

明・徐霖「遊西湖」詩「可惜無畫手、能爲景傳神」『石倉歷代詩選』巻四百九十

宋・潘牥「希夷睡圖」詩「從今天下都無事、可是山中睡得牢」『聯珠詩格』巻十一

唐・姚合「窮邊詞」詩二首其二「沿邊千里渾無事、唯見平安火入城」『姚少監詩集』巻十

天下渾無事…天下はすべて平和で安泰である。

莫言天下渾無事

猶有江東學劍人

江東…揚子江下流の南岸地方を指す。楚の項羽が郷里で兵を挙げた時、江東の八千人の子弟が項羽に従ったとされる。

『史記』巻七「項羽本紀」「且籍與江東子弟八千人渡江而西、今無一人還、縱江東父兄憐而王我、我何面目見之」

唐・杜牧「題烏江亭」詩「江東子弟多才俊、巻土重來未可知」『樊川詩集注』巻四（『詩人玉屑』巻十六）

學劍…剣術を学ぶこと。或いは広く武芸を学ぶこと。

『史記』巻七「項羽本紀」「項籍少時、學書不成、去學劍、又不成」

唐・馮待徵「虞姬怨」詩「妾本江南採蓮女、君是江東學劍人」『石倉歷代詩選』巻百十六

唐・袁瓘「鴻門行」詩「學劍西入秦、結交北遊魏」『石倉歷代詩選』巻四十三

（遠藤　星希）

○七三　星夕

瓜菓金盤蛛吐絲
家家香燭映簾幃
何人乞與天孫巧
卻爲君王補袞衣

星夕

瓜菓の金盤　蛛《くも》　糸を吐き
家家の香燭　簾幃《れんい》に映ず
何人《なんぴと》か天孫の巧を乞与《きつよ》せられ
却って君王の為に袞衣《こんい》を補うは

【詩形・押韻】

七言絶句（絲・幃・衣）上平声四支・五微通押

【訳】

七夕

瓜と果物を金色の皿に載せ供えれば蜘蛛が糸を掛けてくれ、
家々の美しいあかりがとばりに揺らめく。
誰であろうか、織女の裁縫の巧みさを与えられて、なんと君王の衣を繕うことになってしまうのは。

【語釈・用例】

星夕：たなばた。

梁・宗懍『荊楚歳時記』「七月七日爲牽牛織女聚會之夜。是夕、人家婦女結綵縷、穿七孔鍼、或以金銀鍮石爲鍼、陳瓜果於庭中以乞巧、有喜子網於瓜上則以爲符應」

唐・柳宗元「乞巧文」「柳子夜歸自外庭有設祠者、餈餌馨香、蔬果皆羅、插竹垂綏、剖瓜犬牙、且拜且祈」『柳河東集』巻十八

＊七月七日の夕に瓜と果物とを捧げて、天孫（織女）に裁縫が上達するようにと祈る習慣があった。願いが聞き届けられると、瓜と果物の上に蜘蛛が糸をかけるとされる。（梁・宗懍『荊楚歳時記』）

瓜菓金盤蛛吐絲

瓜菓：瓜のこと。あるいは瓜と果物。

宋・梅堯臣「七夕」詩「古來傳織女、七夕渡明河。巧意世爭乞、神光誰見過。隔年期已拙、舊俗驗方訛。五色金盤果、蜘蛛浪作窠」『瀛奎律髓』巻十六

蛛吐絲：蜘蛛が糸を吐く。ここでは、金盤の瓜果の上に糸をかけること。

唐・杜甫「牽牛織女」詩「蛛絲小人態、曲綴瓜果中」『杜詩詳註』巻十五（『圓機活法』巻三節序門「七夕」項）

家家香燭映簾幃

香燭：美しいろうそく。あるいは香とろうそく。

唐・溫庭筠「池塘七夕」詩「香燭有光妨宿燕、畫屏無睡待牽牛。萬家碪杵三篙水、一夕横塘似舊遊」『溫飛卿詩集箋注』巻四

簾幃：とばり。『円機活法』韻学巻七上平五微「幃」項に「簾幃」とある。

作者不詳「銀燭映紗幃」『圓機活法』韻學巻二上平五微「幃」項

何人乞與天孫巧

乞與：与える。

宋・王安石「華嚴院此君亭」詩「煩君借此根株在、乞與伶倫學鳳凰」『瀛奎律髓』巻三十五

宋・陸游「題菴壁」詩「衰髪蕭疏雪滿巾、君恩乞與自由身」『瀛奎律髓』巻二十三

宋・謝邁「王摩詰四時山水圖」詩「何人乞與輞川圖、裝成小軸四時俱」『竹友集』巻二

宋・周紫芝「次韻庭藻題寒林渭川二圖」詩二首其一「何人乞與并州剪、分取江南一半山」『太倉稊米集』巻二十七

天孫：天帝の孫娘。織女を指す。裁縫の巧みさを司るとされた。

唐・柳宗元「乞巧文」「下土之臣、竊聞天孫專巧于天」『柳河東集』巻十八

朱氏（時代不詳）「七夕」詩「年年乞與人間巧、不道人間巧已多」『聯珠詩格』巻十二（『圓機活法』巻三「七夕」項　宋・楊朴）

作者不詳「斯文不乞天孫巧、何用蜘蛛強吐絲」『圓機活法』巻三節序門「七夕」項

卻爲君王補袞衣
卻爲
宋・戴栩「祈雨二古跡」詩「何如一挽天河洗、卻爲君刋萬古碑」『浣川集』巻二
補袞衣…「袞衣」とは龍の模様の刺繡を施した天子の礼服、袞冕。「補袞」とは天子の袞衣を繕う意味から転じて、天子の過失を補うこと、天子を助けて働くことを言う。ここでは天子の衣を縫う意に用いた。
『詩經』「大雅・烝民」詩「袞職有闕、惟仲山甫補之」毛傳「有袞冕者、君之上服也、仲山甫補之、善補之過也」
漢・阮禹「爲曹公作書與孫權」「是以應詩人補袞之嘆、而愼周易牽復之義」『文選』巻四十三
唐・唐彦謙「七夕」詩「會合無由歎久違、一年一度是緣非。而予願乞天孫巧、五色紉針補袞衣」『鹿門集』巻上
宋・黄庭堅「次雨絲雲鶴」詩二首其一「願染朝霞成五色、爲君王補坐朝衣」『瀛奎律髓』巻二十七
明・胡奎「送尚書貢先生入閩」詩「明年漕運歸來日、好爲君王補袞衣」『南斗老人』巻三
＊後半二句は織女から裁縫の巧みさを与えられたとしても、かえって君王のために錦を織ることにしかならないのだ、というもの。唐・李商隠「隋宮」詩「春風挙国裁宮錦、半作障泥半作帆」（『万首唐人絶句』巻四十）の発想に近い。

（高芝　麻子）

○七四　和中秋無月

中秋無月に和す

〔題下注〕此詩、予雖在我東都而舊友半零落太有感慨。故第六句云爾。（此の詩、予我が東都に在りと雖も旧友の半ば零落して太《はなは》だ感慨する有り。故に第六句に爾《しか》云う）

一宵○辜勝●賞
獨坐●憶曾○遊◎
影共●山河○夜
景分○風雨●秋◎
交歡○非故●舊
悵望●似他○州◎
倦客●本無○賴
那堪○空倚●樓◎

一宵　勝賞に辜《そむ》き
独り坐し　曾遊を憶《おも》う
影《かげ》は山河の夜を共にし
景《けい》は風雨の秋を分かつ
交歓　故旧に非ず
悵望《ちようぼう》　他州に似たり
倦客は本より頼《よ》る無し
那《なん》ぞ空しく楼に倚《よ》るに堪えん

【詩形・押韻】

五言律詩（遊・秋・州・樓）下平声十一尤

【訳】

「中秋無月」詩に唱和する

この詩では、我が身は日本の東都（江戸）に置きながらも、幼馴染みたちの多くが不遇であることに大変深い感慨を覚えたので、第六句にその想いを詠った。

今宵は中秋の美しい光景に背き、
一人座って以前の月見を思い出す。
月影は山河と夜の闇をともにし、
光は秋の風雨に隔てられている。
よしみを結ぶ相手は昔馴染みたちではなく、
悲しく見渡せば江戸の都も異郷のように感じられる。
疲れはてた旅人はもともと頼りない気持ちになりがちなもの、
どうして楼の欄干に寄りかかって月のない空をむなしく見あげていられようか。

【背景】

江戸にいる白石が、古い友人から送られた「中秋無月」詩に唱和した作品。詩を送った友人については未詳。

【語釈・用例】

和中秋無月

明・高啓「中秋無月無酒」詩『高青丘詩集注』巻十八

明・王佐「中秋無月」詩『石倉歴代詩選』巻三百九十二

＊「中秋無月」という詩題は明代以降に多く見え、江戸の石川丈山、木下順庵などにも「中秋無月」詩が複数ある。

東都

江戸・林羅山「仲秋中丁釋菜賦周公嘉禾　又」詩「遠餽東都輔相人、嘉禾呈瑞各親親」『釋菜詩集』

江戸・荻生徂徠「田家卽興」詩二首其一「田家女子厭蠶桑、多學東都新様粧」『徂徠集』巻五

＊京都から見て東にある都。江戸を指す。江戸時代初期から用例は多く見える。この詩で「我東都」といったのはこの詩を見てもらう朝鮮通信使を意識したもの。「東都」といえばふつう洛陽を指す。

舊友半零落

零落：不遇であること。

晉・陸機「門有車馬客行」詩「親友多零落、舊齒皆彫喪」『文選』巻二十八（『樂府詩集』巻四十）

唐・白居易「琵琶行」詩「門前冷落鞍馬稀、老大嫁作商人婦」『古文眞寶』前集巻九

宋・王安石「次韻張子野竹林寺」詩二首其一「十年親友半零落、回首舊遊成古今」『臨川文集』巻十九

一宵辜勝賞

辜勝賞：「勝賞」は、美しい眺め。「辜」は、背《そむ》く。ここでは、明月の美しい眺めを楽しみたいとの人々の期待に背いて、月が翳ること。

金・張本「中秋雨夕呈君美」詩「桂樹婆娑辜勝賞、桐枝默滴厭殘更」『中州集』巻七（『圓機活法』巻一天文門「不見月」項）

＊〇七五「九月十三夜」詩に金・張本句を踏まえた「桂影莫教辜勝賞、菊花応恨過佳期」との句が見える。

獨坐憶曾遊

憶曾遊：友人たちとかつて共に遊んだことを思い出す。ここでは江戸の久留里藩下屋敷にいたころの、中秋の月見の思い出か。

唐・杜甫「後遊」詩「寺憶曾遊處、橋憐再渡時」『杜詩詳註』巻九

元・貢奎「憶昔」詩「暗憶曾遊地、遙看不盡天」『雲林集』巻四

影共山河夜　景分風雨秋

影・景：月の光。

陳・張正見「怨詩」詩「蓋影分連騎、衣香合竝車」『樂府詩集』巻四十一

唐・李白「峨眉山月歌」詩「峨眉山月半輪秋、影入平羌江水流」『唐詩選』巻七

宋・張子龍「中秋雨」詩「月色正供金闕宴、分光應不到人間」『錦繡段』

風雨秋

唐・李白「與南陵常贇府遊五松山」詩「蕭颯鳴洞壑、終年風雨秋」『李太白全集』巻二十

宋・王安國「遊廬山宿棲賢寺」詩「千山月午乾坤晝、一壑泉鳴風雨秋」『瀛奎律髓』巻一

＊第三句は月の光が見えないことを、夜の闇と同じであると描き、第四句は本来あるべき月の光が秋の風雨によって遮られ、隔てられていることを描いている。「影」「景」、「共」「分」とは逆の意味を有する語であるが、ここではいずれも月の光が見えないことを表現している。第三句は山河という空間と夜という時間、第四句は風雨という気候と秋という時節を言う。

この二句は同時に友人と隔てられた白石の孤独をも描いている。友人が半ば零落したと序文にあるが、当時、白石が育った久留里藩の下屋敷はすでになく、下屋敷で共に過ごした友人たちは、その多くが久留里藩を離れ、離散していたと考えられる。白石自身は江戸にありながら、彼らは遠く隔たっており、共に月見をすることができない。その悲しみを、月の光が「山河の夜」や「風雨の秋」によって見られない無念と重ねあわせ、描いていると考えられる。

交歓非故舊

故舊：昔からの友達。

宋・文天祥「眞州驛」詩「山川如識我、故舊更無人」『文山先生全集』巻十四

悵望似他州
悵望：悲しい思いを抱きつつ遠くを眺める。
唐・司空圖「漫書」詩「莫怪行人頻悵望、杜鵑不是故郷花」『聯珠詩格』巻五
他州：故郷ではない場所。他郷に同じ。
宋・陳與義「連雨書事」詩「年年授衣節、牢落向他州」『瀛奎律髓』巻十七
作者不詳「暮雲横雁是他州」『圓機活法』韻學巻十下平十一尤「州」項
＊江戸は白石の育った場所である。その江戸を「似他州」と描いていることから、白石は江戸を本来は「他州」とは考えていなかったことが分かる。だが、次の句で白石は自らを「倦客」と称しており、江戸を故郷のように思いつつも、自身を旅人であると自覚していることが窺われ、白石の故郷に対する複雑な気持ちが垣間見える。

倦客本無頼
倦客：疲れ果てた旅人。
唐・孟郊「贈姚怤別」詩「倦客厭出門、疲馬思解鞍」『孟東野詩集』巻八（『石倉歴代詩選』巻五十八）
無頼：寄る辺がない。頼る相手がいない。
唐・杜甫「寄従孫崇簡」詩「牧豎樵童亦無頼、莫令斬斷青雲梯」『杜詩詳註』巻十八
宋・陳與義「元日」詩「攜家作客眞無頼、學道刳心卻自違」『石倉歴代詩選』巻百六十四
＊陳与義「元日」詩は『簡斉詩集』巻二十四には「携家作客真無策」に作る。

那堪空倚樓

那堪…どうして堪えられるだろうか。

唐・劉長卿「江樓送太康郭主簿赴嶺南」詩「青山落日那堪望、誰見思君江上樓」『劉隨州詩集』巻九

唐・李中「得故人消息」詩「那堪樓上望、烟水接天涯」『石倉歴代詩選』巻九十二

倚樓

唐・趙嘏「長安晩秋」詩「殘星幾雁横塞、長笛一聲人倚樓」『三體詩』巻四（『瀛奎律髓』巻十二、『圓機活法』韻學巻十下平十一尤「州」項「長笛一聲人倚樓」）

（高芝　麻子）

○七五　九月十三夜

〔題下注〕此夕、是我東方之清節。正與中秋共勝賞焉。（此の夕、是れ我が東方の清節なり。正に中秋と共に勝賞す）

九月十三夜

正是江山搖落時
月華霜色兩相宜
中秋千古聯雙璧
今夜一輪缺寸規
桂影莫敎辜勝賞
菊花應恨過佳期
照他幾許清光好
袁渚庾樓未肯知

正《まさ》に是れ江山揺落の時
月華　霜色　両《ふた》つながら相《あい》宜し
中秋千古　双璧を聯《つら》ね
今夜一輪　寸規を缺《か》く
桂影　勝賞に辜《そむ》かしむる莫かれ
菊花　応《まさ》に佳期を過ぐるを恨むなるべし
他を照らすこと幾許《いくばく》ぞ清光好《よ》からん
袁渚《えんしょ》　庾楼《ゆろう》　未だ肯《あえ》て知らず

【詩形・押韻】

七言律詩（時・宜・規・期・知）上平声四支
【訳】

九月十三夜
　九月十三日の夜は、我が東方の国の清らかな節句であり、ちょうど中秋と並んで月を賞するものである。

まさに今は山も河も木の葉が散り落ちる時期、
月明かり、地を照らす光、いずれも素晴らしい。

中秋の月と、千古の昔から二つ璧のごとく並ぶもの、
今夜の月は、少しだけ欠けている。

月影よ、美しい光を隠さないで欲しい。

菊の花よ、重陽の良い季節が過ぎたことを哀しんでいるのだろう。

あらゆるものを照らし出す、清らかな光の素晴らしさ。

袁宏が牛渚で見、庾亮が南楼で見た月などは知らぬこと。

【語釈・用例】

九月十三夜・・旧暦八月十五夜と並び称せられる名月。後の月。【補説】参照。

　宋・陳師道「十五夜月」詩「向老逢清節、歸懷託素輝」『後山先生集』巻二

正是江山搖落時
正是：あたかも。ちょうど。
唐・杜甫「江南逢李龜年」詩「正是江南好風景、落花時節又逢君」『聯珠詩格』卷四
唐・裴説「早春寄華下同志」詩「正是花時節、思君寢復興」『三體詩』卷六（『瀛奎律髓』卷十）
搖落：秋になり葉が落ちる。
『楚辭』「九辯」「悲哉秋之爲氣也、蕭瑟兮草木搖落而變衰、憭慄兮若在遠行」
唐・杜甫「吹笛」詩「故園楊柳今搖落、何得愁中卻盡生」『唐詩選』卷五
唐・劉長卿「長沙過賈誼宅」詩「寂寂江山搖落處、憐君何事到天涯」『劉隨州詩集』卷九

月華霜色兩相宜
月華：月の光。
唐・張若虛「春江花月夜」詩「此時相望不相聞、願逐月華流照君」『唐詩選』卷二
霜色：霜の色。ここでは月の光の比喩。
唐・李白「靜夜思」詩「床前看月光、疑是地上霜」『唐詩選』卷六
兩相宜：ともによい。二つとも好ましい。ここでは月の光と霜の色の二つ。
宋・張道洽「梅花」詩二十首其六「竹屋紙窗淸不俗、茶甌禪榻兩相宜」『瀛奎律髓』卷二十
宋・蘇軾「西湖」詩「若把西湖比西子、淡妝濃抹兩相宜」『聯珠詩格』卷二
明・李東陽「城南姚氏園餞劉太宰與諸吏部晚會歸得」詩二首其二「園上高亭園下池、秋來風物兩相宜」『懷麓堂集』

巻五十八

中秋千古聯雙璧　今夜一輪缺寸規

雙璧：一対の璧のように二つながら優れているもの。ここでは中秋と今宵（九月十三夜）の月とが古来より双璧をなしていると描いている。

宋・楊萬里「中秋前一夕翫月」詩「月擬來宵好、吾先此夕遭。纔升半璧許、已復一輪高。遷坐明相就、羣飛影得逃。望秋惟有此、徹夜敢辭勞」『誠齋集』巻二（『石倉歴代詩選』巻百七十九上「遷坐還相就、群飛影莫逃」）

桂影莫教辜勝賞

桂影：桂は月に生えるとされることから、ここでは月の光の意味。

辜勝賞：〇七四「中秋無月」詩「一宵辜勝賞、独坐憶曾遊」注を参照。

金・張本「中秋雨夕呈君美」詩「桂樹婆娑辜勝賞、桐枝默滴厭殘更」『中州集』巻七（『圓機活法』巻一天文門「不見月」項）

菊花應恨過佳期

過佳期：好ましい時期が過ぎ去ってしまう。ここでは佳期とは菊の節句である重陽のこと。

宋・高翥「戢山登高」詩「醉眼横斜看菊枝、又成客裏過佳期」『菊磵集』

照他幾許清光好

照他幾許：あらゆるものを照らし出す。「他」は助字。「幾許」は多い様。

唐・白居易「中秋月」詩「照他幾許人腸斷、玉兎銀蟾遠不知」『瀛奎律髓』巻二十二（『圓機活法』巻一天文門「月」項）

袁渚庾樓未肯知

袁渚：渚の名。「袁」とは晋・袁宏のこと。以下に引く『晋書』参照。袁宏の渚は牛渚磯、采石磯とも呼ばれ、今の安徽省にある。なお「袁宏泊渚」は蒙求の標題となっている。

『晉書』巻九十二「袁宏傳」「少孤貧、以運租自業。謝尚時鎭牛渚、秋夜乘月、率爾與左右微服泛江。會宏在舫中諷詠、聲既清會、辭又藻拔、遂駐聽久之、遣問焉。答云、是袁臨汝郎誦詩、卽其詠史之作也。尚傾率有勝致、卽迎升舟、與之譚論、申旦不寐、自此名譽日茂」

＊『円機活法』巻一天文門「月」項に「袁宏渚」として『晋書』を引く。

庾樓：楼の名。「庾」とは晋・庾亮のこと。以下に引く『晋書』参照。今の江西省にある。

『晉書』巻七十三「庾亮傳」「亮在武昌、諸佐吏殷浩之徒、乘秋夜往共登南樓、俄而不覺亮至、諸人將起避之。亮徐曰、諸君少住、老子於此處興復不淺、便據胡牀與浩等談詠竟坐。其坦率行已、多此類也」

＊『円機活法』巻一天文門「月」項に「庾亮楼」として『晋書』を引く。

唐・鄭谷「荊渚八月十五夜値雨寄同年李嶼」詩「棹倚袁宏渚、簾垂庾亮樓」『鄭谷詩集箋注』巻三（『圓機活法』巻一天文門「不見月」項）

宋・喩良能「試院中秋效諸進士作月湧大江流」詩「碎彩通袁渚、餘輝謝庾樓」『香山集』巻十二

＊「袁渚」と「庾楼」とを対として中秋の月を称える詩句は先行用例も多く見え、また、『円機活法』では並べて引かれている。この詩において、白石は中秋と九月十三夜とを双璧と称し、十三夜の月を見ることを心待ちにしている。「袁渚庾楼未肯知」とは「袁宏と庾亮の見た中秋の月がどれほど素晴らしかったのか（私は）知りはしないけれども（十三夜の月が美しいからそれでいいのだ）」との意味に解釈したが、「（風流を知るとされるかの）袁宏と庾亮も中秋の月を見るばかりで十三夜の月の素晴らしさを知りはしなかった（十三夜の月をも愛でる日本の風流の方が一段優っているのだ）」との意味でも解釈できよう。

【補説】

白石は自序で十三夜を「東方之清節」と称し、中国にはない節句であることを言明している。江戸・林鵞峰『本朝一人一首』巻六所収の平安・藤原忠通「九月十三夜翫月」詩の鵞峰注にも十三夜を「本朝清節」と称し、「既有菅家詠吟、則延喜以前賞之明矣」と述べている。江戸後期の鈴木牧之『北越雪譜』では、菅原道真『菅家後草』「九月十日」詩「去年今夜侍清涼、秋思詩篇独断腸。恩賜御衣今在此、捧持毎日拝余香」を「九月十三夜」詩とし、道真の自注に延喜元年（九〇一）八月十三夜に、昨年（昌泰三年）のことを思い出して作った詩であることが明記されている旨を記している。鵞峰が言及した「菅家詠吟」の詩はこれであるかもしれない。ただし道真の当該詩は現行テキストでは「九月十日」詩となっており、自注にも十三夜とは見えず、他に現存する道真詩に十三夜を詠じた詩は見られない。『古事類苑』「歳時部」の「八月十五夜・九月十三夜」項に引かれる『古今要覧稿』「歳時」が「九月十三夜を賞することは、延喜十九年内裏にて、月の宴せさせ給ひしぞ始なるべき、然るを菅家の詩作よりといひ、又は天暦七年八月十五夜、先帝の御国忌をさけられしより、はじまるといへるは、みなあやまりなり」と言うように、現存資料のみからは道真詩に始まるとは断じがたい。

『古今要覧稿』の引く延喜十九年（九一九）の「月の宴」とは凡河内躬恒『躬恒集』巻上「清涼殿の南のつまに、みかは水ながれいでたり、その前栽にさゝら河あり。延喜十九年九月十三日に賀せしめ給ふ、題に月にのりてさゝら水をもてあそぶ、詩歌心にまかす。もゝ敷の大宮ながら八十島を見るこゝちする秋のよのつき」を指す。延喜は醍醐天皇の治世であるが、その父で醍醐天皇の治世には法王であった宇多天皇（寛平法皇）が十三夜の月を愛でたとの記事が『中右記』「長承四年（保延元年）九月十三日」条に見える。「九月十三日、今夜雲浄月明、是寛平法皇、今夜明月無双之由被仰出云々。仍我朝以九月十三夜、為明月之夜也。」このことが延喜十九年より前であるかは分からないが、道真の仕えた宇多天皇、醍醐天皇の時代に十三夜の月を愛でる風習が成立したと考えることができそうである。

なお、異説として、『古今要覧稿』「歳時」が引いている天暦七年（九五三）に亡き朱雀天皇の命日を避けて八月十五夜から月遅れの九月十三日に月見の宴を移動させたとの説や、伊達玄庵『光台一覧』（刊年不明、宝暦十年跋の写本が早稲田大学図書館に収蔵されている）巻一に見える、後朱雀天皇が皇太子であったとき（一〇一七―一〇三五）にその無聊を慰めたとする説がある。また、白石の時代に近い有名な十三夜の宴としては、『日本外史』巻十一に見える上杉謙信の記事がある。

以上のように九月十三夜の月見は日本独自の風習として強く意識されており、白石も朝鮮通信使に見せるために、わざわざ序で「我東方之清節」と説明したのであろう。

もちろん中国においても九月十三夜の月を詠んだ詩は皆無ではない。ことに明・于慎行『穀城山館集』巻十三「九月十三夜扈従功徳寺陪李漸菴大司　王忠銘徐検菴二学士登金山対月」詩二首其一「正惜巌花過九日、却憐湖月似中秋」は、九月十三夜の月が中秋に似ていると描いている点が興味深い。ただし、于慎行も九月十三夜をたまたま美しいと描いただけにすぎず、「清節」とは認識していなかったようだ。

（高芝　麻子）

○七六　寄長秀士

長秀士に寄す

〔題下注〕秀士本信州人。曾從官于播陽、而今客于江東。故第三四句云爾。龍野者播陽之地名。（秀士は本《もと》信州の人なり。曾て官に播陽《ばんよう》に従い、而《しか》るに今江東に客たり。故に第三四句に爾《しか》云う。龍野は播陽の地名なり）

邂逅●幸忘○爾汝●分◎
江城○羈思●奈何○君◎
夢迷○闕北●鷲湖○雪
望斷●海西○龍野●雲◎
雙鯉●水長○勞問●信
孤鴻○天闊●歎離○群◎
客中○知有●夜難○過
梧雨●蕭條○窗外●聞◎

邂逅《かいこう》して幸《さいわ》いにも爾汝《じじょ》の分を忘る
江城　羈思《きし》　君を奈何《いかん》せん
夢は迷う　関北　鷲湖《がこ》の雪
望断す　海西　龍野《りゅうや》の雲
双鯉《そうり》　水長くして信を問うを労《ねぎら》い
孤鴻《ここう》　天闊《ひろ》くして群を離るるを歎く
客中　夜の過ごし難き有るを知る
梧雨《ごう》　蕭条《しょうじょう》として　窓外に聞く

【詩形・押韻】

七言律詩（分・君・雲・群・聞）上平声十二文

＊第一句は孤平。

【訳】

長秀士に贈る詩

秀士は信州出身である。かつて播陽に仕官していたが、現在は隅田川の東側に寓居している。だから第三、四句にこのように詠ったのである。龍野は播陽の地名である。

あなたにめぐりあって隔てなく親しくさせていただきましたが、
江戸の町に在って郷愁を抱くあなたをどうやって慰めたらいいのでしょう。
箱根の北、諏訪湖の雪を夢に見、
海原の西、龍野の雲を眺めていることでしょう。
二匹の鯉は、海が広すぎるので手紙を届けようにも大変なこと、
孤独な鴻は、空があまりにも広大で群れからはぐれたことを悲しんでいるでしょう。
旅先の夜は何とも耐え難いもの、
とりわけ桐に降る雨がしみじみと切なく窓の外から聞こえてくるときには。

【背景】

白石は江戸におり、同じく江戸に逗留中であった長秀士に送った詩。長秀士については補説参照。

【語釈・用例】

秀士…『礼記』「王制」によれば徳と才能に優れているが、まだ推挙、任官されていないもの。ここでは浪人中の相手を尊んで呼んだものか。

『禮記』「王制」「命鄕論秀士、升之司徒、曰選士」、鄭玄注「秀士、鄕大夫所考、有徳行道藝者」

江戸・林鵞峰「西風涙露中」「按王制有進士俊士選士秀士等之差、是學者仕宦之次第也」『鵞峰先生林學士文集』巻七十八

播陽…播州（現在の兵庫県南西部）の南部。龍野は播陽にある藩の一つで、現在の兵庫県たつの市のあたり。なお、「播」は音ハが正しいが、日本では慣用的にバン、ハンと訓んでいる。

邂逅幸忘爾汝分

邂逅…思いがけずめぐり合うこと。白石と長秀士が偶然の縁で知り合いとなったことを言う。

唐・杜甫「今夕行」詩「英雄有時亦如此、邂逅豈即非良圖」『古文眞寶』前集巻九

爾汝…あなた。おまえ。人を親しみをこめて呼ぶときの二人称。同輩、目下の相手に用いる。ここでは年齢や身分の差を超えて親密であることを表現している。なお、経歴から、長秀士は白石よりだいぶ年長であったのではないかと推測される。

『孟子』「盡心」「人能充無受爾汝之實、無所往而不爲義也」朱注「蓋爾汝、人所輕賤之稱」
唐・杜甫「醉時歌」詩「忘形到爾汝、痛飮眞吾師」『古文眞寶』前集巻八
作者不詳「情忘爾汝分」『圓機活法』韻學巻四上平六文「分」項

江城羈思奈何君
江城：江戸の町。
江戸・石川丈山「代某人追和朝鮮國信使東溟所寄詩」詩二首其一「遠望北客報書倍、憑有江城春雁歸」『覆醤集』巻上
羈思：旅人の気持ち。望郷の念。
唐・柳宗元「柳州二月」詩「宦情羈思共悽悽、春半如秋意轉迷」『三體詩』巻二

夢迷關北鵞湖雪　望斷海西龍野雲
夢迷・望斷：「夢迷」は夢に見ること、「望断」は見はるかすこと。「断」は強調の意味。両句の意味は、長秀士が信州や龍野を懐かしんでいるだろうということ。
唐・駱賓王「在軍中贈先還知己」詩「魂迷金闕路、望斷玉門關」『瀛奎律髓』巻三十
宋・張元幹「臨江仙」詞「夢迷芳草路、望斷素鱗書」『蘆川歸來集』巻五
鵞湖：信濃国諏訪湖の雅称。
江戸・服部南郭「大淳師至自信中攜禪餘稿佳甚臨別作歌兼寄獨雄師」詩「臼井關頭遙紫氣、鵞湖水上偏白雲」『南郭

先生文集二編』巻二

雙鯉水長勞問信

雙鯉・問信：鯉は古来旅先から家族への手紙を運ぶものとされた。

無名氏「飲馬長城窟行」詩「客從遠方來、遺我雙鯉魚。呼兒烹鯉魚、中有尺素書。長跪讀素書、書中竟何如。上有加餐食、下有長相憶」『文選』巻二十七（『古文眞寶』前集巻三）

唐・李商隱「寄令狐郎中」詩「嵩雲秦樹久離居、雙魚迢迢一紙書」『唐詩選』巻七（『錦繡段』は「双魚」を「双鯉」に作る）

宋・黄庭堅「寄季張」詩「出門望君車馬絶、臨水問信鯉魚沈」『山谷詩集注』外集巻十一

明・貝瓊「送王以寧歸建德幷柬魯道原」詩「相見魯公勞問信、春秋何日試重論」『清江詩集』巻八

孤鴻天闊歎離群

離群：群れからはぐれる。ここでは、長秀士が龍野藩を離れたことを言う。

唐・孟浩然「初出關懷王大校書」詩「客中無偶坐、關外惜離群。燭至螢光滅、荷枯雨滴聞」『孟浩然集箋注』巻下

宋・林逋「西湖舟中値雪」詩「浩蕩彌空濶、霏霏接水濆。（略）悠然詠招隱、何許歎離群」『林和靖先生詩集』巻一

客中知有夜難過

夜難過：夜を過しにくい。眠られない。

宋・左緯「送別」詩「客情唯有夜難過、宿處先尋無杜鵑」『聯珠詩格』巻十

梧雨蕭條窗外聞

梧雨：桐に降りかかる雨。『円機活法』巻一天文門「秋雨」項に「疏桐」「滴高梧」、同樹木門巻二十二「桐梧」項に「鳴夜雨」と見えるように、大きな桐の葉を雨が打つ音色は、好んで描かれている。

唐・韋應物「秋夜南宮寄灃上弟及諸生」詩「況茲風雨夜、蕭條梧葉秋」『韋蘇州集』巻二

唐・白居易「別元九後詠所懷」詩「零落桐葉雨、蕭條槿花風」『白氏長慶集』巻九

唐・秦韜玉「陳宮」詩「誰識古宮堪恨處、井桐吟雨不勝秋」『全唐詩』巻六百七十

唐・杜牧「雨」詩「一夜不眠孤客耳、主人窗外有芭蕉」『聯珠詩格』巻十一

【補説】

「長秀士」との具体的な事柄については不明。ただし、題下注に言うように、白石と交友を結ぶ以前に、脇坂氏龍野藩に仕えていた。脇坂氏は江戸はじめから五万五千石の信州飯田藩を治めていたのだが、寛文十二年（一六七二）に、五万三千石播州龍野藩に転封されている。このときの信州飯田藩第三代藩主脇坂安政は、老中堀田正盛の次男であり、養子として脇坂氏に迎えられていた。脇坂氏の石高は減少したが外様大名から譜代大名に格上げされ、後には老中などを輩出している。また堀田安政は、白石が二十六歳で仕えた老中堀田正俊の兄にあたる。白石と堀田家は、この頃には仲介に立つ人があって結びつきがあったのではないだろうか。『折りたく柴の記』巻上でも「我廿三歳の夏の比、予州の家滅びしかば、前にしるせし事のごとく、我つかへの途もおのづからひらけたり。かくて筑前守紀正俊朝臣に

す、めしものありて、廿六歳の三月に彼朝臣の許に出て仕ふ」とあり、二十三歳夏の仕官禁錮解除から二十六歳での堀田家仕官までのことが、一連の事柄として記されている。

さて、「長秀士」の経歴として自注に「本信州人曽従官于播陽」とあるのは、脇坂安政の国替えに従って播磨の龍野に移住したことを示し、「而今客于江東」とあるのは、「長秀士」が何らかの事情で藩を離れたことを示していると考えられる。

この詩が制作される二年前の延宝六年（一六七八）に龍野藩では、二十二歳の跡継ぎである安村が病弱を理由に廃嫡され、二十歳の五男安照が突如世継ぎに指名されるという事件が起きている。さらに安村は天和二年（一六八二）に父である安政に対する不敬の罪で若狭小浜藩の酒井家に預けられており、藩内には世継ぎ交代に関して相当の動揺が起こっていたと推測される。本詩第四句の「望断海西龍野雲」に込められる失意の大きさを考えると、「長秀士」の離藩は、このことに関連している可能性もある。

（高芝　麻子）

○七七　秋晩

落霞○明遠●水
殘日●照高○林◎
衰菊●團黃○蝶
倒荷○立翠●禽◎
風霜○愁到●面
湖海●夢經○心◎
聞說●蓴鱸○美
扁帆○歸興●深◎

秋晩

落霞　遠水に明るく
残日　高林を照らす
衰菊に黄蝶団《あつま》り
倒荷に翠禽《すいきん》立つ
風霜　愁いは面《おもて》に到り
湖海　夢は心を経《ふ》
聞説《きくな》らく　蓴鱸《じゅんろ》美《うま》しと
扁帆《へんぱん》　帰興深し

【詩形・押韻】
五言律詩（林・禽・心・深）下平声十二侵

【訳】

秋の晩

夕焼けがはるか川面に映え、
落日が高い林の梢を照らし出す。
盛りを過ぎた菊に黄色い蝶が集まってとまり、
倒れた蓮の葉にかわせみが立っている。
辛酸の愁いが顔に表れ、
隠逸への憧れが心に染み入る。
聞くところによれば蓴羹と鱸膾は食べ頃になったらしい。
帆掛け舟に乗って故郷へ帰りたい気持ちが募る。

【語釈・用例】

落霞明遠水　殘日照高林

落霞：夕焼け。

遠水：遠く離れたところに見える湖や川。

唐・常建「題破山寺後院」詩「淸晨入古寺、初日照高林」『三體詩』巻五（『唐詩選』巻三）

唐・張祜「題萬道人禪房」詩「殘陽過遠水、落葉滿疏鐘」『張祜處士集』巻二

宋・文同「早晴至報恩山寺」詩「烟開遠水雙鷗落、日照高林一雉飛」『丹淵集』巻三

唐・韋應物「晩出灃上贈崔都水」詩「隔林分落景、餘霞明遠川」『韋蘇州集』巻二（『圓機活法』巻二天文門「霞」項「餘霞明遠川」）

宋・鄭毅夫「田家」詩「田家汨汨水流暉、一樹高花明遠村。雲意不知殘照好、卻將微雨送黄昏」『錦繡段』

＊この二句は類似した表現が様々な詩において見えるが、直接的には第一句では唐・常建、第二句では唐・韋応物を踏まえていると思われる。

衰菊團黄蝶　倒荷立翠禽

衰菊：枯れかけた菊。

唐・陸龜蒙「送浙東德師侍御罷府西歸」詩「行次野楓臨遠水、醉中衰菊臥涼煙」『甫里集』巻十

團：集まる。

唐・溫庭筠「博山」詩「粉蝶團飛花轉影、彩鴛雙泳水生紋」『溫飛卿詩集箋注』巻八

黄蝶・翠禽：黄色い蝶と翠色の水鳥（かわせみ）。

元・陳深「次韻子封承之遊桃花塢」詩「黄蝶得晴飛菜葉、翠禽隔浦啄桃花」『元詩別裁集』巻五

倒荷：枯れ折れて傾いている蓮の葉。

唐・劉象「鷺鷥」詩「窺魚翹立荷香裏、慕侶低翻柳影中」『全唐詩』巻七百十五（『圓機活法』巻二十三飛禽門「鷺鶿」項「窺魚翘立荷香裡、慕侶低翻柳影中」）

作者不詳「殘菊經霜肅、衰荷欲雪天」『圓機活法』巻三時令門「秋暮」項

＊枯れかけた菊の花に蝶が集まり、折れ傾いた蓮の葉の傍らにカワセミが立っている。植物と飛ぶ動物を組み合わ

せつつ、第三句はきいろ、第四句はあおい色の対とし、秋の夕方のわびしい光景を描き出している。

風霜愁到面　湖海夢經心

唐・杜甫「春日江村」詩五首其三「經心石鏡月、到面雪山風」『瀛奎律髓』巻十

風霜：風と霜。ここでは苦労、艱難を言う。

唐・王維「春桂問答」詩「風霜搖落時、獨秀君知不」『古文眞寶』前集巻七（『全唐詩』巻三十七　唐・王績「春桂問答」詩二首其二）

湖海：湖と海。ここでは隠遁の地の意味。

唐・孟浩然「自洛之越」詩「扁舟泛湖海、長揖謝公卿」『孟浩然集』巻三

元・黄庚「月夜登樓」詩「湖海誰青豪傑眼、風霜易白少年頭」『月屋漫稿』

元・張伯淳「送趙懐玉」詩「幾年湖海滋吟筆、萬里風霜入敝裘」『養蒙文集』巻九

聞說蓴鱸美

蓴鱸：蓴羹（じゅんさいのあつもの）と鱸膾（鱸魚のなます）。晋・張翰は秋の訪れに感じて、蓴羹と鱸膾とを食べるために官を辞して帰郷した。転じて望郷の念を言う。

『晉書』巻九十二「張翰傳」「翰因見秋風起、乃思吳中菰菜、蓴羹、鱸魚膾、曰、人生貴得適志、何能羈宦數千里以要名爵乎。遂命駕而歸」

唐・李郢「江亭秋霽」詩「聞說故園香稻熟、片帆歸去就鱸魚」『三體詩』巻四（『瀛奎律髓』巻十二　唐・劉禹錫「江亭秋

霽」詩）

扁帆歸興深

扁帆：小さな舟。扁舟に同じ。中国の用例は管見の限り見いだせない。

元・甘東溪「歸舟」詩「片帆懸空秋滿腹、涼月淡淡水無波。平生湖海元龍意、早入西風漁棹歌」『錦繡段』

江戸・石川丈山「大坂駕舟至伏見」詩「扁帆泝淀河水、十里蘆花十里隄」『覆醬集』卷上

歸興：望郷の念。

唐・杜甫「哭王彭州掄」詩「馮唐毛髮白、歸興日蕭蕭」『杜詩詳註』卷十七

明・陳煒「送吳亞卿復致政歸螺江」詩「五十餘年任畏途、爾來歸興逐蓴鱸。風搖雙佩辭三殿、雲引孤帆入五湖」『石倉歷代詩選』卷三百五十九

（高芝　麻子）

○七八　秋夜

清露●瀼瀼○白
残燈○的的●青◎
歸心○依月●滿
病骨●得秋○醒◎
螢照●壁間○畫
蛩鳴○枕上●屏◎
寄言○同社●輩
吾道●在滄○溟◎

秋夜

清露　瀼瀼《じょうじょう》として白く
残燈　的的として青し
帰心　月に依りて満ち
病骨　秋を得て醒む
蛍は照らす　壁間の画
蛩《こおろぎ》は鳴く　枕上の屏
言を寄す　同社の輩
吾が道は滄溟《そうめい》に在りと

【詩形・押韻】

五言律詩（青・醒・屏・溟）下平声九青

【訳】

秋の夜

清らかな露が無数に降りて白く光り、
燃え残りの燈がぽつんと青い。
故郷へ帰りたい気持ちは月が満ちるにつれて膨らみ、
病気の身は秋になって癒えてきた。
蛍は壁に掛った絵を照らし、
蟋蟀《こおろぎ》は枕もとの屏風のあたりで鳴く。
同郷の幼馴染に言葉を寄せよう、
私の進む道は大海原にあると。

【語釈・用例】

清露瀼瀼白

清露

唐・韋應物「月夜會徐十一草堂」詩「遠鐘高枕後、清露捲簾時」『瀛奎律髄』巻八

宋・米芾「題多景樓」詩「須臾江風流、湛湛清露圓」『石倉歴代詩選』巻百四十六

瀼瀼・露が多いさま。

『詩經』「鄭風・野有蔓草」詩「野有蔓草、零露瀼瀼」毛傳「瀼瀼、盛貌」

魏・何晏「景福殿賦」「清露瀼瀼綠水浩浩、樹以嘉木植以芳草」『文選』巻十一
唐・韋莊「和鄭拾遺秋日感事一百韻」詩「夜燈銀耿耿、曉露玉瀼瀼」『浣花集』巻五

殘燈的的青
殘燈：夜が更けて、燃料の油が減り、消えかかっている燈。
唐・魏野「早起」詩「燒葉爐中無宿火、讀書窗下有殘燈」『瀛奎律髓』巻十四
唐・元稹「在江陵聞白樂天降江州作絶句」詩「殘燈無焰影幢幢、此夕聞君謫九江」『詩人玉屑』巻十
的的：明るいさま。
唐・吳融「西陵夜居」詩「漏永沉沉靜、燈孤的的青」『三體詩』巻五

歸心依月滿
歸心：故郷へ帰りたいと思う心。望郷の念。
晉・王讚「雜詩」「朔風動秋草、邊馬有歸心」『文選』巻二十九
唐・盧綸「晩次鄂州」詩「三湘愁鬢逢秋色、萬里歸心對月明」『三體詩』巻三
唐・劉禹錫「罷郡姑蘇北歸渡揚子津」詩「歸心渡江勇、病體得秋輕」『瀛奎律髓』巻六
宋・蘇軾「秋興」詩三首其一「誰家晩吹殘紅葉、一夜歸心滿舊山」『施註蘇詩』巻三十二
依月滿：空の月がだんだん満月に近づくとともに、望郷の念も心に満ちあふれてくる。
宋・蘇轍「和子瞻次孫覺諫議韻題郡伯閘上斗野亭見寄」詩「北風吹微雲、莫寒依月生」『欒城集』巻十四

病骨得秋醒

病骨：病気のからだ。

唐・李賀「示弟猶」詩「病骨猶能在、人間底事無」『昌谷集』巻一

宋・韓琦「題朝元閣」詩「南巓更就丹霞挹、頓覺汪然病骨清」『瀛奎律髓』巻三

宋・朱熹「次秀野詠雪韻」詩三首其一「酒腸凍澁成新恨、病骨侵凌減舊肥」『瀛奎律髓』巻二十一

得秋醒：秋の涼しさが幸いして、病気が癒える。

宋・陳師道「寄侍讀蘇尙書」詩「六月西湖早得秋、二年歸思與遲留」『瀛奎律髓』巻四十二

宋・戴昺「秋晩」詩「吟懷更水靜、病思得秋輕」『石倉歷代詩選』巻二百五

螢照壁間畫

螢照

唐・姚合「縣中秋宿」詩「露垂庭際草、螢照竹間禽」『瀛奎律髓』巻六

壁間畫：壁のおもての絵。壁に掛けた絵。

宋・梅堯臣「得孫仲方畫美人一軸」詩「因觀壁間畫、筆妙仍奇色」『宛陵集』巻十

元・何中「烏石山天王寺」詩「指點壁間畫、脩廡行逡巡」『石倉歷代詩選』巻二百五十五

蛩鳴枕上屛

蛩鳴：コオロギが鳴く。

唐・賈島「送無可上人」詩「塵尾同離寺、蛩鳴暫別親」『瀛奎律髓』巻四十七

枕上

唐・姚揆「潁州客舍」詩「鄕夢有時生枕上、客情終日在眉頭」『三體詩』巻四

宋・陸游「作雪寒甚有賦」詩「窗間頓失疏梅影、枕上空聞斷雁聲」『瀛奎律髓』巻二十一（『劍南詩稾』巻八十）

枕上屏：枕もとに立てた屏風。

宋・劉敞「送僧歸君山」詩「忽見九疑峰、如列枕上屏」『公是集』巻十二

寄言同社輩

寄言：ことづてをする。

劉宋・謝靈運「石壁精舍還湖中作」詩「寄言攝生客、試用此道推」『文選』巻二十二

唐・劉廷芝「代悲白頭翁」詩「寄言全盛紅顏子、應憐半死白頭翁」『唐詩選』巻二（『古文眞寶』前集巻六　唐・宋之問）

同社輩：同じ郷里の仲間。また、同じ志の仲間。

唐・陳羽「洛下贈徹公」詩「天竺沙門洛下逢、請爲同社笑相容」『石倉歷代詩選』巻六十八

吾道在滄溟

吾道：私の生きる道。

宋・馬子才「浩々歌」詩「蒼生如命窮、吾道成蹉跎」『古文眞寶』前集巻八

唐・杜甫「屛跡」詩「用拙存吾道、幽居近物情」『瀛奎律髓』巻二十六（『杜詩詳註』巻十）

滄溟：滄海。大海原。転じて在野。『論語』「公冶長」に「子曰、道不行、乗桴浮於海。従我者其由也」とある。
唐・劉得仁「宿宣義池亭」詩「此中休便得、何必泛滄溟」『三體詩』巻五
唐・景池「秋夜宿淮口」詩「明朝誰結伴、直去泛滄溟」『三體詩』巻六
唐・方干「于秀才小池」詩「纔見規模試方寸、知君立意在滄溟」『石倉歴代詩選』巻九十二

（詹　満江）

○七九　又

碧瓦霜寒襲綈袍
小窗和夢火消膏
風過南雁四更後
月掛西樓一丈高
永憶角巾歸故里
未妨痛飲讀離騷
卻慚秋葉辭榮意
學作江湖萬頃濤

又

碧瓦　霜寒　綈袍《ていほう》を襲《かさ》ね
小窓　夢に和して　火　膏《あぶら》を消す
風は過ぐ　南雁四更の後
月は掛く　西楼一丈の高
永く憶《おも》う　角巾　故里に帰るを
未だ妨げず　痛飲して離騒を読むを
却って慙づ　秋葉　栄を辞するの意に
江湖　万頃《ばんけい》の濤《なみ》と作《な》るを学ばん

【詩形・押韻】
七言律詩（袍・膏・高・騒・濤）下平声四豪

【訳】

（秋夜）また

あおい瓦に降りた霜は寒々しく、綿入れを重ね、
小さな窓べに夢を見るころ、燈火は油を使い果たす。
秋風が南へ飛ぶ雁に吹き付ける夜明け前、
月は西の高楼から一丈の高さに掛る。
羊祜のように功成り名遂げて、隠者の頭巾をかぶり故郷に帰ることを長い間思い続けてきたが、
痛飲して屈原の「離騒」を読むくらいはできようか。
むしろ秋の葉が衰えて落ちる潔さに対して恥ずかしい、
いっそ、江や湖に果てしなく広がる波に。

【語釈・用例】

碧瓦霜寒襲綈袍

碧瓦：あお色の屋根瓦。
唐・呉融「廢宅」詩「風飄碧瓦雨摧垣、卻有鄰人爲鎖門」『三體詩』巻三
唐・杜甫「越王樓歌」詩「孤城西北起高樓、碧瓦朱甍照城郭」『唐詩品彙』巻二十八（『文苑英華』巻三百四十三、『杜詩詳註』巻十一）

霜寒

梁・江淹「學魏文帝」詩「惜哉時不遇、入夜値霜寒」『古詩紀』巻八十六
宋・劉克莊「髪脱」詩「霜寒尤要泥丸暖、慚愧烏巾着意遮」『瀛奎律髓』巻四十四

綈袍…「綈」は、ふとおりのきぬ。つむぎの類。「袍」は、わたいれ。どてらの類。

唐・高適「詠史」詩「尚有綈袍贈、應憐范叔寒。不知天下士、猶作布衣看」『唐文粋』巻十八（『萬首唐人絶句』巻七、『唐詩品彙』巻四十、『唐詩選』巻六）
宋・趙蕃「頃與公擇讀東坡雪後北臺二詩、歎其韻險而無窘步、嘗約追和以見詩之難窮。去冬適無雪、正月二十日大雪、因用前韻呈公擇」詩「便營野屐尋茶戶、更約綈袍當酒家」『瀛奎律髓』巻二十一
宋・楊萬里「送贛守張子智左史進直敷文閣移帥八桂」詩二首其二「贛江府主憐逋客、樽酒綈袍篤故情」『瀛奎律髓』巻二十四
明・楊循吉「玄墓」詩「松聲洗塵耳、雲氣襲綈袍」『吳都文粹續集』巻十九
作者不詳「獵々西風襲縕袍」『圓機活法』巻三時令門「秋夜」項

小窗和夢火消膏

小窗

陳・後主（陳叔寶）「小窗」詩「午醉醒來晩、無人夢自驚。夕陽如有意、偏傍小窗明」『古詩紀』巻百八
宋・曾幾「瓶中梅」詩「小窗氷水青琉璃、梅花横斜三四枝」『瀛奎律髓』巻二十
陳叔弼（時代不詳）「夜歸」詩「霜風緊似夜來些、低下重簾護碧紗。坐久未能消酒力、小窗和月嗅梅花」『聯珠詩格』巻十四

和夢：夢に融け込む。眠ること。
宋・韓琦「次韻和子淵學士春雨」詩「寂寞畫樓和夢鎖、依微芳樹過人昏」『石倉歴代詩選』巻百二十八
宋・眞德秀「春曉」詩「雨破曉鶯花未放乾、披衣和夢倚闌干」『石倉歴代詩選』巻百九十
元・黃溍「夏日漫書」詩「芳歳背人成荏苒、好詩和夢落蒼茫」『石倉歴代詩選』巻二百六十八

小窗和夢
元・程一寧「登翠鶯樓」詩「淡月清寒透碧紗、小窗和夢聽啼鴉」『宋元詩會』巻百（『御選宋金元明四朝詩』「御選元詩」巻七十九）

火消膏：燈火が燃料の油を消費する。
宋・蘇軾「讀孟郊詩」詩二首其二「人生如朝露、日夜火消膏」『施註蘇詩』巻十六
作者不詳「只知肌化竹、不道火銷膏」『圓機活法』巻十七器用門「挑燈棒」項

風過南雁四更後

風過
梁・沈約「二十四首其一　登高望春」詩「日出照鈿黛、風過動羅紈」『玉臺新詠』巻五
宋・王安國「繚垣」詩「檜作寒聲風過夜、梅含春意雪殘時」『瀛奎律髓』巻十三
宋・陳師道「湖上」詩「林喧鳥啄啄、風過水鱗鱗」『瀛奎律髓』巻三十四

南雁：秋になって南へ飛ぶ雁。
晉・傅玄「雜詩」詩「攝衣歩前庭，仰觀南鴈翔」『文選』巻二十九

四更：「更」は、夜を五つに分ける単位。四更は午前二時ころ。
唐・杜甫「月」詩二首其二「四更山吐月、殘夜水明樓」『瀛奎律髓』卷二十二（『文苑英華』卷百五十一、『杜詩詳註』卷十七）
明・蔣冕「齋夜枕上漫吟」詩「一庭風露清如洗、月過松梢夜四更」『石倉歷代詩選』卷四百三十二

月掛西樓一丈高
月掛
唐・杜甫「東屯月夜」詩「泥留虎鬬跡、月掛客愁村」『杜詩詳註』卷二十
唐・陸龜蒙「江城夜泊」詩「漏移寒箭丁丁急、月掛虛弓靄靄明」『甫里集』卷十二
西樓
梁・何遜「日夕望江贈魚司馬」詩「洛汭何悠悠、起望登西樓」『玉臺新詠』卷五
唐・李益「寫情」詩「從此無心愛良夜、任他明月下西樓」『三體詩』卷二
唐・白居易「西樓月」詩「悄悄復悄悄、城隅隱林杪。山郭燈火稀、峽天星漢少。年光東流水、生計南飛鳥。月沒江沉沉、西樓殊未曉」『瀛奎律髓』卷二十二（『文苑英華』卷百五十二、『白氏長慶集』卷十一）
唐・張籍「西樓望月」詩「城西樓上月、復見雪晴時。寒夜共來望、思鄉獨下遲。幽光落水塹、淨色在霜枝。明日千里去、此中還別離」『瀛奎律髓』卷二十二
一丈：十尺。約三メートルあまり。
明・邊貢「題王二採蓮圖」詩「野鷺沙鳧夜相竝、東山月出一丈高」『石倉歷代詩選』卷四百五十四

永憶角巾歸故里

永憶

唐・李商隱「安定城樓」詩「永憶江湖歸白髮、欲囘天地入扁舟」『瀛奎律髓』巻三十九

角巾：かどのある頭巾。隠者のかぶるもの。『晋書』巻三十四「羊祜伝」に「既定辺事、当角巾東路帰故里」とある。

唐・杜甫「南鄰」詩「錦里先生烏角巾、園收芋栗未全貧」『瀛奎律髓』巻二十三（『文苑英華』巻三百十八、『唐詩品彙』唐詩拾遺巻十、『杜詩詳註』巻九）

宋・陸游「感昔」詩「腰閒白羽凋零盡、郤照青溪整角巾」『瀛奎律髓』巻四十五

元・朱德潤「賀張景亮知州致仕」詩「角巾歸里舊儒冠、宦轍馳驅涉萬端」『石倉歷代詩選』巻二百五十六

明・徐禎卿「送友」詩「羨爾侯門早拂衣、柴桑舊里角巾歸」『石倉歷代詩選』巻四百七十八

故里：ふるさと。郷里。

劉宋・顏延之「和謝監靈運」一首「去國還故里、幽門樹蓬藜」『文選』巻二十六

梁・江淹「別賦」「視喬木兮故里、決北梁兮永辭」『文選』巻十六

唐・張喬「送友人歸宜春」詩「故里南陵曲、秋期更送君」『三體詩』巻六

宋・劉克莊「老將」詩「昨解兵符歸故里、耳聽邊事幾番新」『瀛奎律髓』巻二十七

未妨痛飲讀離騷

『世說新語』「任誕」「王孝伯言、名士不必須奇才、但使常得無事痛飲酒、熟讀離騷、便可稱名士」

唐・張祜「江南雜題」詩「幽棲日無事、痛飲讀離騷」『唐百家詩選』巻十五

宋・陸游「對酒」詩「老子不堪塵世勞、且當痛飲讀離騷。此身幸已免虎口、有手但能持蟹螯。牛角掛書何足問、虎頭食肉亦非豪。天寒欲與人同醉、安得長江化濁醪」『瀛奎律髓』巻十九（『劍南詩稾』巻三十八）
宋・趙蕃「同成父過章泉用前韻示之」詩「那知立名自有道、未妨痛飲離騷讀」『淳熙稿』巻六
金・密璹「送王生西遊」詩「勳名細事猶秋毫、政可痛飲讀離騷」『中州集』巻五
未妨：さまたげない。かまわない。
宋・曾幾「乙卯歳江南大旱、七月六日臨川得雨、奉呈仲高侍御」詩「政使夏畦炊白玉、未妨秋稼刈黃雲」『瀛奎律髓』巻十七
宋・劉克莊「詩中殆不可辨別課一詩以謝」詩「縱使北風如鐵勁、未妨雪月照槎牙」『瀛奎律髓』巻二十
痛飲：おおいに酒を飲む。
唐・杜甫「陪章留後侍御宴南樓得風字」詩「寇盜狂歌外、形骸痛飲中」『瀛奎律髓』巻一（『文苑英華』巻二百十四、『杜詩詳註』巻十二）
宋・秦觀「九月八日夜大風雨寄王定國」詩「湔洗此情須痛飲、明朝試訪酒中僊」『瀛奎律髓』巻十二
離騷：戦国・楚の屈原が作った韻文。讒言によって楚の国を追放された己の失志の心情を述べている。
漢・司馬遷「報任少卿書」「仲尼厄而作春秋、屈原放逐乃賦離騷」『文選』巻四十一

郤暫秋葉辭榮意

郤暫
宋・周必大「上巳訪楊廷秀賞牡丹於御書扁榜之齋、其東圃僅一畝爲街者九名曰三三徑」詩「郤慚下客非摩詰、無畫

無詩只謾誇」『瀛奎律髓』巻八

秋葉

唐・杜甫「和裴迪登新澤寺寄王侍郎」詩「何限倚山木、吟詩秋葉黄」『瀛奎律髓』巻四十七（『文苑英華』巻二百三十四、『唐詩品彙』巻六十二、『杜詩詳註』巻九）

宋・梅堯臣「與夏侯繹張唐民游蜀岡大明寺」詩「秋葉已多蠹、古碑看更荒」『瀛奎律髓』巻三

辭榮：秋になって枯れ葉が樹の枝から落ちる。また、枯れ葉のように、栄光の座を辞去する。

晉・孫綽「秋日」詩「湛露灑庭林、密葉辭榮條」『古詩紀』巻四十二

唐・駱賓王「疇昔篇」詩「已辭榮南畝、東皐事耕鑿」『石倉歴代詩選』巻二十

宋・魏了翁「次韻知常徳袁尊固監丞送別」詩「別來歳月爾滔滔、流落天涯忽此遭。萬木辭榮秋意澹、百川歸壑岸容高。笑看海上兩蝸角、閒禿山中千兎毫。若向顔曾得消息、直須奴僕命離騷」『瀛奎律髓』巻二十四

學作江湖萬頃濤

學作：見習ってなる。

宋・謝薖「種松」詩「身非郭槖駝、學作種樹翁」『兩宋名賢小集』巻三十三

江湖：川と湖。在野の喩。隠者の住処。

唐・杜甫「夢李白」詩二首其二「江湖多風波、舟楫恐失墜」『古文眞寶』前集巻三（『文章正宗』巻二十三、『唐詩品彙』巻八、『杜詩詳註』巻七）

唐・杜牧「鄭瓘協律」詩「廣文遺韻留樗散、雞犬圖書共一船。自説江湖不歸事、阻風中酒過年年」『三體詩』巻二

宋・陳師道「和寇十一晩登白門」詩「富貴本非吾輩事、江湖安得便相忘」『瀛奎律髓』巻一

萬頃濤：一頃は百畝。きわめて広いこと。どこまでも広がる波。

唐・宣宗（李忱）「瀑布聯句」詩「溪澗豈能留得住、終歸大海作波濤」『全唐詩』巻四

明・陶琛「訪復菴出前畫求題」詩「白雲盡向龍門去、散作岩前萬頃濤」『吳都文粹續集』巻二十五

（詹　満江）

〇八〇　偶書

竹尊者奉空王法
松太夫聞君子風
終日小堂無俗事
神交長在歳寒中

偶書
竹尊者《ちくそんじゃ》は空王の法を奉じ
松太夫《しょうたいふ》は君子の風を聞く
終日　小堂　俗事無し
神交　長《とこし》えに歳寒中に在り

【詩形・押韻】
七言絶句（風・中）上平声一東

【訳】
たまたま書いた
竹尊者《たけのおう》は空王《ほとけ》の法を奉じてその身を空にし、
松太夫《まつのくんし》はさわさわと葉擦れの音を聞き君子の風格。
小さな部屋には一日中世俗の雑事など無い、

竹と松とのつきあいはいつまでも冬のまま、その緑色の節操は変わらないのだ。

【背景】

竹尊者

俳諧の世界では、比較的知られた用語。俳号にも使われた。例えば、江戸期に「竹尊者」を号とする比較的有名な俳人として「稲津祇空《ぎくう》」がいる。彼は、竹尊者を号とし、他にも青流、石霜庵、阿桑門、玉笥山人、空閑人、紫竹道人、竹堂の号を用いた。この人は、蕉門特に其角に私淑した俳人で、後に飯尾宗祇の人格を慕い、祇空と改名した。編著に東奥紀行（宝永三年）、みかへり松（正徳三年）等がある。享保一八年（一七三三）没。

さらにこの祇空に師事した「椎名紀逸」という俳人の別号も竹尊者である。この人物は他にも自在庵、四時庵、自生庵、硯田舎、番流、短長斎の号を使用している。俳諧は父の許人や不角、祇空に学んで、江戸座の判者として有名だったという。編著に『武玉川』（寛延三年）、『俳諧句選』（享保二十年）、『鳥なし三吟』（寛保四年）、『雑話抄』（宝暦四年）、『黄昏日記』（宝暦十年）、『吾妻無』（寛保元年）などがある。宝暦十一年（一七六一）没。

【語釈・用例】

竹尊者奉空王法

竹尊者・竹林の中で最長最大の竹をいう。『能改斎漫録』巻十一「記詩」「竹尊者」に「崇勝寺後有竹千余竿、独一根秀出、人呼為竹尊者。洪覚範為賦詩云、高節長身老不枯、平生風骨自清癯。愛君修竹為尊者、却笑寒松作大夫。未見同参木上座、空余聴法石於菟。戯将秋色供斎鉢、抹月披風得飽無。韓子蒼云、始黄太史見之喜、因手為書之、以故名顕」とある（『詩人玉屑』巻二十）。

宋・黄庭堅「題竹尊者軒」詩「平生脊骨硬如鐵、聽風聽雨隨宜說。百尺竿頭放步行、更向脚跟參一節」『山谷集』巻七

空王：仏の尊称。仏は世界を一切皆空なりと説いた。
唐・沈佺期「樂城白鶴寺」詩「無言誦居遠、淸淨得空王」『石倉歷代詩選』巻二十四
唐・護國「訪雲母山僧」詩「松下濾寒水、佛前燒夜燈。（略）想到空王境、無心問愛憎」『石倉歷代詩選』巻百七
宋・王安石「和平甫招道光法師」詩「鍊師投老演眞乘、像却空王爪與肱」『瀛奎律髓』巻四十七
元・叟端「草堂陵藏主火浴牙齒數珠不壞堅固尤多因爲說偈」詩三首其二「悟了空王法、乾坤任去留」『石倉歷代詩選』巻二百七十六

松太夫聞君子風
松太夫：「太夫」は「大夫」に同じ。松の異名。〇五〇「和杜鵑枝」詩【語釈・用例】「封爵」の項参照。
唐・成文幹「松」詩「大夫名價古今聞、盤屈孤貞更出群」『石倉歷代詩選』巻百二十三
宋・張道洽「梅花」詩二十首其四「終身只友竹君子、雅志絕羞松大夫」『瀛奎律髓』巻二十
元・胡尊生「因官伐松」詩「大夫去作棟梁材、無復淸陰護綠苔」『石倉歷代詩選』巻二百八十
君子風：君子の風格。この詩では松籟をも表す。
唐・張喬「寄處士梁燭」詩「賢哉君子風、諷與古人同」『石倉歷代詩選』巻八十七
宋・宋祁「芭蕉」詩「所以免摧折、爲依君子風」『石倉歷代詩選』巻百二十六

明・許天錫「次喬濯郎宇詠新竹韻」詩「君子風幸接、高林不須卜」『石倉歴代詩選』巻四百四十六

＊『円機活法』巻二十二竹木門「竹」項には「独憐修竹為尊者、却笑寒松作丈夫《ママ》」と見えるが、この聯は四庫全書には見えない。

終日小堂無俗事

終日

晉・潘岳「在懷縣作」詩二首其二「小國寡民務、終日寂無事」『文選』巻二十六

唐・張籍「和左司郎中秋居」詩五首其一「終日無忙事、還應似得僊」『瀛奎律髓』巻十二

宋・葛天民「小亭」詩「小亭終日對幽叢、兀坐無言似定中」『瀛奎律髓』巻三十五

小堂

唐・杜甫「曲江」詩二首其一「江上小堂巣翡翠、苑邊高冢卧麒麟」『瀛奎律髓』巻十（『唐詩品彙』巻八十四、『杜詩詳註』巻六）

元・傅與礪「寄題進士宋翔仲書室」詩「聞道蔗南脩竹裏、小堂清誦夜常勤」『石倉歴代詩選』巻二百五十一

俗事…世俗の雑事。

唐・王勃「送盧主簿」詩「城闕居年滿、琴樽俗事稀。（略）東巖富松竹、歳暮幸同歸」『石倉歴代詩選』巻十七

宋・陸游「幽居述事」詩四首其三「喜無俗事干靈府、恨不終年住醉鄉」『瀛奎律髓』巻二十三（『劍南詩稾』巻五十五）

神交長在歳寒中

神交‥心の通い合う交際。意気投合した付き合い。
梁・沈約「和謝宣城」詩「神交疲夢寐、路遠隔思存」『文選』巻三十
唐・韋應物「送洛陽韓丞東遊」詩「神交不在結、歡愛自中心」『石倉歴代詩選』巻四十九
明・林誌「居竹」詩「神交數竿綠、富埒渭川潯」『石倉歴代詩選』巻三百五十五

歳寒‥一年で最も寒い季節。冬。転じて、人生における逆境。『論語』「子罕」に「歳寒、然後知松柏之後彫也」（一年の寒い時期になって初めて松や柏が青いままであることを知る）とある。冬の松と柏は、逆境にあっても変わらない心、節操を表す。この詩では松と竹。
晉・潘岳「內顧」詩二首其二「不見陵澗柏、歳寒守一度」『玉臺新詠』巻二
齊・鮑令暉「雜詩」詩六首其二「擬客從遠方來」「終身執此調、歳寒不改心」『玉臺新詠』巻四
唐・虞世南「賦得臨池竹應制」詩「欲識凌冬性、惟有歳寒知」『石倉歴代詩選』巻十五
唐・武元衡「安邑里中秋懷寄高員外」詩「欲識歳寒心、松筠更秋綠」『石倉歴代詩選』巻六十七
宋・熊鉌「遊武夷山」詩「長松期歳寒、脩竹倚日暮」『石倉歴代詩選』巻二百十
作者不詳「自稟歳寒君子操、不須寵飾大夫封」『圓機活法』巻二十二樹木門「松」項

（詹　満江）

〇八一　梅下口號

雪裏暗香風過處
水頭疏影月生時
若敎風月隔人世
雪裏水頭誰爲期

梅下口号
雪裏　暗香　風過ぐる処
水頭　疏影　月生ずる時
若し風月をして人世《じんせい》を隔てしむれば
雪裏　水頭　誰か為に期せん

【詩形・押韻】
七言絶句（時・期）上平声四支

【訳】
梅の下で口ずさむ
雪の中のほのかな梅の花の香りは風が吹き過ぎるとにおい、
水辺のまばらな梅の枝の影は月が出たとき見える。
もし風や月を人の世から隔ててしまったなら、

雪の中や水辺の梅の美しさにだれが出会えるだろう。

【語釈・用例】

口號：詩題に用いる語。文字に書かずに口ずさんで詩を詠じること。劉宋の鮑照の「還都口号」詩（『鮑明遠集』巻五）がその最初で、唐になって「口号」を詩題とする作が多くなった。

梁・簡文帝（蕭綱）「仰和衛尉新渝侯巡城口號」詩『古詩紀』巻七十九

唐・杜甫「紫宸殿退朝口號」詩『瀛奎律髓』巻二（『文苑英華』巻百九十、『唐詩品彙』巻八十四、『杜詩詳註』巻六）

唐・賈島「口號」詩『唐文粹』巻十四下

雪裏暗香風過處

雪裏

陳・陰鏗「雪裏梅花」詩「春近寒雖轉、梅舒雪尙飄」『古詩紀』巻百九

唐・齊己「早梅」詩「前村深雪裏、昨夜一枝開」『瀛奎律髓』巻二十

宋・李綱「次季弟韻賦梅花」詩二首其一「雪裏暗香來鼻觀、風前高格見天眞」『梁谿集』巻十七

暗香：どこからともなくただよう香り。とくに梅の花の香りをいう。

宋・林逋「山園小梅」詩二首其一「疏影横斜水清淺、暗香浮動月黄昏」『瀛奎律髓』巻二十

宋・王安石「與微之同賦梅花得香字」詩三首其一「風亭把盞酬孤豔、雪徑迴輿認暗香」『瀛奎律髓』巻二十

元・馮海粟「月梅」詩「暗香浮動正朦朧、古樹横斜淺水中。清景滿前吟未就、又移疏影過溪東」『梅花百詠』

風過
宋・王安國「繚垣」詩「檜作寒聲風過夜、梅含春意雪殘時」『瀛奎律髓』卷十三
水頭
水頭疏影月生時
宋・元肇「徑山」詩「怕有梅花發、因行到水頭」『瀛奎律髓』卷四十七
疏影：まばらな影。とくに梅の枝の影をいう。
宋・張道洽「梅花」詩二十首其十七「天下無花白到梅、風前和我不塵埃。峻嶒鶴骨霜中立、偃蹇龍身雪裏來。未許瓊花爲行輩、定敎玉蘂作輿臺。夜深立盡扶疏影、一路清溪踏月囘」『瀛奎律髓』卷二十
元・馮海粟「照水梅」詩「玉樹臨流雪作堆、寒光疏影共徘徊。多情最是黄昏月、配合春風不用媒」『梅花百詠』
月生
宋・徐機「夏日懷友」詩「月生林欲曉、雨過夜如秋」『瀛奎律髓』卷十一
若敎風月隔人世
若敎：もし〜させたなら。
唐・柳宗元「柳州城北種柑」詩「若敎坐待成林日、滋味還堪養老夫」『瀛奎律髓』卷二十七
宋・蘇軾「續麗人行」詩「若敎回首卻嫣然、陽城下蔡倶風靡」『古文眞寶』前集卷九（『聲畫集』卷二、『宋藝圃集』卷四、『施註蘇詩』卷十四）

風月：清風と明月。
唐・杜甫「吹笛」詩「吹笛秋山風月淸、誰家巧作斷腸聲」『瀛奎律髓』卷十二（『唐詩品彙』卷八十四、『杜詩詳註』卷十七）
宋・尤袤「梅花」詩二首其二「雪霜不管朝天面、風月能知匪石心」『瀛奎律髓』卷二十
明・王冕「墨梅」詩「玉堂多少閒風月、老子熟眠殊不知」『石倉歷代詩選』卷二百七十八
人世：人の世。世の中。
唐・李頎「題盧道士房」詩「上章人世隔、看奕桐陰斜」『唐詩品彙』卷十一
唐・閻防「與永樂諸公夜泛黃河作」詩「愛茲山水趣、忽與人世疏」『石倉歷代詩選』卷四十三
元・戴良「夜泊吳江長橋宿垂虹亭」詩「直疑穹壤連、豈有人世隔」『石倉歷代詩選』卷二百六十九
雪裡水頭誰爲期
誰爲
晉・陸機「爲顧彥先贈婦」詩二首其一「歡沈難尅興、心亂誰爲理」『文選』卷二十四（『玉臺新詠』卷三）
唐・戴叔倫「古意寄呈二侍郎」詩「日向江湖老、此心誰爲論」『萬首唐人絶句』卷九

（詹　満江）

○八二　雪夜

嚴城風雪鎖昏鴉
不許前村到酒家
此景此時誰得意
溪山佳處有梅花

雪夜

巌城　風雪　昏鴉《こんあ》を鎖《とざ》し
前村　酒家に到るを許さず
此の景　此の時　誰か意を得ん
渓山の佳処に梅花有り

【詩形・押韻】

七言絶句（鴉・家・花）下平声六麻

【訳】

雪の夜

堅固に守られた町の風と雪は夜の闇を降り込め、
目の前の村にある居酒屋まで行くことさえ許さない。
この景色、この時、だれが思いのままにできようか。

谷川や山の景色の良いところには梅の花があるというのに。

【語釈・用例】

嚴城風雪鎖昏鴉

嚴城：厳重に警備された町。

梁・徐悱「對房前桃樹、詠佳期贈内」詩「嚴城不可越、言折代疏麻」『玉臺新詠』巻六

唐・楊巨源「和大夫邉春呈長安親故」詩「嚴城吹笛思寒梅、二月氷河一半開」『文苑英華』巻二百四十四

風雪

劉宋・謝惠連「贈別」詩「停艫望極浦、弭棹阻風雪。風雪既經時、夜永起懷思」『文選』巻三十一

唐・竇鞏「早春松江野望」詩「江郙風雪霽、曉望忽驚春」『瀛奎律髓』巻十

昏鴉：夕暮れのカラス、夜のカラス。また、夕暮れ、夜。この詩では後者の意味。杜甫に両方の用例がある。

唐・杜甫「野望」詩「獨鶴歸何晚、昏鴉已滿林」『瀛奎律髓』巻十五（『唐詩品彙』巻六十二、『杜詩詳註』巻八）

唐・杜甫「對雪」詩「無人竭浮蟻、有待至昏鴉」『瀛奎律髓』巻二十一（『文苑英華』巻百五十四、『杜詩詳註』巻二十三）

宋・曾幾「八月十五夜月」詩二首其二「雲日晶熒固自佳、幽人有待至昏鴉」『瀛奎律髓』巻二十二

不許前村到酒家

不許

明・陳鈞「舟次黃葉村、山水泛漲」詩「拍拍溪流漲水痕、小舟難度泊荒村。酒家不許人賒飲、風雨瀟瀟緊閉門」『石

倉歴代詩選』巻四百四十四

前村

唐・齊己「早梅」詩「前村深雪裏、昨夜一枝開」『瀛奎律髓』巻二十

宋・曾幾「諸人見和再次韻」詩「有時燕寢香中坐、如夢前村雪裏開」『瀛奎律髓』巻二十

明・王鏊「訪徐季子于瓜涇」詩「好約年年爲此會、前村踏雪有梅花。」『石倉歴代詩選』巻四百十六

酒家：居酒屋。

漢・辛延年「羽林郎」詩「依倚將軍勢、調笑酒家胡」『玉臺新詠』巻一

唐・杜甫「飲中八僊歌」詩「李白一斗詩百篇、長安市上酒家眠」『古文眞寶』前集巻八（『唐詩品彙』巻二十八、『杜詩詳註』巻二）

宋・尤袤「梅花」詩二首其一「直須待得垂垂發、踏月相攜過酒家」『瀛奎律髓』巻二十

此景此時誰得意

唐・寒山「永明延壽禪師上堂」詩「孤猿叫落中巖月、野客吟殘半夜燈。此境此時誰得意、白雲深處坐禪僧」『石倉歴代詩選』巻百十一

宋・王之道「題無爲秀溪亭」詩「此景此時君信否、綠楊陰裏囀黃鸝」『相山集』巻九

金・劉昂「山中雨」詩「此景此時誰會得、清如窗下聽芭蕉」『中州集』巻四

得意：心に適う。思い通りになる。

梁・吳均「妾本倡家女」詩「猶言不得意、流涕憶遼東」『玉臺新詠』巻六

唐・王維「送丘爲落第歸江東」詩「憐君不得意、况復柳條春」『三體詩』卷五（『文苑英華』卷二百六十八、『唐音』卷四、『唐詩品彙』卷六十一、『王右丞集箋注』卷八）

溪山佳處有梅花

溪山‥谷と山。

唐・杜牧「睦州四韻」詩「州在釣臺邊、溪山實可憐」『瀛奎律髓』卷四

宋・陸游「感昔」詩二首其二「馬瘦行遲自一奇、溪山佳處看無遺」『劍南詩稾』卷五十九

宋・馬子才「燕思亭」「我曹本是狂吟客、寄語溪山莫相憶」『古文眞寶』前集卷五

佳處

宋・胡銓「和和靖八梅」詩其七「一年佳處早梅時、勾引風情巧釣詩」『瀛奎律髓』卷二十

有梅花

宋・蘇軾「黄州春日雜書四絕」詩其二「中州臘盡春猶淺、只有梅花最可憐」『蘇詩補註』卷四十八

宋・秦觀「齊逸亭」詩「玉笙金管渾如夢、只有梅花三四枝」『淮海集』後集卷四

宋・張道洽「梅花」詩二十首其十一「纔有梅花便自奇、清香分付入新詩」『瀛奎律髓』卷二十

（詹　満江）

○八三　春日雑題

青入焼痕染未乾
雨餘芳草欲成團
溪田水活高低滿
山路雪明表裏殘
來燕歸鴻春易地
舊梅新柳晩禁寒
聊持一盞祝桃李
盡向東風取次看

春日雑題

青は焼痕に入り 染めて未だ乾かず
雨余の芳草　団を成さんと欲す
渓田　水活《かっ》して　高低に満ち
山路　雪明らかにして　表裏に残る
来燕　帰鴻《きこう》　春に地を易《か》え
旧梅　新柳　晩に寒きに禁《た》う
聊か一盞《いっさん》を持して　桃李を祝し
尽く東風に向かいて 取次《しゅじ》に看ん

【詩形・押韻】
七言律詩（乾・團・殘・寒・看）上平声十四寒

【訳】
春の日にさまざま思う
青々とした若草が野焼きの跡に生じ、染めたばかりでまだ乾かぬかのように瑞々しい。
雨上がりに芳しい草が萌え出て、地面にまるく草むらができそうだ。
谷あいには高い田も低い田も活き活きと水が満ちて、
山道は日なたにも日陰にも雪が明るく輝いて融け残っている。
南から燕が来て雁は北へ帰り、春にはそれぞれ棲む土地をとりかえる。
以前から咲いている梅の花と芽吹いたばかりの柳は、夜になると寒さに耐えている。
とりあえず杯をもって桃や李の開花を祝し、
春風の吹く中でつぎつぎと咲く花を眺めてゆくことにしよう。

【語釈・用例】
青入燒痕染未乾：この句は、白居易の次の句を想起させる。
唐・白居易「賦得古原草送別」詩「離離原上草、一歲一枯榮。野火燒不盡、春風吹又生」『白氏長慶集』巻十三
燒痕：焼け跡。草を焼いたあと。
宋・周弼「久客思歸感興」詩「夜月添鄉夢、春風入燒痕」『江湖後集』巻一
宋・蘇軾「正月二十日往岐亭郡人潘古郭三人送余於女王城東禪莊院」詩「稍聞決決流氷谷、盡放靑靑沒燒痕」『施註蘇詩』巻十八（『宋詩鈔』巻二十一）

宋・惠崇「訪楊雲卿淮上別墅」詩「河分岡勢斷、春入燒痕青」『瀛奎律髓』卷四十七

染未乾

宋・陸游「春日小園雜賦」詩「風生鴨綠文如織、露染猩紅色未乾」『瀛奎律髓』卷十

雨餘芳草欲成團

雨餘：雨降りのあと。あめあがり。

唐・韋應物「三臺」詩「冰泮寒塘始綠、雨餘百草皆生」『樂府詩集』卷七十五

唐・鄭谷「曲江春草」詩「花落江隄簇暖烟、雨餘草色遠相連」『三體詩』卷一

溪田水活高低滿

高低：高いところと低いところ。

唐・許渾「金陵懷古」詩「松楸遠近千官塚、禾黍高低六代宮」『瀛奎律髓』卷三（『三體詩』卷三）

宋・王安石「太湖恬亭」詩「檻臨溪上綠陰圍、溪岸高低入翠微」『瀛奎律髓』卷三十五

水活：生き生きと水が流れる。蘇軾は「活水」という詩語を用いて、茶を煮るには活水を用いるべし、という。

宋・蘇軾「汲江煎茶」詩「活水還須活火烹、自臨釣石取深清」『施註蘇詩』卷三十八（『瀛奎律髓』卷十八）

山路雪明表裏殘：この句は孤平の禁を冒している。

雪明：雪であかるい様子。また、雪明り。

唐・皇甫冉「贈鄭山人」詩「石路寒花發、江田臘雪明」『石倉歴代詩選』巻五十一
表裏…表と裏。表と蔭。日の当たるところと当たらないところ。
唐・劉禹錫「陝州河亭陪韋大夫眺望」詩「雪霽太陽津、城池表裏春」『三體詩』巻六

來燕歸鴻春易地
來燕歸鴻
唐・齊己「春居寄友生」詩「社過多來燕、花繁漸老鶯」『白蓮集』巻四
唐・許敬宗「奉和秋日即目應制」詩「辭燕歸寒海、來鴻出遠天」『石倉歴代詩選』巻十六
宋・黃庭堅「和師厚郊居示里中諸君」詩「歸鴻往燕競時節、宿草新墳多友生」『瀛奎律髓』巻二十六
易地…棲む土地が変わる。白居易に、植物を移植する詩が幾つか見られる。
唐・白居易「戲題新栽薔薇」詩「移根易地莫顦顇、野外庭前一種春」『白氏長慶集』巻十三

舊梅新柳晩禁寒
舊梅新柳…梅の花に遅れて柳が芽吹くところからの発想。次に挙げる明・劉嵩の詩句も同じ発想である。
宋・張耒「和范三登淮亭」詩「殘雪朧風驚歳晩、早梅新柳動春愁」『瀛奎律髓』巻六
明・劉嵩「和答蕭翀春雨過林居之作」詩「舊梅既粲野、新柳復盈堤」『槎翁詩集』巻二
新柳…次の作品は新柳を詠って有名である。
唐・李白「蘇臺覽古」詩「舊苑荒臺楊柳新、菱歌清唱不勝春」『李太白文集』巻十九

禁寒：寒さに耐える。

唐・戎昱「早春雪中」詩「爲報春風休下雪、柳條初放不禁寒」『萬首唐人絶句』巻十七

明・劉泰「呉山看雪呈郁士端」詩「誰倚東風吹短笛、梅花初放不禁寒」『石倉歴代詩選』巻四百八十七

盡向東風取次看：次に挙げる詩と同じ趣向である。

宋・余靖「又和寄提刑太保」詩「不從去日丁寧約、已向東風取次開」『武溪集』巻二（『宋詩鈔』巻十）

取次：順番をいう。ひとつまたひとつ。次の用例のうち、晁端友詩は梅の花が一輪一輪と開いていく様をいう。李昻英詩は、一つずつ見ていくという意味である。

唐・元稹「小碎」詩「小碎詩篇取次書、等閒題柱意何如」『萬首唐人絶句』巻十

宋・晁端友「梅花」詩「故應不屬東君管、冷豔孤芳取次成」『瀛奎律髓』巻二十

宋・李昻英「送鑒師住靈洲寺」詩「鐘鳴魚叩隨緣過、棹舞鷗飛取次看」『石倉歴代詩選』巻二百七

（市川　桃子）

○八四　春晩

不怪●酒杯○如許●深◎
春光○將與●我分○襟◎
鏡中○綠髮●幾時○好
夢裏●青山○何處●尋◎
飛絮●落花○人寂●寂
淡烟○疏雨●院沈○沈◎
晩來○還得●銷愁○處
倦翼●更催○歸故●林◎

春の晩

怪しまざれ　酒杯　許《かく》の如く深きを
春光　将に我と襟を分かたんとす
鏡中の緑髪　幾時か好《よ》からん
夢裏の青山　何《いず》れの処にか尋ねん
飛絮《ひじょ》　落花　人寂寂
淡烟　疏雨　院沈沈
晩来　還《ま》た得たり　愁いを銷《け》す処
倦翼　更に催《もよお》す　故林に帰るを

【詩形・押韻】七言律詩（深・襟・尋・沈・林）下平声十二侵

【訳】

春の暮れ

こんなに深酒をしていることをいぶからないでおくれ。
春の光は今にも私を見捨てていこうとしている。
鏡に映った黒々とした髪はいつまで保てるだろう。
夢に見た故郷へはどうやって行けばよいだろう。
柳の綿毛と落花が飛び交う中でひっそりと人の気配はなくなり、
霧雨が降って淡くけむる中で中庭に時が静かに過ぎてゆく。
日が暮れ、この静かな情景に、かえって愁いを忘れることができた。
飛び疲れた鳥のように、故郷に帰りたいという思いがさらに募る。

【語釈・用例】

不怪酒杯如許深

不怪：あやしまない。

唐・杜甫「送王十五判官扶侍還黔中得開字」詩「黔陽信使應稀少、莫怪頻頻勸酒杯」『瀛奎律髓』巻二十四

酒杯深：酒杯を重ねる。深酒をする。

宋・陸游「絶勝亭」詩「地勝頓驚詩律壯、氣增那惜酒杯深。一琴一劍白雲外、揮手家山何處尋」『石倉歴代詩選』巻百七十五

春光將與我分襟
春光：春の光。
唐・李白「代別情人」詩「桃花弄水色、波蕩搖春光」『李太白文集』巻二十三
分襟：別れる。袂を分かつ。
唐・徐堅「餞許州宋司馬赴任」詩「分襟與秋氣、日夕共悲哉」『石倉歷代詩選』巻二十六

鏡中綠髮幾時好
綠髮：緑のかみ。つやある漆黒の髪。
唐・李白「古風」詩五十九首其四「中有綠髮翁、披雲臥松雪」『李太白文集』巻二十三
幾時：どれほどの時間か。
唐・劉廷芝「代悲白頭翁」詩「宛轉蛾眉能幾時、須臾鶴髮亂如絲」『文苑英華』巻二百七
唐・杜甫「贈衞八處士」詩「少壯能幾時、鬢髮各已蒼。（略）主稱會面難、一擧累十觴」『古文眞寶』前集巻三

夢裏青山何處尋
夢裏：ゆめのうち。夢中。
唐・張仲素「秋閨思」詩「夢裡分明見關塞、不知何路向金微」『唐詩品彙』巻五十二
元・許衡「病中雜言」詩二首其二「學苦煉成心下赤、愁多消却鬢邊靑。眼前世事鑿棋局、夢裏家山憶畫屛」『石倉歷代詩選』巻二百三十四

元・陳高「客南塘作」詩「衰年白日愁邊度、故國青山夢裏遊」『石倉歴代詩選』巻二百六十一

元・許衡「趙氏南庄」詩「夢裏靑山小、吟還白日長」『石倉歴代詩選』巻二百三十四

青山：青青と木が茂った山。また、故郷。

唐・盧綸「長安春望」詩「東風吹雨過青山、卻望千門草色閒」『瀛奎律髓』巻二十九

何處尋：どこにもたずねあてられない。

唐・劉長卿「赴新安別梁侍郎」詩「江海無行跡、孤舟何處尋。靑山空向涙、白月豈知心」『劉隨州集』巻一

飛絮落花人寂寂

唐・王珪「三鄉懷古」詩「南陌絮飛人寂寂、空城花落鳥關關」『瀛奎律髓』巻三

宋・徐俯「春日溪上作時歸自大梁」詩「斜日落花人散後、淡煙樓閣數聲鐘」『錦繡段』

飛絮：風にとぶ柳のわた。

唐・韓愈「柳巷」詩「柳巷還飛絮、春餘幾許時」『萬首唐人絶句』巻二

唐・雍陶「幽居」詩「落花門外春將盡、飛絮庭前日欲高」『石倉歴代詩選』巻七十九

落花：散る花。

唐・劉廷芝「代悲白頭翁」詩「洛陽城東桃李花、飛來飛去落誰家。洛陽女兒惜顏色、行逢落花長歎息」『唐詩選』巻二（『古文眞寶』前集卷六　唐・宋之問「有所思」詩）

唐・戴叔倫「暮春感懷舊」詩二首其一「杜宇聲聲喚客愁、故園何處此登樓。落花飛絮成春夢、剩水殘山異昔游」『石倉歴代詩選』巻六十五

寂寂：ひっそりと静かなさま。さびれるさま。
晉・陶潛「飲酒」詩「班班有翔鳥、寂寂無行迹」『陶淵明集』巻三
唐・杜甫「涪城縣香積寺官閣」詩「小院回廊春寂寂、浴鳧飛鷺晩悠悠」『杜詩詳註』巻十
唐・王維「寒食汜上」詩「落花寂寂啼山鳥、楊柳青青渡水人」『王右丞集箋注』巻十四
宋・楊徽之「寒食中寄鄭起侍郎」詩「清明時節出郊原、寂寂山城柳映門。水隔淡煙脩竹寺、路經疏雨落花村」『瀛奎律髓』巻四十二

淡烟疏雨院沈沈
淡烟疏雨：淡くけむるかすかな雨。
唐・白居易「江樓晩眺景物鮮奇吟翫成篇寄水部張籍員外」詩「澹煙疏雨間、斜陽江色鮮」『文苑英華』巻二百五十八
室町・絕海中津「雨後登樓」詩「欲寫仲宣千古恨、斷烟疏樹不堪愁」『焦堅蒿』巻一
沈沈：夜の更けゆくさま。又、静かに時の過ぎるさま。
唐・杜甫「醉時歌」詩「清夜沈沈動春酌、燈前細雨簷花落」『古文眞寶』前集巻八

倦翼更催歸故林
倦翼：疲れたつばさ。人生が行き詰まっていることの比喩。
宋・陸游「舍北搖落景物殊佳偶作」詩五首其三「窮鱗與倦翼、終勝在池籠」『瀛奎律髓』巻十三

【補説】

頷聯は次の作品と重なる。白石がこの作品を見たか、或いは、白石と蘇平とが共に参考にした作品があったのではないか。

明・蘇平「奉寄金粟公子」詩「夢裏青山人更遠、鏡中華髪歳空流」『石倉歴代詩選』巻三百六十三

頸聯は次の蘇軾の用例に言葉が重なる。

宋・蘇軾「春夜」詩「歌管樓臺人寂寂、鞦韆院落夜沈沈」

現行本の蘇軾の別集では、いずれも「歌管楼台声細細、鞦韆院落夜沈沈」に作るが、『詩人玉屑』（寛永中刊寛永十六年（一六三九）九月京都田原仁左衛門印本、汲古書院『和刻本漢籍随筆集』十七所収）巻八は、「歌管楼台人寂寂、鞦韆院落夜沈沈」に作る。また白石より後の例になるが、津阪東陽『夜航余話』（天保七年（一八三六）刊、『新日本古典文学大系』六十九所収）の引用も、「歌管楼台人寂寂、鞦韆院落夜沈沈」とする。中国の本にも「人寂寂」とするテキストがある。白石は、このようなテキストを見たと思われる。

頸聯はまた、次の方岳の作品を下敷きにしている。方岳の作品は周権の作品にも影響を及ぼしている。

宋・方岳「偶題」詩「飛絮遊絲芳草路、淡煙疏雨落花天。偶然畫出尋詩意、未必新詩待畫傳」『聯珠詩格』巻十八

元・周權「次春日即事韻」詩「淡煙疏樹綠陰薄、落花飛絮白日長」『石倉歴代詩選』巻二百五十

尾聯は次の二句を参考にしたか。

唐・李郢「夏日登信州北樓」詩「始得銷憂處、蟬聲催入闘」『瀛奎律髓』巻十一

宋・文彥博「某以端居多暇懷洛成詩蒙家運使兵部俯垂屬和拙詩伸謝」詩「倦翼念歸林、幽懷動越吟」『石倉歴代詩選』巻百二十九

（市川　桃子）

○八五　病中八首（其一）

新葉●千梢○暗
晩花○獨樹●明◎
意疏○忘甲●子
頭痛●辨陰○晴◎
乳燕●虚窗○語
私蛙○靜夜●鳴◎
病來○多不●寐
側起●坐深○更◎

病中八首（其の一）

新葉　千梢《せんしょう》　暗く
晩花　独樹　明《あか》るし
意　疏にして　甲子を忘れ
頭　痛みて　陰晴を弁ず
乳燕　虚窓に語り
私《し》蛙《あ》　静夜に鳴く
病来　多く寐《い》ねず
側起して深更に坐す

【詩形・押韻】
五言律詩（明・晴・鳴・更）下平声八庚

【訳】

病床にて　八首（その一）

若葉は多くの梢に小暗く茂り、
遅咲きの花は一本の樹に明るく目立つ。
心ものうくて暦を忘れ、
頭が痛むと天気がわかる。
巣の燕は明るい窓辺で囀り、
私地の蛙は静かな夜に鳴く。
病気になってこのかた眠れないことが多く、
半身を起こして夜更けに坐っている。

【語釈・用例】

新葉千梢暗：新葉と晩花の対句は次の用例に見られる。
唐・王建「題花子贈渭州陳判官」詩「點綠斜蒿新葉嫩、添紅石竹晩花鮮」『王司馬集』巻五

晩花獨樹明：次の用例はこの句に近似している。
明・劉嵩「和答舍弟子彥自雩都寄詩併喜性擧亂後歸自殊鄕」詩「雲飛遠道千峯暗、花落深林獨樹明」『槎翁詩集』巻六

意疏忘甲子

意疏：葉夢得の用例は、病気でものうく注意が行き届かなくなる、というもの。謝廷柱の例は、新緑の春に病気で伏せていてものうくなる、というもの。いずれも白石が表現する心持ちと重なる。

唐・杜甫「西郊」詩「無人覺來往、疏懶意何長」『杜詩詳註』巻九

宋・葉夢得「爲山亭晩臥」詩「平生疏懶意、況與病相兼」『宋詩鈔』巻四十九

宋・晁冲之「曉行」詩「老去功名意轉疏、獨騎廋馬取長途」『錦繡段』

明・謝廷柱「病中偶成」詩「庭柯長新緑、頽照送餘暖。（略）多病過從稀、轉覺意疏懶」『石倉歴代詩選』巻四百五十

甲子：こよみ。また年月、季節。

唐・杜甫「重簡王明府」詩「甲子西南異、冬來只薄寒」『杜詩詳註』巻十

唐・許宣平「南山」詩「靜夜翫明月、閒朝飲碧泉。樵人歌隴上、谷鳥戯巖前。樂矣不知老、都忘甲子年」『瀛奎律髓』巻四十八

頭痛辨陰晴

陰晴：次の詩句は本詩と発想が似ている。

唐・白居易「病中書事」詩「氣嗽因寒發、風痰欲雨生。病身無所用、唯解卜陰晴」『白氏長慶集』巻二十三

乳燕虚窗語

乳燕：燕の雛。また、子持ちの燕。

劉宋・鮑照「采桑詩」「乳燕逐草蟲、巣蜂拾花藥」『玉臺新詠』巻四

虚窗：何もない窓。

＊本詩では、虚窓を、装飾やカーテン、戸などのない、明かりを取るための窓と解釈して、明るい窓と訳した。

唐・李中「贈海上觀音院文依上人」詩「虚窗從燕入、壞屐任苔封」『石倉歴代詩選』巻九十二

私蛙靜夜鳴

私蛙：私地の蛙。次の典故による。晋の恵帝は愚かであった。太子の時、蝦蟇の鳴くのを聞いて、左右の者にこれは官の蝦蟇か、私の蝦蟇かと尋ね、官の蝦蟇ならば廩米を与えよと言った。この晋の恵帝の故事は、『円機活法』巻二十四昆虫門「蛙」項に引かれている。

『水經注』「穀水」「晉中州記曰、惠帝爲太子、出聞蝦蟇聲、問人爲是官蝦蟇私蝦蟇。侍臣賈胤對曰、在官地爲官蝦蟇、在私地爲私蝦蟇。令曰、若官蝦蟇、可給廩。先是有讖云、蝦蟇當貴」

靜夜：静かな夜。次の詩句は、静かな夜に眠れないでいると生き物の鳴き声が耳に付く、という発想が同じである。

魏・曹叡「長歌行」「靜夜不能寐、耳聽衆禽鳴」『樂府詩集』巻三十

病來多不寐　側起坐深更

唐・韋應物「寺居獨夜寄崔主簿」詩「幽人寂不寐、木葉紛紛落。寒雨暗深更、流螢度高閣」『石倉歴代詩選』巻四十九

病來：病気になって以来。

唐・元稹「春病」詩「病來閒臥久、因見靜時心。殘月曉窗迴、落花幽院深」『石倉歷代詩選』巻六十二

側起坐：正座せず、体を斜めに起こして坐る。

＊側起は見かけない言葉である。側坐は、人に正対せず横を向いて坐ること。本詩では、布団の上に半身を起こす様子と解釈した。

『禮記』「曲禮」「有憂者側席而坐」鄭玄注「側猶特也。憂不在接人、不布他面席」

（市川　桃子）

○八六　病中八首（其二）

林曉●鶯相○喚
日長○居自●幽◎
飛花○風曲●徑
垂柳●雨深○溝◎
筋力●夢中○驗
工夫○靜處●求◎
明窗○書滿●架
一懶●認蠅○頭◎

病中八首（其の二）

林暁《あ》けて　鶯　相《あい》喚《よ》び
日長くして　居　自《おの》ずから幽なり
飛花　曲径に風ふき
垂柳　深溝に雨ふる
筋力　夢中に験《ため》し
工夫　静処に求む
明窓　書　架に満つるも
一《ひと》えに蠅頭《ようとう》を認むるに懶《ものう》し

【詩形・押韻】五言律詩（幽・溝・求・頭）下平声十一尤

【訳】

病床にて　八首（その一）

林に夜が明けて鶯が鳴き交わし、
日足は長く住まいはひっそりと静かだ。
花びらは風に乗って曲がった小道に吹き寄せられ、
柳の枝は雨に打たれて深い溝に枝垂《しだ》れている。
夢の中で筋力の衰えをためし、
作詩の工夫を静かなところで考える。
明るい窓辺の書架に本がたくさんあるが、
蠅の頭ほどの小さな字を読むのは ひたすら億劫だ。

【語釈・用例】

林曉鶯相喚

林曉：夜が明けて朝日が林を照らす。

宋・徐機「夏日懐友」詩「月生林欲曉、雨過夜如秋」『瀛奎律髓』巻十一

明・徐溥「題畫」詩「一聲啼鳥春林曉、轉覺草堂深更幽。底事東風太相狎、飛花吹滿硯池頭」『石倉歷代詩選』巻三百八十九

鶯相喚：鶯が鳴き交わしている。

唐・韋應物「聽鶯曲」詩「東方欲曙花冥冥、啼鶯相喚亦可聽」『石倉歴代詩選』巻四十九

飛花風曲徑

曲徑：うねうねと曲がりくねっている道。

唐・常建「題破山寺後院」詩「曲徑通幽處、禪房花木深」『三體詩』巻五

垂柳雨深溝

垂柳：「飛花」「垂柳」の対句は明代以降に多く見える。

唐・王周「和杜運使巴峡地暖節物與中土異黯然有感」詩「垂柳參差破綠芽、此中依約欲飛花」『石倉歴代詩選』巻九十一

明・薛瑄「金陵春望」詩「千門垂柳初經雨、滿路飛花不起塵」『石倉歴代詩選』巻三百六十七

筋力夢中驗

筋力：筋肉の力。病気で長く伏せているので、力が衰えているのではないかとの心配が夢にあらわれたのであろう。

唐・杜甫「十二月一日」詩三首其三「他日一盃難強進、重嗟筋力故山違」『瀛奎律髓』巻十三

唐・杜甫「將曉」詩二首其二「歸朝日簪笏、筋力定如何」『瀛奎律髓』巻十四

宋・陸游「枕上作」詩「登山筋力雖尤健、閉戸工夫頗自奇」『瀛奎律髓』巻九

工夫靜處求
工夫：思慮をめぐらすこと。次の用例は、詩や絵についての工夫、また、夢の中で験《ため》している工夫。
唐・韓偓「商山道中」詩「卻憶往年看粉本、始知名畫有工夫」『韓內翰別集』不分卷（『萬首唐人絕句』卷五十）
宋・陸游「夜吟」詩二首其二「六十餘年妄學詩、工夫深處獨心知」『劍南詩稾』卷五十一
宋・陸游「孤學」詩「家貧占力量、夜夢驗工夫」『瀛奎律髓』卷三十九

明窗書滿架：次の句は白石の詩によく似ている。
明・劉衡「恰似村爲諸立夫題」詩「山色滿窗書滿架、此生無夢落黃埃」『石倉歷代詩選』卷四百八十七

一懶認蠅頭
蠅頭：蠅頭細書。はえの頭ほどの細かい字をいう。
『南史』卷四十一「齊衡陽王鈞傳」「鈞常手自細書、寫五經、部爲一卷、置於巾箱中、以備遺忘。侍讀衛玠問曰、殿下家自有墳素、何須蠅頭細書別藏巾箱中。答曰、巾箱中有五經、於檢閱既易、且一經手寫則永不忘。諸王聞而爭效、爲巾箱五經。巾箱五經、自此始也」
唐・吳融「倒次元韻」詩「魚子封牋短、蠅頭學字眞」『石倉歷代詩選』卷八十五
宋・司馬光「次韻和宋復古春日」詩五絕句之三「堪笑迂儒竹齋裏、眼昏逼紙看蠅頭」『傳家集』卷十一

（市川　桃子）

○八七　病中八首（其三）

衡門○謝過●客
幽趣●似禪○扃◎
相法●欠三○甲
文材○乏一●丁◎
檐花○移午●影
風絮●下虚○庭◎
永晝●夢猶○倦
林鳩○愜寂●聽◎

病中八首（其の三）

衡門《こうもん》　過客《かかく》を謝し
幽趣　禅扃《ぜんけい》に似る
相法《そうほう》　三甲を欠き
文材　一丁《いってい》に乏し
檐花《えんか》　午影を移し
風絮《ふうじょ》　虚庭に下る
永き昼に　夢猶《な》お倦む
林の鳩は　寂聴に愜《かな》う

【詩形・押韻】
五言律詩（扃・丁・庭・聽）下平声九青

【訳】

病床にて　八首（その三）

粗末な家で来客を避けていると、
幽玄な禅寺の趣きに似てきた。
占ってみても、長寿の印の三甲は無く、
文才といっても、文字の知識が乏しくて話にならない。
午後の日差しに軒端《のきば》の花影《はなかげ》が移り、
静かな庭に風に吹かれた柳の綿毛が舞い落ちる。
昼は長くて夢を見ることにも飽きてしまった。
林で鳴く鳩の声が静かに耳に響いてくる。

【語釈・用例】

衡門謝過客

＊『陶情詩集』〇六七「和松氏韻自述三章以呈」詩其三に「衡門過客少」という句が見える。

謝：ことわる。謝絶する。

宋・陸游「獨坐閑詠」詩二首其二「深掩柴門謝世紛、南山時看起孤雲」『劍南詩稾』巻七十六

幽趣以禪扃：「扃」の字。原文では「扄」とする。「扃《しょう》」は戸をたたく環の意味で上声養韻。ここは押韻する所なので

平声青韻の「扃《けい》」とするべき所。形が似ているので「局」と「扃」は混同して使われることがある。

幽趣：幽玄な趣き。

　唐・賈島「易州登龍興寺樓望郡北高峰」詩「朝來上樓望、稍覺得幽趣」『長江集』

禪扃：禅寺の扉。禅寺。

　唐・獨孤及「題思禪寺上方」詩「攀雲到金界、合掌開禪扃」『毘陵集』巻一

相法欠三甲：「三甲」「一丁」の対句は四庫全書に三例見えるが、管見するところ次に挙げる周文璞の句が初出である。
　宋・周文璞「閒居日有幽事戲作」詩「筭數推三甲、防身召一丁」『方泉集』巻三（『江湖小集』巻五十六、『兩宋名賢小集』巻二百六十三）
三甲：術数家の語。三甲の形が背にあれば長寿の相という。なお、腹に三壬の形があるのも長寿の相である。
『三國志』巻二十九「輅曰、吾額上無生骨、眼中無守精、鼻無梁柱、脚無天根、背無三甲、腹無三壬。此皆不壽之驗」
宋・王安石「河中使君修撰陸公挽辭」詩三首其三「主張壽祿無三甲、收拾文章有六丁」『臨川文集』巻三十五
宋・陸游「冬日感興十韻」詩「夢魂來二豎、相法欠三壬」『瀛奎律髓』巻十三

文材乏一丁
一丁：「不識一丁字（一丁字を識《し》らず）」とは、一個の文字も知らない、まるきり文字を知らないこと。この語の「丁」は、「个」の字の篆書から誤ったものだという説がある。また、「一丁」で「一丁字」（ひとつの文字）の意味に使われることもある。

『正字通』「丁、續世說、一丁作一个、因篆形相似、傳寫譌作丁」『新唐書』巻百二十七「張宏靖傳」「嘗曰、天下無事、而輩挽兩石弓、不如識一丁字。軍中以氣自任、銜之」

宋・陸游「雜感」詩「勸君莫識一丁字、此事從來誤幾人」『劍南詩稾』巻三十六

宋・李新「古意」詩「虎頭自食肉、何在識一丁」『跨鼇集』巻二

檐花移午影

宋・寇準「春日作」詩「風簾不動黃鸝語、坐見庭華日影移」『錦繡段』

檐花‥のきしたに咲く花。

唐・杜甫「醉時歌」詩「清夜沈沈動春酌、燈前細雨簷花落。」『古文眞寶』前集巻八

午影‥昼の日の光でできた影。

宋・王安石「獨臥」詩二首其二「茅檐午影轉悠悠、門閉靑苔水亂流」『臨川文集』巻三十二

宋・呂本中「試院中作」詩「樹移午影重簾靜、門閉春風十日閒」『東萊詩集』巻七

永晝夢猶倦

永晝‥長く続く昼。春の詩と夏の詩に用いられる。

宋・王安國「苦熱」詩「永晝火雲空爍石、華堂氷水未沈瓜」『石倉歷代詩選』巻百四十三

夢倦‥眠り疲れる。夢を見るのにも飽きる。

唐・羊士諤「郡樓懷長安親友」詩「氣昏高閣雨、夢倦下簾眠」『全唐詩』巻三百三十二

林鳩恹寂聴
寂聴：心静かに聞く。耳をすませて聞く。
唐・李白「當塗趙炎少府粉圖山水歌」詩「此中冥昧失晝夜、隱几寂聴無鳴蟬」『李太白文集』巻六
唐・劉禹錫「和浙西李大夫霜夜對月聽小童吹觱篥歌依本韻」詩「郡人寂聽衣滿霜、江城月斜樓影長」『劉賓客外集』巻七

（市川　桃子）

○八八　病中八首（其四）

春晚●花無○頼
客愁○詩有●情◎
腰支○勞拝●起
屣履●絶逢○迎◎
病葉●蛛絲○捲
陰墻○蝸篆●横◎
塵牀○渾不●掃
鼠跡●滿書○棚◎

病中八首（其の四）

春晚　花　無頼《ぶらい》
客愁　詩に情有り
腰支　拝起に労《つか》れ
屣履《しり》　逢迎絶ゆ
病葉　蛛糸《ちゅうし》捲き
陰墻《いんしょう》　蝸篆《かてん》横たわる
塵牀　渾《すべ》て掃《はら》わず
鼠跡《そせき》　書棚《しょほう》に満つ

【詩形・押韻】
五言律詩（情・迎・横・棚）下平声八庚

【訳】

病床にて　八首（その四）

春の終わりに花は人の気持ちにお構いなく咲き、
仮住まいの愁いによってよむ詩には感情があふれている。
お辞儀を繰り返すのには腰が疲れてしまった。
靴を突っかけて出迎えることも絶えてない。
病葉《わくらば》には蜘蛛の糸が巻き付き、
日陰の壁には篆字のように蝸牛の跡が這う。
塵の積もった床几は払うこともなく
書棚には鼠の足跡がいっぱいだ。

【背景】

天和元年（一六八一・数え二十五歳）初春から晩春にかけての作と考えられる。白石は春から夏にかけて病のために床に伏せる生活を繰り返している。『新井白石日記』（『大日本古記録』所収）の記述によれば、「泄瀉」（悪性の下痢）のため出仕を辞すことがしばしばあり、主君である綱豊（後の将軍家宣）が、涼しくなる「暮時」以降に登城するように指示（元和七年七月二十日条「御意ニハ、暑之節、入相時分出仕可申之由　廿二日暮時出仕」）を出したりしたこともあった。

【語釈・用例】

春晩花無頼

唐・杜甫「絶句漫興」詩「眼見客愁愁不醒、無頼春色到江亭」『杜詩詳註』巻九

宋・楊萬里「梅花下小飲」詩「數點有情吹面過、一花無頼背人開」『瀛奎律髓』巻二十

無頼：よくない、けしからぬ、の意。『史記』巻八「高祖本紀」では正業につかず、アウトローな生き方をした男を無頼と表現する。杜甫「絶句漫興」詩（前掲）では「無頼春色」と、無遠慮に花を咲かせる春を表現する言葉として使用する。

『史記』巻八「高祖本紀」「起爲太上皇壽曰、始大人常以臣無頼」

唐・楊巨源「與李文仲秀才同賦泛酒花詩」詩「若道春無頼、飛花合逐風」『石倉歴代詩選』巻六十四

客愁詩有情

客愁：旅路の愁い。客恨に同じ。

唐・雍陶「西歸出斜谷」詩「無限客愁今日散、馬頭初見米嚢花」『三體詩』巻一

唐・杜甫「江梅」詩「絶知春意早、最奈客愁何」『瀛奎律髓』巻二十

唐・孟浩然「赴京途中遇雪」詩「客愁空佇立、不見有人煙」『瀛奎律髓』巻二十一（『三體詩』巻五）

唐・戴叔倫「暮春感懐舊」詩二首其一「杜宇聲聲喚客愁、故園何處此登樓」『石倉歴代詩選』巻六十五

腰支勞拜起

腰支：腰肢に同じ。こし。
梁・邵陵王綸「車中見美人」詩「關情出眉眼、軟媚著腰支」『玉臺新詠』巻七
宋・尤袤「己亥元日」詩「蕭條門巷經過少、老病腰支拜起難」『瀛奎律髓』巻十六（『石倉歷代詩選』巻百八十九）

拜起

明・陳良貴「覺衰」詩「老來筋力倦、拜起異尋常」『石倉歷代詩選』巻四百十一

屣履絕逢迎

屣履：履物をはく。
無名氏「傷歌行」「攬衣曳長帶、屣履下高堂」『文選』巻二十七（『石倉歷代詩選』巻一）
晉・左思「嬌女」詩「動爲鑪鉦屈、屣履任之適」『玉臺新詠』巻二
逢迎：人を出迎え接待する。
劉宋・顏延年「拜陵廟作」詩「恩合非漸漬、榮會在逢迎」『文選』巻二十三
唐・姚合「武功縣中」詩十二首其六「朝朝眉不展、多病怕逢迎」『瀛奎律髓』巻六
元・丁鶴年「卜居」詩「習懶已成忘盥櫛、避喧漸遠絕逢迎」『石倉歷代詩選』巻二百五十八

病葉蛛絲倦

病葉：虫がついていたんだ葉、枯れた葉。
唐・杜甫「薄遊」詩「淅淅風生砌、團團月隱墻。（略）病葉多先墜、寒花只暫香」『石倉歷代詩選』巻四十五

蛛絲：蜘蛛の巣。
唐・盧綸「訓崔侍御早秋臥病書情見寄時君亦抱疾在假中」詩「寂寞罷琴風滿樹、幾多黄葉落蛛絲」『全唐詩』巻二百七十七
宋・陳與義「春雨」詩「蛛絲閃夕霽、隨處有詩情」『瀛奎律髓』巻十七（『石倉歴代詩選』巻百六十四）

陰墻蝸篆横
宋・陳師道「春懷示鄰曲」詩「斷牆着雨蝸成字、老屋無僧燕作家」『瀛奎律髓』巻十（『圓機活法』巻二十四昆蟲門「蝸」項　宋・歐陽脩）
明・何景明「子衡在獄感懷二十韻」詩「曉搨明星晢、陰墻白草曛」『石倉歴代詩選』巻四百五十一
蝸篆：カタツムリの這った跡が篆書に似ている様をさす。
元・掲奚斯「石鼓」詩「孔廟頽墻下、周宣石鼓眠。苔分敲火迹、雨洗篆蝸涎」『石倉歴代詩選』巻二百五十二

塵牀渾不掃
塵牀：塵、埃のかかった長椅子や寝台。
唐・白居易「秋夕」詩「夜深方獨臥、誰爲拂塵牀」『白氏長慶集』巻十
不掃：掃除をしない。
唐・白居易「長恨歌」詩「西宮南苑多秋艸、宮葉滿階紅不掃」『古文眞寶』前集巻八
宋・司馬光「和吳仲卿病中偶書呈諸同舍光時亦臥疾」詩「病來門不掃、秋草翳吾廬」『石倉歴代詩選』巻百三十二

鼠跡滿書棚

鼠跡‥鼠の足跡。

唐・郎士元「送張南史」詩「蟲聲粘戸網、鼠跡印床塵」『瀛奎律髓』巻四十二（『石倉歷代詩選』巻五十）

宋・張耒「無題」詩二首其一「出門蹄道苔痕滿、隱几書塵鼠蹟多」『宋詩鈔』巻三十一

（大戸　温子）

○八九　病中八首（其五）

多病●竟何○如◎
長卿○四壁●居◎
課兒○模古●帖
倩客●帙殘○書◎
枕倦●麥胎○後
帶寬○燕乳●初◎
盤餐○一努●力
時買●市頭○魚◎

病中八首（其の五）

多病　竟に何如《いかん》
長卿　四壁の居
児に課して　古帖を模せしめ
客に倩《こ》いて　残書を帙《なお》せしむ
枕は倦む　麦胎の後
帯は寛《ゆる》し　燕乳の初め
盤餐《ばんさん》　一《ひとえ》に努力し
時に買う　市頭の魚

【詩形・押韻】
五言律詩（如・居・書・初・魚）上平声六魚

【訳】

病床にて　八首（その五）

病気がちでどうにもしようがない。
司馬長卿のように貧しい家には壁があるばかり。
小さな子に古人の墨跡を手習いさせたり、
人に頼んで痛んだ書を綴じなおしてもらったりしている。
麦の穂が出た頃には、枕にうんざりするようになってしまった。
燕の子が育ち始めた頃には、すっかり痩せてしまった。
ひたすら食事に努めて、
時には町で魚を買ってくる。

【背景】

「課児模古帖」でいう児は白石のもとに手習いに通っていた子どもを指すものと思われる。

【語釈・用例】

多病竟何如

多病：しばしば患う。病気がち。

唐・杜甫「登高」詩「萬里悲秋常作客、百年多病獨登臺」『唐詩選』巻五

唐・杜甫「上韋左相二十韻」詩「長卿多病久、子夏索居貧」『古文眞寶』前集巻三
竟何如：蔡邕「飲馬古城窟行」詩において「加餐飯」の語と共に使われている。
漢・蔡邕「飲馬古城窟行」詩「長跪讀素書、書中竟何如。上有加餐飯、下有長相憶」『玉臺新詠』巻一（『古文眞寶』前集巻三、『石倉歴代詩選』巻一）

長卿四壁居
長卿：漢・司馬相如の字。多病で貧しく「四壁居」に住んでいた。
唐・武元衡「長安敍懷寄崔十五」詩「家甚長卿貧、身多公幹病。不知身病竟如何、懶向青山眠薜蘿」『石倉歴代詩選』巻六十七
四壁：家の四囲の壁。転じて四方の壁しかないといえるほどの貧家。『史記』巻百十七「司馬相如列傳」に「文君夜亡奔相如、相如乃与馳帰、家居徒四壁立」とある。
唐・王泠然「夜光篇」詩「兩京貧病若爲居、四壁皆成鑿照餘」『石倉歴代詩選』巻三十三
宋・賀鑄「寄題潯陽周氏濂溪草堂」詩「思輕溪頭四壁居、溪下百畆耕量汲」『石倉歴代詩選』巻百四十九

課兒模古帖
課兒：子供に勉学や労働を課すこと。
唐・王績「田家」詩「草生元亮徑、花暗子雲居。倚牀看婦織、登壠課兒鋤」『石倉歴代詩選』巻十六
明・呉汝弼「蔣蓮舗」詩「當年曾此課兒詩、渇立途中澗飲時」『石倉歴代詩選』巻四百三

古帖：古い書蹟。手習いに用いた。
宋・陸游「地僻」詩「几浄雙鈎摹古帖、甕香小啜試新醅」『劒南詩稾』巻十九
明・陳亮「代賦野堂詩」詩「牀頭古帖從人借、缸面新醪約客嘗」『石倉歷代詩選』巻二百九十九

倩客帙殘書
倩：請う。頼む。「倩客」を「客を倩《やと》うて」という訓みもある。
唐・陸龜蒙「寄懷華陽道士」詩「倚身長短裁笻杖、倩客高低結草亭」『石倉歷代詩選』巻八十
明・劉大夏「藍州渡河孫守備領兵護行」詩「初經邊塞勞軍送、老步氷橋倩客扶」『石倉歷代詩選』巻三百九十一
帙：書物を綴じること。
唐・杜甫「嚴鄭公同詠竹得香字」詩「色侵書帙晩、陰過酒樽涼」『瀛奎律髓』巻二十七
殘書：ばらばらに崩れた書。
宋・陸游「書適」詩「更挾殘書讀、渾如上學時」『瀛奎律髓』巻二十三

枕倦麥胎後
枕倦：床に伏せることに飽き、疲れる。
唐・方干「旅次洋州寓居郝氏園林」詩「凉月照窗攲枕倦、澄泉遶石泛觴遲」『瀛奎律髓』巻二十九
麥胎：麦の穂が膨らむこと。初夏の情景。
葉石軒（時代不詳）「題西陽嶺」「杜鵑啼處花成血、燕子來時麥未胎」『聯珠詩格』巻十二

帯寛燕乳初

帯寛：やせ細り帯が緩くなる様子。「古詩十九首」において「衣帯日已緩」「努力加餐飯」が共に使われている。

無名氏「古詩十九首」詩其一「相去日已遠、衣帯日已緩。浮雲蔽白日、遊子不復返。思君令人老、歳月忽已晩。弃捐勿復道、努力加餐飯」『文選』巻二十九（『古文眞寶』前集巻三、『石倉歴代詩選』巻一）

唐・賈至「寓言」詩二首其二「玉以委貞心、盤以薦嘉餐。嗟君在萬里、使妾衣帯寛」『石倉歴代詩選』巻四十

燕乳：燕が雛を育てること、餌をやること。

宋・陸游「五月初夏病體輕偶書」詩「世事紛紛了不知、又逢燕乳麥秋時」『瀛奎律髓』巻十一

盤餐一努力

「竟如何」「帯寛」の項參照。

時買市頭魚

宋・陸游「溪行」詩「買魚尋近市、覓火就隣船」『石倉歴代詩選』巻百七十五

（大戸　温子）

○九○ 病中八首（其六）

數番○楡莢●雨
無語●送春○歸◎
病葉●和花○墮
殘蜂○兼蝶●飛◎
寬心○題字●大
養眼●點燈○微◎
枕上●偏鄉○夢
故人○會面●稀◎

病中八首（其の六）

数番《すうばん》 楡《ゆ》莢《きょう》の雨
語る無くして 春の帰るを送る
病葉 花に和して堕ち
残蜂 蝶と飛ぶ
心を寛《ひろ》くして 字を題すること大に
眼を養いて 燈を点ずること微《かす》かなり
枕上 偏《ひと》えに郷夢
故人 会面稀なり

【詩形・押韻】
五言律詩（歸・飛・微・稀）上平声五微

【訳】

病床にて　八首（その六）

楡の莢ができるころ、雨が何日も降り続き、
静かに、春が過ぎるのを見送る。
わくら葉は花とともに落ち、
春の名残の蜂が、蝶とともに飛んでいる。
ゆったりとした心で、大きな字を書き、
眼を労わって、燈を小さくする。
枕辺で見る夢はいつも郷里のこと、
友人に会う機会はめったにない。

【語釈・用例】

數番楡莢雨

數番：番は雲や雨など、広がりのあるものを数える量詞。

北周・庾信「詠畫屛風詩」二十四首其二十四「行雲數番過、白鶴一雙來」『庾子山集』巻四

宋・文同「東山亭」詩「晩雲幾處水墨畫、秋樹數番紅綠纈」『石倉歷代詩選』巻百五十五

楡莢雨：暮春の雨。『荆楚歲時記』に「楡莢雨、春雨也」とある。『円機活法』巻一天文門「春雨」項の『御覽』にも見られる。

宋・余靖「暮春」詩「農家楡莢雨、江國鯉魚風」『瀛奎律髄』巻十

無語送春歸

無語：言葉を語らず、静かなさま。

唐・劉禹錫「百舌吟」詩「笙簧百囀音韻多、黄鸝呑聲燕無語」『古文眞寶』前集巻十

宋・范成大「鄂州南」詩「漢樹有情横北渚、蜀江無語抱南樓」『瀛奎律髄』巻一

宋・梅堯臣「夏雨」詩「野鳥寂無語、公庭盡晝閒」『瀛奎律髄』巻十七

春歸：春が過ぎ去ること。

唐・姚合「暮春書事」詩「酒醒聞客別、年長送春歸」『石倉歴代詩選』巻七十

唐・李群玉「南莊春晩」詩「沅湘寂寂春歸盡、水綠蘋香人自愁」『三體詩』巻一

病葉和花墮

病葉：蟲がついていたんだ葉。わくら葉。

明・倪岳「雪中憶張亨父次賔之韻復用韻寫懷」詩二首其二「蕭蕭病葉驚風墮、冉冉昏鴉帶雪歸」『石倉歴代詩選』巻三百九十七

唐・杜甫「薄遊」詩「病葉多秋墮、寒花只暫香」『杜詩詳註』巻十二

殘蜂兼蝶飛

殘蜂：春の花が終わった後の蜂。

明・劉基「蔣山寺十月桃花」詩「殘蜂剩蝶相逢淺、黃菊芙蓉莫浪猜」『誠意伯文集』巻六

寬心題字大

寬心：こころをゆったりと持つこと。「こころをゆるくす」とも訓む。

唐・杜甫「可惜」詩「寬心應是酒、遣興莫過詩」『瀛奎律髓』巻三十九（『石倉歴代詩選』巻四十五）

元・成廷珪「六月書所見」詩「謾道寬心應是酒、老夫三日未沾唇」『石倉歴代詩選』巻二百四十七

題字：書物の初め、又は石碑の上部等に文字を記すこと。

宋・賀鑄「宿芥塘佛祠於壁閒得魏湘畢平仲張士宗同所留字皆吾故人也庚午三月賦」詩「底許暫忘行役倦、故人題字滿長廊」『石倉歴代詩選』巻百四十九

養眼點燈微

養眼：用例に乏しい。眼を労《いた》わる意か。ここでは眼をかばい、本を読まないようにすることを表していると思われる。

點燈微：明かりを小さく燈すこと。

唐・白居易「浦中夜泊」詩「回看深浦停舟處、蘆荻花中一點燈」『石倉歴代詩選』巻六十一

唐・劉滄「與重幽上人話舊」詩「燈微靜室生鄉思、月上嚴城話旅遊」『石倉歴代詩選』巻九十二

枕上偏鄉夢

枕上：まくらもと。

唐・姚揆「潁州客舍」詩「郷夢有時生枕上、客情終日在眉頭」『全唐詩』巻七百七十四

郷夢‥故郷に関する夢。用例、枕上の項参照。

故人會面稀

明・張邦奇「鄖溪發舟追悼汪黄三公不及」詩「清風故人會面稀、四載湖湘悲仳離」『石倉歴代詩選』巻四百七十九

故人‥旧いなじみの友人。

唐・王維「送元二使安西」詩「勸君更盡一杯酒、西出陽關無故人」『三體詩』巻一

唐・韋應物「揚州偶會前洛陽盧耿主簿」詩「楚塞故人稀、相逢本不期」『瀛奎律髓』巻八

會面

無名氏「古詩十九首」詩其一「道路阻且長、會面安可期」『文選』巻二十九（『古文眞寶』前集巻三）

（大戸　温子）

○九一　病中八首（其七）

長年○今若●許
衰病●復何○時◎
處世●尤宜○酒
觀人○偏在●詩◎
幽吟○方靜●夜
獨臥●直良○醫◎
吾道●汗青○在
幾他○是作●師◎

病中八首（其の七）

長年《ちょうねん》　今より若許《いくばく》ぞ
衰病　復《ま》た何《いず》れの時ぞ
世に処《お》るは尤《もっと》も酒に宜《よろ》しく
人を観《み》るは偏《ひとえ》に詩に在り
幽吟　方《まさ》に静夜
独臥　直《た》だ良医
吾が道　汗青《かんせい》在り
幾《ねが》わくは　是《こ》れ師と作《な》さん

【詩形・押韻】
五言律詩（時・詩・醫　師）上平声四支

【訳】

病床にて　八首（その七）

長く生きるとしても、これからどれほど生きられるだろう。
この病気はまたいつまで長引くことだろうか。
世《よ》過《す》ぎをするには酒を飲んでいるのがよい。
人情に通じるには詩を読むに限る。
夜のしじまに、私は静かに詩を吟じる。
独りで横になっていれば、名医に診てもらうまでもない。
我が人生には書物がある。
その書物の中のものを師として学びたいものだ。

【語釈・用例】

長年今若許

長年：長生きをすること。長寿。

晉・陸機「歎逝賦」「嗟人生之短期、孰長年之能執」『文選』巻十六

唐・杜甫「玉華宮」詩「冉冉征途間、誰是長年者」『唐詩選』巻一

若許：いかほど。いくばく。数が不定であることを示す。

宋・姜特立「和陸放翁見寄」詩「若許詩篇數還往、直須共挽古風囘」『瀛奎律髓』巻四十二

明・陳崇德「歸休次靜夫韻」詩「靜裏東風看若許、每逢花落惜年華」『石倉歷代詩選』卷四百十一

衰病復何時

衰病：病気で衰弱すること。

唐・吳融「閿鄉卜居」詩「六載抽毫侍禁闈、可堪衰病決然歸」『三體詩』卷一

明・傅汝楫「東高成甫」詩「邇來高伯子、衰病復何如」『石倉歷代詩選』卷四百九十七

處世尤宜酒

處世：世渡りをすること。世過ぎ。

唐・李白「春日醉起言志」詩「處世若大夢、胡爲勞其生」『古文眞寶』前集卷二

宋・胡寅「和趙宣」詩二首其一「處世甚疏皆笑我、宅心無累獨奇公」『瀛奎律髓』卷四十二

宜酒：酒が一番だ。酒を飲むのがよい。

宋・曾幾「曾宏父分餉洞庭柑」詩「流傳噴霧眞宜酒、帶葉連枝絕可人」『瀛奎律髓』卷二十七

宋・呂本中「雪盡」詩「肺病猶宜酒、囊空合典衣」『瀛奎律髓』卷二十一

觀人偏在詩

觀人：人を観察する。また、そこから転じて人情に通じること。

宋・陳傅良「送謝倅景英赴闕」詩「嗟余生已晚、觀人以觀詩」『止齋集』卷二

江戸・伊藤東涯「桒韓唱和序」「文足以觀人耶」『紹述先生文集』巻三

在詩：詩において〜である。

明・謝鐸「送秦太守廷詔」詩「郎官歳久猶爲郡、刺史名高不在詩」『石倉歴代詩選』巻三百九十五

幽吟方靜夜

幽吟：静かに詩を吟じる。

唐・杜甫「追酬高蜀州人日見寄」詩「今晨散帙眼忽開、迸涙幽吟事如昨」『杜詩詳註』巻二十三

宋・趙抃「題杜子美書堂」詩「天地不能籠大句、鬼神無處避幽吟」『瀛奎律髓』巻三

靜夜：静かな夜。

晉・張華「情詩」詩五首其三「幽人守靜夜、囘身入空帷」『玉臺新詠』巻二

唐・杜甫「陪鄭廣文遊何將軍山林」詩十首其九「醒酒微風入、聽詩靜夜分」『杜詩詳註』巻二

獨臥直良醫

獨臥：一人で横になっていること。

唐・包佶「秋居病中」詩「獨臥南窗秋色晩、一庭紅葉掩衡茅」『瀛奎律髓』巻四十四（『三體詩』巻四　唐・雍陶）

宋・陸游「初寒獨居戲作」詩「獨臥維摩室、誰同彌勒龕」『瀛奎律髓』巻十三

良醫：名医に同じ。

宋・陸游「枕上作」詩「愁得酒巵如敵國、病須書卷作良醫」『瀛奎律髓』巻九

吾道汗青在

吾道：我が人生の道。進むべき道。

『論語』「里仁」「子曰、參乎。吾道一以貫之」

宋・方岳「次韻」詩「世於吾道轉崎嶇、是與非耶一子虚」『聯珠詩格』巻十七

宋・馬子才「浩浩歌」詩「蒼生如命窮、吾道成蹉跎」『古文眞寶』前集巻八

汗青：油をぬいた竹の札。紙がなかったころ、竹を火で炙《あぶ》り、青みを取り去り、油をぬいて字を書くのに用いたもの。

転じて、書冊の意に用いる。汗簡に同じ。

宋・宋祁「予既到郡有詔仍修唐書寄局中諸僚」詩「所願韋吳皆傑筆、劉生當見汗青期」『瀛奎律髓』巻六

宋・范成大「太傅楊和王挽歌詞」詩二首其一「人亡汗青在、足以詔無垠」『石湖詩集』巻十

＊「在」の字が重出している（第四句、第七句）。

幾他是作師

幾他：ねがわくは。「他」は助字。白居易「中秋月」詩の「照他」のごとく、意味を持たぬ虚字として処理しておく。

『漢書』巻六十「杜周傳」「爲國求福、幾獲大利」顔師古注「幾讀曰冀」

唐・王維「與盧員外象過崔處士興宗林亭」詩「科頭箕踞長松下、白眼看他世上人」『唐詩選』巻七

唐・白居易「中秋月」詩「照他幾許人腸斷、玉兎銀蟾遠不知」『瀛奎律髓』巻二十二

宋・劉克莊「贈相士」詩「直從杜甫編排起、幾箇吟人作大官」『聯珠詩格』巻八

（遠藤　星希）

○九二　病中八首（其八）

扶病●身常○靜
守幽○心自●清◎
晴庭○過鳥●影
雨砌●雜蛙○聲◎
學字●猶嫌○俗
愛書○不爲●名◎
詩思●有時○得
敲推○枕上●成◎

病中八首（其の八）

病《やまい》を扶《たす》けて　身は常に静かに
幽を守りて　心自《おの》ずから清し
晴庭　鳥影過ぎ
雨砌《うせい》　蛙声《あせい》雑《まじ》る
字を学びて　猶お俗を嫌い
書を愛するは　名の為ならず
詩思　時有りて得
敲推して　枕上に成る

【詩形・押韻】
五言律詩（清・聲・名・成）下平声八庚　失粘

【訳】

病床にて　八首（その八）

病身をかばい、体はいつも静かに横たえている。
ひっそりとした生活を守り、心は自然に清らかになる。
晴れた日の庭には、鳥の飛ぶ影が横切り、
雨の日の石畳には、蛙の声が雨音にまじる。
字の稽古には、俗っぽい字体にならないようにと思い、
本を好んで読むのは、名を挙げようとするためではない。
時には詩興がわいて、
枕の上で推敲して詩を作る。

【背景】

天和元年（一六八一・数え二十五歳）晩春から夏にかけての作と考えられる。

春から夏にかけて病のために床に伏せる生活を繰り返す白石の、日々の感慨が詠じられている。翌天和二年（一六八二）の三月には、大老である堀田正俊に仕えている。〇九三「奉和源知県之賜韻」詩には、相応の身分のある武士との交流がうかがわれる。

【語釈・用例】

扶病身常靜
扶病：病の身をかばうこと。
唐・杜甫「春日江邨」詩五首其四「扶病垂朱紱、歸休歩紫苔」『瀛奎律髓』巻十
唐・杜甫「觀作橋成月夜舟中有述還呈李司馬」詩「衰謝多扶病、招邀屢有期」『石倉歴代詩選』巻四十五

守幽心自清
守幽：社会から離れ、清らかでひっそりとした生活を送ること。詩における用例は管見の限り見られない。
自清
戰國・屈原「卜居」「寧廉潔正直以自清乎」王逸注「修潔白也」『文選』巻三十三
唐・曹松「贈餘干袁明府」詩「一雨西成邑、陶家心自清」『石倉歴代詩選』巻八十九

晴庭過鳥影
鳥影：鳥の飛ぶ影。
唐・杜甫「和裴迪登新澤寺寄王侍郎」詩「蟬聲集古寺、鳥影度寒塘」『瀛奎律髓』巻四十七

雨砌雜蛙聲
雨砌：雨に打たれる石畳。
宋・秦觀「春日雜興」詩「雨砌墮危芳、風軒納飛絮」『石倉歴代詩選』巻百五十三

蛙聲・・蛙の鳴く声。
唐・張籍「過賈島野居」詩「蛙聲籬落下、草色戸庭間」『石倉歴代詩選』巻五十九
唐・來鵬「清明日與友人遊玉塘莊」詩「不堪吟罷東回首、滿耳蛙聲正夕陽」『三體詩』巻四

學字猶嫌俗
學字・・書法を学ぶこと。
唐・吳融「倒次元韻」詩「魚子封牋短、蠅頭學字眞」『石倉歴代詩選』巻八十
宋・程具「寺前書院」詩「竹屋紙牕無限好、觀書學字不妨清」『北山集』巻十一
嫌俗・・俗っぽさを嫌うこと、心を清らかにすること。
宋・黃庭堅「跋與張載熙書卷尾」詩「學字晚成、且養於心中無俗氣」『山谷集』巻二十九

愛書不爲名
爲名・・名声を得ること。
唐・薛能「又贈隱者」詩「甘貧原是道、苦學不爲名」『石倉歴代詩選』巻八十五

詩思有時得
詩思・・詩を作る考え。詩情。
唐・賈島「酬慈恩寺文郁上人」詩「聞說又尋南嶽去、無端詩思忽然生」『瀛奎律髓』巻四十七

唐・錢起「題精舎寺」詩「勝景不易遇、入門神頓清。（略）詩思竹間得、道心松下生」『石倉歴代詩選』巻四十七

敲推枕上成

敲推：字句をねること。推敲に同じ。『野客叢書』巻十四にある故事に由来する。「賈島初赴挙。在京一日、在驢上得句云云、引手作推敲之勢。時韓退之為京兆尹、車騎方出。島不覚行至第三節、左右擁至尹前。島具道所得詩句。退之遂並轡帰、為布衣交」

宋・張正齋「尋梅」詩「健歩山顛與水隈、可人攜手話敲推」『聯珠詩格』巻十九

枕上：まくらもと。枕頭。

唐・姚揆「潁州客舎」詩「鄉夢有時生枕上、客情終日在眉頭」『三體詩』巻四

宋・徐積「寄李道源」詩「呼童去問紫霄翁、近來枕上吟詩否」『石倉歴代詩選』巻百五十七

明・李東陽「寄荘定山」詩「消愁物已杯中辦、得意詩從枕上成」『石倉歴代詩選』巻三百九十六

（大戸　温子）

○九三　奉和源知縣之賜韻

源知縣の賜韻に和し奉る

百里桑麻馴雉聲　　百里　桑麻　馴雉《じゅんち》の声
琴堂無事得民情　　琴堂　事無く　民情を得《う》
二南風裏編排起　　二南の風裏　編排起こり
蔽芾甘棠歌太平　　蔽芾《へいはい》たる甘棠《かんとう》　太平を歌う

【詩形・押韻】

七言絶句（聲・情・平）下平声八庚

【訳】

源県令から賜わった韻に和し奉る
長官が治める百里四方には桑麻が豊かに育ち、長官の教化を受けた雉が桑麻の下で鳴いております。

県庁から奏でられる琴の音によって世は事もなく、長官は民草の心をとらえておいでです。

周南召南地方を治めた古代の周公召公のような善政の風のもと、歌の調べが起こり、民は茂る甘棠の陰に憩い、泰平を言祝いでおります。

【背景】

詩題にある源知県については未詳。「知県」とは、地方（地域）行政の責任者に対する唐名として使用された表現であろう。これに当たる江戸時代の役職としては、「郡代」「代官」が相当すると思われる。

【語釈・用例】

百里桑麻馴雉聲

唐・韋應物「送溧水唐明府」詩「三爲百里宰、已過十餘年。祇歎官如舊、旋聞邑屢遷。魚鹽瀕海利、薑栢傍湖田。到此安民俗、琴堂又晏然」『瀛奎律髓』巻二十四

百里…知県が治める範囲、転じて県令のことを指す。『漢書』巻十九に「県大率方百里、其民稠則減稀、則曠郷亭亦如之。皆秦制也」とある。

晉・陶潛「酬丁柴桑」詩「有客有客、爰來爰止、秉直司聰、于惠百里、飡勝如歸、聆善若始」『陶淵明集』巻一

桑麻…田園をさす。

漢・班固「西都賦」「決渠降雨、荷插成雲。五穀垂穎、桑麻鋪棻」『文選』巻一

明・傅珪「送郭魯瞻復除濬縣」詩「百里桑麻隨雨化、萬家弦誦傍城闉」『石倉歷代詩選』巻四百三十五

馴雉…なれた雉。後漢の袁安が、魯恭の治める中牟の地において、雉が子供に怖れることなく近づき、子供もまた雉を捕まえようとはしない様子を見て、魯恭の仁政が広く行きわたっていることを知った故事に由来する言葉。「建初

七年、郡国螟傷稼、犬牙縁界、不入中牟。河南尹袁安聞之、疑其不寔、使仁恕掾肥親往廉之。恭随行阡陌倶坐桑下、有雉過止其傍、傍有童児。親曰児何不捕之、児言雉方将雛。親瞿然而起、与恭訣曰、所以来者、欲察君之政迹耳。今虫不犯境、此一異也。化及鳥獣、此二異也。豎子有仁心、此三異也」（『後漢書』巻五十五「魯恭伝」）『円機活法』巻八「県令」の項に「三異」としてこの故事が記されている。

宋・陳淵「回黄知縣」「堂上鳴琴、方擴愛人之學、桑間馴雉已彰、遂物之仁、牛刀姑試於小鮮、驥足肯辭於峻坂」『默堂集』巻十一

明・陳全「鄭大尹徹琴趣堂」詩「琴堂訟息無機慮、拂軫調徽得深趣。（略）鳴鳩拂羽桑田緑、馴雉朝飛麥隴深。絃歌百里如鄒魯、坐令民俗皆淳古」『石倉歴代詩選』巻三百十三

琴堂無事得民情

宋・趙抃「寄永倅周敦頤」詩「詩筆不閒眞吏隱、訟庭無事洽民情」『石倉歴代詩選』巻百三十六

琴堂：孔子の弟子、宓子賤は、単父の宰となったが、一日中琴を弾き役所には出なかった。それでも単父は治まった。この故事にならい、県官が政務を執る処を琴堂という。『呂氏春秋』「察賢」に「宓子賤治単父、弾鳴琴、身不下堂而単父治。後遂稱州、府、県署為琴堂」とある。

唐・韋應物「送唐明府赴溧水」詩「三爲百里宰、已過十餘年。（略）到此安甿俗、琴堂思晏然」『石倉歴代詩選』巻四十九

二南風裏編排起

二南…『詩経』国風の召南と周南。召公と周公の徳治がおよんだ招南と周南の国ぶりを言祝ぐ歌。

風…徳により人民を感化すること。「二南風化」として使われることが多い。

唐・劉禹錫「赴蘇州酧別樂天」詩「二南風化承遺愛、八詠聲名躡後塵」『瀛奎律髓』巻四
編排…次々につらねる。歌が起こることをいう。

宋・劉克荘「再贈錢道人」詩二首其一「直從杜甫編排起、幾箇吟人作大官」『聯珠詩格』巻八（『後村集』巻一）

蔽芾甘棠歌太平
蔽芾…盛んなさま。
宋・尤袤「送提擧楊大監解組西歸」詩「征轅已動不容攀、回首棠陰蔽芾閒。爲郡不知歌舞樂、憂民贏得鬢毛斑」『瀛奎律髓』巻二十四（『石倉歴代詩選』巻百八十九）
元・許謙「送諸暨兪州判」詩「甘棠蔽芾有餘蔭、百里寧謐無援桴」『石倉歴代詩選』巻二百六十三
甘棠…『詩経』召南の篇名。召伯南巡の際、その下に宿った甘棠を賦した。人民が主を敬愛し、仁政を喜ぶ思いをうたう。
『詩經』「召南・甘棠」詩「蔽芾甘棠、勿翦勿伐」
唐・李商隱「武侯廟古柏」詩「大樹思馮異、甘棠憶召公」『瀛奎律髓』巻三
宋・梅堯臣「送王待制知陝府」詩「重見甘棠詠、爭傳樂府新」『瀛奎律髓』巻二十四
宋・王禹偁「送董諫議之任湘潭」詩「翰苑逐臣知最幸、願聽民訟繼甘棠」『石倉歴代詩選』巻百二十五

（大戸　温子）

○九四　夏日書事

石榴花密藕花呈
解籜風篁作鳳鳴
草露曉天清可掬
雲峰晩日畫難成
碧波簟冷縠紋起
白雪扇輕月樣明
弱水淼漫三萬里
北窗一夢駕長鯨

夏日事を書す

石榴《せきりゆう》　花は密にして　藕花《ぐうか》呈《あらわ》る
籜《たく》を解く　風篁《ふうこう》　鳳鳴を作《な》す
草露は　暁天に　清くして掬《きく》すべし
雲峰は　晩日に　画《えが》きて成し難し
碧波の簟《てん》は冷やかにして縠紋《こくもん》起こり
白雪の扇は軽くして月様明るし
弱水淼漫《じやくすいびようまん》　三万里
北窓一夢　長鯨に駕す

【詩形・押韻】
七言律詩（呈・鳴・成・明・鯨）下平声八庚

＊第六句は孤平。

【訳】

　夏の日のつれづれに
石榴《ざくろ》の花はみっしりとつき、蓮の花も開いた。
皮を落とし風に揺れる竹藪は鳳凰の鳴き声を聞くようだ。
草の露は暁の空に清々しくしとどに手で掬《すく》うばかり、
雲の峰は夕陽を受けて絵にも描きがたい。
碧く波打つ竹の茣蓙《ござ》はひんやりとして細波が起こるよう、
雪のように白いうちわは軽くて満月の形に明るい。
崑崙山の弱水が三万里の仙界まで流れていて、
北の窓辺で、大きな鯨に乗って行く夢を見る。

【語釈・用例】

石榴花密藕花呈

石榴：ざくろの花。夏に咲く。

　作者不詳「臨池紅映水、冷淡笑荷花」『圓機活法』巻十九百花門「榴花」項

宋・蘇舜欽「夏意」詩「別院深深夏簟清、石榴開遍透簾明」『聯珠詩格』巻十

石榴の花（市川桃子画）
鮮やかな朱赤。

解籜風篁作鳳鳴

解籜：若い竹の皮が落ちる。

劉宋・鮑照「雑詩」詩九首其四「早蒲時結陰、晩篁初解籜」『玉臺新詠』巻四

風篁：風に吹かれて竹がさやさやと鳴る。

劉宋・謝荘「月賦」「若迺涼夜自凄、風篁成韻」『文選』巻十三

作者不詳「不堪裁鳳律、只好製漁竿」『圓機活法』巻二十二竹木門「竹」項

＊皮を落としたばかりの若竹が鳴る音が、鳳の鳴き声のようだという見立て。『円機活法』巻二十二竹木門「竹」項の「大意」には「棲鳳」、同巻二十三飛禽門「鳳凰」項の「叙事」には「非梧桐不棲、非竹実不食」とあり、竹と鳳は縁が深い詩語として認識されていた。また、『円機活法』韻学巻九下平八庚「鳴」項に「鳳鳴」とある。

草露曉天清可掬　雲峰晩日畫難成

唐・宋之問「發藤州」詩「雲峰刻不似、苔蘚畫難成」『瀛奎律髓』巻四十三

宋・韓琥「九日破曉攜兒姪上前山苧立佳甚」詩「露氣已濃清可掬、日華初出畫難成」『瀛奎律髓』巻十二

碧波簟冷縠紋起　白雪扇輕月樣明

簟：竹で編んだむしろ。

齊・謝朓「在郡卧病呈沈尙書」詩「珍簟清夏室、輕扇動涼颸」『文選』巻二十六

隋・李德林「夏日」詩「輕扇搖明月、珍簟拂流黄」『李懷州集』

縠紋：細かな波のような文様。
五代・和凝「山花子」詞「銀字笙寒調正長、水紋簟冷畫屏涼」『花間集』巻六
宋・綦崇禮「題子正觀察溪風亭」詩二首其二「溪上微波起縠紋、涼飈不斷快餘醺」『北海集』巻一
扇：うちわ。丸い形をしている。『円機活法』巻十五器物門「扇」項の大意には「握月」「似月」とあるなど、月との形の近似がしばしば詩の題材となる。
漢・班婕妤「怨歌行」詩「新裂齊紈素、皎潔如霜雪。裁爲合歡扇、團團似明月」『文選』巻二十七（『玉臺新詠』巻一、『樂府詩集』巻四十二）
作者不詳「如霜無皎潔、似月更團圓」『圓機活法』巻十五器物門「扇」項
月様：月のように。
宋・陸游「復雨」詩「自憐未負年華在、素扇團團月様裁」『劍南詩藁』巻五十七
＊「碧波」「白雪」はそれぞれ「簟」「扇」の見立て。夏を涼しく過ごすための道具として、簟と扇の対はしばしば見いだせる。「簟」の表面の文様を波のようだとする表現は少なくない。また、「扇」を月のようだとする先行用例も多い。

弱水淼漫三萬里
弱水：川の名。『山海経』などに見え、特定の地域を指す固有名詞だと考えられるが、所在地については諸説あり、特定できない。
『山海經』「大荒西經」「〔昆侖之丘〕其下有弱水之淵」郭璞注「其水不勝鴻毛」

元・丁復「送李光大之海北憲司書吏」詩「隔煙霧弱水、三萬不可度」『檜亭集』巻三
元・黄清老「貢闈偶成呈同院諸公」詩「弱水蓬萊三萬里、不知何處月明多」『石倉歴代詩選』巻二百五十三
明・貝瓊「飲酒」詩二首其一「弱水三萬里、何處登蓬萊」『清江詩集』巻二
淼漫：水が遠くまで広がっていること。双声語。
唐・王昌齢「越女」詩「湖上水渺漫、清江不可渉」『石倉歴代詩選』巻三十七
＊『円機活法』巻四地理門「海」項に「弱水三万里」の項目があり、南唐・沈汾『続仙伝』「謝自然入海至一山、遇道士、問何往、曰蓬萊尋師、道士曰、蓬萊隔弱水三万里、非飛仙莫可至」と見えるように、蓬萊に到るためには三万里の弱水があり、舟などで渡ることはできないので、飛んで渡らなくてはならないとの説が行われていた。

北窗：北向きの窓。晋・陶潜以来、昼寝をするのに心地良い場所とされる。
　晉・陶潛「與子儼等疏」「五六月中北窗下臥遇涼風暫至。自謂是羲皇上人意」『陶淵明集』巻七
駕長鯨：大きな鯨に乗る。世間の枠に収まりきらぬ李白の奔放な才能を描くときにしばしば用いられる。唐・杜甫「送孔巣父謝病帰游江東兼呈李白」詩のテキストは一定しないが、十七句目を「若逢李白騎鯨魚」に作る版本があり、李白が鯨に乗る発想の初出となる。唐・貫休は杜甫が李白について「騎鯨」と評したと指摘しており、少なくとも晩唐には当該句が行われていたものと考えられる。清・仇兆鰲『杜詩詳註』巻一では「若逢李白騎鯨魚」を附会の句とするが（南尋句一作若逢李白騎鯨魚、按騎鯨魚出羽猟賦、俗伝太白酔騎鯨溺死潯陽、皆縁此句而附会之耳）、巷間広くこの話は信じられていたのであろう。

北窗一夢駕長鯨

唐・貫休「觀李翰林眞」詩二首其一「宜哉杜工部、不錯道騎鯨」『禪月集』卷七
宋・馬子才「燕思亭」詩「李白騎鯨飛上天、江南風月閑多年。（略）巨靈擘山洪河竭、長鯨吸海萬壑貧」『古文眞寶』前集卷五
唐・杜甫「飮中八仙歌」詩「左相日興費萬錢、飮如長鯨吸百川、銜杯樂聖稱世賢」『唐詩選』卷二（『古文眞寶』前集卷八）
宋・陸游「江上觀月」詩「詩成莫駕長鯨去、自是虛皇白玉京」『劒南詩稾』卷十
＊〇五一「中秋夜陪江氏賞月于河範亭上」詩には「采石月下知何処、復駕長鯨従神遊」とある。

（高芝　麻子）

○九五　秋日喜故人至

秋日 故人の至るを喜ぶ

燕辭南國北鴻來　燕は南国に辞し　北鴻来《きた》る
月上東邊西日頽　月は東辺に上り　西日頽《くず》る
卻是人間長會合　却って是れ人間《じんかん》　長《つね》に会合す
一樽相對爲君開　一樽　相対して君が為に開く

【詩形・押韻】
七言絶句（來・頽・開）上平声十灰

【訳】
秋の日に友人の訪問を喜ぶ
燕が南国に帰るとき、北の雁が飛んできて、
月が東に上るとき、日は西に落ちていく。
ところが人間世界は長く共に過ごすことができる。

君のために酒樽を開いて向かい合って飲むこととしよう。

【語釈・用例】

秋日喜故人至

宋・王操「喜故人至」詩『兩宋名賢小集』巻六

燕辭南國北鴻來

燕辭南國：秋の詩であることから、燕は南国へ向かい辞し去ったと解釈する。

魏・曹丕「燕歌行」詩「群燕辭歸雁南翔、念君客遊思斷腸」『文選』巻二十七

梁・何遜「日夕望江贈魚司馬」詩「早鴈出雲歸、故燕辭檐別」『玉臺新詠』巻五

唐・司空曙「送程秀才」詩「遊人盡還北、旅雁辭南國」『司空曙集』巻上

＊燕が南に移動するとき鴻は北へと向かう。渡り鳥たちがすれ違い、出会えないことを言う。

月上東邊西日頽

月上東邊：月が東側に昇る。

唐・柳宗元「中夜起望西園値月上」詩「寒月上東嶺、泠泠疏竹根」『柳河東集』巻四十三

西日頽：西日が沈んで行く。

明・呉希賢「竹石雙清次呉鼎儀先生韻爲太守拙戒兄題」詩「酒酣鼓瑟遺蒼佩、鷓鴣飛下西日頽」『石倉歴代詩選』巻

四百十三

＊月が東から昇るときに、日が西に沈む。日と月とがすれ違い、同時に昇らないことを描く。冒頭二句は東西南北を織り込んで、鳥と天体のすれ違いを対として並べる。

卻是人閒長會合

卻是人閒：却って人の世で。

唐・劉禹錫「蘇州白舍人寄新詩有歎早白無兒之句因以贈之」詩「莫嗟華髮與無兒、卻是人閒久遠期」『劉賓客文集外集』巻一

金・李俊民「唐臣滿月洗兒索詩故賦」詩「白頭休恨夢熊遲、卻是人閒久遠期」『莊靖集』巻二

長會合：いつも共にいる。頻繁に会う。

宋・黄庭堅「晝睡鴨」詩「山雞照影空自愛、孤鸞舞鏡不作雙。天下眞成長會合、兩鳧相倚睡秋江」『聯珠詩格』巻一

＊鳥や天体がすれ違いを続け、出会うことができないでいるのに、別れを繰り返してばかりいるとされている人間世界で、何と私たちは常に共に過ごすことができている、との意味。黄庭堅は、美しい姿を誇る山鶏やつがいを作ろうとしない孤鸞ではなく、おしどりこそが常にずっと共にいるのだと描く。白石はそれをふまえ、鳥さえも常に共にいられるわけではないのに、人間世界で頻繁にあなたに出会えるとは、と喜びを表現している。

一樽相對爲君開

一樽相對：酒樽を前に向かい合って

宋・陳舜兪「和開祖丹陽別子瞻後寄」詩「相對一樽浮蟻酒、輕寒二月小桃風」『瀛奎律髓』巻四十二
宋・王栢「次劉元直韻」詩二首其二「准擬春風對眉膴、一樽相對洗愁顔」『石倉歴代詩選』巻二百十五
宋・林逋「山園小梅」詩「寄語清香少愁結、爲君吟罷一銜杯」『瀛奎律髓』巻二十
唐・盧照鄰「長安古意」詩「羅襦寶帶爲君解、燕歌趙舞爲君開」『唐詩選』巻二
宋・蘇軾「畫山水」詩二首其二「賴我胸中有佳處、一樽時對畫圖開」『聯珠詩格』巻十一（『圓機活法』韻學巻四上平十灰「開」項「一樽時對畫圖開」）

＊『円機活法』韻学巻四上平十灰「開」項には「一樽時対画図開」と並んで作者不詳「野花無主為誰開」句が収められている。

（高芝　麻子）

○九六　江上偶作

誰將烟笛倚長空
獨上高樓感轉蓬
萬古江流鴻去外
千林木落月明中
秋風客鬢暗期白
晩日愁顔暫借紅
天色水光元不隔
無涯歸興入孤篷

江上偶作

誰か烟笛《えんてき》を将《もっ》て長空に倚《よ》る
独り高楼に上《のぼ》りて転蓬《てんぽう》に感ず
万古《ばんこ》　江は流る　鴻《おおとり》　去《ゆ》く外
千林　木は落つ　月明の中《うち》
秋風　客鬢《かくびん》　暗《ひそ》かに白《しろ》を期し
晩日　愁顔　暫《しばら》く紅《くれない》を借る
天色　水光　元《もと》より隔たらず
涯《はて》無き帰興《ききょう》　孤篷《こほう》に入る

【詩形・押韻】
七言律詩（空・蓬・中・紅・篷）上平声一東

【訳】

川べりにてたまたま作る

霧笛《きりぶえ》の音を大空に響かせているのは一体誰であろう。
私はひとり高い楼閣にのぼって流浪の身を悲しんでいる。
万古の昔から雁が飛んでいく彼方へと川は流れ、
無数の木々は月明りの中でその葉を落としていく。
秋風に吹かれ、旅人の髪は気づかぬうちに白くなっていきそうだ。
夕陽を受けて、悲しげなその顔がしばし紅に染まった。
空の色と水の輝きとは、もとより境《さかい》が無く、
故郷を慕う果てしない思いが孤舟にしみ入る。

【語釈・用例】

偶作：たまたま題する。『陶情詩集』〇七一「丹午偶題」の「偶題」、〇八〇「偶書」に同じ。

誰將烟笛倚長空

誰將：誰が〜を用いて。

宋・范成大「鄂州南」詩「誰將玉笛弄中秋、黄鶴飛來識舊游」『瀛奎律髓』巻一

烟笛：霧笛《きりぶえ》。霧が深いとき、舟がその位置を知らせるために鳴らす笛。

宋・李珏「秋懐」詩「蕁老呉江一半秋、月砧煙笛幾人愁」『聯珠詩格』巻八
明・韓邦奇「蘭谿九日」詩「一簑烟笛滄江暮、萬壑寒聲落葉秋」『苑洛集』巻十一
＊李珏と韓邦奇の用例から、月明かりの元に響く砧《きぬた》の音と同様、「烟笛」の音色も聞く者に愁いを催させる秋の風物詩であることが窺える。
長空‥遥かな大空。
唐・孟浩然「唐城館中早發寄楊使君」詩「欲識離魂斷、長空聽雁聲」『孟浩然集』巻三
唐・岑參「陪群公龍岡寺泛舟」詩「漢水天一色、寺樓波底看。鐘鳴長空夕、月出孤舟寒」『石倉歴代詩選』巻四十

獨上高樓感轉蓬
高樓‥たかどの。うてな。高楼に登って遠望し、望郷の念にとらわれるのは魏の王粲の「登楼賦」以来、頻見する一つのパターンである。
唐・李白「金陵城西樓月下吟」詩「金陵夜寂涼風發、獨上高樓望呉越」『古文眞寶』前集巻四
唐・羊士諤「登樓」詩「秋風南陌無車馬、獨上高樓故國情」『唐詩選』巻七
唐・呂巖「自詠」詩「獨上高樓望八都、黑雲散盡月輪孤」『聯珠詩格』巻八
宋・王珪「依韻和金陵懷古」詩「懷鄉訪古事悠悠、獨上高樓滿目秋」『瀛奎律髓』巻三
轉蓬‥風に吹かれて転がってゆく蓬。「蓬」はアカザ科の植物で、秋になると枯れて根が切れ、風に吹かれ球状になって地面を転がってゆく。転じて、零落して流浪すること。
唐・杜甫「客亭」詩「秋窗猶曙色、木落更天風。日出寒山外、江流宿霧中。（略）多少殘生事、飄零任轉蓬」『瀛奎律

髓』巻十四

萬古江流鴻去外

萬古：遥か昔よりずっと。

唐・李白「送王屋山人魏萬還王屋」詩「水續萬古流、亭空千霜月」『李太白文集』巻十三

宋・王安石「次韻舍弟賞心亭卽事」詩二首其一「扁舟此日東南興、欲盡江流萬古長」『瀛奎律髓』巻三十五

江流：長江が流れる。ここでは江戸の川を長江になぞらえている。

唐・王維「漢江臨眺」詩「江流天地外、山色有無中」『瀛奎律髓』巻一

鴻去外：雁が飛んでゆく彼方。「鴻」はガンのことで、秋になると南下して越冬する渡り鳥である。

宋・楊萬里「過揚子江」詩「千古英雄鴻去外、六朝形勝雪晴中」『瀛奎律髓』巻一

千林木落月明中

千林：無数の木々が生えた林。

宋・呂聲之「過杜潭題曾祖慶源庵」詩「橫江灝氣欲欺裘、木落千林水露洲」『石倉歴代詩選』巻二百二十

木落：枯木が幹から落ちること。

唐・杜甫「登高」詩「無邊落木蕭蕭下、不盡長江滾滾來」『瀛奎律髓』巻十六（『唐詩選』巻五）

月明中：月明かりの中で。

唐・杜牧「重到襄陽哭亡友韋壽朋」詩「重到笙歌分散地、隔江吹笛月明中」『樊川詩集注』巻四

宋・蘇軾「月夜與客飲酒杏花下」詩「洞簫聲斷月明中、惟憂月落酒盃空」『古文眞寶』前集巻五

陳月窗（時代不詳）「秋曉」詩「睡起秋聲無覓處、滿階梧葉月明中」『聯珠詩格』巻三

＊この句の「月明中」という語は、第六句の「晩日（＝夕陽）」と一見矛盾しているように感じられる。この頷聯二句は、嘱目の景ではなく、万古の昔よりこの地で繰り返されてきた情景を、一般化して描いたものであろう。

秋風客鬢暗期白

秋風：秋に吹く西風。

唐・李賀「金銅仙人辭漢歌」詩「茂陵劉郎秋風客、夜聞馬嘶曉無跡」『昌谷集』巻二

明・張弼「花鳥」詩二首其一「青青幽禽豈凡翼、傳書曾謁秋風客」『石倉歴代詩選』巻四百八

客鬢：旅人の髪。

唐・李商隱「河淸與趙氏昆季讌集得擬杜工部」詩「客鬢行如此、滄波坐渺然」『李義山詩集』巻下

宋・張耒「春日」詩「可憐客鬢蹉跎老、每惜梅花取次稀」『瀛奎律髓』巻二十六

期白：白くなっていくことが予想される。

元・吳澄「九日登樓」詩「其期白首各自愛、莫負乾坤七尺身」『石倉歴代詩選』巻二百三十九

明・陳亮「再送唐進士士昭之京」詩「將期白首好、無奈青雲招」『石倉歴代詩選』巻二百九十九

晩日愁顔暫借紅

愁顔：愁いを帯びた顔。

唐・鄭谷「乖慵」詩「衰鬢霜供白、愁顔酒借紅」『雲臺編』巻下（『詩人玉屑』巻十八）

暫借紅：一時的に紅に染まっているさま。

唐・白居易「何處難忘酒」詩四首其二「鬢爲愁先白、顔因醉暫紅。此時無一盞、何計奈秋風」『瀛奎律髓』巻十九

宋・陳師道「除夜對酒贈少章」詩「髮短愁催白、顏衰酒借紅」『瀛奎律髓』巻十六（『詩人玉屑』巻十八）

＊「暫く紅を借りた顔」は、ほぼ酒に酔った顔について言うが、白石はここで夕陽に染まった顔について言っている。

天色水光元不隔

天色：空の色。

梁・元帝「經巴陵行部伍」詩「水際含天色、虹光入浪浮」『藝文類聚』巻二十七

宋・蘇軾「過萊州雪後望三山」詩「雲光與天色、直到三山回。（略）茂陵秋風客、勸爾麾一杯」『施註蘇詩』巻二十四

水光：水面の輝き。

唐・張均「岳陽晩景」詩「晩景寒鴉集、秋風旅鴈歸。水光浮日去、霞彩映江飛」『三體詩』巻五（『唐詩選』巻三）

宋・蘇軾「前赤壁賦」「白露横江、水光接天」『古文眞寶』後集巻一（『文章軌範』巻七）

宋・蘇軾「西湖」詩「水光瀲灔晴偏好、山色朦朧雨亦奇」『聯珠詩格』巻二

宋・黄庭堅「鄂渚南樓」詩「四顧山光接水光、凭闌十里芙荷香」『聯珠詩格』巻六

無涯歸興入孤篷

無涯：はてしない。

唐・李九齡「登昭福寺樓」詩「旅懷秋興正無涯、獨倚危樓四望賒」『萬首唐人絶句』巻七十三
宋・歐陽澈「和前韻紀登高醉中景示世弼諸友」詩「芳晨秋興浩無涯、結客凭高酒旋賒」『歐陽脩撰集』巻五

歸興：故郷をなつかしむ思い。
宋・戴復古「春日懷家」詩「關心此時節、歸興滿天涯」『石屏詩集』巻二
明・高啓「至吳松江」詩「澄波三百里、歸興與無窮」『大全集』巻七

孤篷：ぽつんと浮かぶ小舟。孤舟に同じ。
宋・眞山民「泊舟嚴灘」詩「天色微茫入暝鐘、嚴陵湍上繫孤篷。水禽與我共明月、蘆葉同誰吟晚風。隔浦人家漁火外、滿江愁思笛聲中。雲開休望飛鴻影、身卽天涯一斷鴻」『石倉歷代詩選』巻百九十

（遠藤　星希）

○九七　早梅

萬木凋殘獨見梅
一年春信去還回
南人誇說北人咲
北地花從夏月開

早梅
万木凋残して　独り梅を見る
一年の春信　去りて還《ま》た回《かえ》る
南人　誇りて北人に説きて咲《わら》う
北地　花は夏月より開くと

【詩形・押韻】
七言絶句（梅・回・開）上平声十灰

【訳】
　早咲きの梅
あらゆる木々が葉を落とす中で梅の花だけが目にとまる。
一年の春の花便りは、過ぎ去ったと思ったらまためぐってきた。
南方の人は誇らしげに北方の人にこう言って笑う。

北の地方では花は夏になってからようやく開くのですねと。

【語釈・用例】

早梅：早咲きの梅。主題と首二句の発想は、次に挙げる斉己の詩に類似する。

唐・齊己「早梅」詩「萬木凍欲折、孤根暖獨回」『瀛奎律髓』巻二十

萬木凋殘獨見梅

凋殘：花や葉が萎れる。衰え落ちる。

宋・李龏「早梅」詩「草木盡凋殘、孤標獨奈寒」『瀛奎律髓』巻二十

宋・梅堯臣「郭園梅花」詩「未逢柳條青、獨見梅蕊好。猶怯春風寒、不比江南早」『宛陵集』巻二十三

一年春信去還回

春信：春がきたという知らせ。ここでは早梅が咲いたこと。

唐・鄭谷「梅」詩「江國正寒春信穩、嶺頭枝上雪飄飄」『文苑英華』巻三百二十二

宋・蘇軾「次韻韶守狄大夫見贈」詩二首其二「爲公過嶺傳新唱、催發寒梅一信春」『施註蘇詩』巻三十九

宋・黄穀城「梅花」詩「一夜霜清不成夢、起來春信滿人間」『聯珠詩格』巻十一

去還回：「去」は去年の春が立ち去ったこと。「回」は今年の春が到来したこと。

唐・朱慶餘「復寵復言攜酒望洞庭」詩「青蒲映水疏還密、白鳥翻空去復回」『石倉歴代詩選』巻六十九

＊梅は他の花に先駆けて咲くため、梅を「春信」として描く先行用例は多い。『円機活法』巻二十「早梅」項にも「春信」の語が見える。

南人誇説北人咲

唐・劉禹錫「踏歌行」詩「日暮江頭聞竹枝、南人行樂北人悲」『樂府詩集』巻八十二

宋・王安石「紅梅」詩「春半花纔發、多應不奈寒。北人初未識、渾作杏花看」『臨川文集』巻二十六（『瀛奎律髓』巻二十　宋・梅堯臣「紅梅」詩評）

宋・梅堯臣「絶句」詩「驛使前時走馬回、北人初識越人梅」『聯珠詩格』巻十三

宋・蘇軾「竹枝詞」「北人墮涙南人笑、青嶂無梯問杜鵑」『施註蘇詩』續補遺巻下

＊王安石、梅堯臣詩には、北方出身者が梅を初めて知るという主題がすでに見え、梅の植生の南北差が、宋代から詩の題材となっていたようである。また、白石は句の構成を蘇軾「竹枝詞」に拠り、蘇軾詩は、劉禹錫の句を踏まえている。

北地花従夏月開

北地：北方の地域。

唐・呉筠「出塞」詩「高秋八九月、北地早風霜」『石倉歴代詩選』巻百四

夏月：夏の時期。

唐・楊巨源「夏日裴尹員外西齋看花」詩「笑向東來客、看花枉在前。始知清夏月、更勝豔陽天」『石倉歴代詩選』巻

六十四

（高芝　麻子）

○九八　蠟梅初開

東帝宮中第幾妃
佛粧嬌冶逞芳姿
論魁自有平呉例
故著黄金鑄一枝

蠟梅　初めて開く
東帝の宮中　第幾妃
仏粧　嬌冶にして芳姿を逞《たくま》しくす
魁を論ずれば　自《おの》ずから平呉の例有り
故《ことさら》に黄金を著《も》って一枝を鋳《い》る

【詩形・押韻】
七言絶句（妃）上平声五微・（姿・枝）上平声四支通押

【訳】
　蠟梅が初めて咲いて
春帝の宮中で何番目の妃なのだろう。
黄色の化粧は艶めかしく、香り高い姿を誇示している。
花のさきがけについて述べるなら、呉を平らげた越の例がある。

蠟梅の一枝はわざわざ黄金で鋳造されたのだ。

【語釈・用例】

蠟梅：梅と同じ時期に花を咲かせるが、梅とは種類が異なる落葉低木。黄色く透き通った蠟のような花を咲かせ、芳香がある。日本には、江戸時代初期に中国から渡来した。

宋・蘇軾「蠟梅一首贈趙景貺」詩『坡門酬唱集』巻十二（『施註蘇詩』巻三十一）

宋・陸游「荀秀才送蠟梅十枝奇甚爲賦此詩」詩『瀛奎律髓』巻二十（『劍南詩稾』巻四）

宋・楊萬里「蠟梅」詩『瀛奎律髓』巻二十

江戸・人見竹洞「蠟梅二首」詩『竹洞先生詩文集』巻三

初開

唐・白居易「憶杭州梅花因敍舊游寄蕭協律」詩「賞自初開直至落、歡因小飲便成狂」『瀛奎律髓』巻二十（『白氏長慶集』巻二十三）

唐・崔魯「岸梅」詩「初開偏稱雕梁畫、未落先愁玉笛吹」『瀛奎律髓』巻二十

東帝宮中第幾妃

東帝：春の神。東の方角は春に配当される。

宋・戴昺「初冬梅花偸放頗多」詩「碎點南枝無數雪、探支東帝幾分春」『東野農歌集』巻四

元・耶律鑄「立春」詩「東帝施恩似恤貧、嚴凝時節喚同春」『雙溪醉隱集』巻三

宮中

唐・李白「宮中行樂詞」詩八首取五其二「柳色黄金嫩、梨花白雪香。玉樓巣翡翠、金殿鎖鴛鴦。選妓隨雕輦、徵歌出洞房。宮中誰第一、飛燕在昭陽」『瀛奎律髓』巻五（『樂府詩集』巻八十二、『唐詩品彙』巻六十、『李太白文集』巻四）

唐・岑參「登古鄴城」詩「武帝宮中人去盡、年年春色爲誰來」『石倉歷代詩選』巻四十

第幾妃

宋・蔡正孫「寄訊魏梅墅」詩「開到梅花第幾枝、小槽酒熟幾何時。吟笻肯過山齋未、近有新吟多少詩」『聯珠詩格』巻三

宋・方岳「武夷」詩「家在清溪第幾峰、誰牽薜荔采芙蓉。漁歌未斷忽歸去、翠壁一重雲一重」『聯珠詩格』巻三

佛粧嬌冶逞芳姿

佛粧‥燕の地の良家の女性が冬の間に苦蔞《かつろう》を顔に塗る化粧のこと。苦蔞は、キカラスウリ。『雞肋篇』巻上に「燕地、（略）其良家仕族女子、皆髠首、許嫁方留髪、冬月、以苦蔞塗面、謂之仏妝、但加傅而不洗、至春暖方滌去、久不為風日所侵、故潔白如玉也」とある。

宋・彭汝礪「婦人面塗黄、而吏告以爲瘴疾問、云謂佛粧也」詩「有女夭夭稱細娘（俗謂婦人有顔色者爲細娘）、眞珠絡髻面塗黄。華人怪見疑爲瘴、墨吏矜誇是佛粧」『鄱陽集』巻十二

宋・韓元吉「蠟梅」詩二首其二「應憐雪裏昭君怨、洗盡鉛華試佛粧」『南澗甲乙稿』巻五

清・厲鶚「意林更出新語、和予菽乳詩、伴黄梅花見遺、仍疊前韻爲報」詩「嬈之蠟花枝、佛妝綴燕媖」『樊榭山房續集巻二

作者不詳「肌玉洗殘姑射雪、額粧添出漢宮黄」『圓機活法』巻二十百花門「蠟梅」項

嬌冶：なまめかしいさま。用例は少ない。

明・劉基「浣溪沙」「絳幘雞人紫綺裘、彤墀欲報五更籌、不勝嬌冶立清秋」『誠意伯文集』巻十二

清・田雯「迎春詩」詩「壯者壁壘頗與牧、美者嬌冶施兼嬙」『古懽堂集』巻七

芳姿：美しいすがた、容貌。

唐・楊衡「白紵詞」二首其二「輕身起舞紅燭前、芳姿豔態妖且妍」『唐百家詩選』巻六（『唐詩品彙』巻三十三）

明・高遜志「題紅梅」詩「紅綻南枝玉、芳姿綽約新」『石倉歴代詩選』巻三百四十三

明・陳煇「黄葵花」詩「芳姿曾映羽人冠、仙掌擎來玉露寒」『石倉歴代詩選』巻三百七十一

論魁自有平呉例

魁：梅は他の花に先駆けて咲くので、「花魁」といわれる。

宋・華岳「矮齋雜咏」詩二十首其十九「桃李海棠倶鬬豔、誰云梅是百花魁」『兩宋名賢小集』巻二百四十九

元・明本「和（問梅）」詩「寄聲湖上舊花魁、曾有逋仙行輩來」『梅花百詠』

作者不詳「夫經三白後、先占百花魁」『圓機活法』巻二十百花門「早梅」項

自有

宋・宋祁「春宴行樂家園」詩「陽暉自有留人意、銜照高樓未遽西」『瀛奎律髓』巻八

平呉：呉を平らげた越をいう。

金・元好問「論詩」詩三十首其八「論功若准平呉例、合着黄金鑄子昂」『遺山集』巻十一

故著黄金鑄一枝

故著

聞人祥止（時代不詳）「宮怨」詩「金井梧桐影漸移、千門萬戸掩斜暉。君看珠翠無顏色、故著尋常淡薄衣」『聯珠詩格』巻十六（四庫全書未收）

黄金

『吳越春秋』「句踐伐吳外傳」「范蠡既去、（略）越王乃使良工鑄金象范蠡之形、置之坐側、朝夕論政」

宋・王安石「與微之同賦梅花得香字」詩三首其三「鬚裊黄金危欲墮、蒂團紅蠟巧能粧」『瀛奎律髓』巻二十

宋・鄭獬「嘲范蠡」詩「十重越甲夜城圍、燕罷君王醉不知。若論破兵功第一、黄金只合鑄西施」『詩話總龜』後集巻四十七（『韻語陽秋』巻十五）

宋・張道洽「梅花」詩二十首其四「白玉都擛雕作蘂、黄金不惜撚爲鬚」『瀛奎律髓』巻二十

一枝・越の諸発が梁王に一枝の梅を贈り、王の一方的な外交の考え方を改めさせた話を踏まえる。『説苑』巻十二「奉使」に「越使諸発執一枝梅、遣梁王。梁王之臣曰韓子、顧謂左右曰、悪有以一枝梅、以遣列国之君者乎、請為二三子慚之。出謂諸発曰、大王有命、客冠則以礼見、不冠則否。諸発曰、彼越亦天子之封也。不得冀兗之州、乃処海垂之際、屛外蕃以為居、而蛟龍又与我争焉。是以剪髮文身、爛然成章、以像龍子者、将避水神也。今大国其命、冠則見以礼、不冠則否。仮令大国之使、時過敝邑、敝邑之君亦有命矣。曰、客必翦髮文身、然後見之。於大国何如。意而安之、願仮冠以見、意如不安、願無変国俗。梁王聞之、披衣出以見諸発、令逐韓子。詩云、維君子使、媚于天子、若此之謂也」とある。この詩においては、越王が范蠡の像を黄金で造らせたことと諸発が梁王に梅の一枝を贈ったことを合わせて詠じ、蠟梅の美しさを表現している。

唐・齊己「早梅」詩「前村深雪裏、昨夜一枝開」『瀛奎律髓』巻二十
宋・曾幾「高郵無梅求之於揚帥鄧直閣」詩「如何萬家縣、不見一枝梅」『瀛奎律髓』巻二十
宋・朱熹「清江道中見梅」詩「今日清江路、寒梅第一枝」『瀛奎律髓』巻二十
元・馮子振「折梅」詩「素手分開庾嶺雲、問花覓取一枝春」『梅花百詠』

（詹　満江）

臘梅（市川桃子画）
花は光沢のある黄色。

○九九　睡起吟

李花明處桃花暗
夢覺不知風色昏
造物於春如極巧
江山爲我欲招魂
濃醺眼上纈燈影
熟睡耳邊殷枕痕
好是夜來將月色
滿園紅綠照芳樽

睡起吟

李花明るき処　桃花暗く
夢覚めて　風色の昏《くら》きを知らず
造物　春に於いて　巧を極むるが如く
江山　我が為に　魂を招かんと欲す
濃醺《のうくん》　眼上　燈影纈《けつ》たり
熟睡　耳辺　枕痕殷《いん》たり
好し是れ夜来　月色を将《もっ》て
満園の紅緑　芳樽を照らす

【詩形・押韻】
七言律詩（昏・魂・痕・樽）上平声十三元

【訳】

目覚めの歌

すもの花は明るく輝き、桃の花は小暗く茂る、
目覚めたときにはいつの間にか、もう夕暮れの気配だった。
万物を創りあげた神が一番に技巧をこらしたのは、やはり春なのだろう、
いま春の山河が私の魂を差し招いている。
酒に酔った眼の上には燈影がぼんやりとしている。
ぐっすりと眠った耳のあたりには枕の跡がくっきりとついている。
ちょうど夜になり、月明かりによって、
庭いっぱいの木々の緑や紅が、芳しい酒樽に映えるのを楽しもう。

【語釈・用例】

睡起吟

睡起：眠りから覚めること。

宋・蘇軾「續麗人行」「美人睡起薄梳洗、燕舞鶯啼空斷腸」『古文眞寶』前集巻九

艾笛船（時代不詳）「睡起」詩「院竹無人夢自回、落紅點點著蒼苔。春愁本自糢糊在、歷歷子規啼出來」『聯珠詩格』巻八

李花明處桃花暗
李花・桃花：すもの花・桃の花。
唐・賈至「春思」詩二首其一「草色靑靑柳色黃、桃花歷亂李花香。春風不爲吹愁去、春日偏能惹恨長」『石倉歷代詩選』巻四十三
宋・楊萬里「東園晴步」詩二首其一「淺暖疏寒十日晴、桃花紅暗李花明」『誠齋集』巻三十七

夢覺不知風色昏
元・何失「雨中睡起」詩「睡起不知風色暮、北窗花氣濕人衣」『石倉歷代詩選』巻二百七十九（『錦繡段』）
許子文（時代不詳）「梅月屛」詩「夢覺不知窗欲曙、只疑月色在梅枝」『聯珠詩格』巻三
＊「夢覚不知」のフレーズで使われることが多い。夢から覚めてふと気がつくと、の意味。
風色：景色、風景。
唐・李白「嘲王歷陽不肯飲酒」詩「地白風色寒、雪片大如手」『古文眞寶』前集巻一
唐・杜甫「郤夜」詩「風色蕭蕭暮、江頭人不行」『瀛奎律髓』巻十五（『石倉歷代詩選』巻四十五）

造物於春如極巧
造物：自然万物の創造主。
宋・蘇軾「司馬溫公獨樂園」詩「持此欲安歸、造物不我捨」『古文眞寶』前集巻三
宋・陸游「入城至郡圃及諸家園亭游人甚盛」詩「太平有象人人醉、造物無私處處春」『瀛奎律髓』巻五

極巧：技巧をこらすこと。
漢・馬融「長笛賦」「窮妙極巧、曠以日月。然後成器、其音如彼」『文選』巻十八
元・劉詵「織錦歌」詩「精極巧造化、憐陌頭楊花」『桂隱詩集』巻三

江山爲我欲招魂
宋・蘇軾「澄邁驛通潮閣」詩二首其一「餘生欲老海南村、帝遣巫陽招我魂」『石倉歷代詩選』巻一百五十
宋・陸游「暇日弄筆戲書」詩「天地爲我廬、江山爲我客」『劍南詩稾』巻五十二
元・陳旅「畫蘭」詩「憑誰寫作靈均賦、爲爾招魂到楚湘」『石倉歷代詩選』巻二百四十四

濃醺眼上纈燈影
濃醺：ひどく酒に酔うこと。
宋・徽宗（趙佶）「宮詞」「碧池十二曲欄干、瓊態濃醺倚欲彈」『宋藝圃集』巻十五
眼纈：酒に酔い眼の前がぼんやりとかすむ様を表す。
北周・庾信「夜聽擣衣」詩「花鬟醉眼纈、龍子細文紅」『庾子山集』巻三
唐・李賀「蝴蝶飛」詩「楊花撲帳春雲熱、龜甲屏風醉眼纈」『昌谷集』巻三

熟睡耳邊殷枕痕
耳邊：耳のまわり。

唐・鄭谷「平康里」詩「好是五更殘酒醒、耳邊聽喚狀元聲」『聯珠詩格』巻十

殷：多い。ふかい。

宋・惠洪「懷忠子」詩「有生獨多艱、念極淚殷枕」『石倉歴代詩選』巻二百二十六

枕痕：枕のあと。頸・頬などに残る枕のあと。

唐・司空圖「狂題」詩「世間第一風流事、借得王公玉枕痕」『石倉歴代詩選』巻百二

好是夜來將月色

唐・岑參「暮春虢州東亭送李司馬歸扶風別廬」詩「簾前春色應須惜、世上浮名好是閑」『唐詩選』巻五

清・彭孫遹「竝蒂牡丹」詩「好是夜來清讌罷、合歡枝上月重輪」『松桂堂全集』巻三十三

夜來：夜が来る。

宋・蔡正孫「梅花」詩「惆悵南枝玉雪姿、人生消得幾歡悲。夜來酒醒欹寒枕、樓上胡笳抵死吹」『聯珠詩格』巻五

滿園紅綠照芳樽

宋・蘇轍「陪毛君夜游北園」詩「春風暗度人不知、滿園紅白已離披」『欒城集』巻十一

宋・朱熹「次秀野韻」詩五首其二「滿園紅紫已爭新、百囀幽禽亦喚人」『晦庵集』巻三

芳樽：よい酒をいれた樽、また、樽の中の酒。

唐・杜甫「曲江陪鄭八丈南史飲」詩「自知白髮非春事、且盡芳樽戀物華」『瀛奎律髓』巻十

（大戸　温子）

一〇〇　送對馬州山元立從行迎朝鮮聘使于草梁

対馬州山元立の行《こう》に従いて朝鮮聘使を草梁に迎うるを送る

行盡●大瀛○道里●千◎
殊方○風物●照樓○船◎
管寧○舊業●雲山○接
箕子●提封○烟樹●圓◎
鶻護●危巣○歸絶●壁
龍將○急雨●過長○天◎
壯遊○奇觀●渾佳○興
詩售●鶏林○到處●傳◎

行き尽くす　大瀛《だいえい》　道里千
殊方の風物　楼船を照らす
管寧《かんねい》の旧業　雲山接し
箕子《きし》の提封《ていほう》　烟樹円《まど》かなり
鶻《こつ》は危巣を護りて絶壁に帰り
龍は急雨を将《も》って長天を過ぐ
壮遊　奇観　渾《すべ》て佳興
詩は鶏林に售《う》られて　到る処に伝わらん

【詩形・押韻】七言律詩（千・船・圓・天・傳）下平声一先

【訳】

対馬《つしま》州の山元立が、一行に従って、朝鮮からの聘問《へいもん》の使者を草梁で出迎えるために行くのを見送る
君は大海の千里の道を行き尽くす。
異国の風物が大きな屋形船を照らすことだろう。
管寧《かんねい》の別荘のような楼閣は、雲山に接し、
箕子《きし》の領地のように木々はまろやかに霞む。
はやぶさは絶壁高く懸かる巣を守るために帰って行き、
龍は驟雨を伴って大空を飛びすぎていくことだろう。
壮大な旅も珍しい建物も道中のすべてがすぐれた興趣である。
そして君の詩は、朝鮮で売られて至る所に伝えられることだろう。

【背景】

本詩に登場する「山元立」こと西山順泰（本姓、阿比留）はこの天和二年（一六八二）に木下順庵の門下に入っている。順泰は、八月に朝鮮通信使に面会して『陶情詩集』の序を依頼しているが、そのときの経緯が『折たく柴の記（上）』（岩波文庫版七十一頁）には、以下のように記されている。

「此比（二十一歳　三上注）よりぞ、対馬国の儒生、阿比留といひし人をば相識ける。廿六の春、ふたゝび出てつかふる身となりぬ。ことしの秋、朝鮮の聘使来れり。かの阿比留によりて、平生の詩百首を録して、三学士の評を乞ひしに、その人を見てのちに序作るべしという事にて、九月一日に客館におもむきて、製述官成琬・書記官李聃齢ならび

に裨将洪世泰などといふものにあひて、詩作る事などありし。其夜に成琬我詩集に序をつくりて贈りたりき。」

この白石の記載にある三学士との唱和詩は『白石詩草』『白石余稿』『白石遺文』『停雲集』には収録されていない。

【語釈・用例】

送對馬州山元立從行迎朝鮮聘使于草梁

對馬州：対馬府中藩を指す。厳原（いづはら）藩とも呼ばれる。藩主は、宗氏。江戸幕府から朝鮮外交担当を命じられ、釜山に新設された倭館における朝鮮交易の独占権を与えられていた。

聘使：礼物をもって訪問する使者。ここでは朝鮮通信使を言う。

草梁：韓国釜山港の近くにある町。現在の釜山広域市中区南浦洞。江戸時代には草梁倭館（日本人居留区）があり、日朝貿易の拠点となっていた。一六七八年、それまで置かれていた「豆毛浦倭館」から移転したために、「新倭館」とも呼ばれる。「倭館」には対馬藩から派遣された館主ばかりではなく、貿易業務を司る代官、朝鮮外交に活躍した通詞などが常駐し、倭館全体では常時四百人前後の日本人が生活していた。

山元立：西山順泰を指す。詳しくは作品〇二一「和山本立訪予庭前紅梅韻」詩の補説を参照。

行盡大瀛道里千

行盡：はるか遠いところまで旅をする。

唐・岑參「春夢」詩「枕上片時夢春中、行盡江南數千里」『古文眞寶』前集巻四（『石倉歴代詩選』巻四十四）

大瀛：海。大海原。『史記』の次の記事による語。

『史記』巻七十四「孟子荀卿列傳」「於是有裨海環之、人民禽獸莫能相通者、如一區中者、乃爲一州。如此者九、乃有大瀛海環其外、天地之際焉」

道里：みちのり。旅程。

唐・杜甫「秋日夔府詠懷奉寄鄭監審李賓客之芳一百韻」詩「音徽一柱數、道里下牢千」『杜詩詳註』巻十九

宋・王安石「登大茅山頂」詩「一峰高出衆山巓、疑隔塵沙道里千」『瀛奎律髓』巻一

殊方風物照樓船

宋・李綱「暮春雨中有感」詩二首其一「雨細梅黄茘子丹、殊方風物異江山」『梁谿集』巻二十三

殊方：遠方。異域。他国。新羅に使いするのを見送る詩に「殊方」の語がよく使われる。

唐・皇甫冉「送歸中丞使新羅」詩「詔使殊方遠、朝儀舊典行」『石倉歷代詩選』巻五十一

樓船：屋形船。建物のある船。

漢・武帝（劉徹）「秋風辭」「汎樓船兮濟汾河、横中流兮揚素波」『樂府詩集』巻八十四

唐・李白「赤壁歌送別」詩「二龍爭戰決雌雄、赤壁樓船掃地空。烈火張天照雲海、周瑜于此破曹公」『石倉歷代詩選』巻四十四上

唐・顧況「送從兄奉使新羅」詩「樓船方習戰、驄馬是嘉招。帝女飛銜石、鮫人賣淚綃。管寧雖不偶、徐稚倘相邀」『石倉歷代詩選』巻五十四

元・朱希顏「東洋」詩「東暝雲氣接蓬萊、徐福樓船此際開」『石倉歷代詩選』巻二百七十八

管寧舊業雲山接：管寧と箕子は朝鮮に関係する人物として併称される。
元・朱徳潤「送李益齋之臨洮」詩「蒲萄苜蓿味雖美、異方土俗殊郷里。避地猶當似管寧、受封應得論箕子」『石倉歴代詩選』巻二百五十六
唐・項斯「貢院鎖宿聞呂員外使高麗贈送徐騎省」詩「揚帆箕子國、駐節管寧家」『瀛奎律髓』巻三十八　＊宋・徐鉉『騎省集』巻二十二にも「貢院鎖宿」詩として収録される。
管寧：三国、魏の朱虚の人。字は幼安。賢者として高い名声を得た人物。黄巾の乱が起こったとき遼東に身を避けた。幾度も朝廷から招請されたが官位に就かず、遼東で質素に暮らしたという。『三国志』巻十一
晉・桓溫「薦譙元彦表」「雖園綺之棲商洛、管寧之默遼海」『文選』巻三十八
宋・蘇軾「十月二日初到惠州」詩「蘇武定知還漠北、管寧自欲老遼東」『瀛奎律髓』巻四十三
舊業：旧時の園宅、莊園。
唐・孟浩然「尋白鶴岩張子容隱居」詩「睹茲懷舊業、回策返吾廬」『孟浩然集』巻三（『文苑英華』巻二百三十二）
雲山：雲のかかっている山。雲のように遠くかすむ山。
唐・馬戴「送朴山人歸新羅」詩「雲山過海半、村樹入舟中」『石倉歴代詩選』巻八十三

箕子提封烟樹圓
箕子：殷の人。紂王の叔父。子爵となって箕《き》国に封ぜられたので箕子《きし》という。周の武王のとき、朝鮮に封ぜらる。朝鮮に国を作ったという箕子朝鮮の伝承がある。平壌に箕子陵がある。『史記』巻三「殷本紀」
提封：領有している区域。版図。領域。

『舊唐書』巻百九十九「東夷傳・高麗」「遼東之地、周爲箕子之國、漢家玄菟郡耳。魏晉已前、近在提封之內、不可許以不臣」

唐・顧況「送從兄奉使新羅」詩「地接提封入、天平賜貢饒」『石倉歷代詩選』巻五十四

鶻護危巣歸絶壁

鶻：はやぶさ。高速で飛ぶ猛禽類で、高いところに巣を作る。

唐・杜甫「朝」詩二首其一「俊鶻無聲過、飢烏下食貪」『杜詩詳註』巻二十

宋・梅堯臣「金山寺」詩「巣鶻寧窺物、馴鷗自作群」『瀛奎律髓』巻一

明・丘濬「送張城中書使朝鮮國」詩「天入玄菟低沒鶻、江浮鴨綠澹蜚鴻」『石倉歷代詩選』巻三百八十七

危巣：高い場所にある巣。

唐・韋應物「睢陽感懷」詩「飢喉待危巣、懸命中路墜」『韋蘇州集』巻六（『唐詩品彙』巻十五）

明・鄭鵬「松江舟上」詩「堪憐涸轍修鱗困、不似危巣老鶻閒」『石倉歷代詩選』巻五百三

龍將急雨過長天：龍が天を飛ぶときには雲と雨を伴うと言われる。

唐・許渾「晩自東郭留一二游侶」詩「林下草腥巣鷺宿、洞前雲濕雨龍歸」『三體詩』巻三（『丁卯詩集』巻上）

壯遊奇觀渾佳興

壯遊：遠遊。壯大な旅行。

唐・杜甫「壯遊」詩「往昔十四五、出遊翰墨場」『杜詩詳註』巻十六
宋・謝翶「早春寄嶺海流人」詩「短褐隨南賈、衰年異壯遊。（略）晩避高麗使、春乘百濟舟」『晞髪集』巻八（『石倉歴代詩選』巻二百十二）
奇觀：珍らしい建物。
『左傳』哀公元年「宮室不觀、舟車不飾」杜預注「觀、臺榭」
元・范梈「公堂暇日」詩「新起危樓接大荒、海天奇觀歷殊方」『御選宋金元明四朝詩』「御選元詩」巻七十一（『佩文韻府』巻七十四之三）

詩售鷄林到處傳
鷄林賈：朝鮮人の商人。この句は、白居易の詩がその生前に朝鮮でも売られていた、という次の記事による。○二八「和山秀才和菅廟即事之韻」詩「遙知声価售鷄林」句の語釈参照。

『新唐書』巻百十九『白居易傳』「白居易工詩下偶俗好、當時士人爭傳、雞林行賈、售其國相、率篇易一金、其僞者、相輒能辯之」

到處傳：いたる所に伝えられる。

宋・蘇軾「栢堂」詩「忽驚華構依巖出、乞與佳名到處傳」『東坡全集』巻五（『石倉歴代詩選』巻百五十）

【補説二】

天和二年（一六八二・壬戌・二十六歳）の動き

三月、堀田正俊（古河侯・筑前守・紀氏）に出仕。

六月九日、父正済歿する。享年八十二。

七月、木下順庵（恭靖木先生　木下平之丞）三百石を以て幕府に招かれる。阿比留が木下順庵の門に入る。

八月、阿比留の仲介により、朝鮮国聘使である三学士（成琬・李聃齢・洪世泰）に『陶情詩集』の評を乞う。「その人を見てのちに序作るべし」と言われる。

九月一日、客館に赴き、三学士と面会する。その夜、製述官・成琬の序文が届く。


【補説二】

朝鮮聘使出迎えについて

天和二年、五代将軍綱吉の将軍継承祝賀に派遣される通信使（正使は尹趾完）を出迎えるため、対馬藩から派遣された人員の中に西山順泰が選ばれた。この使節団は、朝鮮・日本側あわせて数百人規模であった。

白石が「朝鮮聘使」と記述する使節団は、江戸時代を通じて計十二回派遣され、第一回から第三回までは「回答使兼刷還使」と、第四回以降は「朝鮮通信使」と呼ばれる。この天和二年の使節団（第七回通信使）は、八月に江戸に到着している。なお「通信使」とは、信を通わせる使節、の意である。

西山順泰の出発時期は次のように推測される。

当時、通信使一行は草梁を出発し、対馬府中を皮切りに三十箇所近くの土地に宿泊し、数箇月（長い時には釜山を出てから江戸まで二百日以上かかった記録も残っている）かけて江戸の宿舎である浅草本願寺まで旅を続けて来た。天和二年の通信使は八月に江戸に到着しているのだから、出迎えの役目を帯びた順泰の江戸出発は、遅くとも天和二年の春と考えられる。

＊参考文献・李進熙『江戸時代の朝鮮通信使』（講談社学術文庫　一九九二）、仲尾宏『朝鮮通信使 江戸日本の誠信外交』（岩波新書　二〇〇八）、三宅英利『近世の日本と朝鮮』（講談社学術文庫　二〇〇六）

（市川　桃子）

筆者未詳　（草梁客舎）東萊府使接倭使図
（韓国・国立中央博物館蔵）

第二部　論考篇

第一章「新井白石の詩業について」は、『斯文』第一〇三号（公益財団法人斯文会刊、平成七年三月）に発表したもの、第二章「新井白石の『陶情詩集』について」は、『二松』第一〇集（二松学舎大学大学院紀要、平成八年三月）に発表したもの。この「論考」に転載するに当って、前後重複齟齬する個所は、適宜削除改稿し、読み易いようにした。

第一章　新井白石の詩業について

石川忠久

前言

新井白石（一六五七―一七二五）は甲府綱豊・後の六代将軍徳川家宣に仕えた儒官であり、所謂〝正徳の治〟をもたらした政治家として知られる。また、『読史余論』『古史通』『采覧異言』などの著述を持つ、学者、歴史家として当世一流の存在であった。

従って、政治家、歴史家、乃至は儒者としての白石の研究は明治以来数多くある。就中、近時、宮崎道生氏（前国学院大学教授）の『新井白石の研究』（昭和三十三年・吉川弘文館刊、昭和四十四年に増訂版）の大著が出て集大成された。

白石はまた、一方に於いて、詩人としての名声が高い。原念斎（一七七四―一八二〇）の『先哲叢談』には、

白石以経世為任。故雖詩至工妙、固不欲以教人。称門人者、至寡矣。〈巻五〉

〔白石経世を以て任と為す。故に詩は工妙に至ると雖も、固り以て人に教うるを欲せず。門人と称する者、至って寡し〕

とするが、白石在世中はまず詩人として名を知られたのである。『新井白石全集』（明治三十九年・国書刊行会刊）巻五に

収める「白石先生余稿」緒言に、白石の嫡男明卿は次のように言う。

先大夫以経術遇知昭代。而以詩名世。世之知先大夫者、特以詩。

〔先大夫経術を以て昭代に遇知せらる。而れども詩を以て世に名あり。世の先大夫を知るは、特に詩を以てなり〕

然しながら、詩人白石を論じ、白石の詩を研究するものはそれほど多くない。管見の及ぶところ、前記宮崎氏の『新井白石』（昭和三十二年・吉川弘文館・人物叢書）に「詩人白石」の章（第四章）があり、吉川幸次郎氏の『鳳鳥不至』（昭和四十六年・新潮社刊）に「新井白石遺事」十章（もと雑誌「新潮」に昭和四十四年四月―四十五年九月の間、連載したもの）があるくらいである。この方面の組織的研究の専著を見ない。

江戸の文化、とりわけ漢詩文の業績を見直すべき時、江戸を代表する詩人の一人である白石の詩は、是非取り組まなければならない研究課題と思うが、他日を期すとして、本稿では、先達の論著に触発され、白石の詩の評価と特色について少しく考えてみようとするものである。

一　白石詩の評価

白石の詩の評の定論としてよく引かれる、前掲の『先哲叢談』の記述するところを見よう。

白石詩才亦為天縦。其精工当世無敵。雖一時出遊戯、有足以見其敏警者。

〔白石の詩才も亦た天縦為り。其の精工は当世に敵無し。一時の遊戯に出づると雖も、以て其の敏警を見るに足る者有り〕

その詩は精工にして、戯れの作と雖も機知の閃きがあるという。以下、その例証として例の「容奇《ゆき》」の詩を挙げるが、この部分は江村北海（一七一三―一七八八）の『日本詩史』巻四に基づくと思われるので、より詳しい記述を該書に見る。

余按、白石天受敏妙、独歩藝苑。所謂、錦心繡腸、咳唾成珠。囈語諧韻者、索諸異邦之古詩人中、未可多得者。……又冬日過某家。主人請詩。白石求題。主人書容奇二字示之。白石解其意、輒作七律一首。蓋容奇者雪之訓読。主人書之以試白石。白石已解其意。故句句徴我邦雪。一座服其敏警。詩云、

曾下瓊鉾初試雪　紛紛五節舞容閑
一痕明月茅渟里　幾片落花滋賀山
提剣膳臣尋虎跡　捲簾清氏対龍顔
盆梅剪尽能留客　済得隆冬無限艱

此一時遊戯、雖不足論全豹、亦可窺其天受之一斑。

〔余（北海）按ずるに、白石天受敏妙にして、藝苑に独歩す。所謂、錦心繡腸、咳唾珠を成すなり。囈語も韻に諧う者、諸《これ》を異邦の古詩人の中に索むるも、未だ多くは得べからざる者なり。……又冬日に某家に過ぎる。主人詩を請う。白石題を求む。主人「容奇」の二字を書して之に示す。白石其の意を解し、輒ち七律一首を作る。蓋し「容奇」は「雪」の訓読なり。主人之を書して以て白石を試む。白石已に其の意を解す。故に句句我が邦の雪を徴す。一座其の敏警に服す。詩に云う、

曾て瓊鉾《ぬぼこ》を下して初めて雪を試む

紛紛たる五節《ごせち》 舞容閑なり
一痕の明月　茅渟《ちぬ》の里
幾片の落花　滋賀《しが》の山
剣を提げて膳《かしわで》臣虎跡を尋ね
簾を捲いて清氏龍顔に対す
盆梅剪り尽くして能く客を留め
済《すく》い得たり　隆冬無限の艱

此れ一時の遊戯にして、全豹を論ずるに足らずと雖も、亦た其の天受の一斑を窺うべし」

主人が訓読の「容奇《ゆき》」と所望したことにより、すべての典故を日本の故事に求めた機知の詩である。第一句は『古事記』神代紀、伊弉諾尊と伊弉冉尊の天地万物を創造した説話に拠る。第二句は天智天皇吉野行幸に由来する冬の舞の故事、第三句は元正天皇の海の離宮、茅渟の宮を指すのであろう。基づく和歌があると思われる。第四句は『千載集』の「さざ波やしがの都はあれにしを……」の歌に基づき、山桜の花を雪に見立てたもの。第五句は欽明天皇の世、百済に使して虎退治した膳臣巴提便《かしわでのおみはてび》の故事。第六句は『枕草子』の清少納言の故事。なお、「龍顔」と「虎跡」が洒落た対になっている。第七・八句は謡曲「鉢の木」の佐野源左衛門常世の故事。

作品の詩としての価値についてはともかく、当意即妙に応じた機知と、すべて和製の故事を七律に嵌めこむという独創性は、特筆に価することではある。

精工、という点に就いては、前掲『日本詩史』の省略した部分に見える、清人魏惟度の「八居」詩に和した、すべて「渓西鶏斉啼」の五字それぞれを韻（上平声斉韻）とする詩に、遺憾なく発揮されている。なお、この詩に関しては、吉川幸次郎氏に「新井白石と清人魏惟度——日中交渉史の一資料」と題する論文があり（『鳳鳥不至』所収）、詳細な検討が加えられているので、ここでは吉川氏未採の一首を掲げるに止める。

和清人魏惟度八居韻

藹藹蒼烟隔緑渓　　藹《あい》藹たる蒼烟　緑渓を隔つ
孤村桑柘野橋西　　孤村の桑柘　野橋の西
柳辺小巷帰春燕　　柳辺の小巷に春燕帰り
花下双扉報昼鶏　　花下の双扉に昼鶏報ず
秦漢不知年代改　　秦漢知らず　年代の改まるを
朱陳唯見子孫斉　　朱陳唯だ見る　子孫斉しきを
喜聞南畝分秧後　　喜び聞く　南畝分秧《おう》の後
屋角班鳩喚雨啼　　屋角の班鳩　雨を喚んで啼く

右村居

典故の用法、対句の構成とも極めて精工であることが見てとれる。再和の作と合わせて十六首、すべてそつなくこなしている。『日本詩史』に、「語に牽強無く、押韻益ます穏やかなり」という所以である。

白石の詩は、早く韓国の高い評価を得ている。白石二十六歳の天和二年（一六八二）、朝鮮通信使来朝の折、自作の詩集『陶情集』を献呈して、これに序文を請うている。それに対して通信使の側では、「清新雅麗、往々有披沙揀金処。

令人刮目。真作者手也」〔清新雅麗、往々にして沙を披《ひら》いて金を揀《えら》ぶ処有り。人をして刮目せしむ。真に作者の手なり〕（裨将洪来の跋・宮崎氏の資料に拠る）などと、外交辞令があるとは言え、相当の評価を下していることがわかる。そもそも白面の一書生に対してかくの如く序跋が贈られるということ自体、異例に属する。これによって、二十六歳の白石は文壇に華々しく登場することになった。

その後、白石五十代の頃、琉球を介して清国に詩集「白石余稿」が送られ、当時翰林院編修の職にあった鄭任鑰《ていじんやく》なる人物（後に湖北巡撫となる）より序文をもらう、という鎖国時代に思いもかけぬ文章の交流が起こった。

その序文は「白石先生余稿」の冒頭に録せられて、見ることができる。このことに就いては吉川氏の「新井白石遺事」に詳しいが、その白石に対する賛辞の部分を掲げておこう。

閲其詩、雄思傑構、秀麗絶倫、蓋彬彬有三百篇之遺風焉。始知、新公胸次不群、樹幟海邦。於中幽冲而偏造者、昔之韋孟也。宏暢而尚達者、昔之元白也。質而超於詣者、則陳杜之倫、藻而工於境者、則銭劉之属。余不勝託而異之。謂造物鍾霊、乃有如是、其出人意表者哉。新公浸淫乎風雅、沐浴乎詩書、而抒為金石之詞。余雖未得交接言笑、而已知其為人矣。喜以書之。

〔其の詩を閲するに、雄思傑構、秀麗絶倫、蓋し彬彬として三百篇の遺風有り。始めて知る、新公の胸次の不群にして、幟を海邦に樹つるを。中に於いて幽冲にして偏えに造る者は、昔の韋（応物）、孟（浩然）なり。宏暢にして達を尚ぶ者は、昔の元（稹）、白（居易）なり。質にして詣に超なる者は、則ち陳（子昂）・杜（甫）の倫、藻にして境に工なる者は、則ち銭（起）・劉（長卿）の属なり。余託《いぶか》りて之を異とするに勝えず。謂うに造物の霊を鍾むる、乃ち是の如く、其れ人の意表に出づる者有るかな。新公は風雅に浸淫し、詩書に沐浴し、而うして抒べて金石の詞を為す。余未だ交接言笑を得ずと雖も、已に其の人と為りを知れり。喜んで以て之を書す」

鄭序を見るに、白石を新公と称し、琉球人と思って書いているようである（但し、詩を読めば、琉球ではないことが判るはずで、国交が正式にないため、表向きかく称したものだろう）。

それにしても、「雄思傑構」とか、「三百篇の遺風」とか、「金石の詞を為す」とか、過褒とも思える賛辞を呈しているのは、瞠目に値する。本場の中国の、翰林院という朝廷中枢の文事に携わる高官からの賛辞を、白石は素直に喜び、珍重して人にも誇示している。これに対し、吉川氏は次のように評する。

ところで私が奇妙なものを、この序文に感ずるというのは、詩経三百篇の後裔であり、唐詩のいきうつしというほめことばは、最上といえば最上であるけれども、最上であるだけに、大げさであり、大ざっぱである。お座なりのきらいなしとしない。……更にまた考えるべきことがある。鄭任鑰のころの清朝の詩風は、白石の詩、ないしはそれによって代表される日本の漢詩とは、だいぶちがった方向を、あゆみつつあった。率然として白石の詩集を読んだ鄭任鑰は、とまどいを感じ、とまどいが、大ざっぱな、大げさな言葉を、一そう大げさ、大ざっぱにしたのかも知れぬということである。（「新井白石逸事　その十」以下同じ）

右のように述べ、賛辞を額面通り受け取ることに疑問を呈する。且つまた、次のようにも言う。

……白石の詩を読んだ鄭任鑰は、外国人には稀な、異常な精工さをみとめつつも、違和感のまぬがれがたいものを感じたと思われる。……あるいは更にまた想いを非非に入れ、且つそれを鄭氏と白石に有利な方向にみちびけば、当時の彼の土の詩風がそうであった（論者注：緻密な知性を詩に反映させようとする風）ために、白石の詩風の古めかしいますらおぶりを、鄭任鑰は却って賞賛したのかも知れぬ。

吉川氏は、鄭が詩壇の主流から遠いところにいた故に、当時の風が精緻な抒情と叙述におもむくのに反撥し、白石の古風を賞讃した可能性を指摘する。

二　白石の詩風

白石の詩の評価について見てきたが、その実態について検討を加えたい。
白石の詩の今に伝わるものは、次の通り。
一　『陶情（詩）集』百首　白石二十六歳までの作品を収めるが、『新井白石全集』に収載されず、流布していない（未見）。〔『陶情詩集』については、第二章に詳述した。〕
二　『白石詩草』一巻　九十九首　正徳二年（一七一二）刊　白石五十六歳
三　『白石先生余稿』三巻　四百三十四首　正徳五年（一七一五）に刊行されたが、白石没後、嫡男の明卿が父の作品を捜集して編したものが、享保二十年（一七三五、白石没後十年）に刊行された。
二と三には多少重複があるので、作品総数は約六百首というところである。
二と三について、これを詩形別に分けると次頁の表のようになる。
左の分類によって、白石の詩形の特色として、
一　七言律詩が極めて多い
二　古詩が極めて少ない
という二点を指摘し得る。

	二	三ノ一	三ノ二	三ノ三	計
五絶	13	30	1	36	80
七絶	15	32	38	25	110
五律	26	13	30	12	81
五排律	2	3	6	4	15
七律	39	55	81	48	223
五古	1	1	0	0	2
七古	3	0	0	6	9
計	99	134	156	131	520

注：(1)「二」は「詩草」、「三ノ一」は「余稿巻一」、以下同じ要領。
(2)「余稿」巻一の「豊州紀刺史十六詠」は「詩草」の「紀使君園中八首」と重複するので八首とした。
(3)「余稿」巻二の「挽恭靖木先生十首」は「詩草」の同題五首と重複する分は除いた。

七言律詩の全作品に占める割合は、四割二分に達する。五律と五排律を加えると、律詩の割合は実に六割を超える。これを以て、白石を技巧的な詩人とするに異論は出ないであろう。技巧の裏打ちとしての博学も、もとよりのことである。通常、もっとも作られ易い絶句の形式は、三割七分を占めるに過ぎない。しかも、決まった題の下に詠ぜられる連作が大部分を占めている。白石が即興的に作るよりも練り上げて作る詩人だということも言えよう。「精工」という評は、詩形の上からも肯けることである。

古詩の少ない点については、白石の個性（もないわけではないが）というより、江戸の漢詩の発展段階の様相を示すものではないかと考える。これに関しては、後に述べる。

次に、白石の詩に見られる傾向、乃至は特色について考えてみることとする。

(1) 盛唐風

松下忠氏『江戸時代の詩風詩論』に指摘するように（各論其二新井白石・三四八頁）、白石は木下順庵（一六二一―一六九八）門下で最も師説を奉じ、唐詩、それも初唐盛唐詩を鼓吹した。

「白石先生詩範」に、次のように言う。

　唐ニテ初唐盛唐ノ詩ヲ諸体共ニヒタト見候テ、ソラニ覚エ候テ、味ヲヨクヨク覚エ候ト、自然ニコナタノ申出ス事モソレニ似申スヤウニ覚エ、句調ヨクウツリ候テ、……

詩は初盛唐をよく学び、覚えることが肝要と説く。

また、初盛唐詩鼓吹の一環として、明詩を推す。松下氏の指摘に拠れば（前掲書・三五三頁）、木門中にあって明詩鼓吹者として白石と祇園南海（一六七六—一七五一）が、その最たる者という。

室鳩巣（一六五八—一七三四）の「秋興八首」（杜甫の同題作の模擬）を批評した「室新詩評」に、拗字格や声律について触れ、

　此事は唐詩には殊之外吟味候ひしと相見え候、而（して）多（く）は律に相叶申候、宋人に至り候て其律乱候、而（して）明人殊之外吟味つよしと相見え申候、……夫《そ》（れ）より後、古人の詩を見申候に唐初巻中に此格少く、中晩よりは時々相見へ《ママ》、宋に入候て多く相見へ候へども、明の七子より以来は殊之外声律にも心を用候と相見候、

と、宋詩を貶し、明詩を評価している。

白石詩中、明七子の風を襲った唐詩の模擬は多く見られるが、その典型的なものを二、三挙げてみよう。

　　辺城秋

受降城外早秋寒　　受降城外　早秋寒し

漢将旌旗落日間　　漢将の旌旗　落日の間
画角一声雲出塞　　画角一声　雲は塞を出で
金閨万里月臨関　　金閨万里　月は関に臨む
黄楡霜下阜鵰急　　黄楡に霜下って阜鵰急に
白草風来鉄馬閒　　白草に風来って鉄馬閒なり
玉帳猶嫌弓刀軟　　玉帳猶嫌う　弓刀の軟きを
何時飛箭定天山　　何れの時か飛箭天山を定めん

題の「辺城秋」がすでに盛唐詩に多く詠われ、明七子の愛好する詩題であって、用語も毎句に唐人の壮語が見られる。気付くままに、句中の語の基づくものを列挙してみる。

受降城外――「受降城外月如霜」〈李益・夜上受降城聞笛〉
漢将――「笳鼓喧喧漢将営」〈祖詠・望薊門〉
旌旗落日――「落日照大旗」〈杜甫・後出塞〉
画角一声――「五更鼓角声悲壮」〈杜甫・閣夜〉
金閨万里――「無那金閨万里愁」〈王昌齢・従軍行〉
黄楡霜下――「辺霜昨夜堕関楡」〈李益・聴暁角〉・「白草黄楡六十秋」〈張籍・涼州詞〉
白草――「白草原頭望京師」〈王昌齢・出塞行〉
鉄馬――「鉄馬横行鉄嶺頭」〈高適・九曲詞〉

玉帳――「玉帳分弓射虜営」〈杜甫・奉和厳武軍城早秋〉
天山――「天山雪後海風寒」〈李益・従軍北征〉
これらの基づく詩は、いずれも『唐詩選』中に載録されている有名な作ばかりである。

与諸子泛舟江口和子彝
　　　　諸子と舟を江口に泛ぶ、子彝に和す

霜落江楓両岸分　　霜は江楓に落ちて両岸分る
長天碧水接南雲　　長天碧水　南雲に接す
共歌今日知何日　　共に歌う　今日　知る何れの日ぞ
青翰舟中復有君　　青翰舟中復た君有り

右の詩は、李白の「霜落荊門江樹空」（霜は荊門に落ちて江樹空し）〈秋下荊門〉と、「洞庭西望楚江分、水尽南天不見雲」（洞庭西望すれば楚江分る、水尽きて南天雲を見ず）〈陪族叔刑部侍郎曄及中書賈舎人至遊洞庭〉、及び韓翃の「青翰舟中有鄂君」（青翰舟中鄂君有り）〈送客知鄂州〉をつき混ぜたもの。

和復軒南中憶江東同遊韻
　　　　復軒南中の江東同遊を憶うの韻に和す

故人分手武昌城　　故人手を分つ　武昌城
楼上空懸孤月明　　楼上空しく懸く　孤月の明
忽見西門楊柳色　　忽ち見る　西門楊柳の色

　春風吹起別離情　　春風吹き起こす 別離の情

右の詩の転句は、王昌齢の「忽見陌頭楊柳色」（「閨怨」）と酷似し、剽窃といっても差し支えないほどである。総じて、白石の盛唐風を模した詩は、用語・構成・意匠とも、こなれているとは言い難い。『日本詩史』に、次のような指摘がある。

　天受之富、吐言成章、往往不遑思繹。是以疵瑕亦復不鮮。白石送人之長安絶句云、

　　紅亭緑酒画橋西　柳色青青送馬蹄
　　君到長安花自老　春山一路杜鵑啼

四句中、二句全用唐詩。夫剽窃詩律所戒。而錬丹成金、猶可言也。以鉛刀莫邪。将之何謂。草色青青送馬蹄、本臨岐妙語。草色送馬蹄、言春草承馬蹄。以柳代草、蹄字無著落。殊為減価。

〔天受の富、言を吐き章を成す、往往にして思繹に遑あらず。是を以て疵瑕も亦た復た鮮からず。白石、人の長安に之くを送る絶句に云ふ、

　紅亭の緑酒　画橋の西
　柳色青青として馬蹄を送る
　君長安に到れば　花自から老ゆ
　春山一路　杜鵑啼く

四句の中、二句全く唐詩を用う。夫れ剽窃は詩律の戒むる所。而れども丹を錬りて金と成すは、猶お言うべし。鉛刀を以て莫邪《ばくや》に代う。将《は》た之を何とか謂う。「草色青青馬蹄を送る」、本《もと》岐に臨むの妙語なり。草色馬蹄を送る

は、春草馬蹄を承くるを言う。柳を以て草に代うれば、蹄の字著落無し。殊に価を減ずと為す」

右の「草色青青……」は、劉長卿の「送李判官之潤州行営」（李判官の潤州の行営に之くを送る）という七言絶句の第四句、もう一つの剽窃とする句は、李華の「春山一路鳥空啼」（春山一路鳥空しく啼く）〈「春行寄興」〉で、やはり七言絶句の第四句である。後者は、第三句に「花自落」の語まであって、度が過ぎている。

(2)　王維の風――連作の形式

白石詩中、五言絶句による自然詠の連作が多く見られ、異彩を放っている。「紀使君園中八首」（「白石詩草」）という連作では、「浴月池」「海棠岸」「芳草原」「涵星井」「彩石巌」「蹋鞠場」「調馬埒」「孤松嶼」と、庭園中の八つの景色を詠ずる。これは言うまでもなく、王維・裴迪の「輞川二十景」を模するものである。

彩石巌

落落補天余　　落落たり 補天の余
層巌苔色古　　層巌苔色古りたり
誰知石上雲　　誰か知らん 石上の雲の
去作催花雨　　去って花を催す雨と作《な》るを

この詩の後半は「輞川集」の「文杏館」の、

不知棟裏雲　　知らず 棟裏の雲の
去作人間雨　　去って人間の雨と作るを

を踏まえている。

なお、この連作は、「白石先生余稿」の方では、更に「歳寒林」「望雪台」「観魚亭」「御風橋」「桜桃塢」「神女祠」「戯凫洲」「聞磬楼」の八首を加えて、「豊州紀刺史園中十六詠」となっている。「余稿」中にはこの外、「代両伯陽寄題八奇亭」八首（巻二）、「泉州禅楽寺八境」八首があるが、五言絶句八首の連作の形式としては、石川丈山の「戊寅六月、為藤為景被招、同三竹昌三、遊市原山荘、応為景之需、題斂夫先生所名八景」八首（『新編覆醤集』巻二）があって、この先蹤を為すと考えられる。「瀟湘八景」の画題より変化した「八景」八首の詩題が、王維の「二十景」と融合した形で江戸の詩人に愛好されたのであろう。

なお、白石には「八景」八首の変化として、「寄題老」「圃七覧」七首、「妙祐縦眸園十二詠」十二首（以上「余稿」巻三）があり、更に五言絶句以外のものに、「虫明八景」八首（七言絶句・「余稿」巻二）、「為小塙丈人賦銕洲四景」四首（五言律詩・「余稿」巻二）、「垂裕堂八詠」八首（五言律詩・「余稿」巻三）がある。また、「和清人魏惟度八居韻」八首、及び「又和八居」八首（いずれも七言律詩・「余稿」巻三）の連作も、この変化の一体と見ることができる。

これらの連作を概観するに、七絶と五律の作は、対句などに精工さが見られるものの、個性に乏しく、面白い作品は少ない。ただ、五絶の体には、唐人の作に模しつつ、唐人にない風趣をかもし出しているものがある。

涵星井〈豊州紀刺史園中十六詠〉

酒渇嗽寒泉　　酒渇して寒泉に嗽がんと
時来下翠綆　　時に来りて翠綆を下す
夜深井底天　　夜深くして井底の天

涵得星星冷　　涵し得たり 星星の冷やかなるを

酔ってのどが乾いて、井戸の水を汲もうとし、井戸の底を見ると、空の星がキラキラ映っている、というもの。池の水に映る星を詠じたものはあるが、井底の天に映る星は、より繊細な美意識を感ぜしめる。

望雪台〈同右〉

日暮層台上　　日暮 層台の上
清風起古松　　清風 古松に起こる
翠嵐吹不断　　翠嵐吹いて断えず
隠見芙蓉峰　　隠見す 芙蓉峰

清風が古松から吹き起こり、山にかかる翠嵐（もや）を吹くが吹き払わず（「吹不断」の語がやや落着かないが）、富士の白雪が見え隠れする、という図。これは王維の「輞川二十景」の左の作より脱化したものかと思われる。

北垞

北垞湖水北　　北垞《だ》 湖水の北
雑樹映朱欄　　雑樹 朱欄に映ず
透迤南川水　　透迤たり 南川の水
明滅青林端　　明滅す 青林の端

森の向こうに見え隠れする川の流れを詠じたものだが、この趣向と、色彩感覚を、生のまま取りこむのではなく、巧みに溶かしこむ概がある。所謂「錬丹成金」の類と言えよう。

数は少ないが、白石集中に、かくの如き詩趣を見ることは、看過すべからざる事柄である。この線上に、更に注目すべき作品があるので、次にそれを取り上げる。

(3)「即事」詩に見る詩趣、その意味

『白石詩草』中に、次の五言律詩がある。

即事

青山初已曙　　青山初めて已に曙くれば
鳥雀出林鳴　　鳥雀　林を出でて鳴く
稚竹烟中上　　稚竹　烟中に上り
孤花露下明　　孤花　露下に明らかなり
煎茶雲繞榻　　茶を煎ては雲は榻を繞り
梳髪雪垂纓　　髪を梳りては雪は纓に垂る
偶坐無公事　　偶坐して公事無し
東窓待日生　　東窓　日の生ずるを待つ

はじめの二句を見ると、明らかに韋応物の「幽居」を踏まえている。対照のため、該当部分だけではなく、全詩を掲げておく。

幽居　　韋応物

貴賤雖異等　　貴賤等を異にすと雖も
出門皆有営　　門を出づれば皆営み有り
独無外物牽　　独り外物の牽く無く
遂此幽居情　　此の幽居の情を遂ぐ
微雨夜来過　　微雨　夜来過ぎ
不知春草生　　知らず　春草生ずるを
青山忽已曙　　青山忽ち已に曙くれば
鳥雀繞舎鳴　　鳥雀　舎を繞りて鳴く
時与道人偶　　時に道人と偶し
或随樵者行　　或は樵者に随いて行く
自当安蹇劣　　自ら当に蹇劣に安んずべし
誰謂薄世栄　　誰か世栄を薄《うと》んずと謂わん

圏点を付した句は、白石の句と酷似し、ほとんど剽窃といってよいが、十二句の古詩中の二句を取って、律詩の冒頭の句に仕立て上げたのは、単なる剽窃とは異なるところ。

詩は、この句を幕明けにして、違う方向へと展開する。頷聯は、朝もやの中に若竹がスッと伸び、下の方には露を帯びた花がパッと咲いている。竹は上へ伸びて縦の方向、花は地上に咲いて横の方向、かく縦横に景を描いて立体感をかもし出す。韋応物が景を象徴的に捉えているのに対し、庭の景を細かく見つめ繊細な美を捉える。頸聯は、出仕前の一時の閑雅なさま。髪をととのえ冠をかぶれば白髪が冠の纓《ひも》に垂れる。身仕度してまず一服、茶を淹れると、湯気が床几に流れる。雲と雪が洒落た対になっている。尾聯の「偶坐」は、閑適の風味を帯びる特殊な語。賀知章の詩に、「偶坐為林泉」（偶坐するは林泉の為なり）の句がある。ここでは同役と偶《なら》んで坐るのであろうが、この語により、のんびりとした気分が漂う（公事が無いことでもある）。

こう見てくると、韋応物の「幽居」を踏まえてはいるが、全く違う趣の詩となっていることがわかるであろう。ここには、垢抜けて味の濃やかな日本的美意識が、滲み出ているのである。しかも、公務中の閑適という、閑適の新しい題材の発掘がある。

後　語

新井白石は、三歳にして物語を写し、四、五歳にして講義を解する（「折たく柴の記」に自ら告白している）という天才であり、若年にして詩文の学習は十全に積んでいたことが想像される。時あたかも、徳川幕府開府以来七、八十年を経て、元禄の昌平に向う時、その才能は十分に発揮することができた。且つ、白石の佐久間洞巌に与えた手紙などに見るように、詩文はすべからく「和習」を去らねばならぬという自覚があった。(1) 朝鮮通信使の来朝はこれに強い刺戟を与えて、二十六歳にして通信使を驚かすような詩集を編ましむるに至った。

木下順庵門に入り、ひたすら唐詩を奉じ、明詩に学んだ白石の営為は、当時一頭地を抜き、結果として次の蘐社の活動への橋渡しの役を果たした。江戸の漢詩は白石によって初期の段階から抜け出し、中期の盛へと入ったと見てよい。

今日に残る白石の詩を見ると、彼の目指した盛唐の風はよく表れているが、それは詩として鑑賞したとき、必ずしも成功しているわけではない。気張って作った詩よりも、むしろ肩の力を抜いたような軽い作品に、かえって持ち味が出たようだ。

そう言えば、白石の詩に序文を寄せた鄭任鑰は、彼の詩を盛唐の気象高い点に評価しているのではない。「幽沖にして偏えに造《いた》る者は、昔の韋応物、孟浩然なり」とまず評し、以下、引き合いに出しているのは「元白、陳杜、銭劉」である（杜甫も、「質にして詣に超なる者」という点に評している）。流石に白石の詩の本質をよく見ぬいた、というべきだろう。

白石の詩にチラと顔をのぞかせた、「日本の美意識による漢詩」の世界は、やがて天明・寛政から化政期に至る（一七八〇―一八三〇）江戸漢詩の熟成期に到って、明瞭な姿を表す。つまり、白石はその先駆を為したのである。

注

（1）「老拙釈文にても文義いかゞしきと存候処一二所候、これは日本流の文章のかたぎにて、漢語を以ては論じがたく候、唐人は扨置きぬ、朝鮮の輩だに日本の文字は詩も文もよめ候はぬ〳〵と申候、いかにも〳〵いはれある事に候、にくからぬ事に候、……ただ〳〵唐人の読み候てよめ候やうにありたき事に候」（『新井白石全集』第五・四三〇頁、佐久間洞巌宛十二月朔日の手紙）。

第二章　新井白石『陶情詩集』について

石川忠久

前　言

『陶情詩集』は、新井白石（一六五七―一七二五）の最初の詩集である。実はこの詩集は『新井白石全集』（国書刊行会刊・全六冊・明治三十八年十二月―明治四十年四月）に収載されていない。

前章「新井白石の詩業について」を執筆した際は未見のままであったが、宮崎道生氏（元国学院大学教授）の御教示により、白石十二世嫡孫新井太氏（名古屋市在住）の許に蔵されていることを知り、幸いに披見するを得た。

本章では、新井氏の御好意により披見し、撮影するを得た白石自筆の『陶情詩集』について、その内容を紹介、その特色などを述べようと思う。

一　『陶情詩集』の体裁と内容

詩集の外見は写真を参照していただきたい。若干虫損の箇所があるが、読めない字はない。実に海内の孤本である。

縦二三・五センチ×横一五・九センチ

全二十三葉（及び表紙と裏表紙）
毎葉九行十七字

末尾の部分に、「延宝壬戌秋白石旧隠新井耕父稿」と大字で署している（写真⑶）。

実は、延宝の年号を冠する時代に「壬戌」の干支はない。壬戌は天和二年（一六八二）に当る（延宝九年九月二十九日に天和と改元している）。

この干支の問題と、「旧隠」「耕父」の語について、宮崎道生氏は次のように解説する。

――その壬戌をとれば明らかに天和二年（一六八二、白石二十六歳）の秋に編集されたことになりますが、「延宝」の年号を冠したのには何か意味があるものと考えられます。「白石旧隠」という旧隠および耕父の二語も意味あり気でして、隠の文字は市井《まちなか》や田園に隠れていたと解釈できますし、耕父は田舎親爺《いなかおやじ》の意味ですから、隠者気取りのペンネームと見ることができます。この年の三月に堀田正俊に仕えることになりますので、それ以前の浪人時代をさして「旧隠」と言ったと解されますのと、この詩集に収めた作品がいずれもその時期のものですから、作詩の時点を示すため矛盾をきたす「延宝壬戌」という表現をあえてしたのかも知れません。――〈NHK文化セミナー歴史に学ぶ『新井白石・折たく柴の記』上・一九九三年四月・日本放送出版協会刊〉

宮崎氏の言う通り、詩の主要部分は浪人時代のものであるから、改元したばかりの年号を用いる気にならなかったのであろう。また「旧隠」といい「耕父」というのは、青年客気の気取りでもあり、先進国朝鮮の学士に対する謙称でもあったろう。

また、宮崎氏は、この時期に詩集を編んだのは、朝鮮通信使の江戸到着に合わせたのに違いないと推定するのは、

(1)詩集の表紙

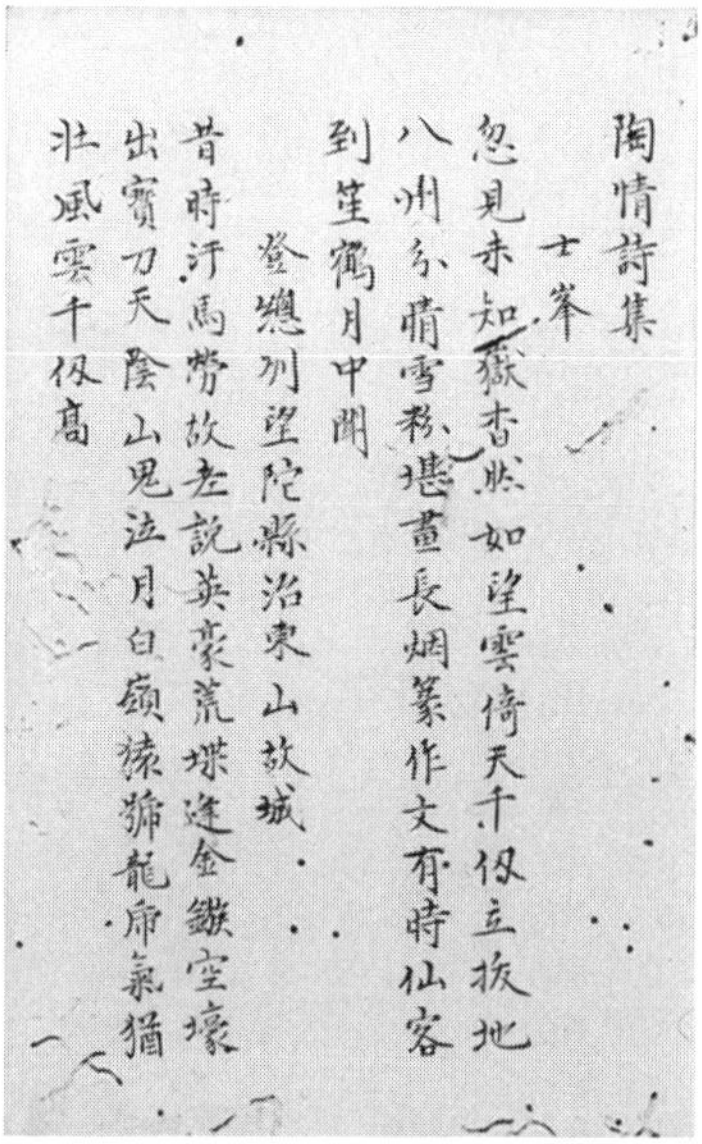
陶情詩集
士峯
忽見赤如嶽杳然如望雲倚天千仞立抜地
八州分積雪粉堪畫長烟篆作文有時仙客
到笙鶴月中聞
登總州望陀縣治東山故城
昔時汗馬勞故老説英豪荒堞逢金鏃空壕
出寳刀天陰山鬼泣月白嶺猿號龍虎氣猶
壯風雲千仞高

(2)詩集の冒頭部分

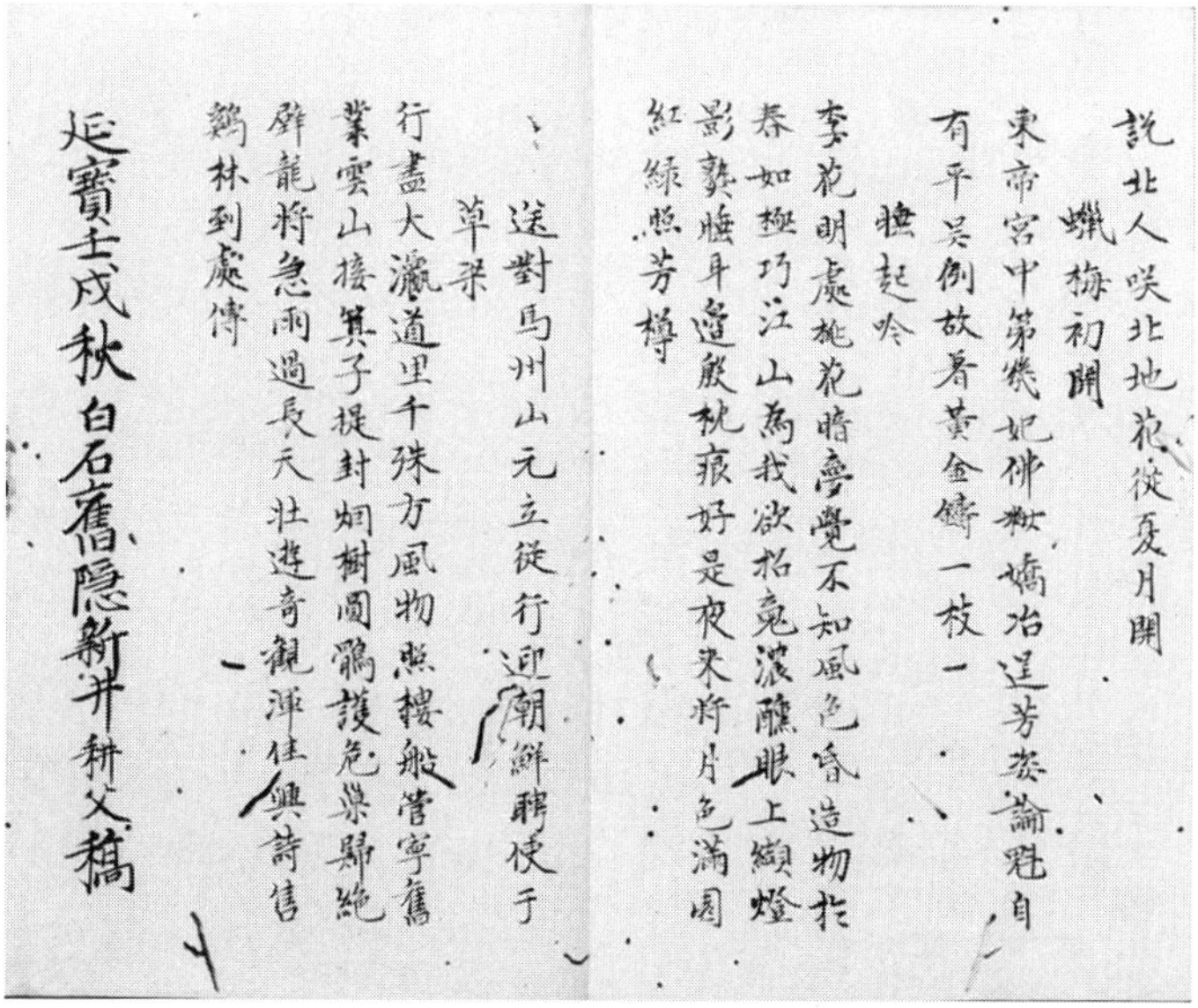
説北人咲北地花従夏月開
蠟梅初開
東帝宮中第幾妃彿粧嬌冶逞芳姿論甦自
有平吴例故着黄金鑄一枚
睡起吟
李花明處桃花暗夢覺不知風色昏造物於
春如極巧江山為我欲招魂濃醺眼上纈燈
影墊腫耳邊散枕痕好是夜來将片色滿園
紅緑照芳樽
送對馬州山元立従行迎朝鮮聘使于
草梁
行盡大瀛道里千殊方風物照樓船管寧舊
業雲山接箕子提封烟樹圓鶻護危巣歸絶
辟龍將急雨過長天壯遊奇觀渾佳興詩售
鷄林到處傳
延寳壬戌秋白石舊隱新井耕父稿

(3)詩集の末尾

合理的な解釈である。

当時の朝鮮通信使一行に対する江戸士人の尊敬の念はたいへんなもので、これに認められることによって文名を揚げようという目論見があっても不思議はない。

『陶情詩集』編纂の事情について、『折たく柴の記』巻上に、次のように言う。

――廿六の春、ふたたび出てつかふる身となりぬ、ことしの秋、朝鮮の聘使来れり、かの阿比留によりて、平生の詩百首を録して、三学士の評を乞ひしに、其人を見てのちに序作るべしといふ事にて、九月一日に客館におもむきて、製述官成琬書記官李聃齢、ならびに裨将洪世泰などいふものどもにあひて、詩作りし事などありし、其夜に成琬我詩集に序つくりて、贈りたりき、――

白石の二十六歳は、天和二年（一六八二）に当る。文中「ふたたび出て仕ふる」とあるのは、二十一歳の時、主家土屋家（上総久留里藩主）の内紛に連座して追放禁錮の身になっていたのが解け、大老堀田正俊に再就職することになった（この年三月）のであった。

文中の「阿比留」とは、この前の文に対馬の国の儒生とあり、この先の文に白石の自注で、「阿比留、後には西山順泰と申せし、元禄元年九月三日に死しき」とある人物である（元禄元年は一六八八）。

この年九月一日、西山順泰の媒介により、朝鮮通信使の旅館に赴き、製述官の成琬（字は伯圭、号は翠虚）、書記官李聃齢（号は鵬溟）、裨将洪世泰（字は来叔、号は滄浪）の三学士に面会し、それまでに作った詩百首を見せて序を乞うている。これが『陶情詩集』である。

白石の勉学の過程について、『折たく柴の記』巻上に詳細に述べているが、それによると、六歳の時、七言絶句三首を誦したこと、十七歳の冬、「冬景即事」と題する七言律詩を作ったことなどが、詩に関する記事として見える。また、小瀬復庵（加賀藩医）に対して、晩年「容奇《ゆき》」の詩の制作の経緯（「前稿」参照）を述べているが、二十一歳の頃、「漢和、和漢などの聯句」に打ちこんだ様子がうかがわれる。すなわち、白石の二十六歳の時点では、追放禁錮中の丸五年の間に相当の学問を積み、作詩の鍛練を遂げていたのである。

白石の『陶情詩集』を見た成琬は、その乞に応じて序を書いたが、その中で「白石公日本之奇士也」（白石公は日本の奇士なり）と称し、その詩を「声似古侯喜」（声は古の侯喜に似たり）と評している。跋を書いた洪世泰は『陶情詩集』を、「清新雅麗、往々有披沙揀金処、令人刮目、真作者手也」（清新雅麗にして、往々沙《すな》を披《ひら》いて金を揀《えら》ぶ処、人をして刮目せしむ、真に作者の手なり）と評する。

成序に言う「侯喜」は、韓愈の弟子で、『全唐詩』巻七百九十一に、韓愈の主催した「石鼎聯句」の三人のメンバーの一人として出てくる人物である。それによると「字は叔退、貞元の進士、官は国子主簿に終る」とある。他の作品は全く伝わらないから、この聯句でのみ名を知られている、といってよい。聯句には韓愈の長い序がついていて、それには、「校書郎侯喜、新有能詩声」（校書郎の侯喜、新たに詩を能《よ》くするの声有《な》り）という。この聯句では、年九十余の衡山道士軒轅弥明なる怪人物が現れ、侯喜はそれとよく対抗する若い才子、という位置づけになっている。この人物に擬《なぞ》らえたのは、ちょっと変った擬らえといえよう。或いは白石が当時連歌の名手であったことを意識しての評であろうか。〝若年にして近頃頭角を現してきた才子〟というところか。

洪跋の「往々有披沙揀金」の評語は、鍾嶸『詩品』巻上に引く、謝混の陸機を評した「陸文如披沙簡金、往往見宝」（陸の文は沙を披いて金を簡《えら》ぶが如く、往往にして宝を見る）の部分をそっくり用いたものである（「揀」と「簡」とは意味も音も同じ）。「披沙簡金」は、砂の中からピカリと光る金を取り出す、の意で、詩句中に才のきらめきがうかがえるという評語である。また、「及見其人、勝於其詩、所謂表裡如一金玉君子也」（其の人を見るに及び、其の詩に勝《まさ》る、所謂表裡一の如き金玉の君子なり）と、白石の人物を評している。外交辞令があるにしても、白面の一書生を高く評価したことに相違はなく、これが喧伝されてやがて木下順庵に知られ、その門下に入る機縁を結ぶに至る。

次に『陶情詩集』の内容を見よう。詩の形式別に分類すると、次のようになる。

五言絶句一首、六言絶句一首、

七言絶句三十六首、

五言律詩三十六首、五言排律一首、

七言律詩二十二首、

五言古詩二首、七言古詩一首、

合計百首、

今、この構成を見るに、七絶、五律、七律の所謂三体が殆どを占め、五・七言古詩及び五絶は極端に少ない。これを既述の『白石詩草』、『白石余稿』の内容に比較してみると、古詩が少なくて律詩が多い、という全体の傾向は類似するものの、

一　五言絶句が極めて少ない

二　五言律詩が多く、七言律詩は後年のような圧倒的な数を占めない

という二点を、この詩集の特色として指摘し得る。

これは明らかに、白石の詩の成熟の初期段階の様相を示すもの、と考えてよい。

つまり、普通漢詩を作る稽古を始めるのは、まず七言絶句に取りかかってこれに習熟し、然る後に対句の稽古をし

（別表）

新井白石漢詩形式別一覧表

詩集＼詩形	五絶	六絶	七絶	五律	五排	七律	五古	七古	合計
陶	1	1	36	36	1	22	2	1	100
白	13	0	15	26	2	39	1	3	99
余一	30	0	32	13	3	55	1	0	134
余二	1	0	38	30	6	81	0	0	156
余三	36	0	25	12	4	48	0	6	131
遺一	0	0	2	1	1	1	0	2	7
遺二	4	0	27	9	2	11	6	6	65
合計	85	1	175	127	19	257	10	18	692

○『陶情詩集』を「陶」に、
○『白石詩草』を「白」に、
○『白石余稿』巻一を「余一」に、
○同巻二を「余二」に、
○同巻三を「余三」に、
○『白石先生遺文』所収のものを「遺一」に、
○『白石先生遺文拾遺』所収のものを「遺二」に略称した。
○「余一」所収の「豊州紀刺史十六詠」は、「白」所収の「紀使君園中八首」と重複するので、「余一」の数より除いた。
○「余二」の「挽恭靖木先生十首」は、「白」の同題五首と重複する分を除いた。

て五言律詩に進む。五言律詩を能くするようになって、七言律詩に取り組むが、これは技巧を要する最も難しい形式であるので、これを能くする人は少ない（白石の後年にこの体が極めて多くなるのは、白石の技量が高く、また技巧的な資質によること、前章に於いて指摘した）。

五言絶句は、七絶・五律・七律の「三体」に習熟した後、自由自在に詩が作れるようになって始めて自然に生み出されるものであるから、若年の時に少ないのは当然である。

古詩の少ない点については前章にも述べたように白石の個性もないわけではないが、江戸の漢詩の発展段階の様相を示すと考えられる。

詩の内容上の分類は前掲宮崎氏著のものをそのまま引用すれば、

(1)風景描写——五十四題、五十六首
(2)年中行事——六題、六首
(3)交友関係——十六題、十六首
(4)歴史関係——四題、四首
(5)私生活関係——十一題、十八首
合計百首

右のようになる。

前章に掲載した詩形別詩数一覧表に、『陶情詩集』分を加え、更に、諸詩集に洩れた詩を併せ、白石詩の詩形別の全体を示す（前掲「別表」参照）。

二　『陶情詩集』の詩の特色

(一)　技巧性

詩を編んだ時が二十六歳であるから、作品は殆ど二十代前半のものであるが、已に相当技巧が磨かれている。一、二の例を挙げてみよう。

愛松節雪詩其能用韻和之二首

松節の雪の詩に其の能く韻を用ふるを愛し之に和す

薄暮江城寒意酣
訪梅韻士想僧藍
須臾天上降滕六
邂逅人間見葛三
雲屋気厳頻酌蟻
風窓声密静聴蚕
也知玉局坡仙老
白戦一場続汝南

薄暮江城　寒意　酣《たけなわ》なり
梅を訪《と》いし韻士　僧藍を想う
須臾《しゅゆ》にして天上より滕六《とうろく》降り
邂逅にして　人間に葛三《かつさん》に見《まみ》ゆ
雲屋　気は厳しく頻りに蟻を酌み
風窓　声は密にして静かに蚕を聴く
也《また》知る　玉局坡仙の老
白戦一場　汝南に続くを

右の詩の韻（下平声覃韻）は、所謂険韻に属し、作るのが難かしいとされる。それに敢て挑戦したもの。第二句の「僧藍」は見かけない語だが、寺のことか。うまいのは、第三・四句（頷聯）の「滕六」に対する「葛三」の対である。「滕六」は『幽怪録』に基づく雪の神の名で、「雪」を意味する。「葛三」は晉の葛洪の三男で、『太平広記』に出てくる神仙の名。雪の日に酒に丸薬を入れて人に飲ませたという話がある。宋の洪邁の雪の詩に、「天上長留滕六住、人中会有葛三来」（天上長《とこしえ》に滕六を留め住《とど》むれば、人中会《かなら》ず葛三の来たる有らん）という句があるが、この詩を知っていたかどうか。次の第五・六句（頸聯）の「蟻」（醸《かも》したての酒を意味する）と「蚕」（蚕が桑の葉を食うような微かな雪の音）の対も面白い。第七・八句（尾聯）は宋の蘇東坡（玉局坡仙）の雪の詩「聚星堂雪」に、「白戦不許持寸鉄」（白戦許さず寸鉄を持するを）の句があるのに基づく。「汝南」は東坡の師に当る欧陽修が、雪の詩を詠ずるのに「玉、月、梨、梅、練（ねりぎぬ）、絮（わた）、白、舞、鵝（がちょう）、鶴、銀などの雪の縁語を用いてはいけない」とした風雅の集いを指す。「汝南」は欧陽脩の任地の名である。「南」がうまく韻字にも当った。

又

雪晴江上晩寒酣　　雪晴れて江上晩寒　酣《たけなわ》なり
万境沈沈天蔚藍　　万境沈沈として天は蔚藍《うつらん》たり
清比霊泉於第一　　清らかなること霊泉の第一に比し
明如微月出初三　　明らかなること微月の初三に出づるが如し
短簑人遠渾疑鶴　　短簑の人は遠くして　渾《すべ》て鶴かと疑い
壊衲僧眠全類蚕　　壊衲《かいのう》の僧は眠り　全て蚕に類す
蹈砕瓊瑤聊問訊　　瓊瑤《けいよう》を蹈み砕きて　聊《いささ》か問訊せん
暖回梅底数枝南　　暖は梅底数枝の南に回《かえ》るかと

同じ韻を蹈んだ第二首。第二句、「蔚藍」は、空の青いこと。雪晴の空である。頷聯の「霊泉第一」と「微月初三」がうまい数字の対比になっている。なお、第四句と第五句は『和漢朗詠集』中の白楽天の句、「可憐九月初三夜、露似真珠月似弓」（憐むべし九月初三の夜、露は真珠に似　月は弓に似たり）〈巻上、秋、露〉と、「雪似鵝毛飛散乱、人被鶴氅○立徘徊」（雪は鵝毛に似て飛んで散乱し、人は鶴氅《かくじょう》を被《き》て立ちて徘徊《はいかい》す）〈巻上、冬、雪〉とを念頭に置いているであろう。第六句はぼろ（壊衲）を着た修行僧が蚕のように丸くなって眠ることをいう。第七句の「瓊瑤」は美玉のことで「雪」を意味する。雪を踏んで梅の木に春を探る、というしめくくりである。

雪、月、梅をたくみに配し、うまい句作りになっている。「其一」よりも自然の雅致が感じられる。

(二)　日本的詩材

富士山を詠じた詩は、先輩の石川丈山（一五八三―一六七二）の七絶が有名であり、その機知の詩趣は以後の富士山詠の一つの源を為している。例えば白石と同時代の室鳩巣（一六五八―一七三四）の「富岳」を並べてみよう。

富士山　　石川丈山

仙客来遊雲外巓　　仙客来たり遊ぶ　雲外の巓
神龍棲老洞中淵　　神龍棲《す》み老ゆ　洞中の淵
雪如紈素煙如柄　　雪は紈素《がんそ》の如く　煙は柄の如し
白扇倒懸東海天　　白扇　倒《さかし》まに懸る　東海の天

富岳　　室　鳩巣

上帝高居白玉台　　上帝の高居　白玉台
千秋積雪擁蓬萊　　千秋の積雪　蓬萊を擁す
金鶏咿喔人寰外　　金鶏咿喔《いあく》たり　人寰の外

海底紅輪飛影来　　海底の紅輪　影を飛ばし来たる

右の二首は、見立ての道具に違いはあっても、趣きは通うものがあるといってよかろう。丈山は、当時噴煙を上げていた冠雪の富士山を倒《さかし》まに懸けた白扇に見立てた。鳩巣は、富岳を天帝の宮殿に擬《なぞら》え、配するに海底から躍り出る紅日輪を以てした。人を驚かす〝奇趣〟をその生命としていること、同軌である。この源は、恐らく、李白の「望廬山瀑布」あたりになるであろう。

望廬山瀑布　　李白

廬山の瀑布《ばくふ》を望む

日照香炉生紫煙　　日は香炉を照らして紫煙を生ず
遥看瀑布挂前川　　遥かに看る　瀑布の前川に挂《かか》るを
飛流直下三千尺　　飛流直下三千尺
疑是銀河落九天　　疑うらくは是《こ》れ銀河の九天より落つるかと

香炉峰にかかるもやを香の煙に見立て、瀧（瀑布）を天の河が空より落ちる姿に見る。その意外性と躍動感を、江戸の詩人は富士山への敬仰の念の表出に、巧みに換骨奪胎したといえよう。

一方、白石の富士山はこれとは流れを異にする一派を開いている。

士峰　　新井白石

忽見未知岳　　忽ち見て未だ岳なるを知らず
杳然如望雲　　杳《よう》然として雲を望むが如し

倚天千仞立　天に倚りて千仞立ち
抜地八州分　地を抜きて八州分かる
晴雪粉堪画　晴雪 粉《ふん》として画くに堪《た》え
長煙篆作文　長煙 篆《てん》として文を作《な》す
有時仙客到　時有りてか仙客到り
笙鶴月中聞　笙鶴 月中に聞く

仙客がやってくる、というあたりに丈山の詩の影も感じられるが、全体は五律という形式の違いもあって、杜甫の泰山を詠じた「望岳」を源とする。

望岳　杜甫

岱宗其如何　岱《たい》宗其《そ》れ如何《いかん》
斉魯青未了　斉魯《せいろ》 青未だ了《おわ》らず
造化鍾神秀　造化 神秀を鍾《あつ》め
陰陽割昏暁　陰陽 昏暁を分かつ
盪胸生曾雲　胸を盪《うご》かす 曾雲の生ずるに
決眦入帰鳥　眦《まなじり》を決す 帰鳥の入るに
何当凌絶頂　何《いず》れか当《まさ》に絶頂を凌ぎて
一覧衆山小　一覧すべし 衆山の小なるを

この詩は、厳密には律詩ではない。古詩である。仄韻を押《ふ》む上に、平仄も緩い。律詩に近い古詩である。その故に律詩の斉整に兼ねて古詩の質朴の風味をも持つ。白石はその風味を取って、丈山とは違った富士山の詩を拓《ひら》いたのである。以後は、秋山玉山（?—一七六三）、柴野栗山（一七三四—一八〇七）へと継承され、石川丈山の派と並ぶ一派を形成し、日本的詩材としての富士山詠を確立していく。これらは総じて、絵画的な構図を取ることを特色とする。

次に、日本の歴史を題材とする「詠史」の分野を見る。

稲村崎

金鼓振天従北藩
驚沙濺血日光昏
宝刀沈水神龍化
碧海揚塵汗馬奔
九代衣冠余戦骨
千年星月照冤魂
満江巨艦真閑事
依旧寒潮落遠村

稲村ヶ崎

金鼓天に振いて北藩よりす
驚《きよう》沙《さ》濺《せん》血に日光昏《くら》し
宝刀水に沈んで神龍化し
碧海塵を揚げて汗馬奔《はし》る
九代の衣冠　戦骨を余し
千年の星月　冤魂を照らす
満江の巨艦　真に閑事
旧に依りて　寒潮　遠村に落つ

新田義貞の北条攻めを詠ったもの。北の上野より兵を起こし、稲村ヶ崎から奇襲をかけて鎌倉を陥し入れた故事を詠ずる、所謂「詠史」の作である。その用語には中国の典故を多用している。気付くままに列挙してみる。

金鼓振天――「金鼓振天、歓声動谷」（金鼓天に振ひ、歓声谷を動かす）〈『三国志・蜀志』黄忠伝〉

驚沙――「驚沙乱海日」（驚沙海日に乱る）〈李白「古風」其六〉

濺血――「濺血満長衢」（濺血長衢《く》に満つ）〈杜甫「草堂」〉

宝刀の句――晋の張華『博物志』、雷煥の故事。龍泉・太阿の二剣が水に沈み、龍と化して昇天した。〈『晋書』張華伝〉

衣冠――「晋代衣冠成古丘」（晋代の衣冠は古丘と成る）〈李白「登金陵鳳凰台」〉

戦骨――「戦骨当速朽」（戦骨当《まさ》に速やかに朽《く》つべし）〈杜甫「前出塞」〉

冤魂――「応共冤魂語」（応《まさ》に冤魂と共に語るべし）〈杜甫「天末懐李白」〉

依旧寒潮の句――「山形依旧枕寒流」（山形旧に依りて寒流に枕《のぞ》む）〈劉禹錫「西塞山懐古」〉

右のように有名な典故を多用しているが、「前稿」で紹介した「白石詩草」中の「辺城秋」に見られるような、唐の辺塞詩に頻見する用語は殆どない。つまり、白石が唐の名詩を学ぶ過程で普通に目についた語を用いた、ということである。その結果として、明《ミン》七子風の習気は感じられない。

ここで白石が、ごく自然に日本的詠史詩を作ったことは、百余年後の頼山陽の「日本楽府」を典型とする作品群の先駆を為した、として注目される。この詩を作るに至った経緯を、宮崎氏は『太平記』から得た知識に基づくとし、幼時に父に伴われて『太平記評判』の講席に参加したことを動機として指摘しておられる（前掲書）。とすれば、この題材を詠うことは白石の独創である、とすることを裏づける。

次に、「月」に関する二例を挙げる。

九月十三夜

正是江山揺落時　　正に是れ江山揺落の時
月華霜色両相宜　　月華霜色両《ふた》つながら相宜《よろ》し
中秋千古聯双璧　　中秋千古　双璧を聯《つら》ね
今夜一輪欠寸規　　今夜一輪　寸規を欠く
桂影莫教辜勝賞　　桂影勝賞に辜《そむ》かしむる莫《な》かれ
菊花応恨過佳期　　菊花応《まさ》に佳期を過ぐるを恨むなるべし
照他幾許清光好　　他《かれ》を照らすこと幾許《いくばく》か清光好からん
袁渚庾楼未肯知　　袁渚庾《ゆ》楼　未だ肯《あえ》て知らず

九月十三夜の月を賞する習慣は中国にはない。日本独自のものである。今日知られるところでは、法性寺関白藤原忠通（一〇九七―一一六四）に「九月十三夜翫月」という七言律詩があり、これを以て嚆矢とする、と。後には頼山陽の『日本外史』に採られて有名な上杉謙信の七言絶句があるが、真偽のほどは確かではなく、江戸期に入ってからは徳川光圀（一六二八―一七〇〇）に七言絶句の作があるが、本格的なものとしては白石のこの作を画期とする。

これに関連して、次の作がある。

八月十二夜

中秋連夜隔　　中秋　連夜隔て

万里予期晴　　万里 予《あらかじ》め晴を期す
只欠三分魄　　只《た》だ三分の魄を欠くも
幸容半璧明　　幸いに半璧の明を容《い》る
輪辺猶未妥　　輪辺猶《な》お未だ妥《やす》からざるも
影裡本倶清　　影裡本《も》と倶に清し
此処催人老　　此の処 人の老いるを催す
憑欄莫尽情　　欄に憑《よ》りて情を尽《つ》くす莫《な》かれ

「八月十三夜」という題は、間々見られるが「十二夜」の例は管見の及ぶ限り、知らない。白石の独創と見做してよいのではないだろうか。

以上、集中に見られる日本的詩材について述べた。これらはいずれも、江戸中期以降に継承・発展していくもので、白石はその若年期に早く道を拓いた、と評することができるであろう。

㈢　晩唐・宋詩の風

『陶情詩集』百首を読んで受ける印象は、白石の詩芸術の基盤を形成する時期の様相をよく表しているということである。

前掲の形式別の詩数で見た通り、七絶・五律・七律の三体の数量が示してもいるが、内容の上からも、『三体詩』の影響が表れているように思われる。

『三体詩』は、宋末元初（十三世紀末）、周弼の編纂したもので、七絶・五律・七律の三形式のみを採っている。初・盛唐の風格の高い詩は採らず（李白・杜甫は一首も採らない）、中・晩唐に偏《かたよ》っている（中には宋初詩も含む）。わが国へは南北朝の頃（十四世紀末）伝えられ、五山の禅僧の間で大いに読まれた。後に蘐園派によって排斥されるが、詩の稽古に欠かせぬ教科書として、江戸初期に至るまで重んぜられたのである。藤原惺窩（一五六一―一六一九）や林羅山（一五八三―一六五七）など、五山の影響の強い江戸初期の人たちの詩には、『三体詩』の詩句が生《なま》のまま採り入れられている例が多い。

白石の詩は、流石によくこなれていて、生のままの形ではないが、全体に『三体詩』の風が色濃く滲み出ている。これまでに掲げた詩にもそれは窺えるが、更に二・三の例を挙げてみよう。

梅影

冷蘂依依未肯開　　冷蘂《ずい》依依として未だ肯《あえ》て開かず
清香暗被暁寒催　　清香　暗かに暁寒に催《もよお》さる
嫦娥頼有致魂術　　嫦娥　頼《さいわ》いに魂を致すの術有りて
故隔窓紗将影来　　故に窓紗を隔て影を将《も》ち来る

暮過野村

望断暮山煙靄中　　望断す　暮山煙靄の中
高林無処不秋風　　高林　処として秋風ならざるは無し
水南水北看松火　　水南水北　松火を看る

知有村童撮草虫　　知る　村童の草虫を撮《と》る有るを

　即事
独手支頤凭小楼　　独手頤《あご》を支《ささ》えて小楼に凭《よ》る
江雲日落水悠悠　　江雲　日落ちて水悠悠
倏然蘋末西風起　　倏《しゅく》然　蘋末に西風起こり
吹入北鴻数点秋　　吹き入る北鴻数点の秋

　病目
病目昏昏長静居　　目を病み昏昏として長く静居し
塵埋渇硯筆相疏　　塵は渇硯を埋め筆相疏《あいそ》なり
書生習気真堪咲　　書生の習気真に咲《わら》うに堪えたり
半夜夢中読漢書　　半夜夢中に漢書を読む

　十日菊
節去蝶愁秋正衰　　節去り蝶愁え秋正に衰うに
暁庭猶有傲霜枝　　暁庭猶お霜に傲るの枝有り
千年遺愛陶彭沢　　千年の遺愛　陶彭沢
応擬元嘉以後詩　　応《まさ》に元嘉以後の詩に擬すべし

これらの詩を一読すれば、『三体詩』中の作かと疑われるほど風味の相似ているのに驚くであろう。杜牧、許渾、雍陶、薛能、鄭谷、韓偓ら、晩唐の詩人は爐中に混然として錬り合わされている概がある。中で、「即事」は、日本独自の美意識をも漂わせている感が深い。

「十日菊」は、同題の詩が『三体詩』中にあるので、比較の為に掲げてみよう。

十日菊　鄭谷

節去蜂愁蝶不知　　節去り蜂愁えて蝶知らず
暁庭還繞折残枝　　暁庭還《ま》た折残の枝を繞《めぐ》る
自縁今日人心別　　自《おのず》から今日人心の別なるに縁《よ》る
未必秋香一夜衰　　未だ必ずしも秋香一夜にして衰えず

前半の二句は、剽窃かと思わせるほどよく似ているが、鄭谷が蝶を媒介にして人心の薄きことの方へと議論を向けているのに対し、霜に傲る菊の枝を主軸に、節を枉《ま》げない陶淵明の方へと転回させる白石の機知が光る。二十歳《はたち》そこそこの若者らしからぬ老練さが百首全体に満ちている。通信使の賛辞は確かにお世辞とばかり言えないだろう。

結　語

白石最早期の詩集『陶情詩集』を見て、その特色を要約すれば、

(1)　形式・内容とも、『三体詩』の影響が強く認められる。
(2)　技巧的に高い水準に達し、日本独自の美意識の発現も見られる。

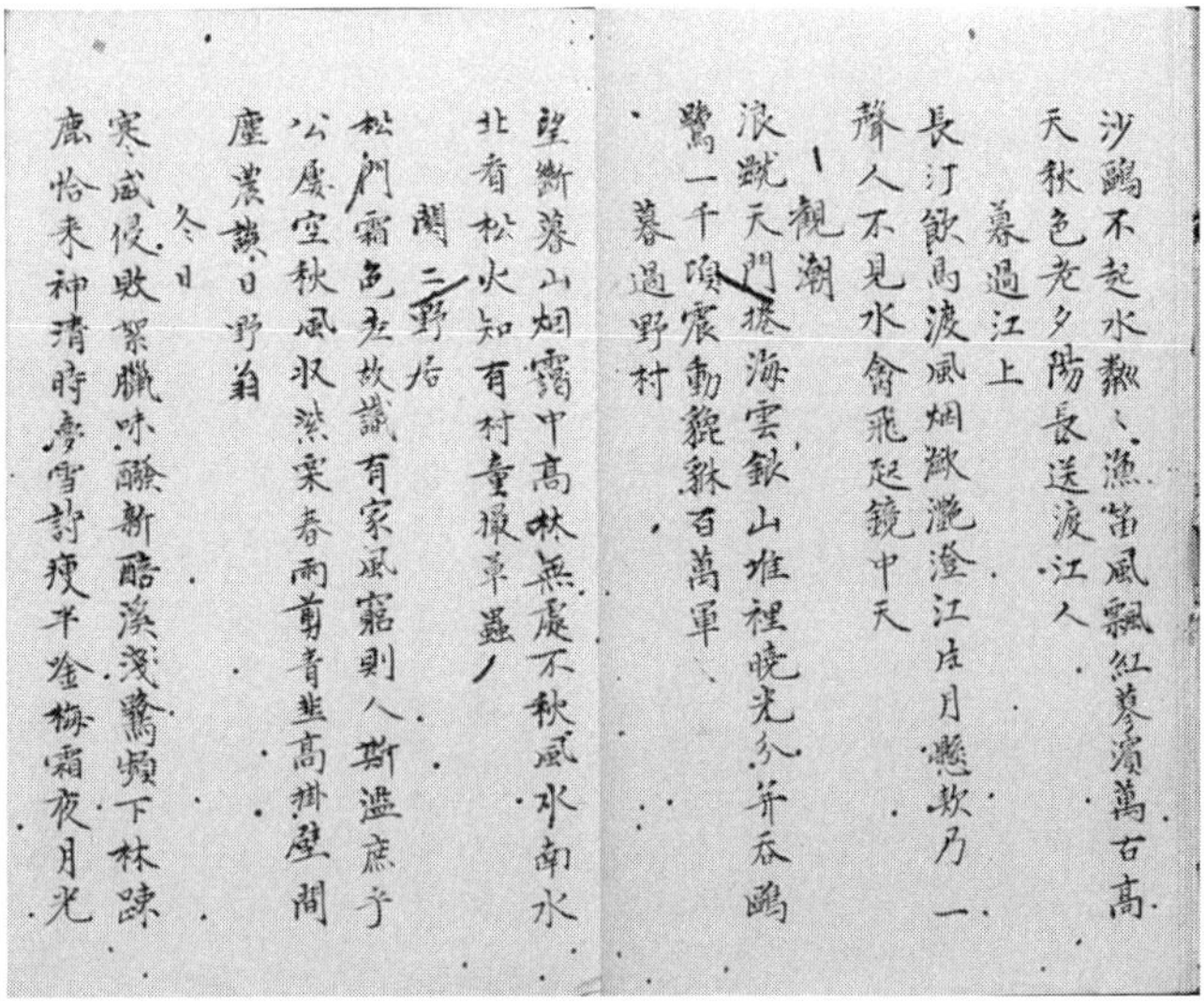
沙鷗不起水粼々漁笛風飄紅蓼濱萬古高
天秋色老夕陽長送渡江人
暮過江上
長汀飲馬波風烟獵灔澄江庄月懸欵乃一
聲人不見水禽飛起鏡中天
観潮
浪蹴天門捲海雲歛山堆裡晩光分并吞鷗
鷺一千頃震動貔貅百萬軍
暮過野村
望斷暮山烟霧中高林無處不秋風水南水
北看松火知有村童撮草蟲
閑二野居
松門霜色在故識有家風寵則人斯濫庶予
公屡空秋風収禾黍春雨剪青韭高掛壁間
塵農謹日野翁
冬日
寒威侵戦絮臘味醸新醅溪淺鷺頻下林疎
鹿恰来神清時虜雪詩痩半査梅霜夜月光

⑷誤記のある部分

右の二点になる。

⑴に関連して、この時期の白石詩には、後年に見られる、明七子風の盛唐詩を模するものはまだない、ということが指摘される。

恐らくは、この後木下順庵門に入り、盛唐詩を鼓吹する風に染まったものであろう。その変化を承けて、白石詩がどのように展開していくか、更に精細な検討が必要であろう。

また、惺窩、羅山、丈山と経て来て、白石に至る間に、主にどのような力が作用しているのか。二十歳前後の白石を取り捲く漢詩の環境はどのようなものであったか。つまり、白石詩の基盤を作ったものは何かを探らねばならない。今後の課題としたい。

〔補記〕

白石自筆の稿本は、几帳面な達筆で一字も忽せにせず書かれているが、一個所誤記を見つけたので、ここに指摘し併せて詩を解説しておく。（写真⑷参照）なお、本文九四ページ参照。

関二野居

松門霜色老　　松門　霜色老い
故識有家風　　故《もと》より識る　家風有るを
窮則人斯濫　　窮すれば　則《すなわ》ち人斯《ここ》に濫《みだ》るるも
庶乎公屢空　　庶《ちか》からんか　公の屢《しば》しば空しきに
秋風収紫栗　　秋風　紫栗を収め
春雨剪青韭　　春雨　青韭を剪《き》る
高掛壁間麈　　高く掛く　壁間の麈《しゅ》
農談日野翁　　農談　日びに野翁とす

頷聯は『論語』による句作り。第六句は、杜甫の「贈衛八処士」の「夜雨剪春韭」をもじったものだが、「韭」（にら）の字が韻に合わない。ここは恐らく「葱《そう》」（ねぎ）（上平声東韻に属する）とすべきところを、杜甫の句に引かれて誤ったものだろう。第七句の「麈」は「麈尾」のことで、玄談（老荘流の談論）をする時、手に持って揮う払子《ほっす》をいう。麈（大鹿）の尾の毛で作る。尾聯は、玄談などしないで、毎日田舎親爺と農事の話をする、という意。

第三章　新井白石『陶情詩集』の梅花詠をめぐって

森岡ゆかり

一　はじめに

新井白石『陶情詩集』には、梅花を詠じた作品が少なくない。全一百首のうち、詩題に「梅」の付くものとして、「梅影」、「窗前紅梅已蓓蕾」、「紅梅」二首、「水墨梅」、「尋梅」、「梅」、「早梅」など十首あり、詩句に含まれるものを数えると二十三首になる。

そもそも、梅花は、近世漢詩に数多く詠じられる素材である。例えば、安永六年（一七七七）刊の『日本詠物詩』の附録を含む「花部」には梅花詠が最も多く収録されている。[1] 花部の百三十四首中、二十九首が梅花詠であり、約二割を占めている。

したがって、新井白石『陶情詩集』に梅花詠が多いことも怪しむに足りないことかもしれない。しかも、中国では梅花を漢詩に詠じてきた長い伝統があり、日本人の漢詩も甚大な影響を受けたことは疑う余地がない。

小稿では、『陶情詩集』梅花詠の特色についてささやかな考察を試みる。[2] その際、白石が『陶情詩集』において、詠じたことだけでなく、詠じなかったことにも触れることとしたい。

二　梅花の観賞と詩人の行動

白石の梅花詠の大きな特色は、散歩の途中や家の窓から、実際に見た梅の景色を詠じている点にある。どのような行動を伴いつつ、梅を見ているかという点に着目してみると、散策などによって野外の梅を見て詠じた詩が最も多い。例えば、渓谷で梅の花を探し歩く「尋梅」（〇四一）詩がある。

尋梅

一雙蠟屐印溪山　　一双の蠟屐《ろうげき》　渓山に印《いん》す
風底尋香去復還　　風底　香《かおり》を尋ね　去りて復《ま》た還る
絶代高標群卉上　　絶代の高標　群卉《ぐんき》の上
驚人清氣數花間　　人を驚かす清気　数花の間
前生自有神仙骨　　前生　自《おの》ずから有らん　神仙の骨
到死寧爲兒女顔　　死に到るまで　寧《むし》ろ児女の顔を為《な》す
箇是識梅端的處　　箇《こ》れは是《こ》れ　梅を識るに端的《たんてき》の処
雪晴千壑月彎彎　　雪は晴る　千壑　月彎彎《わんわん》

履物の踏み跡を山路に刻むようにして歩き回り、美しい梅花と出会う。雪が降り止んだ谷を、弓なりの月が照らしている。暗い中、詩人は、花の香りをたよりに梅の樹を探している。降り積もった雪の白さ、月の白さと呼応する梅は、おそらく白い花を咲かせているにちがいない。

「尋梅」詩では、梅花は他の花々よりも一段と価値を有する花であり、清らかな香りを漂わせる花であり、神仙の風骨と無邪気な子どもの顔に比される花でもある。成人した人間が俗塵にまみれて、世情に通じているのに対して、神仙と子どもはどちらも清らかで俗気を持たない。この両者は一見かけ離れたイメージであるが、共通するイメージが基底をなしているのだろう。渓谷を歩き回って、白石が尋ね得た梅花は、気高く高雅な花である。

また、俗気を離れた心が梅を詠じることに結びつきもした。「冬日」（〇一六）詩の後半は、

神清時夢雪　　神清く　時に雪を夢み
詩痩半唫梅　　詩痩せて　半ばは梅を唫《ぎん》ず
霜夜月光好　　霜夜に月光好し
山猿獨自哀　　山猿　独り自《みず》から哀しむ

と詠じられる。この「冬日」詩では雪は降っていない。けれども、清冽な精神は、時には雪を夢見させる。「痩せた」詩境、言うならば、俗気を離れた、研ぎ澄まされた詩境が我が物になり、そのため同じく俗気と無縁の梅が、詩の半分に含まれることとなった。

梅に出会うのは、山中だけではない。次の「客路」（〇一七）詩では、峰をめぐり、山路を行ったかと思うと、次には、大地が尽きて水辺の情景が広がる。

客路

客路歳云暮　　客路　歳は云《ここ》に暮れ
歸心日夜催　　帰心　日夜催す
峰回群壑轉　　峰回《めぐ》り　群壑《ぐんがく》転じ

地盡大江開　　地尽き　大江開く
遠樹疑人立　　遠樹　人の立つかと疑い
怒潮如馬來　　怒潮　馬の来《きた》るが如し
卻恐有佳句　　却って恐る　佳句有りて
村村故訪梅　　村村に故《ことさら》に梅を訪《おとな》うを

三・四句は、移動する空間をたくみに捉えている。垂直方向に上下動するとともに、移動によって水平方向に視野が広がることをも描く。五・六句は、静と動のコントラストが際立つ。人がたたずんでいるかのように見える樹木の「静」の描写と、馬が疾走するような大きな波濤の「動」の描写の対比である。「大江」を大きな川と解すれば「怒潮」は川波であるが、「大江」を大きな入り江、具体的には江戸湾と解すれば「怒潮」は海の波となり、「開」の字がよりいっそう躍動的な効果を持つ。

このように、自ら移動しつつ梅花を見ている作品が多い。ここに例示した「尋梅」詩や「客路」詩は、意識的に梅花を見たいと探して歩くが、「春歩」（〇五六）詩では、「鶯語韻深樹、梅花影小塘（鶯語　深樹に韻《ひび》き、梅花　小塘に影あり）」と詠じ、春をあらわす典型的な動植物の取り合わせとして梅と鶯が対にされる。

このほか、「愛松節雪詩其能用韻和之二首」（〇四二、〇四三）、「暮歸」（〇四八）、「梅下口號」（〇八一）、「雪夜」（〇八二）などの詩も、歩きながら眺めた梅を詠じている。

なお、「窗前紅梅已蓓蕾」（〇一〇）詩は窓外の梅、「和山元立訪予庭前紅梅韻」（〇二一）詩は庭の梅であることが詩題から了解される。「卽事」（〇四九）詩は結句に「掛起南窗子細看」とあり、窓外の梅とわかる。このような生活に近い場所に植わっている梅を詠じた用例は少ない。梅に対する関心の程度は、詩によって多少の差異があるが、白石は、

雪を踏みしめ、月を眺め、春の気配を尋ねて梅花を観賞することが多い。(3)

三　水辺の梅と「暗香」・「疏影」

「暗香」、「疏影」は、林逋(和靖、九六七—一〇二八)の「山園小梅」詩の「疏影横斜水清浅、暗香浮動月黄昏(疏影横斜　水　清浅、暗香浮動　月　黄昏)」の詩句に見える語である。「暗香」は、「梅」(〇六一)詩と「梅下口號」(〇八一)詩に見え、「疏影」は「窗前紅梅已蓓蕾」(〇一〇)詩と「梅下口號」(〇八一)詩に見える。例として、「梅」(〇六一)詩と「梅下口號」(〇八一)詩を挙げておく。

まず、「暗香」を詩句に加えた「梅」(〇六一)詩は次のように詠じる。

梅

玉色偏蒙雪豔欺　　玉色　偏《ひと》えに雪艶の欺くを蒙《こうむ》るも
暗香遥度許人知　　暗香　遥かに度《わた》り　人の知るを許す
多情堪恨臨風處　　多情　恨むに堪う　風に臨む処
月冷水明欲落時　　月冷やかに　水明らかに　落ちんと欲する時

この詩は水と月のイメージを伴うが、その「水」は、海とも川とも判別できるものではないし、その必要もない。この詩においては、詩人は嗅覚によって梅花だと知る。詩人は風が運んだ香りによって梅と知ったというのに、その同じ風が梅を散らすのではと気が気でない。雪かと見間違えんばかりの梅の花が、月がさえざえと輝く中、明るく光る水面に、散り落ちそうになっている。落花寸前の情景は繊細で、風に対する詩人の思いは鋭敏である。

次に、「暗香」と「疏影」のどちらをも用いた「梅下口號」（〇八一）詩を見てみよう。

梅下口號

雪裏暗香風過處　　雪裏　暗香　風過ぐる処
水頭疏影月生時　　水頭　疏影　月生ずる時
若敎風月隔人世　　若し風月をして人世を隔てしむれば
雪裏水頭誰爲期　　雪裏　水頭　誰か為に期せん

詩の後半は、「風も月もなかったならば雪の中、水辺にいても梅の美を味わえず楽しくないだろう」と解しておきたい。なぜならば、風があることで、雪の中でも梅の香が風によって運ばれ、梅だと分かり、月があることで水面に影が映り、そのまばらな様子で梅の影だと気づくからである。白石「梅下口號」詩は、林逋の「疏影横斜水清淺、暗香浮動月黄昏」が持つ影と水、香と月の取り合わせを、雪の中―香―風、水面―影―月と組み替えている。ここに、白石の苦心の跡を見出すことが可能だろう。

そもそも、林逋の「山園小梅」詩は後の梅花詠に大きな影響を与えた。それだけでなく、この詩句が絵画に梅を描きこむ際のポピュラーな拠り所となり、絵画の様式化を促したのである。[4]

特に、後の、水辺の梅の描写は、林逋の梅花詠からの影響を強く受けている。孤山が西湖に浮かぶ島であったことから、林逋のことを詠じる際、「釣船」や「釣磯」を配する場合がある。白石の六言詩「暮歸」（〇四八）にも「漁磯」に沿う梅が描かれる。

暮歸

江村月上將晩　　江村に月上り　将に晩《く》れんとす

沙路雪明獨歸　　沙路　雪明らかにして　独り帰る
句好堪驚宿鷺　　句好くして　宿鷺を驚かすに堪え
梅開半傍漁磯　　梅開きて　半ば漁磯に傍《そ》う

散策をして帰途に着く夕刻を詠じた作品であるが、月が出ている上に、雪の白さで明るい。砂地の道を歩き、漁磯に咲く梅をながめる。詩人がひとりで帰っていく道すがらの情景である。林逋の水辺は湖畔であるが、白石のそれは海辺であろうか。[5]

四　梅花と神仙・隠者・聖人君子

梅花の赤さから、朱熹の名字の朱を連想した「紅梅二首」其二（〇二三）詩がある。

紅梅二首其二
非是高陽爲酒徒　　是れ高陽に酒徒為《た》るに非ず
横斜風骨自清癯　　横斜せる風骨　自《おのずか》ら清癯《せいく》
直須揀箇眞儒比　　直《ただ》ちに須らく箇《こ》の真儒を揀《えら》びて比すべし
雲谷老人其姓朱　　雲谷老人　其の姓は朱

詩中の花は、高陽の酔っ払いの赤ら顔の赤さを備えているわけではなく、雲谷老人（朱熹）の名字となっている朱色の赤さなのだと詠じている。朱熹になぞらえる理由を、横に斜めに伸びた梅の風骨は清らかで痩せていて真の儒者になぞらえるのがふさわしいからだと、白石は詩によって説き明かす。

この詩は、劉克荘の「梅」（『聯珠詩格』巻一）詩に想を発している。劉克荘「梅」詩は孤高で痩せたイメージで、梅堯臣になぞらえるのがふさわしいと詠じている。白石「紅梅二首」其二は、その転句・結句「直須揀箇詩人比、慶暦郎官字聖兪（直ちに須らく箇の詩人を揀びて比すべし、慶暦の郎官　字は聖兪）」を踏まえて、制作されている。(6)

また、「水墨梅」（〇四〇）詩は次のように映じている。

水墨梅

素紈幻出隴頭春　　素紈《そがん》　幻出す　隴頭《ろうとう》の春
一笏印香能降神　　一笏《いっこつ》の印香《いんこう》　能《よ》く神《しん》を降《くだ》す
樹穴金環君記未　　樹穴《じゅけつ》の金環　君記《きみき》すや未《いま》だしや
氷肌雪骨是前身　　氷肌《ひょうき》雪骨《せっこつ》　是《こ》れ前身

第一句で、絹の画布に浮かび上がるのは隴山のいただき。隴山は山頂に梅が多いことで有名で、梅嶺の別称がある。第二句の「印香」は名墨の呼称。すぐれた古墨によって、梅の精魂が降りてくる。第三句「樹のうろの金環をあなたは覚えているか」は羊祜の逸話を踏まえ、第四句「透き通る白い肌を持つ姑射山の仙人が梅の前世の姿だ」は姑射山の神女の記述を踏まえる。前者は、『蒙求』の「羊祜識環」の話で、『晋書』「羊祜伝」や『捜神記』にも見える。羊祜が隣家の桑の樹のうろから金の腕輪を遊び道具として探し出す。隣家の亡くなった子どもが無くした物だったために、死んだ子どもの生まれ変わりと言われたという逸話である。後者は、『荘子』「逍遥游」に見え、姑射山に住む神女は肌や皮膚は氷や雪のようで、しなやかさは処女のようだという記述を指す。水墨の梅を擬人化した第三句・第四句は、「前世」の連想でつながっている。

なお、「春歩」（〇五六）に、『論語』に見える接輿という隠者が詠じられる。「春歩」詩の後半は次の通りである。

鶯語韻深樹　　鶯語　深樹に韻《ひび》き
梅花影小塘　　梅花　小塘に影あり
酔歌行不已　　酔歌して　行きて已まず
非是接輿狂　　是れ接輿の狂に非ず

『論語』「微子」篇に楚の隠者接輿が出てくる。接輿は、狂者の態で、「鳳よ、鳳よ、何ぞ徳の衰えたる」と歌いだし、世を治めたいという執着を捨てて隠者になるようにと孔子に勧める。白石は「春歩」詩において、酔っぱらって歌いながら、どこまでも進んでいくが、接輿の狂態とはちがうのだと、詠じる。鶯が鳴き、梅の花が水辺に影を落とす春の美しい景色の中、白石は『論語』の章句を想起している。引用は省くが「春歩」の前半では、春の景色の美しさ、散歩の楽しさが詠じられている。実は、『論語』「先進」篇には、春に出歩くことの楽しさを孔子が認めるくだりがある。志を述べてごらんと問われた曾皙が、春服が仕上がった春の終わりに、冠者や童子たちと歌いながら帰りたいと答える。孔子はその言葉を聞き、賛意を示すのである。梅花が咲くのは早春であり、曾皙の述べた季節は暮春であって差異はあるけれども、春の散歩の楽しさには、曾皙と孔子のやり取りが背後に響いていると思われる。

梅を人に喩えた例として、神仙、隠者、賢人君子をあげたが、隠者が一例、儒者も一例である。このほか、劉向『説苑』に見える越国の諸発が一枝の梅を持って、使者として梁王のもとに行き、梅一枝に託して王を戒めたという故事を用いた句が、「蠟梅初開」（〇九八）にある。

人に喩えた例として多いのは、女性に喩えたものである。「梅花と女性」と題して次節にまとめておく。

五　梅花と女性

女性に喩えた詩句は少なくない。「水墨梅」（〇四〇）で「氷肌雪骨」の語を用いるのも女性美の表現の一つである。また、「窗前紅梅已蓓蕾」（〇一〇）詩では、「雪鐫肌骨清先冷、雲染衣裳濕未乾（雪は肌骨を鐫《え》りて　清くして先ず冷やかなり、雲は衣裳を染めて　湿《うるお》いて未だ乾かず）」と詠じる。この両句は、訳注作業により、『円機活法』巻二十、百花門「紅梅」の項が引く王安石の逸詩を踏まえていることがわかった。白石は、王安石の逸詩の「紅梅」詩をもとに、梅の幹や枝を白い肌や清らかな身体にたとえ、つぼみを女性の衣裳に見立てている。

さらに、「東帝宮中第幾妃、佛粧嬌冶逞芳姿（東帝の宮中　第幾妃、仏粧　嬌冶にして芳姿を逞《たくま》しくす）」と詠じる「蠟梅初開」（〇九八）詩は、梅花を春帝の妃という神話的で高貴な女性に擬えている。

これらは、随所に女性イメージをちりばめて作詩されている。詩全体を女性的なイメージでまとめ上げている詩として、「和山元立訪予庭前紅梅韻」（〇二一）詩を挙げておきたい。

和山元立訪予庭前紅梅韻

紅愁粉瘦似傷春
悶倚東風未啓唇
皐雉明朝何處是
試將一箭對佳人

山元立の予が庭前の紅梅を訪ぬの韻に和す

紅は愁え　粉は痩せ　春を傷《いた》むに似たり
悶えて東風に倚《よ》るも　未だ唇を啓《ひら》かず
皐雉《こうち》　明朝　何れの処か是《こ》れなる
試みに一箭を将《もっ》て佳人に対せん

第一句の「紅」は紅をさした口元、「粉」はおしろいをはたいた顔。蕾のままの紅梅は、春の物思いにふける女性に比されている。第一句が静止画とすれば、第二句は動画である。紅をさした唇は閉じられたまま、つまり紅梅はまだ咲かないけれども、春風にからだをゆだねて揺れている。第三句・第四句は『春秋左氏伝』昭公二十八年の逸話を踏まえ、蕾の一日でも早い開花を待ち望む気持ちを詠じている。

この逸話は、もとは次のような故事である。醜い賈大夫が美女を妻とした。妻は三年間夫と話をせず、笑いもしなかった。ある時、賈大夫が馬車を御して、狩猟に行き、キジを仕留めた。すると、妻が初めて笑ったのである。この逸話をもとに、梅花を賈大夫の妻に喩え、キジを仕留めたのを見て女性が笑うように、梅花も早く咲いてほしいと詠じている。

次の、月の女神を比喩に用いた「梅影」（〇〇九）詩は幻想的な絶句である。

梅影

冷蕊依依未肯開　　冷蕊《れいずい》依依として未だ肯《あえ》て開かず
清香暗被曉寒催　　清香暗《ひそ》かに暁寒に催《もよお》さる
嫦娥頼有致魂術　　嫦娥頼《さいわ》いに魂を致すの術有りて
故隔窗紗將影來　　故《ことさら》に窓紗を隔て影を将《も》ち来《きた》る

起句も承句も開花前の梅花を詠じる。起句はつぼみを詠じ、承句は、まだ香りを放つ前の梅花を詠じる。早く香りを放てとせき立てるのは夜明けの寒さである。転句の月の女神「嫦娥」は羿の妻で、不老不死の仙薬を盗んで月にのぼったのである。「致魂」は、白居易「長恨歌」の一節「臨卭道士鴻都客、能以精神致魂魄（臨卭の道士　鴻都の客、能く精神を以て魂魄を致す）」に見える語で、「招魂」と言い換えることが可能であろう。月の女神には魂を呼び戻す術がそなわっており、月の光は窓のカーテンごしに梅の影をもたらしてくれるとうたう。「梅影」詩は、『陶情詩集』における、梅花と返魂を結びつけて詠じた作例として貴重な一首である。(7)

宋代以降、内包する精神性を描くことこそ、梅花表現の真骨頂となっていくが、(8)その表現の多様さを支えるのは多彩な典故である。方回は、かつて陸游の梅花詠について次のように指摘した。

詠梅當以神仙、隱逸、古賢士君子比之、不然則以自況。若專以指婦人、過矣。

梅を詠ずるに当に神仙、隠逸、古の賢士君子を以て之に比すべし、然《しか》らずんば則ち以て自ら況《たと》えり。若《も》し専《もっぱ》ら以て婦人を指すは、過ちなり。(9)

この指摘は陸游だけでなく、宋代以降の、梅花を多く詠じた詩人たちにも敷衍できる。唐代の場合は、梅花を美女の比喩に使用することが多いが、宋代に到ると、高潔なる士を表わす存在として詠じられることが増える傾向にある。(10)もっとも、宋代になって、女性美に擬えることがなくなるわけではない。白石も、隠者、先賢、女性の比喩を使い分けて詩を創作しているのである。

六　蠟　梅

蠟梅は、植物の種としてはロウバイ科ロウバイ属に分類されるが、(11)詩語としては、梅のカテゴリーの中で理解されていたらしい。『円機活法』巻二十の「梅」の項目に、蠟梅を詠じた詩が含まれている。白石の『陶情詩集』にも一首見える。次の「蠟梅初開」（〇九八）詩である。

蠟梅初開

東帝宮中第幾妃
佛粧嬌冶逞芳姿
論魁自有平呉例
故著黄金鑄一枝

東帝の宮中　第幾妃
仏粧　嬌冶にして芳姿を逞《たくま》しくす
魁を論ずれば　自《おのづか》ら平呉の例有り
故《ことさら》に黄金を著《も》って一枝を鋳《い》る

この詩では、蠟梅は春帝の妃にたとえられている。詩人は、「仏粧」つまり燕の地の女性が行う顔を黄色く塗る化粧法を用いて、蠟梅の花の淡黄色を表現している。

ここで想起されるのは、黄庭堅「蠟梅」詩の「埋玉地中成故物、折枝鏡裏憶新粧（玉を地中に埋め故物と成し、枝を折りて鏡裏に新粧を憶《おも》う）」であろう。黄庭堅は、枝を折られた蠟梅を鏡で新しい装いを確かめる女性になぞらえている。白石の第一句、第二句目は、この黄庭堅「蠟梅」詩の趣向を受け継ぐものと言えよう。

蠟梅は宋代になって詠じられるようになった花である。[12] 蘇軾は「蠟梅詩」を一首、[13] 黄庭堅は五言絶句「戯詠蠟梅」二首のほか、「蠟梅」、「従張仲謀乞蠟梅」、「短韻奉乞蠟梅」の三首の七言絶句を作っている。[14] 特に「戯詠蠟梅」二首は、『王直方詩話』が「蠟梅、山石初見之」と指摘しており、詩によって蠟梅の花の価値を高めた最初の二絶とされている。[15]

日本では、管見のかぎり、相国寺の景徐周麟（一四四〇―一五一八）の『翰林葫蘆集』巻三に見える「讀魯直蠟梅詩」八首が古い作例である。[16] 黄庭堅の蠟梅詩を読んで作った詩であり、蠟梅そのものを目睹したかどうかはわからないが、江戸期以前の蠟梅を詠じた詩として注目に値する。[17]

貝原益軒は、『花譜』巻下（序の日付は「元禄七年中元日」）に十二月の花として「蠟梅花」の項目を立て、次のように述べる。

此花梅の類にあらずといへども、梅と同時にひらきて、其色蠟の如くなる故、蠟梅の名を得たるよし、からの書にみえたり。葉は茶のごとくにして大なり。花は細にして黄なり。花よからずといへども、其香よくして蘭のごとく、古人花をめでもてあそべり。東坡、山谷以下宋儒の詩多し。此花近年唐より来りしにや、いにしへは是ある事をきかず。今も世人あまねくしらず。俗に唐梅といふ二種あり。(18)

益軒は、名の由来を『からの書にみえたり』として、二点挙げている。一つは、梅とは異なる種類だが梅と開花時期が重なること、もう一つは色が蠟のようだということである。益軒が「からの書」を踏まえ、蠟梅の説明を行っているのは、中国起源の花ということが大きく意識にのぼっているためだろう。益軒は、蘇軾（東坡）、黄庭堅（山谷）以下宋人の詩に蠟梅が見えることを指摘し、さらに、昔は日本に存在しておらず、近年の移入かと疑問を投げかける。続けて、近年でも広く知られていないことを述べている。

林羅山や石川丈山に蠟梅詩は見られないようだが、人見竹洞（一六三七―一六九六）に蠟梅詠を七首見ることができる。(19)竹洞は、題に「余庭下有蠟梅久矣」と記した詩があり、庭木として蠟梅があったことがわかる。人から請われて蠟梅の咲く枝を分けたという詩や、蠟梅の花を請われたが、枯れていたために、紅梅とレンギョウの花を贈ったという詩もある。また根を分けたことを詠じた詩もある。まだ一般的に普及していない樹であったと考えられ、益軒の言う「今も世人あまねくしらず」を裏付ける。

白石「蠟梅初開」詩は、当時はまだ珍しかったにちがいない蠟梅を詠じたという点から見て、江戸漢詩における初期の蠟梅詠と位置づけてよいと考える。その際、黄庭堅が使った趣向を用いている点は注目に値しよう。白石が黄庭堅の蠟梅詠に示唆を得たとすれば、蠟梅表現の正統を継承していると解することができる。

七　詠じなかったこと

（1）物語性の強い梅花の故事

梅花の数ある典故のうち、何を詠じなかったかを述べるのは容易でないが、一点だけ挙げるとすれば、物語性の強い花の故事は好まなかったのではないかということである。ここでは、詠じられなかった梅花の故事として、飛梅伝説と、羅浮の精の伝説の二つの例を示しておく。

第一の飛梅伝説とは、道真の自邸の梅の木が、左遷された道真を追いかけて、配所の筑紫まで飛んでその地に植わり花を咲かせたという故事である。

鈴木幸人氏によれば、鎌倉時代に、道真の生涯と北野天満宮創建を描いた、北野天神縁起絵巻の制作が始まり、それが南北朝から室町時代にかけて地方へと普及し、天神縁起の制作数も増加するという。(20)中世期に、説話伝説が形をなしてゆくのである。北野天神縁起絵巻を原拠とする道真説話は、『太平記』巻十二「聖廟の御事」にも見える。(21)飛梅伝説は、道真伝説の中でも大変ポピュラーな伝説の一つで、一一〇〇年ごろにはすでに存在し、流布していたのではないかという真壁俊信氏の言及もある。(22)

万里集九の「天神賛」は、次のように詠じている。

　襲以西湖應北野　　襲《つつ》しんで西湖を以て北野に応ぜしむ
　僉云處士卽天神　　僉《みな》云う　処士は即ち天神なりと

暗香疏影飛梅句　　暗香疏影　飛梅の句
潤色五千餘巻春　　五千余巻の春を潤色せり(23)

西湖の処士とは、宋の隠士林逋を指す。林逋は、誰にも仕えず、杭州西湖の孤山に隠棲し、梅と鶴を友として過ごしたことで知られ、梅花の高潔さ、隠逸さを象徴する代表的人物である。梅を愛するという点で、道真と林逋は同列に扱われている。

江戸時代以降も、「飛梅」を見出すことができる。例えば、林羅山「菅祠雪松」詩の「六花恰似飛梅影、千歳光寒一夜松（六花恰かも似たり　飛梅の影、千歳　光寒し　一夜の松）」は、降る雪の喩えとして飛梅の影が用いられている。(24)『陶情詩集』では飛梅伝説には触れていない。飛梅を詠じた詩は、『白石詩草』の「千里飛梅」詩まで待たねばならない。(25)

ただし、『陶情詩集』に、道真伝説を詠じた詩はある。「和山秀才和菅廟即事之韻」（〇二八）である。

詩の冒頭は「元是菅家勝白様、遥知聲價售雞林。元是れ　菅家　白様に勝る、遥かに知る　声価　雞林に售《う》らるるを」で始まる。道真は白居易よりも優れていると宣言した上で、その政治家としての信頼の篤さ、三代続く学者の家柄の良さが詠じられる。詩の後半では、一転して左遷後の道真の描写となる。雷を操る道真の憂国の思い、一夜で白髪となった道真の怒りと悲しみ、優れた詩が出来ても評価されない空しさが詠じられる。

後半で、道真の悲劇性を徹底的に掘り下げていく「和山秀才和菅廟即事之韻」詩では、飛梅伝説を加える余地がなかったのだろう。飛梅伝説は、緩衝作用を持っている話と言ってもよい。伝説中の道真が慰められることで、伝説を聞く者も癒されるからだ。山秀才つまり阿比留の「和菅廟即事」詩に飛梅伝説が詠じられていて、白石はその故事を避けて自作を作ったのかもしれないが、臆測の域を出ない。

通信使を読者と考えた場合、この詩は意義深い。朝鮮で知られているとは思われない道真をテーマとした詠詩から、白石の国家意識が透けて見えるかのようだ。

第二に、羅浮山の梅の精の逸話も、白石『陶情詩集』には見えない故事である。この故事は、柳宗元『龍城録』（『百川学海』所収）に見える「趙師雄酔憩梅花下」の逸話に基づく。概略は次の通りである。

隋の開皇年間（五八一―六〇〇）のこと、趙師雄が羅浮に遣わされた。ある寒い日の日没の頃、松林の中の酒場に行くと、隣家に薄化粧で白い服を着た女性がいて、師雄を出迎えた。二人で酒場にでかけ、ともに杯を重ねた。しばらくして緑衣の童子があらわれ、彼の歌舞を見て楽しんだ。酔って寝てしまった師雄が肌寒さにふと気がつくと、東の空が白んでいた。立ち上がってあたりを見ると大きな梅の樹の下に居た。樹上にみどり色の羽の小鳥がとまっていた……。

趙師雄の一夜の美しい邂逅の物語は、梅花の代表的な典故の一つと言え、(26)宋の秦観『梅花百詠』、元の韋圭『梅花百詠』にも「羅浮梅」を題とする詩が収められている。この羅浮の梅の精の物語は、日本の漢詩人たちをも引き付けた。例えば、義堂周信（一三二五―一三八八）の『空華集』の「墨梅」詩は次のように詠じる。

墨梅

夢入羅浮小洞天　　夢に入る　羅浮　小洞の天

幽人引歩月嬋娟　　幽人　歩を引きて　月嬋娟たり

曉來一覺知何處　　暁の来《きた》りて一たび覚《さ》むれば　何《いづ》れの処なるかを知る

雪後梅花淺水邊　　雪後の梅花　浅水の辺(27)

江戸初期の例では、石川丈山（一五八三―一六七二）「答讀耕齋幷序」に、「臘梅開盡歲云暮、追憶羅浮洞裏仙（臘梅開

き尽くして歳云《ここ》に暮れ、羅浮洞裏の仙を追憶す）」の句がある。[28]
このように、用例を見出すことが可能な故事であるのだが、白石『陶情詩集』では、この典故を用いた梅花詠も見当たらない。梅の精である女性と出会い、二人で酒杯を交わし、酔いつぶれて目覚めた場所が梅の樹の下だったという物語は、品行方正なイメージからほど遠い。
白石は、「紅梅二首」其一（〇二二）で、「今來若正花王號、南面稱孤應赤符（今来若《も》し花王の号を正さば、南面して孤と称し赤符に応ぜん）」と詠じている。この句は、蔡正孫「梅」（『聯珠詩格』巻六）詩の「雖然未正花王號、衆卉終當北面之（未だ花王の号を正さざると雖然《いえど》も、衆卉　終に当に之に北面すべし）」を踏まえ、「花王」の称号が正されることを仮定して、紅梅が帝王として君臨する未来に思いを馳せる。梅のイメージの中で、このような帝王のイメージや、高潔さや品位のイメージを重んじるのであれば、羅浮の故事は選に漏れてしまうにちがいない。
飛梅にせよ、羅浮の梅の精にせよ、青年白石が詠じなかったことは示唆に富む。梅花の故事は豊富にあり、そのすべてを使うことは確かに難しいと思われるが、取捨選択に当たって、読者を想定して戦略を練ったり、一定の美意識を働かせたりしていたと考えられる。

（2）桜花

最後に、梅ではなく、桜について触れておきたい。実は、『陶情詩集』に桜を詠じた漢詩を見つけることができない。日本では花といえば桜を指し、古来、日本人は桜を和歌によみ、漢詩に詠じてきた。[29]江戸初期に限っても、石川丈山、水戸光圀など桜花愛好が知られている。また光圀が庇護した朱舜水も、桜を愛した文人であった。[30]先述の『日本詠物詩』の凡例は次のように言う。

花部、兪選以梅爲首而是編以櫻爲首、海棠次之。蓋吾邦所稱櫻者非所謂櫻桃也。顧其穠芳艷麗實冠百花、故今列之於首。

花の部、兪が選は梅を以て首と為すも是《こ》の編は桜を以て首と為し、海棠之に次ぐ。蓋し吾が邦の称する所の桜は、所謂桜桃に非ざるなり。顧うに其の穠芳艶麗なるは、実に百花に冠たり。故に今之を首に列す。(31)

文中の兪とは、『詠物詩』を編纂した清の兪長仁を指す。兪長仁は梅を冒頭に置いているが、『日本詠物詩』の編者で凡例を記した伊藤栄吉（号は君嶺）は、日本での百花の冠である桜を冒頭に置くと宣言している。

ところが、林鵞峰（一六一八―一六八〇）が編纂した林羅山（一五五八―一六五七）の詩集『羅山先生詩集』（序に「萬治二年巳亥仲冬中旬」とある）は、『日本詠物詩』とは異なっている。

『羅山先生詩集』巻五十から巻五十四まで花部であるが、巻五十は「花一」として梅花を載せる。巻末に「梅爲百花魁、且詩數多故倣方虚谷之例、別爲一巻以載于此（梅は百花の魁たり、且つ詩数多きが故に方虚谷の例に倣い、別に一巻を為して以て此に載す）」と述べる。(32)方虚谷の例とは、方回の『瀛奎律髓』がその巻二十を「梅花類」として梅花詠だけを集めて載せていることを意味する。続いて、巻五十一「花二」のすべてと巻五十二「花三」の前半は、花と桜を載せる。日本では「花」といえば「桜」を指すので、同一の花と認めているのである。巻五十二の巻末に、

本朝不斥其名而唯稱花者櫻也。猶中華洛人之於牡丹。故載于花六十一題之次也。芍藥與牡丹相類。故併載之。

本朝其の名を斥《さ》さずして唯だ花と称するは桜なり。猶お中華の洛人の牡丹に於けるがごとし。故に花六十一題の次に載するなり。芍薬は牡丹と相い類す。故に併せて之を載す。

と記す。

『羅山先生詩集』の場合、梅花を冒頭に置き、一巻にまとめているのは、方回の『瀛奎律髓』を範とし、中国起源の

伝統を遵守したためである。白石『陶情詩集』は、『羅山先生詩集』と比べて詩の数が圧倒的に少ない。それでも、梅花詠は約二割を占めるのに、桜花詠は一首も見当たらない。

青年期の白石が桜花を全く詠じなかったかどうかはわからない。が、少なくとも花に関して言えば、中華の伝統を重視して『陶情詩集』を編んだ可能性が高い。

八　終わりに

新井白石の『陶情詩集』における梅花詠についての概略を伝えることができたのではないかと思う。詠じられたこととして、以下五つの項目をたてて指摘した。第一、梅花の観賞と詩人の行動、第二、水辺の梅と「暗香」・「疏影」、第三、梅花と神仙・隠者・聖人君子、第四、梅花と女性、第五、蠟梅である。第一は、一言で言えば花見行動の特色、第二から第四までは、梅花詠の表現の特色といえよう。第五の蠟梅は、種別としては梅に属さないが、梅として扱われてきたという点ですでに大きな特色を有する。

これら五つの項目はすべて宋代に見られ、それ以後継承されるという共通点を持つ。梅花詠を通して『陶情詩集』を眺めると、白石のまなざしが宋代詩人に近しいという思いを強く抱く。細やかな感性と冷静な観察眼で、梅の枝を見つめ、花の香りを味わい、詩語を選び、比喩を考えている青年詩人が浮かびあがってくる。

注

（1）『日本詠物詩』巻二（『詞華集日本漢詩』第九巻所収、汲古書院、一九八四年）。

（2）近世日本漢詩における梅花詠については以下を参照した。高木重俊「蠣崎波響漢詩論Ⅳ――『梅花十詠』風雅の世界」（『人文論究』第六十七、一九九九年）一―一五頁、中島貴奈「近世における梅花詠の一側面」（『國語國文』第七十巻第十号、二〇〇一年）三四―五二頁、池田温「『梅花百詠』をめぐる日・琉・清間の交流」（『東アジアの文化交流史』所収、吉川弘文館、二〇〇二年）三九四―四一二頁、金文京「龍谷大学蔵、元・郭居敬撰『百香詩選』等四種百詠詩について」（張宝三・楊儒賓編『日本漢学研究初探』所収、勉誠出版、二〇〇二年）二一四―二二九頁。

（3）このような散策で見る梅花は、中国の伝統的な鑑賞行動と重なる部分が多い。程烈氏は『中国梅花審美文化研究』（巴蜀書社、二〇〇八年）一六八―一七三頁で、主な行動スタイルとして「踏雪探梅」、「月下観梅」、「燃燭賞梅」の三つを挙げている。

（4）王克謙「林逋詠梅在梅花審美認識史上的意義」（『宋代詠梅文学研究』所収、安徽文芸出版社、二〇〇二年）七七―九七頁、板倉聖哲「中世日本が見た中国絵画――墨梅を例に」（正木美術館編『水墨画・墨蹟の魅力』所収、吉川弘文館、二〇〇八年）六〇頁など参照のこと。

（5）例えば、五山の僧侶横川景三（一四二九―一四九三）に次の一詩「和靖軸賛」（「補庵京華新集」、『五山文学新集』第一巻、東京大学出版会、一九六七年）六六六頁があり、「西湖自古以梅鳴、處士宅前千樹横。山落波心三百寺、袈裟影傍釣船行」と詠じられている。

（6）基づく詩が明らかになったことで、文字の校訂も可能になったことは訳注の当該部分を参照されたい。

（7）蘇軾には「岐亭道上見梅花戯贈季常」詩（『施注蘇詩』巻十九）の「蕙死蘭枯菊亦摧、返魂香入嶺頭梅。蕙死《か》れ蘭枯れて菊も亦た摧き、返魂香　嶺頭の梅に入る」や、「六年正月二十日復出東門　仍用前韻」詩（『施注蘇詩』巻二十）の「長與東風約今日、暗香先返玉梅魂。長《とこしえ》に東風と今日を約す、暗香先ず玉梅の魂を返せと」など、蘇軾の心情と梅花が強く結びついた詩句が少なくない。詳しくは、岩城秀夫「梅花と返魂」（『日本中国学会報』第三十集、一九七八年）一三五―一四九頁を参照されたい。あわせて、宇野直人「詠梅詩概観」（宋元文学研究会編『朱子絶句全訳注』第一冊、汲古書院、一九九一年）一六三―一七二頁参照のこと。

（8）合山究「梅花と宋代精神」（『新釈漢文大系季報』九十四号、一九九八年）三―四頁など参照。

（9）方回『瀛奎律髄彙評』中冊、巻二十（上海古籍出版社、一九八六年）八一三頁。

（10）程烈『中国梅花審美文化研究』（巴蜀書社、二〇〇八年）三一二—三一七頁。

（11）相賀徹夫編著『園芸植物大事典』5（小学館、一九八九年）六二八—六二九頁。

（12）宋代の蠟梅詩については、中尾彌継「蠟梅詩について」（『佛教大学大学院紀要』第三十号、二〇〇二年）二九—四二頁が詳しい。

（13）『施注蘇詩』巻三一、一三葉。

（14）「蠟梅」、「従張仲謀乞蠟梅」は前掲『山谷詩集注』第一冊巻五、一三—一四葉、「短韻奉乞蠟梅」は同第二冊巻十九、八葉。

（15）『王直方詩話』（郭紹虞輯『宋詩話輯佚』上冊所収、中華書局、一九八〇年）九四—九五頁。

（16）上村観光編『五山文学全集』第四巻（思文閣、一九七三年複刻版発行）一三八頁。

（17）万里集九の『梅花無尽蔵』巻六の「留雪齋竝序」に「臈梅笑之香」とあり、「からうめ。冬の末に淡黄色の花を開く」との注がほどこされている（市木武雄『梅花無尽蔵注釈』第四巻所収、続群書類従完成会、一九九四年、九五頁）。「臈梅」は蠟梅の別称だが、万里集九の「臈梅」は臘月の梅を指すかもしれない。この小論では指摘に留める。

（18）益軒会編『益軒全集』巻一（国書刊行会、一九七三年）一九一頁。

（19）竹洞の詩は影印本の『人見竹洞詩文集』（人見捨蔵発行、一九九一年）によった。もとは写本である。丁付けを欠く巻があるため、以下、影印本の頁数を示す（頁数の後ろの「上」・「下」は、二段組のため上段か下段かを示したものである）。蠟梅を詠じた詩は次の通り。

「蠟梅二首」（五言詩一首のみ）四八頁・下、「余分蠟梅一根呈松栢主人偶遇雨雪賦一律被示之因次其韻」五一頁・上、「雪霽手折蠟梅桂枝呈藤君承」七六頁・下、「余庭下有蠟梅久矣一日分一根寄懋齋兄聞舊臈着花賦古風一篇來贈之適他未報庚午元日退　朝得閑偶次芳韻」九三頁・下、「庾下蠟梅分根呈松栢堂」一七八頁・下、「君兼君乞蠟梅余歩園中求之花既萎盡纔有殘蕋因折紅梅連翹之花爲一握以呈之」二〇〇頁・上、「蠟梅」（「蠟梅二首」其二に該当）二二〇頁・下—二二一頁・上。

（20）真壁俊信「天神信仰史の概要」（前掲『天神信仰史の研究』所収）五—三〇頁、鈴木幸人「天神縁起のひろがり」（東京国立博物館／ほか編、NHK／ほか発行『天神さまの美術』所収、二〇〇一年）二五四―二五七頁など。
(21)『太平記』巻十二（山下宏明校注『太平記』二所収、新潮社、一九八〇年）二〇二―二〇八頁。
(22)真壁俊信「飛梅伝承の発生」（『天神信仰史の研究』所収、続群書類従完成会、一九九六年）六一九―六二〇頁。
(23)『梅花無尽蔵』巻四（市木武雄著『梅花無尽蔵全注釈』第三巻所収、続群書類従完成会、一九九三年）一八〇頁。訓読は改めたところがある。
(24)京都史蹟会編『羅山先生詩集』巻九（平安考古学会、一九二一年）一一六頁。
(25)『白石詩草』（『詩集日本漢詩』第一巻所収、汲古書院、一九八七年）三葉に見える「千里飛梅」詩の全文は次の通り。「洛陽一別指天涯、東望浮雲不見家。合浦飛來千里葉、閬風歸去五更花。關山月滿途難越、驛使春來信尚賒。應恨和羹調鼎手、空將標實惜年華」。
(26)宇野直人「羅浮山の梅と少女」（宋元文学研究会編『朱子絶句全訳注』第三冊、汲古書院、一九九八年）一七四―一七七頁参照。
(27)『五山文学全集』第二巻（思文閣、一九七三年複刻版発行）、一一三頁。
(28)『新編覆醬集続集』巻二（『詩集日本漢詩』第一巻所収、汲古書院、一九八六年）八葉。
(29)山田孝雄『櫻史』（講談社、一九九〇年。初版は櫻書房一九四一年刊）、日野龍夫「桜と日本近世漢詩」（荒井健編『中華文人の生活』所収、平凡社、一九九四年）五五六―五八三頁、大貫美恵子『ねじ曲げられた桜』（岩波書店、二〇〇三年）など参照。
(30)前掲『櫻史』二二四―二二五・二五九―二六四頁、有岡利幸『桜Ⅰ』〈ものと人間の文化史一三七―Ⅰ〉（法政大学出版局、二〇〇七年）二四五―二七六・三三一―三三九頁など参照のこと。
(31)「日本詠物詩凡例」（前掲『日本詠物詩』所収）。
(32)京都史蹟会編『羅山先生詩集』巻五十（平安考古学会、一九二一年）一一三頁。

第四章　『陶情詩集』に見られる諸本の影響

新井白石青年期の漢詩集『陶情詩集』に訳注を施すにあたって、若き白石がいかなる本を読んでいたか、調査を進めるうちに次第にわかってきた。もちろん、経・史・子・集部にわたって、白石が読んだ本は大変多い。しかし、特に漢詩を作る際に比較的よく参考にしたと思われる本となると、用例の多寡から、ある程度その傾向が窺えるのである。

そこで、本章では、特に『陶情詩集』において用例が多く、しかも当時よく流布した総集として、『三体詩』『聯珠詩格』『古文真宝』『瀛奎律髄』を取り上げ、また、同様の類書として、『円機活法』に注目した。そして、それとは逆に、『陶情詩集』に用例が少ない総集としては、『文選』『玉台新詠』『唐詩選』を取り上げた。さらに、元以降の用例が多い総集としては、『石倉歴代詩選』に注目した。

以上の諸本に加えて、日本において編纂された総集である『錦繡段』の影響についても触れる。この総集は日本の僧侶が編纂したものであるが、内容は、唐・宋・元の詩人の七言絶句を収める。白石はこの本をも参照していた形跡が窺える。

以下、本ごとにその詳細を報告する。

『文選』

大戸温子

『文選』は梁・昭明太子によって編纂された詩文の総集。日本への伝来時期は定かではないが、藤原佐世（八四七―八九七）『日本国見在書目録』に書名が記載されていることから、平安時代には日本に伝わっていたことが確認できる。清少納言は『枕草子』の中で「文は文集、文選」と言う。兼好法師は『徒然草』の中で「文は、文選のあはれなる巻々、白氏文集、老子のことば、南華の篇」と言う。『文選』が古くから日本の貴族、文人の間で広く読まれていたことがうかがわれる。江戸時代においても、池澤一郎氏は『江戸文人論　大田南畝を中心に』（二〇〇〇　汲古書院）において、世代を異にする江戸の両文人、大田南畝と服部南郭が共に『文選』に大変習熟していたことを指摘し、江戸時代の文人にとり『文選』が必読書であったと述べている。服部南郭の師である荻生徂徠は「雋例六則」（『徂来集』巻十九）の中で、初学者が学ぶべきものとして「六経十三家」を挙げている。その十三家とは何かと言えば、服部南郭は『燈下書』において「春秋左氏伝、戦国策、老子、荘子、列子、呂氏春秋、淮南子、屈原、宋玉、荀子、司馬遷、班固、文選」だと述べている。その内の屈原、宋玉、班固の作品が『文選』内にも収められていることから、江戸の文人にとり『文選』が重要な位置を占めていたことがうかがわれる。江戸時代の『文選』の出版状況については、岡雅彦ほか『江戸時代初期出版年表〔天正十九年～明暦四年〕』（勉誠出版　二〇一一）に以下の三種が確認できる。

・慶長十二年（一六〇七）『文選』（直江版）六十巻目一巻三十一冊

・寛永二年（一六二五）『文選』六十巻目一巻三十一冊　直江版古活字本の覆刻整版
・慶安五年（一六五二）『六臣注文選』六十巻首一巻六十一冊　中野五郎左衛門刊行

この三種の他、より簡便化された『文選刪注』十二巻［承應三年（一六五四）刊］、音義と校記の注を加えた『文選音注』十二巻［貞享四年（一六八七）刊］、無点本の『文選白文』十二巻［元禄十二年（一六九九）刊］、さらに『文選』のための字典『文選字引』［元禄九年（一六九六）刊］、なども出版されている。これらは芳村弘道氏「和刻本の『文選』について　版本から見た江戸・明治期の『文選』受容」(1)に詳しい。白石が『文選』を目にすることはそれほど難しいことではなかったと思われる。これらの状況から考え、白石が『文選』を読んでいた可能性は十分に考えられると言えるだろう。

今回の調査では『陶情詩集』の詩において使われている詩語が『文選』の詩文の中に見出すことができるかを調査した。目的は、白石が『陶情詩集』を編んだ際、『文選』を参照していたかどうかを考察するためである。『陶情詩集』訳注では九十箇所に『文選』の影響を指摘した。これら九十例の特徴的な点を挙げ、考察していきたい。

まず一つ目の特徴として挙げられることは、指摘する九十例が、特定の作品、特定の詩人に偏っているということである。九十例中十例は「古詩十九首」からのものである。このように『文選』に収載される同一作品の詩語や発想が、『陶情詩集』の複数の作品に使われている例が見られる。まずその例を一部挙げてみたい。

古詩十九首　其一　　無名氏　（『文選』巻二十九）

行行重行行、與君生別離。相去萬餘里、各在天一涯。
道路阻且長、會面安可知。胡馬嘶北風、越鳥巣南枝。
相去日已遠、衣帯日已緩。浮雲蔽白日、遊子不復返。

思君令人老、歳月忽已晩。弃捐勿復道、努力加餐飯。

下にこの作品と同じ詩語や発想が指摘できる『陶情詩集』の詩句を四例挙げる。

白石　○八九　病中八首　其五

盤餐一努力　　盤餐《ばんさん》　一《ひとえ》に努力し

病中八首　其の五

「盤餐一努力」は「努力加餐飯」の句と、言葉、発想が共に近似している。

白石　○九○　病中八首　其六

故人會面稀　　故人会面稀なり

病中八首　其の六

「會面安可知」の句と詩語が重なる。

白石　○八九　病中八首　其五

帯寛燕乳初　　帯は寛《ゆる》し　燕乳の初め

病中八首　其の五

「病中八首」詩の「帯寛」という詩語は、痩せ衰えて衣服が緩くなるという発想が「古詩十九首」其一の「衣帯日已緩」と近い。

白石　〇五四　所見

春痩減舊圍

所見

春痩　旧囲を減ず

「相去日已遠、衣帶日已緩」にある、会えない相手を思うあまり痩せ衰えてしまう、という発想が近似している。『文選』巻二十九「古詩十九首」其一は、『玉台新詠』巻一（枚乗「雑詩九首其三」に作る）、『古文真宝』巻三（無名氏「古詩」に作る）、『石倉歴代詩選』巻一などにも収載されている。そのため白石が必ずしも『文選』を見ていたかどうかは分からないが、この作品自体を読んでいたことは恐らく間違いないであろう。

同様に楽府古辞「飲馬長城窟行」も、その詩語や発想が『陶情詩集』の複数の詩において散見される。

飲馬長城窟行　無名氏　（『文選』巻二十七）

青青河邊草、綿綿思遠道。遠道不可思、宿昔夢見之。
夢見在我傍、忽覺在他鄉。他鄉各異縣、展轉不相見。
枯桑知天風、海水知天寒。入門各自媚、誰肯相爲言。
客從遠方來、遺我雙鯉魚。呼兒烹鯉魚、中有尺素書。
長跪讀素書、書上竟何如。上有加飱食、下有長相憶。

白石　〇八九　病中八首　其五

病中八首　其の五

多病竟何如　　多病　竟に何如

白石　〇八九　病中八首　其五

病中八首　其の五

盤餐一努力　　盤餐《ばくさん》　一《ひとえ》に努力し

この二句は「飲馬長城窟行」詩の「書上竟何如」「上有加飡食」と言葉、発想が重なる。

白石　〇七六　寄長秀上

長秀士に寄す

雙鯉水長勞問信　　双鯉《そうり》　水長くして信を問うを労《ねぎら》い

鯉に託して旅先から手紙を送るという「遺我雙鯉魚」の句と近似している。「飲馬長城窟行」は『文選』の他、『玉台新詠』巻一、『古文真宝』前集巻三、『石倉歴代詩選』巻一（詩題を「飲馬古城窟行」に作る）などの総集にも収載されている（『玉台新詠』及び『石倉歴代詩選』では蔡邕の作とする）。白石が「飲馬長城窟行」を読んでいたことはほぼ間違いない。だが「古詩十九首」其一の例と同様、『文選』に拠って読んだのか、別の書籍に拠ったのかは明らかではない。

『陶情詩集』中の複数の作品に影響を与えていると考えられる詩賦としては、他にも班固「西都賦」が三作品に関わるのをはじめ、宋玉「高唐賦」（三作品）、謝霊運「過始寧墅」詩（二作品）、何晏「景福殿賦」（二作品）などが挙げられる。また詩人の別でみれば謝霊運の詩が最も多く九例。次いで陸機が六例。潘岳五例。陶潜五例。左思三例。江淹三例。謝朓三例。班固「西都賦」は『文選』の他『後漢書』巻七十上『漢魏六朝百三家集』巻十一に見ることができる。

「高唐賦」は『芸文類聚』巻七十九、『古今事文類聚』後集巻十二、『初学記』巻十九、『屈宋古音義』巻三などに収載されている。「景福殿賦」については、『文選』の他は管見の限り、所収する総集で江戸時代初期に日本で見ることができたと思われるものは、見つけることができない。これらすべての作品を読むことができた総集として、最も可能性の高いものは『文選』ではないだろうか。また荻生徂徠の示す「十三家」の中に宋玉、班固、屈原の名前が見られたように、荻生徂徠は宋玉、班固、屈原などの詩人を特に重要と位置付けていたようだ。白石も宋玉、班固など、上に挙げる詩人や作品を重要なものとして位置付けていたのかもしれない。白石は『文選』を読む際、これら一部の作品、詩人に特に力を入れて読む、という読み方をしていた可能性が考えられる。

二つ目の特徴としては、明らかに『文選』を踏まえたと見なせる句は決して多いとは言えず、大半が「発想が近似する」という程度に止まっている点が挙げられる。『文選』の用例を、『円機活法』の用例と比べて考えてみたい。以下に『円機活法』と『陶情詩集』の近似する詩句を挙げる。(2)

白石　○一○　窗前紅梅已蓓蕾

　　窓前の紅梅　已《すで》に蓓蕾《はいらい》あり

曾 是 風 神 林 下 秀

　　曾《かつ》て是れ風神　林下の秀

　詩題不詳　作者不詳（『圓機活法』巻二十百花門「紅梅」項）

元 是 風 神 林 下 秀

　　元《もと》是れ風神　林下の秀

上に挙げる『円機活法』と『陶情詩集』の二つの句は、七文字中六文字が重なる。『円機活法』にはこのように句全体で重なる例が見られるのに対し、『文選』の作品と『陶情詩集』の作品は、単語レベルで重なる、近似する、もしくは発想が似ている、という程度に止まる。例として以下の二つの詩句を挙げる。

白石　〇九〇　病中八首　其六

病中八首　其の六

故人會面稀　　故人　会面稀なり

古詩十九首　其一　無名氏（『文選』巻二十九）

會面安可知　　会面　安《いず》くんぞ知るべけん

上でも引用した「古詩十九首」の例。発想が似ており、「會面」という詩語も重なるが、白石が「會面安可知」の句を手本として「故人會面稀」の詩句を作ったと断定することはできない。なぜなら同程度に近似した作品が他にも見いだせるからである。下にその例を挙げる。

揚州偶會前洛陽盧耿主簿　　唐・韋應物（『瀛奎律髓』巻八）

揚州にて偶《たまたま》前洛陽盧耿主簿に会う

楚塞故人稀　　楚塞　故人稀なり

贈衛八處士　　唐・杜甫（『古文眞寶』前集巻三）

衛八処士に贈る

主稱會面難　　主は称す　会面難《かた》しと

一擧累十觴　　一《ひと》たび挙ぐれば十觴を累《かさ》ぬ

「病中八首」詩其六の句は、何か一つの作品を手本としたのではなく、おそらくこれら複数の詩から発想を得て作られたものではないだろうか。『文選』の例には、このように詩語や発想に近似する例が見られるが、上述の『円機活法』の例のように、一つの作品の詩句を手本としたと思われる例は見ることができなかった。

以上見てきた限り、白石が『文選』を読んでいた可能性は考えられるが、『陶情詩集』を制作するときに『文選』そのものを参照していた形跡を見つけることはできなかった。しかし白石は、同じ作品、詩人から繰り返し影響を受けている。『文選』に所収される一部の作品や詩人、特に有名な作品や詩人に力を入れて読みこんでいた可能性がうかがわれる。白石がそれらを、自身の中で消化されるほどに読みこんでいたからこそ、『円機活法』のように句をそのまま借りてくるのではなく、『文選』の詩の発想や詩語を使い、自分の言葉に変えて表現することができたのかもしれない。『陶情詩集』を編む際、取り立てて参照していた形跡は見られないが、おそらく白石は一般教養として『文選』を読んでいたであろう。

注

（1）「和刻本の『文選』について――版本から見た江戸・明治期の『文選』受容」（『學林』三四号、二〇〇二。のち同氏著『唐代の詩人と文獻研究』朋友書店、二〇〇七に所収）

（2）本書論考篇『円機活法』参照

『玉台新詠』

大戸温子

『玉台新詠』は陳・徐陵（五〇七―五八三）が編纂したとされる詩集である。日本への伝来時期は定かではないが、藤原佐世（八四七―八九七）『日本国見在書目録』に『玉台新詠』の書名が見られることから、平安時代には日本に伝えられていたことが確認できる。しかし『江戸時代初期出版年表』（勉誠出版　二〇一一）では江戸時代初期における『玉台新詠』の出版は確認できない。大場脩編著『江戸時代における唐船持渡書の研究』（関西大学東西学術研究所　一九六七）に文化七年（一八一〇）、嘉永二年（一八四九）、享保十七年（一七三二）の記録があるが、どれも『陶情詩集』成立後のものである。

今回の調査では『陶情詩集』の詩に使われている詩語を、『玉台新詠』の詩の中に見いだすことができるかを調査した。目的は白石が『陶情詩集』を編んだ際に『玉台新詠』を参照していたかどうかを考察するためである。中でも特に影響がうかがわれる作品を挙げてみたい。

白石　〇五四　所見

香羅如白雪　　香羅　白雪の如し
出自鴛鴦機　　出づること鴛鴦の機《はた》よりす

裁爲身上飾　　裁ちて身上の飾りと為すも
春瘦減舊圍　　春瘦　旧囲を減ず
朝採陌頭桑　　朝《あした》に採る　陌頭《はくとう》の桑
行雨沾妾衣　　行雨　妾《しょう》が衣を沾《うるお》す
沾妾衣尚可　　妾が衣を沾《うるお》すは尚お可なれども
雨暗郎不歸　　雨　暗くして　郎　帰らず

この詩との関係がうかがわれる作品を以下に見ていきたい。

怨歌行　　漢・班婕妤（『玉臺新詠』巻二）

新裂齊紈素、鮮潔如霜雪。裁爲合歡扇、團團似明月。
出入君懷袖、動搖微風發。常恐秋節至、涼風奪炎熱。
棄捐篋笥中、恩情中道絕。

白石「所見」詩の「香羅白雪の如し」、「裁ちて為す」という言葉、発想はこの作品と近似していると言えるだろう。

班婕妤詠扇　　梁・江淹（『玉臺新詠』巻五）

紈扇如團月、出自機中素。畫作秦王女、乘鸞向烟霧。
彩色世所重、雖新不代故。竊愁涼風至、吹我玉階樹。
君子恩未畢、零落在中路。

「出自機中素」という句は白石「所見」詩の「出自鴛鴦機」という句と発想が近い。

客從遠方來　　無名氏（『玉臺新詠』巻一）

客從遠方來、遺我一端綺。相去萬餘里、故人心尙爾。
文彩雙鴛鴦、裁爲合歡被。著以長相思、緣以結不解。
以膠投漆中、誰能別離此

「鴛鴦」「裁爲」の詩語が白石の「所見」詩と重なる。

以上の三作品はどれも詩語や発想が近似しており白石がこれらの詩を読んでいた可能性が考えられる。しかしどれも、これこそが確実な典故だとみなすことは難しい。仮に白石が典故として踏まえていたとしても、以上の三作品はどれも『文選』をはじめ、『玉台新詠』以外の詩集にも収載されている。班婕妤の「怨歌行」は『玉台新詠』の他、『文選』巻二十七、『古文真宝』前集巻二、『楽府詩集』巻四十二、『古今詩刪』巻二、などに収載されている。江淹「班婕妤詠扇」は、『文選』巻三十一、『古文真宝』前集巻二、『石倉歴代詩選』巻七、『楽府詩集』巻四十二、などに見ることができる。古詩「客従遠方来」は、『文選』巻二十九、『石倉歴代詩選』巻一、『古今詩刪』巻六、『楽府詩集』巻六十九、などに収載される。仮に白石が以上の三作品を典故として踏まえていたのだとしても、他の総集を参照した可能性もあり、『玉台新詠』を見ていたと断定することはできない。

さらに、「怨歌行」は後世の作品に影響を与えており、唐宋以降の詩にも「怨歌行」をモチーフとした作品を見ることができる。

戯詠白羅繫髻　　宋・王氏（『宋詩紀事』巻八十七、『墨莊漫錄』巻五）

香羅如雪縷新裁、惹住烏雲不放回。
還似遠山秋水際、夜來吹散一枝梅。

「香羅如雪」という言葉は、より白石の「所見」詩の句「香羅如白雪」に近似する。また、「所見」詩第四句の「春瘦減舊圍」は『玉台新詠』巻一にある枚乘の詩に発想が近い。

雑誌九首　其三　　漢・枚乘（『玉臺新詠』巻一、『文選』巻二十九、『古文眞寶』前集巻三、『石倉歴代詩選』巻一、他）

行行重行行、與君生別離。相去萬餘里、各在天一涯。
道路阻且長、會面安可知。胡馬嘶北風、越鳥巣南枝。
相去日已遠、衣帶日已緩。浮雲蔽白日、遊子不顧反。
思君令人老、歳月忽已晩。棄捐勿復道、努力加飧飯。

この詩を踏まえて作られたと考えられる詩の一例として以下の詩が挙げられる。

道中見新月寄內　　宋・沈遘（『西溪集』巻三）

離別始十日、已若十歳長。行行見新月、涙下不成行。
念我一身出、萬里使臨湟。王命不得辭、上馬猶慨慷。
一日不見君、中懷始徊徨。我行朔方道、風沙雜氷霜。
朱顏最先黧、綠髮次第蒼。腰帶減舊圍、衣巾散餘香。

「減舊圍」という言葉は白石の「所見」詩と重なる。白石が見ていたものは、むしろこのような古詩を踏まえた唐宋以降の作品である可能性も指摘できる。

以上より、『陶情詩集』の詩に『玉台新詠』所収の詩からの影響を見いだすことはできるが、白石が『玉台新詠』を見ていたと断定することはできない。江戸時代初期の『玉台新詠』の出版状況から見ても、白石が手元に『玉台新詠』を置いていたかどうかは分からない。〇五四「所見」詩に関して言えば、白石が手本としたのは、同じ発想を踏まえた後世の作品であった可能性が高いと言えるであろう。

『三体詩』

詹　満　江

南宋の周弼が編纂した唐詩の選集である。七言絶句百七十四首、七言律詩百十一首、五言律詩二百九首、合わせて四百九十四首を収める。本によっては、五言律詩二百一首を収め、「詠物」八首を欠く。唐人かどうか疑わしい作者もわずかに含まれるが、概して中晩唐の詩人の作品が多い。

本の種類がはなはだ多いので、白石が見た可能性がある本を特定することは難しいが、日本に最も多く流布した『増注唐賢絶句三体詩法』三巻の版本を見ていたと考えてよいのではなかろうか。江戸時代、白石が『陶情詩集』を編む以前に刊行されたものを挙げれば、

寛永七年（一六三〇）刊本
明暦三年（一六五七）刊本
万治二年（一六五九）刊本

以上、村上哲見著『三体詩』一（中国古典選二十九　一九七八年初版　朝日出版社）に拠る。
寛永十一年（一六三四）刊本（二点）
『江戸時代初期出版年表』に拠る。

と、少なくとも四回は刊行されている。

『三体詩』の用例調査にあたっては、四庫全書所収『三体唐詩』六巻を検索したが、この本は、五言律詩の「詠物」八首を欠くので、その部分は別に調べた。以下に調査結果を報告する。

『陶情詩集』の訳注用例には『三体詩』から八十四件挙げられている。以下、具体例を見ていこう。まず『陶情詩集』の詩題と詩句を挙げ、次に『三体詩』の詩題と詩句を挙げる。

白石　○一一　江行　　　　江行

夕陽長送渡江人　　夕陽　長《とこし》えに送る　渡江の人

漢江　　唐・杜牧　　　　漢江

南去北來人自老　　南去北来　人自《おの》ずから老い

夕陽長送釣船歸　　夕陽長《とこし》えに送る　釣船の帰るを

杜牧のこの詩は、『三体詩』巻一に収めるほか、『才調集』巻四、『文苑英華』巻百六十二、『万首唐人絶句』巻二十五、『唐音』巻七、『唐詩品彙』巻五十三、四部叢刊所収『樊川文集』巻四等に見える。白石は複数の本でこの詩を見る機会があったであろう。ゆえに確実に『三体詩』の影響を受けたとは言い切れないものの、『三体詩』でこの詩を見ていなかったとは言えないであろう。

白石　〇三一　藤氏小園

水紋珍簟碧琅玕　　藤氏の小園

水紋の珍簟　碧琅玕

寫情　　唐・李益

情を写す

水紋珍簟思悠悠　　水紋の珍簟　思い悠悠たり

千里佳期一夕休　　千里の佳期　一夕に休《きゅう》す

李益のこの詩は、『三体詩』巻二に見える。『才調集』巻十には無名氏の作として、『石倉歴代詩選』巻五十五には、やはり李益の作として見える。この詩は『三体詩』に拠って見た可能性が高いのではないだろうか。

白石　〇三九　十日菊　　十日の菊

節去蝶愁秋正衰　　節去り蝶愁え　秋は正に衰うに

暁庭猶有傲霜枝　　暁庭　猶お霜に傲るの枝有り

十日菊　　唐・鄭谷

十日の菊

節去蜂愁蝶不知　　節去り蜂愁えて　蝶知らず

暁庭還繞折殘枝　　暁庭　還《ま》た繞る　折残せる枝

鄭谷のこの詩は、『三体詩』巻一に見えるほか、『聯珠詩格』巻六、『円機活法』巻二十百花門「十日菊」の項、『唐詩紀事』巻七十、『詩人玉屑』巻三、巻六、巻八（転句結句のみ）にも見える。白石はこれらの文献をみな目にしていた可能性があろう。

白石　〇五〇　和杜鵑枝

杜鵑枝に和す

杜鵑啼於此枝上（序文）　杜鵑此の枝上に啼き

春夕旅懐　唐・崔塗

春夕旅懐

蝴蝶夢中家萬里　蝴蝶夢中　家万里

杜鵑枝上月三更　杜鵑枝上　月三更

『三体詩』巻四のほか、『才調集』巻二、『唐百家詩選』巻十七、『衆妙集』、『唐詩紀事』巻六十一、『詩人玉屑』巻三（二句のみ）に見える。白石は複数の本でこの詩を見たと思われる。

有箇長松樹（序文）　（一）箇の長松樹有り

山中　唐・顧況

山中

庭前有箇長松樹　庭前　箇の長松樹有り

夜半子規來上啼　夜半　子規来り上りて啼く

『三体詩』巻一に見えるほか、『文苑英華』巻百六十、巻三百二十九、『唐文粋』巻十六上、『唐詩紀事』巻二十六、巻二十八、『会稽掇英総集』巻六、顧況の別集『華陽集』巻中に見える。白石は複数の文献でこの詩を見ていたであろう。そうではあっても、『三体詩』で見なかったとは言えないであろう。

白石が漢詩を学ぶにあたって、『三体詩』を参考にしなかったとは考えにくいが、その作風が『三体詩』に収める詩に似通うことがしばしばあるにもかかわらず、『三体詩』の中の詩語をそのまま使う例は少なかった。それは『三体詩』に収める詩の多くが他の選集でも見られるせいもあるが、白石はそれだけ『三体詩』を消化吸収し、生のまま自分の詩に影響の跡を残すことは少なかったと言えるのかもしれない。しかし、ここに列挙した詩句をすべて収めているのは『三体詩』であるから、やはり白石はその影響を受けていたと考えてよいと思われる。

『聯珠詩格』

市川　桃子

『聯珠詩格』は七言絶句の選集である。元の于済（字は徳夫、号は黙斎）が三巻本を作り、蔡正孫（字は粋然、号は蒙斎野逸）が増訂して二十巻本とし、元の大徳四年に出版されたものである。中国では元の時代にすでに失われたと言われているが、朝鮮や日本に渡った本が重版されて今に伝えられている。ことに、日本では室町期から江戸初期にかけて多くの版本があり、翻訳もある。すなわち、この本は白石が若いころに流行していた本であった。

収録作品の中には、『四庫全書』に見られない作品がある。これらは、中国の清朝には伝えられず、本書の中にのみ残ると考えられる作品である。

本の中には、中国の七言絶句が様々な格に分類されて収録されている。格とは、「四句全対格」のように詩の形を分類するもの、また「用又字格（又の字を用いる格）」「用只今字格（只今の字を用いる格）」のように虚字（その中でも、現代の用語でいえば副詞を主に含む語）を使っている詩句を分類したものなどがある。

本書が作られた目的については、山本信有が「學詩者、能従事于斯書、得是格。然後下筆、則變化自在、出格入格。（詩を学ぶ者は、この本によく従って、ここにある格を学ぶように。そうすれば、筆をとって自由に変化させ、格に入ったり格から出たりすることができるようになる）」と和刻本『聯珠詩格』（文化元年刊　早稲田大学図書館蔵）の序に述べている。すなわち、作詩の初学者が学ぶためのテキストであった。

今回の調査方法は、次のように行った。高芝麻子、遠藤星希、大戸温子が『唐宋千家聯珠詩格校証』（宋・于済／蔡正孫編　朝鮮・徐居正等増注　卞東波校証　鳳凰出版社　二〇〇七年）に基づいてデータベースを作った。それによって市川が『陶情詩集』の詩語を検索して関連する作品を選出した。調査結果を概観すると、およそ次のようである。

（一）多くの詩語が重なる例

次の作品は、多くの詩語が『聯珠詩格』に収録される作品と重なる例である。

白石　○一一　江行

江行

沙鷗不起水粼粼

沙《さ》鷗《おう》は起《た》たず　水粼粼《りんりん》

漁笛風飄紅蓼濱　　漁笛は風に飄《ひるがえ》る　紅蓼《こうりよう》の浜
萬古高天秋色老　　万古　高天　秋色老《お》い
夕陽長送渡江人　　夕陽　長《とこし》えに送る　渡江《とこう》の人

この作品の内、原文に傍線を引いた、「沙鷗、鄰鄰、漁笛、風飄、紅蓼、萬古、秋色、秋＋老、夕陽、渡江人」（＋は間に何らかの文字が入る意）の語が、『古文真宝』に収録されている作品にある語である。この中には、「萬古、夕陽、秋色」のように、ごく一般的な詩語もあるが、また、「沙鷗、鄰鄰、漁笛、紅蓼、渡江人」のように特徴的な語も含まれる。試みに、これら特徴的な五つの語を『唐詩選』に探してみると、五語の内「沙鷗」の一語しか見つからないのである。ここから、白石が『聯珠詩格』を見て詩語を拾った、という可能性が示唆される。以下に、これらの語を含む詩句を『聯珠詩格』の中から摘出してみる。

［沙鷗］
宋・楊龜山「過蘭溪」詩「風帆斜颭漾晴漪、驚起沙鷗掠水飛」『聯珠詩格』巻六（『四庫全書』未收）

［鄰鄰］
宋・游次公「釣磯」詩「竹裏茅茨竹外溪、鄰鄰白石護魚磯」『聯珠詩格』巻十九
宋・鄭菊山「送友之鄂」詩「湖海聲名落縉紳、由江而鄂泝鄰鄰」『聯珠詩格』巻八（『四庫全書』未收）
林十竹（時代不詳）「訪傅仲裴」詩「萬卷鄰鄰小石渠、手搖花露滴銀朱」『聯珠詩格』巻十四（『四庫全書』未收）

［漁笛］
宋・戴石屛「晩眺」詩「數點歸鴉過別村、隔溪漁笛遠相聞」『聯珠詩格』巻十七

［風飄］
唐・李洞「客亭對月」詩「遊子離魂隴上花、風飄浪泊遶天涯」『聯珠詩格』巻二
［紅蓼］
吳節卿（時代不詳）「題秋江集」詩「等閑洒向空江上、紅蓼白蘋都是詩」『聯珠詩格』巻七（『四庫全書』未收）
［萬古］
宋・蔡正孫「梅花」詩「一樹淸標萬古同　風流人物品題中」『聯珠詩格』巻二（『四庫全書』未收）
宋・謝疊山「和周南峯」詩「萬古不磨惟道理　莫言稷契讀何書」『聯珠詩格』巻五（『四庫全書』未收）
［秋色］
唐・李白「游洞庭」詩「日落長沙秋色遠、不知何處弔湘君」『聯珠詩格』巻十一
［夕陽］
宋・施樞「小樓」詩「簾捲疏風入小樓、夕陽銜雁欲西流」『聯珠詩格』巻六
朱氏（時代不詳）「春怨」詩「無情鶯舌驚春夢、喚起愁人對夕陽」『聯珠詩格』巻七（『四庫全書』未收）
宋・李士擧「竹枝詞」詩「高樓宴罷客歸去、掛樹夕陽啼鳥聲」『聯珠詩格』巻八（『四庫全書』未收）
［渡江人］
唐・鄭谷「臚別」詩「揚子江頭楊柳春、楊花愁殺渡江人」『聯珠詩格』巻三
［秋十老］
陳東齋（時代不詳）「秋晩」詩「秋光老矣歸何處、只在愁人兩鬢間」『聯珠詩格』巻十三（『四庫全書』未收）

同様の例として、次の作品を見てみよう。

白石　〇〇九　梅影

冷蕊依依未肯開
清香暗被曉寒催
嫦娥頼有致魂術
故隔窗紗將影來

梅の影
冷蕊《れいずい》　依依として未だ肯《あ》えて開かず
清香　暗《ひそ》かに暁寒に催《もよお》さる
嫦娥　頼《さいわ》いに魂を致すの術有りて
故《ことさら》に窓紗を隔てて影を将《も》ち来《きた》る

『聯珠詩格』にある次の詩は、詩題が同じである。また、「月が徘徊して、窓の障子に窓前の梅を印影した」という発想と、白石の「月にいる嫦娥が窓のカーテン越しに梅の影を持ってきた」という発想がやや似ている。

梅影　　宋・周南峰（『聯珠詩格』巻四　＊『四庫全書』未收）

紙窗窗上月徘徊
印得窗前弄影梅
何似開窗放明月
和香和影一時來

梅の影
紙窓の窓上　月徘徊し
印し得たり　窓前　影を弄する梅
何ぞ似たる　窓を開き明月を放ちて
香と影と　一時に来《きた》るに

詩語としては、「依依、清香、窗紗、曉寒、頼有」の語が『聯珠詩格』に収められている作品に見られる。

【依依】
宋・蔡正孫「答鄰叟」詩「桃李故園春寂寂、家山舊事夢依依」『聯珠詩格』巻三（『四庫全書』未收）
【清香】
邵清甫（時代不詳）「神仙」詩「一炬清香一卷經、一輪明月一張琴」『聯珠詩格』巻三（『四庫全書』未收）
【窗紗】
虞仲奇（時代不詳）「宿西林」詩「東風和冷護窗紗、睡起晴蜂報晩衙」『聯珠詩格』巻五（『四庫全書』未收）
【賴有】
宋・于革「寄陳時應」詩「賴有西窗書一架、暖風晴日閉門看」『聯珠詩格』巻十一（『四庫全書』未收）
宋・羅從彦「顏樂齋」詩「自知寡與眞堪笑、賴有顏瓢一味長」『聯珠詩格』巻十一
【曉寒】
王篠窗（時代不詳）「春晴」詩「去年巢燕還來否、依舊東風帶曉寒」『聯珠詩格』巻十二（『四庫全書』未收）
作者不詳「武溪早行」詩「露濕征衫過武溪、貪程不管曉寒欺」『聯珠詩格』巻九（『四庫全書』未收）

（二）特徴的な詩語が重なる例

次に、特徴的な詩語、あるいは詩句が重なる例を見てみよう。

白石　〇二六　春日小園雜賦

春日小園雜賦

數畒春畦管物華
唯將風月卽爲家
淺碧飽嘗新釀酒
輕黃初試小團茶
花匀香膩淡生暈
草信金鈎斜發芽
安得思如摩詰手
寫成畫軸向人誇

数畒《すうほ》の春畦《しゅんけい》　物華《ぶっか》を管《つかさど》り
唯《た》だ風月を将《も》って　即ち家と為すのみ
浅碧　嘗《な》めるに飽く　新醸酒
軽黄　初めて試む　小団茶
花は香膩《こうじ》を匂《にお》わせて　淡く暈《かさ》を生じ
草は金鈎に信《まか》せて　斜めに芽を発す
安くにか　思いの摩詰《まきつ》の如き手を得て
画軸に写し成し　人に向かいて誇らんや

右の作品では、「淺碧、輕黃、團茶、香膩、金鈎、發芽」といった特徴的な詩語は、『聯珠詩格』に見当たらないのである。しかし、首句にある「數畆春畦」というかなり特徴的な四文字が『聯珠詩格』にある次の作品に見られる。そして、この王元之の作品は『四庫全書』に見当たらない。また、「數畆春畦」という語も『四庫全書』には見られない。だから、白石は、『聯珠詩格』か、または日本に伝来した類似の本を見て、この語を取ったと考えられる。

笋　宋・王元之　（『聯珠詩格』巻二　＊『四庫全書』未收）

笋《たけのこ》

數畆春畦獨步尋
迸犀抽錦矗森森

数畒の春畦　独り歩みて尋ぬ
迸犀　抽錦　矗《そび》えて森森たり

なお、首句の下三文字「管物華」は、『瀛奎律髓』巻二十三の、宋・陳與義「題東家壁」詩「羣公天上分時棟、閒客江邊管物華」に見える。このとき白石は『聯珠詩格』と『瀛奎律髓』をあわせて参考にしていたのだろうか。

（三）特徴的な詩語が、『聯珠詩格』の複数の作品と重なる例

『聯珠詩格』にある幾つかの作品の言葉を綴り合わせているように見られる例である。たとえば、次の作品の尾聯は、『聯珠詩格』の作品と同じ、特徴的な発想を持つ。

白石　〇二七　小齋卽事

小齋新破一封苔
不厭野翁攜酒來
挾冊兎園聊自得
畫圖麟閣本非材
定巣梁燕啣泥過
釀蜜山蜂抱蕊回
卻有散人功業在
繞欄終日數花開

小斎即事
小斎　新たに破る　一封の苔
厭わず　野翁　酒を携えて来《きた》るを
冊を挟む兎園　聊か自得するも
図を画く麟閣　本《もと》より　材に非ず
巣を定むる梁燕は　泥を啣《くわ》えて過ぎ
蜜を醸す山蜂は　蕊《しべ》を抱きて回る
却って散人　功業の在る有り
欄を繞りて　終日　花の開くを数う

尾聯の「閑人にも功業はあるよ」という部分と、次の作品の「隠者に功業がないと言うな」という部分の発想はほとんど同じである。

隠者　　元・陳一齋（『聯珠詩格』巻五　＊『四庫全書』未收）

隠者

莫言隱者無功業　言うなかれ　隠者に功業無しと

早晩山中管白雲　早晩　山中に　白雲を管す

また、同じ尾聯の「欄をめぐって花がいくつ開いたか数えている」という部分と、次の作品の「中庭に行って花を数えていた」という部分の発想も同じである。

宮怨　唐・韓琮（『聯珠詩格』巻八　＊唐・劉禹錫の外集に収められる）

宮怨

行到中庭數花朶　中庭に行き到りて花朶を数えれば

蜻蛉飛上玉搔頭　蜻蛉　玉搔頭に飛上す

これらの作品は、詩語を全て『聯珠詩格』から取っているわけではないが、やはり『聯珠詩格』を繰ってみて、面白い発想の句を見つけた、と考えるのが自然であろう。

このような例はほかにもある。

白石　〇三二　小亭

小亭

殘紅經雨盡　残紅《ざんこう》　雨を経て尽き

登戶遠山靑　戸に登れば　遠山青し

暗窗來濕燕　晴窓　湿燕《しつえん》来《きた》りて

浄几撥乾螢　浄几《じょうき》　乾蛍《かんけい》を撥《はら》う
護竹數抽筍　竹を護りて筍《しゅん》を抽《ひ》くを数え
移松期有苓　松を移して苓《れい》有るを期す
日長無一事　日　長くして　一事無し
睡起採茶經　睡起して茶経を採る

頸聯の「暗窓」「浄几」の対語は、『聯珠詩格』に載る次の作品を援用したものであろうか。

硯屏　林子來（時代不詳）（『聯珠詩格』巻四　＊『四庫全書』未收）

硯屏

何人收拾江湖景　何人か　江湖の景を収拾せん
都在明窗淨几中　都《すべ》て明窓浄几の中に在り

尾聯は、次の作品を参照した可能性がある。

春晴　陳筑（時代不詳）（『聯珠詩格』巻七　＊『宋詩紀事』は宋・周氏の作とする）

春の晴れに

深院日長無箇事　深院　日長くして　箇事無く
一瓶春水自煮茶　一瓶の春水もて　自ら茶を煮る

求硯　宋・楊适（『聯珠詩格』巻一）

硯《すずり》を求む

過我書齋無一事　我が書斎に過《よ》ぎりて　一事無し

似應終日待陶泓　　応に終日　陶泓《すずり》を待つべきに似る

次の例は、詩句のかなりの部分が重なる例である。

白石　〇三九　十日菊

　　　　　　　　　十日の菊

節去蝶愁秋正衰　　節《せつ》去り蝶愁え　秋は正《まさ》に衰《おとろ》うに

曉庭猶有傲霜枝　　暁庭　猶《な》お霜に傲《おご》るの枝有り

千年遺愛陶彭澤　　千年の遺愛　陶彭沢《とうほうたく》

應擬元嘉以後詩　　応《まさ》に元嘉《げんか》以後の詩に擬《ぎ》すべし

この作品の前半は明らかに次に挙げる鄭谷の作品に倣っている。

十日菊　　唐・鄭谷（『聯珠詩格』巻六）

　　　　　　　　　十日の菊

節去蜂愁蝶也知　　節去り　蜂愁え　蝶も也《また》知る

曉庭和露折殘枝　　暁庭　露に和して　残枝折る

秖緣今日人心別　　秖だ今日の人心の別に縁《よ》るのみ

未必秋香一夜衰　　未だ必ずしも　秋香　一夜に衰えず

もっとも、鄭谷のこの詩は有名で、『三体詩』などにも載るので、これだけでは必ずしも『聯珠詩格』を参照したとは言えない。しかし、次の蘇軾の作品と合わせてみるとどうだろうか。

贈劉景文　　宋・蘇軾（『聯珠詩格』巻一）

荷盡已無擎雨蓋
菊殘猶有傲霜枝

劉景文に贈る
荷尽き　已に雨に擎《う》たるるの蓋無し
菊残《ざん》し　猶お霜に傲る枝有り

蘇軾のこの作品は『三体詩』には収められていない。いずれも有名な作品であるが、共に収めている『聯珠詩格』を参照したと考えるのが自然であろう。

（四）明らかに『聯珠詩格』を参照していると考えられる例

白石　○二二　紅梅二首　其一

一種春風氣自殊
星冠月佩爛珊瑚
今來若正花王號
南面稱孤應赤符

紅梅二首　其の一
一種の春風　気は自《おのづか》ら殊なり
星冠　月佩《げつぱい》　珊瑚爛《らん》たり
今来　若《も》し花王の号を正さば
南面して孤と称し赤符に応ぜん

紅梅を詠じた連作の第一首である。この作品は『聯珠詩格』巻六に収める次の詩を踏まえている。

梅　　宋・蔡正孫（『聯珠詩格』巻六）

春到江南第一枝

梅
春は到る　江南　第一の枝に

瓊瑙瑤珮列參差
雖然未正花王號
衆卉終當北面之

瓊瑙《けいとう》　瑤珮《ようはい》　列《つら》なりて參差《しんし》たり
未だ花王の号を正さずと雖然《いえど》も
衆卉《しゅうき》　終《つい》に当に之に北面すべし

蔡正孫は『聯珠詩格』の撰者の一人である。この詩は四庫全書には見えない。『聯珠詩格』にしか収録されていないと思われる。したがって、白石は他の詩集ではなく、まさに『聯珠詩格』でこの詩を見たことになろう。

一般的に「花王」と言えば牡丹のことである。しかし、蔡正孫はこの作品の中で、「花王」という称号は梅にこそ与えられるべきだ、として、「花王の号はまだ正されてはいないが、もし正しく使われるならば、多くの花々がきっと梅の花に北面するはずだ」と詠じた。中国の定めとして、北面するのは臣下であり、君王ただ一人が南に向かって立つ。したがって、梅以外の諸々の花が北面するならば、南面する梅こそが「花王」の名を得るのだ、という意味である。白石は蔡正孫のこの詩を踏まえ、これに工夫を加えて「もし花王の号を正しいものに与えたなら、紅梅の花は南面して第一の者と称し、赤色の瑞祥に応じて自らの王朝を建てることだろう」と詠じている。白石がこの蔡正孫の詩の影響を受けていることは明らかであろう。

さらに白石の「紅梅」詩の第二首を掲げよう。

白石　〇二三　紅梅　二首其二

紅梅　二首　其の二

非是高陽爲酒徒
横斜風骨自清癯

是れ高陽に酒徒為るに非ず
横斜せる風骨　自《おの》ずから清癯《せいく》

直須揀箇眞儒比　　直《ただ》ちに須らく箇《こ》の真儒を揀《えら》びて比すべし
雲谷老人其姓朱　　雲谷老人　其の姓は朱

この詩は、転句の一字を欠いている。原文を見ると、六文字しかない。ところで、第一首同様、『聯珠詩格』に収める作品の影響を受けているらしい。似た詩句のあるのは次の作品である。

梅　　宋・劉克荘（『聯珠詩格』巻一　＊『四庫全書』未収）

梅

喚做孤來又不孤　　孤と喚《よ》び做《な》し来《きた》るも　又孤《こ》ならず
道他癯後幾曾癯　　他を癯《や》せると道《い》いて後　幾曾《いくそう》か癯せたる
直須揀箇詩人比　　直ちに須《すべか》らく箇《こ》の詩人を揀《えら》びて比すべし
慶暦郎官字聖兪　　慶暦の郎官　字《あざな》は聖兪

この劉克荘の詩も四庫全書には見えない。白石の詩とこの詩の後半が酷似していることは見て明らかである。劉克荘は梅が孤《こ》に見えて孤《こ》ではなく、痩せているといってさらに痩せている性質を、梅聖兪すなわち宋の梅堯臣に比し、白石は紅梅の花の紅さを宋の朱熹の姓に比している。用語が似ていること、発想が酷似していることから、白石が劉克荘の詩から想を得てこの「紅梅」詩を詠じたことは明白である。

そこで、白石「紅梅」詩二首其の二の転句で欠けている文字も、劉克荘の作品から、おそらくは「揀《えら》」ぶ、という文字ではなかったか、と推測することができる。ここで白石が書き落とした文字は、「揀」か、あるいはこれに似た意味と平仄を持つ文字であったに違いない。

以上の例から、青年時代の白石が『聯珠詩格』を学んでいたことを、かなりの確率で言うことができる。『聯珠詩格』はおもに宋詩を載せているので、必然的に『聯珠詩格』を参照した作品は宋詩に近い風格を持つ。後年の白石は唐詩を模倣したと言われているが、この時期にはむしろ宋詩に多く影響を受けていた跡を見出すことができるのである。

ただ、これまで挙げてきた用例からも分かるように、『聯珠詩格』の影響は『陶情詩集』の前半に集中して見られる。後半になると、『聯珠詩格』を参考にすることなく詩の創作に当たるようになったと見受けられる。最初に述べたように、『聯珠詩格』は漢詩の初学者のためのテキストであったから、漢詩の制作を重ねるにしたがって、白石は『聯珠詩格』から離れていったと想像される。白石の漢詩修行の足跡としても、また当時の漢詩学習者の勉強方法について考える上でも、興味深い事実である。

『古文真宝』

詹　満　江

宋末元初の人と思われる黄堅が編纂した詩文集。前集十巻、後集十巻。前集には漢から宋までの詩を、後集には戦国時代の末から宋までの文を収める。『欽定天禄琳琅書目』巻十に『諸儒箋解古文真宝』（一函四冊）「黄堅輯五巻」と見えるが、「黄堅何れの時の人なるかを知らず」とあり、編者の黄堅については事跡を記さない。また、『千頃堂書目』巻三十一にも、「黄堅古文眞寶十巻（一作四巻）」と見えるが、四庫全書には著録されていない。

中国では散逸したかに思えるが、日本には室町時代初期に伝来し、五山の学僧によく読まれ、江戸時代には夥しく出版されている。白石は複数の版本を見ていたのではないだろうか。抄本を見られた可能性もあったかもしれない。
いま、『陶情詩集』が成る前の『古文真宝』前集の版本を挙げれば、

寛永三年（一六二六）刊本
寛永七年（一六三〇）刊本
正保三年（一六四六）刊本
正保四年（一六四七）刊本
慶安二年（一六四九）刊本
慶安四年（一六五一）刊本

『江戸時代初期出版年表』に拠る。後集のみの出版は除く。

と六例あり、頻繁に刊行されていたことがわかる。それだけ江戸の人々によく読まれたのであろう。
『陶情詩集』における『古文真宝』受容の状況を調べるために、榊原篁洲『古文真宝前集諺解大成』（漢籍国字解全書第十一巻　一九一二年　早稲田大学出版部）を底本として、高芝麻子、遠藤星希、大戸温子がデータベースを作り、森岡ゆかりが校勘した。以下、白石が『古文真宝』、とくにその前集を参考にした跡を見ていこう。

『陶情詩集』訳注には『古文真宝』前集より八十九件の用例を挙げている。それらを詳しく見てみると、そこにある傾向が窺われる。まず『陶情詩集』の詩題と詩句を挙げ、次に『古文真宝』前集の詩題と詩句を挙げる。

白石　〇五一　中秋夜陪江氏賞月于河範亭上

中秋の夜　江氏に陪して月を河範の亭上に賞す

〔第二句〕遙看滄溟漾玉毬　　遥かに看る　滄溟に玉毬漾《ただよ》うを

邀月亭　　宋・馬子才（『古文眞寶』前集巻七）

滄溟東角邀姮娥　　滄溟の東角に姮娥邀う

氷輪碾上青琉璃　　氷輪　碾《ひ》きて上る　青琉璃

〔第三句〕江光忽化瓊瑤窟　　江光　忽ち化す瓊瑤の窟

邀月亭　　宋・馬子才（『古文眞寶』前集巻七）

天風灑掃浮雲沒　　天風　灑掃して　浮雲　没し

千岩萬壑瓊瑤窟　　千岩　万壑　瓊瑤の窟

〔第六句〕水底老蚌清淚浮　　水底の老蚌　清涙浮かぶ

採蓮曲　　唐・李白（『古文眞寶』前集巻四）

日照新妝水底明　　日は新妝を照らして水底に明らかなり

風飄香袖空中擧　　風は香袖を飄して空中に挙がる

飲中八僊歌　　唐・杜甫（『古文眞寶』前集巻八）

知章乘馬似乘船　　知章は馬に乗ること船に乗るに似たり

眼花落井水底眠　　眼花　井に落ちて水底に眠る

〔第九句〕滿城綺管連雲起　　満城の綺管　雲に連なりて起こり

哀江頭　　唐・杜甫（『古文眞寶』前集巻五）

黄昏胡騎塵滿城　　黄昏　胡騎　塵　城に満つ
欲往城南忘南北　　城南に往かんと欲して南北を忘る

〔第十句〕報得亭上十分秋　　報い得たり　亭上　十分の秋

邀月亭　　宋・馬子才（『古文眞寶』前集巻七）

亭上十分綠醑酒　　亭上　十分の緑醑酒
盤中一筋黄金雞　　盤中　一筋の黄金鶏

〔第十一句〕杯中桂影照吟骨　　杯中の桂影　吟骨を照らし

月夜與客飲酒杏花下　　宋・蘇軾（『古文眞寶』前集巻五）

山城薄酒不堪飲　　山城の薄酒は飲むに堪えず
勸君且吸杯中月　　君に勧む　且く杯中の月を吸うを

〔第十五句〕三人雖對萬人醉　　三人　万人の酔うに対すると雖も

月下獨酌　　唐・李白（『古文眞寶』前集巻二）

擧盃邀明月　　盃を挙げて明月を邀え
對影成三人　　影に対して三人と成る

〔第十七句〕少陵千載謫仙遠　　少陵　千載　謫仙遠く

哀江頭　　唐・杜甫（『古文眞寶』前集巻五）

少陵野老吞聲哭　　少陵の野老　声を呑んで哭す
春日潛行曲江曲　　春日　潜行す　曲江の曲

石鼓歌　唐・韓愈（『古文眞寶』前集巻八）

少陵無人謫仙死　少陵に人無く　謫仙は死し
才薄將奈石鼓何　才薄くして将に石鼓を奈何せんとする

寄李白　唐・杜甫（『古文眞寶』前集巻三）

昔年有狂客　昔年　狂客有り
號爾謫仙人　爾を謫仙人と号《よ》ぶ

採石月贈郭功甫　宋・梅堯臣（『古文眞寶』前集巻五）

採石月下訪謫仙　採石月下　謫仙を訪《と》えば
夜披錦袍坐釣船　夜　錦袍を披《き》て釣船に坐せり

〔第十八句〕恨無好詩倒峽流　恨む　好詩の峡流を倒《さかし》まにする無きを

醉歌行　唐・杜甫（『古文眞寶』前集巻九）

詞源倒流三峽水　詞源は倒《さかし》まに流る三峡の水
筆陣獨掃千人軍　筆陣は独り掃う千人の軍

〔第二十句〕復駕長鯨從神遊　復た長鯨に駕して神遊に従わん

燕思亭　宋・馬子才（『古文眞寶』前集巻五）

李白騎鯨飛上天　李白　鯨に騎りて飛んで天に上り
江南風月閑多年　江南の風月　閑なること多年なり

白石はこの全二十句の七言古詩を作ったとき、「江氏」、「河範」と三人で月見をしていた。ならば、この詩は社交の作である。同席している二人に楽しんでもらえる詩を作るため、白石は『古文真宝』という広く流布し、誰でも知っているこの本から詩語を選んで詠じたのではないだろうか。しかも、選んだ詩語のほとんどは、「邀月亭」「飲中八僊歌」「哀江頭」「酔歌行」「燕思亭」という七言古詩からなのである。白石が社交の詩であることを考慮し、また、詩形をも考えて『古文真宝』を参考にしていたことを示しているであろう。

馬子才は正史に伝がないが、『通志』巻七十に「馬子才集十巻　馬存」とその別集が見え、『文献通考』巻二百三十七にも「馬子才集八巻」と見える。それに続けて、「陳氏曰く、鎮南節度推官鄱陽馬存子才撰、元祐三年（一〇八八）進士の第四人なり」とあり、北宋後期の人であったことがわかり、さらに続けて、元祐党人として弾圧されたため、その別集が焼かれて残らなかったとの記述も見える。しかし、『宋芸圃集』巻十三には「馬存三首」として、「邀月亭」「長淮謠」「燕思亭」が収められている。三首とも『古文真宝』にも収められるが、白石が『宋芸圃集』を見た可能性はあっただろうか。馬子才の詩は他に、『聯珠詩格』に「文帝」（巻四、『困学記聞』巻十八にも見える）、「賣花」（巻七、四庫全書に見えない）の二首を収める。また、「浩浩歌」は『古文真宝』に収めるが、四庫全書には見えない。ただ、明の黄仲昭に「予致仕して帰り、因りて重ねて下皋山荘に葺きて以て居り、偶《たまたま》宋の馬子才の浩浩歌を誦し、胸次洒然として得る有るが若し。遂に次韻して以て懐う所を道う」と題する詩（『未軒文集』巻九）があり、そのころまでは中国において伝わっていたことがわかる。

李白・杜甫らの詩句は他の本で見た可能性もあるが、馬子才の詩については『古文真宝』で見たと考えるのが自然であろう。

白石　〇五二　送河範入仕　　河範の仕に入るを送る

〔第五句〕君有高談傾四座　　君に高談の四座を傾く有るも

飲中八僊歌　　唐・杜甫（『古文眞寶』前集巻八）

焦遂五斗方卓然　　焦遂は五斗　方に卓然たり

高談雄辨驚四筵　　高談　雄弁　四筵を驚かす

〔第六句〕我無健筆掃千軍　　我に健筆の千軍を掃う無し

醉歌行　　唐・杜甫（『古文眞寶』前集巻九）

詞源倒流三峡水　　詞源は倒《さかし》まに流る三峡の水

筆陣獨掃千人軍　　筆陣は独り掃う千人の軍

白石は「河範」が仕官するときの送別の詩においても、『古文真宝』から詩語を選んでいる。「飲中八僊歌」は『唐詩品彙』巻二十八にも見えるし、「醉歌行」は『文苑英華』巻三百三十六、『唐詩品彙』巻二十八にも見える。もちろん、白石が杜甫の別集を読んでいた可能性もあろう。しかし、送別の宴に出席した人の多くは『古文真宝』によってこれらの詩を知ったのではないだろうか。やはり白石は、社交の詩を作る際には、多くの人々に読まれた『古文真宝』を念頭においていたことが多かったと思われる。

白石　〇一二　暮過江上　　暮《くれ》に江上を過ぐ

〔第三句〕欸乃一聲人不見　　欸乃一声　人見えず

漁翁　　唐・柳宗元（『古文眞寶』前集巻四）

煙銷日出不見人　　煙銷え日出でて　人見えず
欸乃一聲山水綠　　欸乃一声　山水緑なり

白石の詩は夕暮れ、柳宗元の詩は夜明けと、時間帯は逆であるが、明らかに柳宗元の詩句を踏まえた詠みぶりである。「漁翁」は、柳宗元の別集のほかに、『唐音』巻三、『詩人玉屑』巻十にも見える詩であるから、白石が複数の本でこの詩を見た可能性は高い。しかし、そうではあっても、『古文真宝』に拠って読んだことは間違いなかろう。この詩句には、若き白石の習作とも思えるような修業の跡が垣間見られる。

『瀛奎律髄』

詹　満　江

元の方回（一二二七―一三〇六）が編纂した律詩の選集である。四十九巻。唐宋の詩人の律詩二千九百九十四首を収める。その中、五言律詩は一千五百七十九首、七言律詩は一千四百十五首。各巻にはそれぞれ部立があり、第一巻登覧類から第四十九巻傷悼類まで、四十九類に分かれている。至元二十年（一二八三）の序がある。

白石が見たのは、和刻本ならば、寛文十一年（一六七一）に村上平楽寺から出版された本であろうか。白石は漢詩を作るにあたって、『瀛奎律髄』を参考にしていたであろう。用例を調査した結果、その跡を具体的に見ることができた。

本書の『陶情詩集』訳注において、『瀛奎律髄』から引いた用例は全部で四百七十一件である。それを『瀛奎律髄』の各巻ごとに分けて数えると、最も多く引かれているのは第二十巻梅花類の八十四件、ついで第四十七巻釈梵類の二十六件、第十六巻節序類の二十五件とつづく。引用件数第二位、第三位と比較して、梅花類から引いた第一位の用例件数は突出している。

一方、『瀛奎律髄』各巻の詩数を分母とした用例件数の割合は、第八巻宴集類の四十三パーセントが最も高いが、その内容はといえば、白石は必ずしも宴会の際の詩にこの巻の詩語を用いているわけではないので、比率の多寡は必ずしも有意の数値ではない。

そこで、『瀛奎律髄』の各巻の詩数に対する用例件数の比率ではなく、用例件数の多い順に上位三位までの巻を具体的に検討し、『瀛奎律髄』が白石の詩に及ぼした影響を探っていくこととする。

（一）『瀛奎律髄』第二十巻梅花類

この巻の収載詩数は二百十首。第四十七巻釈梵類の二百四十九首についで多い。方回の梅花に対する嗜好の程が窺われる。以下、まず白石の詩題と詩句を挙げ、それに関わる『瀛奎律髄』の詩題と詩句を挙げる。

白石　〇〇九　梅影

〔第二句〕清香暗被暁寒催　　清香　暗《ひそ》かに暁寒に催さる

梅影

梅花二首　其一　宋・尤袤

也知春到先舒蘂　　也《また》知る　春到りて　先ず蕊を舒べ
又被寒欺不放花　　又寒さに欺かれて　花を放《ひら》かず

樊江観梅　　宋・陸游
半灘流水浸殘月　　半灘《はんたん》の流水　残月を浸し
一夜清霜催曉寒　　一夜の清霜　暁寒を催す

梅花は寒さに抗して朝開く性質をもち、また、一日の中、朝に最も強く香ることを白石は知っていたにちがいない。『瀛奎律髓』に見える梅の詩にも、寒さに耐える梅花が詠じられている。陸游の詩は別集で見たとも考えられるが、梅をテーマに詩を作る際には、『瀛奎律髓』の巻二十を参照していたのではないだろうか。

白石　〇一〇　窗前紅梅已蓓蕾　　窓前の紅梅　已《すで》に蓓蕾《はいらい》あり
〔第七句〕窗前疏影渾依舊　　窓前の疏影は　渾《すべ》て旧に依る

山園小梅二首其一　　宋・林逋　　山園の小梅二首　其の一
疏影横斜水清淺　　疏影　横斜　水清浅
暗香浮動月黄昏　　暗香　浮動　月黄昏

梅花二十首　其十七　　宋・張道洽

夜深立盡扶疏影　　夜深く　立ち尽くして疏影に扶《よ》る
一路清溪踏月回　　一路　清渓　月を踏みて回る

「疏影」は林逋の聯が何といっても人口に膾炙している。林逋以後、梅の枝の影以外ではめったに詩に詠われなくなった。『瀛奎律髓』巻二十には「疏影」が六例見える。白石は〇八一「梅下口號」詩にも「疏影」を使っている。

白石　〇四一　尋梅　　　　梅を尋ぬ

〔第三句〕絶代高標群卉上　　絶代の高標　群卉《ぐんき》の上

射的山觀梅　　宋・陸游
照溪盡洗驕春意　　渓に照らして洗うを尽くす　春に驕るの意
倚竹眞成絶代人　　竹に倚りて真に成る　絶代の人

「絶代」は絶世と同じく、普通は人の才能や女性の美しさについての表現である。梅花の美しさに用いるのは、陸游のこの詩のみに見られる表現であるので、白石がこの詩を見ていたことは確実であろう。

〔第七句〕箇是識梅端的處　　箇《こ》れは是《こ》れ　梅を識るに端的の処

寄尋梅　　宋・戴復古
此是尋梅端的處　　此《これ》は是れ　梅を尋ぬるに端的の処
折來須付與詩家　　折り来りて　須らく詩家に付与すべし

この句は「識」と「尋」の字の他は同じといっていいだろう。詩題も同じといえる。白石が戴復古の別集を見たかどうかはわからないが、『瀛奎律髓』を参照して、この詩を作った可能性が高いであろう。

白石　〇六一　梅

梅

〔第一句〕玉色偏蒙雪艶欺　　玉色　偏えに雪艶の欺くを蒙《こうむ》るも

梅花二十首其七　　宋・張道洽

玉色獨鍾天地正　　玉色　独り鍾《あつ》む　天地の正しきを

鐵心不受雪霜驚　　鉄心　受けず　雪霜の驚かすを

「玉色」は女性の美貌を表現することが多いが、宋以降、梅花を表すようになった。本書訳注篇には引いていないが、『瀛奎律髓』巻二十にはもう一例ある。

梅　　宋・晁沖之

江山正蕭瑟　　江山　正に蕭瑟たり

玉色照松藤　　玉色　松藤を照らす

〔第二句〕暗香遙度許人知　　暗香　遥かに度り　人の知るを許す

山園小梅二首　其一　　宋・林逋

疏影横斜水清淺　　疏影　横斜　水清浅

暗香浮動月黄昏　　暗香　浮動　月黄昏

與微之同賦梅花得香字三首　其一　　宋・王安石

風亭把盞酬孤艶　　風亭　盞を把《と》りて孤艶に酬い
雪徑廻輿認暗香　　雪径　輿を廻らして暗香を認む

「暗香」もまた林逋が画期をなした詩語であり、『瀛奎律髄』巻二十には九例ある。『陶情詩集』の〇八一「梅下口號」詩にも見える。

白石　〇八二　雪夜

〔第二句〕不許前村到酒家　　前村　酒家に到るを許さず

早梅　　唐・齊己
前村深雪裏　　前村　深雪の裏
昨夜一枝開　　昨夜　一枝開く

諸人見和再次韻　　宋・曾幾
有時燕寢香中坐　　時有りて　燕寢　香中に坐し
如夢前村雪裏開　　夢の如く　前村　雪裏に開く

「前村」は直接に梅を表現することばではないが、斉己と曾幾の詩を見てわかるように、梅を詠じる際に詠われることがある。

なお、ここに挙げた用例の中で、斉己の詩のみが唐代のものである。白石が梅の詩を好んで詠じるということは、すなわち宋詩を意識しているということであろう。『瀛奎律髄』巻二十の「前村」の例はもう一つある。

次韻劉秀野前邨梅　　宋・朱熹

劉秀野の前邨の梅に次韻す

朱熹は詩題の中に「前邨」と記している。

（二）『瀛奎律髄』第四十七巻釈梵類

白石は寺院を詠じる際、この巻を参照したのであろう。土屋家を追放されてから、浅草の寺に寄寓していたことがあったので、白石の生活は寺院と深く結びついていたにちがいない。以下、具体例を挙げる。

白石　○○四　松菴即事

松菴即事

〔第一句〕風飄清磬翠微巓　　風は清磬を飄す　翠微の巓き

懐寄披雲峯誠上人　　宋・魏野

微風飄磬韻　　微風　磬韻を飄わせ

幽鳥啄苔痕　　幽鳥　苔痕を啄《ついば》む

詩題にいう「松菴」は○○三「松節の夜松菴に遊ぶの韻に和す」詩にも見え、寺院のように思われる。魏野の詩は宋・恵崇の「曉風飄磬遠、暮雪入廊深」とともに知られる。どちらも寺院のたたずまいを表現している。

〔第五句〕脱毬肥栗落山徑　　毬《いが》を脱して　肥栗は山径に落ち

〔第六句〕聯臂渇猿窺澗泉　　臂《ひじ》を聯ねて　渇猿は澗泉を窺う

遊山寺　　宋・王珪

曉影瘦猿窺澗溜　　曉影　瘦猿　澗溜を窺い

夜聲肥栗託爐灰　　夜声　肥栗　炉灰に託す

栗と猿を対句で詠じる。「松菴」も高いところにあるらしいので、山寺の趣を詠じるのに、王珪の詩が参考になったのではないだろうか。

白石　〇〇八　題尼寺壁

尼を詩題にする例としては、唐・王建に「貽小尼師〈小尼師に貽《おく》る〉」詩があるものの、尼寺や尼を詠じる中国の詩は少ない。『瀛奎律髓』巻四十七には五例見えるのみ。

空門托跡世緣微　　空門　跡を托して　世縁微なり

還俗尼〈題下注〉本歌妓　　唐・呉融

還俗の尼〈題下注〉本《もと》歌妓なり

空門付與悠悠夢　　空門　付与す　悠悠たる夢

寶帳迎迴暗暗春　　宝帳　迎えて廻る　暗暗たる春

白石の詩は、もと遊女だった尼を詠じているが、呉融の詩は、もと歌妓だった尼が還俗したことを詠じている。いずれにしても、妓女と尼とはかけ離れた存在ではなかったようである。

白石　〇五八　郊行

郊行

林鎛出幽寺　　林鎛けて　幽寺出《い》で

就可公宿　　唐・賈島

可公宿に就く

十里尋幽寺　　十里　幽寺を尋ね

寒流數派分　　寒流　数派分かる

『瀛奎律髓』巻四十七に「幽寺」はこの一例のみ。

白石　〇八〇　偶書

偶書

竹尊者奉空王法　　竹尊者は空王の法を奉じ

和平甫招道光法師　　宋・王安石

平甫の「道光法師を招く」に和す

錬師投老演眞乘　　錬師　投老して真乗を演じ

像卻空王爪與肱　　像却す　空王の爪と肱と

「空王」も『瀛奎律髓』巻四十七に一例のみである。仏教に関わることばは、『瀛奎律髓』以外の本も参考にしていたとも思えるが、少なくとも魏野や王珪の詩からは影響を受けていたであろう。

（三）『瀛奎律髄』第十六巻節序類

中国から伝わった年中行事の多くが、日本でも習慣化していったようなので、この巻を参考に作られた節日の詩は多い。

白石　〇三五　丹午
丹午

〔第一句〕角黍粉團五彩絲　角黍　粉団　五彩の糸

〔第二句〕亦隨舊俗弔湘纍　亦た旧俗に随いて湘累を弔う

重午　宋・范成大

佩符從楚俗　符を佩びて楚俗に従い

角黍薦湘纍　角黍　湘累に薦む

〔第四句〕留作四花千壯醫　留めて四花千壮の医と作さん

重午　宋・范成大

已孤菖綠十分勸　已に孤にして　菖緑　十分に勧め

却要艾黃千壯醫　却って艾黄を要して千壮の医となさん

二例とも范成大の詩。屈原の霊を弔ってチマキを供え、健康を願ってヨモギでお灸をすえる習いは白石にも受け継がれている。四庫全書を検索するかぎり、「千壯醫」ということばは范成大のこの詩のみに見える（『石湖詩集』巻二十三、『宋詩鈔』巻六十三）。

白石　〇六九　人日

人日

〔第三句〕天年慵裡過　　天年　慵裡に過ぎ

〔第四句〕人日雨中來　　人日　雨中に来る

人日　　宋・唐庚

人日傷心極　　人日　傷心極まり

天時觸目新　　天時　触目新たなり

〔第七句〕空煩挑菜手　　空しく菜を挑《と》る手を煩わす

人日　　宋・唐庚

挑菜年年俗　　挑菜　年年の俗

飛蓬處處身　　飛蓬　処処の身

二例とも唐庚の詩。他に、端午の作として、五言は杜甫、七言は蘇軾と陸游の詩が収められている。杜甫より唐庚に倣っているのは興味深い。

白石　〇七〇　上巳

上巳

〔第一句〕巳日傷心節物來　　巳日　傷心　節物来り

上巳　　宋・劉克荘

櫻筝登盤節物新　　桜筝　盤に登《のぼ》せて　節物新たなり

一笻踏遍九州春　　一笻　踏んで遍し　九州の春

劉克荘の聯は『円機活法』巻三節序門「上巳」の項にも見える。

〔第三句〕蘭亭墨本依然在　　蘭亭の墨本　依然として在り

上巳　　宋・趙蕃

不見山陰蘭亭集　　見ず　山陰の蘭亭集

況乃長安麗人行　　況んや乃ち　長安の麗人行をや

やはり二例とも宋詩。上巳節は、白石のころにはすでに雛祭りとして民間に行われていたと思われるが、白石は中国の由来を意識して詠じている。

白石　〇七三　星夕

星夕

〔第一句〕瓜菓金盤蛛吐絲　　瓜菓の金盤　蛛《くも》　糸を吐き

七夕　　宋・梅堯臣

五色金盤果　　五色　金盤の果

蜘蛛浪作窠　　蜘蛛　浪《みだ》りに窠を作る

七夕の詩も中国の習いに従い、果物に蜘蛛が巣を掛ける様子を詠じる。やはり詩語は宋詩から選んでいる。梅尭臣のこの詩の前には唐・杜審言の詩が収められているが、白石は唐詩に倣おうとはしていないようである。

以上、『瀛奎律髄』を参考にしたと思われる例を挙げて検討した。用例件数の多い順に、上位三巻のみを取り上げたが、限られた部分を見たかぎりではあるものの、具体的に検討した結果、白石の宋詩への傾倒のさまが明らかになったと思う。杜甫を宗と仰ぐ江西派を標榜する『瀛奎律髄』に唐詩が少ないわけではない。白石はことさらに宋詩を選んで手本としたといえるのではないだろうか。

『唐詩選』

市川桃子

『唐詩選』は明・李攀龍《りはんりよう》（一五一四―一五七〇）が編纂したとされる唐詩の選集である。成立は十六世紀後半と考えられる。中国では明末清初に流行し、そののち用いられなくなった。

日本では荻生徂徠（一六六六―一七二八）が高く評価し、弟子の服部南郭（一六八三―一七五九）が注釈書『唐詩選国字解』を出版して広く読まれるようになったという。『陶情詩集』が作られた時期より後のことである。

『唐詩選』が初めて日本に伝えられたのがいつのことか、定かではない。『江戸時代における唐船持渡書の研究』（関西大学東西学術研究所一九六七年）には『唐詩選』『唐詩解』『古今詩刪』が渡来した記録があるが、それらはいずれも『陶情詩集』成立より後の時期の記録である。しかし、新井白石より前の貝原益軒（一六三〇―一七一四）に言及があるところから、新井白石の時代にはすでに日本にもたらされていたと考えられる。[1]

また、『唐詩選』と収録作品がほぼ重なる、唐詩注釈本『唐詩訓解』（伝李攀龍編、袁宏道校）について言えば、貝原益軒の著書『幼学詩法』『格物余話』と榊原篁洲（一六五六―一七〇六）の著書『詩法授幼抄』に、その名が見え、荻生徂徠は、元禄三年（一六九〇）二十五歳の時、この本を全部手写ししたという（『蘐園雑話』）。この『唐詩訓解』の和刻本は、『唐詩選』に先立って、寛文年間（一六六一―一六七三）までに出版されたと考えられている。さらに、日野龍夫氏によれば、新井白石は青年時代に『唐詩訓解』を読んだことを書き残しているという。[2]

時期的には、『陶情詩集』を作ったときに白石が『唐詩選』（または『唐詩訓解』）を参考にした可能性は十分にある。そこで、果たして新井白石は『陶情詩集』を編んだときに『唐詩選』（または『唐詩訓解』）を参考にしたか、ということについて、調査を行った。

調査方法は、次のように行った。高芝麻子、遠藤星希、大戸温子が『唐詩選国字解』（平凡社　東洋文庫　服部南郭著　日野龍夫編　一九八二）によってデータベースを作った。それを用いて市川が『陶情詩集』の詩語を検索して関連する作品を選出した。

調査結果を結論的に言えば、『陶情詩集』を制作したとき、新井白石が『唐詩選』（または『唐詩訓解』）を参照した形跡は無かった。

今回の調査は詳細なものであった。第一首の第一句から始めて、細かく詩語を取り上げてデータベースを参照した。試みに、『聯珠詩格』や『瀛奎律髄』についての論考でも取り上げられている次の作品を見てみよう。

白石　〇〇九　梅影

冷蕊依依未肯開
清香暗被曉寒催
嫦娥頼有致魂術
故隔窗紗將影來

梅影
冷蕊《れいずい》　依依として未だ肯《あえ》て開かず
清香　暗《ひそ》かに暁寒に催《もよお》さる
嫦娥　頼《さいわ》いに魂を致すの術有りて
故《ことさら》に窓紗を隔て影を将《も》ち来《きた》る

この作品の中から、「冷蕊、依依、未肯開、清香、暗被、曉寒催、嫦娥、頼有、致魂、魂術、將影來、隔窗　窗紗」の十三語について調査を行った。その結果、次ぎの二例に同じ詩語が使われていることが分かった。

早秋與諸子登虢州西亭觀眺　　唐・岑參（『唐詩選』巻四）
早秋　諸子と虢州西亭に登りて観眺す

唯有郷園處
依依望不迷

唯だ郷園の処
依依として望みて迷わざる有るのみ

烏夜啼　　唐・李白（『唐詩選』巻二）
烏夜啼

機中織錦秦川女

機中　錦を織る　秦川の女

碧紗如煙隔窗語　　碧紗煙の如し　窓を隔てて語る

しかし、「依依」語も「隔窗」語も、詩語としてはさほど特徴的な語とは言えない。また、これらの詩句は、白石の詩句とは意味が全く異なる。さらに、作品の主題も違う。これら二例を見て白石が「梅影」詩を発想したとはとても考えられない。

『唐詩選』のこのような情況に対して、『瀛奎律髓』には、次のように白石「梅影」詩に重なる豊富な用例が見いだせるのである。

（調査・詹満江）

［冷蘂］

宋・葛天民「雪夜」詩「冷蕊通幽信、孤山欠幾遭」『瀛奎律髓』巻十五

［梅、冷蘂］

唐・杜甫「舍弟観赴藍田取妻子到江陵喜寄」其二「巡簷索共梅花笑、冷蘂疏枝半不禁」『瀛奎律髓』巻二十

宋・尤袤「梅花」其二「冷蕊疏枝半不禁、眼看芳信日駸駸」『瀛奎律髓』巻二十

［梅、暗、催］

宋・楊萬里「懐古堂前小梅漸開」詩「梅邊春意未全回、澹月微風暗裏催」『瀛奎律髓』巻二十

［梅、蕊、被、寒］

宋・尤袤「梅花」其一「也知春到先舒蕊、又被寒欺不放花」『瀛奎律髓』巻二十

［梅、曉寒、催］

宋・陸游「樊江観梅」詩「半灘流水浸殘月、一夜清霜催曉寒」『瀛奎律髓』巻二十

[梅、魂]
宋・趙蕃「雨後呈斯遠」詩「莫嗟草色欲垂死、定有梅花當返魂」『瀛奎律髓』巻十七
宋・曾幾「返魂梅」詩「徑菊庭蘭日夜摧、禪房未合有江梅」『瀛奎律髓』巻二十
[梅、魂、香]
宋・尤袤「次韻尹朋梅花」詩「水部未妨時遣興、玉妃誰復與招魂」『瀛奎律髓』巻二十
宋・劉克莊「梅花」詩「東家傅粉面、西域返魂香」『瀛奎律髓』巻二十
[梅、月、娥、曉、魂]
宋・張耒「梅花」詩「月娥服馭無非素、玉女精神不尙粧。洛岸苦寒相見晩、曉來魂夢到江鄕」『瀛奎律髓』巻二十
[梅、魂、月、香]
宋・王安石「與微之同賦梅花得香字三首」其一「好借月魂來映燭、恐隨春夢去飛揚。風亭把盞酬孤艷、雪徑廻輿認暗香」『瀛奎律髓』巻二十
[梅、蕋、魂、月、淸香]
宋・張道洽「梅花二十首」其十五「此此蕊裏藏風韻、箇箇枝頭帶月魂。常挹淸香來燕坐、可敎落片點空樽」『瀛奎律髓』巻二十
[梅、魂、影、月]
宋・張道洽「梅花二十首」其一「和靖風流百世長、吟魂依舊化幽芳。（略）不肯面隨春冷暖、只將影共月行藏」『瀛奎律髓』巻二十

白石が「梅影」詩を書こうと想を練っていたときに参照にした本があったとしたら、『唐詩選』か『瀛奎律髓』か、

どちらの本を眺めていただろうか。このように考えた場合には、明らかに『唐詩選』ではなく、『瀛奎律髄』に軍配が上がることだろう。『瀛奎律髄』や『聯珠詩格』の頁を繰りながら「梅」という主題の詩想を練っている白石の様子は十分に考えられるのである（『瀛奎律髄』及び『聯珠詩格』の論考を参照のこと）。しかし、『唐詩選』を眺めて「梅影」詩を作ろうとしていたとは思えない。

『唐詩選』の調査は、『陶情詩集』第一首から第百首まで、詳細且つ誠実に行われた。同じ詩語を使っている用例を見いだすこともできた。本書の作品注釈には、いくつも『唐詩選』の用例が挙げられている。しかし、それらはいずれも、一般的な詩語であったり、他の本でも見られるような用例であったりする。『唐詩選』のこの用例を参考にして書いたに違いない、と確信できる作品はなかった。

膨大な量の詩語の調査を行った結果として、白石は『陶情詩集』に収められている作品を制作するときに、『唐詩選』や『唐詩訓解』を参考にしてはいなかったと考える。

注

（1）日野龍夫『唐詩選国字解（一）』解説（平凡社　東洋文庫四〇五　一九八二年）

（2）『唐詩選』上（中国の古典二七）（小学館　一九八二年）

『円機活法』

高芝　麻子

『円機活法』は明・王世貞（一五二六―一五九〇）の編とされ、詩学二十四巻と韻学十四巻より成る類書である。詩学は天文門、時令門といった部立てを備え、その部立ての中にさらに「中秋月」や「秋日書懐」といった主題ごとの小分類を持つ。各分類内には、「事実」「品題」「大意」などの項目が立てられ、「事実」欄にはその主題に関わる故事や詩賦を紹介し、「品題」欄にはその主題に沿った代表的な詩文を長く引用し、「大意」欄にはその主題の縁語が並ぶ。続けて、「起句」「聯句」「結句」に分けて、その主題を扱う詩句が二句単位で羅列され（作者名や詩題は記さない）、『円機活法』詩学はその詩句の羅列部分に最も多くのページを割いている。

韻学は平水韻に従って韻目を立て、その韻目に属する韻字を挙げて、その文字の意味を説明し、各韻字に対し「典囊」「韻套」「吟譜」という項目を立てる。「典囊」欄は韻字を用いた詩語を故事や作例とともに紹介し、「韻套」欄は詩語のみを羅列し、「吟譜」欄は実際の作例を一句単位で挙げる。すなわち、『円機活法』は詩学、韻学ともに、詩語や用例をリストアップした詩作の参考書だと言える。

『円機活法』は江戸初期から日本でも刊行されている。『江戸時代初期出版年表』には明暦元年（一六五六）の和刻本に関する記載が見えるが、さらに寛文十三年（一六七三）の刊本も現存しており、当時、相当に需要の高い書籍であったことが窺い知れる。

白石の手元にあった『円機活法』がどの刊本であったかは、判然としないが、白石が詩作に際し『円機活法』を参照したことは間違いない。以下に、白石が『円機活法』を参照したと思われる事例の一部を紹介する。なお、本文は寛文十三年刊行の『円機活法』を底本とし、書き下しは同書の返り点を参照しつつ適宜改めた。また、記載のない詩題や作者は分かる範囲で補った。

白石　〇一〇　窗前紅梅已蓓蕾

〇一〇詩は作品全体から、『円機活法』詩学巻二十百花門「紅梅」項の影響が見て取れる。まずは冒頭句を引く。

曾是風神林下秀　　曾て是れ風神　林下の秀

これを「紅梅」項の以下の詩と比較してみたい。

詩題不詳　　　　作者不詳

元是風神林下秀　　元《もと》是れ風神　林下の秀

不應肯抹市娟紅　　応に肯て市娟の紅を抹《まつ》すべからず

七文字のうち六文字までが位置を含めて完全に一致することから、この両作品の関わりは相当深いものであると言えるだろう。しかし、この二句は四庫全書などには一切残らない逸句なのである。また、白石第二句「且態巧禁寒」に見える紅梅の色を美女の酔態に喩える表現も、同項「事実」欄「色回氷肌」の宋・程俱「過紅梅閣」詩「春風日浩蕩、酔色回氷肌」などの発想を踏まえていると考えられる。

雪鐫肌骨清先冷　　雪は肌骨を鐫《え》りて　清くして先ず冷やかなり

雲染衣裳濕未乾　　雲は衣裳を染めて　湿いて未だ乾かず

珠滴香酣薫御酒　　珠滴り　香　酣《たけなわ》にして　御酒薫じ

蠟封紅綻出仙丹　　蠟封じ　紅綻びて　仙丹出づ

第三句から第六句は、やはり同項に見える次の詩を踏まえているのだろう。

詩題不詳　　宋・王安石（『圓機活法』詩學巻二十百花門「紅梅」項「品題」欄）

玉骨怕寒酣御酒　　玉骨は寒を怕れて御酒酣《たけなわ》なり
氷肌怯冷餌仙丹　　氷肌は冷を怯れて仙丹を餌《くら》う
月烘絳臉香尤吐　　月絳臉を烘《や》きて　香尤《もっと》も吐き
露洗紅粧濕未乾　　露紅粧を洗いて　湿い未だ乾かず

この王安石詩も、現行の別集、総集などには見えない逸詩であり、白石は『円機活法』に拠ってこの詩を見た可能性が高いと言える。結句については『円機活法』との直接的な結びつきは見いだせなかったが、白石のこの詩は『円機活法』詩学巻二十百花門「紅梅」項に学びながら詩作を行ったものと考えていいだろう。

白石　○一三　観潮

○一三詩は、句作りではなく、詩語のレベルで『円機活法』を参照しているように見受けられる。例えば、冒頭句に関しては、以下の三作品に近似した表現が見出せる。

浪蹴天門捲海雲　　浪は天門を蹴りて　海雲を捲き
　　横江詞六首　其四　　唐・李白（『圓機活法』詩學巻四地理門「海潮」項）

　　横江詞六首　其四
浪折天門石壁開　　浪は天門を折りて石壁開く
海神來過悪風迴　　海神　来り過ぎて悪風迴る

江漲　　唐・杜甫（『圓機活法』詩學卷四地理門「海潮」項）

江漲《みなぎ》る

大聲吹地轉　　大声　地を吹きて転じ

高浪蹴天浮　　高浪　天を蹴りて浮かぶ

秋日夔府詠懷奉寄鄭監李賓客一百韻　　唐・杜甫（『圓機活法』詩學卷四地理門「海潮」項「事實」欄「蹴呉天」）

秋日夔府詠懐　鄭監李賓客に寄せ奉る一百韻

海潮蹴呉天　　海潮呉天を蹴る

この三例はいずれも『円機活法』詩学巻四地理門「海潮」項に引かれている。「浪蹴天」「天門」との表現は、恐らく李白と杜甫の句に影響されているのだろう。なお同地理門「観漲」項「事実」欄には「高浪蹴天」という項目が立てられている。

銀山堆裡曉光分　　銀山　堆裡　暁光分かつ

第二句については浪を「銀山」に喩える発想が「海潮」項に見いだせる。

詠潮　　宋・米芾（『圓機活法』詩學卷四地理門「海潮」項）

潮を詠ず

天排雪陣千雷響　　天　雪陣を排して千雷響き

地捲銀山萬里奔　　地　銀山を捲きて万里奔る

さらに第四句の「貔貅」「萬軍」などの語も「海潮」に見出せる。この詩もまた『円機活法』を参照し、「海潮」にまつわる詩語や表現を拾いながら、作られたのではないだろうか。

白石　〇六一　梅

これもまた『円機活法』を参照したと考えられる作品である。

玉色偏蒙雪豔欺　　玉色　偏えに雪艶の欺くを蒙るも
暗香遙度許人知　　暗香　遥かに度り　人の知るを許す
多情堪恨臨風處　　多情　恨むに堪う　風に臨む処
月冷水明欲落時　　月冷やかに　水明らかに　落ちんと欲する時

この詩は唐・陸亀蒙「白蓮」詩を踏まえたと考えられるが、「白蓮」詩は〇六一詩の【補説】に見えるように、多くのテキストで以下のように作る。

素蘤多蒙別豔欺　　素蘤　多く別艶の欺くを蒙るも
此華眞合在瑤池　　此の華　真に合《まさ》に瑤池に在るべし
還應有恨無人覺　　還た応に恨み有るべきも　人の覚ゆる無し
月曉風清欲墮時　　月暁《あきら》かに風清く　堕ちんと欲する時

一方、後半二句については以下のようなテキストも残る。

無情自恨何人見　　情無くして自《みず》から恨むも　何人か見ん
月冷風清欲墮時　　月冷やかに風清く　堕ちんと欲する時

白石詩はこの二種類のテキスト双方の影響を受けて、作られているように見えるが、『円機活法』詩学巻二十「白蓮」項はいみじくもその双方を採録している。「白蓮」項の「事実」欄「合在瑤池」の項目に陸亀蒙詩全文を引き、「結句」欄に異文の後半二句を引いているのである。これもまた、白石が『円機活法』を手元に参照していたことを示唆する例と言える。

白石　〇〇七　夏雨晴　　　夏雨晴る

風雲行玉馬　　風雲　玉馬行き
晴電掣金蛇　　晴電　金蛇掣く

作品全体ではないが、作品中の一句もしくは二句に『円機活法』の影響が見いだせる場合もある。

詩題不詳　王安石（『圓機活法』詩學巻一天文門「雲」項「事實」欄「玉馬」）

風力引雲行玉馬　　風力雲を引きて玉馬を行かしめ
水光連日動金蛇　　水光日を連ねて金蛇を動かす

右に引いた例は『詩人玉屑』巻十八には、宋・王令「舟次」詩として見える。また、この句の韻字である「蛇」について、『円機活法』韻学巻七下平六麻「蛇」項には作者不詳「光影掣金蛇」句を載せる。

白石　〇四〇　水墨梅

素紈幻出朧頭春　　素紈　幻出す　朧頭の春

詩題不詳　　　　　　　　　権撰中（時代不詳）（『圓機活法』詩學巻十八書畫門「畫梅」項「事實」欄「幻出隴頭春」）

幻出隴頭春　　　　幻出す隴頭の春

疏枝綴氷紈　　　　疏枝　氷紈を綴る

この権撰中の句は『円機活法』詩学巻十八書画門「画梅」項に見えるのみで、四庫全書などには見いだせない。墨に関する「一笏」「印香」などの詩語も、決して頻出する語彙ではないが、『円機活法』詩学巻十六器用門「墨」項に揃って見え（「一笏」は「大意」欄、「印香」は「事実」欄）、この詩も『円機活法』を参照して作られた可能性が高いと言えるだろう。

白石　〇〇八　題尼寺壁

詩題についても、『円機活法』の影響が窺える場合がある。例えば〇〇八詩の題である「題尼寺壁」は、四庫全書には詩題としての前例が見いだせない。だが、『円機活法』詩学巻九釈老門「尼姑」項の「事実」欄には「題尼寺壁」の四文字が項目名として見いだせる。

白石　〇四二　愛松節雪詩其能用韻和之二首　其一

また、『円機活法』は詩語にまつわる故事を「事実」欄などで紹介している。

例えば、「愛松節雪詩其能用韻和之二首」詩其一には「滕六」というあまり有名ではない雪の神の名が見えるが、この神は『円機活法』詩学巻二天文門「雪」項「事実」欄に、唐・牛僧孺『玄怪録』を引いて紹介されている。さらに、この詩は、雪を直接的に表現する言葉を用いずに、雪を描くという手法（白戦）を採っており、その手法は宋・蘇軾「聚星堂雪」詩に倣ったと考えられる。この「聚星堂雪」詩の本文と引は、いずれも同じ「雪」項に引かれている。
もちろん、白石が直接『玄怪録』や蘇軾詩を読んでいた可能性もある。しかし、〇四二詩第六句の、風が吹いて窓に当たる雪が立てる音が、蚕の桑を食む音のようであるとの句が、同じ『円機活法』詩学巻二天文門の「雪声」項の劉子翬句（逸詩）の発想に近いこと、同項「事実」欄に同じく引かれる宋・蘇軾「夜雪」詩が白石〇四三詩第二句「萬境沈沈天蔚藍」に影響を与えているように思われることなどを勘案すれば、〇四二詩作成にあたり、白石が『円機活法』巻二の雪にまつわる部分を参照した可能性は高い。そうであれば、「滕六」や「白戦」についても『円機活法』に拠ったと考えるのが自然であろう。

風窗聲密靜聽蠶　　　風窓　声は密にして　静かに蚕を聴く

詩題不詳　　宋・劉子翬（『圓機活法』詩學巻二天文門「雪聲」項「事實」欄「淸睡思」）

蕭蕭時作打窗聲　　　蕭蕭として時に窓を打つの声を作《な》す
靜聽冷冷淸睡思　　　静かに聴けば冷冷として睡思清し
槐花撲簌墮空堦　　　槐花簌を撲ち　空堦に堕ち
食葉春蠶幾千字　　　葉を食らう春蚕　幾千字ぞ

夜雪　　宋・蘇軾（『圓機活法』詩學巻二天文門「雪聲」項「事實」欄「撩亂撲春蟲」）

石泉凍合竹無風　　　石泉は凍合して竹に風無く
夜色沈沈萬境空　　　夜色は沈沈として万境空し
試向靜中閑側耳　　　試みに静中に向いて閑に耳を側《そばだ》つれば

隔窗撩亂撲春蟲　　窓を隔て撩乱として春の虫撲《う》つ

白石　〇七五　九月十三夜

袁渚庾樓未肯知　　袁渚　庾楼　未だ肯て知らず

この句は正史『晋書』の袁宏と庾亮の月見にまつわる記事を踏まえて作られている。両者は、有名な故事であるが、『円機活法』巻一天文門「月」項には、「事実」欄に「袁宏渚」「庾亮樓」の項目が並んで立てられ、それぞれに『晋書』を引いて故事を紹介する。『円機活法』巻一天文門「中秋月」項「大意」欄にも並んで「袁渚」「庾樓」の語が見え、また両者を重ねて使う例句もいくつも引かれているなど、白石の詩作のヒントとなった可能性は高い。

白石　〇一八　客夜

また『円機活法』韻学を用いたと思われる詩もある。例えば、「客夜」詩は下平十三覃の韻であり、「堪」「潭」「南」「柑」「諳」の韻字を用いている。第一句「雪檐寒不堪」は形容詞に「不堪」と続け、その度合いが耐えがたいことを表現しているが、そのような作例は多いとは言えない。だが、『円機活法』韻学巻十下平十三覃の「堪」項「吟譜」欄には、作者不詳「春歸愁不堪」など句末に「不堪」を用いる用例を五例挙げている。

第二句「獨夜對江潭」には「潭」項「典囊」欄に「江潭」、第六句「野老饋黃柑」には「柑」項「吟譜」欄に作者不詳「龍陽千樹種黃柑」など「黃柑」句、第八句「命奴委曲諳」には「諳」項「韻套」欄に「委曲諳」の語が見える。「江潭」「黃柑」は特殊な詩語とは見なしがたいが、「雪檐寒不堪」「命奴委曲諳」の二句は恐らく何かに拠らなければ作り得ない句ではないかと考えられる。すなわち、白石は詩学のみならず韻学をも参照していたのであり、白石の手元にあった『円機活法』は韻学と詩学を合刻したものであろうと推測されるのである。

他にも白石〇七六「寄長秀士」詩「邂逅幸忘爾汝分」句には『円機活法』韻学巻四上平六文「分」項「吟譜」欄に見える作者不詳「情忘爾汝分」が影響を与えているのではないかと考えられるなど、韻学の影響も見逃すことはできない。

以上のように、新井白石は『陶情詩集』所収の詩を作るにあたり、頻繁に『円機活法』を紐解いていたことが窺い知れる。同時に、上述の例は、『円機活法』という書籍が漢詩の初学者にどのように用いられていたかを示唆する、重要な資料だと言えるだろう。

『石倉歴代詩選』

遠藤星希

『石倉歴代詩選』は、明の曹学佺（一五七四―一六四七）が編纂した詩歌の総集である。又の名を『歴代詩選』、或いは『石倉十二代詩選』ともいう（石倉は曹学佺の号）。収録されている作品はおおむね時代順に並べられ、上古の古逸歌謡に始まり、下は明末の詩まで幅広くカバーしている。市原亨吉氏「歴代詩選と曹学佺の生涯」（『東方学報』第四十五冊一九七三）によると、編纂されたのは、大体、崇禎元年（一六二八）から崇禎十年（一六三七）頃までの間とされる。総巻数が一千を超える大部の書物であるが、ただし一度に編纂・出版されたわけではなく、古詩十三巻（古逸歌謡及び漢から隋の詩）・唐詩一百巻・拾遺十巻・宋詩一百七巻・金元詩五十巻・明詩初集八十六巻・次集一百四十巻の合計五百六巻がまず成って刊行され、それに続く明詩三集以下の部分は、成るに従って随時刊刻されていったものらしい。京都大学人文科学研究所の蔵する『歴代詩選』は、一千二百五十七巻より成るもっとも整った足本であるが、今回の用例調査に用いたのは、明詩次集までのみを収める文淵閣四庫全書所収の五百六巻本である（その理由については後述する）。

この『石倉歴代詩選』（以下、『石倉』と略す）による用例調査を通じて浮かび上がったのは、新井白石（以下「白石」と略す）が明代の詩を接受していた痕跡である。『石倉』の特長の一つは、先に引いた市原氏の論文でも指摘されているように、明一代の詩を幅広くカバーしており、「この書物が無ければ見ることの出来ない多くの詩人たちの作品を収録している」点にある。今回の調査に用いたのは、足本ではない五百六巻本であるが、それでも全体のほぼ四十五パーセントを占める明詩のパートは、他の書物で代えることのできない貴重な資料といえるだろう。そしてその中には、白石が参照した可能性を感じさせる作品が、少なからず見出せるのである。以下の部分で、具体例に即しながらその一端を紹介する。

白石　〇八六　病中八首　其二

病中八首　其の二

飛花風曲徑　　飛花　曲径に風ふき

垂柳雨深溝　　垂柳　深溝に雨ふる

五言律詩の頷聯であり、対句構成になっているが、「飛花」と「垂柳」を対にする例は明代以降の詩に多く見られるものである。一例として『石倉』巻三百六十七に引く次の詩を見てみよう。

金陵春望　　明・薛瑄

千門垂柳初經雨　満路飛花不起塵

金陵春望

千門の垂柳　初めて雨を経《へ》
満路の飛花　塵を起こさず

「飛花」が風に乗って飛んでいるか、地に堕ちて道いっぱいに広がっているかの違いはあるが、雨に濡れて枝垂れた柳のイメージは相似ている。白石詩の訳注では「飛花」を「花びら」と訳したが、薛瑄の詩の「飛花」と併せて、或いは柳絮を指している可能性もあるだろう。なお、この薛瑄の詩は、『石倉』を除くと、四庫全書では彼の別集である『敬軒文集』巻十にしか確認できない。

白石　〇二五　病馬

觳轂古龍媒
年來驕氣摧
百金如買骨
千里豈無材

病馬

觳轂《こくそく》たり　古の龍媒
年来　驕気　摧《くだ》かる
百金　如《も》し骨を買えば
千里　豈に材無からんや

病気で死を待つばかりとなった名馬を詠じた五言律詩である。ここに引いたのは首聯と頷聯。「觳轂《こくそく》」とは死を前にして恐れおののくさま、「龍媒」とは龍の出現のなかだちをするという空想上の天馬であり、そこから転じて天馬にも比すべき駿馬を指す。

頷聯は『戦国策』に載る次の有名な逸話を踏まえている。その昔、ある国の君主が千金を出して一日に千里を走る名馬を買い求めようとしたが、三年たっても手に入らなかった。すると、ある者が「買い求めて参りましょう」と申し出たので、買いに行かせると、なんと死んだ千里の馬の骨を五百金で買ってきた。君主がその行為をなじると、その者は「死んだ馬ですら五百金で買うのだから、生きた馬ならなおさらだと天下の人々は思い、王に馬を見る眼があるとして名馬を売りにくるだろう」と答える。果たして、一年もせぬうちに千里の馬が三頭も手に入ったという。この典故を踏まえることで、死にかけた病気の馬がその骨にすら百金の値打ちがあり、死後も千里の馬を呼び寄せるほどの名馬であることを白石は読者に示している。

ここで注意すべきは、『戦国策』に見えるエピソードには、「龍媒」という語が一切使われていないことである。骨にすら価値のある名馬のことを「龍媒」と呼ぶ例は、明代以降の詩に至って始めて出現する。『石倉』巻三百二十七には次の例が見える。

題何養素馬圖　　明・唐文鳳
何養の素馬の図に題す

夜飛霹靂電光紫　　夜に霹靂を飛ばして　電光紫なり
良駒已產眞龍媒　　良駒　已に産す　真の龍媒
（略）
求賢求駿同一理　　賢を求め駿を求むるは一理を同じくす
千金買骨逢奇才　　千金　骨を買い　奇才に逢う

また、『石倉』巻四百二十三に引かれる次の詩では、「千金」の句と「龍媒」の語がより接近して用いられている。

塞上曲　　明・林廷玉

塞上の曲

千金買馬骨　　千金　馬の骨を買い

龍媒歳三臨　　龍媒　歳に三《み》たび臨む

以上により、白石詩の前半四句は『戦国策』に直接拠っているというよりは、前のような明詩の用例を参考にしたものと考えるのが自然である。

白石　○三〇　高先生挽歌

高先生挽歌

白璧忽沈淵　　白璧　忽《たちま》ち淵に沈む

高先生なる人物が島原の乱討伐に参加して戦死したことを、「白玉の璧がたちまち淵に沈んでしまった」と表現したもの。白璧が水に沈んだことを以て立派な人物の死に喩えるようになるのは明代以降のことである。『石倉』巻四百二十七に引く次の例を見てみよう。

大忠祠　　明・邵寶

大忠祠

一言竟免青衣辱　　一言　竟《つい》に免《まぬが》る　青衣の辱《はずかし》むるを

萬古終悲白璧沉　　万古　終《つい》に悲しむ　白璧の沈むを

詩題にいう「大忠祠」とは、は南宋の国難に殉じた文天祥・陸秀夫・張世傑の三忠臣を祀った祠のことであり、彼らのような高潔な人物の死が「白璧沈む」というフレーズで表現されている。文天祥は刑死であるが、あとの二人は海のもくずとなって死んでいることから（陸秀夫は崖山の戦いに敗れ、海に身を投げて自殺、張世傑は南宋の滅亡後、逃走中に嵐で船が沈没して死亡）、白石詩の高先生も或いは文字通り海に沈んで亡くなったのかもしれない。このような時、元代以前では、李白の「哭晁卿衡」（『李太白文集』巻二十三）に「日本晁卿辭帝都、征帆一片遶蓬壺。明月不歸沉碧海、白雲愁色滿蒼梧」とあるように、「明月が沈む」と表現されることから、白石が「大忠祠」のごとき明詩を参照した可能性は高いと言えるだろう。

以上、白石が明詩を参照した可能性について、その一端を指摘してみたが、ここで問題となるのは、白石が一体どのような書籍を通して明詩を読んだかである。彼は『石倉』を目睹し得たか否か。これまでに引いた例について言えば、薛瑄の「金陵春望」、唐文鳳の「題何養素馬圖」、邵宝の「大忠祠」以上三首は、四庫全書において『石倉』を除くと彼らの別集にしか収められていない。林廷玉の「塞上曲」に至っては、『石倉』のみの所収である。また『陶情詩集』の中には、明詩のみならず、『石倉』以外の書籍にはほとんど収められていない唐・宋詩の表現を踏まえた箇所が散見される。以下に具体例を列挙してみると、

白石　〇三〇　高先生挽歌

高先生挽歌

天何不假年　　天　何ぞ年を仮さざる

李夫人　　宋・徐照

李夫人

妾生未久身入泉　　妾が生　未だ久しくせずして　身は泉に入る

上天何不与妾年　　上天　何ぞ妾に年を与えず

「天はなぜ高先生にもっと寿命を与えて下さらなかったのか」という白石詩の表現は、『石倉』巻百九十四に収める徐照の詩句によく似ている。しかしこの詩は、『石倉』を除いては徐照の別集である『芳蘭軒集』にしか収録されていない。

白石　〇一五　閼二野居

高掛壁間塵　　高く掛《か》く　壁間の塵《しゅ》

関二の野居

寄楼謙中　　宋・鄒浩

楼謙中に寄す

塵尾挂壁間　　塵尾《しゅび》　壁間に挂かり

琴書自朝暮　　琴書　自《おの》ずから朝暮す

塵（＝塵尾）は、古人が清談をするときに手に持ったという払子のような道具。関二という人物の隠者暮らしを象徴する記号として、白石は壁に掛かっている塵尾を描いたが、これと類似した表現は、ここに引いた『石倉』巻百五十九に収める鄒浩の詩句以外には見いだせなかった。四庫全書において、この詩は『石倉』を除いては、鄒浩の別集である『道郷集』と清代に編まれた『御選宋詩』にしか収録されていない。

白石　〇七二　讀秦記

秦記を読む

猶有江東學劒人　　猶《な》お江東に剣を学ぶ人有《あ》り

白石の詩にいう「江東に劒を学ぶ人」とは、項羽（羽は字、名は籍）を指す。江東（＝揚子江下流の南岸地方）は、項羽と叔父の項梁が挙兵した地である（『史記』巻七「項羽本紀」に、范増が項梁に語る台詞として「今君起江東」とある）。「剣を学ぶ人」は、同じく『史記』巻七「項羽本紀」に「項籍少時、學書不成、去學劒、又不成。項梁怒之、籍曰、書足以記名姓而已。劒一人敵、不足學。學萬人敵。於是項梁乃敎籍兵法」（項籍は若い頃、文字を習ったがものにならず、やめて剣術を習ったが、これもものにならなかった。項梁が怒ると、項籍は「文字は姓名が書ければ十分だ。剣術は一人を相手にできるだけで、習うに値しない。私は万人に匹敵する術を習いたい」と言った。かくして項梁は項籍に兵法を教えた）とあるのを踏まえる。

ここで注意すべきは、歴史書の中には、「江東に剣を学ぶ人」というフレーズで項羽のことを指した例が見られないことである。項羽が江東で剣術を学んだのは事実であるが、『史記』によると、一人しか相手にできない剣術に項羽は不満を覚え、すぐにやめてしまっている。むしろ彼の本領は兵法を習いたいと言ったところに存するのである。そうである以上、「剣を学んだ」ことを項羽の代名詞的な事跡として白石が歴史書から抜き出したのは、極めて異例なことと言わざるを得ない。

ところが興味深いことに、歴史書ではなく唐詩の中で項羽のことを「江東に剣を学ぶ人」と称した例が見いだせた。

『石倉』巻百十六に収める、次の詩がそうである。

虞姫怨　　唐・馮待徵

妾本江南採蓮女
君是江東學劒人

虞姫怨
妾は本《もと》　江南に蓮を採る女
君は是れ　江東に剣を学ぶ人

白石は或いはこの詩を参照したのかもしれない。ただ、この馮待徵の詩は、四庫全書において『石倉』を除けば『全唐詩』にしか収録されていない。康熙四十二年（一七〇三）に成立した『全唐詩』は、壮年期の白石（一六五七―一七二五）が当然目にしえぬ書籍である。そうである以上、白石が『石倉』を通してこの詩を読んだ可能性についても考慮する必要が生じてくるだろう。

以上、『石倉』以外の書籍にはほとんど収められていない唐・宋詩の表現を踏まえた箇所を、『陶情詩集』の中から何点かピックアップしてみた。こうしてみると、白石が『石倉』を読んでいたのではという疑いが当然生じてくる。では実際のところはどうだったのか。以下、現時点で確認し得た資料に即し、この点について考えてみたい。

まず言えるのは、白石が目睹し得たとすれば、それは京都大学人文科学研究所に蔵する千二百五十七巻本（以下、人文研本と略す）ではないと言うことだ。この人文研本はもともと清朝の礼親王府に蔵されていたのが、そこから武進の陶湘の手に渡ったあと、人文科学研究所の前身である東方文化学院京都研究所によって購入されたものである。この辺りの事情については、前に引いた市原亨吉氏の論文、および梶浦晋氏「歴代詩選即石倉十二代詩選」（『漢字と情報』十一号　二〇〇五）に詳しく述べられている。第九代礼親王である昭槤（一七七六―一八三三）の『嘯亭雑録』石倉十二代詩選の条（巻八）に「今余家所藏、則一千七百四十三巻」と見え、かつ次の所蔵者である陶湘の生年が一八七〇年であることから、人文研本は少なくとも十九世紀後半まで大陸にあり、日本には渡ってきていない。そして千巻を越える『石倉』のテキストは、現時点においてこの人文研本しか確認できないのである。そうである以上、人文研本のごとき『石倉』の足本を白石が目にし得たとは考えられないだろう。

人文研本を除くと、現在日本に伝わっている『石倉』のテキストは、明詩次集までを収める五百六巻本と、明詩六集までを収める八百八十八巻本とに大別できる。例えば静嘉堂文庫には、明の崇禎刊の五百六巻本が伝わっており、尊経閣文庫と宮内庁書陵部にはそれぞれ明版の八百八十八巻本が所蔵されている。ただ、これらの版本はいつ日本に将来されたかが明らかではない。『江戸時代における唐船持渡書の研究』によると、国立国会図書館蔵の『商船載来書目』に、明和五年（一七六八）、『石倉十二代詩選』一部十六套が舶来した記録が残っていることが分かるが、この時点ですでに白石は没している。また、『江戸時代初期出版年表』には『石倉』の出版記録はなく、明暦年間以後も、『石倉』の和刻本が刊行された形跡は残っていない。大部の書物であるから、これも仕方なかろう。

幸いなことに、名古屋市蓬左文庫に所蔵されている二本の『石倉』には、それぞれ買い入れの年が記録されている。一本は明詩初集八十六巻と次集一百四十巻のみの崇禎三年（一六三〇）序刊本であり、「寛永十二年（一六三五）買本」の記載がある。もう一本は五百六巻本であり、「寛永末年買本」の記載が見える（寛永最後の年は一六四四年）。このことから、白石（一六五七―一七二五）の出生前、すでに『石倉』が日本に伝わっていたことが分かる。また、国立公文書館所蔵の五百六巻本『石倉』は、林羅山（一五八三―一六五七）の手校本とされる。とすれば、少なくとも白石が生まれた年には、すでに江戸の町に『石倉』が持ち込まれていたことになり、実に興味深い。

ただ、当時一介の若い儒生に過ぎなかった白石が、『石倉』を目睹し得たかというと、やはりそれは難しいと言わざるを得ない。現在でも五百六巻本乃至八百八十八巻本の『石倉』刊本を所蔵している機関は、日本全国でも決して多くはない。これだけの大部の書物が、江戸初期にそう多く流通したとは考えにくいだろう。また先述したように和刻本も出版されておらず、数少ない刊本を閲覧できた人間はごく限られていたに違いない。林羅山の手校本が、彼の死後、林家の私蔵となったのか、昌平坂学問所の蔵する所となったのか分明ではないが、やはり白石が目にすることは難しかったろう。となると、白石が一体どのような書籍を通して明詩乃至『石倉』以外の書籍にはほとんど収められていない唐・宋詩を読んでいたのかという問題が依然として残されることになる。或いは『円機活法』に引かれているのを我々が見落としているのかもしれないし、また今回調査していない資料の中にあるのかもしれない。これらの問題は今後の課題としたい。

『錦繡段』

市川桃子

室町時代の臨済宗の僧侶、天隠龍沢（一四二二―一五〇〇）が作った選集で、唐宋元三代の三百余首の絶句を選んで収めてある。

慶長二年（一五九七）に刊行された古活字本『新刊錦繡段』の刊記に「錦繡段者、東皐天隠之所編、而未有刊行（錦繡段は、東皐天隠が編集した本であるが、いまだ刊行されていない）」とあるところから、それまでは手写本しかなく、刊行されたのは、この本が初めてであろう。こののち『新刊錦繡段』はたびたび出版されており（寛永八年〔一六三一〕、寛永十一年〔一六三四〕など）、さらに『錦繡段鈔』（元和九年〔一六二三〕、寛永六年〔一六二九〕）『新刊錦繡段抄』（寛永二十年〔一六四三〕『錦繍段抄』（寛永九年〔一六三二〕）、『錦繍段三体詩法』（慶安元年〔一六四八〕）、『続錦繍段』（月舟寿桂撰、承応四年〔一六五五〕）、『新刊錦繍段・唐賢絶句三体詩法』（寛永十一年〔一六三四〕）、など多様な書名の本が出版されている。この時期に、いかに世上に流布していたかが分かる。（『江戸時代初期出版年表』勉誠出版〔二〇一一〕による）

自筆本（東洋文庫蔵）の最後に天隠龍沢の後書きがある。

「近有新編新選二集、而出自中唐至元季、毎篇千餘首。童蒙者、往往倦背誦。余暇日采摭、為三百二十八篇。又自書以與二三子、令誦之。庶幾知鳥獣艸木之名云」（近ごろ新編と新選の二集が行われているが、中唐から元のすえまで、毎篇千余りの詩が収められている。子供や愚鈍な者は、しばしば暗誦に飽きてしまう。わたしは暇な日に三百二十八篇の作品を選んだ。自分で書いて二三人に与え、暗誦させた。これによって鳥獣草木の名を覚えることを願う。）

ここから推すに、『錦繍段』は主に中唐から元末までの作品を収め、漢詩のテキストとして編集されたもののようである。本を開いてみると、収録作品には四庫全書に収められていない作品が多く、見たことのない作者名も散見され、明詩も数篇見られる。

また、慶長二年刊『新刊錦繍段』には、詳細な注釈が付いている。注釈は初心者にわかりやすく、丁寧な考証が行われていて、既習者にも有用な内容で、魅力的な本である。作品選出の基準はともかくとして、この注釈を見ると、当時流行したという、その理由を窺うことができる。

盛んに出版されている時期から考えて、新井白石もこの本を見た可能性がある。次に調査の結果を報告しよう。

（一）重なる詩句

『錦繍段』に載る作品中の詩句と全く同じか、部分的に重なる詩句がかなりの数で見られた。気づいた例をここに列記しよう。『錦繍段』に見られる著者名は字《あざな》で書かれている。本稿では『錦繍段』に書かれている表記に従う。

「幷呑鷗鷺一千頃、震動貔貅百萬軍」白石　〇一三「觀潮」詩
「漢宮眉斧息邊塵、功厭貔貅百萬人」『錦繍段』〇八一　許忱甫「明妃曲」詩
「夢騎白鳳度銀津、邂逅姮娥宮裡人」白石　〇一九「雪」詩
「夢騎白鳳上青空、徑度銀河入月宮」『錦繍段』二六五　楊廷秀「凝露堂木犀」詩
「廣寒宮裡蘂珠仙、曾是香魂降九天」白石　〇二〇「秋桂和月」詩
「廣寒宮裡長生藥、醫得氷魂雪魄回」『錦繍段』二五四　陸務觀「北枝梅開已日久一株獨不著花立春日忽放一枝」詩
「風雨滿城秋色深、黃花吹老百年心」白石　〇三八「九日答友人問詩」詩
「西風吹老洞庭波、一夜湘君白髮多」『錦繍段』一九一　唐溫如「過洞庭」詩
「千年遺愛陶彭澤、應擬元嘉以後詩」白石　〇三九「十日菊」詩
「黃華何故無顏色、應爲元嘉以後詩」『錦繍段』〇六八　文山「重陽」詩
「樹穴金環君記未、氷肌雪骨是前身」白石　〇四〇「水墨梅」詩
「勘破收香藏白處、氷肌玉骨是前身」『錦繍段』二四三　李益「青梅」詩

「留得蟠桃千載春、海山消息渺無津」白石　〇五五「和山氏題亡妻手自栽桃花韻」詩
「千載蟠桃花正新、瑤池阿母宴青春」『錦繡段』一九一　詹同文「桃花馬圖」詩
「飛絮落花人寂寂、淡烟疏雨院沈沈」白石　〇八四「春晩」詩
「斜日落花人散後、淡煙樓閣數聲鐘」『錦繡段』二〇〇　徐師川「春日溪上作時歸自大梁」詩
「檐花移午影、風絮下虛庭」白石　〇八七「病中八首其三」詩
「風簾不動黃鸝語、坐見庭華日影移」『錦繡段』〇四二　寇平仲「春日作」詩
「李花明處桃花暗、夢覺不知風色昏」白石　〇九九「睡起吟」詩
「睡起不知風色暮、北窗華氣濕人衣」『錦繡段』〇六五　何得之「雨中」詩

『錦繡段』は部立てになっている。白石の〇一九「雪」詩、〇三八「九日答友人問詩」、〇三九「十日菊」詩、〇四〇「水墨梅」詩、〇五五「和山氏題亡妻手自栽桃花韻」詩、〇八四「春晩」詩は、その横に並べた『錦繡段』の作品と主題がほぼ同じである。したがって、たとえば梅を主題にして詩を書こうとしたときには、『錦繡段』「草木」の項にある梅の詩を参考にしたのだと思われる。しかし、〇八七「病中八首其三」詩、〇九九「睡起吟」詩などは主題が全く異なる。心に残っていた詩句を思い出して参考にした、ということもあったのである。

（二）発想

発想やイメージが重なる詩句も多い。

次の例は、表題が同じで、重なる語が多く、「川辺の砂道が雪明かりや稲妻に照らされている」という、よく似た光

景が歌われている。白石はこのとき『錦繍段』に収められた作品を読み、そこに描かれている風景に感じ、その主題に沿ってイメージを起こして自分の作品を組み立てた、という順序で詩を書き上げたのではなかったか。

白石　〇四八　暮歸

江村月上將晚　　江村に月上り　将に晩れんとす
沙路雪明獨歸　　沙路　雪のごとく明らかにして独り帰る

暮に帰る

暮歸　　明・趙周臣（『錦繍段』二〇一）

行過斷橋沙路黑　　断橋を行き過ぎて沙路黒し
忽從電影得前村　　忽ち電影に従《よ》りて前村を得たり

暮に帰る

このほかに同題のものとしては、白石〇七二「讀秦記」詩と同じ題の作品、元端本と蕭諧の「讀秦記」詩が『錦繍段』〇七五、〇七六に見られる。

また詩題は異なるが、次の例は、天が、雲が、雨を降らして夕陽と黄昏を見送る、という特徴的な発想を共有している。

白石　〇四四　秋雨

秋雨

秋天如洗暑　　秋天　暑を洗うが如く
將雨送殘暉　　雨を将って残暉を送る

田家　　宋・鄭毅天（『錦繍段』一九六）

田家

雲意不知殘照好　　雲意　残照の好きを知らず
卻將微雨送黃昏　　却って微雨を将って黄昏を送る

次の例も、歌われる主題は異なるが、ある言葉が予言となった、という発想が同じである。蕭服之の「梁武帝」詩は四庫全書に見られない。

白石　〇二八　和山秀才和菅廟即事之韻
山秀才の菅廟即事の韻に和すに和す

匣塵御句翻爲讖　　匣塵の御句　翻て讖と為り
都府咏成不直金　　都府の咏成るも　金に直せず

梁武帝　　蕭服之（時代不詳）（『錦繍段』〇九七）

梁・武帝

捨身一語終成讖　　捨身の一語　終に讖と成り

捨到臺城贖不歸　　捨てて台城に到り贖えども帰らず

（三）語彙

多くの言葉が『錦繡段』から取られている。「団茶」「意疏」などは特徴的な語で、偶然に重なったとは考えにくい。

「淺碧飽嘗新釀酒、輕黃初試小團茶」白石　〇二六「春日小園雜賦」詩
「纔燒香篆點團茶、春酒留連又一家」『錦繡段』三三六　李潤甫「僧舍晚歸」詩
「意疏忘甲子、頭痛辨陰晴」白石　〇八五「病中八首其二」詩
「老去功名意轉疏、獨騎痩馬取長途」『錦繡段』一七八　晁叔用「曉行」詩
「岸巾人獨自、熟思入歸耕」白石　〇四五「雨後出遊」詩
「客路三千身半百、對人猶自說歸耕」『錦繡段』一八〇　徐淵子「自笑」詩
「纖纖攀玉筍、耿耿夜剪燈」白石　〇五三「寄暑衣於松節處士」詩
「青燈耿耿思悠悠、寶鴨香寒吐復收」『錦繡段』三一六　虞繼之「客東湖」詩

さらに、白石のひとつの詩に、『錦繡段』に見える複数の詩からの詩語や発想が見られるものもある。次ぎに挙げる白石の七言律詩は、そのあとに挙げる『錦繡段』の三首の詩と詩語が重なる。また、最後の邵清甫「壓書石魚」詩にある窓辺に見える書の風景は、白石尾聯に見える風景と重なる。

白石　〇八六「病中八首其二」詩

林曉鶯相喚、日長居自幽。飛花風曲徑、垂柳雨深溝。

筋力夢中驗、工夫靜處求。明窗書滿架、一懶認繩頭。

「君乘白鶴下靑雲、我入春山聽曉鶯」『錦繡段』一五九　黄子蕭「友人見訪不遇」詩

「靜處欲留看不足、翠光點破夕陽歸」『錦繡段』二七三　劉廷世「翡翠」詩

「他時換上腰金袋、記取燈窗壓盡書」『錦繡段』二三〇　邵淸甫「壓書石魚」詩

次の七言律詩も、『錦繡段』の二首に依っているように見える。「秋晩」と題しているので、夕暮れの景色を主題とする。従って、作品の前半は鄭毅夫「田家」詩にある残照の景色を取った。しかし、頷聯の蓮から水辺の風景へと移り、広々とした湖への連想から甘東溪「歸舟」詩を借りて、夕暮れに家へ帰っていく小さな船を浮かべてみた、という道筋だったのではなかろうか。

白石　〇七七「秋晩」詩

落霞明遠水、殘日照高林。衰菊團黄蝶、倒荷立翠禽。

風霜愁到面、湖海夢經心。聞說蓴鱸美、扁帆歸興深。

「田家汨汨水流渾、一樹高花明遠村。雲意不知殘照好、却將微雨送黄昏」『錦繡段』一九六　鄭毅夫「田家」詩

「片帆懸空秋滿腹、涼月淡淡水無波。平生湖海元龍意、早入西風漁棹歌」『錦繡段』一七九　甘東溪「歸舟」詩

（四）結

今回の調査で、江戸初期に多様な形で版を重ねていた『錦繡段』を、白石がよく勉強し吸収していたことがわかった。（一）に列挙した、詩句が重なる例を見ていると、単に古詩を剽窃したようにも見えるが、しかし、彼はむやみに『錦繡段』の、あるいは他の詩集にある詩句を切り取って自分の作品に埋め込んだのではなかったと思う。『錦繡段』を読んで白石がどのように自分の作品を発想していったのか、を考えてみよう。（二）にある発想の項では、白石が先人の漢詩にあるすぐれた発想やイメージを学び、さらにそれらの詩句に共感して、自分の思いを表現するために適切に使っている様子が見られる。（三）詩語の項を見ても、いろいろな作品を読みながらイメージを膨らませ、様々な景色の中を逍遥する白石の姿が見られる。

白石は様々な書物を参考にして漢詩の制作方法を学んだ。そして、そのすぐれた感覚で作品を編み上げることによって、朝鮮通信使を感心させるような『陶情詩集』が生まれたのである。

第三部　資料篇

年譜――『折たく柴の記』に見る二十六歳までの新井白石――

三上英司

はじめに

新井白石の事跡については、『新井白石』（古川哲史著　弘文堂　一九五三）、『新井白石の研究』（宮崎道生　吉川弘文館　一九五八）、『新井白石』（松村明・尾藤正英・加藤周一校注　岩波書店　一九七五）所載「解説　新井白石の世界」（加藤周一著）など、優れた先行研究がある。しかし、新井白石が実に多面的な才能を錬磨・開花させた教養人であったためか、彼を卓越した一人の漢詩人として取り上げる専論は必ずしも多くなかった。一方、幼年・少年・青年期の白石の事跡に関しては不明な点が多く、本『陶情詩集』を読む上でも創作の背景を理解できない点が多い。今ここに新井白石の事跡を二十六歳までと限って記すのは、『陶情詩集』を朝鮮国聘使である三学士に呈して評を乞うまでに、彼がどのような環境で自らの詩業を錬磨していったのかということを窺い知るためである。

さて、白石の事跡を知るための基本資料には、『折たく柴の記』、『新井白石日記』（大日本古記録所載　東京大学史料編纂所　一九五三）、そして『白石先生書簡』（『新井白石全集』巻五所載　私家版　一九〇六）がある。これらのうち、自らの生い立ちや青年期の足跡に触れるのは、『折たく柴の記』である。残念ながら『新井白石日記』は、白石が三十七歳で甲府の徳川綱豊に出仕した元禄六年（一六九三）から始まり、その記すところは職務内容の簡潔な記録が中心を占める。

また『白石先生書簡集』は、多くの文学論を含みながら、青年期までに心血を注いで行われた詩業の錬磨に関する記述には乏しい。これに対して、『折たく柴の記』三巻は、白石が祖父や両親などから聞いた話と自らの生い立ちに関する記憶とを述べる上巻、及び甲府の徳川綱豊に仕えてからの事跡を記す中・下巻とで構成されている。ここでは『折たく柴の記』の記述に基づいて、白石の幼年から青年時代までの姿を確認して行く。

明暦三年（一六五七・丁酉・一歳）

二月十日辰時に生まれる。父は、上総久留里藩臣・新井正済。母は坂井氏女、千代。出生地は、江戸柳原（神田万世橋から浅草橋にかけての地区）の内藤右近大夫政親宅であった。これは、一月十八日に起きた明暦の大火のために主君土屋利直が外孫である内藤政親宅に仮寓していたためである。

大火直後に生まれたため、幼少期は「火の児《こ》」と呼ばれており、藩主の母（正覚院殿）が赤子の時から、そばに置いて可愛がり続けた。

万治元年（一六五八・戊戌・二歳）

記載無し。

万治二年（一六五九・己亥・三歳）

藩主・土屋利直がそばに召し寄せて自らの子ども以上に可愛がったため、庶子ではないかとの噂が立つ。

草子『上野物語』（未詳）を紙に透かして写し書き（模写）し、評判になる。

万治三年（一六六〇・庚子・四歳）

久留里藩家臣・富田小右衛門某（後に覚信と名のる）が講ずる『太平記評判理尽無極抄』の席に、夜毎に父親について加わり、疑義を質問して列座の人々から賞賛される。

寛文元年（一六六一・辛丑・五歳）

記載無し。

寛文二年（一六六二・壬寅・六歳）

上松忠兵衛某が、漢詩（七言絶句）三首を教え、これを暗誦して文才を称揚される。この時、正式に師について学ぶことを進められるが、周りの者たちの反対によって止める。ただ父親は、先々手習いの勉強はさせようと考えていた。この時に暗誦した詩は、「三伝市虎人皆従の句を含む詩」「朝鮮国七歳の児の太閤の前で作った詩」「自休蔵主が江島で作った詩」であると自注に記している。

南部藩主・南部信濃守利直が白石を養子にしたいと望むが、土屋利直は自分と母親がともに可愛がっている事を理由に断る。

寛文三年（一六六三・癸卯・七歳）

正月元日から疱瘡に罹る。藩主と藩主の母から和漢洋の医薬が届けられるだけではなく、医師及び祈禱師などが派遣される。その時に遣わされた医師の一人である石川玄朔が与えた「ウンカフル（ウニコール　一角＝海獣イッカクの角の散薬）」が効き、一命を取りとめる。

「帯とき・袴着」の儀（現在の七五三にあたる）を藩主が行う。

寛文四年（一六六四・甲辰・八歳）

藩主が久留里藩へ戻っている間、父の命で手習いをさせられる。

寛文五年（一六六五・乙巳・九歳）

再び藩主が国元へ帰っている間、日課（行・草書を日のあるうちに三千、夜に一千字書く）をたてられて、書の訓練に励む。このころからしばしば父親の手紙を代筆する。

十一月二十六日、幼少の白石を寵愛していた藩主の母、薨ず。

寛文六年（一六六六・丙午・十歳）

秋より、父の命にて『庭訓往来』を習う。十一月中、十日間でこれを浄書して　冊と為し、藩主の御覧に供して大いにほめられる。

寛文七年（一六六七・丁未・十一歳）

父の友人である関某の子に太刀打ちの技を一つ習う。五歳年長の十六歳の者（神戸某の次男）と木刀にて三度試合して三度勝つ。この後、武芸に夢中になって手習いには余り時間を割かなくなるが、読書は続け、「我国のものがたり草紙等の類」を読み漁る。

寛文八年（一六六八・戊申・十二歳）

記載無し。

寛文九年（一六六九・己酉・十三歳）

この年以降、藩主土屋利直の書簡の大方を代筆する。

寛文十年（一六七〇・庚戌・十四歳）

記載無し。

寛文十一年（一六七一・辛亥・十五歳）

姉・おてい、正月十七日に歿する。享年十九（数え）。

寛文十二年（一六七二・壬子・十六歳）

記載無し。

延宝元年（一六七三・癸丑・十七歳）

同僚の若侍の案上に置かれた中江藤樹『翁問答』を借りて読み、「聖人の道」を知り、「斯道に志す」。藩主のもとに訪れる京の医師・江馬益庵（父親の病の治療にも当たった）に「小学の題辞」、程明道『四箴』を講義してもらう。引き続き独学で、『古今韻会挙要』（元・能忠の編）『字彙』（明・梅膺祚の編）を用いて『小学』、四書、五経を学び、その余暇に「文章詩賦の類」を学ぶ。

十一月、初めて七言律詩「冬景即事」を賦す。この作品を批判する人に対して「嘲けりを解く文（解嘲文）一篇」を作る。

学費の心配をさせたくなかったため、学問のことを父親には隠していたが、母親には打ち明けていた。

延宝二年（一六七四・甲寅・十八歳）

秋、藩主土屋利直に随従して久留里に行く。

十一月半ば、宿直の折り、抜け出して猟の見物をしたために、藩主の勘気を蒙り、閉居。

十一月末、久留里藩を二分する騒動が起こる。

十二月初め、両派闘争せんとするに及んで白石は閉居の身にもかかわらず父親と同じ志を持つ関某を中心とする側に参加しようと謀る。しかし後に両派和解。事件収束後、関某の子が閉居中の白石に自重を促しにくる。「関某」は、主君利直のそば近くに使えて白石が七歳で疱瘡のため死にかけたときに主君の命により見舞いに来た人物の一人（他には山本某）ではないかと思われる。後に家老職についた関弥右五左ェ門入道宗貞か。『土屋家ノ事御尋ニ付奉答候条々』によれば、この人は白石が二十歳になるころまで存命していた。また、白石十一歳の時に大刀打の技を教えてくれた「我父の友に関といひし人の子ども」は、「関某の子」であろう。白石よりも数歳上であったと思われる。〇一五「関二野居」詩の「関二」がこの人物である可能性もある。

この事件の後に、藩主の勘気が解ける。

この年の秋から冬にかけて〇〇二「総州望陀県治の東山故城に登る」詩を賦すか。

延宝三年（一六七五・乙卯・十九歳）

四月、藩主土屋利直卒す。嫡子頼直家督を継ぐ。白石の父・正済は新藩主に一度も目通りせず、七十五歳で致仕を願い出た。利直の後継者である土屋頼直は「とし比の奉公の労に報ふる所也」として養老の俸を給付した上でこれを許した。白石の父は、足軽小頭より藩大目付まで累進した人物であった。その後に仏門に入って江戸浅草報恩寺に妻とともに庵住する。

一方、白石は俸禄を継ぐことを新藩主から許されなかった。

延宝四年（一六七六・丙辰・二十歳）

冬、新藩主頼直に対する排斥の運動が起こる。父正済は、時期尚早を理由に急進派をなだめる。

延宝五年（一六七七・丁巳・二十一歳）

二月二十二日、土屋家の内紛に父・正済が関与したとして、父の養老の禄は廃される。白石も追放の上、仕官禁錮に処せられる。両親の生活費は、白石義兄（正済養子）相馬藩家臣・郡司正信が出す。このあと数年、白石は江戸浅草の報恩寺（別称板東報恩寺、真宗大谷派）内にある真宗大谷派高徳寺（現在は中野区高田に移転）に、下僕一人と寄宿する。ここで、住持である了也と交際を深める。

五月八日、妹・おまで（お迄）嫁ぎ先で産後の肥立ちが悪く歿する。享年十八。

白石はこの時期、昼間は気落ちした父母の元へしきりに伺候する一方で、朝晩は江戸市中で「書講じぬる人の許にゆきて、これを聞」く生活が続く。後に、朝鮮国聘使へ白石を紹介した対馬藩の儒生の阿比留（西山）順泰との交際もこの頃から始まる。後年阿比留は「賀白石生女（貞享四年生・夭逝。名、静）」詩（『停雲集』巻上）などを白石に贈っており、家族ぐるみの交際をしていたようである。

また『陶情詩集』所載の詩を読むと、この時期には河村瑞軒の次男・通顕《みちあき》と学友になっていることがわかる。白石は河村家の蔵書を盛んに読んで学んでいたともいわれ、このような状況の中で交流が深まったのであろう。

この年以降に、○二一「山元立の予が庭前の紅梅を訪ぬの韻に和す」詩、○二八「山秀才の菅廟即事に和すの韻に和す」詩が作られた。また、この年の秋以降に○五○「和杜鵑枝」詩を賦す。○五二「河範の入仕するを送る」詩が作られたのもこのころか。

延宝六年（一六七八・戊午・二十二歳）

五月九日、母の容態が急に悪化、十日（九日とも記される）に、歿する。享年六十三。

学問をする人間として名が知れてきたのであろうか、

この年の前後に、富商の婿養子になってはという誘いがあったり、父の古くからの知人である住倉了仁から医者になることを勧められたり、学問仲間となった川村瑞軒の子を介して娘の結婚相手として打診を受けたりしている。

延宝七年（一六七九・己未二十三歳）

八月七日、久留里藩藩主・土屋頼直、藩政治まらざるを以て領地が召し上げられる。この時、後継者の子息・主税（後に二千石を給せられる）は、白石を召し出すが、白石はこれを受けていない。重ねて主税は自らの命名を依頼し、白石は達直の名のりを勧める。以後、仕官禁錮は解かれる。

なお、宮崎道生著『新井白石の研究』および市川哲史著『新井白石』所載「新井白石年譜」は、この年の六月八日に父が死亡したと記す。一方、『新井白石全集』第六巻所載三田葆光編「白石先生年譜」では、これを天和二年（一六八二・数え二十六歳）の六月九日のことと記している。

これに関して『折りたく柴の記』「上編（岩波文庫本pp58-59）」には、「ある人のすゝめによりて、古河の少将正俊朝臣の家に出仕たりき。これよりのちは、父をも心やすくやしなひまゐらすべしとおもひしに、その年の六月八日に我もとに来たり給ひ、夜ひと夜かたりなぐさみ給ひて、あけの日住給ふ所に帰り給ひしに、其暁よりわづらひ出し給ふ…中略…手をさし出して我手をとり給ひ、ねぶるがごとくに終り給ひたりき。」とある。

このような自身の手による詳細な記述を踏まえれば、白石の父の死亡は、この年ではなく、堀田家に出仕することとなった天和二年のことであると判断することが妥当であろう。

延宝八年（一六八〇・庚申・二十四歳）

この年の前後に堀田正俊への仕官を勧める者があった。『陶情詩集』所載〇八五～〇九三「病中　八首」が示すように、例年の如く白石は春から夏にかけて病のために床に伏せる生活を繰り返している。『新井白石日記』の記述によれば、後年になっても白石は「泄瀉」(悪性の下痢)のため出仕を辞すことがしばしばあり、主君である綱豊(後の将軍家宣)が、涼しくなる「暮時」以降に登城するように指示(元和七年七月二十日条「御意ニハ、暑之節、入相時分出仕可申之由　廿二日暮時出仕」)を出したりしたこともあった。

天和元年(一六八一・辛酉・二十五歳)

記載無し。

天和二年(一六八二・壬戌・二十六歳)

三月、堀田正俊(古河侯・筑前守・紀氏)に出仕。この前後の様子を白石は『折たく柴の記』において「かくて筑前守紀正俊朝臣にすゝめしものありて、廿六歳の三月に、彼朝臣の許に出て仕ふ。」と記している。堀田正俊は、寛永十一年(一六三四)、堀田正盛の三男として生まれ、翌、寛永十二年には春日局の養子となり、その縁から寛永十八年に第三代将軍・徳川家光の嫡男・竹千代(後の徳川家綱)の小姓に任じられてから頭角を現した人物である。白石を採用した頃は、下総古河九万石の藩主であり、天和元年(一六八一)の十一月から酒井忠清に替わって大老職に就いていた。

どのような経緯で白石が堀田家に仕官するに至ったのかを示す資料が、管見の及ぶ範囲では見つけられなかった。しかし、堀田正俊は河村瑞賢と親交を深めており、瑞賢所蔵の書籍で瑞賢の息子通顕とともに学んでいた白石が推薦された可能性もある。

六月九日、父正済歿する。享年八十二。臨終・命終前後の様子が『折たく柴の記　上』(岩波文庫版 P58)には以下のように記されている。

「古河の少将正俊朝臣の家に出仕たりき。これよりのちは、父をも心やすくやしなひまゐらすべしとおもひしに、その年の六月八日に、我もとに来り給ひ、夜ひと夜かたりなぐさみ給ひて、あけの日住給ふ所に帰り給ひしに、其暁よりわづらひ出し給ふと聞えしかば、いそぎゆきむかひしに、事きれ給ふべきほどにて、某こそ参りて侍れと申せしを聞給ひ、目をひらき御覧じて、手をさし出して我手をとり給ひ、ねぶるがごとくに終り給ひたりき。此年、我つかへにしたがひしより、わづかに百日にもたらずして、わかれまゐらせし事のかなしけれど、御あとの事ども、思し置事なくして終り給ひしは、せめての幸にもおはせしなるべし。是年八十二歳にておはしましたりき。」

七月、木下順庵（恭靖木先生　木下平之丞）三百石を以て幕府に招かれる。また、阿比留木門に入る。

八月、阿比留の仲介により、朝鮮国聘使である三学士（成琬・李聃齢・洪世泰）に『陶情詩集』の評を乞う。「その人を見てのちに序作るべし」といわれる。この時の経緯が『折たく柴の記　上』（岩波文庫版 P71）には、以下のように記されている。

「此比（二十一歳　三上注）よりぞ、対馬国の儒生、阿比留といひし人をば相識ける。廿六の春、ふたゝび出てつかふる身となりぬ。ことしの秋、朝鮮の聘使来れり。かの阿比留によりて、平生の詩百首を録して、三学士の評を乞ひしに、その人を見てのちに序作るべしという事にて、九月一日に客館におもむきて、製述官成琬・書記官李聃齢ならびに裨将洪世泰などといふものにあひて、詩作る事などありし。其夜成琬我詩集に序をつくりて贈りたりき。」

九月一日、客館に赴き、三学士と面会する。その夜、製述官・成琬の序文が届く。

この年の春、一〇〇「対馬州山元立の行《こう》に従いて朝鮮聘使を草梁に迎うるを送る」詩を賦す。

引用文献一覧

＊「第一部　訳注篇」【語釈・用例】に引いた文献を載せた。
＊すべて旧字体を用いた。
＊四部分類に従って列挙した。
＊書名は五十音順に並べた。
＊撰者・編者等の記載は、四庫全書所収の場合は原則として提要に拠った。
＊撰者・編者が不確かなものには「?」を付し、全くわからないものは「撰者不詳」とした。
＊テキストが多数あるものは、よく用いられる書名を最初に記し、（　）内によく用いられるテキスト一種を記した。
＊日本の文献は漢詩文のみ「その他」として載せた。

經部

易類

『易經』（『周易注疏』十卷　魏・王弼／晉・韓康伯注　唐・
　孔穎達疏）

詩類

『詩經』（『毛詩注疏』四十卷　漢・毛亨傳　鄭玄箋　唐・
　孔穎達疏）

春秋類

『春秋左氏傳』（『春秋左氏傳注疏』六十卷　晉・杜預注
　唐・孔穎達疏）

四書類

『孟子』（『孟子注疏』）十四巻　漢・趙岐注　舊本題（劉）宋・孫奭撰疏）
『論語』（『論語注疏』）二十巻　魏・何晏集解　（劉）宋・邢昺疏）

小学類

『爾雅翼』三十二巻　宋・羅願撰　元・洪焱祖音釋
『埤雅』二十巻　宋・陸佃撰

史部

正史類

『漢書』一百二十巻　漢・班固撰
『後漢書』一百二十巻　後漢書本紀十巻列傳八十巻　劉宋・范蔚宗撰　唐・章懷太子賢注
『三國志』六十五巻　晉・陳壽撰
『史記』一百三十巻　漢・司馬遷撰
『新唐書』二百二十五巻　宋・歐陽脩／宋祁等奉勅撰
『新五代史』七十四巻　宋・歐陽脩撰
『晉書』一百三十巻　唐・房喬等奉勅撰
『宋史』四百九十六巻　元・托克托等奉勅撰

編年類

『資治通鑑』二百九十四巻　宋・司馬光撰

別史類

『十八史略』七巻　元・曾先之撰

雜史類

『戰國策』三十三巻　漢・高誘注

載記類

『華陽國志』十二巻　晉・常璩撰
『呉越春秋』六巻　漢・趙煜撰

時令類

『歳時廣記』四巻　宋・陳元靚撰

傳記類

『金佗稡編』二十八卷　宋・岳珂撰

『唐才子傳』八卷　元・辛文房撰

地理類

『會稽三賦』三卷　宋・王十朋撰

『荊楚歲時記』一卷　梁・宗懍撰

『水經注』四十卷　北魏・酈道元撰

子部

儒家類

『新語』二卷　漢・陸賈撰

『說苑』二十卷　漢・劉向撰

法家類

『韓非子』二十卷　周・韓非撰

術數類

『三命通會』十二卷　明・萬民英撰

『唐開元占經』一百二十卷　唐・瞿曇悉達撰

藝術類

『珊瑚網』四十八卷　明・汪砢玉撰

『式古堂書畫彙考』六十卷　清・卞永譽撰

『清河書畫舫』十二卷　明・張丑撰

『趙氏鐵網珊瑚』十六卷　明・朱存理撰

譜錄類

『筍譜』一卷　宋・贊寧撰

『洛陽牡丹記』一卷　宋・歐陽脩撰

雜家類

『淮南鴻烈解』二十一卷　漢・淮南王劉安撰　漢・高誘注

＊用例としては『淮南子』として引いた。

『困學紀聞』二十卷　宋・王應麟撰

『事実類苑』六十三卷　宋・江少虞撰

『能改齋漫錄』十八卷　宋・呉曾撰
『封氏聞見記』十卷　唐・封演撰
『墨莊漫錄』十卷　宋・張邦基撰
『呂氏春秋』二十六卷　撰者不詳
『類說』六十卷　宋・曾慥編
『老學庵筆記』十卷續筆記二卷　宋・陸游撰

類書類

『圓機活法』二十四卷　淸・王世貞編？
『御定佩文韻府』四百四十四卷　淸・聖祖仁皇帝御定
＊提要には四百四十四卷とあるが，四庫全書所収の本は百六卷である。
『錦繡萬花谷』前集四十卷後集四十卷續集四十卷　撰者不詳
『藝文類聚』一百卷　唐　歐陽詢撰
『古今合璧事類備要』前集六十九卷後集八十一卷續集五十六卷別集九十四卷外集六十六卷　宋・謝維新編
『古今事文類聚』前集六十卷後集五十卷續集二十八卷別集三十二卷　宋・祝穆撰　新集三十六卷外集十五卷　元・富大用撰　遺集十五卷　元・祝淵撰
『冊府元龜』一千卷　宋・王欽若／楊億等奉勅撰
『山堂肆考』二百二十八卷補遺十二卷　明・彭大翼撰
『事物紀原』十卷　宋・高承撰
『初學記』三十卷　唐・徐堅等奉勅撰
『太平御覽』一千卷　宋・李昉等奉勅撰
『白孔六帖』一百卷　唐・白居易／宋・孔傅撰
『蒙求』二卷　唐・李瀚撰

小說家類

『雲仙雜記』十卷　唐・馮贄撰
『海內十洲記』一卷　漢・東方朔撰？
『漢武帝內傳』一卷　漢・班固撰？
『西京雜記』六卷　漢・劉歆撰　晉葛洪輯
『世說新語』三卷　劉宋・劉義慶撰
『山海經』十八卷　晉・郭璞注
『搜神記』二十卷　晉・干寶撰

『太平廣記』五百巻　宋・李昉等奉勅撰
『酉陽雜俎』二十巻續集十巻　唐・段成式撰

釈家類
『智度論』一百巻　龍樹菩薩撰

道家類
『雲笈七籤』一百二十二巻　宋・張君房撰
『莊子注』十巻　晉・郭象注
＊用例としてはただ『莊子』として引いた。

集部

楚辭類
『楚辭章句』十七巻　漢・王逸撰
＊用例としてはただ『楚辭』として引いた。

別集類

あ行

『遺山集』四十巻　金・元好問撰
『韋蘇州集』十巻　唐・韋應物撰
『一山文集』元・李繼本
『筠谿集』二十四巻樂府一巻　宋・李彌遜撰
『雲臺編』三巻　唐・鄭谷撰
『雲林集』六巻　元・貢奎撰
『盈川集』十巻　唐・楊炯傳
『演山集』六十巻　宋・黄裳撰
『弇州四部稿』一百七十四巻續稿二百七巻　明・王世貞撰
『苑洛集』二十三巻　明・韓邦奇撰
『宛陵集』六十巻附錄一巻　宋・梅堯臣撰
『王右丞集箋注』二十八巻附錄一巻　唐・王維　清・趙殿成撰
『王荊公詩注』五十巻　宋・王安石　宋・李壁撰
『横浦集』二十巻　宋・張九成撰
『歐陽修撰集』七巻　宋・歐陽脩　宋・歐陽澈撰
『溫飛卿詩集箋注』九巻　唐・溫庭筠　明・曾益撰

か行

『晦菴集』一百卷續集五卷別集七卷　宋・朱熹撰
『檜亭集』九卷　元・丁復撰
『懷麓堂集』一百卷　明・李東陽撰
『柯山集』五十卷　宋・張耒撰
『何水部集』一卷　梁・何遜撰
『浣花集』十卷補遺一卷　唐・韋莊撰
『簡齋集』十六卷　宋・陳與義撰
『浣川集』十卷　宋・戴栩撰
『咸平集』三十卷　宋・田錫撰
『龜山集』四十二卷　宋・楊時撰
『菊磵集』一卷　宋・高翥撰
『騎省集』三十卷　宋・徐鉉撰
『玉笥集』十卷　元・張憲撰
『玉楮集』八卷　宋・岳珂撰
『具茨詩集』五卷　明・王立道撰
『空同集』六十六卷　明　李夢陽撰
『桂隱詩集』四卷　元・劉詵撰
『慶湖遺老集』九卷　宋　賀鑄撰

『溪堂集』十卷　宋・謝逸撰
『景文集』六十二卷　宋・宋祁撰
『月屋漫稿』一卷　元・黄庚撰
『潏水集』十六卷　宋・李復撰
『元憲集』四十卷　宋・宋庠撰
『元氏長慶集』六十卷補遺六卷　唐・元稹撰
『劍南詩稾』八十五卷　宋・陸游撰
『鴻慶居士集』卷四十二　宋・孫覿撰
『臞軒集』十六卷　宋・王邁撰
『江湖長翁集』四十卷　宋・陳造撰
『香山集』十六卷　宋・喩良能撰
『後山集』二十四卷　宋・陳師道撰
『高常侍集』十卷　唐・高適撰
『公是集』五十四卷　宋・劉敞撰
『後村先生集』五十卷　宋・劉克莊撰
『篁墩文集』九十三卷　明・程敏政撰
『廣陵集』三十一卷　宋・王令撰
『穀城山館集』二十卷　明・于愼行撰

『古懽堂集』三十六巻附黔書二巻長河志籍考十巻　清・田雯撰
『詁訓柳先生文集』四十五巻外集二巻新編外集一巻　唐・柳宗元撰
『梧溪集』七巻　元・王逢撰
『跨鼇集』三十巻　宋・李新撰
『古梅遺稿』六巻　宋・呉龍翰撰
『五百家注昌黎文集』四十巻　唐・韓愈　宋・魏仲舉編
『呉文肅摘稿』四巻　明・呉儼撰
『五峰集』十巻　元・李孝光撰
『古靈集』二十五巻　宋・陳襄撰

さ行

『山谷集』三十巻別集二十巻外集十四巻詞一巻簡尺二巻　宋・黄庭堅撰
『司空曙集』二巻　唐・司空曙撰
『司空表聖文集』十巻　唐・司空圖撰
『止齋文集』五十一巻　宋・陳傅良撰
『施注蘇詩』四十二巻　宋・蘇軾　宋・施元之注
『祠部集』三十五巻　宋・强至撰
『重編瓊臺會稿』二十四巻　明・邱濬撰
『淳熙稿』二十巻　宋・趙蕃撰
『純白齋類稿』二十巻　元・胡助撰
『松雪齋集』十巻外集一巻　元・趙孟頫撰
『昌谷集』四巻外集一巻　唐・李賀撰
『相山集』三十巻　宋・王之道撰
『小鳴稿』十巻　明・朱誠泳撰
『蕭茂挺文集』一巻　唐・蕭穎士撰
『徐正字詩賦』二巻　唐・徐寅撰
『岑嘉州詩集』八巻　唐・岑參撰
『眞山民集』一巻　宋・眞山民撰
『沈佺期集』八巻　唐・沈佺期撰
『水雲集』一巻　宋・汪元量撰
『水心集』二十九巻　宋・葉適撰
『誠意伯文集』二十巻　明・劉基撰
『精華錄』十巻　清・王士禎撰
『青崖集』五巻　元・魏初撰

『西巖集』二十卷　元・張之翰撰
『青谿漫稿』二十四卷　明・倪岳撰
『清獻集』十卷　宋・趙抃撰
『西湖百詠』二卷　宋・董嗣杲撰　明・陳贄和韻
『清江詩集』十卷文集三十一卷　明・貝瓊撰
『誠齋集』一百三十二卷宋・楊萬里撰
『青山集』三十卷　宋・郭祥正撰
『霽山文集』五卷　宋・林景熙撰
『靜思集』十卷　元・郭鈺撰
『青城山人集』八卷　明　王燧撰
『西塍集』一卷　宋・宋伯仁撰
『石湖詩集』三十四卷　宋・范成大撰
『石田詩選』十卷　明・沈周撰
『石屛詩集』六卷　宋・戴復古撰
『石門文字禪』三十卷　宋・惠洪撰
『雪溪集』五卷　宋・王銍撰
『拙軒集』六卷　金・王寂撰
『禪月集』二十五卷補遺一卷　唐・貫休撰

『選鐫石堂先生遺集』四卷　宋・陳普撰
『錢塘集』十四卷　宋・韋驤撰
『全芳備祖集』前集二十七卷後集三十一卷　宋・陳景沂撰
『徂徠集』二十卷　宋・石介撰
『藏海居士集』二卷　宋・呉可撰
『雙溪醉隱集』六卷　元・耶律鑄撰
『曹祠部集附錄』一卷　唐・曹鄴撰
『宋之問集』一卷　唐・宋之問撰
『莊靖集』十卷　金・李俊民撰
『滄浪集』二卷　宋・嚴羽撰
『蘇學士集』十六卷　宋・蘇舜欽撰
『蘇詩補注』五十卷　宋・蘇軾　清・査愼行撰
『蘇平仲文集』十六卷　明・蘇伯衡撰

た行

『戴叔倫集』二卷　唐・戴叔倫撰
『大全集』十四卷　明・高啓撰
『太倉稊米集』七十卷　宋・周紫芝撰
『大復集』三十八卷　明・何景明撰

『丹淵集』四十巻　宋・文同撰
『知非堂稿』六巻　元・何中撰
『竹澗集』八巻　明・潘希曾撰
『竹齋集』三巻續集一巻　明・王冕撰
『竹素山房詩集』三巻　元・吾丘衍撰
『竹友集』十巻　宋・謝薖撰
『茶山集』十巻　宋・曾幾撰
『忠愍集』三巻　宋・寇準撰
『長江集』十巻　唐・賈島撰
『張司業集』八巻　唐・張籍撰
『張氏拙軒集』六巻　宋・張侃撰
『陳拾遺集』十巻　唐・陳子昂撰
『陳剛中詩集』三巻附錄一巻　元・陳孚撰
『定山集』十巻　明・莊昶撰
『丁卯詩集』二巻補遺一巻　唐・許渾撰
『天地間集』一巻　宋・謝翶撰
『陶菴全集』二十二巻　明・黄淳耀撰
『唐英歌詩』三巻　唐・呉融撰
『陶淵明集』八巻　晉・陶潛撰
『東洲初稿』十四巻　明・夏良勝撰
『東野農歌集』五巻　宋・戴昺撰
『東萊集』四十巻　宋・呂祖謙撰
『道鄉集』四十巻　宋・鄒浩撰
『杜詩詳注』二十五巻補注二巻　唐・杜甫　清・仇兆鼇撰
『都官集』十四巻　宋・陳舜俞撰
『斗南老人集』六巻　明・胡奎撰

な行

『南澗甲乙稿』二十二巻　宋・韓元吉撰
『南湖集』二巻　元・貢性之撰
『寧極齋稿』一巻　宋・陳深撰
『念菴文集』二十二巻　明・羅洪先撰

は行

『鄱陽集』十三巻　宋・彭汝礪撰
『白氏長慶集』七十一巻　唐・白居易撰
『白蓮集』十巻　唐・齊己撰
『樊榭山房集』十巻續集十巻　清・厲鶚撰

『樊川詩集』四巻外集一巻別集一巻補遺一巻　唐・杜牧
清・馮集梧注
『范文正集』二十巻別集四巻補編五巻　宋・范仲淹撰
『盤洲文集』八十巻　宋・洪适撰
『毘陵集』二十巻　唐・獨孤及撰
『福源石屋珙禪師語錄』二巻　元・清珙撰
『武溪集』二十巻　宋・余靖撰
『滏水集』二十巻　金・趙秉文撰
『文溪集』二十巻　宋・李昴英撰
『文山集』二十一巻　宋・文天祥撰
『文莊集』三十六巻　宋・夏竦撰
『文忠集』一百五十三巻附錄五巻　宋・歐陽脩撰
『屛山集』二十巻　宋・劉子翬撰
『栟櫚集』十六巻　宋・鄧肅撰
『別本韓文考異』四十巻外集十巻附錄一巻　宋・王伯大編
『放翁詩選』前集十巻　宋・羅椅編　後集八巻　宋・劉辰翁編　附別集一巻
『寶晉英光集』八巻　宋・米芾撰

『方洲集』二十六巻　明・張寧撰
『鮑明遠集』十巻　劉宋・鮑照撰
『牧庵集』三十六巻　元・姚燧撰
『北海集』四十六巻　宋・綦崇禮撰
『北山集』四十巻　宋・程俱撰
『甫田集』三十五巻附錄一巻　明・文徵明撰
『甫里集』二十巻　唐・陸龜蒙撰

ま行

『未軒文集』十二巻　明・黄仲昭撰
『孟浩然集』四巻　唐・孟浩然撰
『孟東野集』十巻　唐・孟郊撰

や行

『葯房樵唱』三巻　元・呉景奎撰
『庾子山集』十六巻　北周・庾信撰
『容春堂集』前集二十巻後集十四巻續集十八巻別集九巻　明・邵寶撰
『瑤石山人稿』十六巻　明・黎民表撰
『養蒙文集』十巻　元・張伯淳撰

『姚少監詩集』十巻　唐・姚合撰

ら行

『來鶴亭集』九巻補遺一巻　元・呂誠撰
『駱丞集』四巻　唐・駱賓王撰
『藍澗集』六巻　明・藍智撰
『藍山集』六巻　明・藍仁撰
『欒城集』五十巻（欒城）後集二十四巻（欒城）第三集十巻『應詔集』十二巻宋・蘇轍撰
『李懷州集』一巻　隋・李德林撰
『李義山詩集』三巻　唐・李商隱撰
『李群玉詩集』三巻後集五巻　唐・李群玉撰
『李太白文集』三十巻　唐・李白撰
『柳河東集』四十五巻外集二巻新編外集一巻　唐・柳宗元撰
『劉隨州集』十一巻　唐・劉長卿撰
『劉賓客文集』三十巻外集十巻　唐・劉禹錫撰
『梁園寓稿』九巻　明・王翰撰
『梁谿集』一百八十巻附録六巻　宋・李綱撰
『臨川文集』一百巻　宋・王安石撰
『林和靖集』四巻　宋・林逋撰
『閬風集』十二巻　宋・舒岳祥撰
『鹿門集』三巻　唐・唐彥謙撰
『盧溪文集』五十巻　宋・王庭珪撰
『潞公集』四十巻　宋・文彥博撰
『蘆川歸來集』十巻　宋・張元幹撰
『盧昇之集』七巻　唐・盧照鄰撰

わ行

『淮海集』四十巻後集六巻長短句三巻　宋・秦觀撰

總集類

『瀛奎律髓』四十九巻　元・方回編
『粤西詩載』二十五巻　清・汪森撰
『宛陵群英集』十二巻　元・汪澤民／張師愚編
『花間集』十巻　後蜀・趙崇祚編
『樂府詩集』百巻　宋・郭茂倩輯
『玉臺新詠』十巻　陳・徐陵撰

『御選宋金元明四朝詩』、初集六十八巻巻首一巻二集二十六巻三集十六巻　清・顧嗣立編
『御選唐宋詩醇』七十四巻　清・乾隆帝勅撰
『御定全唐詩』九百巻　清・康熙帝勅撰
『御定歴代賦彙逸句』二巻　清・陳元龍編
『元詩別裁集』八巻補遺一巻　清・姚培謙等点閲
『江湖後集』二十四巻　宋・陳起編
『江湖小集』九十五巻　宋・陳起編
『國秀集』三巻　唐・芮挺章選
『古今禪藻集』二十八巻　明・正勉／性通編
『古詩紀』一百五十六巻　明・馮惟訥撰
『古詩鏡』三十六巻　明・陸時雍撰
『古文觀止』十二巻　清・呉楚材／呉調侯編
『古文眞寶』前集十巻後集十巻　元・黄堅編
『呉都文粹續集』五十六巻補遺二巻　明・錢穀撰
『才調集』十巻　蜀・韋縠撰
『三體詩』六巻　宋・周弼編
『衆妙集』一巻　宋・趙師秀編
『檇李詩繫』四十二巻　明・沈季友撰
『聲畫集』八巻　宋・孫紹遠編
『成都文類』五十巻　宋・袁說友編
『石倉歴代詩選』五百六巻　明・曹學佺編
『宋藝圃集』二十二巻　明・李蓘編
『宋元詩會』一百巻　清・陳焯撰
『宋詩鈔』百六巻　清・呉之振編
『草堂雅集』十三巻　元・顧瑛編
『中州集』十巻附中州樂府一巻　金・元好問編
『天台續集』三巻　宋・林師蔵等編
『唐音』十四巻　元・楊士弘編
『唐詩鏡』五十四巻　明・陸時雍編
『唐詩鼓吹』十巻　金・元好問編？
『唐詩選』八巻　明・李攀龍撰？
『唐詩品彙』九十巻拾遺十巻　明・高棅編
『唐僧弘秀集』十巻　宋・李龏編
『唐百家詩選』二十巻　宋・王安石編？
『唐文粹』一百巻　宋・姚鉉編

『梅花百詠』一巻附錄一巻　元・馮子振／明本撰
『坡門酬唱集』二十三巻　宋・邵浩編
『萬首唐人絶句』一百巻　宋・洪邁編
『閩中十子詩』三十巻　明・袁表／馬熒編
『文苑英華』一千巻　宋・李昉等奉勅撰
『文章軌範』七巻　宋・謝枋得編
『文章正宗』二十巻續集二十巻　宋・眞德秀編
『明詩綜』一百巻　清・朱彝尊編
『文選』六十巻　梁・昭明太子編
『兩宋名賢小集』二百八十巻　宋・陳思編？　宋・陳起編？
元・陳世隆補？　清・朱彝尊編？
＊四庫全書提要によれば、清の朱彝尊が前人に仮託したとのこと。
『聯珠詩格』二十巻　宋・蔡正孫編

詞曲類

『山中白雲詞』八巻　宋・張炎撰

詩文評類

『韻語陽秋』二十巻　宋・葛立方撰
『詩話總龜』前集四十八巻後集五十巻　宋・阮閲撰
『詩人玉屑』二十巻　宋・魏慶之編
『詩林廣記』前集十巻後集十巻　宋・蔡正孫編
『全閩詩話』十二巻　清・鄭方坤撰
『宋詩紀事』一百巻　清・厲鶚撰
『漁隱叢話』前集六十巻後集四十巻　宋・胡仔撰
『唐詩紀事』八十一巻　宋・計有功撰

その他

別集（日本）

『鵞峰先生林學士文集』百二十巻　江戸・林鵞峰
『菅家後草』一巻　平安・菅原道眞
『翰林葫蘆集』十七巻　室町・景徐周麟
『躬恒集』二巻　平安・凡河内躬恒
『金華稿刪』六巻　江戸・平野金華
『錦天山房詩話』二巻　江戸・友野煥

『錦里文集』十九巻　江戸・木下順庵
『紹述先生文集』三十巻　江戸・伊藤東涯
『焦堅藁』一巻　室町・絶海中津
『尺五堂恭儉先生全集』十巻　江戸・松永尺五
『徂徠集』三十巻　江戸・荻生徂徠
『竹洞先生詩文集』二十巻　江戸・人見竹洞
『奠陰集』九巻　江戸・中井竹山
『南海先生文集』五巻　江戸・祇園南海
『南郭先生文集二編』十巻　江戸・服部南郭
『日本樂府』一巻　江戸・賴山陽
『白石先生餘稿』三巻　江戸・新井白石　江戸・新井明卿
『覆醤集』二巻　江戸・石川丈山
『室鳩巣先生文集』二巻　江戸・室鳩巣
『蘭亭先生詩集』十巻　江戸・高野蘭亭

總集（日本）

『錦繡段』一巻　室町・天隱龍澤
『停雲集』二巻　江戸・新井白石
『本朝一人一首』十巻　江戸・林鵞峰
『本朝詩英』五巻　江戸・野間三竹
『本朝文粹』十四巻　平安・藤原明衡
『和漢朗詠集』二巻　平安・藤原公任

集部以外（日本）

『光臺一覽』五巻　江戸・伊達玄庵
『古今要覽稿』五百六十巻　江戸・屋代弘賢
『山州名跡志』二十二巻　江戸・白慧
『除蝗錄』一巻　江戸・大藏永常
『中右記』四十四巻　平安・藤原宗忠
『日本外史』三巻　江戸・賴山陽
『北越雪譜』七巻　江戸・鈴木牧之

『陶情詩集』影印

表紙

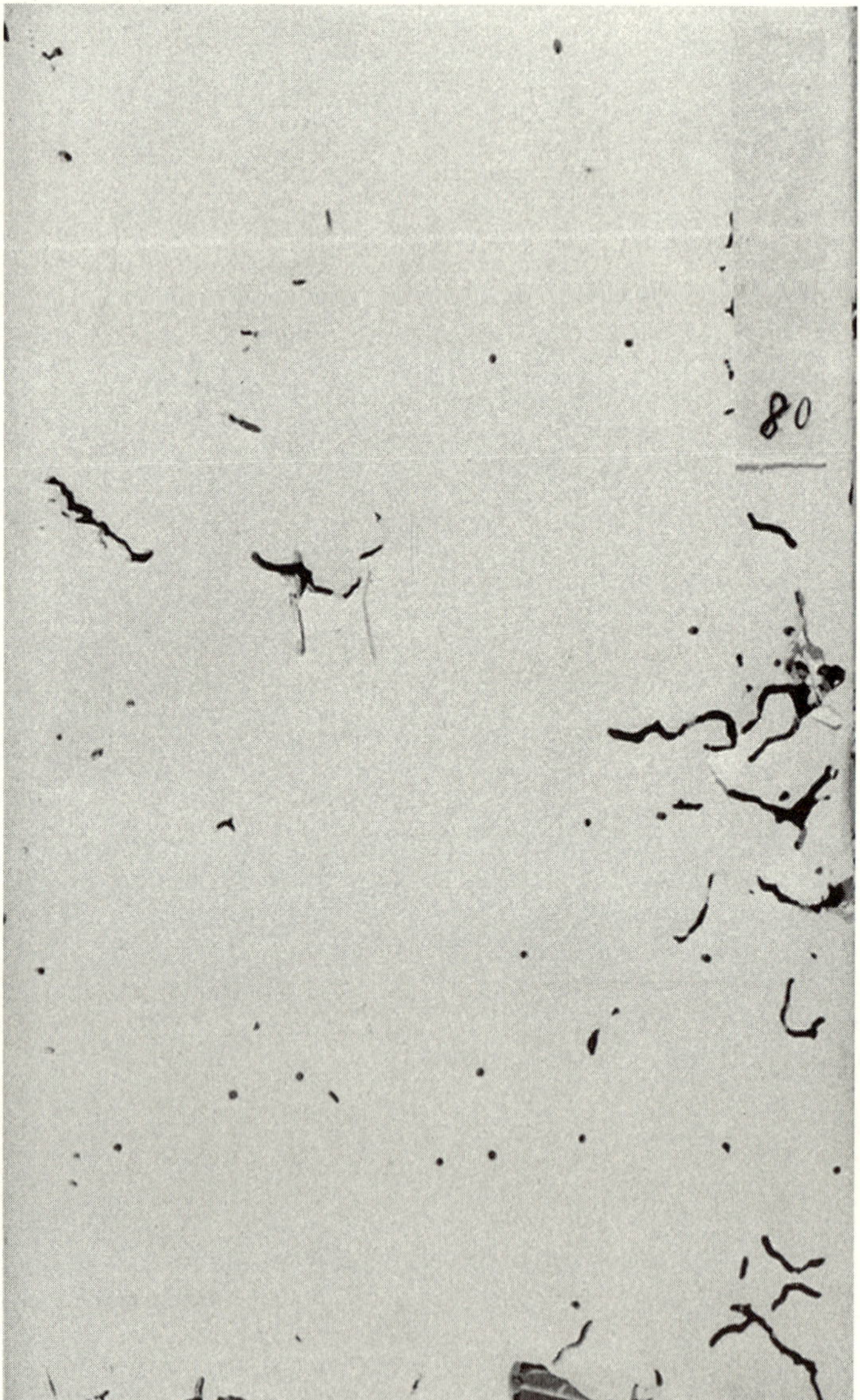

見返し

陶情詩集

士峯

忽見赤知嶽杳然如望雲倚天千仭立抜地
八州分晴雪粉、堪畫長烟篆作文有時仙客
到笙鶴月中聞

登總州望陀縣治東山故城

昔時汗馬勞故老説英豪荒堞逢金鏃空壕
出寶刀天陰山鬼泣月白嶺猿號龍劍氣猶
壯風雲千仭高

1 葉表

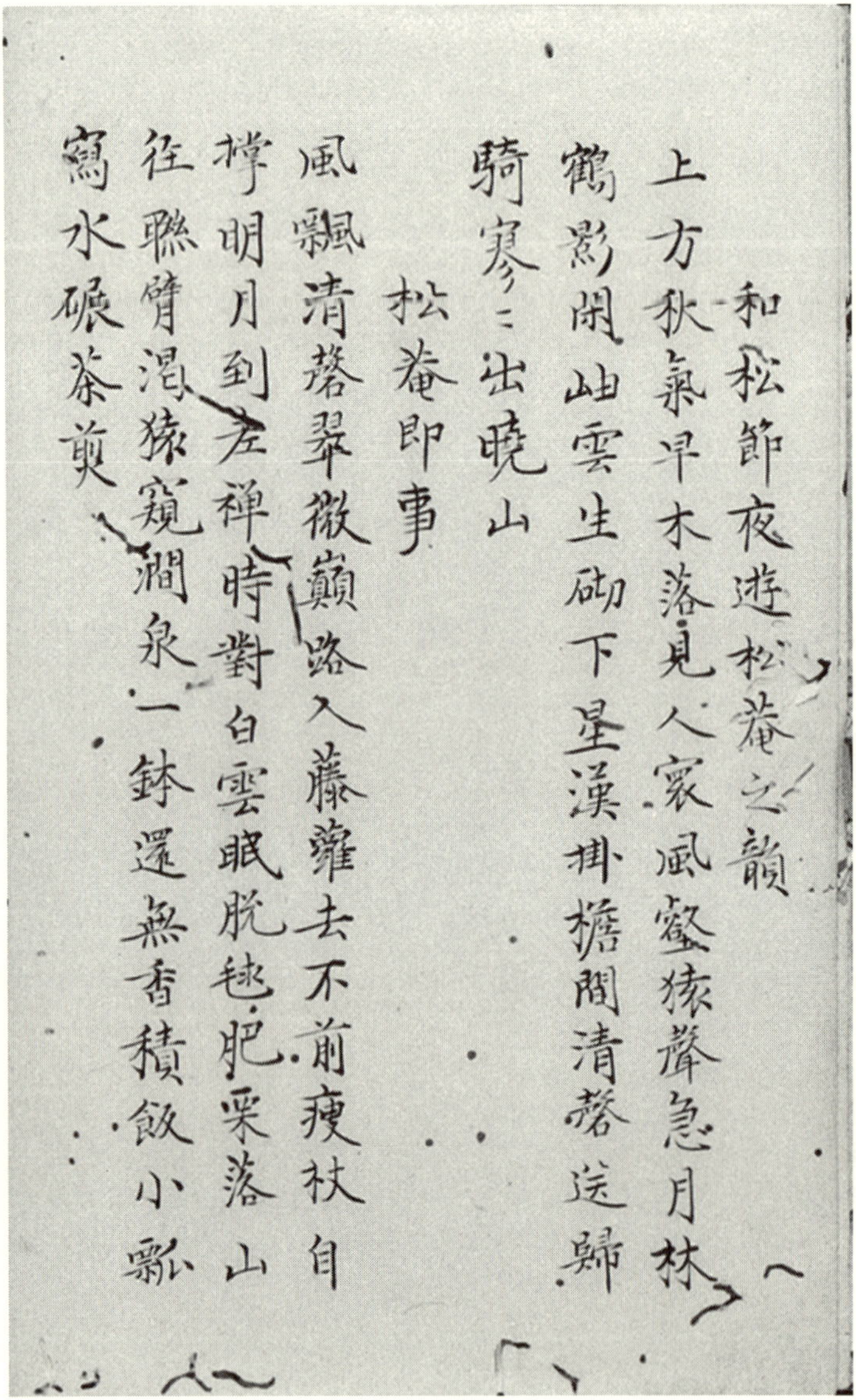
和松節夜遊松菴之韻
上方秋氣早木落見人家風螢猿聲急月林
鶴影閑山雲生砌下星漢掛檐閣清磬送歸
騎寒參〻出曉山
松菴即事
風飄清磬翠微巔路入藤蘿去不前痩杖自
撐明月到左禪時對白雲眠脱毬肥栗落山
往聯臂渇猿窺澗泉一鉢還無香積飯小瓢
寫水碾茶煎

1葉裏

稲村崎

在相州元弘名将源義貞起勤王之兵討東賊ゝ於江濱要害處作大船連舫以拒之義貞解佩刀投水中黙禱江神久之倏忽潮水盡涸末從數里徑入鎌倉平氏九代之威烈於是乎亡

金鼓振天從北藩鷲沙濺血日光昏寶刀沈
水神龍化碧海揚塵汗馬奔九代衣冠餘戰
骨千年星月照冤魂滿江巨艦真閑事依舊
寒潮落遠邨

新竹

2葉表

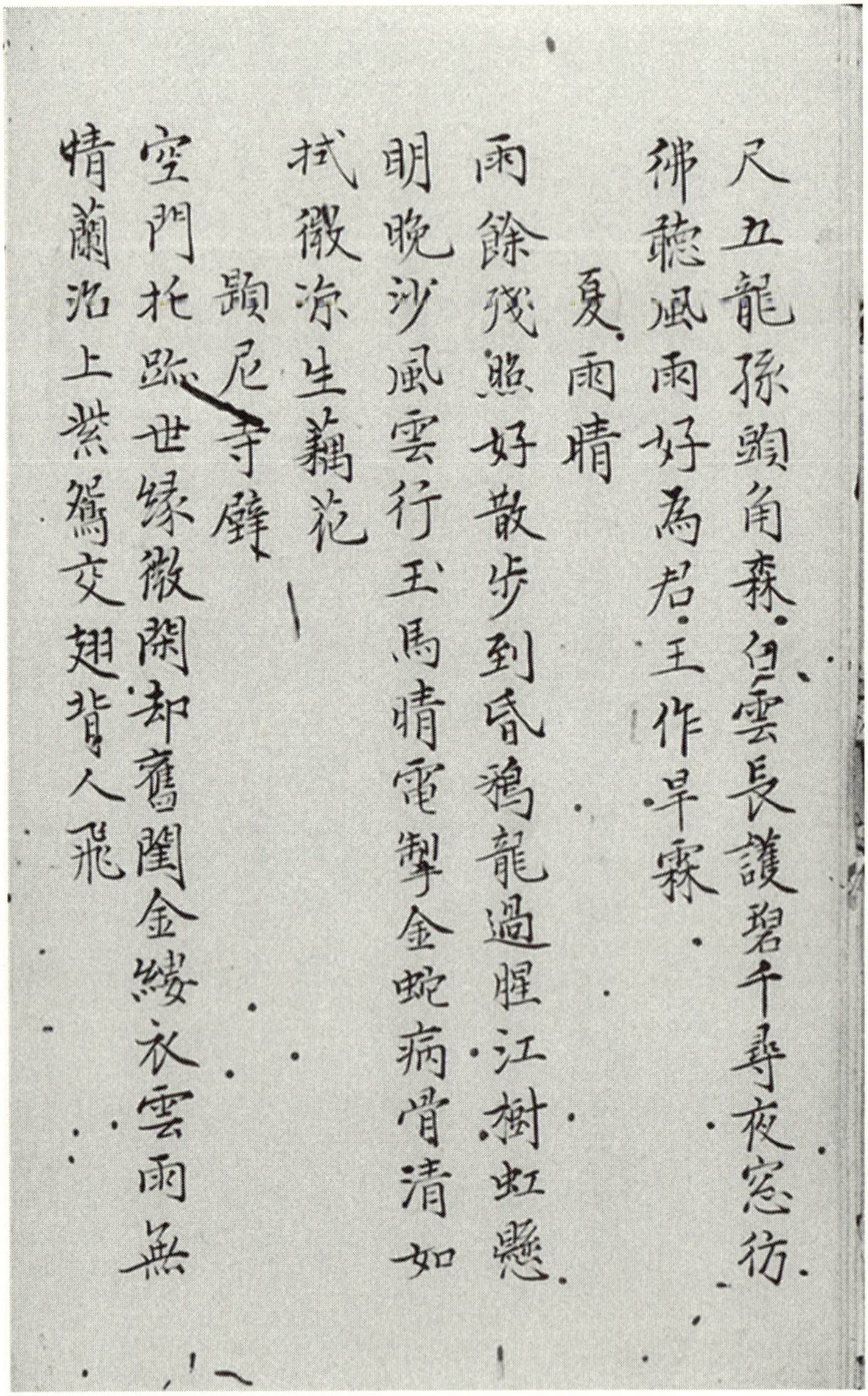

尺五龍孫頭角森白雲長護碧千尋夜窓彷
彿聴風雨好為君王作旱霖
夏雨晴
雨餘殘照好散歩到昏鴉龍過腥江樹虹懸
明晩沙風雲行玉馬晴電掣金蛇病骨清如
拭微涼生藕花
題尼寺壁
空門托跡世縁微閑却舊閨金縷衣雲雨無
情蘭沼上紫鴛交翅背人飛

２葉裏

梅影

冷蘂依〻未肯開清香暗被暁寒催嫦娥頼
有致竜術故隔窓紗将影来

窓前紅梅已蓓蕾

曽是風神林下秀且將醉態巧禁寒雪鐵肌
骨清先冷雲染衣裳濕未乾珠滴香酣薫御
酒蠟封紅綻出仙丹窓前疎影渾依舊長伴
月明帶咲看

江行

3葉表

沙鷗不起水粼〻漁笛風飄紅蓼濱萬古高
天秋色老夕陽長送渡江人

暮過江上

長汀飲馬渡風烟瀲灔澄江片月懸款乃一
聲人不見水禽飛起鏡中天

観潮

浪蹴天門捲海雲歛山堆裡暁光分并吞鷗
鷺一千頃震動鼙鼓百萬軍

暮過野村

3葉裏

望斷暮山烟靄中高林無處不秋風水南水
北看松火知有村童掃草蟲

閑二野居

松門霜色左故識有家風窮則人斯濫庶乎
公屢空秋風収淡菜春雨剪青韭高掛壁間
塵農談日野翁

冬日

寒威侵敗絮臘味醱新醅溪淺鷺頻下林疎
鹿恰来神清時學雪詩痩半途梅霜夜月光

4葉表

好山猿獨自哀

容路

容路歳云暮歸心日夜催峰回羣壑轉地盡

大江開遠樹疑人立怒潮如馬來鄉愁有佳

句村〻故訪梅

容夜

雪檐寒、不堪獨夜對江潭雞唱辭晨曉梅花

古北南行厨蒸紫栗野老饋黄柑州去途多

少命奴委曲諳

4葉裏

雪

夢騎白鳳度銀津邂逅姮娥宮裡人滿目清
光不堪冷覺来瓊樹萬花春

秋桂和月 得天字

廣寒宮裡蘂珠仙曾是香魂降九天莫道人
間會相見一輪邂逅舊因緣

和山元立訪予庭前紅梅韻

紅愁粉瘦似傷春悶倚東風未啓脣雖明
朝何處是試將一箭對佳人

紅梅二首

一種春風氣自殊星冠月佩爛珊瑚今来若
已花王號南面称孤應赤符
非是高陽為酒徒横斜風骨自清癯直須箇
真儒比雲谷老人其姓朱

鷺

長汀沙日暖引歩曝霜翎嵓際雲逈白岸頭
草更青魚藏淺水濁風過故林腥對此出塵
物賞心欲忘形

5葉裏

病馬
觳觳古龍媒年来驕氣摧百金如買骨千里
豈無村舊埒草還綠寒山雪作堆鬖惟恩尚
在未必嘆虺隤

春日小園雜賦
數乘春哇管物華唯将風月即為家淺碧飽
嘗新釀酒輕黃初試小團茶花匀香藏淡生
暈草信金鉤斜發芽安得思如摩詰手寫成
畫軸向人誇

6葉表

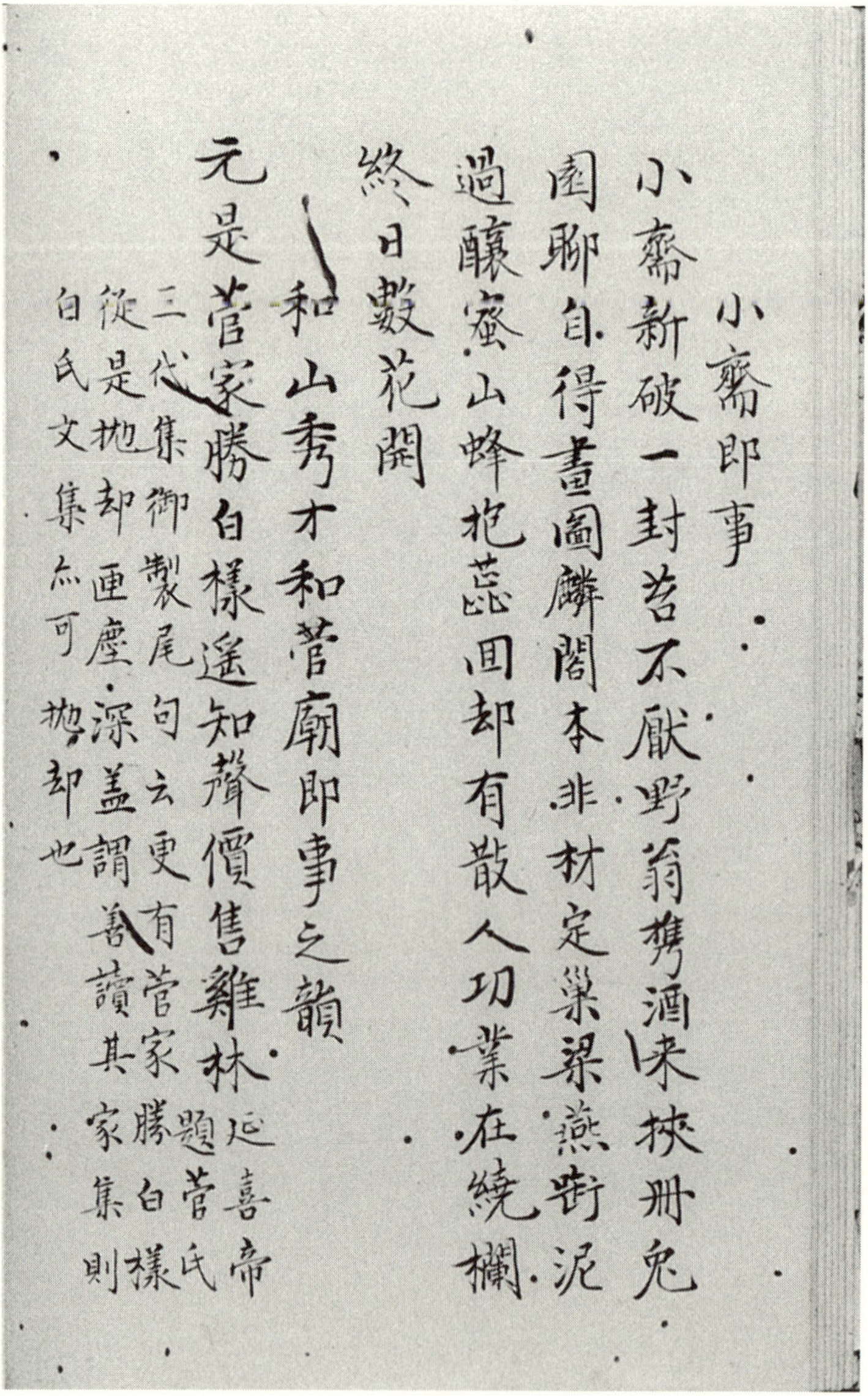
小齋即事
小齋新破一封苔不厭野翁携酒来挾冊兒
園卿自得畫圖麟閣本非材定巣梁燕啣泥
過釀蜜山蜂抱蕊回却有散人功業在繞欄
終日數花開
和山秀才和菅廟即事之韻
元是菅家勝白様遥知聲價售雞林延喜帝
題菅氏
三代集御製尾句云更有菅家勝白様
従是抛却匣塵深蓋謂善讀其家集則
白氏文集亦可抛却也

6葉裏

兩朝袞繡補天手寬平延喜三代文章擲地音憂
國精誠雷霆動摩空冤氣雪霜深匣塵御句
翻為讖都府咏成不直金公有謫居都府之詠

塚上花

萇弘血色枝頭碧望帝淚痕花上紅一片斷
寃招不得却將生意寄春風

高先生挽詩寬永丁丑年官兵討西州妖賊先生奮身從軍于此治有闕閣之功也焉

矍鑠古遺老天何不假年寶戈曾挽日白璧

7葉表

忽沈淵金石有功施箕裘無子傳哀歌城北
路薤露滴寒烟

藤氏小園

城北小園十丈寛水紋弥望碧琅玕主人池
上無多景唯有清風竹數竿

小亭

殘紅經雨盡登戸遠山青晴窓来濕燕淨几
撲乾螢護竹數抽笋移松期有苓日長無一
事睡起探茶經

7葉裏

又
句裡江山眼界賒好將風月足生涯犬兼童
子為三口燕與病夫成一家翻石草階逢暗
笋下蜒苔井得飛花年來粗識閑中趣不是
東陵學種瓜

病中書懐
春來患肺獨憑床靜裡飽暗書味長竹影搖
金檐日轉松花飄粉午風香輕陰林外聽鳩
婦困思枕頸夢蟻王賴有茶功醒病骨車聲

8葉表

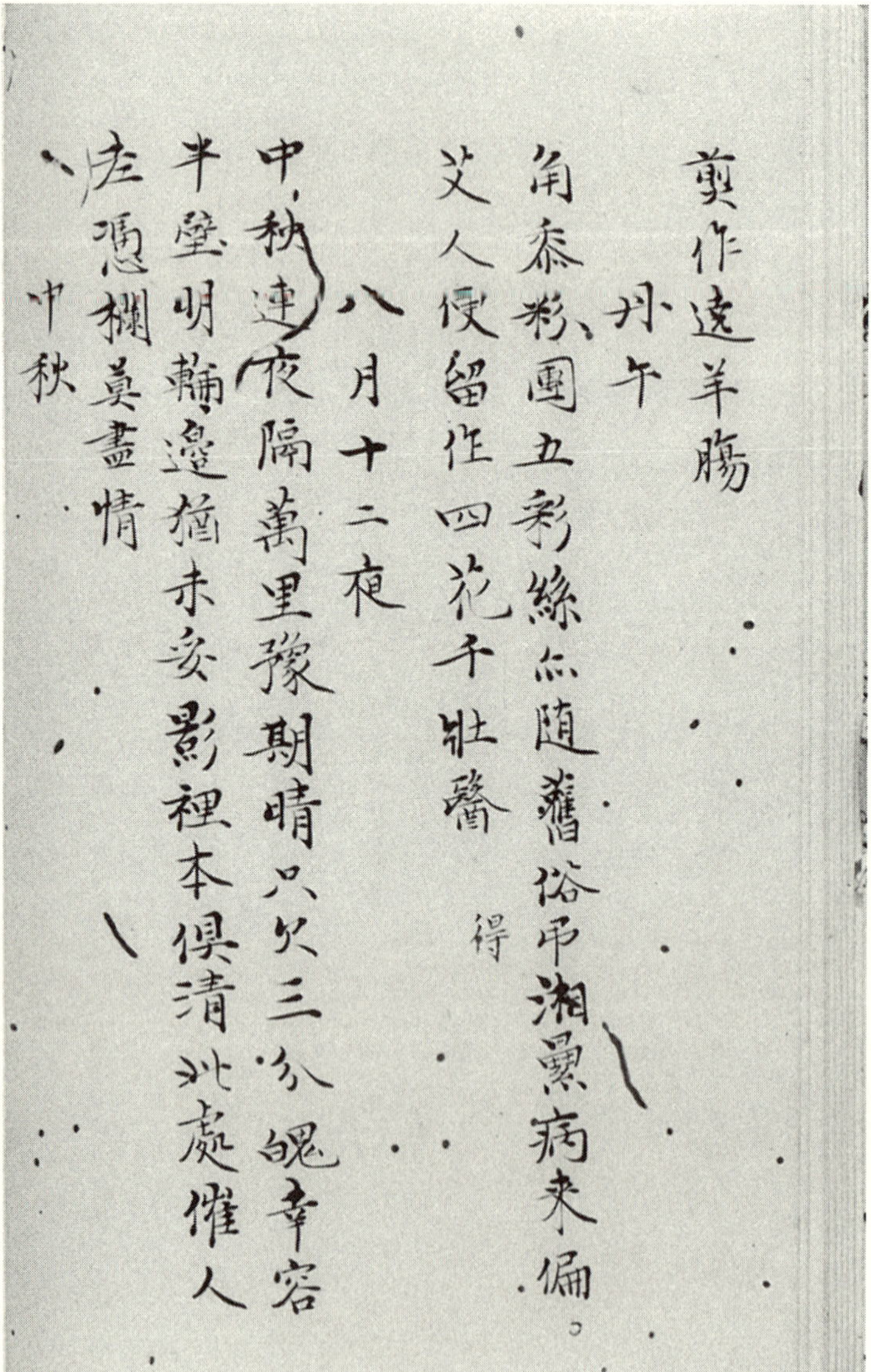

翦作遠羊腸

丹午

角黍彩、團五彩絲亦隨舊俗弔湘纍病來偏。

艾人使留作四花千壯醫　得

八月十二夜

中秋連夜隔萬里豫期晴只欠三分魄幸容

半壁明輔邊猶未妥影裡本俱清兆處催人

左憑欄莫盡情

中秋

8葉裏

三秋今始半千里共期晴明月常時好此宵
特地清飛螢陰處見宿羽夢中驚更作隔年
別那堪向曉傾
九日答友人問詩
風雨滿城秋色深黄花吹老百年心傍人要
問吟詩事識取紫嵒潘大臨
十日菊
節去蝶愁秋已衰曉庭猶有傲霜枝千年遺
愛陶彭澤應擬元嘉以後詩

水墨梅
素紈幻出隴頭春一笏印香能降神樹穴金
環君記未氷肌雪骨是前身

尋梅
一雙蠟屐印溪山風底尋香去復還絶代高
標聳亦上驚人清氣數花間前生自有神仙
骨到死寧為兒女顔箇是識梅端的處雪晴
千壑月彎彎

愛松節雪詩其能用韻和之二首

9葉裏

薄暮江城寒意酣訪梅韻士想僧藍須叟天
上降藤六邂逅人〻問見葛三雲屋氣嚴頻酌
蟻風颮聲密静聴蠶也知王句坡仙左白戦
一場續泚南
雪晴江上晩寒酣萬境沉〻天蔚藍清比霊
泉於第〻一明如微月出初三短簑人遠渾疑
鶴壞衲僧眠全類蚕蹈碎瓊瑤聊問訊暖囬
梅底數枝南

秋雨

10葉表

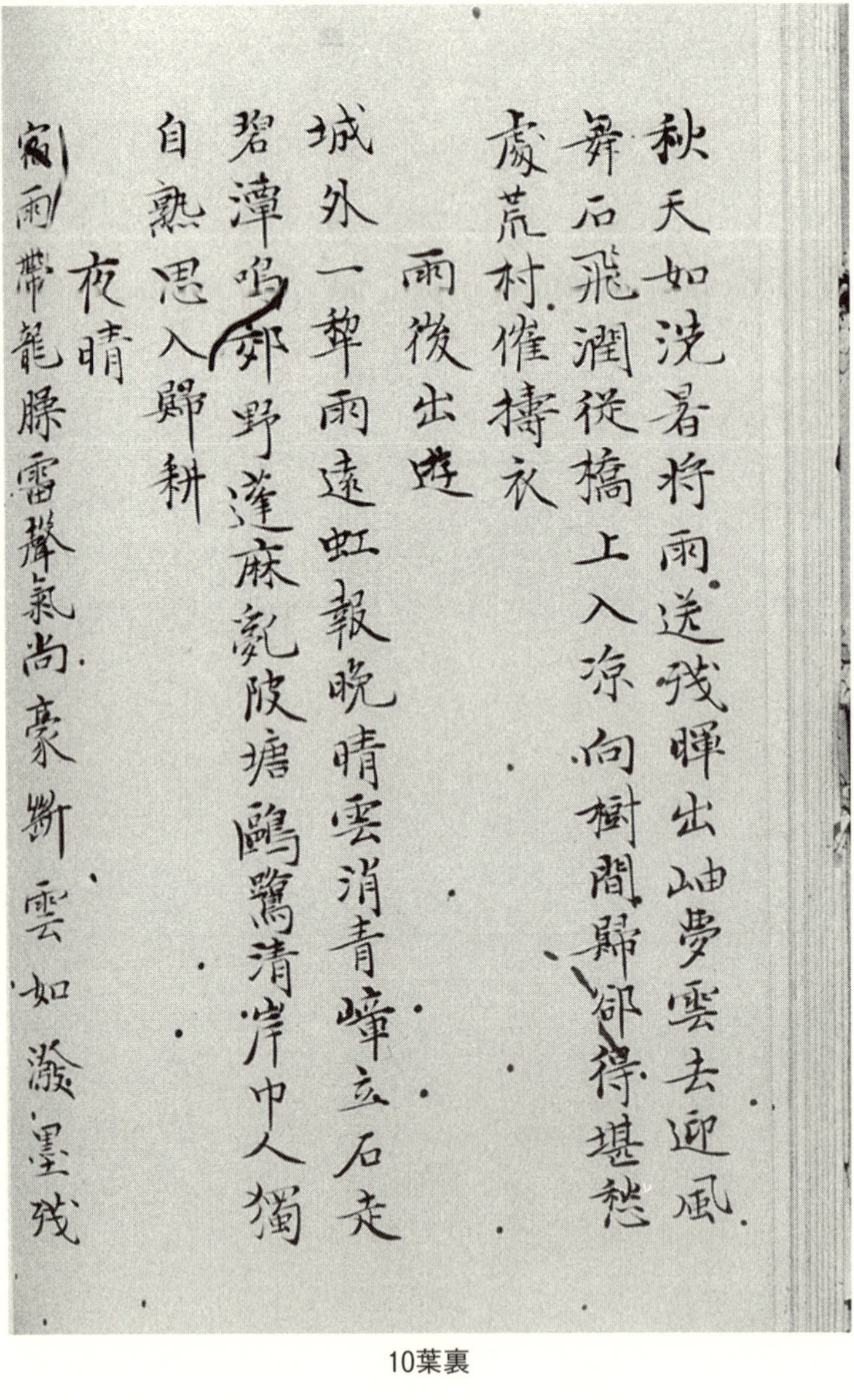
秋天如洗暑将雨送残暉出岫夢雲去迎風
舞石飛潤從橋上入凉向樹間歸卻得堪愁
處荒村催擣衣
雨後出遊
城外一犂雨遠虹報晩晴雲消青嶂立石走
碧潭鳴郊野蓬麻亂陂塘鷗鷺清岸巾人獨
自熟思入歸耕
夜晴
宿雨帶龍腰雷聲氣尚豪斷雲如潑墨残

10葉裏

電似揮刀螢燄就簷照蛬寒依砌蟀夜深聲
動息歛月四更高

驟雨

驟雨洗纖塵山蹊出白石飛来百道泉微寒
滿四澤

暮帰　六言

江村月上将晩沙路雪明獨帰句好堪驚宿
鷺梅開半傍漁磯

即事

清曉風稜入夢寒覺來簷外雪漫ゝ梅梢春
意幾分在掛起南窓子細看
和杜鵑枝
戊午之秋予友河範浴于有馬郡之
日寓于一館ゝ前有箇長松樹左幹
稜霜黛色參天旁出一枝屈曲輪囷
斜ゝ下望庭上飄然真塵外之一物
也主曰毎春夏之交杜鵑啼於此枝
上無復移他枝於是範及同游奇之

11葉裏

題之祖與品許名曰杜鵑枝亦是儒
居之勝槩也云
何憶秦王對爵時詩家清賞品題奇杜鵑不
到秋光在山月依然在舊枝
中秋夜陪江氏賞月于河範亭上
暮烟捲盡太空淨遙看滄溟漾玉毬江光忽
化瓊瑤窟歌々銀津星彩幽山顚妖魅寒膽
落水底老蛟清淚浮宿禽驚夢頻移樹風撼
綠篠戛鳴球滿城絲管連雲起穀得亭上十

12葉表

分秋林中桂影照吟骨氣吐白虹衝斗牛青
天爲爐地爲舳四海九州同一舟三人雖對
萬人醉不羨仲宣獨登樓少陵千載謫仙遠
恨無好詩倒峽流來石月下知何處復駕長
鯨從神遊

送河範入仕

萬馬一空冀北群飛騰直欲附青雲草枯南
澗蝟毛縮水落東川燕尾分君有高談傾四
座我無徒筆掃千軍安辭祖帳滿樽酒慷慨

12葉裏

雜歌不忍聞

寄暑衣於松節處士

青松臨絶谷風氣日稜〻香露餘潤澤下生
百尺藤虵蔓覆巣鶴虬枝引長繩窈窕洞房
女附託或堪憑纖〻攀玉筍耿〻夜剪燈刈
濩呈機巧織成一片氷輕光不盈掬皎如龍
油綫當此苦熱時高價乃倍增茲物雖薄少
用舎兩相仍凄凉秋雨後莫忘夏天蒸

所見

香羅如白雪出自鴛鴦機裁為身上飾春痩
減舊圍朝採陌頭桑行雨沾妾衣沾妾衣尚
可雨晴郎不歸
和山氏題亡妻手自栽桃花韻
海山消息渺無津留得蟠桃千載春觀裡有
情前度客門中不見去年人
春歩
觸處春光好勝遊引興長鷗群江水碧草暖
野風香鶯語韻深樹梅花影小塘醉歌行不

13葉裏

足非是接輿狂

梅雨

積雨鎖高閣千林収熟梅聲球滴暗廡潤細
靡浮埃書簏蠹魚絹硯池膠麝煤衣沾時欲
曝藥醭或堪煨銅器點蒼蘚畫墻雜緑若蛙
生炊竈破犬過補垣頽枯樹多垂耳叢筠半
出胎夜分宜擁被冷氣好衝林容思枕頭起
詩情天外回一晴将不日雲壑送軽雷

郊行

14葉表

野濶殘山斷天長、積水浮麥黄雞淂犢江碧

只知鷗林鐏出幽寺川迴藏小舟晩來何處

笛聲曲起前洲

溪行

半篙淨緑吐新蒲溪北溪南倩杖扶白鳥眼

明飛不去似知此意在江湖

即事

獨手支頤凭小樓江雲日落水悠〻倚欄處

末西風起吹入北鴻聲無秋

14葉裏

梅

玉色偏蒙雪艷欺暗香遙度許人知多情堪
恨臨風處月冷水明欲落時

和釣月秀才韻以題其詩稿

莫論蓋亦未須傾既見文章輸素誠何日相
陪麴道士多時交接楮先生許涇上壘燕經
始花露入房蜂課程知是名園好風景盡將
春色乞宗盟

病起

15葉表

病起春將盡不知桃杏闌覆棋機事動説斂
壯心回微雨燕爲室上寒竹未胎吾廬雖地
僻更有歲華來

和松秀才弔病

不才時所棄寄信問衰容身倦多忌事愁窮
雖覺蹤命迍於我外情味到君濃況此得陳
擻鬚風枕上春

和松氏韻自述三章以呈

晩来風氣好凉月似秋容蟬樹曳殘響烏雲

15葉裏

失故蹤天機喩處漏道味靜中濃病枕本無
夢松濤猶自春
門外辭過客病來踈禮容苦吟多作祟樂事
杳無蹤夜枕鐘聲晩朝餐粥味濃倚牀愁不
語坐到夕陽春

病目

衡門過客少不須駟馬容病牀詩有債故國
夢無蹤沙土移花瘦筧流烹茗濃非材終一
愧廪粟月相春

16葉表

病目昏々長静居塵埋渴硯筆相疎書生習
氣真堪咲半夜夢中讀漢書

人日

客境頻逢節更嫌歲事催天年慵裡過人日
雨中来多病難禁酒餘寒未放梅空煩椛菜
手新句賦歸哉

上巳

巳日傷心節物來丁年作客歲時催蘭亭墨
本依然在隱几臨模當一杯

16葉裏

丹午偶題

本是秦關百二重君王失脚入樊籠忠肝只
合虎狼肉空葬湘江魚腹中

讀秦記

霜又一銷悉入秦咸陽銅狄為傳神莫言天
下渾無事猶有江東學劔人

星夕

瓜菓金盤蛛吐絲家々香燭映簾幃何人乞
與天孫巧却為君王補袞衣

和中秋無月。此時予雖在我東都而舊友半零落太有感慨故第六句云尓

一霄韋勝賞獨坐憶曽遊。影共山河夜。景分風雨秋。交歡非故舊。悵望似他洲。倦客本無賴。那堪空倚樓。

九月十三夜（此夕是我東方之清節。正與中秋共勝賞焉）

正是江山搖落時。月華霜色兩相宜。中秋千古聯雙璧。今夜一輪缺寸規。桂影莫教韋勝賞。菊花應恨過佳期。照他幾許清光好。袁渚庾樓未肯知。

17葉裏

寄長秀士

秀士本信州人曽從官于播陽而今客于江東故第三四句云尓龍野者播陽之地名

邂逅幸忘尓汝分江城羈思奈何君夢迷關
北鷲湖雪遥断海西龍野雲雙鯉水長勞問
信孤鴻天濶歎離羣客中知有夜雞過梧雨
蕭條窓外聞

秋晩

落霞明遠水殘日照高林衰菊團黄蝶倒荷
立翠禽風霜愁到面湖海夢縈心聞説蓴鱸

美扁帆歸興深

秋夜

清露瀼々白殘燈的々青歸心依月滿病骨
得秋醒螢照壁間畫蛩鳴枕上屏寄言同社
輩吾道在滄溟

又

碧瓦霜寒襲綈袍小窓和夢火消膏風過南
鴈四更後月掛西樓一大高永憶角巾歸故
里未妨痛飲讀離騷却愁秋葉辭榮意學作

18葉裏

江湖萬頃濤

偶書

竹尊者奉空王汰松太夫聞君子風終日小
堂無俗事神交長在歳寒中

梅下口號

雪裡暗香風過處水頭疎影月生時若敎風
月隔人世雪裡水頭誰為期

雪夜

嚴城風雪鎖昏鴉不許前村到酒家此景此

19葉表

時誰得意溪山佳處有梅花

春日雜題

青入燒痕添未乾雨餘芳草欲成團溪田水洽高低滿山路雪明表裡殘冬燕歸鴻春易地舊梅新柳晚禁寒聊持一盞祝桃李盡向東風取次看

春晚

不恠酒杯如許深春光将與減分襟鏡中綠髮幾時好夢裡青山何處尋飛絮落花人寂

19葉裏

寂淡烟踈雨院沈〻晚来還得銷愁處倦翼
更催歸故林

病中八首

新葉千梢暗晚花獨樹明意踈忘甲子頭痛
辨陰晴乳燕虚窓語私蛙静夜鳴病来多不
寐側起坐深更
林暁鶯相喚日長居自幽飛花風曲徑垂柳
雨深溝筋力夢中驗工夫静處求明窓書滿
架一懶認蝿頭

20葉表

衙門謙過客幽趣似禪扃相法只三甲文材
乏一丁檐花移午影風絮下虛庭永晝夢猶
倦林鳩愜寐聽
春晩花無賴客愁詩有情腰支勞拜起脛履
絶逢迎病葉蛛絲捲陰墻蝸篆横塵牀渾不
掃鼠跡滿書棚
多病竟何如長卿四壁居課兒模古帖倩客
帙殘書枕倦麥胎後帶寛燕乳初盤飧一努
力時買市頭魚

20葉裏

數番楡莢雨無語送春歸病葉和花墮殘蜂
無蝶飛寬心題字大養眼點燈微枕上偏鄉
夢故人會面稀
長年今若許衰病復何時處世尤宜酒觀人
偏在詩幽吟方靜夜獨臥直良醫吾道汗青
在幾他是作師
扶病身常靜守幽心自清晴庭過鳥影雨砌
雜蛙聲學字猶嬉俗處書不為名詩思有時
得敲推枕上成

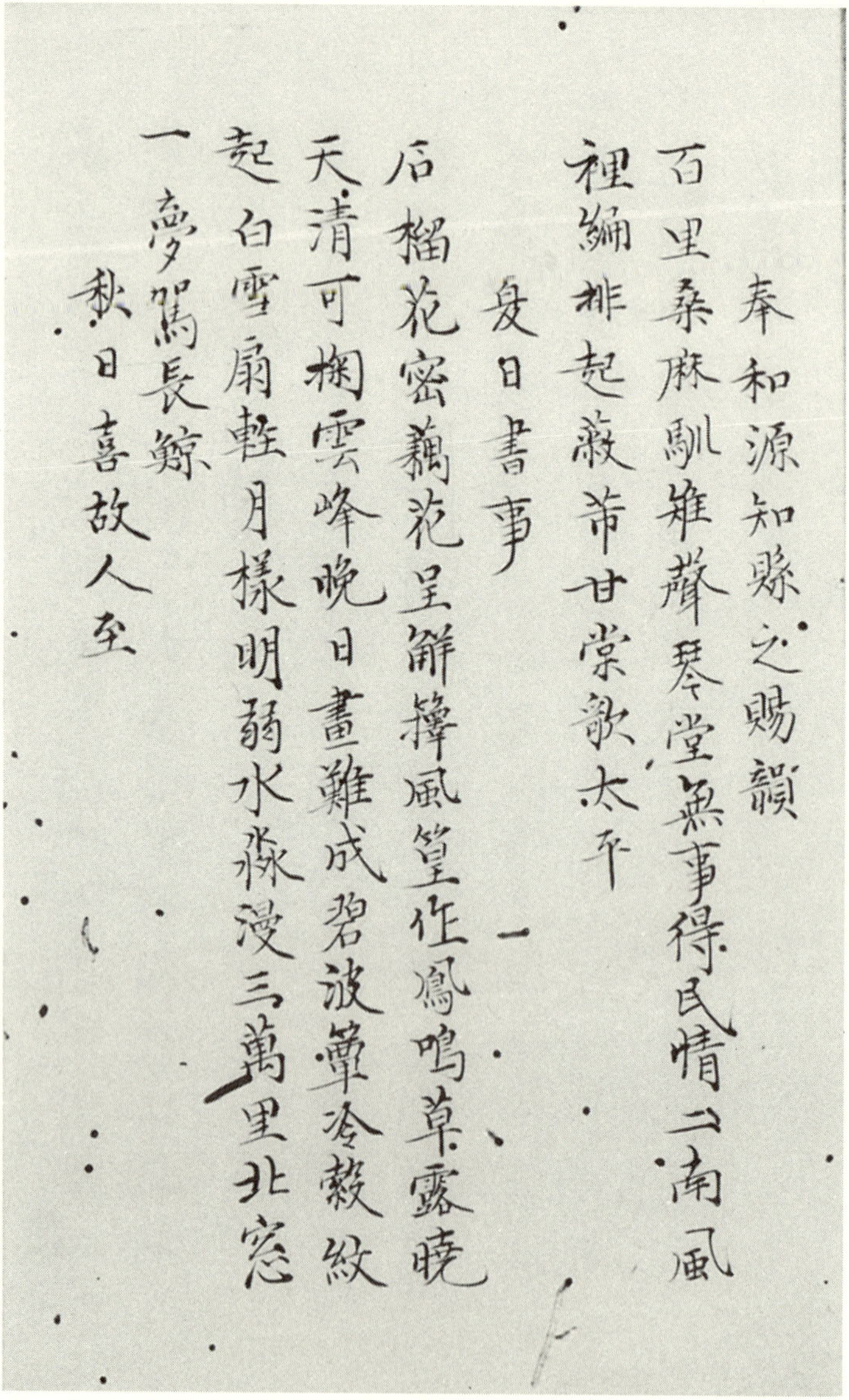

奉和源知縣之賜韻
百里桑麻馴雉聲琴堂無事得民情二南風
裡編排起蔽芾甘棠歌太平
夏日書事　一、
石榴花密藕花呈鮮籜風篁作鳳鳴草露曉
天清可掬雲峰晩日畫難成碧波簟冷縠紋
起白雪扇輕月様明弱水淼漫三萬里北窓
一夢駕長鯨
秋日喜故人至

21葉裏

燕辭南國北鴻來月上東邊西日頹却是人
間長會合一樽相對為君開

江上偶作

誰將烟笛倚長空獨上高樓感轉蓬萬古江
流鴻去外千林木落月明中秋風客鬢暗期
白晩日愁顔暫借紅天色水光元不隔無涯
歸興入孤篷

早梅

萬木凋残獨見梅一年春信去還回南人誇

22葉表

說北人咲北地花從夏月開

蠟梅初開

東帝宮中第幾妃佛妝嬌冶逞芳姿論君自
有平吴例故着黄金鑄一枝一

睡起吟

李花明處桃花暗夢覺不知風色昏造物於
春如極巧江山為我欲招寬濃醺眼上爛燈
影蘂睡耳邊殷枕痕好是夜來將片色滿園
紅綠照芳樽

22葉裏

送對馬州山元立從行迎朝鮮聘使于
草梁
行盡大瀛道里千殊方風物照樓船管寧舊
業雲山接箕子提封烟樹圓鶴護危巢歸絶
辟龍將急雨過長天壯遊奇觀渾佳興詩售
鷄林到處傳

延寶壬戌秋白石舊隠新井耕父稿

23葉表

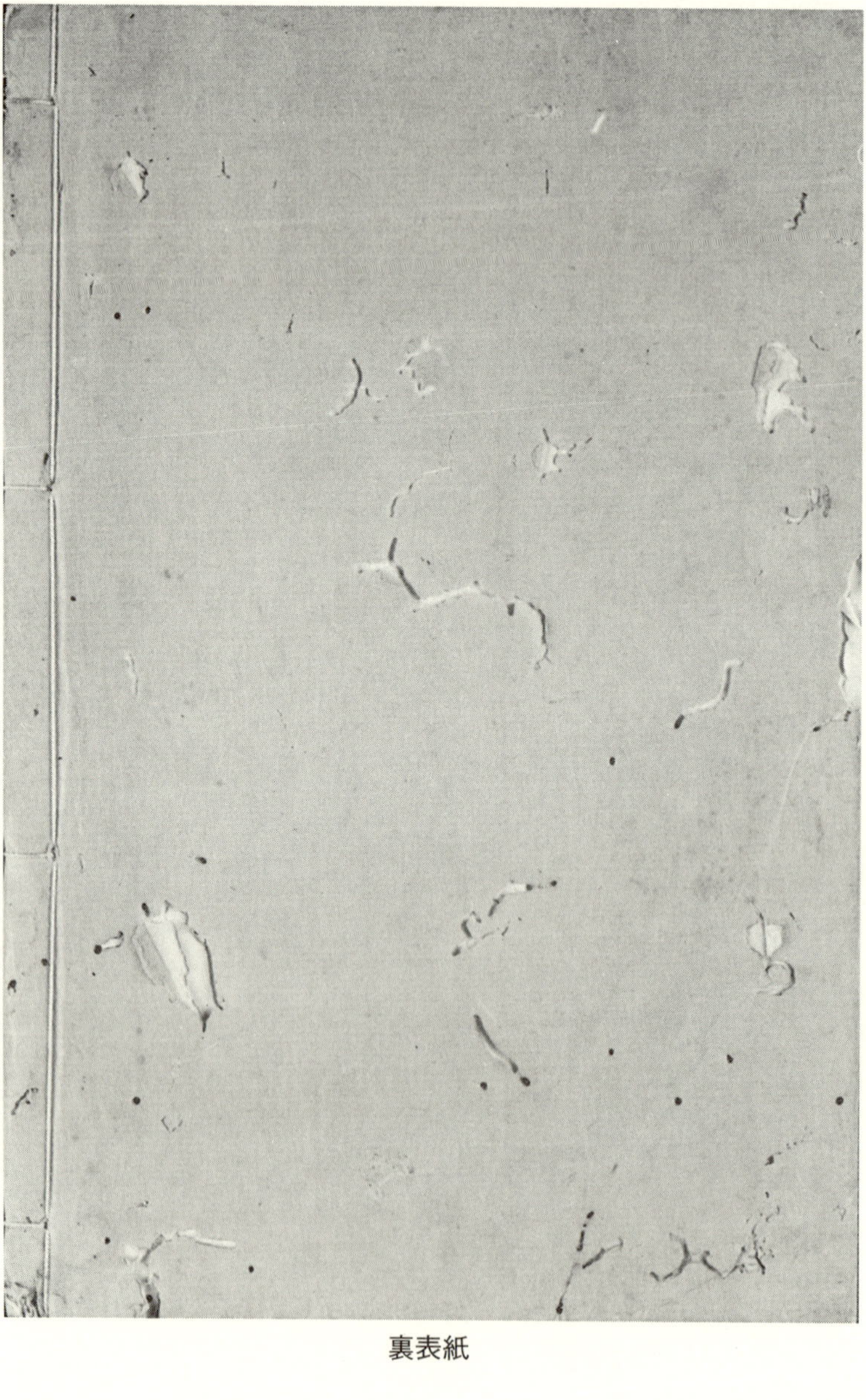

裏表紙

跋

石川忠久先生には、長い間、読書会で六朝詩の読解をお願いしていた。六朝詩は先生のご専門である。また一方で、日本漢詩の研究をより進めなければならない、ということは、長年の先生の持論であった。そこで、改めてお願いして、日本漢詩の研究会を始めていただいた。最初に読み始めたのが『陶情詩集』で、その次ぎに菅茶山（一七四八―一八二七）の『黄葉夕陽村舎詩』であった。

その後、二〇〇八年度から二〇一〇年度にかけて、詹満江が学術振興会から『陶情詩集』研究のための科学研究費を得たので、この間に『陶情詩集』を精力的に読み進めることとなった。研究の目的は、ひとつは作品の読解であるが、もうひとつは、白石がどのような書物を参考にしていたのかを、調査することであった。そのために、研究会に参加しているメンバーがそれぞれ分担して語彙調査を担当した。担当の内訳は次の通りである。『瀛奎律髓』（詹満江）、『円機活法』（高芝麻子）『玉台新詠』（大戸温子）『古文真宝』（市川桃子）『三体詩』（詹満江）『石倉歴代詩選』（遠藤星希・高芝麻子）『唐詩選』（市川桃子）『文選』（大戸温子）『聯珠詩格』（市川桃子）。また、『錦繡段』の他、『大漢和辞典』、『漢語大詞典』も手分けして調査した。さらに、背景の調査については三上英司が担当した。森岡ゆかりは、日本漢詩及び文化に関するさまざまな情報を提供した。また、研究会の日には、各作品について二名ずつが日本語訳を準備してきた。全てのメンバーが作品を読み込んできていたので、研究会の議論はかなり深まり、深夜まで討論や調査を行うことが普通であった。語彙調査のために『唐詩選』『聯珠詩格』『古文真宝』のデータベースを作ったが、これらは全て、若手である高芝麻子、遠藤星希、大戸温子、森岡ゆかりの功である。

石川先生には、定例の研究会と合宿との全てに参加していただき、さらに本書の原稿の全てに目を通して訂正加筆をしていただいた。本書の訳注篇には各作品の末に担当者の名前が書かれているが、これは最終的に原稿をまとめた者の名前であって、内容は、全員の調査と執筆による。最後に、多大な時間と労力を割いて精力的に研究会を牽引した詹満江の功績が大きかったことを付け加えておきたい。

平成二十四年一月

市川桃子

もし石川忠久先生にお誘いいただかなかったなら、私たちは新井白石の『陶情詩集』を読むことはなかったであろう。そして、青年期の白石の漢詩を読むことを通して、彼の心の軌跡を辿り、追体験する楽しみを味わうことはできなかったであろう。

幸い、石川先生のもとで私たちは紫陽会を結成し（「紫陽」は白石の号）、白石の漢詩を読むことができた。

もっぱら中国古典詩のみを読んできた私たちにとって、新井白石の漢詩は、読み始めた当初、決して読みやすいものではなかった。それにはいろいろな原因が考えられる。たとえば、〇〇一「士峰」詩に「長烟　篆《てん》は文《ぶん》を作《な》す」とある。これは白石が生きた当時、富士山が活火山であった事実を物語っている。休火山の富士山しか知らない私たちにとって、これは時間的な隔たりであるし、中国古典詩の世界から見れば、空間的隔たり、すなわち日本漢詩にしか現れない山容ということでもある。また、〇三五「丹午」詩に「留めて四花《しか》千壮の医と作さん」とあり、「四花」がお灸をすえる灸点、すなわち壺《つぼ》の名で、「千壮」の「壮」がお灸の回数を数える助数詞であることなどは、普段、お灸をすえる機会などない私たちの日常にとって、習慣的隔たりといえるであろう。こうした時間的、空間的、習慣的隔たりが、白石の漢詩を読む私たちの前に壁として立ちはだかったけれども、そうしたいわば障碍は、青年白石の心に触れる喜びの大きさに比べれば何ほどのこともなかったのである。

私個人の好みでいえば、〇七九「又」詩に「江湖　万頃の濤と作《な》るを学ばん」と詠じた白石の覚悟の心情に特に惹かれた。推測にすぎないけれども、この詩は延宝五年から七年（一六七七―七九）の間、白石が仕官禁錮に処せられていた期間に詠まれたのではないかと思う。武士としての将来を閉ざされ、先の見通しが立たない逆境にあって、仕官できなくとも在野で頑張ろうという覚悟の気持ちを表現した句であり、その辛さを堪《こら》えた、唇を噛みしめるような白石の心情が伝わってくる。

『陶情詩集』を読むことで白石の心に触れる楽しみの他に、当時の白石はどのような本を読んで漢詩を作る参考にしたかということも、私たちの関心事であった。最初は暗中模索であったが、研究会を重ね、用例調査が進むにつれて、次第に白石の漢詩の性向が浮かび上がってきた。概して『陶情詩集』の漢詩は唐詩の影響よりも宋詩の影響のほうが比較的顕著であり、さらに、中国本土では散逸した総集の影響も窺われる。その詳細は論考篇第四章に報告した。

研究会はときとして合宿になった。特に、白石父子が仕えた土屋家の所領である久留里藩の史跡調査を兼ねた合宿では、久留里城址や土屋家の墓などを訪ねることができ、ひときわ思い出深い。また、浅草にも合宿し、白石の両親が寄寓した浅草の報恩寺（残念ながら現在の所在地は当時とは異なる）や、白石が幼少のころに縁のあった土屋家の邸、その南にあった吉良邸跡を訪ね、それらの地理的位置関係をおぼろげながら確認することができた。これは東京に生まれ育った筆者にとってはまさに「燈台下暗し」そのものの体験となった。

訳注を施す際、先行研究として、一海知義・池澤一郎著『日本漢詩人選集5　新井白石』（研文出版二〇〇一年）、及び石塚英樹氏（二松学舎大学付属図書館勤務）の訳注稿を大いに参考にさせていただいた。

本書が成るにあたっては、多くの方々にお世話になった。久留里の史跡を案内してくださった坂井昭氏、研究会の会場として演習室を使わせてくださった慶應義塾大学の渋谷誉一郎氏、山下輝彦氏、『円機活法』の撮影及び掲載をご快諾くださったお茶の水女子大学の和田英信氏、出版をお引き受けくださった汲古書院の石坂叡志社長、編集にあたってご苦労いただいた小林詔子氏、その他、ご協力くださったすべての方々に、この場を借りて厚く御礼申し上げる。

本書は独立行政法人日本学術振興会平成二十三年度科学研究費研究成果公開促進費の交付を受けている。

平成二十四年一月

詹　満　江

新井白石『陶情詩集』の研究

平成二十四年二月二十九日　発行

編著者　紫陽会
（代表）詹満江

発行者　石坂叡志

整版印刷　中台整版
日本フィニッシュ
モリモト印刷

発行所　汲古書院
〒102-0072 東京都千代田区飯田橋二－五－四
電話〇三（三二六五）九七六四
FAX〇三（三二二二）一八四五

ISBN978－4－7629－2977－9　C3095
Mitsue SEN ©2012
KYUKO-SHOIN, Co.,Ltd.　Tokyo

執筆者一覧

石川　忠久（いしかわ　ただひさ）紫陽会会長。1932年生。二松学舎大学名誉教授。博士（文学）。『中国文学の女性像』汲古書院1982年（主篇）（文部省科学研究費補助金研究成果報告書に基づく出版）／『陶淵明とその時代』研文出版1994年／『日本人の漢詩』大修館書店2003年／『漢詩人大正天皇　その風雅の心』大修館書店2010年／『茶をうたう詩　詠茶詩録詳解』研文出版2011年

市川　桃子（いちかわ　ももこ）1949年生。明海大学教授。博士（文学）。『李白の文——序・表の訳注考証』汲古書院1999年（共著）（明海大学出版助成）／『李白の文——書・頌の訳注考証』汲古書院2003年（共著）（学術振興会研究成果公開促進費）／『中国古典詩における植物描写の研究』汲古書院2007年（単著）（学術振興会研究成果公開促進費）

詹　満江（せん　みつえ）紫陽会代表者。1956年生。杏林大学教授。博士（文学）。『李商隠研究』汲古書院2005年（杏林大学出版助成）／「李商隠と柳枝」『杏林大学外国語学部紀要』第22号2010年3月

三上　英司（みかみ　えいじ）1961年生。山形大学教授。修士（教育学）。「謚『文』・『武』の変遷」『新しい漢字漢文教育』第33号2001年11月／「唐代『軽薄』考」『日本中国学会報』第59集2007年10月

森岡　ゆかり（もりおか　ゆかり）1962年生。近畿大学非常勤講師。博士（文学）。『近代漢詩のアジアとの邂逅——鈴木虎雄と久保天随を軸として』勉誠出版2008年（学術振興会研究成果公開促進費）／「詩筆清秀不染塵氛——試論近代日本女性漢詩人白川琴水及其《琴水小稿》」『臺灣古典文學研究集刊』第２期2009年12月

高芝　麻子（たかしば　あさこ）1977年生。早稲田大学非常勤講師。東京大学博士課程単位取得満期退学。「暑さへの恐怖——『楚辞』「招魂」及び漢魏の詩賦に見える暑さと涼しさ——」『日本中国学会報』第60集2008年10月／「白居易詩における年齢の言及」『白居易研究年報』第10号2009年12月

2　執筆者一覧

遠藤　星希（えんどう　せいき）1977年生。明海大学非常勤講師。東京大学博士課程単位取得満期退学。「李賀の詩にあらわれた時間意識について――神女の時間、永遠の現在――」『日本中国学会報』第61集2009年10月／「李賀の詩における時間認識についての一考察――太陽の停止から破壊へ――」『東方学』第120輯2010年7月

大戸　温子（おおど　はるこ）1980年生。お茶の水女子大学博士後期課程在籍。修士（人文科学）。「日本の漢詩・和歌における閨怨詩の受容」『お茶の水女子大学日本文化研究の国際的情報伝達スキルの育成』2009年3月／「新撰万葉集　恋をテーマにした日本漢詩」『お茶の水女子大学日本文化研究の国際的情報伝達スキルの育成』2010年3月

〈研究協力〉

石塚　英樹（いしづか　ひでき）1973年生。二松学舎大学専任職員。二松学舎大学博士課程単位取得満期退学。「『竇氏聯珠集』中の贈答・唱和の詩について」『上越教育大学国語研究』第14号2000年2月

＊書名揮毫は石川忠久。

訳注篇索引

語　彙

ア行

人　名

マ行

ヤ行

ラ行

ワ行